U0924770

中国文库
文学类

七月派作品选

（上）

吴子敏　编选

中国出版集团
人民文学出版社

图书在版编目（CIP）数据

七月派作品选/吴子敏编选. -北京:人民文学出版社,2011
（中国文库）
ISBN 978-7-02-008533-0

Ⅰ.①七… Ⅱ.①吴… Ⅲ.①中国文学:现代文学-作品综合集 Ⅳ.①I216.1

中国版本图书馆CIP数据核字（2011）第035539号

责任编辑：徐广琴
责任校对：刘光然
整体设计：翁　涌　李　梅
责任印制：王铁生

七月派作品选
Qiyue Pai Zuopin Xuan
吴子敏 编选

人民文学出版社 出版
http://www.rw-cn.com
北京市朝内大街166号　　邮编：100705
北京瑞古冠中印刷厂印刷　　新华书店经销
2011年9月第1版　　2011年9月第1次印刷
开本：880毫米×1230毫米 1/32　印张：31.125
字数：783千字　　印数：1-500
ISBN 978-7-02-008533-0
定价:100.00元(全二册)

“中国文库”出版前言

“中国文库”主要收选20世纪以来我国出版的哲学社会科学研究、文学艺术创作、科学文化普及等方面的优秀著作。这些著作,对我国百余年来的政治、经济、文化和社会的发展产生过重大积极的影响,至今仍具有重要价值,是中国读者必读、必备的经典性、工具性名著。

大凡名著,均是每一时代震撼智慧的学论、启迪民智的典籍、打动心灵的作品,是时代和民族文化的瑰宝,均应功在当时、利在千秋、传之久远。“中国文库”收集百余年来的名著分类出版,便是以新世纪的历史视野和现实视角,对20世纪出版业绩的宏观回顾,对未来出版事业的积极开拓,为中国先进文化的建设,为实现中华民族伟大复兴做出贡献。

大凡名著,总是生命不老,且历久弥新、常温常新的好书。中国人有“万卷藏书宜子弟”的优良传统,更有当前建设学习型社会的时代要求,中华大地读书热潮空前高涨。“中国文库”选辑名著奉献广大读者,便是以新世纪出版人的社会责任心和历史使命感,帮助更多读者坐拥百城,与睿智的专家学者对话,以此获得丰富学养,实现人的全面发展。

为此,我们坚持以邓小平理论和“三个代表”重要思想为指导,深入贯彻落实科学发展观,坚持贯彻“百花齐放、百家争鸣”的方针,坚持按照“贴近实际、贴近生活、贴近群众”的要求,以登高望远、海纳百川的广阔视野,披沙拣金、露钞雪纂的刻苦精神,精益求精、探赜索隐的严谨态度,投入到这项规模宏大的出版工作中来。

“中国文库”所收书籍分列于6个类别,即:(1)哲学社会科学类

（哲学社会科学各门类学术著作）；(2)史学类（通史及专史）；(3)文学类（文学作品及文学理论著作）；(4)艺术类（艺术作品及艺术理论著作）；(5)科技文化类（科技史、科技人物传记、科普读物等）；(6)综合·普及类（教育、大众文化、少儿读物和工具书等）。计划出版约1000种，分辑出版。自2004年以来，已先后出版四辑，每辑约100种，分精平装两类。2011年时值辛亥革命100周年，特将"中国文库"第五辑作为"纪念辛亥革命100周年"特辑推出，主要收选民国时期原创性人文社科类名著。

"中国文库"所收书籍，有少量品种因技术原因需要重新排版，版式有所调整，大多数品种则保留了原有版式。一套文库，千种书籍，庄谐雅俗有异，版式整齐划一未必合适。况且，版式设计也是书籍形态的审美对象之一，读者在摄取知识、欣赏作品的同时，还能看到各个出版机构不同时期版式设计的风格特色，也是留给读者们的一点乐趣。

"中国文库"由中国出版集团发起并组织实施。收选书目以中国出版集团所属出版机构出版的书籍为基础，并邀约其他数十家出版机构参与，共襄盛举。书目由"中国文库"编辑委员会审定，中国出版集团与各有关出版机构按照集约化的原则集中出版经营。编辑委员会特别邀请了我国出版界德高望重的老专家、领导同志担任顾问，以确保我们的事业继往开来，高质量地进行下去。

"中国文库"，顾名思义，所收书籍应当是能够代表中国出版业水平的精品。我们希望将所有可以代表中国出版业水平的精品尽收其中，但这需要全国出版业同行们的鼎立支持和编辑委员会自身的努力。这是中国出版人的一项共同事业。我们相信，只要我们志存高远且持之以恒，这项事业就一定能持续地进行下去，并将不断地发扬光大。

"中国文库"编辑委员会

“中国文库·第五辑”
编辑委员会

中国文库

（第五辑）

【哲学社科类】

孙中山著作选编　陈铮选编 …………………………… 中华书局
黄兴集　湖南省社会科学院编 ………………………… 中华书局
宋教仁集　陈旭麓主编 ………………………………… 中华书局
廖仲恺集　广东省社会科学院历史研究所编 ………… 中华书局
朱执信集　广东省哲学社会科学研究所历史研究室编 … 中华书局
中国政治思想史　陶希圣著 ……………… 中国大百科全书出版社
民国政制史　钱端升等著 …………………… 上海人民出版社
民国政党史　谢彬撰　章伯锋整理 ………………… 中华书局
经学历史　皮锡瑞著　周予同注释 ………………… 中华书局
清代学术概论　梁启超著　朱维铮校订 …………… 中华书局
新唯识论　熊十力著 ………………………… 上海书店出版社
逻辑　金岳霖著 ………………………… 中国人民大学出版社
科学与玄学　罗家伦著 ……………………………… 商务印书馆
中国古代经济史稿　李剑农著 ……………… 武汉大学出版社
中国近代经济史　汪敬虞主编 ………………… 人民出版社
中国交通史　白寿彝著 ………………………… 团结出版社
中国经济原论　王亚南著 ……………… 中国大百科全书出版社
中国经济思想史　唐庆增著 ………………… 商务印书馆
财政学　何廉、李锐著 ……………………………… 商务印书馆
货币与银行　杨端六著 ………………………… 武汉大学出版社
刑法学　蔡枢衡著 ………………………… 中国民主法制出版社
乡土中国　费孝通著 ……………………………… 人民出版社
文化人类学　林惠祥著 …………………………… 商务印书馆
优生概论　潘光旦著 ………………………… 北京大学出版社
西洋文化史纲要
　　雷海宗撰　王敦书整理导读 ……………… 上海古籍出版社
西学东渐记　容闳著　徐凤石　恽铁樵等译
　　钟叔河导读、标点 ……………… 生活·读书·新知三联书店
中国现代语法　王力著 …………………………… 商务印书馆
语言学史概要　岑麟祥编著　岑运强评注 …… 世界图书出版公司

蔡元培教育论著选　高平叔编 …………………… 人民教育出版社
陶行知教育论著选　董宝良主编 ………………… 人民教育出版社
中国报学史　戈公振著 ……………… 生活·读书·新知三联书店
陆费逵文选　陆费逵著 …………………………………… 中华书局
张元济论出版　张元济著　张人凤　宋丽荣选编 …… 商务印书馆
韬奋文录新编　邹韬奋著 …………… 生活·读书·新知三联书店

【史学类】

国故论衡　章太炎撰　庞俊　郭诚永疏证 ……………… 中华书局
国史大纲　钱穆著 …………………………………… 商务印书馆
通史新义　何炳松著 ………………………………… 商务印书馆
台湾通史　连横著 ………………… 生活·读书·新知三联书店
武昌革命史　曹亚伯著 ………………… 中国大百科全书出版社
辛亥革命与袁世凯　黎澍著 …………… 中国大百科全书出版社
北洋军阀史　来新夏等著 ……………………… 东方出版中心
中国国民党史稿　邹鲁编著 …………………… 东方出版中心
中华民国外交史　张忠绂编著 …………………… 华文出版社
西洋史　陈衡哲著 …………………… 中国大百科全书出版社
欧化东渐史　张星烺著 ……………………………… 商务印书馆
清末立宪史　高放著 ………………………………… 华文出版社

【文学类】

秋瑾诗文选注　郭延礼　郭蓁编选 ……………… 人民文学出版社
邹容集　张梅编注 …………………………………… 人民文学出版社
陈天华集　刘晴波　彭国兴编　饶怀民补订 …… 湖南人民出版社
于右任诗词选　杨中州选注 ………………………… 河南文艺出版社
南社诗选　林东海　宋红选注 …………………… 人民文学出版社
鸳鸯蝴蝶派作品选　范伯群编选 ………………… 人民文学出版社
文学研究会小说选　李葆琰编选 ………………… 人民文学出版社
创造社作品选　刘纳编选 ………………………… 人民文学出版社
太阳社小说选　李松睿　吴晓东编选 …………… 人民文学出版社
湖畔派诗选　刘纳编选 …………………………… 人民文学出版社
浅草–沉钟社作品选　张铁荣编选 ……………… 人民文学出版社
《语丝》作品选　张梁编选 ………………………… 人民文学出版社
未名社作品选　黄开发编选 ……………………… 人民文学出版社
新月派诗选　蓝棣之编选 ………………………… 人民文学出版社

象征派诗选　　孙玉石编选 ………………………… 人民文学出版社
新感觉派小说选　　严家炎编选 ……………………… 人民文学出版社
现代派诗选　　蓝棣之编选 ………………………… 人民文学出版社
论语派作品选　　庄钟庆编选 ……………………… 人民文学出版社
京派小说选　　吴福辉编选 ………………………… 人民文学出版社
东北作家群小说选　　王培元编选 ………………… 人民文学出版社
七月派作品选　　吴子敏编选 ……………………… 人民文学出版社
西南联大文学作品选　　李光荣编选 ……………… 人民文学出版社
九叶派诗选　　蓝棣之编选 ………………………… 人民文学出版社
荷花淀派小说选　　冯健男编选 …………………… 人民文学出版社
山药蛋派作品选　　高捷编选 ……………………… 人民文学出版社
红楼梦辨　　俞平伯著 ………………………………… 商务印书馆
中国诗史　　陆侃如、冯沅君著　………………… 百花文艺出版社
中国文学发展史　　刘大杰著 ……………………… 复旦大学出版社

【艺术类】

万木草堂论艺　　康有为著 ………………………… 荣宝斋出版社
中国绘画史　　潘天寿著 ……………………………… 团结出版社
中国绘画理论　　傅抱石著 ………………………… 江苏教育出版社
中国雕塑艺术史　　王子云著 ……………………… 人民美术出版社
中国陶瓷史　　吴仁敬　辛安潮著 …………………… 团结出版社
中国戏剧史　　徐慕云著 …………………………… 东方出版中心
洪深戏剧论文集　　洪深著 ………………………… 东方出版中心
焦菊隐戏剧论文集　　焦菊隐著 ……………………… 华文出版社
中国古代乐论选辑　　吴钊　伊鸿书　赵宽仁　古宗智
　　吉联杭编 ………………………………………… 人民音乐出版社
素月楼联语　　张伯驹编著 …………………………… 华文出版社
中国书法理论体系　　熊秉明著 …………………… 人民美术出版社
夏衍电影论文集　　夏衍著 ………………………… 东方出版中心
银幕形象塑造　　赵丹著　赵青整理 ……………… 东方出版中心

【科技文化类】

自然辩证法在中国　　龚育之著 …………………… 北京大学出版社
科学家谈 21 世纪　　李四光等著　………… 中国大百科全书出版社
继承与叛逆——现代科学为何出现于西方
　　陈方正著 ……………………………… 生活·读书·新知三联书店

中国医学史　陈邦贤著 ………………………………… 团结出版社
化学史通考　丁绪贤著 ………………………… 中国大百科全书出版社
科学概论　王星拱著 ………………………………… 武汉大学出版社
竺可桢科普创作选集　竺可桢著 ………… 中国大百科全书出版社

【综合普及类】

书林清话　叶德辉著 ……………………………………… 华文出版社
文坛五十年　曹聚仁著 ……………… 生活·读书·新知三联书店
张菊生先生七十生日纪念论文集
　胡适　蔡元培　王云五等编 ………………………… 商务印书馆
佛教常识问答　赵朴初著 ………………………………… 华文出版社
词心笺评　邵祖平著 ……………………………… 复旦大学出版社
西潮与新潮　蒋梦麟著 ………………………………… 东方出版社

目　录

诗

阿　垅

郑　思

鲁　藜

辛　克

报告文学　短篇小说

序

吴子敏

在接受本书的编选任务时，我想到，鲁迅曾用“肺腑而能语，医师面如土”这句古谚来形容作品的编选工作，说明当事者是能比他人道出更多“真实”来的①。七月流派的诗人、作家们今日大多健在，其中不少仍在文艺工作岗位上，他们最了解七月流派形成、发展的历史情况，对于作品又有亲身的体会和感性的认识，由他们来编选这类书，是更为合适的。也正在那时，高兴地看到了绿原、牛汉所编《白色花》的出版，集内所收诗歌和它的《序》，正是如“肺腑”之言一般“真实”、亲切。但《白色花》所选作品仅为诗歌，入选作者也仅限于1955年后同遭不公命运的部分人，并未包括七月流派中几位有代表性的诗人。而且，看了以“我们曾经为诗而受难，然而我们无罪”为结语的《序》，总感到，“肺腑”，也还是有难言之处的。正是这些想法，增加了我从中国现代文学史的、艺术流派的角度来编选这本书的愿望。

在编选过程中，感到一些困难。一是材料散佚，很难找齐。由于可以理解的原因，二三十年来对于七月流派的有关材料未重视保存、积累、整理。无影印出版，自不待言，即使在一些理应较客观的纯资料性的书籍中，也予割弃，或列入另册，提供线索很少。这次编选中，很多甚至是主要的杂志、书籍，往往还需从当事者那里

① 《且介亭杂文·〈草鞋脚〉小引》。

借阅。二是由于同样的原因，二三十年来，对于整个七月流派、对于其中的作家、作品，大多缺乏客观、恰当的评价。1955年后出版的大量文学史书籍及其它著作中，或则对之回避，或则基本上作为一种消极的历史现象加以记载、评价、总结。这几年情况已有较大好转，但长期的影响还在部分人中留下一些痕迹，如何科学地公正地估计它在现代文学史上的作用，仍然是一个敏感的问题。三是如何看待七月流派的代表人物的文艺思想、理论与整个七月流派的创作的关系。在一段时期内，是把两者联系在一起予以评论的，而这种联系，有时近于等同。对于七月流派某些代表人物的文艺思想、理论，在学术界有分歧的看法，这是历史事实。早在作为创作流派的七月流派出现之前，即抗战前夕，这类分歧就已存在；直到七月流派告一历史段落以后，即解放后，这类分歧仍有出现。这些分歧，其是非得失，是一个需要认真研究总结的问题，但不属于本书序言的任务。代表人物的文艺思想、理论无疑与流派的创作有一定的关联；但对它的估计又不应等同于对整个流派的创作成就的评价。本序言中将会引述到一些有关的理论文字，是着眼于它对创作所起的实际影响，而不涉及对整个文艺思想、理论的探讨。

一

七月流派的名称，来自《七月》杂志。现在大家熟悉的《七月》杂志，主要是指鲁迅逝世一周年纪念日前的1937年10月16日在武汉创刊的《七月》半月刊，事实上，《七月》杂志最早出现是1937年9月11日在上海编辑出版的《七月》周刊。后来，由于刊物不能发行到外地，以及参加者大半转移到武汉，周刊于9月25日出至第三期即宣告停刊，在武汉重新创办半月刊，并为扩大影响，转载了若干周刊上的作品。半月刊原定名为《战火文艺》，后因故仍沿用《七月》刊名。到1938年7月16日为止的九个月中,出齐三集共十八期,因战事变化,中辍一年,于1939年7月在重庆改为月刊继续出版。此时出版条件艰难,已无法按期问世。到1941年9月,出至七集一、二期合刊、即总第三十一、三十二期合刊后,迫于皖南事变后日益险恶的形势,而告终刊,前后共四年。

《七月》是抗战时期国统区的重要革命文艺杂志之一,它在创刊号的《代致辞》中明确地提出了自己在抗日战争中的"意识战线"上的任务,此后并始终坚持以自己的全部文艺活动为伟大的民族革命战争而工作。又由于它在战争爆发后不久即迅速创刊,更受到当时人们的肯定和支持,不少知名作家常为杂志写作品和通信,以至还参加杂志的座谈会。有的作家在1938年初曾说:"除了《七月》和官办的刊物以外,差不多没有刊物了。"①指出它在当时的砥柱的作用。

为了更好地服务于抗战,《七月》杂志上发表了各种形式的文艺作品,包括诗歌、报告文学、小说、散文、剧本、杂感、文艺专论、译著、绘画、木刻等等,甚至还举办木刻展览会,以求为"提高抗战情绪"作为贡献。而在这条"意识战线"上表现出最生动、最充沛的力量,并且在中国现代文学史上最能体现出《七月》的成就和风格的,则是诗歌,以及报告文学和稍后出现的短篇小说。

《七月》的创刊,所以能在现代文学史上形成一个流派的发轫,重要原因之一是它从一开始便有一个具有共同倾向的、相对稳定的作者队伍。编者胡风在1938年4月29日的一次座谈会上曾说,为了有利于文学运动,《七月》和"网罗各方面作家的指导机关杂志不同",而应办成为"半同人杂志",它在"编辑上有一定的态度,基本撰稿人在大体上倾向一致"②。《七月》上最早出现的"基

① 《七月》七期《抗战以来的文艺活动动态和展望(座谈会记录)》中冯乃超发言。

② 《七月》十五期《现时文艺活动与〈七月〉(座谈会记录)》中胡风发言。

本撰稿人”中，有好几位，正是在这杂志上发表了重要的、甚至是本人创作中最优秀的成果。如艾青的重要诗集《北方》中的大多数作品，田间《给战斗者》诗集中多首最有代表性的力作，丘东平、曹白、阿垅（S. M）的最有影响的报告文学和小说，等等。其他如萧军、萧红、聂绀弩等人，仅在武汉的九个月中，即《七月》前十八期中，各为杂志撰写了十篇上下作品，包括散文、报导、短篇小说、长篇小说片断、杂文、论文、读书笔记等各种形式。这些，都在创作的思想和艺术的倾向和风格上为七月流派起了开创的作用。

既是“半同人杂志”，它又必然具有另一层意思：“不是少数人占领的杂志，相反地，它倒是尽量地团结而且号召倾向上能够共鸣的作家”①，也就是说“源源地发现从实际战斗里长成的新的同道伙友”。② 以诗歌为例，《七月》杂志上共出现三十九位作者，其中绝大多数为所谓“初来者”即文坛上的新人，报告文学、小说等的作者情况也大致如此，有的更是在《七月》上开始发表创作，以后得到了很大发展的。

这个态度和倾向，日后并一直贯穿于胡风本人所编的《希望》杂志、《七月》丛书（《七月诗丛》、《七月新丛》、《七月文丛》）以及七月流派的其它一些杂志中，从而促成了这支基本作者队伍不断有新的接替和壮大，为当时文坛，也为整个中国现代文学史提供了像鲁藜、邹荻帆、孙钿、冀汸、天蓝、艾漠、绿原、路翎、晋驼、孔厥等有成就的诗人和作家。

《七月》杂志始末四年，即从 1937 年全民抗战开始不久到 1941 年皖南事变以后，七月流派经历了第一个重要阶段。到此时，由于国民党反动派又掀起反共反人民的高潮，国统区的革命文艺工作者和广大人民一样，蒙受着极大的压迫，处境分外艰难。七

---

① 《七月》十五期《现时文艺活动与〈七月〉（座谈会记录）》中胡风发言。

② 《七月》一期《愿和读者一同成长——代致辞》。

月流派的作家们，有的竟牺牲于国民党的背叛，如丘东平，更多的都在找寻新的道路，坚持以文艺为斗争的武器。艾青奔赴革命圣地延安，胡风辗转日蒋势力尚未到达的香港。作为一个阵地的《七月》是停刊了，但七月流派并未消失，作者队伍并未散逸，而且出现了基本倾向相似的新来者。从这时到 1945 年初《希望》杂志创刊的三年多时期内，他们比较集中地在桂林《半月文艺》、重庆《诗垦地》和桂林《诗创作》等杂志上发表作品，其中有的杂志编者并不属于七月流派。也是在这期间，胡风主编的《七月诗丛》(第一集)十二册、《七月新丛》、《七月文丛》中的部分共约六七册，先后在重庆、桂林、香港等地出版。其中除了个别外，都是个人的专集；所收内容还包括各作者未在《七月》上发表的作品。特别如《童话》诗集的作者绿原，就从未在《七月》上出现过。这些杂志和丛书，继续扩大了七月流派的影响。

1945 年 1 月《希望》杂志的创刊，可以说是七月流派开始了第二个重要的阶段。《希望》共出二集计八期，第一集四期在重庆编印，稍后都在上海翻印；第二集四期，从 1946 年 5 月到 10 月，都移到上海编印出版。这时正值抗战胜利前后，国统区的政治气氛低沉压抑，与抗战初期的高昂振奋迥然不同，作者们对黑暗现实的认识也越益深入透彻，因此，作为坚持“意识战线”上斗争的杂志，它的面貌比之《七月》，也呈现出一些变异。从文艺形式来说，诗歌继续具有很充沛的生命力，而报告文学的位置则较多地让给短篇小说这在当时更为称手的斗争方式。《希望》还发表了大量社会杂文等。从作品内容看，揭露、讽刺较多地代替了歌颂、热望。但是这些变异，不仅不是改变或否定了七月流派的基本倾向，恰恰是继承了这个倾向，是它在新的斗争形势、生活现状下，在创作上的自觉的反映。

《希望》停刊以后，由七月流派的作者编辑、并发表作品的，主要还有成都《蚂蚁小集》(其中若干期也在天津出版，最后一期移至上海出版)、成都《呼吸》以及《荒鸡小集》等等。这些在解放战争年代出版的杂志,都在新的条件下一脉相承着七月流派的基本创作倾向。

与此同时,上述已出版的《七月》丛书,都在上海再版,并陆续出版了《七月新丛》、《七月文丛》中的部分共约十二三册及《七月诗丛》(第二集)六册。后者于 1948 年编定,待出版时,已是解放后的 1951 年了。

全国解放以后,七月流派的诗人作家们,分别走向了不同的革命和建设的岗位,有的还在文艺战线上,有的则主要从事其它革命工作了。作为现代文学史上艺术流派之一的七月流派,到这时,也应该算一个终点了。

七月流派从形成到终结的全过程,正好经历了两个大时代:抗日战争和解放战争,也就是中国人民在民族压迫阶级压迫下艰苦奋斗而达到胜利的艰难岁月。回顾一下这十二年中七月流派的活动,还可以发现两条轨迹。一条是,这些杂志出版并首先产生作用的地方,是从上海到武汉、到重庆和桂林等地,又到上海,这一方面反映了这些杂志、这些文艺工作者在战争年月中困厄颠沛的处境,但另一方面又说明了他们始终将自己置身于、并坚持在国统区文化斗争的中心。一条是,从文艺创作来看,《七月》周刊以诗歌启卷(高荒、即胡风的《敬礼》),《七月》半月刊由报告文学领先(曹白的《这里,生命也在呼吸》),《希望》用小说开头(路翎的《罗大斗的一生》)。这也许是偶然的安排,但也可能说明,随着客观形势的变化,杂志力求以最适应的文艺形式为重点的良苦用心。对这两条轨迹,都只是从七月流派的外观巡视而得,还未及从生活和创作的内部去探索这流派的灵魂。但它们却形象地使人感受到,作为一个艺术流派,且无论它在艺术上有何许不足、在创作中有多少局限,但它正是和斗争的大时代共同着呼吸与脉搏。

这里,有一点应该是可以理解的,即七月流派与有关杂志的关系，并不能简单地等同起来。情况是多样的，例如，前已提到当时不少知名作家在《七月》上发表作品，但他们总的说来并不属于这流派；又如，有些即使最早是在《七月》上发表了少数具有相似倾向作品的"初来者"，而日后却在风格上发生了较大的转变，也不应再视为七月流派之内的。相反，七月流派中的不少代表作家，尤其是其意义又超越了一个流派的重要作家如艾青等，也在当时其它很多杂志上发表作品。以《七月》同时最主要的两个杂志来说，在《文艺阵地》上先后可以看到艾青、田间、邹荻帆、庄涌、东平、天蓝等人的作品，《抗战文艺》上也发表过艾青、鲁藜、邹荻帆、杜谷、绿原、路翎等人的创作。

二

前面述及的，是七月流派的大致情况，但既然称为一个艺术流派，主要的是在于它有自己的风格和特点。七月流派的风格和特点是什么、它形成的重要原因又何在呢？前面的论述中曾经留下一个命题，就是曾多次说明七月流派具有共同的思想和艺术的倾向，并且认为应探索这流派的灵魂。这里的倾向和灵魂，正是意味着流派的风格、特点。

艺术流派的形成，可以由于多种原因，来自不同的条件，但都必须有根本的基础——生活。当我们谈到现代文学史上的很多流派时，往往较多瞩目于外来影响这一点。这是与"五四"以后各种外国的社会思潮、文艺思潮等纷至沓来这一历史现实分不开的。应该说，这是一个需要重视的原因，它们也的确对于中国现代文学产生了很大的影响。但是另一方面，也应该看到，引进的有些文艺思潮或流派，却又终于在"五四"以来的中国土地上很快枯竭。这就意味着，它决定于一个更加重要的、根本的原因：是否为中国的现实生活所需要、所能接受。生活才是源，文艺只是流。外来的、即使是进步的、适应当时社会条件的思潮流派等,也只能丰富我们的流而不能代替我们的源。而一个有生命力的流派,必须来自生活,在现实的基础上产生,并在斗争需要中发展。

七月流派的形成,就其整体而言,很难找到外来的、或是其它外在的条件,但却不妨碍它的发展,并在当时产生着积极的影响。其中大多数作者都是青年,较少这方面的束缚,他们从战斗的激流中涌现出来在抗日战争、解放战争这个大时代中适应着现实需要、符合于斗争方向。因此,可以说七月流派的倾向或灵魂,即其风格特点,首先就是忠实于现实生活、斗争,也就是继承了“五四”以来现代文学中的宝贵的现实主义传统。

当然,即使这个立论是可信的,它总还失之笼统。因为既称为“五四”以来的宝贵传统,它显然也是若干流派的共性,这就需要进一步探索七月流派的个性,也就是它的现实主义的特质。

个性,只有在对比中才能突出。回溯中国现代文学史上的很多流派,往往是在对比中发展的。以最早出现的文学研究会和创造社来看,它们同时存在,又各有特点,作者的队伍明确以社团分,创作的精神和方法大体上表现为现实主义和浪漫主义的区别;又如最后形成的,即四十年代根据地和解放区的山药蛋派和荷花淀派,也同时存在,又各有特点,作者虽不以社团分,但大致分明,具有地区的特征,创作上虽都遵循现实主义的原则,但又在艺术风格上表现出明显的差别。

但是七月流派的情况要复杂得多,作者队伍已如前述,很难严格地区分,而在创作精神和方法上,也与当时其他很多作家具有相似的特点。这是由于抗战的风暴起来,民族精神大振,相当多的诗人、作家,生活上比以前接近现实,创作上也较多倾向现实主义的方法,这种相似的发展还包括过去新月派、现代派的一些代表作家。但是,即使在这情况下,七月流派还是在生活和创作中明显地表现出了自己的个性,客观上反映了它对于现实主义的理解。七月流派的作者们，一是最为迅速地投身到现实生活，而且是斗争生活中，二是他们全身心地，也就是人的斗争和文艺创作统一地、感情和艺术统一地写出富有时代气息的作品。如果承认文艺、尤其是诗歌，应该是"时代的肖子"①，那么，七月流派的确是走到前面了，尽管它可能带着初时的幼稚和粗糙。而这种个性和特点，正有助于引导着走向成熟。作家丘东平、诗人田间等都是很好的例子。

七月流派这个特点及其形成和发展，除了上述根本原因外，当然还有具体的因素。胡风在谈到《七月》杂志如何影响和引导作者坚持这特点和倾向时，说明是"采取了用编辑态度和具体作品去诱发作者的方针"，而不依靠"抽象的理论"②，这是针对当时一些客观的风气和困难而言的。以后，直到近几年来，也有属于七月流派的作者回忆当年的创作情况时，表示主要是受到一些代表作家、作品的感染和影响，而不是为理论所作用。

作家作品的相互影响，尤其如艾青对于诗歌创作的影响等，的确对这个流派的逐渐聚集壮大起了很大作用。但，是否理论工作就不存在？应该说，理论存在着，而且起着作用。

上面强调的现实主义这个七月流派的基本问题，正是在杂志上作了充分的理论上的阐述、讨论和介绍的。这种阐述，从七月流派形成之时即开始，到后来仍一直继续着。它散见于很多文字中，包括早在1938年的前四个月内《七月》召开的三次重要的座谈会的记录③，它涉及当时文艺上的很多问题，其中不少便是与现实主义这个重要命题联系着，被强调着。在这些文章或发言中，很多七月流派的重要作者如胡风、艾青、吴奚如、辛人、阿垅、路翎以及其他作者如适夷、凡海等，都坚持着现实主义的原则。提法上虽有不同，如"现实主义"、"革命的现实主义"、"战斗的现实主义"，以至

① 参看闻一多《女神之时代精神》。

② 《七月》十五期《现时文艺活动与〈七月〉(座谈会记录)》。

③ 三次座谈会记录分别见于《七月》第七、十三、十五期。

于翻译介绍的“社会主义现实主义”等，但在阐述其内容时，却有一个共同的基调，它说明了七月流派在理论上对现实主义的认识，从而也形成了七月流派的创作个性和风格。

对这个基调的实质，比较典型的提法是“突进”和“结合”。当时有些用语可能不很容易理解，在解释上也不免有偏颇不足，但综观全体，其主要意思尤其是它对创作的主要影响，还是清楚的。“突进”，要求作者进入到现实斗争中去，反对旁观、纯客观的态度；“结合”，要求在创作中表现出作者的主观思想、感情、精神与所写的客观现实的结合，也即要求作者的内心与他的创作融合和统一，反对分裂和两重性。胡风提出“现实主义者的第一义的任务是参加战斗，用他的文艺活动，也用他底行动全部”①，吴奚如认为现实主义的道路，首先要去“理解中国人民大众的实际生活、语言、感情、希望”②，辛人说明现实主义要求“作者能获得最高的世界观，藉以加强艺术对于现实的真实之表现”，以区别于客观主义、自然主义③。这些较早提出的观点，以后还长期散见于一些文章中。直到 1945 年时，路翎还明确说：“战斗的人生态度”是“现实主义的灵魂”④，阿垅在一篇诗论⑤中还以形象的语言比喻道：“从芽看到花，从花看到果实……这就是现实主义者”并以之划清它与未来主义的界限。这些理论上的阐述，归结起来，就正是在作家与生活的关系这个重要问题上，要求有一个积极的战斗的态度。

对于七月流派的具体创作，这些理论的影响也许不那么外在、易见，但实际上，正是在这里确立一个创作的出发点、风格的核心。它成为七月流派一个美学标准，用以要求自己，也衡量其他作家。

---

① 《七月》六期《续论战争期间的一个战斗的文艺形式》。

② 《七月》十三期《宣传、文学、旧形式的利用（座谈会记录）》中吴奚如发言。

③ 《七月》十三期《关于公式化的二三问题》。

④ 《希望》三期《市侩主义的路线》。

⑤ 《希望》一期《箭头所向》。

七月流派的实践，是与这些理论相适应、相一致的。抗日战争爆发后，七月流派的很多作者很快以实际行动参加到这场轰轰烈烈的斗争中。丘东平先后参加战地服务团、新四军先遣支队等活动，并且“蘸着自己底鲜红的血涂抹”①出战争最早的画幅；阿垅（S. M）亲历了上海的激战，留下了淞沪战争的完整的文艺记录；曹白在艰苦的难民收容所工作和游击队生活中，抒发着“生命在呼吸”的乐观信念；田间、鲁藜等很早去到抗日民主根据地，更直接地以文艺为武器参加到党领导的事业中；艾青则“满怀热情地从中国东部到中部，从中部到北部，从北部到南部，又从南部到西北部”②，歌唱祖国的战斗，找寻着光明。七月流派的不少诗人正是如此实际地战斗着。邹荻帆在《年轻的歌手们》中所写的“举起笔杆与钢枪”实在已不仅是形象，而且是对包括他本人在内的不少作者的真实写照。这些诗人作家们写出了战争、祖国、人民对自己的振奋和鼓舞，对自己的锻炼和养育，也写出了自己渴望为之而创作、战斗乃至牺牲的心愿。七月流派的诗人作家们对于生活的这个基本态度，是一直继承着的。

只有进入了这样的生活和战斗中，才谈得上去反映、描写这样的生活和战斗，但前者并不能包括和代替后者。七月流派的作者们认为，不能满足于单纯的进入生活，而在创作过程中需要用自己的精神、意志去理解这生活。这个观念反映到他们的创作上，实质是表现为一种对生活的思索。他们不是冷漠地对待生活，而是在寻求生活和斗争的答案，而且是带着热切的心情去寻求。祖国的前途、人民的命运，牵动着他们的缕缕诗情、文思。

七月流派的作者们正是这样既在理论上也在实际上对于生活和创作表现出相同的态度和观念，很自然地，他们艺术风格的主要

---

① 《希望》七期石怀池《东平小论》。

② 《艾青选集·自序》。

之点，相互吸引着、靠拢着。

当然，对于生活和创作的态度相同，并不就等于艺术风格一致，但也不应该把艺术风格的一致简单地视为语言、方法、情趣、色彩这些比较外在的因素的类同，更不能以这方面的差异去否认流派风格的存在。应该要求更深刻的、内在的、本质的、带有倾向性的东西。只有这样，才能既有流派的总的风格的一致性，又有作者个人的多样性。一个丰富的流派，应该包含着时代斗争气氛的一致性和作者个人生活经历的多样性，包含社会生活风貌与趋向的一致性和作者摄取的角度和色彩的多样性，包含作者们对生活态度的一致性和各个作者个人性格的多样性，等等。一支丰满的乐曲，它的各个声部，恰恰总是在基调一致下各以旋律节奏的多样性，才能配出谐美的和声，而决不是一味的齐奏。

七月流派的创作实践，很清楚地表现出这种一致性和多样性。就以上面谈到他们对于生活的思索和寻求来看，这个似乎属于理性的概念，在他们的作品中却成为生动的形象。他们思索的一致性表现为对于生活和斗争的信念和希望，渴求着光明向上。艾青的长诗名《向太阳》，典型地反映出这种共同的向往和愿望。他《北方》集的不少诗篇中，往往在诗尾跃动着一个意念，如在《复活的土地》最后，他乐观地呼唤大地的复活，而“在它温热的胸膛里重新漩流着的将是战斗者的血液”，在《他起来了》最后，他坚信“必须从敌人的死亡夺回来自己的生存”，在《雪落在中国的土地上》最后，他对苦难的中国诉说着心愿：“我的在没有灯光的晚上所写的无力的诗句能给你些许的温暖么?”从艺术上说，这些深切的向往都是诗意的结晶和升华，但它又正是全诗酝酿成的一个形象化了的思想，正是他思索和寻求的结果。同样，田间乐观地坚信“中国底春天是生长在战斗里，在战斗里号召着全人类”①，高唱着

① 《给战斗者·中国底春天在号召着全人类》。

"以我们顽强而广大的意志,开始播种人类底新生"。[1] 丘东平和阿垅关于战争的报告文学和小说,尽管痛心于当时国统区军队的混乱,无力,但总以浓浓的笔墨为那些英勇的、自觉的战士们立传,在那里寄托着敬意和希望。路翎所写的更是抗战后期和解放战争时期的国统区的沉闷的生活,但他相信这生活如海洋一样,有着"强大的激荡"[2],相信底层劳苦者的光明鲜亮的心灵。

这些希望和信念,正是七月流派风格上的一致性,它反映着时代气氛、生活风貌的一致性,反映这些作者对于生活和创作的态度的一致性。

在这一致性的前提下,作者们个人经历、所处环境,乃至个人性格、创作形式的不同,又都反映为各自特色上的差异。他们的思索和寻求朝着同一方向,但各自的思维过程和形象凝聚,却有不同的途径。艾青走遍半个中国,看到民族在振奋,也感受它的苦难,他在向太阳、追求光明的同时,往往也倾诉着心底的忧郁;而称为战斗的小伙伴的田间,更喜爱铿锵高昂的诗情;长期在根据地的鲁藜的诗抒发着明丽的理想,充满哲理的向往;从国统区较后期的绿原的诗作中会读到激愤的讽刺和控诉;而路翎的小说更多写出现实的沉重感。

但这些不同的特色,又无不说明了一个共同点:作者在生活中思索着、寻求着,而且是热切地寻求着。即使忧郁和沉重,也是这样。艾青说过:"叫一个生活在这年代的忠实的灵魂不忧郁,是……一种奢望"[3],"把忧伤与悲哀,看成一种力,把弥漫在广大土地上的渴望、不平、愤懑……集合拢来,……伫望暴风雨来卷带了这一切,扫荡这整个世界吧"[4]。很显然,这忧郁不是消极冷漠,

---

① 《给战斗者·棕红的土地》。

② 《〈求爱〉后记》。

③ 《诗论·服役》。

④ 同上。

而是对于祖国人民的挚爱心怀在苦难现实前的热切的思索。正如他的诗句诉说的“为什么我的眼里常含泪水？因为我对这土地爱得深沉……”①。阿垅曾把这种忧郁称为“一种压抑的力流，一种更蕴蓄的战斗”②。而路翎，也正是在沉重压抑中寻求着光亮，执着地认为“人们总是在生活着，生活总是在前进着”③。

这些创作上的实际情况，应该能说明：作者的艺术特色上的差异决不影响流派风格总的一致性；相反，一个有生命力的艺术流派应该提倡作者们的独创性。

上面，分析了作为七月流派的风格和倾向的现实主义的特质，它在理论上和创作上的表现。正是这些，使它有别于同时存在的其它流派、社团、杂志等，而在中国现代文学史上成为一个重要的现实。

当我们评价和肯定七月流派的时候，自然会看到这样的事实：它只是在所处的历史阶段和社会条件下的一个探索和迈步。如果说它的可贵之处正在于具有如此强烈的时代色彩，那么它也无疑带有时代的局限。我们说坚持现实主义、坚持投身到现实生活中、将斗争和创作结合起来，是七月流派创作的出发点、风格的核心，但即使在这个他们取得了主要成就的地方，也同样地存在着局限。

抗战初期的时代背景，一方面为作者们投身现实生活创设了空前有利的条件，同时又恰恰向作者们提出了很多迫切需要解决的课题。一个冷漠的旁观者可能无所感受，而进入现实越深的作者，也就越加敏感到这些课题，越加觉悟到自己的不足。七月流派的作者们是意识到任务的艰巨的，就在 1938 年那几次座谈会上，还专门讨论了这样的问题。它涉及文艺如何更好地为抗战服务，如何使更多人掌握它，如何促进文艺的大众化，等等。但着眼点较

---

① 《北方·我爱这土地》。

② 《希望》一期《箭头所向》。

③ 《〈求爱〉后记》。

多放在文艺形式的利用、改变，对于群众，则侧重于以文艺去“提高、唤醒”他们的角度，并未很好深入到作者思想感情的转变、改造等问题。固然，这是到了 1942 年《在延安文艺座谈会上的讲话》发表才真正解决的问题，不可能以之要求于抗战之初的、或是稍后的国统区的七月流派的作者们。但又毕竟要承认这局限。它影响这些基本上都是小资产阶级知识分子的作者，在他们所称的“突进”、“结合”中对于生活认识和表现的深度，他们的感受、观察、反映、描写，不同程度地带有知识分子的弱点；也影响他们更好地和较早地从人民群众那里汲取力量，从而更准确地理解生活和斗争，以增加作品中的信念和力量。

从某个意义上说，创作越努力、作品越多的作者，这样的感受也越强烈。不少七月流派的作者日后逐渐认识到和剖析过这些局限。路翎曾表示“我希望在这伟大的时代中，我能够更有力气追随毛泽东底光辉的旗帜而前进，不再像过去追随得那么痛苦”。[①]这正反映了他们对于新的迈步的心愿和渴望。

三

从中国现代文学史的角度看，最能代表七月流派创作成就的，是诗歌。它从流派的开始到最后，一直富有生气，并且出现了不少有特色的诗人。如果联系到上面所述的七月流派对于生活和创作关系的理解，那么，很自然地就接触到了形成这情况的一个重要原因了。

各种文艺形式具有不同的特长。以诗歌而言，它反映时代精神和生活脉搏总是最为敏感和迅速。一个充满希望的大时代的来到，一个革命潮流或群众运动的来到，使整个社会的思绪、人们的

① 《〈在铁链中〉后记》。

感情激荡着，它们在文艺上往往首先表现于诗歌创作。简单回顾一下中国现代文学史上的情况，可以看到：“五四”时期，首先是由诗歌记录下一个狂飙突进的时代；但1927年以后第二次国内革命战争时期，也即两个革命“深入”的时期，虽然在诗歌方面也有所探索，却是短篇小说，长篇小说等得到了更为长足的进展；待到抗战风暴一起，诗歌创作又进入了一个新的高潮。

在这个高潮中，七月流派的诗人得时代风气之先。诗情在生活中升起，谁先进入生活，谁就先得到诗歌。《七月》杂志上出现了抗战时最初的一批诗歌，以后的《希望》，《蚂蚁小集》等杂志继续保持着这个特点，为战争和革命呈献出大量诗歌。这些诗作，唱出了多少诗人的心声：他们对祖国山川的热爱、依恋，对人民的信赖，他们自我的战斗抒情，炽热的斗志等等。时间过去了，我们会发现这里不少诗歌在思想感情上欠缺深度，在艺术上也不够成熟，但这并不奇怪。如历史上常见的那样，能够长久留下的传诵作品，能够很快成熟的代表诗人，毕竟只是少数。但这众多诗歌却正表现了一代诗情，并且继承着新诗的战斗传统，促进了新诗精神和风格的变化发展；它们为新诗增添了新的生命力，还促成着代表诗人的成长。量与质的关系，也在七月流派的诗歌创作中表现出它规律的力量。胡风在《四年读诗小记》[①]中曾将此比作“极目蓁莽的春野”中的“使大地生光的花朵”，加以珍惜、爱护。其他不少作者，评论者，也呼吁对之抱扶持的态度。

肯定这一情况，但并不停留于此，七月流派力求诗歌的艺术上的完美。早在《七月》创刊号《代致辞》中，即提出“不应只是空洞地狂叫，也不应作淡漠的细描”。如果后者主要包含作者生活态度问题，那么前者更多地为了注意艺术创作本身的要求，反对以空空洞洞去表现轰轰烈烈。此后，作者们在创作过程中也一直探索

① 《诗创作》第十四期。

着这个问题。以代表诗人为例，田间在1938年的论述当时诗歌创作情况时，也提到应反对“狂喊……泛叫”，要求着“情绪的饱满”①。艾青提出：“一首诗里面，没有新鲜，没有色调，没有光采，没有形象——生命在那里呢？”②他认为“一首诗的胜利，不仅是那诗所表现的思想的胜利，同时也是那诗的美学的胜利”③。

他们不仅有所反对，也有所建立，在理论上提出了正面的意见和要求。艾青1938年7月起，在《七月》第十七、二十期先后发表《诗论掇拾》两篇，以后又丰富成专册《诗论》，成为新诗理论上的重要建树。稍后，吕荧、阿垅等都撰写了诗歌理论或评论方面的专论④。这些论述，对诗歌的形象、语言、内容、形式等创作的各个方面，以及具体作品等，发表了不少真知灼见。其深度恰恰反映了他们创作的高度。七月流派的诗歌，正是在创作与理论的一致上完成着风格的建设。

试从最重要的方面来看这种建设。

上面曾提到他们要求着诗歌的“生命”。诗歌之能具有生命，首先它应该是诗，即具有诗意，诗情。诗意中孕育出形象，形象表现诗意。七月流派认为，诗意和形象，不是诗人通过技巧去制造的，它是在生活中跃动着，在斗争中升腾着，这是客观的存在。而能否感受它，获得它，对它加以创造，则又极大地决定于诗人主观的因素，即深入生活斗争中，与之相结合。结合越好，创造越新。

艾青说“诗人必须是一个能把对于外界的感受与自己的感情思想融合起来的艺术家”，“诗人理解世界的深度，就表现在他所创造的形象的明确度上”，“诗是由诗人对外界所引起的感觉，注

---

① 《七月》八期《论我们时代的歌颂》。

② 《七月》十七期《诗论掇拾》。

③ 《诗论·美学》。

④ 如吕荧《人的花朵》（《七月》二十九期）和阿垅《箭头所向》（《希望》创刊号）等。

入了思想与情感，而凝结了形象，终于被表现出来的一种完美的艺术"，"存在于诗里的美，是通过诗人的情感所表达出来的人类向上精神的一种闪灼"。[①] 其他作者也用不同的语言表述过相似的思想。这些思想道出了七月流派的诗人们到生活斗争中去创新的总的倾向。这种"融合、凝结、表现、闪灼"正是七月流派诗歌的生命所在，也是它风格特色之根据所在。因此，七月流派的诗歌中所创造的诗意和形象，总是息息关联着那十余年生活和斗争的风貌，闪灼着那时代的精神，而且是向上的精神。

在诗歌创作中闪灼出最饱满的诗意、凝结出最鲜明的形象的，是艾青。他的《北方》、《向太阳》等诗集不仅是本人创作中，也是中国新诗史上重要的代表作。这些诗歌不仅继续着几年前《大偃河》时期的创作特点，表现出一个思想感情深沉执着的诗人特有的形象深度，又迸发出新的光彩，反射着抗战初期高昂的时代特征。这里激荡着的诗情，既是个人的，又是时代社会的，这些诗是个人感情与祖国、民族命运相结合的华章，是从生活斗争中获得、并加以创造的"完美的艺术"。艾青的诗，留下很多难以泯灭的形象，那中国土地上的寒雪、田野的劳苦者、草原上的马车、乞丐的眼和手、黄土高原上的骆驼、手推车的辙迹，以至那天边飞轮的声音、吹号者的血丝，简直都成了一种象征——只有那个时代和社会才存在的象征。

看一下艾青自述为"献给了战斗、献给牺牲"的"最真挚的歌"[②]《吹号者》，这是一首抒情的长诗，又如庄严悲凉的颂歌，它正是从生活战斗中得来，又用奇幻、丰富的想象加以创造的完美的诗作，它的形象一旦凝炼完成，却似乎比实际的生活的存在更为真实和贴切：

---

① 上列引语，见《诗论》中《感想》、《形象》、《诗》各段。

② 《为了胜利——三年来创作的一个报告》(《抗战文艺》七卷一期)。

现在他开始了，
站在蓝得透明的天穹的下面，
他开始以原野给他的清新的呼吸
吹送到号角里去，
——也夹带着纤细的血丝么？
使号角由于感激
以清新的声响还给原野，
——他以对于丰美的黎明的倾慕
吹起了起身号，
那声响流荡得那么辽远啊……

原野给吹号者以清新的呼吸，吹号者还原野以清新的声响，那声响流荡得辽远；生活给艾青以诗意，艾青还生活以形象，使这些形象传诵得久长。吹号者惊醒于对黎明的“殷切想望”；艾青敏感着大时代斗争风云的震荡。艾青在抒写抗战初期一个英勇的吹号者充满生命力的优美形象时，恰是如此真切地表露了他对诗歌创作的美学的企望。吹号者带着感激、带着血丝，而诗人的创作则需要时代的革命感情，需要呕心沥血的锤炼。

艾青的诗，也的确如号角一样带动着七月流派的很多诗人，给他们以重大影响。当然，艾青是整个中国新诗的高峰之一，他的诗歌的意义超越了一个流派的范围。但从总的诗风看来，被吸引而聚集在他诗歌创作一起的，首先就是七月流派的诗人和创作。甚至上面提到艾青诗中的那些形象，也曾经以不同的形态活在一些诗人的创作中。它们不是简单的摹仿，而反映出一种诗意的启示，灵感的触发。它们表现出意境神韵的相似，又同样寄寓着作者们自己的真情实感。很明显，诗歌的影响极难具体地捉摸或对比，它是应该用艺术的感受去领会的，因为接受影响决不是学样，而需要自己的创造。《白色花》的编者认为，当时“从艾青学到的，毋宁说是诗的独创性”，可能正是着眼于此。

田间是七月流派另一位重要代表诗人。由于他较为年轻以及较早去到抗日民主根据地等个人生活经历的差异，他所表现的诗情，以及所表达的内容和方式等，都和艾青不同。前面提到，艾青诗情常带忧郁，而田间，虽也有人认为“不无几分伤感”①，整个说来，他的诗歌以高昂为基调。但是，又正是在生活态度、创作倾向等基本观念上，他的诗作与艾青一样，以分明的特点体现着七月流派的风格。田间很早写诗，他曾自称“没有诳语，诚实的灵魂，解剖在草纸上……”②诗歌的语言则是“燃烧、粗野、愤怒”的。③ 这些准确的自评，作为个人思想感情忠于现实斗争的特点，一直存在并明显地发展于他以后的创作中。而抗战，更是给了他的诗作以全新的风貌。对于民族解放的责任心，在根据地体验的斗争实感，激发了他极大的创作冲动，他热情、不倦地带给诗坛战斗的兴奋的作品，激励着人们胜利的信念。如《义勇军》：

在长白山一带的地方，
中国的高粱
正在血里生长。
在大风沙里
一个义勇军
骑马走过他的家乡，
他回来了：
敌人的头
挂在铁枪上。

这类优秀诗作的传诵，产生了很好的作用。

田间当时出于战斗需要，不仅创作数量较大，而且不断进行着

① 胡风《给战斗者·后记》。
② 《未明集·代序》。
③ 《中国牧歌·跋》。

新的探索，尝试。以诗歌形式而言，他热情地创作街头诗、朗诵诗、诗传单、小叙事诗等较小型的作品，成为这方面的代表；从诗句结构来看，也正是在此期间，形成了所谓“鼓点式”的短行诗，诗句精炼短促，音节铿锵急切，富有鼓动性。闻一多后来曾称田间是抗战“时代的鼓手”①，并亲自朗诵他的诗作。田间诗歌从内容到形式的这些特点，鲜明地适应着抗战初期的时代精神，在诗歌创作上引起很大影响。七月流派的不少诗人，曾经受鼓舞于他的热情，感染于他的诗风，有的也在形式上作了效法。

包括田间自己在内的当时一些论者曾谈到过他诗歌中的某些不足，如要求情绪、形象的更加饱满等；田间还在诗歌形式上产生了新的变化。但是他在当时七月流派中的吸引作用是不能无视的。胡风后来曾谈过这样的意思：即使田间本人停滞了，但他走的道路还在，影响还在②。

前面说过，流派的个性要在对比中才能突出。我们既肯定在抗战开始后很多不同流派的作者走向现实的共同特点，又明显地看到，以艾青、田间为主要代表的七月流派的诗歌，在当时的出现，无疑是对某些长久脱离生活、只重于词藻、格律等形式美的诗风的对立和驱策。它们以新鲜的活力引起当时在生活斗争中以及诗歌创作中希望有所作为、有所前进的人们的共鸣、喜爱、靠拢，这是很容易理解的。

除了艾青、田间以外，很多诗人都以自己的创作为七月流派的形成和丰富作出了贡献，可惜这里不能一一记下他们的劳绩，只想概括地说明，他们的诗作共同地表现着前面提到的七月流派的特点：既有总的风格的一致性，又有作者个人的多样性。

由于他们长期深入到实际斗争中，不少人更参加了战斗，反映

---

① 《闻一多全集（三）》《时代的鼓手——读田间的诗》。

② 《七月》二十四期《关于诗与田间的诗》。

在他们的诗歌创作中的共同特点是：所写题材容纳着较广阔的现实以至重大的战争事件等，不局限于个人的生活；诗意大多联系着祖国、民族、时代的喜怒哀乐，较少属于个人的情怀；甚至在主题或形象的选择上，也出现着共同向上的特点。例如：他们不仅歌唱战争，歌唱战士和人民，也歌唱自己在战争中的成长，因为这正是年轻人的渴望；很多诗人深情地歌颂着母亲，他们蒙沐着母亲的爱，领受着母亲的教诲，去为祖国战斗，因为祖国就如母亲；他们还喜欢将诗情献给祖国的北方，因为北方有他们失去的家乡，是他们怀念的地方，北方有真正抗日的烈火，有党领导的战斗，是他们向往的光明与希望。这怀念和向往，随着国统区的日益沉闷，无望，而更加强烈。

但他们又都表现出明显的个人特色。同是写战争生活，庄涌迅速地直接描写战争本身，如《祝中原大战》，《同蒲路——敌人的死亡线》等，诗情激昂充沛，诗句明快有力：

一个勇士只能死一回，
然而我们有明天
明天——
　有鸡啼，
　有黎明号，
　有太阳，
　有风，
　有自由，
　有胜利！

（《祝中原大战》）

孙钿善于写战争的侧面，感情细腻深沉，《行程》、《雨》等更是挚爱地讴歌着青年战士在斗争中的牺牲和成长：

苦暗的雨中长大的我

终于振扑着坚强的翅翼了
我叩响新的光明的门扉了
太阳在我生命上照耀

昔日在雨天同我摺纸船的邻儿
如今也掮上了枪出征了

辉煌的革命书籍
辉煌的战斗历史
把我们的思想
凿开了一条宽阔的河流
因此,我们不只是
拿了枪的战斗员

(《雨》)

冀汸的《旷野》流动着奔驰征战的喜悦和青春焕发的骄傲,诗句也如旷野似舒展,奔马般欢畅:

澄清的波面
照下了我们底
英俊的愉快的影子,
我们二十骑
——这数目
　　正像我们每一个人底年纪
今天,是这般骄傲呀!
听着大地底召唤
让我们起誓:
　奔驰到旷野底边缘!

(《旷野》)

彭燕郊不少诗歌将背景安排在冬天、雪原（如《冬日》《雪天》等），笔调细腻，情致秀美，在战斗的渴望中流露出些许淡淡的忧悒，苍凉：

我爱祖国
这被无声的雪所掩埋的土地
从那仅有的溪涧
跨过冰块的阻碍
我们横渡而过
祖国呀
我爱你
今天的艰难的战斗……

（《雪天》）

同是表达自己对祖国大地的热爱，杜谷的《泥土的歌》，《写给故乡》等如同幻美的遐想，也有幽明的沉思，更是难忍的依恋和不平的倾诉：

在祖国的天空
风暴已经起来了
我们都好像地面的草叶
被旋飞的飓风吹卷
抛到半空又四处散落
我从此与你远离
颠仆着在山地流徙

（《写给故乡》）

牛汉的诗作则充满了深沉的挚爱与执着的歌唱，《鄂尔多斯草原》中弥漫着悲哀，也蒸腾着希望：

鄂尔多斯草原上的

牧民底血
像解冻的热流
从冰冷的皮肤里
从冰冷的生活底牢狱里
喷出来了
喷出来了……

草原上
牧民
在战斗的血流里打滚
他们底生活
闪着血红的光芒

（《鄂尔多斯草原》）

七月流派风格的一致性和个人的多样性，也还表现在诗歌的另外一些方面。

由于诗人们对生活与斗争抱着思索寻求的态度，他们的诗意中又常常飞跃出一些哲理。这情况存在于很多诗人的各种作品中，而以一些精致的抒情小诗，体现得最为鲜明。鲁藜是突出的代表，他善于从对山水草木、星月冬春的叙写中歌唱出生命的意义，以恬美的抒情启示斗争的理想。为人传诵的《泥土》写道：

老是把自己当作真珠
就时时有怕被埋没的痛苦

把自己当作泥土吧
让众人把你踩成一条道路

还有如《延河散歌》中的《山》：

在夜里

山开花了,灿烂地

如果不是山底颜色比夜浓
我们不会相信那是窑洞的灯火
却以为是天上的星星

如果不是那
大理石般的延河一条线
我们会觉得是刚刚航海归来
看到海岸,夜的城镇底光芒

我是一个从人生的黑海里来的
来到这里,看见了灯塔

同在根据地的胡征所作的一些小诗,如《钟声》、《挂灯的人》等,从生活场景中抒发出革命的乐观的信念:

你放心的上吧
挂路灯的同志
你脚下的梯子
是很结实的

人们的眼睛
都担心地望着你
因为你给行路人
点起了明亮的灯

好,再上一步
挂灯的同志

为照得更远
你要挂得更高更高些

（《挂灯的人》）

而在国统区写作的一些小诗，同样在思索着，表现出哲理的特点，但色彩显然不同，它们分外严峻、沉实，大多从苦难的现实中倾诉出斗争的要求，诗情紧迫、有力。如鲁煤（牧青）的《牢狱篇·大地》写道：

金黄，
从菜花里开出来——
美丽，
生在田园；

子弹，
从枪膛跳出来——
声音，
飞向山外；

春天，
来在大地；
大地，
有着战争；……

朱谷怀的《活》：

痛苦地活
顽强地活
活在热情的火焰里
活在生与死的搏斗里
呼吸愈困苦

信念愈坚
生命愈有力
在这片
冲激着仇恨与爱情的
土地上
夜更深
歌声更响
火光要更明亮……

除了小诗以外，当时有些在国统区的诗人为了更好地适应抗战后期以至解放战争时期的斗争任务，以很大的努力写出一些政治讽刺诗。郑思本善于写情致轻盈的作品，绿原更写过不少抒情并表现出哲理的诗歌，但他们都拿起了讽刺这武器。同是讽刺诗，又各具匠心。郑思的《秩序》笔锋辛辣，集中于揭露在国民党反动派的法律保护下是非正邪都颠倒了的生活秩序，在讽刺中饱和着斗志：

我的原意是想来写一首赞美诗
我底手却在不停地打抖
我底心似乎有火在燃烧
我想到原野上也许正燃着熊熊的野火
我有一股渴想出击的热力
我想着
人类一开始就以自己集体击败了野兽

《给天真的乐观主义者》则充满仇恨和蔑视，和绿原其它一些作品一样，着眼于较宽阔宏大的生活范围，几乎临战于国统区整个社会和时代：

在中国，谁能快乐而自由？就是这些天国的选民。信不信由你。

然而,今天,地狱的牧者率领一群哀军来了:不要怜悯!
要用可怖的悲惨惊吓这些选民!要将唾沫吐在他们的
　粉脸上!
日历撕完了,时钟停摆了,可爱的读者,向他们挑战!

上面谈了七月流派的风格在诗歌内容上的体现,这里还简单地提一下诗歌形式的问题。在诗歌这个特殊的文艺领域中,一般承认形式对于内容具有某种相对的独立性,不同的诗人可能对不同的形式运用得比较熟练。当然也造成过大量形式与内容很不适应的作品。而表现在七月流派的诗歌创作上,则强调形式和内容的一致与结合。

如前所述,他们认为诗意和形象客观存在于生活斗争中,需要作者的主观去感受它,创造它。因而,形式,就当然需要适合于所表现的各种内容。所以七月流派反对固定的框式,而几乎无例外地运用自由诗的形式。这种对于形式的主张,也正与内容一样,决定于流派风格的本身。这是一种必然,而不是一种选择。

自由诗所以在抗战开始后得到新的发展,也与当时总的诗歌创作情况有密切关系。前已提到,在抗战以前的一个历史时期,诗歌的发展不如小说等明显。其原因,客观上存在着各种文艺形式职能特长的差异,但就诗歌本身而言,那时期一方面固然不少诗人仍倾向于"五四"开创的自由诗形式,也有不少诗人在诗歌形式方面进行着有意义的探索,而又不免在探索中走了一些弯路。如在介绍一些外来形式的同时,对于现实生活斗争的情况,对于民族的习惯和喜闻乐见,考虑得不够。因此,他们虽然也写出一些艺术上细腻的作品,给诗坛提供了比较和借鉴,但较少新鲜的创作活力。这种情况正是自由诗在抗战时期得到很大发展的重要背景。

七月流派在抗战之初对于一些文艺问题的讨论,很大地关注于新的文艺形式,其中包括诗歌中的自由诗体等问题,这是有所针对的。艾青认为:"旧有的形式和十四行诗、四行诗啦,我们都已经冲破了……所谓的自由诗或自然诗也给我们冲破了，因为这些诗歌的形式都是从安闲的生活环境里产生的。”①这意味着，抗战后自由诗的发展，即使对以前的自由诗也有所突破，关键是离开“安闲的生活环境”，深入到实际生活斗争中。而这，正好也是七月流派形成的关键。

七月流派为自由诗新发展作了较大贡献，而艾青则在这个发展中成为抗战时期中国自由诗最重要的代表。

七月流派诗歌创作中其它一些情况，包括对于朗诵诗、街头诗的支持等，无不决定于流派本身的风格特点，这里不再一一论及。

四

七月流派的报告文学和短篇小说。作为流派的一些基本特点，如对生活创作的态度等，它们和诗歌创作是相同的。这里只就其它问题作个择要的概述。

抗战爆发后全国人民的生活、斗争、思想感情都围绕和集中于战争这件民族的大事。当时的文艺，离开抗战这个命题，几乎会失去存在的意义。诗歌最善于表现出那个时代的精神、情绪等，而报告文学则擅长于反映时代生活斗争的实况。它们都能迅速发挥鼓舞斗志的作用。《七月》杂志为了有利于做好抗战时期“意识战线”的工作，从一开始就大力提倡报告文学。在相当长的一段时期内，它在杂志上占有最多的篇幅。

抗战需要报告文学，当时的客观情况又正为这形式创设了条件。例如，不仅很多作者为了战争的缘故分赴生活各个角落，亲历了各种斗争，而且更有大量的群众，在战争的激励下拿起笔来反映自己的经历和见闻。后来证明报告文学成为中国现代文学史上抗

---

① 《七月》七期《抗战以来的文艺活动动态和展望（座谈会记录）》。

战时期蓬勃发展的一种文艺形式,这是很自然的。这种作者队伍壮大的情况,在《七月》上得到了反映,很多作者、包括诗人在内,从全国各地写出了报告、散文、特写、通讯等,同时也和诗歌一样,有很多"初来者",包括各地的通讯员等,在杂志上发表作品。

这样一些情况,在当时也是不少流派、作者所共有的,报告文学的繁荣,是由于整个创作界的努力。而应该作为七月流派的特点提出的,还是从流派总的风格而来的:他们迅速地进入实际生活斗争,提供了战争年代最早一批充满血肉、感情的作品。

如果可以把诗歌的特长与音乐相比,那么报告文学就恰如画卷一样。七月流派的报告文学从各个角度绘出了那时代震荡着的生活、斗争。

有些作品抒写着对于家乡、土地的怀念、眷恋,它的大多诉述对过往的失望和批评,又对它在战火中的苏醒和振奋充满了希望;但美好的家乡、国土,如今遭到侵略者的蹂躏,有些作品以满腔憎恨揭露了日本帝国主义的狰狞与暴行,也鄙视着敌人的怯弱;要把国土从敌人暴行下解放,必须战斗,较多的作品反映了军队、群众、游击队的可歌可泣的英勇抗战情景,洋溢着胜利,乐观的信念;但国民党的无能与腐败损害着人民的斗争,危及战争的命运,不少作品敏锐地批判了国民党上层的昏庸与妥协,这种批判,随着国民党日趋反共反人民而发展为强烈的控诉与抗议;在国民党压迫下,人民遭受着长时期的痛苦,有些作品以极大的同情和愤怒反映了国统区黑暗死沉的生活;人民群众、特别是青年人坚决反对国民党的反动统治,他们寻找着各种斗争方式,有些作品记载着他们在国统区的革命活动,也记录下他们奔向抗日民主根据地和解放区的步伐;共产党领导下的人民政权和军队,是全国人民的栋梁,很多作品歌颂了根据地、解放区军民的战斗、生产、学习、鱼水关系等,在那里寄托着自己的希望。这类作品在国统区发表,如清澈的溪水流入枯旱的土地一样,滋润着人们的心田,别具重要的意义。

同诗歌创作一样，当大量报告文学作品出现时，也就出现了艺术质量的问题。由于作者创作时的迫切感，生活积累不够，较多地停留在事物的现象上，缺乏深切的理解和艺术的酝酿。对于不少“初来者”，还存在着写作技巧的问题。

七月流派对此的态度，一是帮助提高。《七月》杂志从很早开始（如二期《七月社明信片》）就提出要注意报告文学写作上的一些问题，此后在很多文章、座谈中都曾反复议论，有些作者如东平、曹白等还发表自己的创作体会。主要的意见是希望克服“平铺直叙”和“概念抽象”的缺点，提倡“真实、艺术化、形象化”等等。直到《希望》创刊，《小启》中仍强调要克服“琐碎的铺叙和空洞的议论”。二是求其发展。七月流派在提出当时报告文学缺点的同时，热情地肯定这些作品，认为这是一个准备和必然过程，将会发展为成熟的作品。当时的提法是“发展或提高到创作”①、也即指小说创作。并以东平的《一个连长的战斗遭遇》为从报告文学到小说的发展成熟的标志。

七月流派的杂志上发表的这类作品，确实勾划出这个发展的大致轮廓。这除了前面已强调的不同文艺形式反映现实的特点以外，杂志的提倡引导也起了很大的作用。较早时期主要发表大量报告文学，其中一部分偏于热切的叙述，却失之于平直，申述正确的理念而缺少感染力，但它们积累着大量宝贵的材料，孕育起一些有意义的主题；也有一部分则注意写出重大斗争中人物的思想、精神的变化，具有一定的形象性，记叙事物的角度也有所选择、安排。较后则有意识多发表小说创作，约从《七月》第五集（二十三期起）开始（1940 年 1 月）数量有明显增加，常设小说专辑。部分小说中还能看到报告文学的痕迹，写实性强，但总的说来反映了一个趋势，对于人物等注意形象的刻画，结构也较讲究。这些，只是说明

① 《七月》十五期《现时文艺活动与〈七月〉（座谈会记录）》中胡风发言。

着作者们在不同年代对于不同特点文艺形式的运用情况，不应视为它们优劣的比较。事实上，不少作品很难确分为报告文学或小说，包括东平等的同一优秀作品，后来还被分别收入这两种不同文艺形式的选集内。

七月流派的报告文学，出现了几位代表作家。他们的成就为现代文学史所公认。

例如，不少文学史书籍，在论述抗战时期报告文学时，就首先提到丘东平的劳绩。他的成就来自对于生活斗争和创作的极度认真执着。他有很长的革命斗争经历，当抗战爆发，又走向了第一线，他参加新四军先遣支队，是亲自向陈毅坚决请求的结果。1937年底到1938年初，他连续写出了《第七连》、《我们在那里打了败仗》、《我认识了这样的敌人》等优秀的报告文学，反映了江苏、上海一带战争的情况。这几篇作品都用人物第一人称口气写出，增添了正面直接的感受的力量。不久，又写出小说《一个连长的战斗遭遇》，歌颂一个"在旧的军队中产生"的"中国的新军人"，被称为"战争以来的小说形式上最英雄的突击"①。东平的很多作品在艺术上也表现出明显的发展、成熟。当时七月流派的一些重要作家曾专门讨论东平的创作，认为他对于生活和战斗的态度可以作为"楷模"②，他和曹白的创作"都说明了《七月》工作目标的实现路程"③。1941年东平牺牲后，更有不少作家写文作诗纪念他，重申他创作的历史意义。

同样记叙出战争最初的激烈情景的，是阿垅(S. M)。他在七月流派的很多杂志上发表诗歌、评论等，但抗战开始后最先的努力则表现在报告文学上。《闸北打了起来》、《从攻击到防御》等是当时描写淞沪战争的重要篇章，被称为"抗日民族战争底可宝贵的

① 《七月》十四期《七月社明信片》。

② 《七月》十五期《现时文艺活动与〈七月〉(座谈会记录)》中吴奚如、胡风发言。

③ 同上。

纪录之一”[1]。由于他以低级军官的身份亲自参加了战役的全过程，在闸北土地上流下了自己的鲜血，他深感自己有“理由”、也有“义务”写下这场战斗。这种斗争和创作的冲动明显地表现在作品里，对于“阵亡的弟兄”和“受伤的同志”的“纪念”[2]之情洋溢于记叙之中。由于较高的艺术素养，他的创作富于形象特点。

东平和阿垅这些关于战争的报告文学，在歌颂战士和群众忘我地英勇战斗的同时，都以忧虑、不平甚至气愤写下了国民党军队领导的无能、苟安、营私等对于战事的危害。这和当时较多停留于表面的兴奋、乐观的作品不同，表现出作者进入生活的深度。

更为明显地表现出这一特点的是曹白的报告文学。战争开始，他在上海参加难民收容工作，以此为题材写下很多作品，其数量和及时性都是突出的。《七月》的第一、二期创作都以他的报告文学为卷首，而且每期不止一篇。作品较多地揭露出有关部门的混乱、腐败等。这与他接触的生活方面有关，但也反映了他的一些创作意图。他希望保持“朴素”的原则，认为“应揭发黑暗和疾苦”[3]。但他对于受难的群众则是抱着希望和信赖，在难民身上感受到“生命也在呼吸”，(《这里，生命也在呼吸》)对于用全身心呼吸而又终于被腐败所吞噬的年轻的生命，充满了同情、怀念(《杨可中》)。以后曹白参加游击队生活，所写《富曼河的黄昏》、《访江南义勇军第×路》等，情绪亦随生活内容转向清朗。曹白的报告文学文字亲切简练，具有小说风度、杂文思路，常在形象的报导与叙述中带出理性的思索。

路翎是七月流派短篇小说的重要代表作家。他在1940年5月出版的《七月》二十五期上以“新作家”身份出现后，连续在有关

---

① 《七月》十五期《七月社明信片》。

② 《七月》十六期《我写〈闸北打了起来〉》。

③ 《七月》十四期《从黑暗的海里来》。

杂志发表了大量作品，包括小说、报导、散文、诗歌、论文、书评等。仅以小说计，除《七月》五篇外，在《希望》共八期中的七期上发表十七篇，在《蚂蚁小集》共七期中的五期上发表五篇，此外还在《泥土》等杂志上发表。加上未见于七月流派的杂志的短篇、中篇、长篇等，数量极大，引起当时的注视。这些小说大多反映抗战后期及解放战争时期国统区的生活，人物有煤矿工人、农民、城镇贫民、士兵、妇女，也有财主、小官吏、奴才、丑类等。路翎的创作从一开始就具有明显的个性特色。他着力于挖掘和表现人物的精神世界，一方面较多苦闷、压抑，甚至阴郁、失望，另一方面，他们又总是在寻找着合理的人生，以至用生命呼唤着理想。作者严峻地描写着这一切。他孜孜以求他们的光明和温暖，却又不免时时吐露出沉重的心。对他的小说，在当时就有不同的意见，恰恰说明它是一个复杂的值得重视的现象。它既是当时国统区这时代社会的特定产物，难免受它氛围的感染；也反映着作者思想感情的状态，有待于越过一些局限。作者熟悉这些生活，同情珍爱底层的人民，但不免用自己知识分子的心灵去感受。如何理解这生活和人民，"突进"客观生活后如何主观"结合"？对于当时年轻的作者，是还需要更多思想和生活斗争的磨炼的。作者越是勤奋，他的创作在这方面的得与失都更为鲜明。也许很少人熟悉路翎的诗歌，他在长诗《致中国》①(1942 年 4 月 7 日作)的开头写道："不知怎样我很疲劳　但想起我所生活的中国来我又很惊恐……这是一篇'知识分子'底诗歌，如果可能当献给人民……"表达了对祖国现实的爱情与企望，也表现了自己心中的渴念和忧伤。这能帮助理解他小说的思想、艺术的特点。

这里提到的小说，有的并非代表作，但也都能反映出作者的特点。《王兴发夫妇》是贫苦农民灵魂的倾诉，他们在生活重荷下痛

---

① 《泥土》第五辑。

苦到麻木，但他们朴素、善良，在生死的煎熬中仍执着于生命般宝贵的感情；《滩上》是痛苦而壮美的，纤夫在呼号中咀嚼自己内心的伤悲；《饥渴的士兵》是沉重和不平的，他死于对故乡的土地、亲人和平凡甚至困苦生活的渴望中。作者总是化出很大的心力，在作品中为他们的生活、遭遇添上一丝亮光和生机。他的《乡镇散记》开朗多了，从朴素、笨拙而强壮的矿工们身上感受到“生命底迫来”。《感情教育》是少数写知识分子的作品之一，同样喻示着生命的力量。故事前半部分气氛烦闷，突然间生活中一个小小的但活的情趣，将这气氛全摧去。人们会感到有些理念是何等灰暗，只有生命之树长青。应该说，即使路翎小说有它的弱点，但人们很难忘去他热切到沉痛的追求，以及他笔下的才华。

所写生活与此完全不同的是晋驼、孔厥等人的小说。晋驼的《结合》、《蒸馏》等写人民军队中战士、干部的成长、提高，孔厥的《凤仙花》、《受苦人》等写解放区人民的翻身、觉悟。这些作品中人物的命运和新社会一起向上。抗战初期的报告文学中已分明表现出两个地区作品面貌的差别，到了抗战后期、解放战争时期的小说，这差别已不仅反映出两个地区、而是两个社会、以至两个时代的截然不同了。晋驼、孔厥等人的小说在艺术特色上也表现出这新的变化，有良好的条件在民族化、大众化的路上发展，而与其他很多作者的创作一起，形成了解放区的新的小说。

上面，就七月流派的发展，它的风格倾向，具体创作等作了回顾。

今天从中国现代文学史的艺术流派的角度去评述它，决不仅是为了恢复这一重要文艺现象的历史地位，更不是为评价某一些人的功过得失，而是希望为总结现代文学史上一些历史经验，发扬好的传统、积累艺术财富，以有益于社会主义文学的发展，做些哪怕是初步的工作。目前学科的发展，也正需要我们这样做。

建立风格，是一个作者成熟的标志；形成流派，是一个时代文艺繁荣的表现，是一群作者成熟的标志。既是流派，总是相对于一个更大的整体而言，如江河之于大海。大海不弃涓流，对于文艺上的流派也应珍视。尽管历史告诉我们，不少流派，也正如同江河一样，杂着泥沙、甚至污染。大海能容下这些，并以它所带来的养料丰富着自己，滋长着万千生物。我们的文艺应该更加自觉、能动，时代斗争本身以及人们的工作，有力量鉴别流派的泥沙和污染，汲取对自己有用的东西。任何流派的出现，都可能带着思想、艺术上或多或少的弱点，但它们的成绩和收获应是文学史上的共同财富。不科学地扬抑褒贬，无益于补短取长；而广集流派风采，互相切磋琢磨，将使整个文学更丰富地发展。

流派发展中艺术见解的分歧是很正常的，如七月流派的有些作品在当时就受到过不公平的评论，而在七月流派的杂志上也发表过对其他流派作家作品的不科学的议论。但这不妨碍在整体上互相的尊重和肯定。《七月》杂志在当时就声称自己“不过是整个文艺战线上的堡垒之一”，“只能是一个岗位”，表示“重视”“各派作家底创作方法”，“尊敬”“友军的许多文艺堡垒”①。这个态度，也应是今天评述七月流派时的态度。

最后，关于本书的编选说明几点：

一、虽名为《〈七月〉、〈希望〉作品选》，但实际是作为流派的选集，而不是单纯的杂志作品选。因此所选范围还包括前面提到的一些与七月流派关系密切的杂志、丛书等，少数代表作家的重要作品还选自其它杂志、书籍。

二、由于同一原因，有不少知名作家在《七月》等杂志上发表作品，但并不属于七月流派，即不选入。

三、本书选入了不少“初来者”、即当时《七月》等杂志上的新

---

① 《七月》十五期《愿再和读者一同成长》。

人的作品，但对于其中有些如前文提到的后来风格上出现明显变化，因而在整体上说不属于七月流派的，即未予选入。

四、编选力求做到有分寸感（即该作者在七月流派以至整个中国现代文学史上的地位与所选作品的比重关系），有代表性（即所选作品为该作者在风格和水平上的代表作），但由于一些客观原因，例如本书容量有限、有些代表作又篇幅过长无法选入等，可能有掌握不当之处。又因对部分材料迄今未能找全，难免存在漏选情况（包括作家作品）。

五、本书分两册，上册为诗歌，下册为报告文学，短篇小说。两册分别以作者为单位编排（报告文学与短篇小说不再分编）其顺序按各作者入选作品中最早一篇写作或发表时间先后排列。

六、本书所选作品尽量按照原发表时的稿本，但有无法找到的、以及在解放前收集子时已作了必要的改动，而成为更通行的稿本的，即依据后来的集子。

七、对于原文印刷上明显的错漏、颠倒，以及极少数无法辨认处，本书按编者的理解予以改正、处理。

一九八二年七月

艾　青

复活的土地

腐朽的日子
早已沉到河底，
让流水冲洗得
快要不留痕迹了；

河岸上
春天的脚步所经过的地方，
到处是繁花与茂草；
而从那边的丛林里
也传出了
忠心于季节的百鸟之
高亢的歌唱。

播种者呵
是应该播种的时候了，
为了我们肯辛勤地劳作
大地将孕育
金色的颗粒。

就在此刻，

你——悲哀的诗人呀，
也应该拂去往日的忧郁，
让希望苏醒在你自己的
久久负伤着的心里：

因为，我们的曾经死了的大地，
在明朗的天空下
已复活了！
——苦难也已成为记忆，
在它温热的胸膛里
重新漩流着的
将是战斗者的血液。

一九三七年七月六日，沪杭路上。

（选自诗集《北方》，桂林南天出版社一九四三年十二月初版。）

他起来了

他起来了——
从几十年的屈辱里
从敌人为他掘好的深坑旁边

他的额上淋着血
他的胸上也淋着血
但他却笑着
——他从来不曾如此地笑过

他笑着
两眼前望且闪光
像在寻找
那给他倒地的一击的敌人

他起来了
他起来
将比一切兽类更勇猛
又比一切人类更聪明

因为他必须如此——
因为他
必须从敌人的死亡
夺回来自己的生存

一九三七年十月十二日，杭州。

（选自《七月》三期，一九三七年十一月十六日出版。）

雪落在中国的土地上

雪落在中国的土地上，
寒冷在封锁着中国呀……

风，
像一个太悲哀了的老妇，
紧紧地跟随着

伸出寒冷的指爪
拉扯着行人的衣襟，
用着像土地一样古老的话
一刻也不停地絮聒着……

那从林间出现的，
赶着马车的
你中国的农夫
戴着皮帽
冒着大雪
你要到那儿去呢？

告诉你
我也是农人的后裔——
由于你们的
刻满了痛苦的皱纹的脸
我能如此深深地
知道了
生活在草原上的人们的
岁月的艰辛。

而我
也并不比你们快乐啊
——躺在时间的河流上
苦难的浪涛
曾经几次把我吞没而又卷起——
流浪与禁监
已失去了我的青春的

最可贵的日子，
我的生命
也像你们的生命
一样的憔悴呀。

雪落在中国的土地上，
寒冷在封锁着中国呀……

沿着雪夜的河流，
一盏小油灯在徐缓地移行，
那破烂的乌篷船里
映着灯光，垂着头
坐着的是谁呀？

——啊，你
蓬发垢面的少妇，
是不是
你的家
——那幸福与温暖的巢穴——
已被暴戾的敌人
烧毁了么？

是不是
也像这样的夜间，
失去了男人的保护，
在死亡的恐怖里
你已经受尽敌人刺刀的戏弄？

咳,就在如此寒冷的今夜,
无数的
我们的年老的母亲,
都蜷伏在不是自己的家里,
就像异邦人
不知明天的车轮
要滚上怎样的路程……
——而且
中国的路
是如此的崎岖
是如此的泥泞呀。

雪落在中国的土地上,
寒冷在封锁着中国呀……

透过雪夜的草原
那些被烽火所啮啃着的地域,
无数的,土地的垦殖者
失去了他们所饲养的家畜
失去了他们肥沃的田地
拥挤在
生活的绝望的污巷里:
饥馑的大地
朝向阴暗的天
伸出乞援的
颤抖着的两臂。

中国的苦痛与灾难

像这雪夜一样广阔而又漫长呀！

雪落在中国的土地上
寒冷在封锁着中国呀……

中国，
我的在没有灯光的晚上
所写的无力的诗句
能给你些许的温暖么？

一九三七年十二月二十八夜间。

（选自《七月》七期，一九三八年一月十六日出版。）

北　　方

一天
那个珂尔沁草原上的诗人
对我说：
“北方是悲哀的。”

不错，
北方是悲哀的。
从塞外吹来的
沙漠风，
已卷去
北方的生命的绿色
与时日的光辉，

——一片暗淡的灰黄
蒙上一层揭不开的沙雾；
那天边疾奔而至的呼啸，
带来了恐怖，
疯狂地
扫荡过大地；
荒漠的原野，
冻结在十二月的寒风里，
村庄呀，
古城呀，
山坡呀，
河岸呀，
颓垣与荒冢呀，
都披上了土色的忧郁……
孤单的行人，
上身俯前
用手遮住了脸颊，
在风沙里
困苦了呼吸
一步一步地
挣扎着前进……
几只驴子
——那有悲哀的眼
　　和疲乏的耳朵的畜生，
载负了土地的
痛苦的重压，
它们厌倦的脚步
徐缓地踏过

北国的
修长而又寂寞的道路……

那些小河早已枯干了
河底也已画满了车辙，
北方的土地和人民
在渴求着
那滋润生命的流泉啊！
枯死的林木
与低矮的住房
稀疏地
阴郁地
散布在
灰暗的天幕下，
天上，
看不见太阳，
只有那结成大队的雁群
惶乱的雁群，
击着黑色的翅膀，
叫出它们的不安与悲苦，
从这荒凉的地域逃亡，
逃亡到
绿荫蔽天的南方去了……

北方是悲哀的；
而万里的黄河
汹涌着混浊的波涛，
给广大的北方

倾泻着灾难与不幸；
而年代的风霜
刻画着
广大的北方的
贫穷与饥饿啊。

而我
——这来自南方的旅客，
却爱这悲哀的北国啊。
扑面的风沙
与入骨的冷气
决不曾使我咒诅；
我爱这悲哀的国土，
一片无垠的荒漠
也引起了我的崇敬：
——我看见
我们的祖先
带领了羊群，
吹着笳笛，
沉浸在这大漠的黄昏里……
我们踏着的
古老的
松软的黄土层里，
埋有我们祖先的骸骨啊，
——这土地是他们所开垦，
几千年了
他们曾在这里
和带给他们以打击的自然相搏斗，

他们为保卫土地
从不曾屈辱过一次，
他们死了
把土地遗留给我们——
我爱这悲哀的国土，
它的广大而瘦瘠的土地，
带给我们以淳朴的言语
与宽阔的姿态，
我相信:这言语与姿态
坚强地生活在大地上
永远不会灭亡；
我爱这悲哀的国土，
古老的国土呀，
这国土养育了
那为我所爱的
世界上最艰苦
与最古老的种族。

一九三八年二月四日，潼关。

（选自《七月》十期，一九三八年三月一日出版。）

手　推　车

在黄河流过的地域
在无数的枯干了的河底
手推车
以唯一的轮子

发出使阴暗的天穹痉挛的尖音
穿过寒冷与静寂
从这一个山脚
到那一个山脚
彻响着
北国人民的悲哀

在冰雪凝冻的日子
在贫穷的小村与小村之间
手推车
以单独的轮子
刻画在灰黄土层上的深深的辙迹
穿过广阔与荒漠
从这一条路
到那一条路
交织着
北国人民的悲哀

1938 年初

（选自《北方》集，桂林南天出版社一九四三年十二月初版。）

向 太 阳

从远古的墓茔
从黑暗的年代
从人类死亡之流的那边

震惊沉睡的山脉
若火轮飞旋于沙丘之上
太阳向我滚来……

——引自旧作《太阳》

一　我起来

我起来——
像一只困倦的野兽
受过伤的野兽
从狼藉着败叶的林薮里
从冰冷的岩石上
挣扎了很久
才支撑着上身
睁开眼睛
向天边寻觅……

我——
是一个
从遥远的山地
从未经开垦的山地
到这几千万人
　用他们的手劳作着
　用他们的嘴呼嚷着
　用他们的脚走着的城市来的
　　　旅客，
我的身上
酸痛的身上

深刻地留着
风雨的昨夜的
长途奔走的疲劳

但
我终于起来了

我打开窗
用囚犯第一次看见光明的眼
看见了黎明
——这真实的黎明啊

（远方
似乎传来了群众的歌声）

于是　我想到街上去

二　街　上

早安呵
你站在十字街头
　车辆过去时
　举着白袖子的手的警察
早安呵
你来自城外的
　挑着满箩绿色的菜贩
早安呵
你打扫着马路的

　穿着红色背心的清道夫
早安呵
你提了篮子，第一个到菜场去的
　棕色皮肤的年轻的主妇
我相信
昨夜
你们决不像我一样
　被不停的风雨所追踪
　被无止的恶梦所纠缠
你们都比我睡得好啊！

三　昨　天

昨天
我在世界上
用可怜的期望
喂养我的日子
像那些未亡人
披着麻缕
用可怜的回忆
喂养她们的日子一样

昨天
我把自己的国土
　当做病院
——而我是患了难于医治的病的
没有哪一天
我不是用迟滞的眼睛

看着这国土的
　没有边际的凄惨的生命……
没有哪一天
我不是用呆钝的耳朵
听着这国土的
　没有止息的痛苦的呻吟

昨天
我把自己关在
精神的牢房里
四面是灰色的高墙
没有声音
我沿着高墙
走着又走着
我的灵魂
不论白日和黑夜
永远的唱着
一曲人类命运的悲歌
昨天
我曾狂奔在
阴暗而低沉的天幕下的
没有太阳的原野
到山巅上去
伏倒在紫色的岩石上
流着温热的眼泪
哭泣我们的世纪

现在好了

一切都过去了

四　日　出

太阳出来了……

当他来时……
城市从远方
用电力与钢铁召唤他

——引自旧作《太阳》

太阳
从远处的高层建筑
——那些水门汀与钢铁所砌成的山
和那成百的烟突
成千的电线杆子
成万的屋顶
所构成的
密丛的森林里
出来了……

在太平洋
在印度洋
在红海
在地中海
在我最初对世界怀着热望
而航行于无边蓝色的海水上的少年时代
我都曾看着美丽的日出

但此刻
在我所呼吸的城市
喷发着煤油的气息
柏油的气息
混杂的气息的城市
躺开的金属的胴体
矿石的胴体
电火的胴体的城市
宽阔地
承受黎明的爱抚的城市
我看见日出
比所有的日出更美丽

五　太阳之歌

是的
太阳比一切都美丽
比处女
比含露的花朵
比白雪
比蓝的海水

太阳是金红色的圆体
是发光的圆体
是在扩大着的圆体

惠特曼

从太阳得到启示
用海洋一样开阔的胸襟
写出海洋一样开阔的诗篇

凡谷
从太阳得到启示
用燃烧的笔
蘸着燃烧的颜色
画着农夫耕犁大地
画着向日葵

邓肯
从太阳得到启示
用崇高的姿态
披示给我们以自然的旋律

太阳
它更高了
它更亮了
它红得像血

太阳
它使我想起　法兰西　美利坚的革命
想起　博爱　平等　自由
想起　德谟克拉西
想起　《马赛曲》《国际歌》
想起　华盛顿　列宁　孙逸仙
　　　和一切把人类从苦难里拯救出来的

人物的名字

是的
太阳是美的
且是永生的

六　太阳照在

初升的太阳
照在我们的头上
照在我们的久久地低垂着
　不曾抬起过的头上
太阳照着我们的城市和村庄
照着我们的久久地住着
　屈服在不正的权力下的城市和村庄
太阳照着我们的田野,河流和山峦
照着我们的从很久以来
　到处都蠕动着痛苦的灵魂的
　田野,河流和山峦……

今天
太阳的眩目的光芒
把我们从绝望的睡眠里刺醒了
也从那遮掩着无限痛苦的迷雾里
刺醒了我们的城市和村庄
也从那隐蔽着无边忧郁的烟雾里
刺醒了我们的田野,河流和山峦
我们仰起了沉重的头颅

从濡湿的地面
一致地
向高空呼嚷
　“看我们
　我们
　笑得像太阳!”

七　在太阳下

　　“看我们
　　我们
　　笑得像太阳!”

那边
一个伤兵
支撑着木制的拐杖
沿着长长的墙壁
跨着宽阔的步伐
太阳照在他的脸上
照在他纯朴地笑着的脸上
他一步一步地走着
他不知道我在远处看着他
当他的披着绣有红十字的灰色衣服的
　高大的身体
走近我的时候
这太阳下的真实的姿态
我觉得
比拿破仑的铜像更崇高

太阳照在
城市的上空
街上的人
这末多,这末多
他们并不曾向我打招呼
但我向他们走去
我看着每一个从我身边走过的人
对他们
我不再感到陌生

太阳照着他们的脸
照着他们的
　　光洁的,年轻的脸
　　发皱的,年老的脸
　　红润的,少女的脸
　　善良的,老妇的脸
和那一切的
　昨天还在惨愁着但今天却笑着的脸
他们都匆忙地
摆动着四肢
在太阳光下
来来去去地走着
　——好像他们被同一的意欲所驱使似的
他们含着微笑的脸
也好像在一致地说着
　"我们爱这日子
　不是因为我们

看不见自己的苦难
不是因为我们
看不见饥饿与死亡
我们爱这日子
是因为这日子给我们
带来了灿烂的明天的
最可信的音讯。”

太阳光，
闪烁在古旧的石桥上……
几个少女
——那些幸福的象征啊
背着募捐袋
在石桥上
在太阳下
唱着清新的歌
“我们是天使
健康而纯洁
我们的爱人
年轻而勇敢
有的骑战马
有的驾飞机
驰骋在旷野
飞翔在天空……”
（歌声中断了，她们在向行人募捐）
现在
她们又唱了
“他们上战场

　奋勇杀敌人
　我们在后方
　慰劳与宣传
　一天胜利了
　欢聚在一堂……”
她们的歌声
是如此悠扬
太阳照着她们的
　骄傲地突起的胸脯
和袒露着的两臂
和发出尊严的光辉的前额
她们的歌
飘到桥的那边去了……

太阳的光
泛滥在街上
浴在太阳光里的
　街的那边
一群穿着被煤烟弄脏了的衣服的工人
扛抬着一架机器
　——金属的棱角闪着白光
太阳照在
　他们流汗的脸上
当他们每一步前进时
他们发出缓慢而沉洪的呼声
　“杭——唷
　杭——唷
　我们是工人

工人最可怜
贫穷中诞生
劳动里成长
一年忙到头
为了吃与穿
吃又吃不饱
穿又穿不暖
杭——唷
杭——唷
自从八一三
敌人来进攻
工厂被炸掉
东西被抢光
几千万工友
饥饿与流亡
我们在后方
要加紧劳动
为国家生产
为抗战流汗
一天胜利了
生活才饱暖
杭——唷
杭——唷……”
他们带着不止的杭唷声
转弯了……

太阳光
泛滥在旷场上

旷场上
成千的穿草黄色制服的士兵
　在操演
他们头上的钢盔
　和枪上的刺刀
闪着白光
他们以严肃的静默
等待着
　那及时的号令
现在
他们开步了
从那整齐的步伐声里
我听见
　“一！二！三！四！
　一！二！三！四！
　我们是从田野来的
　我们是从山村来的
　我们生活在茅屋
　我们呼吸在畜棚
　我们耕犁着田地
田地是我们的生命
但今天
敌人来到我们的家乡
我们的茅屋被烧掉
我们的牲口被吃光
我们的父母被杀死
我们的妻女被强奸

我们没有了镰刀与锄头
只有背上了子弹与枪炮
我们要用闪光的刺刀
抢回我们的田地
回到我们的家乡
消灭我们的敌人
敌人的脚踏到那里
敌人的血流到那里……
…………
一！二！三！四！
一！二！三！四！
…………”

这真是何等的奇遇啊……

八　今　天

今天
奔走在太阳的路上
我不再垂着头
　把手插在裤袋里了
嘴也不再吹那寂寞的口哨
不看天边的流云
不彷徨在人行道

今天
在太阳照着的人群当中
我决不专心寻觅

那些像我自己一样惨愁的脸孔了

今天
太阳吻着我昨夜流过泪的脸颊
吻着我被人间世的丑恶厌倦了的眼睛
吻着我为正义喊哑了声音的嘴唇
吻着我这未老先衰的
啊！快要佝偻了的背脊

今天
我听见
太阳对我说
　“向我来
　从今天
　你应该快乐些呵……”

于是
被这新生的日子所蛊惑
我欢喜清晨郊外的
　　军号的悠远的声音
我欢喜拥挤在忙乱的人丛里
我欢喜从街头敲打过去的锣鼓的声音
我欢喜马戏班的演技
　当我看见了那些原始的,粗暴的,健康的运动
　我会深深地爱着它们
　——像我深深地爱着太阳一样

今天

我感谢太阳
太阳召回了我的童年了

九　我向太阳

我奔驰
依旧乘着热情的轮子
太阳在我的头上
用不能再比这更强烈的光芒
燃灼着我的肉体
由于它的热力的鼓舞
我用嘶哑的声音
歌唱了:
　“于是,我的心胸
　被火焰之手撕开
　陈腐的灵魂
　搁弃在河畔……”
这时候
我对我所看见　所听见
感到了从未有过的宽怀与热爱
我甚至想在这光明的际会中死去……

一九三八年,四月,在武昌。

(录自诗集《向太阳》,桂林海燕书店一九四二年三月三版。原作发表于一九三八年五月十六日出版的《七月》十四期,共十节。后出版之单行本均删去其中八《群众》一节,改为九节。)

我爱这土地

假如我是一只鸟，
我也应该用嘶哑的喉咙歌唱：
这被暴风雨所打击着的土地，
这永远汹涌着我们的悲愤的河流，
这无止息地吹刮着的激怒的风，
和那来自林间的无比温柔的黎明……
——然后我死了，
连羽毛也腐烂在土地里面。

为什么我的眼里常含泪水？
因为我对这土地爱得深沉……

一九三八年十一月十七日。

（选自诗集《北方》，桂林南天出版社一九四三年十二月初版。）

吹号者

好像曾经听到人家说过，吹号者的命运是悲苦的，当他用自己的呼吸磨擦了号角的铜皮使号角发出声响的时候，常常有细到看不见的血丝，随着号声飞出来……

吹号者的脸常常是苍黄的……

一

在那些蜷卧在铺散着稻草的地面上的
　困倦的人群里，
在那些穿着灰布衣服的污秽的人群里，
他最先醒来——
他醒来显得如此突兀
每天都好像被惊醒似的，
是的，他是被惊醒的，
惊醒他的
是黎明所乘的车辆的轮子
滚在天边的声音。

他睁开了眼睛，
在通宵不熄的微弱的灯光里
他看见了那挂在身边的号角，
他困惑地凝视着它
好像那些刚从睡眠中醒来
第一眼就看见自己心爱的恋人的人
一样欢喜——
在生活注定给他的日子当中
他不能不爱他的号角；

号角是美的——
它的通身
发着健康的光采，
它的颈上

结着绯红的流苏。

吹号者从铺散着稻草的地面上起来了，
他不埋怨自己是睡在如此潮湿的泥地上，
他轻捷地绑好了裹腿，
他用冰冷的水洗过了脸，
他看着那些发出困乏的鼾声的同伴，
于是他伸手携去了他的号角；

门外依然是一片黝黑，
黎明没有到来，
那惊醒他的
是他自己对于黎明的
　过于殷切的想望。

他走上了山坡，
在那山坡上伫立了很久，
终于他看见这每天都显现的奇迹：
黑夜收敛起她那神秘的帷幔，
群星倦了,一颗颗地散去……
黎明——这时间的新嫁娘啊
乘上有金色轮子的车辆
从天的那边到来……
我们的世界为了迎接她，
已在东方张挂了万丈的曙光……
看，
天地间在举行着最隆重的典礼……

二

现在他开始了，
站在蓝得透明的天穹的下面，
他开始以原野给他的清新的呼吸
吹送到号角里去，
——也夹带着纤细的血丝么？
使号角由于感激
以清新的声响还给原野，
——他以对于丰美的黎明的倾慕
吹起了起身号，
那声响流荡得多么辽远啊……

世界上的一切，
充溢着欢愉
承受了这号角的召唤——

林子醒了
传出一阵阵鸟雀的喧吵，
河流醒了
召引着马群去饮水，
村野醒了
农妇匆忙地从堤岸上走过，
旷场醒了
穿着灰布衣服的人群
从披着晨曦的破屋中出来，
拥挤着又排列着……

于是,他离开了山坡,
又把自己消失到那
无数的灰色的行列中去。

他吹过了吃饭号,
又吹过了集合号,
而当太阳以轰响的光采
辉煌了整个天穹的时候,
他以催促的热情
吹出了出发号。

三

那道路
是一直伸向永远没有止点的天边去的,
那道路
是以成万人的脚蹂踏着
成千的车轮滚辗着的泥泞铺成的,
那道路
连结着一个村庄又连结一个村庄,
那道路
爬过了一个土坡又爬过一个土坡,
而现在
太阳给那道路镀上了黄金了,
而我们的吹号者
在阳光照着的长长的队伍的最前面,
以行进号

给前进着的步伐
做了优美的拍节……

四

灰色的人群
散布在旷阔的原野上，
今日的原野啊，
已用展向无限去的暗绿的茵草
给我们布置成庄严的祭坛了
听,震耳的巨响
响在天边，
我们呼吸着泥土与草混合着的香味，
却也呼吸着来自远方的烟火的气息，
我们蛰伏在战壕里，
沉默而严肃地期待着一个命令，
像临盆的产妇
痛楚地期待着一个婴儿的诞生，
我们的心胸
从来未曾有像今天这样的充溢着爱情，
在时代安排给我们的
——也是自己预定给自己的
生命之终极的日子里，
我们没有一个不是以圣洁的意志
准备着获取在战斗中死去的光荣啊！

五

于是，惨酷的战斗开始了——
无数千万的战士
在闪光的惊觉中跃出了战壕，
广大的，激剧的奔跑
威胁着敌人地向前移动……
在震撼天地的冲杀声里，
在决不回头的一致的步伐里，
在狂流般奔涌着的人群里，
在紧密的连续的爆炸声里，
我们的吹号者
以生命所给与他的鼓舞
一面奔跑，一面吹出了那
短促的，急迫的，激昂的
在死亡之前决不中止的冲锋号。
那声音高过了一切，
又比一切都美丽，
正当他由于一种不能闪避的启示
任情地吐出胜利的祝祷的时候，
他被一颗旋钻过他的心胸的子弹打中了！
他寂然地倒下去
没有一个人曾看见他倒下去，
他倒在那直到最后一刻
　都深深地爱着的土地上，
然而，他的手
却依然紧紧地握着那号角；

在那号角的滑溜的铜皮上，
映出了死者的血
和他的惨白的面容；
也映出了永远奔跑不完的
　带着射击前进的人群，
　和嘶鸣的马匹，
　和隆隆的车辆……
而太阳，太阳
使那号角射出闪闪的光芒——

听呵，
那号角好像依然在响——

一九三九年，三月末四月初。

（选自《文艺阵地》三卷三期，一九三九年五月六日出版。）

哀巴黎

柏林十四日下午六时海通社急电：据官方公告："德国军今晨已正式开入巴黎。"

红白蓝的三色旗
卸下来；
代替它而飘扬于
塞纳河畔
龚德广场上的，

是缀着黑色卐字的血色的旗。

于是塞纳河的水
将无日夜地呜咽着,
溪流着
一个城市的沦亡的眼泪……

于是庄严的大厦倾倒;……
随着倾倒的
是刻有“自由,平等,博爱”的
宽的大门额……

于是 Pantheon[1]
与 Inválides[2] 的门前
将举行
比第一执政官时代更隆重的凯旋式,
在那长长的肃穆的行列之间
走过了一个
比拿破仑更冒险的人物。

卢梭,服尔泰,丹顿的铜像,
将被无情的铁锤击落;
在他们的位置上,
将站立起

---

① Pantheon 为巴黎之伟大纪念物,原为众神合祭殿,革命后改为元老院,内有雨果、左拉等之遗骸及许多含有历史与宗教性质之名画。卢梭铜像即在元老院之左侧。

② Inválides 为巴黎之伟大纪念物,国葬院,拿破仑之遗骸即存放该处。

希特勒,戈贝尔,戈林的
两手插着腰身的姿态。

人类的历史
将加上一页
充满诙谐与幽默的记载;
而在那历史的背面
暗暗地流着
纯洁与严肃的眼泪……

法兰西——
这被赞颂民主的诗人①
赞颂为“世界上最美丽的名字”
于今,日尔曼人的手
要来涂改,并且
将代之以含糊的齿音:
德意志。

我昔日也曾徘徊过的街道上
不再看见
寻觅欢乐的美利坚人;
惯于把谎话和接吻混合在一起的贵妇人,
带走了化装跳舞的绸制的假面
和黑丝的网形的手套,
将遁迹于北非洲刚果河畔。

---

① 美利坚诗人惠特曼(1819—1892),《草叶集》作者。

平坦而宽阔的
香树莉榭①
你玛格利特②
曾驾着马车散步在道上，
正驰过
标帜着卐字的钢甲坦克，
和呼啸着“希特勒万岁”的
轻骑兵队……

国社党的党员来了！
他们的长统靴上的马刺
从街头响过刺耳的声音，
他们闯进了已关闭了一个礼拜的咖啡店，
喝叱着那颤抖着的老妇
给他们以足够的混合酒……

文化与艺术的都市啊，
今天挺进队的队员
要来扣开你博物院的门，
他们的刺刀戳穿了
德拉克罗亚与大卫德③的画幅

---

① Champs—elysees，巴黎中心最宽阔雅静之街道。公园路，在龚果德广场与凯旋门之间。

② 即小仲马的《茶花女》中的主人翁。

③ Delacrcix（1799—1863），法国十九世纪大画家，生于圣·莫利斯，为以色彩歌颂革命的巨匠，所作《但丁的船》为近代美术史划分了一个时期。David（1748—1825），生于巴黎，为波拿巴皇朝画家，所作《拿破仑之加冕礼》极伟大壮丽。

又把昂格尔[①]的《土尔其浴室》
携回到总司令部去；
在所有的图书馆与美术馆里
将散布着《我的奋斗》
与“巴黎进军图”。

巴黎，你懦庸的统治者
已放弃你——
达拉第与雷诺说：
“苟被迫自欧陆撤退
则当迁往北非；
一旦必要时
拟迁往美洲之属地。”[②]
——他们依然
沉醉在统治的梦想里。

而你们——
喜良而正直的
法兰西的人民啊，
终于流徙了……
“扶老携幼之难民
……犹如一极伟大之长蛇
蜿蜒不绝……”[③]
而我所哀伤的

---

① Ingres(1780—1867)，法国大画家。

② 引自《雷诺致罗斯福书》。

③ 引自路透社 1940 年 6 月 15 日伦敦电。

也就是你们啊……

不!
法兰西的人民是勇敢的。
普鲁士军队进入巴黎
也不只这一次。
每次击退侵略者的
是法兰西的人民自己。
法兰西的光荣的历史
是它的勇敢的人民的血写成的。

我们依然信任时间——
它将会给爱自由,爱民主的
法兰西人民以胜利。

当此刻,
我沉湎在对于巴黎的回想时,
我的耳际还在鸣响着
《马赛曲》和《国际歌》的声音……
我的眼前还映现着
从列宁厅出来的
劳动者的壮大的行列……
我相信:当达拉第,雷诺,
和所有的法兰西的统治者
　带了国家的财富
以及美女与香水,
从波尔多逃往北非洲或美洲时,
法兰西人民将更坚强起来;

他们将在街头
重新布置起障碍物
为了抵抗侵略的敌人，
为了建立新的秩序，
在巴黎
将有第二公社的诞生！

一九四〇年六月十五日，重庆。

（选自《七月》二十六期，一九四〇年十月出版。）

公　　路

像那些阿美利加人
行走在从纽约到加里福尼亚的大道上
我行走在中国西部高原的
新开的公路上

我从那隐蔽在群山的夹谷里的
一个卑微的小村庄里出来
我从那阴暗的，迷濛着柴烟的小瓦屋里出来
带着农民的耿直与痛苦的激情
奔上山去——
让空气与阳光
和展开在山下的如海洋一样的旷野
拂去我的日常的烦琐
和生活的苦恼
也让无边的明朗的天的幅员

以它的毫无阻碍的空阔
松懈我的长久被窒息的心啊……

绵长的公路
沿着山的形体
弯曲地,伏贴地向上伸引
人在山上慢慢地升高
慢慢地和下界远离
行走在大气的环绕里
似乎飘浮在半空
我们疲倦了
可以在一棵古树的根上
坐下休息
听山涧从巉岩间
奔腾而下
看鹰鹫与雕鸽
呼叫着又飞翔着
在我们的身边……

而背上负着煤袋的骡马队
由衣着褴褛的人们带引着
由倦怠的喝叱和无力的鞭打指挥着
凌乱地从这里过去
又转进了一个幽僻山峡里去
我们可以随着他们的步伐
揣摹着在那山峡里和衰败的古庙相毗连
有着一排制造着简陋的工业品的房屋

那些载重的卡车啊
带着愉快的隆隆之声而来
车上的货物颠簸着
那些年轻的人们
朝向我这步行者
扬臂欢呼
在这样的日子
即使他们的振奋
和我的振奋不是来自同一的原由
我的心也在不可抑制地激动啊

更有那些轻捷的汽车
挣着从金属的反射
所投射出来的白光之翅
陶醉在疾行的速度里
在山脉上
勇敢地飞驰
鼓舞了我的感兴与想象
和他们比翼在空中

于是
我的灵魂得到了一次解放
我的肺腑呼吸着新鲜
我的眼瞳为远景而扩大
我的脚因欢忭而跛行在世界上

用坚强的手与沉重的铁锤所劈击
又用爆烈的炸药轰开了岩石

在万丈高的崖壁的边沿
以石块与泥土与水门汀
和成千成万的劳动者的汗
凝固成了万里长的道路：
上面是天穹
——一片令人看了要昏眩的蓝色
下面是大江
不止地奔腾着江水
无数的乌暗的木船和破烂的布帆
几乎是静止地漂浮在水面上
从这里看去
渺小得只成了一些灰黯的斑点
人行走在高山之上
远离了烦琐与阴暗的住房
可怜的心，诚朴的心啊
终于从单纯与广阔
重新唤醒了
一个生命的崇高与骄傲——

即使我是一颗蚂蚁
或是一只有坚硬的翅膀的蚱蜢
在这样的路上爬行或飞翔
也是最幸福的啊……

今天，我穿着草鞋
戴着麦秆编的凉帽
行走在新辟的公路上
我心因为追踪自由

而感到无限的愉悦啊
铺呈在我的前面的道路
是多么宽阔！多么平坦！
多么没有羁绊地自如地
向远方伸展——
我们可以清楚地看见
它向天的边际蜿蜒地远去
那么豪壮地络住了地面
当我在这里向四周凝望
河流，山丘，道路，村舍，
和随处都成了美丽的丛簇的树林
无比调谐地浮现在大气里
竟使我如此明显地感到
我是站立在地球的巅顶

一九四〇年，秋。

（选自《七月》二十七、二十八期合刊，一九四〇年十二月出版。）

胡　风

血　誓

——献给祖国底年青歌手们

在北方
在浩漫的俄罗斯大地上
当革命底怒火汹涌澎湃的时候
一个巨人——玛耶珂夫斯基
于烈焰与青空之间
呼啸着
突然奔现了

开花结果的二十年
俄罗斯底怒火从我们遥远了，
然而，好一个玛耶珂夫斯基
从他底诗
俄罗斯大地底震颤
　通过我底脚下
俄罗斯民众底滚雷似的声音
　冲进我底耳里
还有那烤炼我的　灼热的　反抗的呼吸……

玛耶珂夫斯基，

在今天
枪声　炮声　炸弹声　中华儿女们底怒吼声
涌动在我底周遭，
像被烈火燃烧着
我欲临空而狂嗥
这时候，想起了你

从那被俄罗斯底儿女们
和你底洪亮的歌声一起
用他们底鲜血冲洗干净了的
现在怒放着奇花的
六分之一的地球面
向南走
越过年青的自由的外蒙古，
就有着虽然无边丰腴
然而却是血肉狼藉的
我底祖国
被枷锁着
被奸污着
被虐杀着的
我底祖国——
带着羞耻底记号
　几十年了
从死里逃生饿里逃生
　几十年了，
到今天
　一九三七年
　七月七日

芦沟桥底火花
燃起了中华儿女们底仇火
在枪声　炮声　炸弹声中间
扑向仇敌的怒吼
冲荡着震撼着祖国中华底大地

玛耶珂夫斯基
　映着高空
　映着大海
中华大地熊熊地着火了！
火在高唱
火在高笑
火在高泣
张手向这神圣的火海
即使不能像你似地
呼啸于烈焰与青空之间
歌唱出一五〇〇〇〇〇〇〇〇[①]个伊凡底叫喊
然而——
燃烧于四五〇〇〇〇〇〇〇〇个中华儿女们底血仇
燃烧于四五〇〇〇〇〇〇〇〇个中华儿女们底血爱
我们年青的笔也要追随着《我们底行进》
直到仇敌底子弹打得我们血花飞溅的时刻
直到力尽声枯　在行进中间倒毙了的时刻
直到也许我们苦痛于自己底歌声不能和祖国底脉搏　新
　生的祖国儿女们底脉搏和谐地跳跃　像你似地把一粒

---

① 《一五〇〇〇〇〇〇〇〇》和《我们底行进》(Our March)皆玛耶珂夫斯基底诗名。

枪子打进自己底脑袋里的时刻……

——八月二十五日，我军与敌人血战于狮子林一带的时候。

（选自《七月》上海版第一期，一九三七年九月十一日出版。）

为祖国而歌

在黑暗里　在重压下　在侮辱中
苦痛着　呻吟着　挣扎着
是我底祖国
是我底受难的祖国！

在祖国
忍受着面色底痉挛
和呼吸底喘促
以及茫茫的亚细亚的黑夜，
如暴风雨下的树群
我们成长了

为了明天
为了抖去苦痛和侮辱底重载
　朝阳似地
　绿草似地
　生活含笑，
祖国呵

你底儿女们
歌唱在你底大地上面
战斗在你底大地上面
喋血在你底大地上面

在芦沟桥
在南口
在黄浦江上
在敌人底铁蹄所到的一切地方，
迎着枪声　炮声　炸弹声底呼啸声——
祖国呵
为了你
为了你底勇敢的儿女们
为了明天
我要尽情地歌唱：
用我底感激
　我底悲愤
　我底热泪
　我底也许迸溅在你底土壤上的活血！

人说：无用的笔呵
　　把它扔掉好啦。
然而，祖国呵
就是当我拿着一把刀
　　或者一枝枪
在丛山茂林中出没的时候罢
依然要尽情地歌唱
依然要倾听兄弟们底赤诚的歌唱——

迎着铁底风暴

　　火底风暴

　　血底风暴

歌唱出郁积在心头上的仇火

歌唱出郁积在心头上的真爱

也歌唱掉盘结在你古老的灵魂里的一切死渣和污秽

为了抖掉苦痛和侮辱底重载

为了胜利

为了自由而幸福的明天

为了你呵,生我的　养我的　教给我什么是爱　什么是恨的　使我在爱里恨里苦痛的　辗转于苦痛里但依然能够给我希望给我力量的　我底受难的祖国!

——一九三七,八月,三十日,遥见敌机在南市轰炸的时候。

(选自诗集《为祖国而歌》,希望社一九四七年三月沪三版。)

苏 金 伞

我们不能逃走

——写给农民

我们不能逃走，
不能离开我们的乡村：
门前的槐树有祖父的指纹，
——那是他亲手栽种的；
池边的洗衣石上有母亲的棒槌印，
水里也或有母亲的泪，
——受了公婆或妯娌们的气，
无处摆理，泪偷滴在水里；
还有地里红薯快熟了，
根下挣起一堆土，
凸吞吞的像新媳妇的奶头；
场上堆着没有打的黄豆，
热腾腾的腥香向四面流。
这一切我们都不能舍弃，
怎肯忍心逃走？

我们不能逃走，
不能离开我们的家；
碓臼已舂了几辈子米，

犁雁和锄桨都被我们的
手掌磨出深深的汗窝；
棉油灯夜夜看姑嫂们纺花，
纺花声把我们的梦
缠得又密又重，
像蛛丝里住一个槐花虫，
就是驴踢槽也惊不醒；
蟋蟀在墙根劝说织布人：
别栽嘴，再织一会就到三更！
这一切我们都不能抛丢，
怎肯忍心逃走？

还有土地——那位老乳母，
她抚育过我们几十代的祖先，
又哺养我们和儿孙；
一年四季不拾闲，
忙着张罗棉麻和粱米，
到冬天，雪盖了原野，
她还预先埋藏下麦根。
我们对她也真熟悉：
知道那一块地有多少土坷垃，
哪一块地离家几步远，
就是黑夜没有光亮，
也能用脚试出哪一块是自己的田。
我们命定了和庄稼一样在土地里生长，
挪到别处就要枯黄。
我们不能逃走，
不能离开我们的故乡。

年来日子过得不算好，
但那都是鬼子苦害了我们的：
他不等你爬起来，就赶紧给一腿。
如今他抢到一个地方到处放火，
黑烟和火光利利拉拉几十里，
连老鸦窠也烧得不剩一个；
年青人抓去挖战沟，背子弹，
老婆子和小妮子也被奸淫，
一不对眼就活埋或剥皮。
为了报复这些污辱与仇恨，
我们也不能逃走，
要拿起家伙跟鬼子拚一拚！
一个人是一个铁圈，
扣在一块就是坚强的铁缆，
把那载我们的大船锁靠牢稳，
永远不叫那毁灭人类的海盗击碎。
等把鬼子赶跑了，
再细细品尝那蓝天下的
倚着锄头时的一管烟的滋味罢。

十月十日，开封。

附记：这里有些河南的方言，河南老百姓是懂得的。

（选自《七月》二期，一九三七年十一月一日出版。）

蓬 麦 哲

归来啊，北平！

归来吧，北平，
　　你静穆
　　　和平
　　　美丽的古城！
我凝着泪，握着拳，
　　哑着喉咙，
向烽火连天的北方，
　　迎着血腥的风
　喊出我颤抖着的激动的
　　　歌声：

北平，你依然奔跳着一颗
　　　　　火热的中华民族的心的北平！
　几世代的中华儿女们
　　　　　在你的怀抱里，
　　　洒下了他们斗争的血滴！
你灼热的呼吸，
　　　像一团熊熊的熔火
　　　在你的怀抱里
　铸成了千万个钢铁般的

大时代的英健的战士!

啊,北平,二十年来,你,
虽然藏纳着荒淫,无耻,
然而,每日,踏着前代英勇的血路,
不也有那光明的
严肃的工作继续?

北平,我向往着你——
你光荣的过去:
那五·四的狂潮,
三·一八的血笑,
一二·九的怒吼,
一二·一六的咆哮!
你中华民族的灵魂啊!
你年少,自由,幸福的,
新中国的摇篮!
在你,你历史的祭坛上,
有多少,多少,
争自由的碧血洒遍?
可是,你,北平哟,
谁想到今天
你却与我的故乡——
那沦亡六年了的黑水
白山
同遭了东方强盗的劫占?

如今啊,十一月的风,

吹来了北国的寒冷
流亡里，我想象你
你，北平，
在塞北飞血的草原，
沐着落日的斜辉
是否在默默地
咽泣？
你喷着历史的芬芳的北平，
你喷着历史的血腥的北平，
你已饱遭了敌人的
创痛，血刃，
再何处寻你，
你美丽，古远的
旧影？

北平！
是一只从东方伸来的
多毛，强壮而涂血的黑手，
扼住了你
幸福的歌喉，于是你
再不能，再不能
歌唱出亚洲大陆的
怒吼！
呵，你十一月的眸子——那明洁的
北海
再不能闪动那矜持而美丽的
少妇样的
晚秋的安详，

因为,因为——
那里在蕴隐着深深的哀怨。
“在这里,
敌人正举行疯狂的血宴,
看!殷红的酒浆,
一片鲜血的汪洋!”

啊,北平,四年间温暖过我流亡者的
孤独的心的北平!
我不忍再想象,
翘望着北方的
烽烟迷漫的天
禁不住滚热的泪
在颊边打颤!

然而,北平,
你千万人眷恋着的北平,
祖国少不了你,
看吧,在你的城郊,
已有抗争的野火在
愤怒地跳跃。
火光里,出生入死地
或许有我熟悉的
年青的朋友,
他们要冒着枪林弹雨
夺回你,
夺回你重归到祖国的
怀抱!

还有那，在祖国大地的
北战场，
西战场，南战场……
一切不愿受辱的土地上
和震天的喊杀声一起，
祖国在思念着你，召唤着你：
“归来啊，北平！
我，你的母亲，
在伸张着满染着鲜血的
双臂，
等着你，以及，以及，
一切被蹂躏的
我的土地！”

——十一月七日夜

（选自《七月》四期，一九三七年十二月一日出版。）

田　间

给战斗者

在没有灯光
没有热气的晚上，
我们底敌人
来了，
从我们底
手里，
从我们底
怀抱里，
把无罪的伙伴，
关进强暴的栅栏。
他们身上
裸露着
伤疤，
他们永远
呼吸着
仇恨，
他们颤抖，
在大连，在满洲的
野营里，
让喝了酒的

吃了肉的
残忍的总管，
用它底刀，
嬉戏着——
荒芜的
生命，
饥饿的
血……

一

亲爱的
人民！
人民，
在芦沟桥
…………
在丰台
…………
在这悲剧的种族生活着的南方与北方的地带里，
被日本帝国主义者底枪杀
斥醒了……
…………

二

是开始了伟大战斗的
七月呵！

七月,
我们
起来了。

我们
起来了
抚摩悲愤的
眼睛呀;

我们
起来了,
揉擦红色的脚跟,
与黑色的
手指呀!

我们
起来了,
在血的农场上,在血的沙漠上,在血的水流上,
守望着
中部,
边疆。

经过冰雪,经过烟雾,
遥远地
遥远地
我们
呼唤着
爱与幸福,

自由和解放……

七月
我们
起来了，
呼啸的河流呵，叛变的土地呵，爆烈的火焰呵，
和应该激动在这凄惨的地上的
复活的
歌呵！

因为
我们
是生长在中国。

在中国，
人民的
幼儿
需要哺养呀，
人民的
牲群
需要畜牧呀，
人民的
树木
需要砍伐呀，
人民的
禾麦
需要收获呀！

在中国，
我们怀爱着——
五月的
麦酒，
九月的
米粉，
十月的
燃料，
十二月的
烟草，
从村落底家里
从四万万五千万灵魂底幻想的领域里，
飘散着
祖国的
热情，
祖国的
芬芳。

每天，
每天，
我们
要收藏——
在自己的大地上纺织着的
祖国的
白麻
祖国的
蓝布，

…………

…………

因为
我们
要活着,永远地活着,欢喜地活着,
在中国。

三

我们
是伟大的中国底伟大的养子呵!
我们
曾经
在扬子江和黄河底
热燥的
水流上,
摇起
捕鱼的木船;

我们
曾经
在乌兰哈达沙土与南部草地的
周围,
负起着
狩猎的器具;

强壮的

少女，
曾经在亚细亚夜间燃烧的篝火底
野性的
烈焰底
左右，
靠近纺车，
辛勤地
纺织着……

三

…………
…………

我们
曾经
用筋骨，用脊骨，
开扩着——
粗鲁的
中国。

我们，
懒惰吗？
犯罪吗？

我们，
没有生活的权利，
与自由的
法律吗？

为什么——
亲爱的
人民，
不能宽敞地活下去，平安地活下去呢！

四

伟大的
祖国，
悲剧的日子来了，暴风雨来了，敌人来了……

敌人
突破着
海岸和关卡，
从天津，
从上海。

敌人，
散布着
炸弹和瓦斯，
到田园，
到池沼。

敌人来了，
恶笑着，
走向
我们。

恶笑着，
扫射，
绞杀。

它要走过我们四万万五千万被害死了的
无声息的尸具上，
播着武士道底
胜利的放荡的呼喊……

今天，
你将告诉我们以战斗或者以死呢？
伟大的
祖国！

五

我们
必需
战斗了，
昨天是懦弱的，是惨呼的，是挣扎的
四万万五千万呵！

斗争
或者死……

我们
必需
拔出敌人的刀刃，

从自己的
血管。

我们
人性的
呼吸，
不能停止；
血肉的
行列，
不能拆散；
复仇的
枪，
不能扭断；
因为
我们
不能屈辱地活着，也不能屈辱地死去呀……

…………
…………

太阳被掩覆了，
疆土的
烽火，
在生长着；

堡垒被破坏了，
兄弟的
尸骸，

在堆积着；

亲爱的
人民，
让我们战争，
更顽强，
更坚韧。

六

…………
…………

我们
往那里去？

在世界，
没有大地，
没有海河，
没有意志，
匐匍地
活着
也是死呀！

今天呀，
让我们
死吧，
但必需付出我们

最后的灵魂，
到保护祖国的
神圣的
歌声去……
亲爱的
人民！

亲爱的
人民！
抓出
木厂里
墙角里
泥沟里
我们的
武器，
挺起
我们
被火烤的，被暴风雨淋的，被鞭子抽打的胸脯，
斗争吧！

在斗争里，
胜利
或者死……

七

在诗篇上，
战士底坟场

会比奴隶底国家
要温暖，
要明亮。

一二，二四，一九三七，武昌。

（选自《七月》六期，一九三八年一月一日出版。）

中国底春天在号召着全人类

——又是一二·八了！

中国底春天
走过——
无花的
山谷，
走过——

无笑的
平原，
望着它底这曾经活过了五千年的人民，
人民底
肩膀
在依着
壕沟，
人民底
手
在抚着
枪口

向法西斯军阀
人民底
公敌
战斗

中国底春天是生长在战斗里
在战斗里号召着全人类

（选自诗集《给战斗者》，希望社一九四七年一月沪再版。）

儿　童　节

——为儿童节大会的朗诵而作

小兄弟，
你们，
早上，
走过哪条街？

——那里，
有炸弹底
铁片吧！

——那里
有火药底
气味吧！

或者，
你们
看到
那画着太阳徽的飞机，
从我们底
天空上，
往来？
或者，
你们
听见
那轰炸的炮声——日本帝国主义的炮声，
对我们
开……

你们，
害怕着吗，
小兄弟？
小兄弟！
向窗外望去——
中国底
军队，
——正走在
街上，
机关枪啊，
——正架在
肩上。

跑上去！

去

拿募捐品慰劳咱们中国底军队，
因为
他们
是——
去打仗，
去流血。

不要害怕，
小兄弟！
不要哭，
小兄弟！

小兄弟！
忍耐
一时吧……

忍耐
一时吧，
不久，爸爸会在战场上
把强盗杀死，
从强盗的腰膀上取下
杀人的
刀剑，
把血擦干，
交给你们，
小兄弟！

小兄弟！
以后的
日子
中国人就笑着，就快活着，
舒服地
走在
街上，
——你们
走过的
那些街，
爸爸底
街，
妈妈底
街，
姐姐带你们去买糖果的
街。

但是，
在今天，
要爱护祖国，
小兄弟！

小兄弟！
伸出你们结实的小手
站起来——
喊吧：
——中国万岁！
——儿童节万岁！

（选自《七月》十三期，一九三八年五月一日出版。）

假使我们不去打仗

假使我们不去打仗，
敌人用刺刀
杀死了我们，
还要用手指着我们骨头说：
　“看，
　　这是奴隶！”

（选自诗集《抗战诗抄》，人民文学出版社一九五〇年一月出版。）

义　勇　军

在长白山一带的地方，
中国的高粱
正在血里生长。
在大风沙里
一个义勇军
骑马走过他的家乡。
他回来了：
敌人的头，
挂在铁枪上。

（选自诗集《抗战诗抄》，人民文学出版社一九五〇年一月出版。）

荣 誉 战 士

八路军在西安设招待所，送伤兵返乡，并赠“荣誉战士”徽章。

他们，
回来了……
那女人，
今天
坐在欢迎会的
院落，
一面
喂她底
乳儿，
听着
演说；
从顽强的脸孔上，
浮涌着
战斗的
欢喜，
战斗的
红笑，
——因为她啊，
也流了血
为着

祖国。

他们呵,
勇敢的
呼吸,
不死的
欲焰,
在拂着
断足,
折臂,
破眼……

他们底歌声,
吹着,
——假使我还能够再射出一颗子弹……
我看见
伤疤的
光辉,
走在
辽阔的
祖国,
争自由的
大路上面……

他们,
回来了。

(选自《七月》十九期,一九三九年七月出版。)

“烧掉旧的，盖新的……”

朝向大龙华，
那个村庄，
三团
　　放了最后的几声枪。

敌人，
差不多
被歼灭得
光大光；

我们底马，
哗啦，
哗啦，
跑在大龙华。

　　谁都喊：“收复大龙华！”

那官长
却躲在屋里，
还想反抗；

（他不出来
把门关紧

把枪
　　架在窗上）

连老乡
也叫：
　　“不杀你。
　　只要你缴枪。……”

那东西
死一样疯狂，
就在窗口，
打死了老乡。

　　“大龙华在我们手里，
　　看你反抗！”

一个老头子
跌倒一跤，
跑过来，
跑过来，

跑过来，
跑过来，
一声也不响
闪着胡子，

点好
大火把

要烧房子,
烧掉它!

“我的,
  我的,
    烧,烧,
    没关系,

  烧掉旧的
  盖新的!
  …………”

    烧掉旧的,盖新的!

老头子
  站在火边
  笑了,
  笑了。

  伸着笑眼,
  望着
    他住过五十多年的
    大龙华,大龙华!

  有了
  大龙华
  他什么也不怕
哈……

他
来到大龙华
一双空手
一张嘴巴；

大龙华
同他
娶了老婆，
成了个家。

朝向大龙华：
三团和人民在合唱：
唱这个歼灭战！
唱这个家乡！

——一九三九年受灾，“大龙华歼灭战”以后。

（选自《七月》二十六期，一九四〇年十月出版。）

给饲养员

饲养员呵，
把马喂得它刮刮叫，
因为你该明白，
它底主人
不是我和你，
是

中国！

（选自《七月》二十七、二十八期，一九四〇年十二月出版。）

多　一　些！

“多一颗粮食，
就多一颗消灭敌人的枪弹！”

听到吗
这是好话哩！

听到吗，
我们
要赶快鼓励自己底心
到地里去！

要地里
长出麦子；

要地里
长出小米；

拿这些东西
　当做
　持久战的武器。

(多一些！
多一些！)

多点粮食
就多点胜利。

(选自《七月》二十七、二十八期，一九四〇年十二月出版。)

侯 唯 动

斗争，就有胜利

血　　债

春天，
一样地
没有温暖，
像讨债人底脸
冷冰冰，
又难看。

透出残雪层的
——迎春花
开了！
那金黄的
生在血迹里，
象征着斗争就有胜利。

“血债
必须用同物偿还，
拖欠得愈久，
就要付更大的利息！”（鲁迅）

世纪的纪录里，
满印上我们底血滴，
今天——
便是翻转的起页！
把惨痛的过去
算一算吧，
另开下一篇账册。

起来，
被压迫的人们，
我们
把握着
全世界血的债权，
联合起来，
债主的阵线，
拿好啊
血写的清单。

要收账，
拿起枪杆，
叫他们
——我们底敌人
照码十足地还，
本和利
要一期交完！

遗　　嘱

白桦

赤松
仍旧粘着雪片，
枯枝交织着
森林底银色线。

林深处的苍鹰
声声地叫唤，
那尖厉的歌唱，
怪凄凉，
呻吟着
在山坡上：

孩子，
我就落下斗争了一生的
最后一口气，
现在要特别吩咐你，
并不是没有遗产，
只为了
全被敌人占据。

可是，
也在你呢！
只要肯争气，
哪儿
不是肥大的土地？

现在，
只有卸给你

没完成的负担，
忘记我，
扛着上前！

孩子，
拿起我们底枪吧，
这杀过
多少敌人的武器，
这是我
丢给你的
顶现成的东西。

没走完的路呵，
踏向前，
有一点气，
就干！……

去吧，
看大队走得太远；
死了没有悔恨，
我永远闭上眼……

血底歌唱

山边
冻凝的血块
变成藓苔，
绿腻腻地

遍山野。

阴湿的烟雾
从山缝里喷出，
掩了枯茅
——我们底住处。

这时候
山林里、原野上
吼起了
血底歌唱：

　抗争的热血
　把雪里的沙粒凝结，
　踏着这血迹呵，
　去！
　我们是
　——民族解放先锋队！

奔放了的血瀑
溶解了冻野，
溜着冰崖，
向敌人射击！
我们底忿恨呀，
跟着枪声迸裂。

沸灼的血液，
在周身寻找出地，

母亲的大地呀，
你喂养了它，
现在，
还给您
——依旧还给您！

破碎的血球
是炽熔的铁液，
我们底旗呀，
血祭您！
为了民族革命战争，
坦然地行个礼，
向着您呀，我们底旗！

母 亲 大 地

下山游击的弟兄
得到了农村交通员底
报告，
他说：
　火药气味
　跟淡荡的春风
　遍地迷漫，
　炮烟遮了
　柳城新绿
　嫩江寒，
　鸭绿江边
　没有半只鸭子

在水中浮沉
草里窜，
激流里
只划过敌人兵舰，
截击的兄弟们
在芦影深处伏潜。

他说：
清明时节
别下山扫墓了，
祖坟
全被子孙们
在冬季
利用了作战，
冲锋冒血的时候
掘成了起伏的壕堑。
兄弟，姊妹，
只有多杀几个
踏青的敌人，
对着我们底祖坟
遥遥地血祭！

他还说：
菜花黄如金，
蜜蜂嗡嗡叫，
桃花红，
李花白，
垅头蛱蝶乱飞，

燕子轻掠着池水
唧唧,咕咕,
一阵风过,
无数的皱纹起,
咱们手栽的树
也一样地
吐出了葱葱的绿意,
兄弟,姊妹,
下山来吧,
亲近亲近
咱这母亲的大地!

他走了几步
又转来说:
麦苗怪嫩绿呢
经过了几回细雨,
咱们勤苦的兄弟姊妹,
又忍辱地
劳动在和风里,
亲爱的姊妹,兄弟,
春色遍地了
下来吧,
拔掉那飘在
咱们地上的
——太阳旗!

几个朝鲜的兄弟,姊妹,
听得流眼泪,

我们唱起了
《扑灭他们》的歌曲：
　起来，
　全世界斗争的伙伴
　用我们这铁的套环
　扣成一道争自由解放的链，
　侵略阵线
到了
最后挣扎的时候，
赶快起来
把他们扑灭吧，
完成这最后的一战！

战 地 进 行 曲

常常袭来
暴风雨的六月天
进攻和抗争的火焰
遍野烧燃。

夏季是浪漫的，
到处洋溢着
自由的气息，
小河里
我们洗澡，
树荫下
绿草里
我们躺着睡。

生病的
带彩的
玩弄着榴花
——红得像一朵一朵的火，
激动地听着
少年先锋团员底慰劳歌。

狂风吹起土雾，
松林中一片涛音，
像是千军万马奔腾了，
呼啸着前进；
女骑士们唱着
《九一八》，
在风里翻滚着，
营地上
响起了清亮的歌声。

在密集的枝杈上，
像我们底始祖一样
累架起巢营，
浓叶掩护着我们，
架起枪
防御偷袭的敌人，
还射击他们底空军。

靠它
我们也保护这森林，

不让敌人伐去，
装到日本。

我们爱唱
《新的太阳，新的土壤》。
我们需要阳光，
因为它
射进热流
那尖锐的光芒，
把我们底皮肤
锻炼成钢。

田野里
充满着豆香，
我们嗅着，
心头发痒，
抹着汗，
揩掉粘在皮肤上的花粉，
在豆田里伏住
瞄射那骑马下乡的敌人。

母亲的河流——乳汁，
养出高粱
　孩子们斗争的青纱帐，
　孩子们底城墙，
在交通网
掮着枪
来来往往，

看见敌人就放。

接触了!
激战的炮火
腾起了,
我们底怒火
也在胸膛里燃烧。
烧罢!
烧罢!
烧罢!
这新仇旧恨的怒火
在枪口吐冒!
战斗的伙伴们,
爱惜子弹,
上起刺刀,
硬扑,浪砍,
战斗的伙伴们!
冲锋,前进,
战斗的伙伴们!
…………

偷　　袭

枫叶红了
雁南飞,
一阵阵的树叶
堕地了,
变成泥。

秋虫唧唧
远地磷火闪烁，
天空那么高丽
前哨的兄弟们
架起火
把午夜点缀，
这时候
我们偷袭去。

出发前
唱一支偷袭歌
黑天暗地，
夜会使我们胜利，
偷袭，
趁这时机！

夜
我们底天下
藉着它底掩护，
我们迫近了敌人的身边，
上起刺刀，
爱惜子弹，
硬扑，
　浪砍！
消灭了敌人，
立刻打转。

凯旋的路上，
天亮！

突破了围攻

从冰带吹来
十月的风，
雪
满了大地，
也满了树林，
我们
化整为零
突击围攻的敌人。
四面逼来了
敌人底轻骑，
要扑灭我们，
占领我们底根据地。

这是最后一刻呀，
兄弟们，
我们
我们要反抗这压迫，
我们
我们要战斗到底！
拚吧，
用最后的一滴血，
我们要
要冲破这人造的铁堤！

见了伪满军，
我们就高叫
“中国人不打中国人!”
亲爱的同胞
就纷纷反正，
遭遇了日本兵
——那些被迫来的人民，
我们底日本同志就喊着
“士兵不打士兵”
“中国人民不打日本人民!”
到夜里，
政治人员全体出动，
在战区底电杆
　　　　树干
　　　　墙上
贴遍了中文日文的印刷品。

今　　天

六年来，
我们在不断地
翻山
过水
忍饥
受寒，
苦战到今天。

冲破了
敌人五次的围攻，
血染的抗日大旗
依然在骄傲地招展，
跟着我们底抗争，
抗日的潜力
遍布在东北四省，
这是给倭奴埋下的炸弹！

六年后的今天，
来了个总的翻转——
七·七，
八·一三，
祖国坚决地应战，
这敌人蹂躏下的满洲，
更全面地爆发了火光，
奴隶们纷纷起来了，
这血洗过的土地，
还得是自由的江山！

一九三六年初起草
一九三七年底完成

（选自《七月》十期，一九三八年三月一日出版。）

倪受乾

夜行列车

亲爱的人民！
现在，
你们
入睡了，静静的，
星光爬进山屋的窗，
照着
你们
安详的面庞。

十二月的夜啊，
渭水流域的夜寒，
凝重，
河面
冰块互碰出轻响，
秦岭山脉的积雪，
在溟濛的夜色里，
闪着寂寞的寒光。

你们——
亲爱的人民啊！

可曾听见吗？
在辽远的原野上，
夜行列车
正勇迈的行进着，
它带着，
千颗
万颗
热烈的
奋慨的
爱祖国的心，
奔向烽火的远方，

我们——
年青的一群啊，
正看见，
在
北国的山之麓，
东方的海之涯，
升起了冲天的魔火，
年青的妇女们，
在野兽的蹂躏下，
悲痛地死亡；
我们——
年青的一群啊，
正听见：
一幢一幢的村舍倒塌了，
雨一样的炮弹呼啸着，
而在流亡的途上哩：

失却扶持的老人们，
正俯首
叹息，
悲泣；
失却了父母的赤子们，
惨呼着冻饿着死亡着，
在离乱的路上，
…………

但是，
我们——
中国的子民啊，
起来了，
跳跃着，
欢呼着，
向
未来的
独立
自由
和解放。
我们，
放下了枪，
放下了锄，
放下了笔，
离开了田园，
离开了工厂，……
一同啊
负起了

闪亮的刀枪，
让煤灰
和寒霜伴着我们，
高唱着，
在英勇的夜行列车上！

亲爱的人民！
愿你们
安适的睡吧！
日出时，
你们，
仍旧要
去到：
田圃
作坊
和工厂。

我们呢，
我们啊，
誓把
未来的
伟大
壮丽
火热的诗篇，
写在
祖国的疆场！

二月二日夜于东行的陇海车中

（选自《七月》九期，一九三八年二月十六日出版。）

孙 钿

迎着初夏

牛车载着米粮，
辘辘地过了。
湿的泥地，
送来了暮春。

昨天，
我们的影子还蹓跶
　　在那沙滩上；
昨天，
我们的歌声还飘扬
　　在这古老的城垣，
可是今天呀，
我们分散了。

每夜，脱下衣服，
在油盏火下，
搜剿那些虱子时，
我就记起你。
踏着湿的泥地，
你走向什么地方了呢？

回答我吧，
要像枪声一样坚实地。

不要忘记了
日本帝国主义的残忍，
不要忘记了
斗争！
爱祖国，
像爱你们跃动着的心；
这样，
你去吧，
无论在哪里，
你将接近光明。

今天，
我们要踏着桃红的野花，
在山峡里，
行走。
我们的枪里，
是满装的弹药。
胜利呵，
在今天，
在中国！

——四月八日在竹沟写。

（选自《七月》十四期，一九三八年五月十六日出版。）

旗

让狂风吹！
让子弹射过！
让露水浸湿！
让暴雨打！
让太阳晒！
旧了
破了
我们仍是疼爱的
这大幅
自由解放底抗日的旗儿

革命的旗
树在我们坚定的意志上了

这幅旗
是三个女同志连夜赶缝的
她们献给了我们
在第二天早上
我们刚要整队出发
军需处的同志
把军服从麻袋里倒出来
——那是草绿色的
班长点着我们底人数

去领应得的东西
每个人还有顶草绿色的军帽

从此
我们有两套军服
灰色的和草绿的
每个人还有一条蓝布的子弹带
装扮得好像上舅父家去过年
一个胡须很长的
老年同志喊着：
新的枪
到日本鬼子那儿去换吧

我们排列起来
在大幅的抗日旗下
唱着上前线的歌
我们用愉快的眼光
向围住我们行列的老百姓告别
他们燃放爆竹了
他们送给我们炒熟的蚕豆

那个亲爱的老年同志
泪汪汪地
叮咛我们好生打鬼子
他要我们记得长征时
那种饥饿与困苦
他说今后还有更多的饥饿和困苦等着我们

我们接受了
要去好生战斗
在太阳下
我们的旗儿
活泼地笑着
我们立正
我们敬礼
我们背起了枪和包袱
我们别了这亲爱的地带
我们
别了还留在这里的同志和老百姓
我们没有军乐
只有用自己的声音
唱出我们的坚决
我们出发了

旗
永远在我们前面
飘扬
我们随着旗
前进
自后,旗是我们的眼睛
那是初次的战斗
我们的旗
给迫击炮弹的铁片
划破了

夜间的露

使旗儿沉重地倦睡
黎明来了许久
它才慢慢地
从阳光,从风中
苏醒

曾经在一个暴雨的晚上
乌黑的大地
骤然
爆起火光
枪声
马蹄声……
大作了
我们行军在山麓
遭遇敌人
执旗的同志
中了子弹
湿的旗倒了
吸着热的鲜血
旗
更美丽
我们把它树起来
虽然
旧了
破了
我们仍是疼爱的

狂风

使旗子像水一样地流动
旗，革命的旗
旗，光荣的旗
是我们的眼睛呀

（选自《七月》二十七、二十八期，一九四〇年十二月出版。）

送　讯

这冬天的回忆
终于
一支蜡烛样地
燃完
小妇底脸孔垂下来
蒙在那件汉子底衫里

一个虱子
从衫缝里爬出
它还活着
以后将吮谁的血了呢

我告诉她
那件棉袄我穿了
那条裤
给小鬼撕开打草鞋了
那根枪

给别的同志背了
他已经尽了神圣的使命

老头蒸高粱馍给我吃
马在门外嘶叫
我的心儿着慌
眼瞧着小窗外面
太阳的轮儿正向西边滚下

我疼这没格的小窗儿
我疼这忧郁的黄昏
我说老头儿呀
记住一笔血账
我说媳妇呀
别在屋里淌泪
你瞧
大伙都起来打鬼子
　　　起来革命了

我是粗陋的汉子
说不出动听的话
我的眼珠
穿过小窗儿
望见
山岗披了阴绿的夜衣而无限忧愁

把所要说的都扔下
我跨上马

老头儿赶出来问我
干吗这年头还有反对合作的混蛋
这时我心儿满难受
忖着
要不要说个明白
你的儿子不是鬼子杀了的
而是反动分子干掉的

哦,忽儿我想到冬天
那些日子
他娶亲,他穿起了黑布大褂
现在呢
他的布衫吸不完媳妇的泪
在抗日的沙场
却死在中国人的手里
回忆断了
愤愤地
把一切说一个明白
马也载了我
紧追着吹向前去的一阵风
我嗅到现在已是春天

(选自《七月》二十七、二十八期,一九四〇年十二月出版。)

雨

要使人值得一活，就必须为一种伟大的理想所贯注。

下过雨的第二天
从水潭里
我照见
近来
我底影子又长高了

有一个夜间
我梦见
胸口给日本鬼子戳了个窟窿
鲜血奔涌出来
好像扭开了水龙
惊醒了
我才知道降着暴雨
雨水从破屋顶上漏进来
滴到我底胸上
我感到好笑
翻了个身
一只手按住枪
去找寻第二个梦了

当着

雨拖着寂寞
来到了人间
在我们
从来没有人说起雨
只有我
在心里说我爱雨
他们只懂得
如果不把枪包好
准会上锈的……

雨也会撩起我们欢喜
时常在雨中
穿过从山涧奔湍下来的洪流
我们出击去
即使雨裹住了我们底呼吸
也没有忘记瞄准敌人
　　　　　扳动枪的机钮

这暴雨,这时代
垂下了头
母亲一般
用血的乳浆哺养我们

苦暗的雨中长大的我
终于振扑着坚强的翅翼了
我叩响新的光明的门扉了
太阳在我生命上照耀

昔日在雨天同我折纸船的邻儿
如今也掮上了枪出征了

辉煌的革命书籍
辉煌的战斗历史
把我们底思想
凿开了一条宽阔的河流
因此,我们不只是
拿了枪的战斗员

风暴带来的雨
冲洗了这古老的大地
大地呀
负载着我们这一代的狂热
而我们底改造
就要成熟了

不管雨是如何缠绵
或是如何阴郁
我脱掉草鞋
在给雨捣烂了的泥土上
向一座破屋走去
那里
《新华日报》到了

(选自《七月》二十七、二十八期,一九四〇年十二月出版。)

行　　进

倔强的灵魂是不灭的太阳，
像春天一样的
走上战斗的行程去吧！
用轻快的步子呵，
用轻快的步子

不要害怕死，阴谋，毒辣的杀害，
作一个永远的青年，
把自己当作一粒种子
播开去
在灾难的荒芜的原野

听，战斗的号角
在召唤我们去迎接新的中国呀

清晨，
白云浮过了嚣闹的乡村
那里有一条绿色的小河
载来了一个青年的尸体，
双手被缚得紧紧
河水灌够了满是刀创的胸腔

村民熟识他

昨天他笑着红润润的脸
不是来宣传抗战到底的吗?
今天他的生命
却不复是一支热的奔流

有个村民叹息地皱皱眉说:
唉唉,一个坚决的民族战士被谋害了

有个村民痛心地流着泪说:
昨天他还教我们识字的呢
中国人个个像他一样
还怕日本鬼子打不出去么?

有几个村民
买来了纸帛和香烛,
在深夜的暗绿色的河边
烧焚着
轻声唤叫死者的灵魂安息

他是一粒种子
没有死
他发芽了
我们要看得见的
春天一定会来
发了芽的种子一定结实

我们要看得见的
冷酷的冬天有可能

阻止春天的进行吗?
叶绿了
花开了
草青了
小鸟长出新的柔羽了
听,战斗的号角
响起了,
倔强的灵魂是不灭的太阳
强烈地发光吧
作一个永远的青年
为了青年的永远

（选自《七月》三十期,一九四一年六月出版。）

我们是愉快的

我们有时候会挤在一起
　喝的
　　开水
　　　有
　　　　火熏味
对于城市里的咖啡
　我
　　却想象不出什么了
对于
　山那边
　　敌人那边的

　那几支机关枪
我们是想念过了又想念

我们有时候会聚在一起
　　　　　　　　闲谈，
电台同志
　欢喜
　　山那边的
　　　手摇发电机
军需同志
　说
　　袭击到敌人的
　　　仓库
　　　　该多好！
女同志
　希望
　　有一本记事册
　　　一支钢笔
或者
　希望
　　有一支手枪，
医务室里
　需要奎宁片
　　需要硫磺膏，
俱乐部主任
　张开了大喉咙
　　谈他底理想——
要糖

要咖啡
好让大家开一开洋荤

河南小鬼
拍起手
喊着:咖啡! 咖啡!
一会儿
有人说咖啡是沙粒
有人说是像墨水

我想不出要些什么
我说
我要写
我们是愉快的
我们
要保证
战斗成功
现实的理想
会实现

我们
是愉快的
是愉快的呵
女同志在唱歌了
小鬼们扭动着身子
笑了
唱了
军需同志

伸出了粗实的胳膊
一只手
把小鬼举了起来
我们唱着
我们
自自由由地
大声笑了

（选自《希望》五期，一九四六年五月出版。）

庄　涌

给筑路的农夫

刚才，我们的车子
从泾水经过，
昨夜的山洪
把那里的木桥冲破；
三条牛，七个人
铺上麦草路
才把车轮拖出沙窝！
现在，又看见你们在这里工作。

十天前我从那毁灭战场
爬过四百里无人的山野，
像一只惶恐于沙漠的野兽，
我以为世界上
海已干涸，
花已零落！
今天又看见
这平原，
这草，
这小河，
木棒，

青石条，
秫秸……
希望和建设！

我们的车子，
从你们临时搭放的跳板上，慢慢挨过，
感谢和喜悦淹没了我；
这条路，向河西运粮食，
向榆林运军火，
运回来挂彩的弟兄，
也运回来我这不能再走路的两脚！

而你们是刚放下锄头的农夫呀，
又搬出来这些斧头，铁锹，柳条筐，扁担……
铲平了高岗，把洼坑填满……
对来往的车马，不要酬报，
黑脸上闪放着微笑！
抗战的队伍，
是响亮的洪流；
而你们是无名的
大禹的工人
在治理河道！

一九三八，四，西安。

（选自《七月》二十期，一九三九年八月出版。）

祝中原大战

为了要庆祝七月的周年纪念，
在千里河山包围下，
　筹备了一场大战！

一条栽倒的黄河又一道滚滚的长江，
他们是同母的弟兄俩，
自幼儿分别在巴颜克拉山旁，
辽远的离情无法弥补，
两道大堤规定了各自的去路！
天上的鸟雀一年搭一次七夕桥，
人间的走兽如今
在江河之间挖开了缺口无数道！
炸破了河堤像虎槛断了锁；
豫皖平原，
两弟兄抱头哭嚎啕！

头枕着崤函，尾浴鄱阳，
一脉山像一道“万仞”墙，
扠住陇海又跨过平汉，
捍卫着内中国的心脏！
这样子前阻大山后遭洪水，
雄山大水围成了四方牢，
四方牢里一场龙虎斗，

七千发大炮,三百磅炸弹,
三百磅硫磺弹触怒了地雷:
红的火,绿的田园,
黑的烟,白的云,
把天地织成一个混乱。

呵!谁见过天不柱山的倾倒?!
呵!谁听过维苏威火山的咆哮?!
这儿是沉默的死亡的原野,
——没有呻吟或叹息。
在粉碎镣铐的奴隶面前
谁会战栗!
一千个苏菲亚……
一千个陈怀民……
用生命解释自由的意义!

到前线去吧!
到前线去,我们将要"死",
但过去的日子再也不值得记忆,
一个勇士只能死一回,
然而我们有明天,
明天——
　有鸡啼,
　有黎明号,
　有太阳,
　有风,
　有自由,
　有胜利!

(选自《七月》十七期,一九三八年七月一日出版。)

遥　送　行

从不可知的时间，
踏上不可计算的路！
你去了，
你哭。

哭泣
在我们并不是弱者的自辱；
那暴涨的山洪，
谁阻遏得住！

风砂里的疲劳，
会戕死你记忆里的愁苦！
山林里
高扬的歌声，
又将重新建立起
你年轻的自负！

流过泪的眼睛，
像雨后的太阳，
更聪明，
更亮，
它闪放着
复活了的希望！

在长冬的山国里，
把梦花的地下茎
扎得更深吧！
不要让冰雪的寒冷
再淹死它呵！

用这一群早来的春燕，
组成我诗句的行列
迎风北飞；
去揭露风砂的幔幕，
让天空
吐出我一片青色的静默。

（选自诗集《突围令》，上海海燕书店一九四七年四月新版。）

朗诵给重庆听

重庆，你长江身上的一块疮，
现在又来了一大批下江化装师，
用脂粉掩饰你的内伤，不见红肿！
血腥的黑夜，
再捆一道矛盾的绳
我不懂
你怎样再忍耐生命的惨痛？！

撒一江黑雾，
瞒住青天；
一团团蚂蚁，
绕一块烂骨头打转！
大街上
成群的烟鬼抬竹轿，
七岁的小孩
背负五块砖；
小贩的叫卖
像垂死人的嘶喊，
下坡的车夫，
白了脸，
像决死的勇士，冲上前线！

贫穷，破乱，凄惨，黑暗，
休想用完整的字句，
形容你的全面！
鸦片，麻将，盗贼，娼妓……
贫血病，
迫害狂，
睁一双饥饿的眼！

重庆，你战败的伤兵，
睡在山沟里，
羞见日星！
你哭泣，
你哼……
你曾昏迷，

你现在又在苏醒！
历史的方向，
你要认清，
在倒转的漩涡里，
自己的船，
要自己把舵掌定！
要想想刘邦，
　想想阿斗，
是准备反攻，
还是苟安退守？
美利坚，土耳其，苏联……
黑白的事实，摆在眼前；
不要再妄想学勾践降吴，
日本人，比狐狸，比蝎子，
还要更狡猾，更恶毒！

呵！嘉陵江，
你涨吧，涨吧！
用氾滥的洪流
洗清这溃疮
呵！西北风，
你刮吧，刮吧！
扫清这恼人的黑雾，
迎接朝阳！
重庆，不要再忧疑，彷徨，
新生的种子
在你的脚下

扎根，
发芽，
向上长！

忘记了吗？
庐山孤军，
困守寒风！
洪泽湖，
瞪大了眼睛！
泰山，
昂起头
发躁！
更衰老了
山海关，
呜咽不成声！

呵！反攻！

昆明，
迪化，
两条粗壮的腿，
撑住后腰；
在日本，台，韩，
七千万苦难弟兄
用“革命”相招！
快，
快打开夔门，
让昆仑山的雪水

向东海直倒！

一九三九，一，改作。

（选自诗集《突围令》，上海海燕书店一九四七年四月新版。）

天　蓝

夜，守望在山岗上

我的眼控制着山群，
我的心屏息着。

夜，淹没山外的山，
　山外的河流；
夜，淹没溟蒙的苍穹……

我瞭望广阔无垠的祖国，
　有万千冤屈而死的人民，
　有十月不熄的大火灾……
我私誓，我愿：
将我付与山西的西部
　那五千年来繁荣的大地，
　于今被迫害而荒瘠了！

我握住枪，
挺住朔风，
守望住这山岗……
——敌人从正面侧面来，

在四五里以外。

——一九三八年四月，于山西西部。

（选自诗集《预言》，希望社一九四七年三月沪再版。）

队长骑马去了

为纪念W. F. D.而作，他在晋西南从溃散的匪军中缔造了一支很好的游击队，可是却给奸人诱过黄河谋害了。这支部队随即落在坏人手里。

队长骑马去了，
　　骑马去了，
　　一个月还不见回来。

队长！
呵，回来！

我们
　　一千个心在想，
　　一千双眼睛在望。
你呀！
　　你什么时候回来？

二月，
　　敌人从东方来，
　　我们逃向西方去：

我们曾经是
　　散漫的
　　溃退的
　　劫掠的一群！
而你说：
　　停住
　　中国底军士！
　　别忘了你足底下遗下的
　　是你自己的国土；
　　也别奸淫劫掠呀，
　　别在你自己的
　　人民底跟前
　　放肆！
　　……集合起来
　　再战斗吧
　　因为我们
　　是中国底军士！

呵，队长！
　你铜铃般的
　正义的
　　亲爱的言语，
　　感动我们的心肺——
我们反悔了
　　重在你的周围
　　整理着队伍，
　　建立起
　　严肃的

平等的
自觉的军纪；

不是吗？
你称呼我们是
“同志！”
（那尊贵的
亲爱的
永不能忘的名词）
你教育我们，
我们开始知道了
爱——
爱武器，
爱人民，
爱土地，
爱我们的队长，你！

队长！
呵，回来！
我们纪念着
你组织的第一个胜利。

三月
敌人向西方来，
我们打向东方去。

中旬的夜，
枪在肩头，

月在山头，
棉衣裹着马蹄，
勇敢，
坚决，
愉快
充满着我们的心底……
你笑着，
忙碌着，
指挥着我们
进入埋伏线
（敌人的死线）
等待黎明的袭击；

黎明，
敌人来了，
炫耀地——
庞大的
满载着东洋慰劳品的
满载着弹药的汽车
像修长的毒蛇
在公路上奔驰；

守卫在土楼上的
机关枪开始笑了，
你叫喊着：
“同志们，
摔手榴弹呀！”
手榴弹爆炸，

手榴弹开花，
困击着那僵缩的毒蛇。

我们拔出刀
跟随着你
跃出战壕：
骨肉与骨肉底搏击，
主人与强盗底血流在一起；

而敌人,终于垮了，
一百个魔鬼
残剩九十九个尸体！
东洋底
巧格力
沙丁鱼
勃郎宁
呢大衣……

而你说：
亲爱的老百姓，
这儿有你们一份；
亲爱的同志，
这儿是你们的战利品。

清晨，
歌上喉头，
日上山头，
黄昏的时候，

你独自儿个去了，
骑马过黄河去了。

队长！
呵，回来！
今日却有人领导我们打硬仗
使我们遭遇失败——
二百个弟兄去，
二十个弟兄回来！

四月，
风雨天，
敌人两个联队
屯驻在那城镇里，
在那大河边。

前四十八小时，
四…十…八小时呀，
我们奉到
过早的
袭击底命令；

汉奸，托派，
魔鬼似的
在黑暗中奔忙着。

敌人底大炮
早已瞄准了路口，

敌人底机关枪
　　早已布置在山头；

行进，
　　行进只在半山腰，
　　敌人底火力便开始了；

我们继续行进，
　　往前行进，
　　这是命令——
命令呀
　　不顾当时的实情。

敌人在幽闲地笑，
我们却往火力上冲：
　　手，交不到敌人底手，
　　刀，碰不到敌人底脑袋；
　　手榴弹，摔不到敌人底山头……

而敌人的枪弹，
　　越发怒吼了！

亲如骨肉的弟兄，
　　朝前翻，
　　朝后倒……

今日
　　我们并不败走，

并不逃跑！
我们是中国底军士呀，
面向着：
纪律与
死！

呵，剩下弟兄二十个
凄惨地归去，
山上风雨，
脚下泞泥，
郁抑着的太息……

队长！
呵，回来！
正当现在我们改编的时候，
知道你永不回来了！

你想单骑渡黄河，
黄河有不测的风波，
你奈黄河何？

——一九三八年五月

（选自诗集《预言》，希望社一九四二年沪再版本。）

邹荻帆

江

浑黄的江水在夏天涨了，
跳跃着万顷激流，
像一匹载满了风沙的战马
驰骋着
从巴彦喀拉山牧马的地方
啮碎了缰绳
三峡锁不住它底红鬃
直奔向辽远的地方。

苍鹰在头上啸叫着，
山谷的野猿偕着溪流嚎鸣，
那缠着蓝布头巾
棕黑的膀子
棕黑的脸上
嵌着两颗亮眼珠的水手，
撑着木筏，
挽篙抵着岩石，
倾斜了腰身，
偕着自然的水力搏斗。

浪花卷过了崖石，
苍鹰飞下憩息，
浪上卷上了崖石，
苍鹰又惊惶飞起。

暴雨来了，
两岸的瀑布叫得更响，
它掀起了巨浪
伸着锋利的舌叶
冲打着岩石
回转着一圈圈漩涡，
江水叫着，
江水嚎着，
江水发出了狂笑。

奔流过南方的草原，
柳丝抽它身上，
汽笛与烟囱
从铁轮马达交响处
嘶吼着声声，
它又像在风沙中加紧了皮鞭，
遥闻着笳角，
扬起鬃尾
临天风奔驰而长啸。

江，——
我爱你雄浑有力，
泻流万里

堤岸阻不住你的汹汹，
给与两岸居民以温暖
几千年如一日，
而在今天
祖国的命运是太困厄了，
逆着你鳞波逃亡的人群
也像冲下山岗的洪流；
江，——
你会听着，
你会看着，
那些呻吟着的，辗转着的，
在你底周遭。

江，——
感谢你给与了我的启示，
我也将供献祖国以些许的力量，
些许的温暖，
而跨上征马，
蹄声掀起灰尘
随着你滔滔的洪波不息而永驰。

六月二十三夜

（选自《文艺阵地》一卷八期，一九三八年八月一日出版。）

给年青的歌手们

夜行人在山谷中

会燃起一星灯，
这是古老的传说，——
嗥狼底红眼睛
怕灯火所射出的金箭，
挟尾而逃奔。

在今天，
祖国底原野
为黑暗所笼罩，
急风扫过了树林，
那跃过山岗与湖沼
咆哮着的猛兽
朝我们睁红着眼睛
发出了紧促的呼吸。……

我们
年青的歌手们呵，
是应当把我们底笔
——那一把烽火——
燃烧得更亮些。

而且应当跨着一匹奔放的马
驰走在风沙
驰走在广阔的原野
驰走在每个角落，……
像泻注着几万万匹马力的长江，与黄河，
给与南北方群众以温暖的乳浆。

我们更应当有着
谟罕默德传教的精神，
一只手抓紧笔杆，
一只手举起钢枪，
向侮辱者、侵略者，
射击。……

由于我们举起了笔杆与钢枪，
黑暗将要熔化，
猛兽将要惊退，
我们更追击着
朝着黑暗
朝着猛兽。
年青的歌手们呵，
迅速地
坚勇地
举起我们底笔杆与钢枪吧，
不要等待黑暗与猛兽来啃噬着我们。

（选自《文艺阵地》一卷九期，一九三八年八月十六日出版。）

走向北方

穿过了滴绿的树林
　　与淡墨水的远山，
赭石色的大路上，

我们以沉重的脚步
走向北方。

北方是广阔的，
那些线条模糊的地方
我们走近了，
更想望着——
那更远的
蒙在白云下
爬上青苔的古城，
以及插上瓦松的黑色的屋脊。……

每天，
我们跋涉在
灼热与尘封的大路上，
砂子与汗水填在耳根，
贴在背上的
是湿答答的汗衣，
砂子钻破了草履呵，
一天天
我们底脚掌磨得更粗砺了，
我们将以粗砺的脚趾
快乐而自由地行走在中国底每一条路上，
吻合着祖先们底足迹。
晚间，
我们投落在
墙壁霉湿的屋子里，
围着跳跃的烛光，

用生水吞着那走了味的麦饼，
草席上我们脱下沾着泥土的鞋
记忆数着大路上底脚印：
哦，那停住了呼吸的农场上底风车，
　　　　那悬在木门上锈绿的铜锁，
它们底主人走了，
只留着黄犬叫着寂寞。……

烛火跳跃着，
灼热的心也随着烛光跳跃着呀！
祖国呵，
我们为着争求您底自由与光明，
灼热的心无时不是在追逐着遥远的风沙，
而不辞万里的行程啦。

烛火以微弱的光
剪破了黑暗，
祖国呵，
我们微弱的力量
将也能如一星燎原的火，
而递燃着四万万五千万支灯芯焰吗？

烛火跳跃着，
我们以红色的笔
勾写着明天的计划与行程，
在明天呵，
我们更将坚决勇敢地走向北方的北方。

（选自《文艺阵地》二卷二期，一九三八年十一月一日出版。）

草 原 上

当那蒙着芦席的薄木划
在静静的湖泊上溜过，
没落在视野底边缘，
我更眺向无垠的草原，
低垂在远方的
是灰黯的天幕，
铺贴在天幕上的
是黝黑而平矮的灌木丛。

秋天了呵，
草原是单调的。
溪流已不再拉着嗓子呜咽，
茆屋后的水磨已休止了它底劳碌，
独轮车底辗转声是悒郁的，
而推手车的人
是永恒地辗转在这草原上，
从天边把车子推到天边。
推来了黎明，
又推来黄昏。

在天边有一片黝黑而平矮的灌木丛。
虽是淡淡的线条，
然而引起我深远的怀恋，

于是我想起倪云林底墨水的草原图，
更想起那些蛰伏在灌木丛里的人家：
当金光的太阳射到鸟巢，
雀鸟们一片喧噪的时候，
农夫们走出了衰旧的草房，
草原成了广阔的牧场；
而当雀鸟们绕着林子飞翔，
树林里点起第一盏灯火，
农夫们又踏着熟悉的路途归来。……

秋天了呵，
那些白颈的乌鸦
成伙地在田原上起落着，
这是远年的传说——
雪花即将铺盖在这草原上了。
于是农夫们在田原上翻检着草根，
播撒着种子，
牛车载着带绿的蔗茎在田埂上移动，
因为他们深知道
季节的末日即将来到，
严寒即将封锁着草原。

草原上已经是秋天，
落叶乔木挺着赤裸裸的身躯矗立着，
白的芦花同野菊花在墓园旁舒长
而电线
在田原上播着尖锐的电流声响。……

两年了，
我行军在这广阔的草原上，
每一次当我询问农夫们
前面村庄路程的远近，
他们会一刻也不待思索地告诉我们，
因为草原的每一点泥土，
他们都记得清楚，
而草原
春天给我欢笑的颜色，
夏天我看见它迅速地发育，
冬天我看见它沉静的姿态。

现在是秋天了，
农夫收获了米粮、
风收获了落叶，
大地收获了植物的种子，
虽则我并不曾忘记那使人哭泣的
很多“草原上的故事”，
然而当我看到了草原，
好像看到了一张会心的微笑的脸；
虽则在草原的边缘
那些明火执仗的窃贼们
毁坏着草原底恬静的姿态，
然而在草原的那边，
我们草原的保护者，
正擎着庄严的旗帜
朝着草原的边缘进行。

草原的边缘，
天的那边
平矮而黝黯的灌木丛上，
也是哺养了我的地方，
我不会忘记这草原，
我不会忘记垦殖这草原的
逐水草而生活的祖先们，
向秋天的草原
我轻轻笑了一声。……

一九三九，十一月陈家集。

（选自《抗战文艺》四十六、四十七期合刊，一九四〇年一月二十日出版。）

花与果实

序

不是为着开花
而是为着结果呵

一 玉蜀黍

时候已经不早了，
你还拥着绿色的被衾
软发披散在被衾的边际……
起来罢

慵懒的人
我要揭开你的被衾了，
呵，什么事呀？
你伏在被衾里哭泣
你的每粒玉屑一样的牙齿缝里
为什么含恨地咬紧着发丝？

二　喇叭花

蓝色的红色的喇叭花，
你攀着树
像抱着牢不可拔的信念一样
向前进罢，
像一个黎明的吹号者
爬上最高的山峰
吹起黎明的号角呵。

三　桃

在你有着孩子的
或者少女的面颊一样色彩的时候
人们剥夺了你的肉皮，
于是贪婪者满足了
鄙视地投落你的核，
你
从泥泞中
与坚硬的砂土中扎挣着，
终于你站稳了脚跟

向天空举起欢呼的手……

四 麦

四月艳丽的阳光下
你骄傲地昂着头，
在你每一颗麦粒上
透着钢针一样的芒刺，
让雀鸟们贪婪地而又无可奈何地流着涎滴罢，
你是这季节的主人，
祝福你有一个黄金时代。

五 豆 荚

在绿软的豆壳里面
白色的纤毛上
豆儿们
像一排排天真的婴儿
躺在天鹅绒的摇篮里，
胖胖的脸上含着微笑，
有蓝色的带着粉翅的蝴蝶一样的豆蔻花
飞进你们的梦里。

你们
蓬勃地生长呵，
我的联想也一样迅速而坚实，
我们是要让我们的孩子
有一张温暖的床

而且在他们的圆帐顶里
漾着一个苹果一样的笑的……

（选自诗集《意志的赌徒》，希望社一九四七年三月沪再版。）

繁 华 的 夜

翻过山，
今夜
我来到这里。

笑着，
堆着罗汉的山，
战士们
烧着野草，
野火
一列列地
流走，
一个美国记者说：
　　咦
　　这乡村的霓虹灯
　　好亮！

夜
有这样的繁华。

有灯火的地方
是晚会，
琴弦响着
是秧歌，
磨坊
和
木纺轮
还在工作，
溪水
还在流响……

我不由地缓慢地走在山坡上，
我问着自己：
　　世界上活着了我
　　是为着什么？

几盏红灯笼
从我对面走过来，
那是
回寝室去的
工作人员。

　　路生吗？
　　拿这盏灯去。

我仰起头，
纵使我望不见什么
　　也会想到——

一切的峰顶
有战士的岗，
冰凉的
刺锋上
亮着
高高的
北斗星。

他们沉默地喊着：
　　夜呵
　　醒过来！

（选自《希望》六期，一九四六年六月十六日出版。
署名扬令。）

这里有春天

梦里面
我写着：
　　城市
　　有监狱，
　　乡村，
　　有春天。

昨天
我同秧歌队去访问，

走出门来
好！
我叫了一声
红红的
蓝蓝的
青青的
白白的
黄的
紫的
一片
一片……

油菜花的上面
树着白粉墙，
有红土大字：
　　——建设新民主
我怎么不幻想着
这是油菜花的
大果实，
我怎么不幻想着
这些土字儿
散着香味，
看啦
那些蜂儿
蝶儿
都在那里兜着圈儿呢。

你又怎能想到

国际歌
是和河边的情歌
响在一起，
青草里
有蛙声
还有无线电的马达。

你怎能想到
军区总司令
每天早晨
在他的菜园里
浇水，
战士们
上山打柴
下河捉鱼。

堤埂上
你会看到的，
盒子炮柄上
佩有葫萝卜色缰丝的战士
同庄稼汉挽手
笑着……

世界呀
多么年青！

（选自《希望》六期，一九四六年六月十六日出版。
署名扬令。）

彭燕郊

冬日

萧瑟的
风雪的冬日呀
使大地沉默
使雷雨停歇
使草木复归到泥土去了……
——然而,末月的花朵
带着蜡色的容颜
终于
在行将呜咽的池边
绽放了
一年的最末的花瓣

冬天来到中国了
寒冷的中国底冬天呀……

从山上
传布过来的
伐木底丁丁的斧声
悠扬而清脆的
使行人驻足

观望那
伸长在雪野里的壕堑
用黄色的泥土与新伐的木桩
面向白净的郊原
夸耀着
反抗侵略的
战线底坚强

木叶渐渐地稀少了
日渐消瘦下去的山丘呀
只有松叶尚青
让野鸟旋飞而苦叫
山庙
被霜雪所看守了
虽是那么荒凉
但衣衫单薄的我们
靠它底掩护
在冷风和冰冻的旦夕
也曾那么胜利地
度过了寒冷的冬天

但昔日荣盛的乡野
今天却那么岑寂了
人踪将绝
河流也不再喧哗他底怨诉
而为冰块所凝结
让野鸭悠然地缓步在上面
江船停驶了

荒芜了田园
牛羊和他们底主人
哪里去了呢……
被焚烧过的房舍底
孤立的墙垣
那乌黑的干焦的躯体
向铅色的天宇
伸出无可奈何的臂膀
孑立在雪野中间
老树
用枯槁的枝桠
向群队点着
用嘶哑的声音
低语着
这村落,居民的运命

昏黄地躺着
公路
用它苍白的臂膀
兴奋地探入城市
让被破坏了的桥边,崖下
滚下来“皇军”底战马,辎重
让战士们在风中大笑
在雪下射击……

点缀在中国底土地上的
你可耻的疮疤——“皇军”的碉堡呀
用恐怖的洞眼

在不满十里的中途
互相凝视
被天际的风霜所包围
从紧闭的门缝,屋顶
漏出了
痉挛的烟雾
里面——
凹眼的“皇军”
正把带火的薪柴
投入火堆
湿烟熏出了他们底泪水
永远地不会
也不愿想到
此刻
有人敢冒过重重的防线
敢越过层层的灰色的铁丝网
去向他们袭击

低压而紧蹙了的天宇
覆盖着
这快为沉闷所窒息的
饱含着泪水的大地
只有我们
还在继续着
含愤的歌声……

三八,冬日,江南

(选自《七月》二十一期,一九三九年十月出版。)

雪　　天

我爱这
雪的日子
祖国底大地
是这样的纯洁呀

那山
那枯黑的树
那泥泞的板桥
那被经年的炊烟所熏黑的茅屋
以及那孤独地绿着的
村边的竹林和山上的苍松呀
你们——面善的友伴们
今天
全披上了
雪的外衣

呀,山
呀,树
呀,村落,呀,田野……
你们
全酷似那
奔走在伤兵医院里的
年轻的

有着红的双唇
与青的眸子的
那些穿白衣的女郎

你们
全酷似那
飘扬在示威游行的队伍前的
呼唤人民起来战斗
标写着人民底期望的
那白布的旗帜

那么纯白
那么清洁的
耀眼的光辉
那么可亲的
软柔而无声地飘落过来的体态
…………

而这里
被异族的马蹄所践踏的土地呀……
当赴战的我们的行列
穿过辽阔的旷野时
年轻的战士们
移动着冻僵的艰难的双足
在雪上疾走
企图踏着雪上的
硃砂似的同伴底血迹
为了索取仇敌底血

每个人
吐着白雾
迅然地走过这雪野的冻结的道路

我爱祖国
这被无声的雪所掩盖的土地
从那仅有的溪涧
跨过冰块的阻碍
我们横渡而过
祖国呀
我爱你
今天的艰难的战斗……

三九，一，江南某村。

《选自《七月》二十一期，一九三九年十月出版。）

夜　歌

夜
如此温柔
我们投入了她底怀抱……

飘漾着层层夜雾
新月羞涩地闪耀
无声的
三月的春风吹拂着
　夜的原野呀

像大海一样的永无止息
麦浪
悄然地在起伏着
我们底队伍潜行
像一条小溪
无声地
静默地流过

小鸟——你林间的生灵
别怕呀
继续你甜美的休息罢
鼓着双翅
你
想飞到哪里去呢

河边
村舍的纸窗所透泄出来的
映射在洞黑的河水里的
摇晃的一星灯光
向着我们
我知道
那里
人们将有什么议论
连那灯光
也在神经质地颤动着呢
而当受惊的田蛙跃入池塘时
那声音也显得异样地清彻……

星星呀
你闪耀在天际的
璀璨的生命
你们
从黑夜给我们带来微光
请罢
忘记那
来自村落的
无知的野犬底吠叫
而来谛听
走过这凄苦的土地的
我们底脚步
所发出的沙沙的足音……

远隔着那么多的
河流
田地
村落
而低着头的前方的
原野的那一边
懵懂地站立着
那黑色的城楼
和模糊地连续着过去的
难以计数的雉堞
有如人民们底灾难一样
遥遥地
更夫敲打着三更
像在呼唤

今夜
就在那儿
失去了自由的人们
焦急地睁着眼珠
等待着
故国的旌旗

（选自《七月》二十一期，一九三九年十月出版。）

冬青只是在开花

在结着蛛网一般的冰花的池边
在堆着白云一般的雪片的河岸
在小鸟的歌声里面
有一株小小的冬青

钢绿的叶子
红宝石的果子
用铁色的枝干
站在那边
孩子似地微笑着
他底生命底力的微笑
青翠着
鲜丽着
站在那边

经过了几昼几夜

接连不断的
多少冰霜的鞭挞
多少风雪的侵蚀
多少死亡者的死亡

我以为地上再不会有花朵了
我以为地上再不会有绿的颜色了
我以为地上再不会有鸟雀的歌了
我以为地上
永远永远地
只留下孤人独自的我
悲哀地相思着春天的我了
——可是我错了
冬青只是在开花

只是在开花
呵,冬青
在这缺少鲜花的大地
你是仅有的花朵中间
最美丽的一朵了

两手捧在胸前
我唱起了
一曲久已不唱的歌
我底双眼望着天空
——我在唱着一曲情歌啦
我底爱情的轮子驰转着
决心要用赞美吞没

这花
这叶
这生长着冬青的大地
这鸟雀的翅膀所属的天空

我是再不能有所等待了
就在这儿罢
就在这钢绿的叶上
写下了
我底欢喜中的悲哀
我底在泪与笑中间的
痛苦的挣扎

（选自《七月》二十七、二十八期合刊，一九四〇年十二月出版。）

小 牛 犊

这里闻闻一下
又往那里跑去了
你忙些什么呢
你这小傻瓜？

当你还没有长大
你是美丽而可爱的
小小的四蹄和小鹿一样玲珑
初生的皮毛

绢缎般平滑，水波般发光
没有长过角的头部
像小孩子底
没有皱纹的前额

到你已经长大了
到你已经长出角了
你知道吗——
你将有很繁重的工作？

性情暴躁的农人
由于悲愤，由于对生活的无奈何
将会像鞭打自己的爱子般
把细韧的柳鞭挥起
抽到你拖着笨钝的犁轭的
肥大的背上……
之后，命定中的事
也终于来临了
会有一个孔武有力的屠夫
从你背后，猝不及防地
把大的，铁硬的杵槌
朝你的颅门
敲去……

饕餮者流
将用细巧的牙签
悠闲地挑剔着，从齿缝里
挖出你那曾经酿造过

辛酸的汗的
肉的纤维……

搬运夫的肩上
将扛起用竹竿挑着的
你那被剥下来的皮
那带有污血和泥浆的标记的
就像军士扛着他们的大旗
偃息的旗,受伤的旗
沉重的旗,连风也不能飘动……

随着被委弃的骨
你将把你底整个的灵魂
(那是刀所不能割,手所不能剥的)
化入到你所钟爱的土地里去……

(选自一九四二年桂林出版的《文化杂志》)

落 叶 树

冬日的老树已脱落尽树叶
瘦削的,纤细的枝条密集着
向铅灰的天海
撒出网

冬日的老树静静地伫望着空茫
因为美好的愿望而有了深蕴的耐性

虽然铅灰的天海永远没有泅泳过的
一鳞半爪

冬天过去了——春天就要来到
老树的网依旧张着
向茫阔的天空
追索希望

二月，雏鸟鸣叫了
落在老树的网里
像婴孩睡在摇篮里
它欣喜地噪叫着又跳跃着

春底绿色的身体
被拥抱在一棵树的千百只手臂里了
春天底善良的心
祝福着那新萌芽的嫩绿的叶子

听见了小鸟的春歌
老树欢愉地微笑了
鲜绿的叶芽到处冒茁
它网到春天——春天真的到了

（选自《第一次爱》，山水出版社，一九四六年五月出版。）

阿垅

哨

　　一月的夜的延安：
前线带回来的一身困倦，
从这深深的夜逾越过去
又是新红太阳的战斗的明天，
战士们需要香甜的休眠。
嘉岭山上的塔对着蹀躞在广场上的伙伴
他在他底哨位上！
深沉的夜底十二点到一点，
天上
Orion 横着灿烂的剑，
北极星永恒的光
从太古以前
直到春风的将来
照着人间。

一九三九，二，四。肤施。

（选自《七月》二十二期，一九三九年十二月出版。署名 S.M。）

誓

折去花枝之外
是不会再开一朵花的！……
自然明年还有春风的吧，
也有更新的花枝，
但是，我只是今年的人。——

那高涨的五月初的春潮
曾经是古历史一期的冰河吧？
从吸收足够了巨量金光的太阳热，
冻结着死寂的冰层又成为激荡着生活的波涛了。
人类有过情感自由的、幸福的日子，奔放的，
那奔放的，
而明天他将复活。

但是在我——
折去花枝的瘢痕上不再有新芽了
冻结的心是永生永世的北极！

不是不要
我要爱情的啊！
要春天的日光和春天的风啊
要向大平原上走去的那宽畅和自由啊
要人和人之间的幸福和和平啊

要红熟的苹果林和烈香的兰花园啊
我要的,像那个样子!
在责任和希望之外
人岂不需要灵魂上的食粮么?

但是我现在不要了!
我指着旭日底暴烈的赤光发过誓了
我指着维纳斯底晶莹的眼睛发过誓了,——
我没有时间,我就要老了啊;
而且一个骑士不能够再在手挥利剑之外消耗他底臂力去拥抱人。

不是怕了爱情;
也不是怕了那个笼罩着爱情的那个脂粉的黑影;
完全不!——

让别种的花开花吧
我不需要了的不是世界所不需要了的;(正需要啊。)
让别的江河融冰而洋溢吧
我所没有的不是世界可以没有的;(纡曲五十年一定要有的。)
我去了!
是的,我去了,
请不要笑我仍旧是为爱而战的吧,
我去了啊
我将为大家到人们底废墟堆中寻觅燃烧的火种。

一九四一,九,八。重庆。

(选自《白色花》,人民文学出版社一九八一年八月出版。)

纤　　夫

嘉陵江
风,顽固地逆吹着
江水,狂荡地逆流着,
而那大木船
衰弱而又懒惰
沉湎而又笨重,
而那纤夫们
正面着逆吹的风
正面着逆流的江水
在三百尺远的一条纤绳之前
又大大地——跨出了一寸的脚步!……

风,是一个绝望于街头的老人
伸出枯僵成生铁的老手随便拉住行人(不让再走了)
要你听完那永不会完的破落的独白,
江水,是一支生吃活人的卐字旗麾下的钢甲军队
集中攻袭一个据点
要给它尽兴的毁灭
而不让它有一步的移动!
但是纤夫们既逆着那
逆吹的风
更逆着那逆流的江水。

大木船

活过了两百岁了的样子，活够了的样子
污黑而又猥琐的，
灰黑的木头处处蛀蚀着
木板拆裂成黑而又黑的巨缝（里面像有阴谋和臭虫在做窠的）
用石灰、竹丝、桐油捣制的膏深深地填嵌起来（填嵌不好的），
在风和江水里
像那生根在江岸的大黄桷树，动也——真懒得动呢
自己不动影子也不动（映着这影子的水波也几乎不流动起来）
这个走天下的老江湖
快要在这宽阔的江面上躺下来睡觉了（毫不在乎呢），
中国的船啊！
古老而又破漏的船啊！
而船仓里有
五百担米和谷
五百担粮食和种子
五百担，人底生活的资料
和大地底第二次的春底胚胎，酵母，
纤夫们底这长长的纤绳
和那更长更长的
道路
不过为的这个！

一绳之微

紧张地拽引着

作为人和那五百担粮食和种子之间的力的有机联系，
紧张地——拽引着
前进啊；
一绳之微
用正确而坚强的脚步
给大木船以应有的方向（像走回家的路一样有一个确信
　而又满意的方向）：
向那炊烟直立的人类聚居的、繁殖之处
是有那么一个方向的
向那和天相接的迷茫一线的远方
是有那么一个方向的
向那
一轮赤赤地炽火飞爆的清晨的太阳！——
是有那么一个方向的。

　　偻伛着腰
匍匐着屁股
坚持而又强进！
四十五度倾斜的
铜赤的身体和鹅卵石滩所成的角度
动力和阻力之间的角度，
互相平行地向前的
天空和地面，和天空和地面之间的人底昂奋的脊椎骨
昂奋的方向
向历史走的深远的方向，
动力一定要胜利
而阻力一定要消灭！
这动力是

创造的劳动力
和那一团风暴的大意志力。

　　脚步是艰辛的啊
有角的石子往往猛锐地楔入厚茧皮的脚底
多纹的沙滩是松陷的,走不到末梢的
鹅卵石底堆积总是不稳固地滑动着(滑头滑脑地滑动着),
大大的岸岩权威地当路耸立(上面的小树和草是它底一脸威严的大胡子)
——禁止通行!
走完一条路又是一条路
越过一个村落又是一个村落,
而到了水急滩险之处
哗噪的水浪强迫地夺住大木船
人半腰浸入洪怒的水沫飞漩的江水
去小山一样扛抬着
去活鲸鱼一样拖拉着
用了
那最大的力和那最后的力
动也不动——几个纤夫徒然振奋地大张着两臂(像斜插在地上的十字架了)
他们决不绝望而用背退着向前硬走,
而风又是这样逆向的
而江水又是这样逆向的啊!
而纤夫们,他们自己
骨头到处格格发响像会片片迸碎的他们自己
小腿胀重像木柱无法挪动

自己底辛劳和体重
和自己底偶然的一放手的松懈
那无聊的从愤怒来的绝望和可耻的从畏惧来的冷淡
居然——也成为最严重的一个问题
但是他们——那人和群
那人底意志力
那坚凝而浑然一体的群
那群底坚凝成钢铁的集中力
——于是大木船又行动于绿波如笑的江面了。

一条纤绳
整齐了脚步(像一队向召集令集合去的老兵),
脚步是严肃的(严肃得有沙滩上的晨霜底那种调子)
脚步是坚定的(坚定得几乎失去人性了的样子)
脚步是沉默的(一个一个都沉默得像铁铸的男子)
一条纤绳维系了一切
大木船和纤夫们
粮食和种子和纤夫们
力和方向和纤夫们
纤夫们自己——一个人,和一个集团,
一条纤绳组织了
脚步
组织了力
组织了群
组织了方向和道路,——
就是这一条细细的、长长的似乎很单薄的苧麻的纤绳。

前进——

强进！
这前进的路
同志们！
并不是一里一里的
也不是一步一步的
而只是——一寸一寸那么的，
一寸一寸的一百里
一寸一寸的一千里啊！
一只乌龟底竞走的一寸
一只蜗牛底最高速度的一寸啊！
而且一寸有一寸的障碍的
或者一块以不成形状为形状的岩石
或者一块小讽刺一样的自己已经破碎的石子
或者一枚从三百年的古墓中偶然给兔子掘出的锈烂钉子，……
但是一寸的强进终于是一寸的前进啊
一寸的前进是一寸的胜利啊，
以一寸的力
人底力和群底力
直迫近了一寸
那一轮赤赤地炽火飞爆的清晨的太阳！

一九四一，一一，五。方林公寓。

（选自诗集《无弦琴》，一九四七年一月沪再版本。）

琴的献祭

没有古清风明月
也没有秋虫悲哭落叶
更没有小草小花底那羞怯浓艳的欢喜；
这没有诗的日子！……
我甚至无弦。

并不是没有人底欢喜
更不是没有人底痛苦
只是我底欢喜是在那些欢喜以外
而我底痛苦，也在痛苦本身之上。

不是，不是，
我不是无根于土而高翔的银丝云呀
也不是向冥国叩门而引吭悲歌的，那么一柄沉重的竖琴
更不是无人迹而有杂花开的溪间底夜的急鸣；
我在人间
我不得不是人底声音。

雪莱，拜伦，啊，海涅，普希金，
我不是那些大的灵魂，大的星座
我只是微小地一粒
一粒向地球底纬度投来赤光而过的，小小的流星。

不是，不是；
我也有巨人们底沉郁的痛楚
也有先行者底梦幻的喜悦
因为，即使十分渺小吧，我也同样是人
而且我底负载物只有堆积得更多，在一部历史上
堆积得更新奇，堆积得更苛酷而杂乱
像我是一匹最后也最弱小的驮骡，在历史的音程上最不被爱惜
所以，我也就吟得这样地苦，这样地重
我底声音不再能够是琴底阶音。

我是如此为疼痛所烧炼
我渴，我渴，我渴得必须咬破自己底皮肉而狂饮在动脉中涌流的自己底鲜血
因此在我即使有小草小花的欢喜又怎样徘徊低唱？
即使有个人底忧伤又怎样在夜深梦醒深沉叹息？
因此我自然没有高价买的白金弦
甚至也没有羊肠弦底那善于纤微的感应的微妙战颤
我底声带久已僵直，我底歌声早就破裂和沙哑
我只是这么一块，这么一块平直的硬桐树板。

我愤怒，我愤怒得好苦
我愤怒得要在我这屠宰场和垃圾桶的世界上毁灭地放火；
虽然一场毒火可以烧尽一个原始森林
和这原始森林里居住的三头的毒蛇和九面的怪鸟
但是我也认识，我自己底渺小而我不过是一粒火星
我是，我是，愤怒得顾不得自己底怎样渺小了的渺小啊！

我，像 Tantalus 饥渴于在眼前飞来幻去的鲜果活水
像 Sisyphus 上山下山地推滚石头而不断奋勇和徒劳
像 Narcissus 忠守着四目相视的美丽的水中影子
是本身底影子也是爱情底化身，又甜又苦的可悲的幻觉
像 Prometheus 狂号于
不是被不断毁伤，而是为了那在不断新生的心肝。……

我底口号是：
人民！人民！卑贱无光的人民！
人民哟！……

现在我是到了你这里；
我才有了这一份真正的欢悦
因此干枯得只剩沙粒的两眼会放光
铁液一样无情的泪滴会在微笑里流出来
而微笑，注视你的时候微笑得如此美，
我要为你抚奏！——
即使仅仅为你，为一个人
即使这琴不剩一弦。

一九四四，三，二六。成都。

（选自《白色花》，人民文学出版社一九八一年八月出版。）

去　国

我无罪；所以我有罪了么？——
而花有彩色和芳香的罪
长江有波浪和雷雨的罪么，
而基督有博爱的罪
欧几米得有几何头脑的罪么？

夺去我底花冠吧，夺去吧，夺去我底战剑吧，夺去吧
让我底头顽强地裸露，而让白蔷薇在你底加冕典礼上为你蔫萎吧
让我底两臂默然地下垂，而让剑光在你底一握之中为你增加沉重吧

夺去吧，连我底落在妻底墓前的泪珠，那和清晨草间的露珠一样无罪的泪珠
连我底抚摩孑然的孩子底头皮的双手，和那阳光一样抚摩着他底头皮的无罪的双手
夺去吧，连我底诗，我底不可夺去的诗
夺去吧，连我底一文不名的自由，连我底做做恶梦的自由。

我难道不是在我底祖国？然而这难道是为我所属的国？
这难道不是当我之前所展开的风景，这山，这江，这人烟和鸟影？然而这难道是为我所有的国？

我到什么地方去？
我从什么地方来？——

我不是生命的悭吝人
花开得，江流得，那应该是多么慷慨！
我不是珍藏着这一点点的赌本而奇想着我底豪奢的赌彩
我只是，并没有义务向赌窟主底宪法纳税以及服役。

花在开，
雷雨在酝酿
孩子在梦醒时唤着爸爸回来
小草在妻底墓上用露珠幽然哭泣
炮兵连在闹市上轰然通过
既然没有糖果，当然没有犹豫
我无罪；但是我却把有罪当作我底寒伧的行囊了
我是在劫夺了我的祖国敞胸而岸然旅行。

一九四七，五，二。雾边城。

（选自《白色花》，人民文学出版社一九八一年八月出版。）

郑　思

六月的黄昏

我们走过
　　竹林
　　山溪……
走来了
又走转去
没有什么好说的
　　是战斗的爱
把我们的话语
　　压在心底

六月的风
吹在心头是清凉的
你说:战斗使我们成长
　　　战斗又把我们分离
如今
　　　一个朝南走
　　　一个却向北方去
我没有声音
回答你的
　　是不停的水车

　　吻着溪流在低语……

我们沉思
　　在竹荫里
　　在溪流边……
走来了
又走转去
我们听见：
　　炮声越打越近
　　　　越打越密
我们拿着命令
　　一个朝南走
　　一个却向北方去

异乡的黄昏
是我们离去的时刻
我说：去吧！奴隶的爱
　　　要生长在战斗里
你说：战斗使我们成长
　　　战斗又把我们分离
我说：能再见，就再见
　　　不能再见
　　　就让那些闪耀的故事
　　　留在自己的记忆里……
你低下了头
没有声音
泪水滴在我的手背上
　　又滚在干燥的泥土里……

黄昏
没有夕阳与晚钟
是敌机燃起的
古城的火焰
　　混着受难者的血
　　烧红了半边天
这火焰
燎燃了我们底心之门
在我们之间
划开了一条离去的界限

从此
我们各自走上自己的路
　　（没有一个回头）
一个朝南去了
一个却向着北边

一九三九，七。

（选自《吹散的火星》，耕耘出版社，一九四二年五月初版。）

榨底歌

这声音是这样的沉重，沉重……
沉重得像拖着一块厚铁
像扛着一块扛不起的石头……

在黑得一抹糊的旷野上
榨啊,粗起忧郁的嗓子
唱着一支沉重的歌
像一群被折磨摧毁了的老人
像一群被流放的阴郁的囚徒
他们躺在劳役的疲困和疾病里
含着生命消逝的委曲
默默地,从哽得作胀的喉头
滚出了一支沉重的歌
榨底歌,沉沉地,重重地
贴着我底心,滚过……
像滚过一堆小石子
像滚过一条长的跳板
小石子被压得破碎,跳蹦
跳板被过重的负担压弯了啊

四面的山丘
把旷野紧紧地围抱
夜很重,很暗,沉在旷野上
满满地,将破烂的村庄搂抱着
榨坊里,燃起一把松烛的火光
照着两匹拖榨的,衰老的水牛
水牛麻木地沿着一个圈子在打转
水牛在倦困里地把榨拖着
像蹂着一个死亡的魔圈
水牛把眼睛拖得红□□的
拖得浑身冒热气
拖得白泡子直流……

榨啊！就是这样地
粗起嗓子，向着旷野
唱起一支沉重的歌

榨底歌，沉沉地，重重地
沿着我底心，滚过……
榨底歌，在我底心里
说着农民的阴沉的故事
榨底歌，像一个冤屈的哑巴
把哭泣的话语，哽在喉头

几百年，几千年了
榨啊！这村庄的忧郁的喉咙
哽着多少农民的痛苦
朝着这荒凉的旷野
无终止地，孤独地唱起一支沉重的歌

（选自《吹散的火星》，耕耘出版社，一九四二年五月出版。）

灯花边的梦

灯草，烧开了一朵灯花。
灯花边
　　漫着昏黑的夜，
　　和古楼底，夜底寂寞。
歪着看灯花的脸

感情的，入睡的脸，
冒起一圈圈的梦……

高原上的梦。
跨进温暖的城门的梦。

……人群，骑马的群
挺立的
山群，城垛的群，村野的群……
披着爽朗的阳光
有焦点一样射眼的，壮烈的战斗……
年轻，真纯……
火一样照得透的
革命的热和爱……
欢呼！人的，马的，河流的欢呼！
激荡的歌
拥着……
奔向塞北的英雄
守卫草原的英雄
走入山林的英雄
打马过黄河的英雄……

刚强的，壮烈的，铁的！
花朵一样幻现的
梦。
以弹簧一样的冲动
我扑过去
投进去了！

混在那里边笑了！
混在那里边死了！
魂魄，
混入了打马过黄河的英雄……

醒来
拭干了荒唐的涎水
捧着脸
坠下几颗眼泪……
一朵暗弱的灯花
漫着黑的夜，
和古城底，夜底寂寞。

（选自《诗创作》十三期，一九四二年八月十五日出版。）

秩　　序

——向北方的诗人们写的一篇报告

一

同志，短行而跳跃的诗句
暂时只好让给玛耶可夫斯基或者田间
那些被新鲜的血液所鼓动的嘹亮的歌者，
洋车夫赤膊上的汗粒
和女郎在车上翘起二郎腿的姿势

令我有了一些奇异的灵感……

我只看见南方的海洋在不平地起伏
只看见一群越狱不遂的囚犯
  在判决之前的死寂的脸孔
只看见大厦像重迭地堆起的堡垒
我所能见的只是在一场大雨之后
伏法者底尸首被亲属抬走的时候沿途滴下的污血

骑楼底下——
那些待埋的饿莩们睁着尚未完全死去的眼睛
那两块给饥饿蚕蚀得发绿的眼白
有如两块未曾填补的人生空白
露出了冤曲和仇恨……

那么,同志
我底奇异的灵感
将是多么不愉快而且大杀风景
在老爷们或者少爷们看来
简直就像那些卑微的临死之前的乞丐底
一场多余的悲切的呻吟

二

画家符罗飞他热情地向我说:
“我所看见的人体都是透明的”

于是他画了四条臂膀的刽子手
在杀戮之后疲劳喘息的姿态
而且他用智慧的彩笔
在勾画他所透视的人体
以人和野兽的杂种姿态
兴高采烈地在进行着魔鬼的环舞……

我从他底画室走出来
我抄袭了他底疯狂的思想
我也用透视的眼力去观察一个摩登贵妇
我几乎忍不住了
学着一个醉汉拦住她底去路大声地喝问：
“喂：你到底是魔鬼还是人呢？”
我也想用暴力命令汽车停住
打开老爷们那些阔气的胸膛
好像打开什么收藏赃物的大箱子
检查一下——
那些心肺的形状和颜色

三

我底朋友邵纪林
当他底思想刚从麻醉的学院里惊醒
他就大声疾呼：
“是什么时候
来了这一条
摧残人类的法令——
男人须

生产小孩?
女人
该长出
胡须?”

一个老成的数学博士简直要急得投河了
为了一条一加一要等于七或是八的标题,
一个年老的颜色制造匠
戴上他那副用过三代的老光眼镜
向一个老爷解释着:
“先生,这是黑色的……”
“混蛋!我说是红的就是红的……”

这到底是谁错了呢
而医官们以过半数通过了结论:
根据检查的结果
除了领子上金星闪烁的老爷之外
所有的眼睛都患了不可医治的色盲

一个美国装备的禁卫兵
打了一个兽医教授的两记耳光
(因为该教授情不自禁地摩了摩他底上司的马)
理由从他嘴里怒骂出来:
“老子看你的样子就是奸匪!”

同志,你以为我在说神话或者讲故事吗?
那么,我负责地告诉你——
这正是

环绕着法律的
秩序

四

我是但丁的信徒
不问是做梦还是清清白白地睁着眼睛
我都明明白白地看见了“地狱”里的
那条“可诅咒的黑色的河”
在河边
牛头马面的加龙叱吼着生灵们：
“喂，生灵们，亲爱的同胞们，
上船啦，我即刻就渡你们
到那幸福的永无天日的彼岸去……”
而且，就在河边的演讲台上
一匹意大利种或者德国种的脱毛的老狐狸
站在上面声嘶力竭，痛哭流涕
做着各种煽动的手势
“民主——王八蛋！
独裁——OK！
苏联——这军阀共产主义
根本要
开除人籍！
逐出地球！”

于是，幻现在我眼前的二十世纪五十年代
有如一座黑色的大升降机
载着中国底褴褛的人民

在向着一万公尺的煤坑的最下层降落下去……

五

于是,我底多余的脑袋又想到鸦片烟灯
而且,想到了政权
而且,我冒失得很
又想到了抽鸦片烟的和过政权瘾的……
想到一九九九年,姨太太们底裸体时装
想到五万元一双的玻璃丝袜
和一个快乐的透明的女人完全不穿裤子的世界……
而且,我底思想实在不成体统
想到老爷们陶醉于色情的肉体时
在房门外面
那守卫者底钢盔和美国冲锋步枪底青铜光芒
和那嬝嬝的,被电风扇吹出的脂粉香味是多么不调和

六

都市,环绕着一个核心在建筑
秩序,日以继夜地赓续
尖嘴猴三,杀猪肥油满腹的大肚皮
无声手枪,巡查队
女人的口红,白兰地,啤酒
老爷们君临在小民们的面前每一个细胞都充满权威
小民们的头颅常常像一朵红色的野玫瑰哄然开放
以及那些熟练的"妈特皮——!"

和长官们画“行”的姿态……
这一切全不可缺少

刑场上犯人头上的标子和米店门口表明米价的米签
对我的刺激和反应完全一致
而郊外的乱坟堆和囤积的米包
又似乎是一种本质的两种形式

吉卜车压死了男人和女人
警察安详地摇着棒子和白手套
恭候汽车“的的——”地开过
仅仅这一个立正的姿势和一扬手的角度所需的训练费用
就足够令小民们底背脊弯曲到像一张弓

负债者从五层的高楼上跳了下来
用自己的血和生命偿清了债务

寡妇带着一群无法活下去的儿女
把小船划到江心
趁黑夜,在孩子们给饥饿弄得疲倦的时候
她使用竹子削成的尖刀戳穿了自己底喉咙

在热闹的黄昏,太太们闲散地坐汽车去兜风
一个年青的妇人和一个褴褛的孩子
抬着一具用破席子包裹的尸首
凄然地走向荒野
孩子喊着爸爸

女人哭着丈夫

而霓虹灯跟豪华的贵妇一样,以各种色调闪耀
电影院的门口又有好来坞的新片预告
广告上画着:男人吻女人,女人闭着眼睛……
在门口,电影院的老板公布了一条法令
“服装不整,恕不招待。”
于是警察的棒子向好奇的乡民群挥去
映过了五光十色的广告以后
电影正式开场了
全体观众一致恭敬地肃立
这里的秩序的确很好

而报纸上每天都登载着:
路尸:×××具
虎烈拉:×××宗
劫案:××起
巨匪×××就捕
市长为“肃清匪盗,维持治安”发表谈话
以及“共产党奸淫烧杀、破坏和平”的消息

七

同志,这现实像是什么大作家写的童话一样
说猫和老鼠在一起生活得很幸福

狼教授发表了一篇有名的演讲
兔儿们,鹧鸪们,野鸡野鸭们都拍破了手掌

那么,也如诗人爱罗先珂所写的童话一样
说:无可分辩的,教育家们
用道德的铗剪,在那里弄短儿童和学生的舌头
正义的尺和法律的剑
按一定的长度,砍短了劳动者的手足……

宪兵:检查公共汽车和行人……
特工:盯梢,烧书,舞动铁尺,封书店……
税务员:拿着簿子收税……
住客:填调查表,报户口……
印刷厂 印着“警察区管制”条规第 X 条,第 N 条……

结果:小民们
只留下厕所的地盘来抒愤懑
板壁上写着:
“天下那有屎完税
这里唯有屁无捐”

八

呵,同志们
这里风景很好!

呵,诗人田间
你要不要看看秦始皇——这私生子的肖像?
人们批评说:
面无四两肉

肚内一把刀……

呵，诗人鲁藜
你要不要看看希特拉巡查的姿态？
他命令他底士兵
把你所一再歌唱的星星都判了死刑
而且宣布：
用狼或者狐狸的碧眼
做街上的路灯

呵，诗人孙钿
你用不着骄傲你底司令从敌人那里得来的望远镜
我们的黑名单和锁人的铁链
比你底司令的望远镜所能看的距离更长

呵，诗人艾青
当你歌唱英雄吴满有的时候
你所歌唱过的火把早已给人吹熄了
而你所歌唱的太阳
别人说：
美国的什么步枪就可以把它射落……

九

呵，诗人们！
真的，这里的一切都十分美观

海洋在大陆边缘起伏

色情的大厦一层层地建筑，升上了天空
收音机用白痴的喉咙大声叫喊
电风扇，悬挂在堂皇的酒吧上
以仆欧一样忙碌的典型的服务精神
为喝酒的嫖客们和老爷们在起劲的旋转
狗见主人，摇着尾巴，又吠着生客
男人，追逐女人
女人，娇媚地吊在男人的臂膀上向同性示威
老爷，在姨太太面前炫耀美国新到的朱古力，奶粉，透明衣，烟斗，雪茄……
而下贱的农村女人，照旧推粪车
毫不假思索地，用粗手替人家洗着马桶……

环绕着
法律
这是
饱和的秩序

在这秩序的金光闪耀之下
流浪者只有资格让自己的腿饿成两条笔杆
去垃圾堆上选择苍蝇吃剩的食物……

而功迹的勋章
便悬挂在老爷们的胸膛
无数的官员们，也正因为这井然的秩序
在领薪水，摆官架子，讨姨太太，下判决书，考试，坐小轿车，开会，打电话，发脾气，拍台子……以及其它。

十

我底原意是想来写一首赞美诗
我底手却在不停地打抖
我底心似乎有火在燃烧
我想到原野上也许正燃着熊熊的野火
我有一股渴望出击的热力
我想着
人类一开始就以自己的集体击败了野兽

于是,我走到原野
我看见那些迷人的
闪耀着晶莹的光点的星星
我底思想翻滚着
我想着那些和野花们恋爱的古城
我想着那些没有眼泪的人民
我想着那些为汗珠装饰着的胸膛
我想着那些凡蛾玲和诗章……
而且,我也想着——
为了迎接大风雨
英雄们正在集体地死去……

于是,我便严肃而且静穆地
向远方送出了我底亲热的祝福……

(选自《希望》八期,一九四六年十月十八日出版。)

鲁　藜

延河散歌

星

星
各种各样的星
分布在延河上

没有星的夜是沉黑的
然而,星将会出来
星在永远引导我们前进

星不是落了
星不是谢了
星在引导我们向黎明

黎明时
有的星老了
披着白发死去

而年青的星奔出来
天空永恒地飘走着星

飘流着星的喜耀……

山

在夜里
山开花了,灿烂地

如果不是山底颜色比夜浓
我们不会相信那是窑洞的灯火
却以为是天上的星星

如果不是那
大理石般的延河一条线
我们会觉得是刚刚航海归来
看到海岸,夜的城镇底光芒

我是一个从人生的黑海里来的
来到这里,看见了灯塔

野　　花

野花生长在荆棘里
好像理想活跃在监狱

在河边,我们走
崖上野花向我们点头

望着野花

我们不再怕艰难的路

野花要结实
我们的理想就要开花

一九三九,八,二五在膚施。

（选自《七月》二十二期,一九三九年十二月出版。）

红的雪花

冬天,在战斗里
我们暂时用雪掩埋一个战死的同志

雪堆成一座坟
血液渲染着它的周围

血和雪相抱
辉照成虹彩的花朵

太阳光里,花朵消溶了
有种子掉在大地里

（选自诗集《醒来的时候》,希望社一九四七年一月沪再版本。）

纪 念 塔

塔,建立在太行山上
树林环绕着它

太阳起来
照着塔顶
太阳西下
留下塔影

月亮从塔上飞过去
星星从塔边流走
秋天的叶落了
冬天的雪就来装饰塔

夜间,天河像一条银链
挂在塔的两边
塔矗立着
从黑暗到光明

塔不会说话
塔会倾听,夜莺飞来为它歌唱

塔永远缄默
正如死去的英雄

一样的庄严，肃穆，神圣

塔不会死
正如伟大者的死不是死而是永生

日月星辰
要从塔上自起自落
无穷的年代
要从塔下涌来……

一九四〇年底

（选自诗集《醒来的时候》，希望社一九四七年一月沪再版本。）

醒来的时候

有一次夜行军，抵宿营地，露营于田野上，兄弟们都在憩息，睡了一个白天，我醒来时，又是黑夜了。

醒来的时候，我不知道睡了多久，多久
我重见了我可爱的国家和可爱的世界

一切完全变了
漫漫的天际山原上缀镶着牵牛花
可爱的国土，已经睡了，我在山巅上翱翔
我要去访问每个村落，每个兄弟

我忘记了自己，我是秋天的昆虫吗
我歌唱着，一支一支永不完
我是萤火虫吗，在山谷间提着灯火
我是黑风吗，在山脉上奔流

我爱我的国土，我爱我的世界
我不去惊动他们，我要用我的眼睛
永远地望着他们，守卫着他们……

一九四一，九，一四。

（选自诗集《醒来的时候》，希望社一九四七年一月沪再版本。）

春　天

春天，野丁香花开了
用她的堇色的花蕊
点缀着我们战争的田野

春天，没有忘却
在炮火里的我们
我们在战争里
也没有忘却我们的春天

春天照样来
野丁香花照样开
我们兄弟们采摘着它

在大路上，大踏步地走着，走过

（选自诗集《醒来的时候》，希望社一九四七年一月沪再版本。）

泥　土

老是把自己当作真珠
就时时有怕被埋没的痛苦

把自己当作泥土吧
让众人把你踩成一条道路

（选自《希望》一期，一九四五年一月出版。）

收　获

一

六月，阳光很强烈
田地黄透，像火焰在那里吹动
这是收获的季节

兵士和农民们
结队向田野走去

二

在这里
我们开始劳作
我们像熟练的理发匠
梳弄大地的发——黄金的发

一束一束的麦子
柔顺地躺在田边
我们就把它捆扎,荷上肩
送到打麦场去

三

这时,路上走来一位小姑娘
她留着短发,穿着白衣
在阳光里
闪耀着深红的两颊

“喝水,同志!”
她擎起水罐
招呼着我们
于是,很幸福的
我们一个一个从她那边舀来了水

四

啊,在这宽阔的田野里
充满人民、军队一致的呼吸
和少女的微笑
这再不是米勒描写过的土地

我,一边弯腰刈着
一边望着大地
我的心跳着
我在做着金色的梦

五

我知道,未来将是更美丽
但是,现在也很好,很好

在田野的上空
燕子自由的飞舞
孩子们
叫嚷地拾着麦穗
兄弟们抹着脖子上的汗水
老年的农民捋着他的胡须
这一切都那么可爱

想着,想着
我兴奋地抡着镰刀

让我的汗液畅快地飘落

六

夜里，在小小的灯光下
我像拾穗的孩子
用快乐的手指去寻找诗句
来歌颂这劳动人民自己创造的土地

一九四二，六，一六，华陀河边。

（选自《希望》三期，一九四六年三月出版。）

真实的生命

像生命一样，一颗飞落的星
当她的旅程接近终点，
她就要作一度飞舞，一度喷射，
把生命的一切凝结为一朵花而消逝；
在消逝之前，她照耀过世界，
献给宇宙以自己的色彩。

啊，生命，一切真实的生命
她都要朝着那终极的方向前进；
而在那时间的汹涌的波浪里，
放射给永恒以美丽的火花。

（选自《希望》五期，一九四六年五月出版。）

草

一

我要新生，我是绿草。
我要伸出嫩绿的小手去接取阳光，
让黑夜留下的泪滴消溶；
我欢喜，我生长在新的土地上，
我永远沐着和爱的光和甜蜜的雨，
我要用我小小的生命，
装饰这黄色的山谷。

二

我是绿草。
我的装束很朴素，
也没有美丽的花朵……
可是，我是春天的信号，
人们看见我而高兴；
盛夏，劳动的人们
喜欢躺在我的怀里憩息，
到秋天，我就枯萎，
我准备火种给严寒的世界。

（选自《希望》五期，一九四六年五月出版。）

风 雪 的 晚 上

一

今夜我感觉快乐
我站在门边上
看着风雪在飞舞
听着风雪在歌唱
我的心又充满了幻想
又充满了爱和生命的节拍

我爱北方的雪
我爱这没有穷人痛苦的北方的雪
我爱这纯洁像羔羊的雪
我爱这美丽像海边贝壳的雪
我爱这轻飘像浪花的雪
我爱这透明像水晶的雪
我爱这形体像白蔷薇的雪

二

啊,我好像闻到花香
从我的门边阵阵沁来
我感觉舒服,我感觉沉醉

这是冰冷的雪香
这是全山谷,全旷野喷出的芳香
这是我所爱的北方土地的香气

在这里,雪落着
每一片却像珠宝
装饰着我们的山
装饰着我们树林
装饰着我们刘志丹走过的河流和田野
装饰着我们人民走向自由和幸福的道路

三

唉,我也明白,我也想到
在另一个被黑暗统治的角落
风雪呀,我知道你们要唱的歌
将是一长串受难人民的哀歌
在那里,没有欢乐
没有幸福的梦
没有温暖的炉火
没有充饥的食物
雪徒然堆积在穷人的耕地上
而收起来的金黄的谷粒
则落在掠夺者的仓库里

悲哀是已经孕育了怒火
受苦者的眼泪已经冲激着黑暗的王座
那些苍白的饥饿的脸

那些冻僵的麻木的心
都已觉醒,都不愿再匐匍地下
为那些满身羔裘的人的饱暖
自己长久去吞食着雪水

四

在我的故乡,那里很少落雪
那里满山满野是白色的蔷薇
年青的姑娘爱把它戴在鬓角上
可是,她们一生在劳苦里
没有享过人生一刻的幸福
就像花朵一样凋谢

而北方的美丽的雪啊
在今夜,你所漫盖的村落
你是用怎样活泼的调子
去配和那从暖窑中响出来的歌声
因为你的降临,你的轻柔的足所践踏的地方
都预期着未来的丰收
每个劳动者的歌声里
都涌溢着新的劳动的热情

五

可爱的北方的雪啊
飘落像高山飞来的瀑布
我知道明天,太阳一出

这里的村落就再不认识
每条道路都像经过了粉刷
古老的房屋好像用大理石重新建筑
屈曲的树木发闪金属的光芒
而那枯黄在斜坡上的野草
好像又开满了春天的花串

今夜,我也许又要做梦
做那一个很久以来就常做的梦
梦见我们新的祖国
梦见我们新的城市和乡村
梦见在那自由和幸福的世界里
到处是花朵和甜蜜的歌声
可是,我知道美丽的梦的实现
要通过残酷的斗争
风啊,雪啊
更有力地去摇撼我的祖国吧

一九四五,一,一九。

(选自《希望》四期,一九四六年四月出版。)

辛　克

我爱那一幅旗

用血与爱交织着
那一幅旗呵
曾掀起了无比的灿烂和史绩

如今
在你曾飘扬过的
广漠的土地上
印上了龌龊的
血腥的蹄迹
家乡在火舌下变成了灰
朴实者的生命是墨黑的……

为了你
血与头颅都汇成了潮
——把野兽们埋葬的潮呀

你
飘在苦难的心地
飘在海一样的
狼藉着尸身的战场

飘在山丛的金色黄昏里

这该是“安眠”的时候？
在塞满了骷髅的胸前
银色的刀绞碎了它的肺腑
——黑色而臭的肺腑！

腥风里
带来了温柔的黎明
带来了春的彩色
——把生命放在春的节奏里
把骨肉在弹花中化成泥……

那一幅飘荡的旗啊
用血和爱深深交织着的

（选自《七月》二十期，一九三九年八月出版。）

钟　瑄

我是初来的

我是初来的
海边有拾贝的少女

我是初来的
我最初看见
从辽阔的海的彼岸
所升起的无比温暖的,美丽的黎明
——它纯洁的白光
照着少女弯曲而赤裸的身体

我是初来的
我最初看见
生活在海边的所有的渔民
捎着枪　在海里捕鱼
他们是深爱着这海
而且准备杀戮侵犯这海的敌人
这海　是养育了他们几代的母亲

我是初来的
我最初看见

黎明照在少女的身上
照在渔民的身上

一九三九

（选自《七月》二十一期，一九三九年十月出版。）

雷　蒙

母　亲

母亲在生前
害怕着两种生物
一种是臭虫
另一种是——兵

每逢
远游的父亲
带着更多的白发归来
或在清明节
下乡扫墓的哥哥
带回一身尘土
都少不了要诉说
关于臭虫的故事
而母亲
第一件事是
吩咐将换下来的衣服
在水里浸一个三天五日

母亲不让那些吸血的生物
存留在被战争吸过血的家中

在母亲底眼里
臭虫和兵是同一的东西

然而
（是一九二七年）
当怕兵的母亲
看见最小的孩子
也穿了军服回来
就像捉住了一个臭虫似的
说——
“脱下这衣服吧，
不用再去了！”
而我　本来不能再去的我
就此把军帽压住眼睛
孩子气的啜泣了起来

从此
我又穿起旧日的衣裳
在古旧的，然而没有臭虫的屋子里
在古旧的煤油灯下的夜晚
伴着躺在古旧的摇椅中的
母亲　谈着古旧的传说
当母亲翻着历书　解说着
“是月也　雀入水为蛤”的时候
我心里就杜撰了一个故事
一个“蚂蚁变成了臭虫
又和别的蚂蚁斗争的故事”
嚅嚅地告诉了母亲

母亲说
蚂蚁可以战胜臭虫
但不会变成臭虫　因为
一个是吸血　一个是辛勤的工作

爱好蚂蚁的母亲
是更爱好工作的
抚卫过儿女们的童年的
那双多茧的手
曾接受了书香世家的传统
而粗布衣　无尽止的操作
对劳苦者的亲切的同情
更深地给予儿女们的
母亲底教养的过程
是代替了催眠歌的诗韵
是田园生活的皈依
是讨厌臭虫的洁癖

母亲　遗留在我记忆中的
是带我到古城上看大江澎湃的母亲
母亲　遗留在我气质中的
是扶了锄头在庭园里种瓜种菜的母亲
可是我终于离开了母亲
以讨厌臭虫的心境
在充塞着多样的臭虫的都市中生活着
我没有告诉母亲
那些吸血者残害着人类的情形
但是却接到了

母亲被吸血者损害的家信
信上说　故乡有敌军过境
连我的书室也做了他们的行营
母亲为了收拾我的书画
在慌乱中跌坏了腿……
这消息　宛如床上的臭虫
使我整夜的辗转不宁

母亲不愿儿子成为吸血者
但世间偏有无数的吸血者
母亲只愿过着简朴的生活
但简朴的生活也受了掠夺

我不能忘记
在母亲病重的时候
我回来了　在母亲底床前
听见早已不能言语的母亲
清朗地唤出我底名字
我永不能忘记
在母亲临终的前一日
三个士兵来到我底家里
骚扰着　强索着什么
我看见　在与死神挣扎的
母亲底痛苦的脸上
现出比死亡更凄厉的恐怖
——对于人类底厄运的恐怖
母亲啊　在你底棺前
儿子曾默默地宣誓

你生前我是一个软弱的被吸血者
你死后我却要以生命与吸血者斗争

于是我又拿起了画笔
拿起那画过花　画过光　画过爱
也画过母亲慈颜的画笔
蘸着母亲生前的痛苦
描绘着千万个被残害的母亲底痛苦
蘸着自己心头的热血
描绘着千万个被吸血者底热血
有时　苦闷包围了我　消极怠工
但将我解救出来的
是母亲遗留给我的智性
和时常出现在梦里的
母亲底严肃的面容

母亲　你生前对儿子的苛责
正是我现在对自己的苛责
母亲　你生前爱好真理的光辉
正是照耀着我生活的光辉

当母亲死后的第五年
中原布满了炽热的烽烟
在吸血者膨胀的胴体之前
被吸血的中国也穿起了军服
穿起了为自由正义而战斗的军服
而且在为战斗而流下的血液里
洗涤了军服上过去的脏污

而这血　正是千万个被残害的父母
和千万个被牺牲的儿女的总合体
穿上这染血的军衣
恰如举在进化着的人类底头上的
悲壮的　又是美丽的大旗

母亲　我记起没有向你解释的
那个“蚂蚁与臭虫斗争的故事”
——如果蚂蚁穿上了军服
母亲一定不讨厌这种军服的

于是　我就走了
舍弃了那失去冬衣的
在冬日的异乡流浪的父亲
经过了几万里苦难的行程
投入在战斗的熔炉里
当我再一次地穿上军服
第一个想起的　是怕兵的母亲
是沦入吸血者手中的
没有下葬的母亲的遗体
虽然　我不难从受难者的白发中
认出母亲生前的白发
但受难者奔突流离
更甚于母亲生前的痛苦悲凄
我羞于这没有尘土的新衣

母亲　如果你知道
穿了军服的儿子底武器

依然是一枝画笔
你是沮丧呢还是欢喜

母亲　在这峭寒的冬夜
透过这北国的雪的山野
我遥瞩着江南的故乡
遥瞩着那黯无灯火的
你底住所底门窗
和弥漫在窗外的吸血者底硝烟
母亲啊　你不用恐怖
牺牲者底血也决不会白流
总有一天　胜利到来后的一天
如果不死　我将回到你底棺前
脱下你曾不喜欢的军服
(而人类也都将脱下它)
将这丑恶的人类的蜕壳
焚化在你底面前祭奠

母亲啊
你会相信有这一天
母亲啊
我们在争取这一天

一九三九,冬。

(选自《七月》二十四期,一九四〇年三月出版。)

曾　卓

门

莫正视一眼
对那向我们哭泣而来的女郎

曾经用美丽的谎言来欺骗我们的
　　　　　　　　　　是她；
曾经用前进的姿态来吸引我们的
　　　　　　　　　　是她；

而她，
在并不汹涌的波涛中，
就投进了
残害我们的兄弟的人的怀抱。

今天，她又要走进
我们友谊的圈子。
她说：她现在才知道
只有我们
才是善良的灵魂。
让她在门外哭泣，
我们的门

不为叛逆者开！

一九三九，北碚。

（选自诗集《门》，昆明诗文学社，一九四四年九月出版。）

母　亲

一

母亲！
今夜，在故乡千万里外的
坐落在山腰的小村间，
初秋的风雨吹打着
纸糊的木栏格。
在油污的小桌前，
从跳动着的融融的烛光下，
我读着你的远方的来信。

几年来，
当我从行囊中
检点出你手缝的冬衣时
我要想起您；
当我看见旁人的
慈祥、勤劳的母亲时，
我要想起您；
当我从报纸上知道

您居住的那个小城被炸时，
我要想起您；
当我听到或看到
一些女人的悲惨的故事时，
我要想起您。

此刻
窗外是蒙蒙的初秋的雨夜，
桌前是您从远方寄递来的言语，
那每一个拙劣然而是清朗的字迹，
如此沉重地
叩击着我的心。

我似乎听到了
你夜半的殷殷的叮咛；
似乎看到了
当我离开故居时
一扬手中
你刻满酸楚的脸。

一遍又一遍地读着
　　那充满着的悒郁与渴望
　　几乎要从纸面溢出的
来信，
想着你一生
不幸的悲苦的遭遇，
我的泪水，如窗外的秋雨
凄然而落。

二

你出生在破落的农家。
纺织机
和小溪边洗衣用的光石，
和散发着秽气的猪圈，
和低矮暗湿的厨房……
伴着你寂寞的少女的日子。

你来到我家的第三个春天，
我的父亲
　　那个在当时的新潮流里打滚的
　　对你没有一丝爱情
　　用鄙夷的眼光看你的
您的丈夫，
弃您而远走了。
——是什么封住了您的嘴呢？
没有一句诅咒，
您只怨自己的苦命，
含着流不完的眼泪，
让您青春的花朵
在孤独中，
在比利箭还要刺伤您的心的
旁人讥嘲的眼光下
暗暗地凋落。……

从此一座阴暗的小楼

就是您的世界，
您在油污的厨房里
洗衣、切菜、煮饭，
或是俯身坐在窗口
缝补和刺绣。
窗外沸腾着喧嚣的大街，
大街上的遍地阳光
和您拉上了宽阔的鸿沟，
您低着头，更深地低着头
一步一步，艰难地
耕耘着坚硬的岁月。

我一闭上眼
就浮现了
您那胖胖的身躯，
那有着裂纹的粗糙的手掌，
那浮肿的脚。
和那忧郁而无神的
凝望着远方的眼睛……

三

您慈爱地也是严厉地
束缚着我的童年，
我就是您唯一的
希望的种子，
您热望着那结出的花朵的
鲜艳的颜色

装饰您的暮年。

我怎么能够忘却呢?
幼年时的那些夜半,
您将我从梦中摇醒,
为了我白天所犯的过失,
您是怎样气喘地咬紧着牙
狠狠地责打我。
然而,流泪的不是倔强的我,
而是您自己。
您伏在床栏边嘤嘤地哭泣,
向我诉说着
一串串的苦辛。
您说:“娘是苦命人,
只指望你成人争一口气,
而你……”

而我——
而当我能够振起翅翼时,
就高高地飞出了家的牢笼,
将更无望的孤独留给您,
将更无温暖的日子留给您,
将更沉重的悲哀与痛苦留给您:
我带走的,只是你的
曾在我身上寄托过高热的希望
而已被撕裂的心。

四

敌人的铁蹄驱使您
告别了那如一只小船
遮盖过您二十年风雨的故居，
您流落在远离故乡的
陌生的小城中，
您怀着过载的心
异地的风雨摧打您，
您乃渴念着
过去即使是腐朽的
静水的日子。

为时代的风暴所卷起的
无数孩子们的母亲
都已被掷落在
无告的困苦的岩间呵！
而今，
当您在反侧不眠的暗夜，
或是当您在繁重劳动的间歇中
　　遥望着远天的白云时，
当您挤坐在防空洞潮暗的角落时，
当您听到一个年轻人在热情地歌唱时，
您还在想着您的千万里外的孩子吗？
您还在为您的孩子
　　默默地祝福吗？
您还在盼望着您的孩子

带件幸福的外衣
飞回您的怀抱吗?

五

母亲!
只是因为深深地爱您,
深深地爱着这一代
如您一样地
被时代的车轮
轧伤了的母亲们,
我热望着带给您们幸福的暮年,
带给后来的母亲们
不再如您们一样悲惨的命运,
我
——无数的您们的孩子
都在一滴一滴地
抛出自己的血汗,
用如石工一样的手
一凿一锤地敲打着
通向自由幸福世界的路,
因而,我不能回到您的怀抱,
不能走您希望我走的道路,
不能戴上奴隶者的王冠
而又将那光荣分给您,
我不能呵!

母亲!

请信我
当祖国的大地
挣断了几千年来的锁链，
当故乡的林间
不再拴有敌人的战马，
当您又跋涉着迢迢的路回到家乡时，
我一定要随着黎明的光
去叩开故居的门，
我一定要跪倒在您的脚前，
求您：即使是一点头的宽恕……

一九四一年一月，冷水场。

（选自诗集《白色花》，人民文学出版社一九八一年八月出版。）

青　春

——怀念一个人

让我寂寞的
踱到寂静的河岸去。

不问是玫瑰生了刺
还是荆棘中却开出了美丽的花
——我折一枝，为你。
被刺伤的手指滴下的血珠
揩上衣襟。
让玫瑰装饰你的青春

血渍装饰我的青春。

一九四一，圣诞前夜，北碚。

（选自诗集《门》，昆明诗文学社，一九四四年九月出版。）

生　活

其　一

不要责备生活
不要过分地埋怨它，使它脸红
一切是自己造成的，用自己的手

发光的闪刺的诗篇
不能使你空空的口袋多一文钱
除了灾难，痛苦
与赚出你的亲人们的更多的泪水

搁浅在贫困的死港里
不肯向天空发出一声求救的讯号枪
你的衣裳鞋子破了
你的头发太长了
没有不要钱为你修补白帆的人

匍匐着，又爬行着
歌唱跳舞的城市

在我们，是沙漠
是狂风暴雨后的海岸
没有一座我们愿意走进的花园
没有蓝色　没有年轻的爱情
缺少的，偏偏正是我们需要的……

孤傲地，寂寞地，荒凉地
然而不是俯首求怜地
生活的枯柳，在风雪的鞭打中
刺向灰色的天空
孕育着，生长着
来不来？绿叶的季节……

一九四三，一月，重庆

其　二

在这为我们厌恶着
而离开后又眷恋的城市
住了一年，两年
没有你底家，也没有我底

握一握手吧！
让我们分开就在这热闹的十字街口
各人寻找不可知的夜去

看你扶正了歪戴着的鸭舌帽
可笑的摇摆着身子，走了
黑色的布大衣下面

闪露着一块白棉絮
一点也没有想到今天的晚餐吗？
那样骄傲地仰起头……

我，又到那里去呢？
我们常常流泪，为了别人
而不是为了一样贫困无助的我们自己

在这个没有冰雪的冬季
我们的生活与永远流泪的天空
那颜色是谐合的……

一九四一，冬，八塘乡。

（选自诗集《门》，昆明诗文学社，一九四四年九月出版。）

铁 栏 与 火

虎在笼中旋转。

虎在狭的笼中
沉默地
　旋转，
低声地
　咆哮，
不理睬笼外的嘲弄和施舍。

它累了，俯卧着
铁栏内
一团灿烂的斑纹，
一团火！

站起来，
两眼炯炯地发光，
锋锐的长牙露出，
扑出去的姿势
使笼外发出一片惊呼！

它深深地俯嗅着
自己身上残留的
草莽的气息，
它怀念：
大山，森林，深谷……
无羁的岁月，
庄严的生活。

深夜
它扑站在栏前，
它的凝注着悲愤的长啸
震撼着黑夜
在暗空中流过
像光芒
　　流过！

铁栏锁着

火！

一九四六年

（选自《白色花》，人民文学出版社一九八一年八月出版。）

杜　谷

泥 土 的 梦

泥土的梦是黑色的

当春天悄悄爬行在北温带的日子
泥土有最美丽的梦

泥土有绿郁的梦
葱森的梦
繁花的梦
发散着果实的酒香的梦
金色的谷粒的梦

它在梦中听见了
田间的刈草镰
和风车水磨转动的声音
和牝牛低沉的鸣叫
和在温暖的池沼
划着桔色的桨的白鹅的歌曲

它在梦中听见了布谷鸟
和斑鸠和红襟雀的歌

和河岸上孩子们奔跑的脚步

我们那从南方回来的漂亮的旅客
太阳,正用它金色的修长的睫毛
搔痒着它
春风又吹着它隆起的乳房
它秀美的长发
它红润的裸足
又吹卷着它的宽大的
印花布衫的衣角

而一天夜里
旷野降下滂沱的大雨了
雨以它密密的柔和的小嘴
不停地吻着泥土
热情地摇拍着泥土
激动地抚摸着泥土

泥土渐渐从梦里醒来
慢慢睁开它的亮而黑的大眼
它眼里充满了喜悦的泪

看我们的泥土是怀孕了!

四〇,三月。

(选自《七月》三十一、三十二期合刊,一九四一年九月出版。)

江

喑哑的江
瘦弱的江
来自荒远的山中的
古老的江
你是病了吗
在冬天的灰沉的天幕下
你沉默地流过城市的边沿

当更深人静
你江上沉落着潮湿的雾
我仿佛听到你无声的
悲痛的啜泣
你是不是回忆起
绿色的六月
羞惭你失去了洪水时节的
强壮的力

不,你不要悲哀
你不是还
像祖国的大动脉
从星散在你身旁的小村庄
输送着生命的血液
你不是还

载着我们的乡愁
冲出惊险的峡谷
去探视我们失去的土地

喑哑的江
瘦弱的江呵
你不要悲哀
因为春天总归要来

（选自《白色花》，人民文学出版社一九八一年八月出版。）

车　队

辽阔的
祖国的大地
我每天清早一爬起来
就跑到窗口
向你问安好

今天我看见
在山峦起伏的对岸
有来自南方的
载重汽车队
它们披一身尘沙
从遥远的山谷
穿过疏林

穿过覆盖着雾的轻纱的
红色的草坡
唱着嘹亮的歌
迅急地奔来
到了渡口
向耸立在危岩上的山城
扬起手

它们的歌声发散着蓝色的海水的气息
它们的脸上热泪滚滚
它们激动地呼唤
呵,祖国
我受难的母亲
你海外的儿女回来了

它们载一车南国的深情
开进了祖国的怀抱

（选自《白色花》,人民文学出版社一九八一年八月出版。）

巷

破碎的巷
坍倒的巷
我看到了
灾难的风暴

刮过我们城市的踪迹

你断裂的窗棂
你倒塌的楼台
你无顶的房舍
你破碎的庭园
你烧焦的墙壁……
都在雾蒙的天空下
裸露着乌黑的疤痕

扶着那锯齿似的残垣
在破瓦堆上
一拐,一拐
艰难地寻找着的
老母亲
你脸苦痛地皱结着
喃喃地诅咒些什么
是的,我知道
我们每一个
热爱祖国的人民
心里都种着仇恨

一九四〇年十二月,重庆。

(选自《白色花》,人民文学出版社一九八一年八月出版。)

写 给 故 乡

血迹斑斑的
祖国东部的原野呵
我怀念你
你是生我的故乡
我是由你肥沃的泥土
喂养大的
从幼小的时候起
我就和一群污秽的孩子
　　　　　饥饿的孩子
　　　　　褴褛的孩子
在你的土地上
打滚
脸上涂满污黑的泥垢
赤裸的小腿布满伤口
我们成群结队
在菜地偷吃山芋和萝卜
在雨天的池沼里泅泳
在果园的树下“拌枣枣”
在绿肥田里摘鲜艳的浆洗草
为我们的小新娘
编起结婚的花冠
在冬天的坟园里“打梭”
在深秋的山坡放一把野火

这就是我童年的生活……
从小
我就和一群粗野的孩子
　　　　　穷苦的孩子
在你丰饶的土地上
咀嚼着生活的酸果
爬在贫困的泥泞里
苦中作乐
而当我们开始以
惊异的眼睛
注视世界的时候
在祖国的天空
风暴已经起来了
我们都好像地面的草叶
被旋飞的飓风吹卷
抛到半空又四处散落
我从此与你远离
颠仆着在山地流徙

血迹斑斑的
祖国东部的原野呵
我怀念你
在黎明的微光里
我仿佛看见
你躺在血泊里
伸出伤残的手臂
呻吟着,召唤我归去……
呵,生我的故乡

你全然改变了模样
你往日宁静的村庄
都已坍倒成为废墟
湖畔也像死去一样悄寂
我仿佛看见
我们的仇敌
正在你湿润的土地上
伸出鹰钩一样的手爪
撕裂着你的肢体
你的膏腴的泥土里
浸透了殷红的血液
我仿佛看见
哦哦
我那长久思念的
童年的伙伴
突然出现在丛密的山林里
他们都已长得这么高大了
铜铸的脸上
闪着紫亮的光芒
果然
他们还和往日一样穷困而刚毅
他们还和往日一样粗野而豪放
他们还和往日一样
在你灾难的土地上打滚
然而
我看到了他们战斗的行列
为了消灭那凌辱他们和你的
顽敌

他们倔强地在你那血泊里
仆倒而又爬起
——只有我
只有我呵
你的不肖的孩子
却长久流浪在外地

血迹斑斑的
祖国东部的原野呵
我怀念你
在这喧嚣的年夜里
我独自坐在闹市的楼底
门外是狂风卷着冷雨
在大街小巷散布着阴凄
夜里醒来
我听到黑暗拍击着狰狞的翅膀
从窗缝里又透进它冰凉的呼吸
一个声音悄悄响在耳旁
寒冷的日子来了
雪已落在故乡的土地上
太阳已经死去
我的战斗的兄弟
倒在从背后射来的枪声里……
呵呵
我的受难的故乡
我的受难的兄弟
在这一年最后的夜里
我怎能不想起你

……荒凉的村落冻僵在雪地里
雪地上布满殷红的血迹
你往日的梦都逝灭了
那些在残害中长大的小弟弟
正掩埋着哥哥的遗体
然后拿起武器
去追踪父兄战斗的足迹
即使他们不幸死去
化为骨粉，化为尘泥
也要和你融化在一起
呵呵，我呵
也是你养育大的
我也要昂然奋起
跃过丛生的荆棘
跟随那些叩你火之门的兄弟
扑向你的怀里

一九四一年一月，重庆。

（选自《白色花》，人民文学出版社一九八一年八月出版。）

树之歌

你永远地，永远地站在褐色的小坡上
你永远地，永远地佝偻着腰
你巨大的伞似的楠树呀
你蓬蓬的叶盖好像宽大的袈裟

你好像怀着旷古的悒郁
你永远以悲悯的眼睛守望这沉衷的国土
我在风中看到你
我在雨中看到你
我在冬天凄清的月夜
也看到你怪兀的孤独的黑影
我曾安静地坐在你底脚下
谛听过你底苦痛的独语呀
你看见过这原野上的春水繁花
又看到它底凋零寥落
今天有迤逦的西风刮过这西部山地
贪婪地舐着枯萎的褐色的泥土
我躺在你底脚下,仰望这雾季底灰沉的天穹
我看见你在风中叹息
在风中落下忧伤的老泪
你是这盆地底永久的哀悼者呀
你是这旷野上不逝者的老僧
你常听到那村庄里底贫穷无告的农民
坐在你底旁边伤心地哭泣
你曾见往年有一群疯狂的亡命人
旋风似地跨过这广阔的大地
在你底身旁散落斑斑的血迹
你见过村庄底破败,市集底衰落
你凄凉的飘摇的一生
充满西部中国冗长的不幸和灾难的记忆
啊你古老的,嶙峋的楠树呀
你在西风中呢喃
你在苦雨中唠叨

今晚是一个密星的夜
我从窗中远远看到你
你披着蓝色的幽明的微光
向那从森林里出现的金色的大星
你举手申诉些什么呀

（选自《半月文艺》二十、二十一期合刊，一九四二年三月二十日出版。）

当春天来的时候

——给一个孩子

啊，孩子，当春天来的时候
在南方，你的温馨的田园
繁花已开满接连的树尖
那绿色的池沼地
正落着蓬蓬的三月的微雨

酒似的微雨，蜜似的微雨
你的母亲告诉过你吗？孩子
那里是你温柔的家邦
在雨中，篱上的喇叭花开了

篱上的淋湿的喇叭花开了
我曾在林中吹它而唤醒群鸟呢
我曾坐在修仄的堤上
将牧草编成美丽的花环

啊,孩子,你的母亲告诉过你吗
当春天来的时候
哥哥们背着枪出去了
披雨出去了
在雨中穿过泞滑的村落

穿过结着花的围裙的村落
披雨走进阴暗的丛密的竹林里
猎射那灰羽的红眼睛的斑鸠
又坐在开满浆洗草和芍药花的田埂上
呜呜地吹奏着绿色的芦笛

啊今天,哥哥早就到兵营里去了
你是在流徙中生的
在一个黑色的雨夜悄悄在无灯的船上
人们正划着悲哀的桨航出死亡的港口

你的母亲告诉过你吗?孩子
哥哥是带兵去了,哥哥说我们非要回去
啊!你今天坐在异乡的田间
你黑晶的眼睛神往地凝望着晴朗的蓝天
在你小小的心里想些什么呢?告诉我
当春天来的时候。

(选自《诗垦地》四期,一九四三年三月一日出版。)

艾　漠

我生活得好，同志

一

昨天，
外边落着雨，
你从那条廊上，
拖着泥脚走来，
你问我：
“生活得好吗？”

而今天，天晴了，
我的桌子上，
洒落一大片阳光，
那么，
让我回答你：
“好！
我生活得好，
亲爱的同志！”

窗后的山上，
送来野花的香气，

好！
我生活得好，
亲爱的同志！

二

在亚细亚的
灼伤的土地上
我活过了十七个年头。

十七个年头，
不灭的记忆：
饥饿和死亡。
从一个老人那里，
随他倒下的身躯，
我继承了
债务和刑罚，
然而
战争的毒火
赶我
离开了家……

夜的草原，
从那棵老槐树下
我开始了
我十四岁以后的远行的路……

三

大风砂的夜晚，
我航过
祖国的
北方的大河，
春天末尾的
祖国的
中部的原野——
发渴的土壤，
旱死的小麦。

我，
在长列的火车上，
驰向新历史的门槛。

我的祖国，
听我的歌唱！

十多年
喂养我的
你古老的忧郁，
你的酷寒，
你的毒害的奶汁，
十多年
你的土地上生长的
一棵矮小的幼枝，

我的童年，
这，
让我招招手，
“再会！”

四

而我，
又走了！
向南方——
更长的祖国的路。

我的祖国！
听我的歌唱！

我赞美你
而又咒诅
对你的没有光亮的日子。

更坚实地
我又举起了我的脚步，
向我的
光辉的站驿，
向我的
温暖的归宿。

让那些关卡，
让那些封锁，

自己去死吧!
这,如同
黑夜关不了白天。

五

今天,
亲爱的同志,
我生活得好了,
我快活
像一只飞舞在天空的鹰!
为你,
我的太阳,
你照晒了我。

为你
我的高原,
你养育了我!

为你,
亲爱的同志,
你锤炼了我!

我的歌声高昂而发颤……

今天,
让我们拥抱吧,
我的亲爱的同志!

好，
我生活得好！

一九四〇，九，二十。

（选自诗集《并没有冬天》，泥土社一九五一年初版。）

自己的催眠

让我道一声"晚安"，
同志，
一天又过去了。

我说
生活就是歌，
应当唱得
更响更响。
像干一杯葡萄酒，
而且像一个热恋呢。
我们骄傲
我们的日子！
那么，
同志
让我们安睡吧。

叫满窗的星光，
伴我们。

告诉延河
摇我们
用他的歌唱。

也告诉土壤
叫他也静静地安息

这夜
这梦的谷
这大地……

而且明天
那天空
一定很蓝,
——我说。
而且
我说
明天
朝阳来呼唤我们,
它的光,
一定很润,很浓呢。……

一九四〇,十,三十一,延河。

(选自《七月》二十九期,一九四一年四月出版。)

跃　　进

走出了南方

雨，
落着……
阴湿的南方。

一九四〇年
走出了那狭窄的
低沉而喑哑的门槛。

春天，
浓雾的早晨，
野花
红色的招引——

去远方哟！

不回头，
那衰颓的小城，
忘记
那些腐蚀的日子。

响朗地：四个！

在西北的路上

是不倦的
大草原的野马，
是有耐性的
沙漠上的骆驼。

四个，
在西北的路上，
迷天的大风砂里。

山，
那么陡，
翻过！
风砂，
扬起我们的笑，
扬起我们的歌！

夜

夜。

西北的苦湿的长夜……
狼，
火红的眼睛，
点亮在夜的丛莽。

繁星，
夜间——
熟的柠檬。

森林，
黑色，
漫天的大幕，
猎人跃进在深处，
猎枪是贪婪的火蛇
吐着爆炸的火舌。

而我们四个
喘息着
摸索向远方。……

马　　车

马车。

马车，
不尽的倾流，
在西北的路上……

像吉卜西人，
那些驾驭者，
马车是家屋。

黎明，

从车下翻起身，
粗壮的手臂，
擎起鞭子，
紫光
照亮了西北的路，
照亮了他的歌。

车轮，
嘶哑地
滚过高原崎岖的山野。
黄昏，
熬焦了期待，
夜里，
烧起火堆……

马群
憩息在路旁，
倔健的驾驭者的脸
映着火，
粗重的呼吸
豆料和烟草的气息，
膨胀在夜的胸膛。

我祝他们安眠，
在高原的摇篮里，
叫大风砂
给他们唱催眠歌！……

（选自《七月》三十期，一九四一年六月出版。）

A S

新　年

号声——
那震荡在雪地的寒冷里的
金属的悠长的号声呵
从朽败与寒冷的
岁月的路途上，
把我吹醒。

我
抬起头——
抬起那久久低垂的头，
睁开疲劳的红肿的眼睛，
向雪地的那边投去。
城市——
那在雪里关闭着的城市，
把起伏的城垣展开，
把高翘着头的建筑物
更伸长一些，
为的是，
为的是能承受一些
黎明时日出的温暖，

为的是，
为的是能看清
那希求着的年节的
更早的到来；
而那震颤与悠荡的
黎明的号声呀，
就从年青号兵的嘴里，
从古老的城角上，
吹送来，
吹送来新鲜的消息。
那光明的黎明的消息呵！

我——
寻着那号声，
踏着柔软而润泽的泥土，
向阔朗的雪地走去。

太阳，
从昨夜睡过的
残败的山场爬起
且向我露出笑脸，
远方
那从雪地流来
披着太阳的光泽的
温暖的河流呀，
也从长途奔走的疲困里，
裂开笑着的嘴，
向我吹出

愉快的音浪，……

远方
那积久压葬在地里的
颓山与荒野呀……
在岁月的温暖里，
用他们底手，
撕扯着破败的冰雪的衣襟，
而且，把捆束他们的
那寒冷的锁链扭开，
向我袒露出
那沙红健康的胸怀，
我看见他们的
那在雪地里像是跃动着的
新鲜的年青的生命
向我笑了。

一个
穿着一身新军衣的
年青的小鬼，
从来路
伸开着两臂，
想和我拥抱似的
也像太阳似的露出笑脸，
而且用他的小嘴，
向我高兴地喊着：
同志，
新年来了！

我,不知用怎样的话语
回慰她,
于是
我伸出一只
粗野的冻裂的手
抚慰着他的
那在寒冷里冻红的脸蛋,
而且用嘹亮的声音
向他说
是的,
新年来了
小同志,
愿你在新年里生长,健强
春天来了
我们要快乐地迎接这温暖的战斗的日子。

(选自《七月》二十六期,一九四〇年十月出版。)

又 然

女 人 之 子

我小小的时候
要从妹妹的手里去抢糖,
母亲就送给我
一个月亮。
我说:“那就把月亮摘下来
挂在走廊上。”
“这太亮了,”母亲说,
“我的孩子,
仍旧挂她在天上
照遍全天下,
云彩保护她,
人人看见她。”
天上夜里挂月亮
海水不流错方向;
我的心中照着
母亲的
明亮的话,
我的血不流错方向。
我走远方
像溪水冲进了

大海里的波浪；
清晨黄昏
母亲祝福：
远方的孩子，有
清爽的天气
健康的身体

但愿海那边
母亲的白发
也康健，
海那边
我家的灶屋上
依然有屋顶，
有炊烟，
风筝飞过，
候鸟飞过。

但是
屋顶碎在地下了，
邮差不再来，
敌弹飞过，
敌机飞过！

忍受难产的痛苦
母亲给了我
第一次的哭声
一个人来到人间的宣言：
我的声音

要永远
像第一次的哭声那样
庄严，
为我的痛苦的
母亲和
母亲们的痛苦
说真话，
去为不爱真理者
而痛哭。

（选自《七月》二十七、二十八期，一九四〇年十二月出版。）

冀　汸

旷　野

让我们底马
尽情地奔跑吧

这里是多么空阔的驰场呀！
没有一个土丘
没有一块石头
没有阴森的林子
没有宽阔的
水深浪急的河流……
太阳耀着
高回的天空这么亮，
辐射热平匀地
触抚着这土地
让一切都感受适度的温暖，
从塞外吹来的风
响着尖锐的哨子
虽然给这里带来了冬天……

我们底马匹
像在追逐着风

也像为风所奔卷地
蹄子把尘土向后边掀动，
我们在马上呐喊，
马，伸仰着颈子
向崇高的天宇
露出整齐的排牙
不住地嘶鸣，
这声音
比风底叫啸尖锐
比风底叫啸旋得更高，
这声音像要划破这旷野
透流到旷野以外的遥远处！

我们底眼睛看得这么远：
我们看着前面
和我们底马鞭所指画的两旁
是同样的辽阔，
我们看着辽阔得模糊了的地方
蓝天在那里沉下了，
我们看着成群的飞鸟
越飞到远处越低
最后在平野里溶化了……
我们知道
我们底眼睛看到了旷野底边缘。
而我们现在
是奔驰在旷野底中心呵！
葱绿的麦苗
一直护着马蹄所踏印的

黄土道路，
我们看不见这道路有多长：
我们嗅到
泥土底浓厚的气息，
眼睛里闪着
泥土底健康的光彩，
我们满怀了说不出的亲爱……
一片田连一片田，
一直连到旷野底边缘的
嫩绿的麦苗，
在风里轻轻地飘动，
向我们夸耀今日的繁茂
夸耀未来的收获底丰足……
一个村落滑过了
前面又现出一个村落。
高低不齐的树
把村落环绕着，
多刺的藤子
沿着树干编成篱笆
把村落环绕着，
在村落底尽头
在通过村落的路口
年青的朋友
拿着红缨枪
守候着……
一个碉堡滑过了
眼前又现出一个碉堡。
碉堡压着几条大道底交点

高高地耸立着
壁陡的
像是这旷野里底山峰，
碉堡上飘着
我们庄严美丽的旗帜，
我们底弟兄挺立在上面
静静地
瞭望着旷野底边缘以外……

我们纵跃过了小溪呵！
溪水潺缓地歌唱
平稳闲静
如同慈母唱给摇篮里听的
甜美的曲调，
澄清的波面
照下了我们底
英俊的愉快的影子，
我们二十骑
——这数目
　　正像我们每一个人底年纪
今天，是这般骄傲呀！
听着大地底召唤
让我们起誓：
　奔驰到旷野底边缘！

呵！辽阔呀，辽阔呀！……
我们还是奔驰在旷野底中心
前面两旁

和我们底距离
还是像以前一样遥远……
我们迎上去！
云朵在我们底头上幻变
苍鹰在我们底头上鸣叫，
我们底马
“哓哓”地应和着
蹄子是掀得更快了，
我们迎上去！
风回旋,急速地回旋
我们尝不到一点严寒，
我们只觉得
空气过剩的充足
让我们呼吸得如此舒畅……

一棵老树滑过了
一个池塘滑过了
一大块芋田滑过了……
在芋田里掘芋的几个农夫
望着我们笑了，
牵着牛在池塘里喝水的孩子
池塘旁边洗衣服的姑娘们
也望着我们笑了，
我们也笑了……
我们好像从不曾这样笑过！
也仿佛从不曾笑得这样好！

在马上

我们愉快地
打开发光的枪机
推上子弹，
我们拍着马：
“有谁来侵犯我们底土地？……”

马叫啸着，跳跃着，
好像在流火交织的生死场上
看见了强暴的仇敌
鬃毛竖起来了，
好像决斗一样的勇敢愤怒……
我们把缰绳勒紧
好容易马蹄迫促地停止了！
而，立即又像旋风一般地回转身来
朝向出发的地方奔跑……
啊啊！我们出发的地方
——我们底营房
已是一些小黑点
散布在天与地相连的弧线上。

旷野
亲爱的旷野，
在这里
这样地奔驰
是这样的自由自在呀！
让我们来歌唱呵：
“我们祖国

多么辽阔,多么广大……”

四一年,一月,十三日。

(选自《七月》三十一、三十二期,一九四一年九月出版。)

笱　芽

这压雪的竹丛呵
今天
我看见
银光的雪地
露出了小黑点
圆锥形……
呵,笱芽出土了

尽管积雪尚未融解
尽管北风还摇落着霜花
尽管温暖的梦
仍旧囤积在炉火之旁
但我确信你
你已经听到了阳光底呼唤
你已经预约好了
一个季节底鸟语花香
由于你底出现
我是这么愉快地知道了呵
我这个衣单被薄孤零零的浪子
再不用长久长久地缩手缩脚……

我底心
像旋飞的轮子
急速地在转动呀
我一定要看着你
高高地站起来
当着光辉而美好的时日
脱下笨重的箨皮
爆发开宝石一般晶莹的绿色
那时候
盲人来折你一枝
当作手杖
添一分幸福在他寂寞的旅行里
孩子来折你一枝
做成短笛
吹出复活了的原野底牧歌
我也会分享一个
像燕子高翔的日子
像河流奔跃的日子
我有一个称心快意写诗的日子

四一年，冬。

（选自《诗垦地》四期，一九四三年三月一日出版。）

榴　花

血一样的鲜丽

火一般的亮
青枝与绿叶
有了战斗过来的骄傲
佩挂了英雄底勋章

和标枪上底缨络比一比
和号角上的流苏比一比
和飘飞在天空的旗帜比一比
和小姑娘底圆脸比一比……
呵,你们都红得一样美丽

四二年五月十一日

(选自《诗垦地》四期,一九四三年三月一日出版。)

回 来

母亲来信说:"你回来……"

花开了
青春的颜色泛滥了
我们底国土
在战争里年青了

孩子再没有昨夜的恶梦了
眼泪流得太多的老人也笑了

我有蜜蜂底记忆

我有属于这季节的
候鸟底爱情
母亲呵
你说
我该不该回来？

只是今天呀
花并没有开……

（选自《希望》一期，一九四五年一月出版。）

七月底轨迹

——纪念第七个七月

从激动的流泪到痛苦的流泪
从哑巴要说话到说话的变成哑巴
从老人像孩子底天真到孩子装成老人
从歌唱到悲愤地叹息
从火把到没有灯光……

（选自《希望》一期，一九四五年一月出版。）

生　命

写在一九四五年十二月，写在雾重庆，写的是我对于南方底死者的沉重的悼念。

没有一滴葡萄酒
没有发光

没有反叛者底号召
一声呼啸，四野都是回响
没有燎原的火
一星爆炸，便成猛烈的泛滥的燃烧
没有一把即使万分迟钝的匕首
和疯狂者作五步以内的决斗
我们都是徒手……

生命呵，生命呵
在今天，在中国
没有更多的期求——
能够唱歌最好
能够大声哭泣也好
能够骄傲地活着最好
能够不屈地死去也好

（选自《希望》四期，一九四六年四月出版。）

杜鹃花

杜鹃花
红在半山腰

小草不来侍候
小杉树不来作伴
蝴蝶不来献殷勤
蜜蜂不来道贺
——杜鹃花
你红得好寂寞

——不，我等待你们
我怕你们
走过这里的时候
太寂寞

（选自《白色花》集，人民文学出版社一九八一年八月出版。）

胡　征

打 水 的 人

打水人的歌
振颤着夜

打水的人
天没亮就起来
他以粗壮的手
握着冰冷的铁轴
绞动着,绞动着
那骨碌骨碌的音响
催唤起黎明了

打水人呵,没偷过懒
大风雨的夜,绞动着
落雪的清早,绞动着
一条冰冷的麻绳,两担水桶
和他的汗,他的老实的心
养活了我们

他唱着歌
受苦人的歌,悲哀的歌,健康的歌,快乐的歌

刘志丹给受苦人打天下的歌
他用各种各样的歌
和他的工作
教我们去怎样生活,怎样战斗……

一九四一年四月六日于延安

(选自《希望》三期,一九四六年三月出版。)

我 回 来 了

(红军西征纪事)

一　沙漠的海

我带了彩的那个秋天的夜晚
骑着栗色的马
在旷阔的沙漠上
孤独地颠簸着

沉重的马蹄
踏着寂静的夜
我疲倦的眼睛
是更模糊了
沙漠的大海上
看不见秋天的蝈蝈
和成群的雁
看不见一点灯火
一个旅行人

沙漠的大海上
一切生灵都没有了
只有那
阴险的大风砂
在洞黑的夜海里
大步横行
可是沙漠的大海上
昨天
有我们的队伍走过
队伍走远了
追兵来了
而我呀
孤独地落在沙漠上

二　夜　风

听:远处
又有大风砂的呼啸声
马抬起头
胆怯地站住了
我跳下来
抓紧缰绳
探听那大风砂的方向

来了——那风
那沙漠的统治者
那夜的獠牙

挟着砂粒
挟着黑色的死气
挟着恐怖与疯狂
从很远的夜的边沿
急速地飞来了

风声撕裂着夜空
飞砂激烈的呼喊着
我的马
扬起脖子嘶叫着
我用右手
抱紧马的颈项
那野性的风砂刮着鬃毛
乱打我的眼睛

我最后的忠实的伙伴呵
在今夜险恶的风砂里
你我的力量是孤单的
你用你跳动的脉搏
温暖着我受伤的手
我用我的生命
温暖着你颤抖的呼吸

三　昨天,我们三个

昨天,敌人把我们
围困在百里外的沙堆上
凭我们勇敢的骑兵连

卫护着司令部
冲出了五道重围
而敌人的马队追来了
于是,我们奔散在
这辽阔的沙漠上

只剩下我们三个彩号了
我们思念你
司令部的同志
连队的同志
我们思念你
没人知道的
深埋于沙漠的弟兄们
在这漫长的夜路上
如同大车失掉了轮子
我们失掉血肉相关的队伍了
我们五天没停止过急行军
三天没喝一口水
饿了,嚼着炒树皮
渴了,吸吮着唾沫
唾沫吸干了
嘴唇焦裂了
我们呵
还得奔走在干燥的沙漠上

这天上午
我们望见那
很远的蓝天下面

有一条河
那蛇形的曲线
在太阳下面闪着光

多好呵
那流淌着的水
那快乐的河
像追赶敌人
像去抢夺一座胜利的城
我们勇敢而狂热地
奔向那河
跟我一道的
那带着重伤的小鬼
和年青的司号员
傻气地唱着歌
他们把
沙哑的家乡歌声
投向那远处的河

太阳快落的时候
我们赶到了
但是
那里没有河
只是一片
散布着发光的石块的大沙漠……

烟似的远梦破灭了
我们的希望

破灭在沙漠上
三双被欺骗的眼睛
互相干望着
我们需要一滴水呀
我们夺回过无数的城堡
我们在几次大围剿里
杀退过无数敌人
而今后
我们还要活下去
我们还要打下去
我们不能平白地埋在沙漠上
于是决定用刺刀挖一个井
我们又把希望
灌进大沙漠

从黄昏开始挖起来
沉寂的黑夜
只有干燥的砂粒沙沙地响
只有我们的咳嗽和叹息

半夜时,司号员发狂地大叫着
“指导员,有水啦,
底下的沙是潮湿的!”
但黎明前的风砂呵
又把我们的小井掩埋了

白天
太阳燃烧着

白天
我们的血液
蒸烤在沙漠上
白天啦
我那最后的两个重伤同志
渴死在沙漠上
永别呵
渴死在沙漠的好兄弟
没有花圈
没有一滴泪
我把昨夜抓起的
潮湿沙粒
抹在他们干裂的嘴唇上
当作祭礼
我咬紧牙
摘下他们最后的三颗子弹
走向这沙漠的夜

四　枪　声

漆黑的夜
大风呼号的夜
沙漠的夜是子弹穿不透的
现在大风已经过去了
而我栗色的马
怎么不走了

我底曾经在蒙古草原上

奔驰过的马
曾经背着我
抢夺过敌人关卡的马
曾在金沙江的悬崖上
迎着江风呼啸过的马
今夜是如此地疲乏呵

暗淡的星星
不安地颤栗着
我底马的脚步
是更沉重了
我摸出一块炒树皮喂了它
我仰望着北斗星
迟慢地前进

忽然
前面一声枪响
我慌忙拿起自己的枪
这太猛的动作碰在伤口上
枪在我发抖的手里滑下去
我底马
吃惊地暴跳了
我一阵昏迷跌倒了
我的意识模糊了

五　我醒来

我醒来

乳白的曙光
照在沙漠上
我的马呵
怎么不见了
我站在黎明之下
向四面探望
呼唤我最后的伙伴
我的呼唤已变成呜咽了

背起我的枪
检点了挂包和零件
什么也想不下去呵
我跛着腿
一个人
孤独地走起来

初升的太阳
照着我低垂的脸
太阳把我瘦长的影子
映在惨白的沙漠上

我偶然抬起头
望见东方一个沙堆那边
露出军用帐篷的尖顶子
——报仇的时候到了呵
我端起枪
装上最后的子弹
走向大沙堆

而我看见了
沙堆下面
有一池清凉的水
我底栗色的马
在水边低头啃着草
我又看见
司令部的炊事员
和放哨的同志
在绯红的太阳下
微笑着走向水边来
…………

我底苦难的伙伴
我底最亲最亲的同志呵
我走过了艰难的夜
大风砂的夜
我走过了险恶的夜
孤独的夜
我走过了没有光的夜
没有水的夜
渴死人的夜
我受尽了孤独的折磨
夜的折磨
我受尽了脱离党的苦痛
脱离队伍的苦痛
脱离同志的苦痛
现在
我随同黎明的启程

随同太阳最早的光辉
找到了队伍
找到了母亲
我呵
我回来了……

一九四二年一月二十三日于延安雪夜

（选自《白色花》集，人民文学出版社一九八一年八月出版。）

白　衣　女

在某村宿营的那夜
你我相遇了

因各人都有远行的路
第二天
你我又得分开

那夜
我的生命垂危
你给我诊断后
从你的左臂
抽出了五十西西血液
给我注射
于是我在无言的
同志的爱里更苏了

我愿和你作一个久远的朋友
愿托出我最深的心事
给你了解
好将你圣洁的注射液
洗涤我的灵魂

而我
还不知道你的姓名
更记不清你那夜的容颜
只留下一个白衣的身影
在我深沉的忆念里

你的血液
已使我再能奔走在战争里面了

一九四二年三月二十日上午于延安

（选自《希望》三期，一九四六年三月出版。）

挂 灯 的 人

你小心点
挂路灯的同志
不太稳的梯子
在动摇了
人们的眼睛
都担心地望着你
因为你给行路人

点起了明亮的灯

好,再上一步
挂灯的同志
为了照得更远
你要挂得更高更高些

一九四二年三月二十日上午于延安
(选自《希望》三期,一九四六年三月出版。)

钟　　声

你又走上了钟台
敲打呵,老卢

用铁锤,在日子上留下响亮的记号
以那颤抖的声音
向世界广播着庄严的歌

钟声召唤着
叫奔驰的马跑得更快
叫鹰和鹏鸟更高地飞

思想吧
在钟声里……

一九四二年三月二十日于延安东窑
(选自《希望》三期,一九四六年三月出版。)

钢板工作者

刻钢板的同志
我用我的良心
向你致敬

我记起
你满是血丝的一只眼睛
我就发奋工作

我记起
你积累了三个月的津贴
买一支洋蜡
从夏天到春天
我就懂得
怎样为党节省
我记起
你用沉默的行动
教我安心工作
我就要
对着党旗流泪

我记起
土地革命时期
你在白区的地下室

埋头刻钢板
三年没见过太阳
我才深切地体会到
现在头顶上
太阳真正的温暖

我记起
你被捕以后
敌人剜掉了你的右眼
你逃出来
用剩下的左眼
继续为党刻钢板
我就认识了
无产阶级的
英雄骨骼
怎样地撑起了
我们这个时代
钢板工作是艰苦的
你是崇高的
同志呵
用你的血丝和铁笔
刻出这个时代的花纹

一九四二年五月初于延安

（选自《白色花》集，人民文学出版社一九八一年八月出版。）

白　莎

冬　天

正如我爱过
那颗闪亮在夜里的红星
在北方底泥土冻裂的路上
我爱过冬天草原的冰雪

那沿着黄河的
中国的草原在落雪
雪飘落在
辘辘地滚辗过马车的
北方泥冻的道路，
雪飘落在
那沉浸着在痛苦和剥削里的
荒漠贫穷的农村，
雪飘落在
那作为反抗日本法西斯强盗的游击根据地的
绵延在黄河岸边的灌木丛……

沿着辽阔的
北方有名的草原地带
冻结在十二月的

枯涸的河流上
那穿着破烂的羊皮大衣的
我们北方马车的驾驶者
他们终年艰苦的
让载重的马车的轮子
在绵延无尽的泥冻的路上
徐徐的滚过

每天每天的早晨
在那些落过大雪
和暖而又晴朗的日子里
太阳会从草原的路上滚出来
浓雾迷漫着辽阔的大野
也迷漫着那些深密的
鸟群拍着翅膀的树丛
浓雾迷漫着我们行进的道路
而跟在浓雾后面的
是滚来的融融的太阳

那奔波在塞外的
响着铜铃的骆驼队
在荒漠的冰雪的路上行走
天空还闪着红亮的星星
独轮车的响声
已滚在天边的绵延的道路……

在这里,有丰富广大的矿山
金银,煤块,和流不尽的石油田

让我们底开拓者——
无数的中国工人
劳动的英雄们
以更大的强壮的臂力
推转着机器的轮子吧
使那荒凉的地带
挂满了冰流和冰条的
枯死的林木丛里
震轰着钢铁的音响

而我们的驰骋在雪野的骑士
——那一颗颗灿烂的银红的星星呀
在雪夜的泥冻的小路上行走
那贫穷而又寂寞的村庄
热烈的开着游击小组会

中国的冬天来了
在拔海二千公尺的
西北的高原的路上
我走着而且吟哦着
你荒凉的新开垦的
游击队活跃的地带啊
“严冬如果来了，阳春还会遥远吗？”
我永远爱着这片荒漠的土地
正如那走过来的寒冷的路上
我所爱过的草原的冰雪……

（选自《七月》二十九期，一九四一年四月出版。）

艾　烽

江　岸

顽皮的雨季
又暴涨了一江春水
波涛的曲子
带着民族的血恨
奔向辽远的天边……

宁江的东畔
巨掌样的伸展了
一片青绿的漠野
黄昏后的漫游人
常拖着闲适的影子
在疏林外——
谁挂上一幅彩画呢?

当晓风吹拂的时候
壮丁们挥舞着大刀
士兵们托着步枪
操演在漠野上了
露湿的足板
应和着清亮的哨声

抹去了青绿的野草

六月的荒鹫
暴叫在古城的高空
难忘的血腥日子
一串串地
从铁翅上撒下来
黄昏后的人影也凋残了

二年多了
空留下灾民、弹火废墟……
作为野蛮的见证
春天又来过两次了
血水渗在土壤里
培养了江边的蔓野
弃子在劲风里
叹息江岸失了多年的欢快

江潮年年愤怒地号唱
但唱不尽人民心头的积恨
水流日夜奔浮着
而洗不尽烙在
人民心头的血印呀

一九四一，四，三十，桂林。

(选自《七月》三十期，一九四一年六月出版。)

鲁　莎

滚 车 的 人

你呼号在
那躺在群山丛里
也为自己的脚步所踏成的
广延的路上的
滚车的人呀!
你的生活是艰苦的,
从那络满皱纹的脸上
刻划着艰苦的命运,
为了留恋
这艰苦的日子,
你们不能不滚着
那载着
生命重压的车轮,
终日里,终日里,
从辽远的天边来,
又滚向辽远的天边去呀……

“哎哟,哎哟……”
你们的喉咙,
是那样的凄切而喑哑,

在灰尘飞飘的路上
习惯的哀号着，
你不感到
有细到看不见的血丝
随着声音飞出吗？
而每天，每天，
我爱站立在
那绛色的路上，
听你这凄切的声音，
——因为这声音
为我所熟悉啊，
在运河流过的黑土地带，
曾在我父的嘴上响过。

而我的哥哥
也和你们一样啊，
让风沙吹打着面孔，
让汗液在身上发着酸臭，
让营养不足的孩子
在劳碌里消瘦……
而每天，每天，
滚着笨重的车轮，
滚去了一个黎明，
又滚去了一个黄昏……
而我——
这大地上不幸的孩子啊，
也和你们一样的
从那饥饿的路上踏来，

在刻划着苦难的皱纹上
无法计算
那溜过去的艰辛的岁月。

今天，
我寄旅在这边荒的山城里，
对你这我所深爱的远客，
无力弄口热水
洗去你脸上
从辽远带来的砂土啊！
那只有让我向你
道声惭愧的“旅安”吧！
我要用无力的诗句
歌颂你用生命
滚过来的道路……

（选自《七月》三十期，一九四一年六月出版。）

罗　冈

种　子

一只小鸟从窗外遗落下一粒种子，
我惊喜地把它捡在手里，
一粒椭圆的土色的种子，
是从自由世界带来的种子呢！

从清早放风的当儿，
我偷着用漱口盅盛了一盅泥，
和着希望
我小心地把种子埋了下去。

每天，
我用混浊的洗脸水灌溉它，
虽然是混浊的洗脸水
它却混同着一颗虔诚的心呀！

每天，
我从墙角端起我的漱口盅，
仔细地瞩视着，瞩视着，
忍受着同伴们温情的揶揄，
从来没有厌倦。

一天，
那种子发芽了，
一弯淡绿色的小东西
开始用奇异的力量
拨开黑色的泥土
窥探着世界。
我快乐地忘情地叫着，
把它端给每一个同伴看，
他们报答我以会心的微笑。

每天,我继续地灌溉着，
而且把它放在高高地
有铁丝网罩着的窗台上，
让它承受那每天短促的阳光。

一天，
让狱卒看见了，
他打开铁栅门
叫我拿着我的漱口盅出去，
同伴们以同情的眼光送着我：
“免不了又要吃板条。”

于是我忍不住哭了，
我说:“挨打我是愿意的，
可是那颗种子不能丢掉。”
狱卒把我的漱口盅端过去看看，
“傻孩子!”他望着我笑了。

我把我的漱口盅又带了回来，
而且我也没有吃“板条”，
同伴们欢喜地安慰我，
我破涕地笑向他们
“自由的种子是不能被毁掉的。”

（选自《七月》三十期，一九四一年六月出版。）

方　然

报　信　者

一

你底肚子没有饱，
你底汗水没有干，
你底背上的肉快要烂到骨头了，
而今夜你要背着我拚命地飞奔，
我底白马哟！
大风来了，
别让细砂与
你长长的鬃毛蒙住你底眼睛；
大雨来了，
别让石子烂泥
滑倒你底铁蹄；
别让闪电惊吓了你；
如果敌人底枪弹
穿透我底胸膛，
我一定还是紧紧地
搂住你底颈项；
用尽最后一口气，
你要掉头飞快地把我背回来，

睁大了眼睛呀，
别失去了方向，
别让我落在敌人底手上！
…………

二

一根枪，
十颗子弹，
两个硬馒头，
贴着胸口一封信，
一封打着三个十字，
插上鸡毛的信呀。
我打上第一鞭，
四处白杨与凝视着我的黑夜，
都战抖了。
飞奔吧，我底命运！

三

我是怎样地抽打着我底马呵，
我同它一起
血里打滚三个年头……

四

我们是一片黑云，
在狂风里飞奔，滚转，

我失去知觉了，
我只听到黑夜
呼啸着奔腾过去了，
我仿佛觉着黑夜
在燃烧着无边的火哟！

五

太阳出来了，
太阳在山顶上出来。
我站在太阳底前面，
我喘息着，
我要昂头尽力喊呀，
仿佛在我下面
有无数万人静静地
仰望着，倾听着。

六

我来报信，
我来传话！
就在昨天夜里
我们底大队人马呀，
就从冰上开过去了，
开过汾河！
你们没看到
那长长的火把吗
就在敌人对面的山上烧！

七

你咬牙复仇的去呵，
你日夜盼望着的去呵，
你没有牙齿的老村长
流泪拥抱我吧！
我们底队伍
里面有你们底儿孙的队伍，
就要从这里经过了！

八

那边，敌人，
烧死了老婆子，
拷打死我们底同志，
宰了我们底牛，
我们底同志被挖去了眼睛，
牙齿啃着地等待着我们
我们今夜
在那里举行夜祭！
听着枪声吧！

九

姑娘，
赶快捧出黑豆喂喂我底马吧！
嗬，你在开水里还放上糖！

我记不清楚
谁是你底“情郎”，
你见到他，
你再拉住他说个三天三夜吧，
我传话传不到那末许多呀！

十

孩子们走开，
让我上马！
看，我多神气！
再过几年，
你们才能像我这样呀！
好呀，
打下几个最红的柿子
给我带回去吧。

十一

太阳出来多高了，
羊群从我身旁走过，
用惊异的小眼睛
望着我底高头大马，
一只母羊沿路滴着乳汁，
我凝望着，
我好像在想或是回忆什么——
呵，我翻身上马，
我要勒着缰绳抽打了，

我要奔下
那喷着雾的山沟了。
我要回去了，
我底枪弹还是一颗也未发出呀……

四一，十，改作。

（选自《诗创作》十七期，一九四二年十二月廿五日出版。）

绿　原

哑　者

没有音符
而是野性的
原始的呼号
他要说话

挥着手指
想敲响意志的键盘
他在说话

而那些
嘀咕和唠叨
像痢疾般奢侈地排泄
他便沉默起来
他不想说话了

颜色
他憎恶
声音
他没有
哑子是不能说话的么

呵

亲爱的兄弟

为什么我如此熟悉你呢

是不是因为

我也如你一般是

忍受着一切损害和侮辱

被不平的命运

扼住呼吸的哑者呵

（选自诗集《童话》，希望社一九四七年一月沪再版。）

小　时　候

小时候，

我不认识字，

妈妈就是图书馆，

我读着妈妈——

有一天，

这世界太平了：

人会飞……

小麦从雪地里出来……

钱都没有用……

金子用来做房屋底砖；

钞票用来糊纸鹞；
银币用来飘水纹；

我要做一个流浪的少年，
带着一只镀金的苹果
　　一只银发的蜡烛
　和一只从埃及国飞来的红鹤，
旅行童话
去向糖果城的公主求婚……

但是
妈妈说：
现在你必须工作。

（选自《诗垦地》四期，一九四三年三月出版。）

雾　　季

劳碌的雾季呵
灰茫茫的水份纠缠住这阔漠的天空了

劳碌的雾季呵
灰茫茫的水份
纠缠住
这阔漠的天空了
那吁着白汽的笛管
将再不喊出尖锐的声音

跟着雨雾而来的
将是严厉的风和雪跌滚在天地之间呵

今天
罩子　悄悄地　轻轻地
从高处落下
在我们底工厂里
在大烟囱底脚边
机器很早很早便热烈地响起来
站在马达边司理开关的工人
要想穿过这灰茫茫的水份
去看那飞轮底旋转
——将是不可能的呵
然而,轰响的旋律又如此和谐
曾经被空袭麻烦着而熄灭了的炼钢炉
今天,在这劳碌的雾季,它又燃烧起来了
（是谁在炉底旁边　迷信地
贴着一张“开炉大吉”的红纸
还焚起香烛　放一阵鞭爆……）
呵,看这隆重的大火灾吧……
动力厂开动了鼓风机
将我们底炉子煽得更盛旺了
冲天的火焰从风嘴里粗暴地喷出
夹着火星的泡沫在天空中旋飞着又纷纷地坠落了
那站在发电机旁的家伙老练地管理着
红绿白三种颜色的电灯泡……
他自如地捩转　电声则聒噪地响着
从外国回来的工程师拿着蓝玻片

像煞有介事地向着红色的炉口照看
嘴里则念念有词地喃喃着一些古怪的话
他身边的记录员望着表　又在写些什么呢
几个穿着厚布手套的痛苦着脸的工人
在不顾一切地将铁勺伸进炉口掏动
使人感到热燥的
铁流像瀑布般从炉口源源地呕吐着
倾倒在各种模型里　又像蜡油似地凝固了
于是,那些拿着瓶子的化验员蜂拥地赶来
以一个魔术家底口吻
向工程师神秘地报告
“硫黄成份很少
的确炼得好……”
　　…………
　　…………

呵
劳碌的雾季呵
劳碌的人民都将不顾雨雾底噜哧而来
他们横冲直闯在雨雾底下面
他们像蚂蚁一般的奔波……

而且,虽然眼睛看不见但是听着便给人以喜悦的
风车声　舂米声　牛马底叫唤　鸡鸭的嘀咕
都是毫不羞涩地从灰茫茫的田野那边响来

呵……最健康的又怎么不是他们呢
你看他们是如何爱着生活

他们直是没有时间来太息第一片黄叶底飘落呀
虽然——那些怕着夏天的太阳的家伙们
仍不知雾季来了地躲藏在粉白的房屋里喘息着

呵，劳碌的雾季呵
我不过是一个被病痛鞭打着的瘦弱的孩子
也用双手抚按着胸脯
对着灰茫茫的天地
想唱一支健康的歌呀

然而，雨雾是徐徐地沉重了
我想着……那将要降临的严厉的风雪
我向那劳碌的人民
呼喊着万岁……

（选自《童话》集，希望社一九四七年一月沪再版。）

无　题

半夜惊醒过来
我常常听到一阵阵
砍岩石的声音
使我再也没有梦

它是那样严厉
就像旷野里一个巨人
折断了自己底骨头在磨剑……

它又常是醉人的

我兴奋得很
到外面奔跑
我想去答应
那个召唤,最后一次召唤

天像是可怕的
星星飞溅着,嘶叫
月亮逃走了
仿佛天空要翻过来

我忘掉一切
向前面跑去
那声音却又凭附着我
好像正是我的心跳

一九四八年,冬天辑成。

(选自诗集《集合》,泥土社一九五一年一月初版。)

颤抖的钢铁

——悼念一群死在敌后的民族战士

不是火灾使风怒响,这儿并没有燃烧,……
红脸的风,
跳起来的风,
指着不走正路的卷沙,

喝了酒般
大骂着。
好风，
　使树木跪下，
　使城门远闭，
　使号吹哑，
　使刀卷口，
　使泥土像肉一般流出血，
　使有泪的
　　掩面从锁着的狱房的窄路逃过。
　使喝彩的
　　用怎样失色的声音。
只有一阵风
响着，
响着啊……

沉默！沉默！——
当阴谋闪射，
仇恨凝固，
钢铁颤抖，
冰山粉碎，
血液蒸发而成
固体的火焰……
我知道你是
站着死了，睁着眼睛死了的呵，英雄！
你底头我看见
被光圈像钻木取火般环绕着。
发出婴儿底呼吸，

破裂了的金属一样
落下来,落下来了呵,英雄!
一座攻陷了的城寨,
一阵电闪不能通知的醒雷,
一次造反的日蚀呵,你底死!
你底死
像正午十二点的影子一样正直,
你底死像塔高到最高
监督着一片燐火乱滚的国土,英雄呵!

从符咒般的雾景
我要证明日出同日落!
你看,你看我
满嘴是血,
牙齿咬断了舌头,
想着这场斑烂的屠杀像舞蹈一般,想着……
我没有受人贿赂,我!
我要告发……

一九四二,十,一。

(选自《抗战文艺》六十六、六十七期,一九四四年十二月出版。)

给天真的乐观主义者们

一

群众们,可爱的读者,我站在你们面前冷淡地读这篇诗。

可是叫我从哪儿说起，到哪儿为止呢，不幸引用了这些燐光四射的文字？

而且我将惭愧，如果我真地下流到惹你们大噪：听哪，

魔鬼在阳光下面对人类大摇大摆地朗诵讽刺小品了……

且慢申斥我底奇谈吧：可爱的读者，你们可能回答么——

在战争下面呼吸的中国底人民有多少个愉快，多少个凄惶？

多少人在白昼的思维里、在夜晚的梦幻里进行组织“罪恶”同解散“真理”？

向你们吹牛撒谎的、在非沦陷区匆忙地、缓慢地跳着野兽派的舞……

而沉思的人们都有点儿悲哀……

请不要生气，哎，我们底身份不过是——尚未亡国的四强之一。

二

大街上，警察推销着一个国家底命运；然而严禁那些

龌龊的落难者在人行道上用粉笔诉写平凡的自传。

这是一片宝岛：货币集中者们像一堆响尾蛇似的互相呼应，

共同象征着一种意志底实践:光荣的城永远坚强地屹
　立在地球之上。

水门汀,钢筋混凝土……永远支柱着——像陀螺般向
　半空旋回上去——
银行,信托部,合作社,办事处,胜利大厦,百货商
　场……
然而,告诉你,灰烬熄灭了,那怕形状团结在一起,也
　是不能持久的!
破裂的棺材是怎样也掩不住死体底臭气同丑样子的!
看看,知名的律师充任着常年法律顾问,发行巨批杰
　作:

扑克,假面会,赛路珞,玻璃玩具……
坤伶,明星,交际花,肉感作家,美食主义者,拆白党,
　财政敲榨者,肉体偶像……
茶会,午餐,鸡尾酒晚宴,接风,饯行,烹调术座谈,金
　融讨论……
勋章,奖状,制服,符号,可能的PASS,鸡毛文书……
赌窟,秘密团体,妓馆,热闹的监狱,疯人院……
鸦片批发,灵魂收买,自行失踪,失足落水,签字,画押,走
　私,诱拐,祈祷同忏悔……

我不知道,可爱的读者,是否你以为我底见解十分荒
　谬;
或者是否你见到悲惨的严肃的一面,与我所见的完全相
　反呢。

三

例如,每次空袭解除了,庆祝常常比哀悼来得更热
　烈……

只有这样一回,一位绅士抱着他底夫人忧愁地从私
　人防空洞出来,有些人大喊:
——可恶的鬼子,可恶的鬼子,一位中国贵妇被炸弹
　吓昏了……
仆欧跟着:“老爷,公馆平安,叭儿狗活着呢。”
(请恕我这个没有身份证的公民吧,他没有福气接近
　贵人;
因此他这两行诗或许是像幻想一样错误。)

可是,那些小市民们,一群替罪的羔羊呢?可爱的读
　者,我有充分的证据来说明
他们是怎样触霉头。看吧,街道扭曲了,房屋飞去了,
一个男人底头颅像烂柿似的悬挂着……
一只女人底裸腿不害羞地摆在电线一起……
一个孩子坐在土堆上,凝望天空的灰尘,没有流泪……
哦,可爱的读者,你想问大隧道惨案的内幕吗?
…………

不过,大体说来,这光荣的城不容易屈服!
几分钟后它又美丽地抬起了头:
男人同女人照样吊膀子……
电影院照样放映香艳巨片……

理发厅照样替顾客附设土耳其浴室,奉送按摩……
绅粮们照样欢迎民众们大量献金……
保甲长照样用左脚跪在县长面前,用右脚在踢打百姓:如此类推,而成衙门……
译员们照样用洋泾浜英语对驻华白侨解释国情……
公务员照样缮写呈文同布告……
报纸照样发表胜利消息,缉拿同悬赏,更正同驳斥……
可怜的学生照样练习他们底体操:立正,敬礼,鞠躬,下跪……
大人们照样指流泪的,流血的,死了的,毁灭了的同倒坍了的
像放屁一样念着阿弥陀佛或者 ALLELUIA,发挥着
十字架底光荣,金字塔底严肃,以及东方文艺复兴底意义……
…………
何况这两三年连空袭都没有了,哦,可爱的读者,
谁敢仔细研究这一堆酩酊到蠕滑地呕吐着粘质的肉虫呢?

在中国,谁能快乐而自由?就是这些天国的选民。信不信由你。
然而今天,地狱的牧者率领一群哀军来了:不要怜悯!
要用可怖的悲惨惊吓这些选民!要把唾沫吐在它们底粉脸上!
日历撕完了,时钟停摆了,可爱的读者,向它们挑战!

四

我是一个都会的流氓，没有受过良好的教育。
我底见闻同我底感想自然都非常卑微。

在喧哗的马路上，我在朦胧地看见许多刺客不说话，
　走着，又停留着……
呀，有人被杀死了，警察还十分客气地向凶手送去一
　根纸烟呢。
有一次，我走到一片广场上去了，
那儿围着一群人，赞叹刽子手底勇敢：

尸首俯卧着，仿佛在吸吮从自己底肺腑流出的紫血，
或者用点词藻描写，他正用自己底血沐洗自己底罪
　恶呢……

没有遗嘱。没有钱纸。没有谁给他一顿“最后的晚餐”。
没有赦免。因此，没有忏悔。一个普通犯人底葬礼。

啊，他是比痛苦的生存快乐十二倍的死亡底宾客之一，
可爱的读者，我们宽恕他生前的一切过失吧。

据说他是一个从前线退下来的可耻的逃兵，
曾经保卫过南京——那时汪精卫正向重庆飞，

据说他底母亲哭瞎了，自从他出征以后。
她底眼睛永远不再睁开，就是听到她底儿子做了官，

据说他悄悄回到故乡了,像一匹狗忍受爱国分子底辱骂……

在阳光下面行乞,在灯光下面偷盗,在并没有敌人冲过来的战场上阵亡了。

可爱的读者,我不过是一个不相干的看客,

注视着一颗子弹旋转过去的胸脯,我不得不

祝福死者:来世不可在黑巷里咬伤一位贵妇底带钻石的手指。

也祝福活着的人:永远踏着蔷薇色的旅途,切莫逢见窃贼同土匪!

五

几年前,我还是一家纱厂底人事股办事员,

经理命令我调查工人底健康,"俾便呈送劳动局备案"。

我这样报告:工人们全体拥护生产建国的号召!

他们底身体非常强壮!土布较罗斯福布更坚韧!

天啦,我撒谎了。他们底体格检查表千篇一律:

"女性,十七岁,九岁入厂……

月经停闭,脸黄,晕眩,下午发烧……"

"男性,十岁,童工……

肺结核,痰臭,盗汗,指甲透明……"

可爱的读者,你质问我些什么——

啊，少女，你底美丽在哪儿？讨厌青春吗？
啊，儿童，你底快乐在哪儿？讨厌游戏吗？
他们为什么在纤维里蜷伏着，不言不语？
……几年后，死了，把饭盌赠给旁人，不是吗？

你觉得，可爱的读者，命运容易统治他们么？
他们不要幸福——只要没有痛苦，你觉得，可爱的读者？
不，你错了。除非人不是人……

他们底，以及这一类人们底，怨恨像自己底骨头一样永远不会同皮肉一样消瘦的！

在晚上，这些人零散地走进一间房，
这些人在一起开会，讨论，决议，进行，
这些人用睡眠的时间干自己底事，
这些人犯了罪，勇敢地用生命赔偿这社会底损失……
这些人底口号不再是："打倒机器！"……

六

可爱的读者，我还谈谈可怜的智识分子吧。
在骄傲与颓废的轮替里，他们不敢大声说话的。
你看，一些精神蔓长着胡须的丑角儿嘤嘤哭泣起来了……

在泥泞的时间底走廊上，他们用虚无主义的酒灌醉自己，避免窗外的噪音。

在像海一样汹涌着波涛的大陆上，他们迷信地怀疑一切——甚至专门找寻
哀伤的街，丧气的屋子，流泪的书，做他底一朵离世的岛屿？
潜伏着他们底做手势的灵魂，恐惧地聆听着斗争阵亡者底作怪的呼喊……

他们非常苦闷，常常用手按住自己底脉搏检查自己底病症，
有时不觉地将自己底思想孵出变节的幼虫！
于是，阅读着错误的哲学；巧妙地注解着慈善家杀戮婴儿的原因；
模仿蟋蟀用尾巴歌吹——庆祝圣者以神底名义统治他们底同胞。
他逃避着巨大的爱情同仇恨，他们自嘲：鲁滨逊不要钱币！
然而，可爱的读者，这群幼稚的犬儒们将永远回复到
神权时代底恐怖与羞耻里去：恐怖自己底影子，羞耻于接近了阳光；
他们渐渐昏迷了。可怜这些夭折在母胎里面的婴儿，我附带给一个例证——

常常有人说我底邻居犯了罪，
因为在那洁白的粉墙上的
庄严的肖像同滑稽的刺刀面前，
他竟无缘无故地微微喟叹。

谁晓得他想到什么了？

他为什么喟叹,他为什么喟叹呢?
狱卒们常常在夜半听见这样浓重的喟叹的——
这蓝天下面的轻轻的雷声证明了他底罪状:“你说,他叫什么名字?”
哎,我底邻居从这世界失踪了,
我仿佛还听到沉睡的森林里
有一只受难的小兔低低泣着……
他正是一个胆小怕事的知识分子呢,
愿你保佑他,上帝!

我们离开他们吧,让他们像从梦中醒来一样死去吧,可爱的读者。
让他们在时代的石块上撞破脑袋,
让他们底脑袋像鸡蛋一样破裂;让他们底勇敢同懦怯像蛋黄同蛋白一样分开!

七

不过,可爱的读者,我也是一个低级知识分子,皮肤奇痒,肌肉溃烂。
太阳使我底身体发热,小河给我以清洁的水,
燕子,它唱得多好,从自己底胸脯撕落
一片片棕色的羽毛在我底屋梁上筑它底巢,
可是,我却常常无端直抖,嘴唇发白……
我底朋友曾刻薄地骂我是:从忧郁里享乐!

可爱的读者,这批评是对的。从前我真是一个神经衰弱的无神论者,

曾经荒谬地信奉悲哀的宗教,用弥撒来咒骂耶和华……
但是,今天,那样可笑的我已经完全变了——
我底急剧的心脏渐渐坚硬,像一块浸在酒精里的印地安橡皮。
我底心脏究竟沉浸在什么里面呢,是演现在世界各处的悲惨的历史吧?
是的,是那悲惨的历史像洪水一样冲击着,而人不能是一块水成岩……

我知道我还有泪水,但是我再没有哭泣过,甚至叹气,自从我结交了一群浓重的冤魂……
而且,我还未大声欢笑,因为一切痛苦的过去还未完全否决!
因此我厌弃轻浮的颂歌。叫我赞美那些腐朽的上流社会吗?
等于叫一个犯人去赞美断头台底堂皇:要他底命吧!

可爱的读者,在严肃的光阴里,我底诗是一文不值的——那又算什么呢?
我并不信仰西欧的德谟克拉西,亚细亚也不需要人道主义的惠特曼;
这无光的大陆正从事反抗同斗争!
人民们正危险地跳跃着赛跑的脚步
去响应折断了的脊椎同破碎的脑盖!
在中国,田间,孙钿……这些人以及
一些更伟大的诗人们正向你,可爱的读者,写着革命史;

我不过是一个渺小的猎人，发见一两滴兔子同松鼠底血
  迹以后，
再告诉力士们追寻那些猛兽同凶禽！

你认为，可爱的读者，我还没有见到一些光明的体积吧？
  看见的。
虽然圣经不敢发表他们底史迹，博物馆不敢陈设他们底
  塑像，
甚至百科全书不敢记载他们底姓名，然而我正走向他
  们……
不过，我不必赞美他们——这些战斗者，正如我不必赞美
  我自己的诗。

八

请温暖地批判吧，可爱的读者！
这几行不完整的诗句再不能删减，可是也不好增加了。
就算这是一个新从中国这古老的胎盘里出世的同志底报
  告，
愿他底希望比他底回忆愉快些！

一九四四年十二月在一个平凡的黄昏写成。

（选自诗集《集合》，泥土社一九五一年一月出版。）

集　合

中国,你不知道吗——
保卫你的是不是
在你快乐时
那些用自己底尊称
在印章下面假冒
你底名义,颠倒
你底命运的
懦怯的寡头们?

从前,忽必烈殴踢过你底腰部
爱新觉罗在你底脸上
吐过可耻的口涎
第二十世纪,倭寇又跨海来了
你底乡村像花一样,现在谢了
你底城市像果实一样,现在腐烂了
你看,将你从血污里救出来
戒绝你底鸦片瘾,医治你底牙痛
然后扶你站起来的是
那些孤哀地活在你底乳房外边的
最渺小而又最勇敢的
众大的人民——

他们忘掉了

你在神经错乱时
曾怎样给他们以痛苦，以侮辱……
这时大家悲切地
喊你："祖国！"
他们流着
忍不住的热泪，
要用钢铁、电气、
　　德谟克拉西、平等的秩序……
为你重振门第
为你唱欢歌：
受难的人民集合起来！

一九四四年冬天到第二年春天辑

（选自诗集《集合》，泥土社一九五一年一月出版）

生命在歌唱

在单纯的世界里
钢铁的生命成熟了
它开始呼吸欢乐
要求歌唱
而且——在歌唱……

青春有光辉
生命发着热
（让温情属于幼稚或衰老）
从年代的冰窟爬出来

它没有冻僵，不怕被溶解
反而活泼如鹰，勇敢似熊
它应战
它更挑战
所以它要歌唱

是猥琐的荆棘
就踩过去！
是昏倦的砂砾
就踏过去！
是懦弱的泥沼
就跨过去！
生命跳跃
生命飞翔
生命在前进
口衔着壮歌

让烈焰焚烧
爱暴雨冲激
时间在它头上
神明似的监视
它，英雄的生命，是
一匹穿铁靴的怒马
白沫和黄尘……
昂头奔向未来
所以它歌唱
而且震颤一切聋聩

一九四八年冬天辑成

（选自诗集《集合》，泥土社，一九五一年一月出版）

牛　汉

鄂尔多斯草原

一

今天
我歌颂
绿色的鄂尔多斯

歌颂
北中国底
绿色的生命底乳汁
绿色的生活底海
绿色的战斗的旗子

向远方
我底歌
滚滚的泛滥……
泛滥着绿色的气息呵！

我底歌
挽抱着
那无边的草原底音浪——

牧笛吹出的
原始的歌音呀

从草丛里
　沙窝里
　大风砂灰暗的门槛里
　马蹄卷来的牧歌呀
羊底,骆驼底,猎狗底铃音呀
像鬈发的灌木丛底碎响呀……

歌音
溶合着草原绿色的气息
而草原
是一架古老的
生活底竖琴呵

向远方
我歌唱着……

歌迸出
从远古便沉淀在草原里的
生命底绿色。

我说:
生活在南国的
健康的读者呵
你们底生活
扬着浓郁的太阳味

你们底歌
飘响在智慧的高峰
而今天
我这粗野的歌
和歌声酿绘出的
草原底画像
你们
是否感到陌生呢

呵,这歌声
是寒郁的呵
这画幅
是灰暗的呵

二

亲爱的读者:
昨天
我还听见
草原在悲泣……

在囫囵的
大风砂囚禁的草原上
我低哑地歌唱着
那是
多么苍白的悲嘘呵

我歌着:

“草原
悲哀的
鄂尔多斯草原
是人类底
太阳底第一个儿子
而草原是灰色的
太阳也永远是沉郁的呵……”

——引自旧作《草原牧歌》

从远古
这草原
便渴望着更浓的阳光
草原被太阳摈弃在
寒冷的北回归线上
于是
悲哀便系在草原上
生活底流
沉聚在冰冷的日子里

那滚滚的黄河
在北中国
寂寞的湍流着
琥珀色的泪浪
像古骑士底一张长弓
静静的
扔在草原上
但,草原的绿色
也曾哺乳过

人类饥饿的生命
草原上
生活底歌
也曾像黄河底长流
泛滥过……

嘿,远古
这草原上的骑士
一支傲慢的
上帝底响鞭
从鄂尔多斯
向西
打过亚细亚底高胸
马蹄
耕拓着迢迢的
中亚底黑色的平原。

而以后
这草原和
草原上的骑士
衰老了……

草原,
像老牧人干枯的发
痉挛的飘着……
像乌梁素海的深水
生命
是一道干涸的沙窝

三

每当黄昏
草原是更寒郁的

太阳
紫红的大火堆
熄灭了
火苗如枯萎的花瓣
沉落进草海、平沙……

草原，
像一幅用浓红抹绘的
未来派的风景画
红色的云天
红色的丛木
红色的平沙
红色的奔跑的马群

那困厄的
扎在草原的蒙古包
寂寞呵
一盏羊脂灯
高高的悬在红柳梢
像一颗悲郁的眸子
向远方
迎迓着

寂寞的奔来的旅人

那些围着火堆
饮着浓热的奶茶的牧人
他们正在
暖着寒冷的心。……

老牧人，
白发连着白须
静静的呷着奶茶
在草原上
用牧鞭
扬走一串悲哀的年岁
悲哀的日子
压弯了他底腰
悲哀的日子在心灵
刻满了深长的烙印

那些像沙漠上的百合花的女郎
那些像地鼠的小孩子
那些像老骆驼的女人
他们
也在暖着冰冷的生活呵

当他们把耳朵
贴在草原冰冷的胸膛
静听着
远方响来的足音时

就会有
披满风砂的旅人
和驼铃声一并涌来

旅人
在火堆旁
烤着冻紫的手
喝一杯奶茶
向主人
喷几句温暖的话
然后
抽一袋大烟叶
向黑色的夜雾
吐一口伤心的痰
“老汉,牙布牙……”①
又钻进那
囫囵的风砂里
悲哑的走了……

草原上的旅人
永远走着
不是路的路呀
在大风砂里
在浓重的夜雾里
在深邃的灌木丛里
在野狼底悲嗥声里

---

① 蒙语,意思是“老伯!再见了。”

寂寞的走着
没有星星
没有流水的夜歌
而他们知道
明天
草原上会滚来
一颗火红的太阳

虽然
草原的夜
——黑色的梦底谷
是漫长而寒郁的
但,他们
仿佛便是
太阳底
明天底自身呵

他们走着。……

明天
明天的太阳
沿着夜底黑色的
腐烂的边沿
滚来了

四

昨天

我还听见
鄂尔多斯草原上的
牧民底血
在悲泣……

草原上
那善良的牧民
灰色的象征呵

他们
棕红的皮肤上
悲哀的
那黑色的血脉
高高的滚起
反抗的浪

呵,那血流
像囚犯身上的绳网
残酷的
捆着他们底生活
绞死了
人类原始的生命力

呵,那血流
流着父亲底悲哀
流着未来的孩子底悲哀

嘿,今天

我听见
我看见
鄂尔多斯草原上的
牧民底血
像解冻的热流
从冰冷的皮肤里
从冰冷的生活底牢狱里
喷出来了

喷出来了……

草原上
牧民
在战斗的血流里打滚
他们底生活
闪着血红的光芒

今天
他们已知道
在战斗里
奴隶的血
会澄清了
澄清得
能照清鄂尔多斯草原
新的生命底像
澄清得
能照清他们自己

嘿,鄂尔多斯的
牧民底血
开始澄清了呵……

五

今天
我歌颂
绿色的鄂尔多斯

歌颂
北中国底
绿色的生命底乳汁
绿色的生活底海
绿色的战斗的旗子

热情的读者呵
鄂尔多斯草原上
寒冷在泛滥着
而草原上
有无数旅人
在奔走……

鄂尔多斯草原上
沉淀着远古的悲哀
生活被囚禁在冰层里
而鄂尔多斯的牧民
便是一条

解冻的热流呵

今天
鄂尔多斯
绿色的……
发着被开垦的
生命底气息

鄂尔多斯草原
从远古便悲泣着……
但,在那悠久的
悲哀的岁月里
草原是一颗
埋在冰层里的绿色的苗子
静静的
茁长着明天的生命力

今天
我歌颂
绿色的鄂尔多斯

从我底歌声里
喷出草原复活的笑
扬起原始的生命力
我要让这歌音
扬得
更高,更响……

——一九四二,二月尾,天水。

(选自诗集《采色的生活》,泥土社一九五一年一月初版。)

山野的气息

歌唱的生活着
我奔波在高原上

我的歌
像山野的气息
泛滥着……

我从人民灰暗的心里
找到智慧
用歌音
我酿出高原的热流
在冻结的生活里
溶开沉淀的生命底画色

我将山野的气息当成溶剂
灰暗的天色呀
棕黄的土色呀
枯黄的风色呀
紫红的太阳色呀
都溶进去……
而我底歌
便是一支画笔
大地是一张白洁的画纸
我歌唱的走着……

歌音
像山野的气息
泛滥着……

（选自《诗垦地》四期，一九四三年三月一日出版。署名谷风。）

在　牢　狱

春天，
我被关进牢狱。

母亲，
从老远的北方，
带着收尸的棺材钱，
独自跑来看我：
　　听说
　　我死了。……
面前立着狱卒，
隔着两道铁栅栏，
母亲伸出手臂
没有够到我。

母亲问我：
　　狱里
　　受罪了吧？

我无言。
狱里
狱外，
同样有狂暴的迫害，
也同样有一个不屈的敢于犯罪的意志。

（选自《白色花》，人民文学出版社一九八一年八月出版。）

春　天

没有花吗？
花在积雪的树枝和草根里成长
没有歌吗？歌声微小吗？
声音响在生命内部
没有火吗？
火在冰冻的岩石里
没有热风吗？
热风正在由南向北吹来
不是没有春天，
春天还在冬天里
冬天，还没有溃退。

（选自诗集《采色的生活》，泥土社一九五一年一月初版。）

石　像

英雄的兵
在一次战斗里
倒下了

一个同志
要为他雕像

呵,雕像的同志
你必须到大山里
采一块结实精细的青石
石像雕得人一样结实
因为中国底旷野上
狂风暴雨正在袭击着
恶毒的叛徒底枪火
还在飞啸呵……
石像不会倒的
有一个英雄的灵魂住在里边。

一九四七,四,豫北太行山下的一个动乱的城。

(选自诗集《采色的生活》,泥土社一九五一年一月初版。)

歌

在那座大山里，
我们将要重逢。
你们向我夸耀：
那边的土地上，
蜜和奶汁
流动着。……

我想，
拥抱那座大山，
拥抱行进在山谷里的同志们，
拥抱那里的黄褐色的土地。

拥抱，
那个世界！
为你们，
我知道不必歌唱。
我将拥抱当作歌，
将生命当作一曲 Sonata，
投给你们。
我要唱的，
在我底激情的狂野的生命里都有；
我想唱的歌，
你们都知道，你们也都会唱。

一九四七，四。

（选自诗集《采色的生活》，泥土社一九五一年一月初版。）

落雪的夜

北方，
落雪的夜里，
一个伙伴，
给我送来一包木炭。
他知道我寒冷，我贫穷，
我没有火。

北方呵，
你是不是也寒冷？
我可以为你的温暖，
将自己当做一束木炭，
燃烧起来。……

一九四七，春天。

（选自诗集《采色的生活》，上海泥土社一九五一年一月初版。）

我和小河

我住在海边的一个乡村。
望不见海，

面前
是狞恶起伏的山……
但我知道
到海里去的方向。

小河
从我身边流过，
我走在河岸上，
我底心像河岸上的野花。

河要到海去，
我也到海去！

一九四八，六，三。

（选自诗集《采色的生活》，泥土社一九五一年一月初版。）

化 铁

暴雷雨岸然轰轰而至

风走在前面，前面。

现在，云块搬动着。
从天底每个低沉乌暗的边际，
无穷尽的灰黑而狰狞的云块底轰响，
奔驰而来，
以一长列的保卫天底真实的铁甲列车
奔驰而来，
更压近地面，更压近地面，
以阴沉的面孔，压向贫苦的田庄，压向狂啸着的森林。
无穷尽的云块底搬动，云块底破裂，
奔驰而来，
从每个阴暗的角落里扯起狂风底挑战的旗帜

风走在前面，前面。
向摇摆的绿色的稻子报着信，
向温驯的水牛底黄色大眼睛报着信，
向农民们报着信；
从破朽的茅草屋顶掠过，

揭去茅草，向里面的蓬着头发的结实而苦恼的农妇
　报着信，
向流着鼻涕的她底饥饿的儿子们报着信；

向山岭打着招呼，
向黑色的森林，使它发着欢乐的跃跳；

向河流报着信，
向正在河岸上搬运货物的赤裸的小伙子们报着信，
让浑浊的波浪追逐着波浪；

向一切它所爱着的东西报着信，
亲切地报着信，狂暴地报着信。……

于是
几根灼烧的电火突然攫了一下，夺去了天，
从急驶着的云底牙齿缝里迸出，照亮。

一列天之运煤的铁甲列车放倒了，
吓住胆小的女人们，
吓着正在关着窗户的富人们，
从地里爆裂出来，从天上轰响而来，
把完全愤怒了的黑色的沉重的云，压得更低，压得更
　低！
然后，雨
以它千万只颤栗的手指，
敲打着玻璃窗，
敲打着茅草篷，敲打着河边翻过来的船底，

敲打着还在杆子上悬挂着的飘动的旗帜，
花，花，花，花，
是冰冷的理智的手指，
是升华的人底甘露啊！

随后，一个大的破坏在地面开始了。

旧的脆弱的折断在风底急浪里；
山洪从地里爆发，响应，
河流崩溃，
古老的房屋摇动，吱吱地响了——
让地主们从被窝里伸出头来，想着他底谷仓，
好呀，一个大的破坏在地面行进！

喏，喏！
暴雷雨不过是一次酷热的结果；
沉闷的电子磨着牙齿，
轻快的雨粒底碰击，
原是从地面升起，
现在从天际蜂拥奔驶而来。
喏，喏！
在暴风雨底后面原还有温暖的像海水一样的蓝天，
还有拖长着身体的柔美的白云，
还有雀鸟，
还有太阳底黄金。

一九四二年七月

（选自《希望》二期，一九四五年五月出版。）

解　放

"把革命战争彻底进行到底"

终于有一天，我们看到了这样的队伍。

他们排着行军的队列打从这城市里最热闹的马路中
　踏过：
他们举着红旗，他们底武器揑在他们的手掌中
马匹们拖着卸下了炮衣的巨炮，
臼炮底短突的颈项和反坦克炮底细美的身躯，
甚至在那些被活捉了的、投降了的坦克和战车上，
那些装甲，那些油漆，也全显出了
另外的鲜明的意义。

他们昂着头，他们大踏着步，
在他们底眼里，
是坚定，而且是充满了胜利。

因为他们击溃了那旧世界底每一寸的防线，
因为他们是这新世界底战胜者呀！
因为他们是从中国底工农中走了出来的战士们呀！
因为他们多少年来的仇恨今天是得到了报偿了呀！

从那些封建统治者手里，从那些卖身投靠的买办们
　手里，

从那些杀人不见血的屠夫们的手里，从那些爪牙特
　务们手里，
从廿世纪的昏暗的古老的中国，
他们解放了每一座城市、解放了每一片乡村。

他们打破每一座幽囚的古老的城墙，
他们踏平了最后的顽固的碉堡，
虽然多少的理想主义者们都曾在这片土地上凝结过
　他们底血迹，
多少年来，那些坚贞的人们都曾为着这样的理想而
　付出了他们底生命，
但这样的理想终于在这样的时辰被达到了呀！
被我们底庞大的工农军队所完成了呀！

从城市到乡村，从乡村到城市的各条道路上，
到处都在奔逃着那些雇佣军队底溃散的队伍，
他们想从长江以北逃到南边去。
整个兵团，整个兵团的溃败，
整个兵团，整个兵团的投降，
他们底尸体与他们的罪恶一同都遗留在那广大的
　长满了禾稻的中国土地上。

从每只出口的轮船上，从每只飞出的飞机上，
那样地挤满了那些屠夫们，那些战争罪犯们，以及
　他们的金银财宝，
他们逃到台湾去，他们逃到美国去，
因为在这里马上就要举行审判。

这旧世界底最后的城墙，崩溃了呀！

这旧世界，连同它底残酷的罪恶，都要一齐送到坟
墓里去了呀！
从一九一七年以来历史上底胜利，又一次无情地
被证明在一九四九年。
那庞大的工农底军队，已经越过了黄河，越过了淮
河，
马上就要渡过长江，而且要渡过粤江呀！

用猛烈的炮火赶他们一直赶到海里去吧，
用胜利的进军，用脚底，用几世纪以来的怨仇
赶它们一直赶到海里去吧，连同它们的子孙！
在中国底大陆上，
不要它们！

因为在中国底平原上，
长满了人类辛劳底血液所培植的丰盛的禾稻。
多少年多少年以来，
它们在土地里茁壮，而且
得到收获。
多少年，多少年以来，
那土地曾愤怒地深深地沉默，
因为那些珍贵的丰收，都曾被猪狗们抢劫、践踏。

多少年，多少年以来，
那些老年的农民们在乡村中讲述着可怕的古老的故
事。
多少年，多少年以来，
初生的婴儿在那些破陋的茅屋的屋檐下诞生，
那些年轻的生命生长，

奔放的山涧可以用它底愤怒告诉你，
幽怨的河流可以用它底深沉告诉你。
在中国底大陆上，
不要它们呀！
连同他们的子孙，连同他们的尸体！

这乡村解放了呀！
贫穷的、破败的人们从各个茅屋奔跑了出来。
小孩子们穿着破烂的过大的衣衫，
踏着他们的细瘦的脚板，欢呼着跳跃着奔跑了出来。
因为在那里面有着他们的父亲，有着他们的兄弟，
他们扛着枪，他们精神饱满，
他们是英雄，
他们是人民底军队呀！

这样的军队，这样的解放，
这是多少年，多少年来的梦想，
多少年，多少年来的希望。

这土地解放了呀！
由于晨光的照耀，
你看那里，
每一块石块，每一株树木，
都表示出它们对新世界的欢欣；
在那广茂的禾稻的平原上，
禾穗整齐地排列着，
摇动着，荡漾着它底金色的波浪，
等着收获的时期的到来。

在平原上有了自己的欢乐的歌唱,
在辛劳的工作中,有了人类对自己将来真实的理想。

这是怎样的欢腾的世纪啊!
这是怎样的开花的季节啊!
每一片土地与每一片土地,连结了起来了呀!
每一座村落与每一座村落,都站立了起来了呀!

苦恼的人民跳跃着,歌唱着,劳动着,
从廿世纪底奴役的,残暴的,古老的中国站立了起
　来。
新生的中国,
要从一九四九年算起呀!

让那些丰收的禾稻告诉我们吧!
让那些宽大的谷仓告诉我们吧!
让那些战士们底胜利告诉我们吧!
让那些初生的婴儿底泣声告诉我们吧!

你看,
这城市解放了呀!
他们排着行军的列队,打从这城市里最热闹的马路
　中踏过,
阳光明丽地照耀着这盖满了尘埃的城市里的高楼大
　厦,
江边的堤岸,它的铁栏杆,以及从它脚下流过多少年
　代了的沉默的黄浦江。
人们从各处地方奔跑了出来,结集了起来,伸着他们

的臂膊，尽情地欢叫。

因为他们在那些阴暗的角落里已经躲藏得够多的时间了，
藏了多少的年代了，
充满灰尘，而且发着古老的旧衣裳的霉臭。

现在，这无所不至的风暴，
掀动了他们了呀！让他们从阴暗的角落里奔跑出来。
这胜利进军底炮火，
吓醒了他们了呀！
让他们从廿世纪的古老的中国森林里惊醒过来
这样的队伍底踏过，是踏在他们的心上，
要让他们从奴役里，从压迫里解放出来呀！

要让他们从旧世界里解放出来呀！
要让他们整个地投降，
要让他们带着不得不有的欢欣，去为新世界欢呼、劳动！

中国，中国啊！
你底人民带有着多少的光辉！
你底土地蕴藏着多少的力量啊！
从你底深沉的眼睛中，我看出来了呀！
从你底如同森林一般的枪枝中，我们找寻出来了呀！

中国，苦难的中国，劳动人民底中国哟！
这一切高入云霄的欢呼，都是为你们欢呼而欢呼的呀！

这一切供养人类的花朵，都是为你们开放而开放的
呀！
起来吧，永远地站立起来吧！
你必须是一切苦难的担负者，
你必须是一切劳动的创造者，
是希望，也是理想，
是耕作，也是收获。

这才是真正的胜利呀！
这才是真正的解放呀！
这城市是你们的，
这国家是你们的，

中国，中国哟！
永远不息地前进吧！

一九四九年二月底

（选自诗集《暴雷雨岸然轰轰而至》，泥土社一九五一年初版。）

朱　健

问　讯

像火把在燃烧
我的胸膛
为难耐的“阵痛”睡不成觉
谁为我安一张分娩的产床
夜好长……

蟋蟀都哭乏了
躺在草丛里打瞌睡
梦到月光像棉被
催他安歇

我静听
高大的十字架下
传过来晚祷的钟声
我狠狠的吸着
一枝黑色的雪茄，一捧火
像吮吸一条黑色毛虫的
　苦辣的血液

星星呢？——是星出的时辰了
唉，唉，乌云不肯分开啊……

我无可奈何的在等待
像屈死的幽灵
摇晃在黑色的坟场
要拉住一个急急慌慌的行人
问一问
这里是哪里
现在是几点几刻
问一问
星从哪一块乌云的缺口冲出

用难耐的焦急的高音
问一问
我的面颊红
你在哪里
你胸前的大红花
几时才为我开放

嗓子都烧红了
爱情的火焰
大水不能淹灭
火种
是人的心啊……

一九四三年冬，庙台子。

（选自《希望》三期，一九四六年三月出版。）

早晨，我开始写诗

早晨
我开始写诗……

河滩上有少女歌唱
伴和着从夜的重压下苏醒的河
音节　滚动着，响着……
一个连着一个
像一串圆熟的果实
在太阳可亲的照射下
闪耀着金属的光泽

太阳　响着……
像一口巨大的铜钟
声音伴随光芒流泻到旷野
毫无阻挡的流着，横冲直撞的流着
溃决的河流，熔化的铁，火山喷吐的熔岩……
流着，流着……
听啊……
应着太阳的召唤
河水在呼喊，山谷在呼喊
大公鸡亮着翅膀在呼喊
头上包着白布，呵叱畜牲上套的农民在呼喊
敞披着老羊皮，响着鞭，驱赶牲口上路的马
　车夫在呼喊

兵士整齐着队伍，大踏步跨过街道在呼喊
工厂的汽笛，刚发动的引擎，颤抖着全身在呼喊……

一切在音响的河道里游泳
一切在呼喊
一切要开始工作……

一九四四年春，宁强。

（选自《希望》三期，一九四六年三月出版。）

不知道

好多事情我都不知道……
不知道——
向日葵是以怎样的心情随太阳起落
鸟为日出欢快的歌唱时小小的心脏跳动得多剧烈
敌人应手而倒
战士欢喜有多大
“耕者有其田”了
农民怎样用短短手臂拥抱整个的大地
莫斯科上空第一次升起了红旗
列宁怎么抬起头来望着天空……

不知道——
狐狸可曾履行过自己的诺言
狼有没有衷心的忏悔
狗的祖先担任过什么职务
是不是喝同类的血并靠主人的屎而活？

在美国的中国“人”的三万万金元
是谁的？是红色还是黄色，会不会生锈？……
大清皇帝要公布的
是哪一国，哪些人的“宪法”

不知道——
海洋是怎样深又怎样阔

有人自海上来
说海上航行
有风暴和人造礁石和海盗们的抢劫
波浪跳跃像千万个少年
在扛着船只前进
远方的灯塔对航海者有红色的招引
波浪鼓舞欢欣，头顶上盛开着金色的花朵……
说海是一只巨大的摇篮
海水是一床绣花的棉被

睡在海上有发香的梦
梦到星星撒满天，像银色的鸽铃
早晨，第一阵海风吹
太阳光芒照耀，星星摇响着谢落
水手们自海底捞起来
嵌在白色的小帽上当帽徽
留一枚，献给灯塔看守人的女儿……

我，有福没有福……
像一片漂浮在海底边涯
又粘附在陆地的足趾的海藻

属于海，又不属于海……

但我有浓浓的海的想望呢
每天看着表
数着长针和短针艰难的跨过每个方格
静听我们的船向陆地发出的欢呼
我想，我也是
那有一顶白色小帽的水手
一个清除大炮尘污的小兵
一颗螺丝钉，一个齿轮
一个扛着船只前进的浪花……
好多事情我都不知道
但我却不迷惑……

一九四五年元月十五日，川西。

（选自《希望》三期，一九四六年三月出版。）

鲁　煤

牢　狱　篇

一　火的想望

昨夜，
听伐木的声音
响在山上，
欣喜
山下将有火；

今天，
扒着窗口
去迎接——
呵，是
一道又一道
白楂儿栅栏，
并且落了锁！

二　大　地

金黄，
从菜花里开出来——

美丽，
生在田园，

子弹，
从枪膛跳出来
声音，
响在山外；

春天，来在大地，
大地，有着战争……

三　我愿越过墙去

我愿越过墙去，
看遍地的油菜开花；
我愿越过墙去，
听小鸟说些什么话；
我愿越过墙去，
把那争执的孩儿劝解；
我愿越过墙去，
向着春天出发！

一九四五年初，重庆，磐溪。

（原载《希望》三期，一九四六年三月出版。署名牧青。）

一条小河的三部曲

一 信仰的歌

我是一条小河
奔流在黄昏与黎明之间
夏日的火焰爆烙我
冬季的酷寒封锁我
黑心的岩石截击我的路

我的身体孱弱得不能自持
我的声音低沉到不可听见
讪笑者鄙夷我这多余的存在

但我决不灰心
我也决不寂寞——
天下的江河朝一个方向
我们从事着共同的事业

一九四五,冬,重庆。

二 追求的歌

自从知道了有海
我便不再有家

我曾是想家的
家在丛山郁林深处
岩石与岩石的下面
没有风暴
没有烈日
没有致命的沙漠

而我搜索前进——
我的家是海
我的家不再是那儿……

而我所遭遇的
也只有风暴的扑打
也只有酷日的格杀
和吸吮我整个生命的沙漠

还要忍受阴恶的冷笑：
不安分的
追求海
却病在沙漠里了……

我无惧：
格杀
扑打
致命的沙漠
正是海的路；

海在沙漠之外，
奔涌前进——

奔向海!

一九四六,六,北平,转移途中

三 欢乐的歌

我是一条小河
来自死亡的冬之地带
冬是永远不要歌唱的
出声的哭泣和叹息也不允许
我被禁锢在自己热情的冻结里
以喑哑的声音,在坚冰下面
唱着反抗和暴动的歌

今天,我来到了春之地带
我来到了被春解放的冬之地带
世界重新听到我哗然迸发的声浪
人们重新看到我活泼而矫健的姿态
我强力地奔涌如岩浆冲破地壳
我自由地伸展如展开翅膀
我的每个波峰戴一朵金色的阳光
我的全身披满温暖的友爱
我的每声歌唱都像串铃
摇落一串感激的言语
像所有春之地带的小河一样
我要辛勤地奔流
小河是大地的血液
要给大地冲出一片新的绿野

一九四六,八,解放区张家口

(选自《白色花》,人民文学出版社一九八一年八月出版。)

默悼几个扑火者底死

对着灯默默地敬奠这些苍翠精致的英雄们

——鲁迅

箭　射向靶
你　射向火

小河
奔突、冲撞、搏击
追求海
你
奔突、冲撞、搏击
拥抱火……

死了
那么残酷
又那么宁静

死了
甘心瞑目：
死于追求
死于理想……

四，四。

（选自《希望》六期，一九四六年六月十六日出版。署名牧青。）

爱　花

不是不爱花
不是不被花感动

不是不爱摘一朵花——插上
　　你底额头
　　我底心头
工作完了，走在林荫路上

只是还没有一条平坦的路
没有一刻解放的辰光
　　一颗解放的心——

我们这世界依然寒冷而荒凉
理想的花朵还没有完全开放！

四，六。

（选自《希望》六期，一九四六年六月十六日出版。署名牧青。）

喜　悦

我有大喜悦……

冰雪统制的日子
黑风进行阴谋与反动的日子
我诉说着关于解放的故事
我说大地不该如此荒芜
我说大地应该有春天

接受我认真而痛苦的耕犁
接受我心血灌溉的温热
土地孕育着埋下的种子

如今
播种过的土地都复活了
土地凸现着焕发的绿光

呵,我有收获的喜悦……
我是一息春风、一缕春光
我是大地底一棵绿苗!

四,廿。

(选自《希望》六期,一九四六年六月十六日出版。署名牧青。)

卫 寄 宇

兵

我是农民
穿上军服，我就是兵

有犁锄一样的
我有一支枪
有种子一样的
我有子弹
土地永不荒弃
　　土地上有我的旗
战斗永不失败
　　战斗中有我的血和意志

而我
永不怕
我忠于人民
信仰我的主义

（选自《希望》五期，一九四六年五月出版。）

意　　志

花要在冬天开
树木要在冬天直立而常青
人,要在战斗中生活

将自己
比作冰
莫贪温暖
否则就要溶解

（选自《希望》五期，一九四六年五月出版。）

希　　望

将这些木头
搭起一座房屋
将这些石块
架起一座桥
将蜜
分散给弟兄
将花朵
戴在人的头上
将我们的旗呵

在唱歌中

升起来

（选自《希望》五期，一九四六年五月出版。）

徐　放

在动乱的城记

我年轻，
生命在我里面是强旺的！
——A·普希金

一

前天
我走过那座老君庙，
看见神桌底下，
还放着你撇下的那双破草鞋。

今天，老君庙
那曾休息过你过度疲劳的身体的地方，
已被难民们占据；
那双破草鞋
也被流浪人给穿走了。……

扬子江岸上的贫民窟，
一度被水淹没，
水退后，

在横竖的烂瓦残椽间
散发着腥臊，
蒸腾着臭味；
那些曾经听你讲过洪水猛兽般的故事的孩子
　们，
有的被浪花卷走，
剩下来的
为着饥饿，
也多半提着筐筐篮篮到外边讨饭去了。

我只碰到一个，
他现在和你从前一样，——
在轮船码头上，
在渡口的陡坡上，
冒着警棒和皮鞭
卖《新华日报》！
…………

二

从那一天起，
在这座多坡坎的城里，
在这座动乱的城里，
便失掉了你的踪迹。
想念你呵，
朋友！

十月，

是雾季，
这南方仍多雨。

在没有太阳的日子里，
在这灰暗的世界里，
我是多么热切地在企求，
能够
读一首有光采的诗，
看一本有力量的书呵！

我，——
要像子弹，
穿出闷抑的枪膛，
向黑暗的中国南方的低沉的密云深处
打出去，
我，——
渴望为我们的时代，
写出一篇雷响电闪的文章！

一连串冷酷的夜，
在这座动乱的城，
我坐在不安的床上，
通夜通夜地
不能睡去；

我在想
我们虽然是仿佛生活在两个国度
而我们

是走在同一条路上呵！

…………

三

十二月，
中国在流血：
从南方到北方，
从昆明到沈阳。

人民，
生活在恐怖的血海里。

一夜
我从一条发生过事变的小巷走过，
到一个住在大杂院的朋友家里去；

在昏暗的桐油灯下呵，
我们争辩着，
为了修改一篇文章，
为了把我们生命的火把，
投向黑暗的中国。

突然，
隔壁喊起一声哀叫，
挣扎一会
又消失了！
接着，

是一阵慌乱的脚步声，
一团黑影，
从我们的窗前闪过；

我们知道
又是一次谋杀……
但我们有手
不能伸出来；
我们有嘴，
却说不出什么！……

离开那朋友住的地方时，
马路上的人已稀；
山城的夜，
你是熟悉的：

娼妓出没在街口，
强盗扑伏在屋顶上，
难民
在阴湿的墙角哭泣，
肉体在公共厕所里兜售；
就在这样的黑夜，
反抗者，
一个个
一批批
被带向秘密牢狱！

朋友，

走在路上
我想起你常说的
那“黑暗的满洲”的岁月了，
我想起了
那“黑衫党”、“棒喝团”
那皮鞭和枷锁。

在这暴君的国度，
人
是没有自由的；
人
生活着，
反抗不反抗都一样要流血。……

但是，不反抗的流血，
那是懦弱的血，
那是被宰杀的血；
我要反抗
把自己的血
和敌人的血流在一起。……

从此，
那朋友隔壁的窗子上再没有灯亮了！
那小屋子里，
只剩下几本破书，
一双破鞋，
和淋溅在床头的一泊鲜血；

从此，
那小屋的门上挂起了锁！

又是一个夜，
我接到一封从远方捎来的信，
扪着跳抖的心
打开了，
但我却不能从它了解到一点你风险的行程！

我们，
本来都是无神论者；
但为了阶级的事业
我们几乎到街头去问卜
到神前去讨签！
接连着都是没有凭证的恶讯呵，
它
像瘟疫一样，
在我们中间流传；

朋友，
为了你
我日夜怀着恶梦；
为了我们的事业
愈是在恐怖的年月
我愈不敢偷闲片刻时间呵！

四

一个人来了，
在雨天。
好兴奋呵，
因为我多了一个共同作战的伙伴！
虽然，
我没有租下一间不透风的屋子；
虽然，
我没有预备下一条不破的被子；
甚至
也没有一张可以容下两个人休息的床。

他终于又默默地走了，
也是在雨天。
在雨天，
他穿的是一身最单薄的灰布衣裳；
从这座动乱的城，
从我病着的身边。

记得也是在雨天，
我们两个人走在泥泞的路上，
我们不是乞者，
但我们却不能找到一餐饱饭！

这时我想起：
一个老哲学教授，

由于遭到过多的迫害，
他的鬓发全白了！
但为了理想，
他依旧奔走在祖国的坡坡坎坎的路上；
奔走在
他自己的坡坡坎坎的豪壮的晚年！

我想起：
一个画家，
为了用彩色涂出这现实的罪恶，
他的子女饿死了！
他没有柴烧，
劈了自己的木床以后，
又不得不去偷盗那横在荒郊的棺材板。
我想起：
一个青年，
为了理想而离开家乡，
但他却死在他的"祖国"给他预备的刑场上！
如今，
他的妻子
仍在一座临江的小城里做暗娼。

我想起：
一个人
抱着那么辽阔和豪迈的雄图，
为了背在身上的家
却被时代的洪流淹没了！
就像一粒沙

被冲激地搁弃到荒山或野岸……
变成了一个灰溜溜的动物。

苦痛呵！
我顺手翻开了一本被查禁的书。

我读到：
一个在社会教过三十年书的历史教员，
他死去，
三天后才被人们发现；
而眼珠
已被老鼠给挖走了！

傍晚，
仍落雨；
一封信从北方来，
那朋友写道：
　　在蒋介石统治下的中国，
　　到处是罪恶的总合！

我看了看当天的晚报。
晚报说：
那只费尽血泪才开航的难民船，
沉在扬子江里了！
某县，
为了反抗征粮和抓丁，
农民“造反”了！

我想起，
在俄罗斯最黑暗的年代里
普希金的诗：
　　只有站在民众上的
　　帝王的头上，
　　没有罩着苦恼的云！

我想起，
涅克拉索夫的诗：
　　在这里，
　　只有石头才不哭泣！……

但我不能轻视这生活，
因为我知道：
这生活有这生活的彩色；
这生活
到处都充满着最雄壮的音乐的交响。
我知道，
在这样的生活当中，
每个有良心的人的心里都怀着反抗。

我们的中国，
不能永远扑跌在一条泥泞的路上！
让那些拿女儿换取官爵的政治骗子们，
让那些利用老婆的关系出入衙门的党棍子们，
让那些用血渲染着盔甲和马靴的将军们，
都得意忘形罢！
奴隶们的血，

总有一天要冲垮那帝王的龙庭!

我们,
不会因为饥饿而怯步的;
在这样的中国
我们将走一程,
　　战一程!
愈黑的夜,
斗争
应该
也愈红呵!……

五

风暴要来了,
在动乱的城,
在中国……

朋友,
当我抗不住重压的灾难
病倒在一个朋友的床上时,
我挣扎,我反扑,
我从自己的血泊里站起来!

我知道:
　　生是美丽的,
　　为了美丽的生而死
　　更美丽!

在没有自由的国度，
囚徒
要阳光；
人
要反抗！
为了生活，
我要歌唱；
为了那些敢于在暴君的版图上的引火者，
我
要为我们的后代写下幸福的诗篇！

一九四六年六月，重庆。

（选自诗集《白色花》，人民文学出版社一九八一年八月出版。）

朱谷怀

碑

为伟大的死者
我们造碑……

碑
是死者
向世界飞去的足迹
碑
是死者
活在活人心里
不灭的记忆

太阳在碑前
升起又沉落
风打碑身流过
花草在碑下
盛开又谢落
而碑屹立着
碑给人们的记忆
要活向无穷
要活向永远

（选自《希望》七期，一九四六年七月出版。）

活

痛苦地活
顽强地活
活在热情的火焰里
活在生与死的搏斗里
呼吸愈困苦
信念愈坚
生命愈有力
在这片
冲激着仇恨和爱情的
土地上
夜更深
歌声更响
火光要更明亮……

四七年六月一日

（选自《泥土》四期，一九四七年九月十七日出版。）

默　悼

默悼
战死者
默悼

不屈的灵魂
深夜里
对着灯
我们想念
那燃烧过的火焰
想念
那些陨落了的星星

我说
我们不必悲哀
我们也要
把自己看作火焰
在黑暗中
不息地燃烧
或者　将生命
化作闪电
在暴风雨下
呼啸　熄灭

七月十四日

（选自《泥土》四期，一九四七年九月十七日出版。）

工　　作

——想着 F

这时候
白昼消退了

狗狼
嚎叫着
狐狸
装扮作上帝
哗笑过人的闹市
而人
在睁开眼睛做梦……

惨黑的夜呵
风急,雾重……
同志
你呼吸得好么

“寂寞……”
我听见你在说
而从你庞大的影子
我还看见
你困战回来的
沉重的疲乏
和那几乎布不成阵的
窘迫的战斗……

现在
我的心胸
也无比的灼痛
我说不出什么来
我只想
赶紧工作

我也希望
能分担一些你的寂寞……

九月六日

（选自《泥土》四期，一九四七年九月十七日出版。）

罗　洛

在悲痛里

写在李闻被刺以后,写在成都……

一

呼吸
被抑压
声音
哑涩了……

冷笑
也是罪过
黑夜不准点灯
不准用眼泪祭奠屈死的人
不准举手

好心的人嘱咐我:
晚上要早点回家
门要关紧
书报
要烧掉

二

让生的生
让死的
死！

意志不结冰呀
战斗的信念
不磨减！

八月

（选自《呼吸》一期，一九四六年十一月一日出版。）

所谓“孤独”

——答C.B君

一

我不打哈哈，我就孤独了么？
当我看见笑后的假脸、掩藏的自私、恶狗
底狂嗥的真相而
勃然走去——
而人，在太阳底光下有正直的影子！
谁也不能扶起倒下了的尸体
而冰冷的记惦和冰冷的手，让它在泥土里
腐烂吧……

是烛，发光！
是刀，发光！

二

呵，今天，你瞧不见么——
疯狂的酒排间里奴隶主们跳着狐步舞
热闹的大会场里奴隶们和狗们扮演着拿手好戏
吹吹打打
而丑角，是台上的英雄！

而我，我会孤独？……
除非红色的斗争停止了，在中国
除非太阳冰冻
我底心也不再燃烧！

三

战斗的道路
沙石磨破脚掌的道路（一步一滴血呵！）
寒风吹击的道路（困扰着呼吸和跳荡的脉搏）
苦难、流血的道路
逮捕、死亡的道路
灼痛的心起着棱角的道路……

怕什么泥泞
我们有坚定的脚步

我们有好大一群弟兄!

四

撞击的河流,撞击着

有泥沙
但也有滚滚的波浪
泥沙沉下去
波浪举起拥抱的手臂
扑向海……

四六年十二月成都

(选自《呼吸》三期,一九四七年三月一日出版。)

旅　　途

一

越走路越长啊……

我伏在这长途汽车的角落里了
我用沉默的眼光搜索着飞驰的田野和拖长的道
　路——
竹丛围绕着的房舍,和孤零地立着的小茅屋
一大片,一大片黄的和绿的田野,菜花和麦苗的田野
迟钝的耕牛的缓慢的脚步,践踏着沟边的细草

行走着的村民们，和村民们的探视的大眼
发着尖响的手推车，和挑着担子摇摆地前进
　的挑夫们
拥挤的小镇，和小镇上拥挤的人们……
我的眼光默默地碰着这一切，又默默地从他们身上跳
　过
尘土大量地卷起，从汽车的洞开的窗户扑进
好难受的风！我的眼睛迷惘了
然而，我是清楚地在想着
古老的都市——我的故乡啊，我离你愈远了！
汽车隆隆地前进，带着我，和满车的人前进
我思索着，回想着我的过去
我向前走，而我不能不回头望一望
望一望我所走了过来的印着我的脚迹的道路
我沉在情绪的起伏的海里了……
我的周围是陌生的人们，我不会被他们了解
我用双手捧着脸，我不要在他们面前露出我的激
　动的面容
而且，风大，沙土也的确多啊！……

二

我多高兴，我慢慢地穿过这广阔的田野
我的祖国的土地啊！……
我仔细地望着，望着
这香得闷人的油菜花，和花间无数嗡鸣的蜜蜂
这蓝色的苕菜花和蓝色的胡豆花，连成一片
这点点的豌豆花，白色的和粉红的豌豆花

啊，这大麦，这茂盛的大麦群，在坚劲的春风里
麦穗高扬，像人披散着发在奔跑，而他们的脚植根
　在泥土里了……

谁说这里的土地是贫穷和荒凉的呢？
你看！田野连着田野，农作物在勃勃生长
谁说这里没有丰饶的收获呢？
一个褴褛的农民牵着一条瘦削的牛走过
他麻木而阴沉，它身上的毛都被磨光了
啊，我们的人民贫穷！我们的牲畜贫穷！
而田野富饶，是谁夺去了他们劳动的血汗？

三

群山起伏……

这是早晨
我这个平原的居民走到山国里来了
啊，早晨！你起伏的群山
早安！你高高低低的麦田和菜田
早安！你住在半山的人家，我多么羡慕你们
你们被群山的手臂拥着
被缭绕的白云和青绿的竹丛拥着
早安！你遍山的柏树，你们
长年忍受着风吹雨打，有的树干已被风吹得倾斜了
然后你们立着，傲然地立在山坡上
早安！你忠实而温顺的黄牛和水牛，你们细嚼着青
　草

你们多瘦！你们的主人在哪里？
早安！小河！你已经露出了多石的河床，虽然还潺潺流响
不要焦躁，小河！等待着，春天的水将奔跑而来……
我来到高高的山顶了
群山环列，臣服于下
田畴温顺地躺着，林木静肃
天广阔，太阳直射
云层像野兽奔驰，然而凝固
像波涛起伏，然而凝固
白云的边缘有太阳的金色的光芒……

四

路窄，两旁
堆砌着岩石

哈！石缝中有花开啦！一朵一朵的
小黄花，五瓣，花瓣看起来还很柔弱

我想摘下几朵寄给朋友们，我想告诉他们
只要生活得倔强而勇敢，岩石压不死真实的生命

然而几次我伸不出手来，在小黄花前
我虔诚地低下我的高昂的头

让它们自由地开吧，让每一个过路的人都能够看到它们

而且都能够从它们得到勇气，和对于生命的
健旺的暗示

一九四八年三月，成都—中江

（选自《奔星》小集，一九四八年第一期。）

我知道风底方向

我走过平原　丘陵　和山谷
春天，久雨初晴，太阳正好
春风不断地吹着，温柔地吹着
给人带来幸福和欢乐地吹着……

群树摇摆着身子欢迎
群叶狂拍着手掌欢迎
群鸟自由自在地飞翔
鼓动着矫健的双翅欢迎

啊，我知道风底方向
从麦穗的俯伏的头
我知道风底方向
从池沼底笑的波纹

我知道风底方向
从山坡上倾斜的树干
我知道风底方向
从我底凉爽的脸

我知道风底方向
风打从冬天走向春天
我知道风底方向
我们和风正走着同一的道路啊……

（选自《泥土》六期，一九四八年七月二十日出版。）

田　文

在牢狱底门槛上

一

老 K 被捕了

我和一个同伴
带着一些衣服书籍
半斤饼干,和
一颗痛楚然而严肃的心
去看他

二

中世纪底森冷的碉堡呵
这繁华城市里的牢狱
有群荷枪的兵士
守卫着洞似的黑铁的狱门

几步之外
我们被大声喝住……
一个朴素的少女

木然站在那里

低声地诉说着什么
她也是来探监的呢

但是,兵士们互相嬉笑着
又恶意地咒骂着
他们不准她底请求

呵,是谁被关在牢狱里
为什么
要这个不懂事的少女来看他
为什么
她竟被绝拒了?

想着
一个英勇的孤军
带着他的女儿
飘泊在这里,战斗在这里
失却了自由

猛然转过身
少女含着凝然的泪水
但以坚定的步伐
走开……

呵,敬礼,敬礼呵
不幸的少女!

同样的时代和国度
我们有着共同的担负
狱墙虽高
狱卒虽狠毒
但意志永远相同的

三

威严的兵士
用枪托招呼我们过去

“东西可转送
人,不准见”

我们写了 K 底名字,一封短信
　“保重身体
　我们平安”
默默地退开
心想着那个忿然而去的少女
但却没有眼泪

环绕着这座蹲踞的恶兽似的牢狱
我们默默地走着
心沉重又庄严
蒸腾的八月底空气里
马赛曲正在升起……

“光荣的抗议者

监禁不了”
不久,我们深信即将重来
带着胜利而来
祖国底卫士们!

（选自《蚂蚁小集》之四《中国的肺脏》,一九四八年十一月出版。）

中国文库
文学类

七月派作品选

（下）

吴子敏　编选

中国出版集团
人民文学出版社

萧 红

失眠之夜

为什么要这样失眠呢！烦躁，呕心，心跳，胆小，并且想要哭泣。

我想想，也许就是故乡的思虑罢。

窗子外面的天空高远了，和白棉一样绵软的云彩低近了，吹来的风好像带着点草原的气味，这就是说已经是秋天了。

在家乡那边，秋天最可爱：

蓝天，蓝得有点发黑，白云就像银子做成的一样，就像白色的大花朵似的缀在天上，就又像沉重得快要脱离开天空而坠了下来似的，而那天空就越显得高了，高得再没有那么高的。

昨天，我到朋友们的地方去走了一遭，听来了好多的心愿——那许多心愿综合起来，又都是一个心愿——这回若真的打回满洲去，有的说：煮一锅高粱米粥喝，有的说，咱家那地豆多么大！说着就用手比量着；这么大，碗大，珍珠米，老的一煮就开了花的，一尺来长的，还有的说：高粱米粥，咸盐豆。还有的说，若真的打回满洲去，三天三夜不吃饭，打着大旗往家跑。跑到家去自然也免不了先吃高粱米粥或咸盐豆。

比方，高粱米那东西，平常我就不愿意吃，很硬，有点发涩，（也许因为我有胃病的关系，）可是经他们这一说，也觉得非吃不可了。

但什么时候吃呢？那我就不知道了。而况我到底是不怎样热

烈的，所以关于这一方面，我终究是不怎样亲切。

但我想我们那门前的高草，我想我们那后园里开着的茄子的紫色的小花，黄瓜爬上了架。而那清早，朝阳带着露珠一齐来了！

我一说到高草或是黄瓜，三郎就向我摆手和摇头："不，我们家，门前是两棵柳树，树荫交结着做成个门形，再前面是菜园，过了菜园就是山，那金字塔形的山峰。正向着我们家的门口，而两边像蝙蝠的翅膀似的向着村子的东方和西方伸展开去，而后园：黄瓜，茄子也种着，最好看的是牵牛花在石头墙的缝际爬遍了，早晨带着露水牵牛花开了……"

"我们家就不这样，没有高山，也没有柳树……只有……"我常常就这样打断他。

有时候，他也不等我说完，他就接下去，我们讲的故事彼此都好像是讲给自己听，而不是为着对方。

只有那么一天：买来了一张《东北富源图》挂在墙上了，染着黄色的平原上站着小马，小羊，还有骆驼，还有牵着骆驼的小人；海上就是些小鱼，大鱼，黄色的鱼，红色的好像小瓶似的大肚的鱼，还有黑色的大鲸鱼；而兴安岭和辽宁一带画着许多和海涛似的绿色的山脉。

他的家就在离着渤海边不远的山脉中。他的指甲在山脉上爬着："这是大凌河……这是小凌河……哼……没有，这地图是个不完全的，是个略图……"

"好哇！天天说凌河，那儿有凌河呢！"我不知为什么一提到家乡，常常愿意给他扫兴一点。

"你不相信！我给你看。"他去翻他的书橱去了："这不是么！大凌河……小凌河……小孩的时候在凌河沿上捉小鱼，拿到山上去，在石头片上用火烤着吃……这边就是沈家台，离我们家二里路……"因为是把地图摊在地板上看的缘故，一面说着，他一面用手

扫着他已经垂在前额的发梢。

《东北富源图》就挂在床头，所以第二天早晨，我一张开了眼睛，他就抓住了我的手：

"我想将来我回家的时候，先买两匹驴，一匹你骑着，一匹我骑着……先到我姑姑家，再到我姐姐家……顺便也许看看我舅舅去……我姐姐很爱我……她出嫁以后，每回来一次临走的时候就哭一次，姐姐也哭，我也哭……这有七八年不见了！也都老了。"

那地图上的小鱼，红的黑的，都能够看清，我一边看着，一边听着，这一次我没有打断他，或给他扫一点兴。

"买黑色的驴，挂着铃子，走起来……刚啷啷刚啷啷……"他形容着声音的时候就像他的嘴里边含着铃子似的在响。

"我带你到沈家台去赶集。那赶集的日子，热闹！驴身上挂着烧酒瓶……我们那边，羊肉非常便宜……羊肉炖片粉……真是味道！唉呀！这有多少年没吃那羊肉啦！"他的眉毛和额头上起着很多皱纹。

我在大镜子里边看到了他，他的手从我的手上抽回去，放在他自己的胸上，而后又反背着放在枕头下面去，但很快的又抽出来。只理一理自己的发梢又放在枕头上面去。

而我呢？我想：

"你们家对于外来的所谓'媳妇'也一样吗？"我想着就这样说了。

这失眠大概也许不是因为这个。但买驴子的买驴子；吃咸盐豆的吃咸盐豆；而我呢？坐在驴子上，所去的仍是生疏的地方；我停留着的仍然是别人的家乡。

家乡这个观念，在我本不甚切，但当别人说起来的时候，我也就心慌了！虽然那块土地在没有成为日本的之前，"家"在我就等于没有了。

这失眠一直继续到黎明，在黎明之前，在高射炮的声中，我也

听到了一声声和家乡一样的震抖在原野上的鸡鸣。

八月廿二日夜

（选自《七月》上海版二期，一九三七年九月十八日出版。）

无　　题

早晨一起来我就晓得我是住在湖边上了。

我对于这在雨天里的湖的感觉，虽然生疏，但并不像南方的朋友们到了北方，对于北方的风沙的迷漫，空气的干燥，大地的旷荡所起的那么不可动摇的厌恶和恐惧。由之于厌恶和恐惧，他们对于北方反而讴歌起来了。

沙土迷了他们的眼睛的时候，他们说："伟大的风沙啊！"黄河地带的土层遮漫了他们的视野的时候，他们说那是无边的使他们不能相信那也是大地。迎着风走去，大风塞住他们的呼吸的时候，他们说："这……这……这……"他们说不出来了，北方对于他们的讴歌也伟大到不能够容许了。

但，风一停住，他们的眼睛能够睁开的时候，他们仍旧是看，而嘴也就仍旧是说。

有一次我忽然感到是被侮辱着了，那位一路上对大风讴歌的朋友一边擦着被风沙伤痛了的眼睛一边问着我：

"你们家乡那边就终年这样？"

"那里！那里！我们那边冬天是白雪，夏天是云，雨，蓝天和绿树……只是春天有几次大风，因为大风是季节的征候，所以人们也爱它。"是往山西去的路上，我就指着火车外边所有的黄土层："这在我们家乡那边都是平原，夏天是青的，冬天是白的，春天大

地被太阳蒸发着，好像冒着烟一样从冬天活过来了。而秋天收割。”

而我看他似乎不很注意听的样子。

“东北还有不被采伐的煤矿，还有大森林……所以日本人……”

“唔！唔！”他完全没有注意听，他的拜佩完全是对着风沙和黄土。

我想这对于北方的讴歌就像对于原始的大兽的讴歌一样。

在西安和八路军残废兵是同院住着，所以朝夕所看到的都是他们，有一天我看到一个残废的女兵。我就向别人问：

“也是战斗员吗？”

那回答我的人也非常含混，他说也许是战斗员，也许是女救护员，也说不定。

等我再看那腋下支着两根木棍，同时摆荡着一只空裤管的女人的时候，但是看不见了，她被一堵墙遮没住，留给我的只是那两根使她每走一步那两肩不得安宁的新从木匠手里制作出来的白白的木棍。

我面向着日本帝国主义，我要讴歌了！就像南方的朋友们去到了北方，对于那终年走在风沙里的瘦驴子，由于同情而要讴歌她了。

但这只是一刻的心情，对于蛮的东西所遗留下来的痕迹，憎恶在我是会破坏了我的艺术的心意的。

那女兵将来也要作母亲的，孩子若问她：

“妈妈为什么你少了一条腿呢？”

妈妈回答是日本帝国主义给切断的。

成为一个母亲，当孩子指问到她的残缺点的时候，无管这残缺是光荣过，还是耻辱过，对于作母亲的都一齐会成为灼伤的。

被合理所影响的事物，人们认为是没有力量的——弱的——或者也就被说成生命力已经被损害了的——所谓生命力不强

的——比方屠介涅夫，在作家里面，人们一提到他：好是好的，但，但……但怎么样呢？我就看到过很多对屠介涅夫摇头的人。这摇头是为什么呢？不能无所因。久了，同时也因为我对摇头的人过于捉摸的缘故，默默中也感到了，并且在我的灵感达到最高潮的时候，也就无恐惧起来，我就替摇头者们嚷着说：

"他的生命力不强！"

屠介涅夫是合理的，幽美的，宁静的，正路的，他是从灵魂而后走到本能的作家。和他走同一道路的还有法国的罗曼罗兰。

别的作家们他们则不同，他们暴乱，邪狂，破碎，他们是先从本能出发——或者一切从本能出发——而后走到灵魂。有慢慢走到了灵魂的，也有永久走不到灵魂的。那永久走不到灵魂的，他就永久站在他的本能上喊着：

"我的生命力强啊！我的生命力强啊！"

但不要听错了，这可并不是他自己对于自己的惋惜，一方面是在骄傲着生命力弱的，另一面是在招呼那些尚在向灵魂出发的在半途上感到吃力正停在树荫下冒汗的朋友们。

听他这一招呼，可见生命强也是孤独的。于是我这佩服之感也就不完整了。

偏偏给我看到的生命力顶强的是日本帝国主义。人家都说日本帝国主义野蛮，是兽类，是爬虫类，是没有血液的东西。完全荒毛的呀！

所以这南方湖上的风景，看起来是比北方的风沙愉快的。

同时那位南方的朋友对于北方的讴歌，我也并不是讽刺他。去把捉完全隔离的东西，不管谁，大概都要被吓住的。我对南方的鉴赏，因为我已经住了几年的缘故，初来到南方也是不可能。

一九三八，五，十五。

（选自《七月》十四期，一九三八年五月十六日出版。）

曹 白

这里，生命也在呼吸……

战争既然开始，一天到晚坐在屋子里听炮声，爬到屋顶上看飞机，虽说也算得“战时生活”，但总不是办法。首先使我想到的，是应该着着实实的做些事情的时候了。但这又并不是说我自己要上火线上去拿枪杆。枪杆，我是不会拿的。我所能够做的事，大抵只能在后方。

然而这也难。我东奔西走，入会，开会，提议，讨论了好多天，毫无结果——什么事情也没有。后来忽然听到一句“谣言”了，那仿佛隐然的说：“救国无门呀！”于是我这才觉悟，在后方，并不是没有事情，恐怕是在事情的周围造了高墙了。

但这种觉悟了的味道，是苦的。

有一天的黄昏，偶然遇见了浓眉毛的 H，他瞪着眼，对我描述了平时只会手拿佛珠，口念弥陀的和尚们，这回却戴着笠帽到火线上去救护伤兵的勇敢的故事之后，他说起有一个慈善机关正在救济难民，开办难民收容所，可惜没有人去帮他们的忙。我倾听之下，很欣喜，就马上决定了：

“我去！”

一去就是办登记。——我拿了铅笔和登记表格，去进难民丛中去，第一个我登记的是一个老头儿：

“老伯伯，你叫什么呀？”

“我的家住在杨树浦，先生。”

“不是，我问你，你名子叫的什么呀？”

“噢，噢，问我的名子吗？我的名子，叫阿二。”

“姓数呢？”

“姓王——三划王。”

“你今年几岁了？”

“我今年吗？我是三十六岁到上海的，先在偷鸡桥摆一个小摊，后来摆小摊是，也难，咳咳，也难过。到四十岁上，我的儿子也到上海来了，诺，就是这个，他叫福郎……”

“你的儿子的名头，我也要写的。现在你只要告诉我：你今年几岁了？”

“噢噢，我今年五十一岁了，属猪。”

“你是那里人呢？”

“南京。”

“南京吗？听你的口音，有点像泰兴的呢？”

“不，我不是泰兴——我不是江北人！先生，你若是不信，随便去问那一个去！江北人是黑良心的呀——我的的确确是南京人！不是江北的！”

“不是的，老伯伯，这不打紧的，你那里人就说那里人，不要做假。”

“唵唵，先生真是，我还要做什么假呢，反正到了如此的地步了！”

“那么，你是做的什么生意呢？”

“到上海，先摆一个小摊，在偷鸡桥。后来福郎来，他的娘舅是好心肠，他把福郎荐进芋荷去，织绯纨……”

“你儿子在怡和厂的吗？”

“是，是在芋荷。是大英的。我就去烧饭，福郎的娘在上次‘一二八’，被东洋人一个炸弹，她——”

“那末，我问你，老伯伯你家——”

“我家就在杨树浦××里十二号，你若是不信，随便去问那一个去。这回我和福郎，要是不逃得快，先生，真是，也要和福郎娘的一样了……”

“老伯伯，不要着急，我们打了胜仗了。”

“谁着急呢？打了胜仗了吗？打到杨树浦了吗？”

“打到杨树浦了。汇山码头也夺回来了。”

“好好！”

然而不好。因我们的收容所是设在电影院里的。电影院的建造，本来只为了享乐的人们，并非为了受难的百姓。那首先第一的缺点，就是窗牖的稀少。能容二千左右观客的这么一个巨大的电影院，还只收了四百多个难民呢，就觉得窒息不堪了。天又热，而难民们在逃亡之际，总想多带一点自己的财产，所以有许多箱笼包裹，并且有些人还驮着棉衣或夹袄，情愿脸上挂着一条一条的汗流。可是，这样一来，汗臭霉臭，便充满了一屋子。

再加呢——说起来，真要使语堂先生大笑不止的，就是这些难民大抵是粗人，没有出过洋，用不来抽水马桶；有的竟至于一面抽水，一面撒污，水污交迸，溅满了一屁股。所以两间厕所，不到半点钟，就一塌糊涂，变成马厩那样了。于是在汗臭霉臭之中，加以骚气，充满了一屋子。

事情既然到了这般地步，我就在难民中选出几个人，组织清洁队，教授“抽水马桶使用法”，把厕所洗刷了一番。然而虽然这样，到底还使有些调查的委员，“慰劳”的摩登女郎们，掩鼻而过，或者戴起卫生口罩来。

难民的每天的粮食，是我们上司发下的，发下的是饭。一日两顿，每人每顿吃一斤——十六两。据我的经验，他们要比囚犯吃的少三两。但能够弄到饭吃毕竟要算上上了，有的地方，只喝两顿稀

饭哩。——也要过日子!

但那电影院的业主们确是使我讨厌的。单以电灯而论,他就只给难民开了五十支光的两盏,可是他却偏偏横说自己是"牺牲"了,竖说自己是"牺牲"了。有一位还竟至于每见我时,总爱偏着头,斜耸着肩胛,直着眼,像一匹傲悍的公鸡。对于难民,他是开口猪猡,闭口猪猡的,以显出他是高踞"猪猡"之上的大人物。

大概真是"猪"之故吧,有一个难民收容所,被解散了,浓眉的H还几乎被带到"局"里去,但H是平安的。而那些被骗的难民,大部分又向南火车站逃去了,然而,鸣呼,当夜就来了一群日本的飞机,将他们跟别的一起,炸得无影无踪了。我想,其中谁是幸免于"难"的?——谁知道呢!

此之谓"难民"。

但自己的收容所里的难民,也委实会出"难"题目。他们自动集合了二十多个人,全是青年,连王福郎在内,一致要求我代他们设法到前线去,那理由是:

"我们在这里光是吃吃睡睡,无聊,我们愿意上火线,扛子弹,掘壕沟……枪不会放,力气是有的。"

我是明知道自己没有"代他们设法"的能力的,但为了不使他们失望,也就只好连连点头,答应了他们。

但是当天的黄昏,王福郎却扯着我的衣角,嘴巴附在我的耳旁,低低地说道:

"先生,你不要告诉我的爹,说我是要上火线去的啊!"

夜晚,我在守夜。

电影院业主们所赐给这四百多个难民的两盏电灯,放着惨淡的光彩,这巨大的建筑物,就显得异样的幽暗和昏沉。难民呢,他们大抵摆脱了白天的焦灼和哀愁,渐次入梦了。

我寂寞的环视了这灰暗的戏院，难民的鼾声起来了。在鼾声的相互的拍击中，我发现一支毛竹的扁担，竖在一只坐椅的背后，走进去看时，我才知道，这扁担是王阿二家的，福郎为了睡觉的舒服，一只手还贴紧了扁担的下端，然而那扁担的上端却已开裂了。

我在睡着了的难民的中间，来回的走着，小心翼翼的，惟恐惊醒了他们，偶一回头，就看见福郎的扁担，在整然的坐椅中间矗立着，因为灯光的衰微，它显得格外的粗大，宛如一支倔强的铁铸的臂膊。

十二点的半夜过后，黄浦江中的日本军舰上的大炮，又在隆隆的轰鸣了。我忽然这样想，"也许，我就会变成难民的吧。"但我听得格外清楚的，却是围绕在我身边的四百多条生命的强烈的呼吸。

九月三日夜。

（选自《七月》上海版第一期，一九三七年九月十一日出版。）

杨可中

上海既然沦陷，战线便逐渐远离了。这也好，凝结在半天里的烧了半月大火的南市的灰红的烟云，那像出炉的铁的，再不会来烫灼我的心了。这几天来，物价的平稳固然不必说，即来来往往的行人，也不像从前似的紧张，逐渐开始熙攘了。只要听不到大炮，看不见飞机，人在这中间，是很容易苟安下去的。

"是很容易苟安下去的吗？"但是，我的心头又是那样的沉重。……我想，无论如何，至少，为了可中，是应该写下一点的了。

可中很年青，但我和他相识的日子，是那一天呢？已经一点不

记得了。总之,大概就是上海沦陷的左右吧,但我也记不得是白天还是在晚上。总之,力立跑了来,只说,他有四个朋友上了人家的大当,从别动队里退了下来了,没有吃,没有住,想作为难民,叫我收进自己的收容所。

这在我,真是所谓"无有不可"的。便一口答应了。

其实我正忙。马路上的行人都心酸的看着租界外面的那几乎要冲破天空的腾腾的乌烟,在想念着那烟底下多少田园,多少庄稼,多少性命,多少牲口,被毁灭了,被烧死了,被杀戮了……"月黑杀人夜",即便是在白天的租界上罢,也充满了屠杀的恐怖的。人心惶惶,难民的行列是扩大了。但为了自己的事物,不得不拨开恐怖,在火药气里仍然的逗着,忙着,奔波着,把收容所里经常繁琐的工作,都放到了别的同事们的肩上,以致力立的从别动队里退下来的那四个朋友何时入所,我竟茫无所知了。

有一天,我到儿童室去了,但一跨进门,便非常的不满。首先,被褥是应该折叠的整整齐齐的,但在右角落里的三四条,却任意的摊着,还有一把胡琴躺在被窝上。其次,枕边就有许多香烟灰,那显然是曾经偷吸过香烟的,犯了我们收容所里的第一条规则。我心里很不高兴了:"谁在这里睡的呀。像狗窝那么样。"我愤愤的说。

查问的结果,才知道原来就是力立介绍进来的那四个。

"人呢?"我又愤愤的问。

"都出去了哩!"

吃中午饭的时候,他们回来了。我这才留心看见,他们的头发都长得要命,似乎两三个月没有剃过头,那几天气候转冷了,身上的衣服显然不很够,然而我毫不原谅,只觉得他们扰乱所内的规则,毁坏了我心里的整然的信念,而且从来不折被褥,偷吸香烟,长

头发等等的许多事实考证起来，断定他们是我“疾首痛心”的艺术家，所谓浪漫蒂克的。

而我的恶意的推考也到底没有错，果然，他们全都会演戏，其中两个还会画，而画得最好的一个便是杨可中。

他们在收容所里很演了几出戏，可中还代我们画了十月革命纪念日的报头和插画。然而可中的脸是阴冷的，仿佛是深冬的严寒的冰块。眼皮是单的，年纪轻轻，胡须却很长，总爱朝着别人傲岸的看，尤其是对着我，我想，“你有什么了不得呢！”

但总之，我和他们，尤其是可中，终于很隔膜，这样的有一个多月过去了。其时苏州、无锡，也相继上海而沦陷。

可是我又“奉命”去接另一个规模较大的收容所，需要许多的人。本来，上海的人多着，但都相继“逃之夭夭”了。到哪里去找呢？无法。我逼着力立同我配备一批人。

第二天，力立对我说，人齐了。只是他叫杨可中负责全部教育的工作。我颇不以为然。我想，“他有什么了不得呢？”但事如火急，也只好迁就一点了。

我一天到晚仍然莫明其妙的忙着。但在事务的关系上，可中是和我接近了的。他的脸像天生的冰块，阴冷依然。笑影当然少，同我说话，总是不满三四句，就沉默下去了。但他却曾对我表示过，因为自己是北方人，同难民说话，两边都不懂，是感到很大的苦恼的。

“那么慢慢来罢。不要性急。”我说。

“嗯。”他朝我看看，立刻沉默，随即顺下了眼去。

可中的勤奋的工作出乎我的意外，横在我胸中的对他的不融洽也逐渐消除，而且互相接近了。

天气也逐渐的冷下来，而可中身上的衣服依然只有这么些。在很深的黄昏，他伏在桌子上，哆嗦着手用心的写钢板。我只要看见他在深夜还在工作的时候，便感到自己身上的温暖。虽说自己身上的衣服也是别人送我的，然而，立在可中的面前，我总觉得难受而抱歉。在这种感情起来的时候，我便想到了家庭和朋友。

"我的家是已经成了战区了，你的呢？"我说。

"咄，不要提起它吧——老早被占据了——这也好，一家口子同我都不对。"

"为什么的呀？"我不免惊异的问。

"不要提起罢，咄——'不对'是'不对'就是了。"到这里，他便不再往下说。

"那么，朋友呢？"

"很多。——但现在很少了。都是穷的。和我们一样，一样。嘻嘻。"他冰冷的一笑，又马上收住了。

但据熟悉可中的身世的人告诉我，他的家庭并不穷，哥哥是公安局长，父亲还在做另外的更高的官。但不知怎的，他叫乡下人起来抗捐，省里从此要捉他。他流亡出去了。到了北平，一面读书，一面斗争。后来到了上海，便在一个电影公司里工作。公司里欠了他的薪水，他不向他们要，说是由他们去，宁可没有衣服穿，向朋友去东拖一件，西拉一件的。"八一三"爆发，他和其余的那三个，便一起参加了别动队——

"提起别动队——妈的，可杀！"可中说。

我突然记起了力立的话了："上了人家的大当，"紧接着问：

"怎么的？那是——"

"不要说它吧——队长叫我们是共产党，不如把我们去挡头阵，做日本的炮灰。第一夜走八十里，第二夜走一百里，把我们赶到火线上，呀呀呀呀，那许多飞机，那炸弹，有的人连枪都不会

拿——就这样平白的炸死了——”他的眼睛对我忽而放着奇异的光芒，但又立刻收敛，沉默了下去。

“真是，大的阴谋，——可杀！”一阵亢奋掠过他的眉毛，这在可中的脸上，是我从来没有见过的。

我想，人心竟有那样的狠毒的么？但可中误解了：文明迄今，它总有悲剧在，并非到了他才把他排进里面的。但我从此才了解，在可中的阴冷里，确包有一颗热烈的然而受伤的心脏。

一天，——是哪一天呢？我又记不确切了。总之，可中已经病倒，躺在比难民还坏的被窝里，发着很高的热度，呻吟着。我摸摸他的额头，热得灼手，问问他，他说不要紧的。可恶的就是我一天到晚钻在这令人烦厌的人事的纠葛里，难于摆脱，以致我知道他被送进难民医院的时候，他已晕厥过去有两次之多了。

第二天我连忙赶到医院里，他的唇中已被磕破，那显然是经过急救的。拿出体温牌来看，已经测过三四次，顶高时候有一百零四度，说是急性的肺炎，已经注射了四回。

心里，我非常之难过。真糟，可中生了这么沉重的病了。

但后来有人告诉我，可中的晕厥，是另有缘由的，说是他的勤奋遭了别人的忌——他在被窝里收到了匿名的信件，除了呸他包办收容所的教育工作外，还给他恶毒的辱骂。他一看，气得要命，热度本来很高，脸孔顿时发白，晕了过去——而且接连是两次！

“是这样的吗？……”我对于可中格外的不安，但也终于给我获得了那封匿名的信，一看，“真是这样的！”我想，有些人真如畜类的无知，他总辨不清楚他的对手是敌人还是朋友。我非常之愤恨。而且一面又想到难民医院中的那涂着口红的苗条的看护们，侧着头，切切嚓嚓，谈笑自如，将身旁的鸠形的病人尤其是可中视若无睹，让他们受着更多的病痛的煎炙。

最后是费了许多的周折，我把肺炎的可中弄到了一个设备较

好又较认真的伤兵医院去。

躺在伤兵医院里的可中的体温，逐渐下降，病势似乎好转了。我的心也比较的轻松些，然而他的胸部还只是痛，说话也不能用力气，声音也低到听不见，看他开口的时候实在很艰难。因此，那医院的院长对我很责备，说我无论如何不应该这样迟才把他送进医院来。

这，我承认这罪衍。

我所感到困苦的是我每次去看可中的时候，他总向我道谢，说我为他费了许多的心，尤其是换了好的医院。只要遇到他那病而发闪的感激的眼光时，便可怕的转过了头，朝着别处看，——但我又看见了我和可中的误解的过去了，那时，我曾在心里骂过他："你有什么了不得呢？"……。

这，我也承认这罪衍。

又一次的去看他，但遭了守门的拒绝；说是杨可中开了刀，不能多讲话。"什么地方开了刀的呢？"我问守门的，——不答。我只好看不到他回转去了。

在回转的途中。我的心是沉重的。但只要仍然钻到那人事的纠葛里的时候，便会把什么都忘却，以致不去探问可中的病，已有四五天。

但这一回的去看他，守门的是准许了。一看可中的脸，神色依然。"开了刀吗？"我问他。——"开了的，臂膊上。"他低幽的说着，两只眼睛又对我突然发着晶亮的光芒了……。

恰巧有一个看护走进来，便问她，可中的臂上为什要开刀？她说，是因为他在难民医院里打的针，那针眼发炎了的缘故。立刻，我的脑际闪过了那口红的苗条的猥琐的那些小东西。——

"哦！"我说，"原来！"

"到什么时候,——会好呢?"可中说,那发闪的眼睛钉着天花板。

"会好的,你静心一点吧。"

"嗯,——苦啊——那别动队的苦——"他咳呛了。

"会好的,你静心一点吧。"我又说。

"到什么时候,——嗯——?"

忧愁笼罩了他,也笼罩了我。用手去抚一抚他的前额,但却又被他的一只没有开刀的手握住,捏得紧紧的。

接连的接到了伤兵医院里的两个电话,说要我去,但又不告诉所以要去的原因。一路上,我提心吊胆的走到了那边,一问,医师告诉我,可中的肺炎已变"脓胸",脓浓得很,非开刀不可,而且还得割开一支肋条骨;但难保没有危险的,因此要立张证据,好叫医生施手术。然而立这证据是要可中的家属的。然而可中的家属在哪里?他流亡在外也不知若干年数了,怎么办呢?医生说:

"字叫病人本人签,您做个证人,也可以。"

"也可以,"就也可以罢,为了挽救可中是只有答应的了。但我做这样的证人,尚属初次,心上仿佛吊了石块那样的沉重。晚上九时动手术,直到十一点多才弄妥。另外的三个朋友同我跑进手术室去看,可中平静的躺着,开刀的经过是良好的。我们都感到安慰,尤其我心上的石块掉下,轻松了。然而医生对我们大声的说道:

"六磅脓!"

一个胸腔里放得下"六磅脓"的吗?我惶疑的想。但又立刻想起,快到戒严时间了,再耽搁,会捉进巡捕房去过夜的。我随即雇了一辆黄包车,叫他飞跑向我的家里去。坐在车上听着车夫的韵律的脚步和轮子的"嘶嘶",夜气沁入心肺,我又惶疑的想:一个胸腔里放得下"六磅脓"的吗?偶一回头,那埋在夜的远处的教堂

上的霓虹十字，又朝着我拚命的眏眼了……。

第二天我没有工夫去看可中，问问去看过他的人，说没有什么，很好。第三天也是这样，说没有什么，很好。过了一夜，便亲自去探问，可中的神色显然比先前清楚了许多，说话虽则仍然低，但已比较的不费力，尤其是胸部已经不痛了。这病势的减退透露了可中能够康健的消息，我庆幸他，因此非常的高兴。

但在十三号的早晨，一踏进收容所的办公室，一个同事劈头对我叫——

“死了啊！杨可中。”

我的心突然紧缩，似乎受到了不意的一箭，痛楚到了极点！……即刻又像一匹受伤的羔羊，我蹿向伤兵医院去。

但可中已平静的躺在太平间里了，身上穿着难民的衣服。我仿佛浑身遭到了芒刺。……他的左面还有一具尸首，那是一个营长，也是昨夜死掉的。他们就这样的做了地下的朋友了。

可中死掉了。不说别的，他就苦得连一口埋他的棺材都没有！而他的家属又在哪里呢？……

只得将令人烦厌的人事，暂时搁开，为了棺材，我只有在慈善家的身旁去乱钻。经过良好，棺材是弄到了：

“福”字号的，定价五十，六折出售——三十元，是慈善家捐给可中的。并且还意外的加赠了小衫裤一套，棉袄裤一套和一件旧了的袍子，好叫我去将可中薄薄的收殓。

收殓的时候，这才仔细的看到，可中的口眼都不闭。乡下人以为死者的不闭口眼，是为了生前受有冤屈的缘故，这时候我突然觉得这话可信了。可中临死之际，该是十分苦痛的吧！……他的先前在电影公司里的三四个老同事，哭得很伤心，一面把昨夜才向公司的老板逼到的七十多元的可中生前的薪金，赶到寿衣铺去买了长衫、马褂、瓜皮帽之类，好使死了的可中丰富些。

“福”字号的三十元的货色是那样的小，小工们简直轻薄的把可中捺进棺材了。可中躺在里面是那样的委曲，谁都心酸，大家都哭着。

我哭不出，心是沉重的，沉重得几乎连我的身子也要一同陷进泥土去，然而并不能，马上又回到那无底的人生的缺陷里面：在那边，我亲切的看见了可中眼里发闪的光芒，和那侮蔑一切的冰冷的面貌……而且还把我的手捏得紧紧的……。

一九三八，一，二〇，于贝介庐。

（选自《七月》八期，一九三八年二月一日出版。）

富曼河的黄昏

六天过后，从S市回到富曼河，是在晚上的六点钟。半片月亮常常被游云所遮掩，似乎时时发窘，只显着暗淡的微明；西天却闪着一个很大的银星。秋风吹来，有寒意，而稻穗的海可就波动起来了。为了下过雨，道路泥泞到极点；然而因为许多人走过，寒意的秋风又时刻来干燥，所以有了脚迹了。就在这黄昏之中，我提着一个沉重的藤包，在微明的月光下面拣着脚迹，沿了富曼河，吃力的前行，弄得满身都是汗。

已经看见前面有着熟识的幢幢的密树，就知道我就可以到队部了，不免吐了一口气。

“口令？”从一株杨树底下蹿出一声尖利的呼叫，我站住了，立刻静寂。四围的稻穗和泥土的气息，就一齐向我拥过来。

“有O”

“你是谁？”

“×××”，我答。

“哑,你回来啦!”

“是的,我回来了——夜饭吃过没有呢?”我慰问道。

“吃过——”喉咙显得宽松了。这是我们的步哨。

越过步哨,到了一个牛车的跟前,里面有两个黑影在浮动,而且听到似乎有着密语的切切夹杂在这寒意的秋风里。“是谁呢?”我想。

“你你——”一个黑影走出了牛车,迎上了我,低低的说,“你回来啦!”

这是队部里的爱耳君。我跑上去握了他的手。而且正想要问他,“那牛车里的还有一个是谁呢?”不料那个黑影已经移到我的面前,站住了。啊,他的脸在这微明的月光下,是显得多么的熟识啊!我立刻跌入回忆的河里了,在各处摸索着他的名字,想把它和这张熟识的脸影连起来,然而苦于得不到——“你们不认识吗?”爱耳从旁说。“不,”我嗫嚅着,“认识的,他是……但叫不出……记不起他的名字了。”

“我叫——就是和你在一块儿工作过的,在钢铁收容所。”他嘲弄的对着我。

“是的是的,啊,你叫那个,”我抱歉的说。“我记起来了。——那末,现在你离钢铁收容所之后,又到哪里的?”

“仍然在上海,后来便到US去了,在两个月之前。”

“哦!US去了,在两个月之前。”我把他的话重复之际,在眼前顿时出现了穿着蓝长衫的第三个影子;它是那样的粗大,沉着,对着我凝视,微笑,摸抚他的和尚头,随便而庄实,真挚而热情:那是我阔别半年的王嘉音!——他是老早就到US去的。我是多么的怀念着他啊!但现在我可以打听到他的消息了,这一种感情猛烈的在我的胸膛里鼓动,使我一瞥那闪耀在西天的一个很大的银星。于是我带着满怀的喜悦发问了:

“那末,你在US,是一定见过我们的朋友王嘉音了的?”

"是。——没有见过。不,他是牺牲了。"他微弱的说。

"牺牲?哦?"我大吃一惊,好比遭到了一击,大声而脱口的说。而且跌在梦里了:"是梦吗?"我想。然而天上的游云是那样的追逐,月光是那样的明灭,西天的那个很大的银星却格外的闪亮了。牛车前站着我们三个人:爱耳,他,和我。路旁的榉树还起着沙沙的嘈音,这分明并不是梦境。

"他昨天来,就讲起这件事。"爱耳从旁证明道。

"不,有这事的。谁骗你呢!十天之前,就在黄渡坝的茧行里……"

有时间,有地点,这噩耗,我难于拒绝了,然而这委实是可怕的噩梦啊!我默默的环顾着一簇一簇的丛树的黑影,在秋季的夜风里秘密而动摇,然而一股友情的热流只是在我的心窝里奔突起来了。"王嘉音!你!"我在低低的呼唤他。而回答我的,就只有榉树的密叶的沙沙。我完全挫折了,暂时放下了手里的藤包,便和爱耳和他,坐在牛车里的一条薄木上,忘去了刚才的泥泞的路,只是濡湿了的衬衣粘粘的贴在我的背脊上,冰冷的。

爱耳和他又在继续着战斗的密语的切切了,在这牛车里,我知道这是不能听的,便将藤包留着,自己跑出牛车来,走上潮湿的田塍去,换一换朋友的噩耗所给我的无限的昏沉。但我又被这夜露的凉沁弄得感觉格外敏锐了,听着远方的微茫的狗叫,近处的蟋蟀的切咭,还有默立在这昏漠而幽暗的稻田边的"向日葵"——这里,人是叫他"汉奸"的——它悲哀的低垂了头部,时刻将泪样的露,滴在自己的阔大的叶子上,滴滴的响,但嘉音的影子却格外在我的心里竖立了。是的,我和他的那些难忘的图片啊!在这濛濛的秋季的月夜里,就恍然如像昨天的事。

去年的十月,我正病在正太收容所,自己从早到晚沉在事务里,晚上还得出发到前线去,忙得真正是喘不过气来,需要一个得力的人。朋友S君答应去找了。这S君介绍来的就是王嘉音。攀

谈之后，嘉音告诉我，说自己是印刷所里的跑街，然而那谈吐，可就斯文至极了。和尚头，蓝长衫，天气还不冷呢，然而已经相拢着手了，看来，身体是弱的，但又并不瘦，只是常常的干咳。但在说话之间却时时露出笑影来，在那并不康健的脸色上，这可使我温暖起来了。

我们谈得很投机。

在晚上，我叫他的铺摊在我旁边，同时睡觉了。

"要分工呢，这里的许多事物。"王嘉音对我说。"什么事情都堆在你一个人身上，不苦吗？哈。"他摸抚了一番自己的和尚头，戴睡帽，钻进被窝窝里去了。我看见他的衬衣实在太肮脏，白的已经变了灰颜色。

"还是换一换罢，你的衬衫。明天我叫人去替你洗。"

"好的——但呢，也惯了。"

第二天他列了一只工作系统表，总之，在收容所，我简直没有事情，专叫我担任些应付应付，撑撑门面的空虚的工作了。这样，在我，一向懒散，自然是乐意的，因为不要再化大气力。但他却埋在工作里面了，常常弄得连吃饭也没有空。他的主义是：他自己吃苦是不要紧的。

后来，我从正太收容所调到了钢铁。在钢铁，虽则工作格外乱，事物格外繁，责任格外重，但这里的一切，都是出于王嘉音的一手的策划和设计，而且苦心的经营它。然而终于纠纷起来了，说我是"汉奸"云云，终于被人家捺在地上，真是透不过气来。这里，我从地上的爬起，是幸亏了他的。他似乎从相识的瞬间起，就开始同我自己的这可怜的寂寞和苦恼，结在一块了。

然而寂寞和苦恼并不离开我，然而王嘉音说是要走了。对于一切的分别，我常常相信俄国文豪契珂夫的话，"天下没有不散的筵席"，总是淡然处之的。可是嘉音的走，却给了我从来没有经验过的那种缕缕的哀愁。

“你竟要走了吗？”我忙忙的说。

“就要走的。到US去。那边的工作很重要。”他抚摸着他的和尚头，又斯文的微笑了。一听到他要去US，我惊异起来了。首先，这地方是老早就被日军沦陷的。难道他去干军队工作的吗？试问嘉音，果然不错。

“但你是这样的斯文，又连枪都不会放？”我担心的看着他的并不康健的脸色直白的说。

“但是，——只要学呀。”他的眼睛突然发了光，几乎像要笼罩我，似乎看到我的永远的偷懒。我惶惭了。

他临走的时刻，并没有来告诉我，所以我不知道他何日离开上海的。只是我觉得很久不见嘉音了，他的脸影常常在静寂之中来困扰我。是的，嘉音已经离开了我了。

约一个月之后，我突然接到了他的信，说他又到了上海。我便奔着去看他。见面之后，我觉得他在本来并不健康的脸上，频添上了青苍的颜色；也已经不是和尚头，成为“圆顶”的了。问为什么改变了头发的样子，他道，东洋兵把“和尚头”看作中国军队的记号，为避免起见，就变成了这样。

我们所谈的很多，他也仍然时时露出斯文的微笑来。

“会开枪了么？”我问他。

“会了，一点也不难。难的是永远的纠纷……”

“啊！”

“那工作，比收容所里的，还要难上一百倍呀——不会少的。就是这样的坚苦。嘘嘻。”他抹一抹“圆顶”微笑着，露出了他的整然的牙齿，脸上的青苍似乎淡褪一点了。

世界上有这样一种人，就是自己愿意尝尽辛苦，历遍困难，而让别人去舒适，而嘉音就正是如此的。对于他，我说不出一句话，除恋恋的温习我们两人在收容所里的旧梦外。最后他向我要借一本《毁灭》。我想，在冷漠的西比利亚中和泰茄森林里的游击的勇

士们,他和他们的心,已经串在一块了。我立刻回家取出从炮火中救了出来的《毁灭》,递给了他,并且说:

“你什么时候再来上海呢?”

“那可不知道了——要看。——”

“要看”什么呢?我的嘉音是已经不在世上了,他和我的《毁灭》就这样的同归于尽……。我悲怆的看着在云层之上游行的半片的月亮,放着冰冷的光芒,西天的那个耀煌的银星已经落在远处的树梢上面了。我痛苦的感到自己失去了很好的朋友,队伍里面失去了猛烈的伙伴,而战争的路是这样的长,这样的永远而永远……在这滴着泪样的露珠的向日葵群的身边我迂缓的举着我的眼,听着远村的微茫的家狗的吠叫,呜呜有声,呀,嘉音,你是怎样的死的啊?……

爱耳和带给我嘉音的噩耗的他已经结束了密语的切切,在招呼我一同回到队部去。爱耳代我提着沉重的藤包。

我跟随着他们,辨着途中的脚迹,一步一步的走。不知为什么,三个人都只是无言的默默。是这样的前行。然而嘉音的死却又格外固执的谜样的困着我,我终于发问了。

“怎样的呢?就是,嘉音?……无论如何——”

“他吗?你说王嘉音?”

“是呀,他怎么样死的——?”

“是这样的。他就是……也在晚上罢。就这样,他带着一小队,驻在黄渡坝的一个茧行里。还放哨的呢!妈的……但在拂晓的时候,我们在拂晓的时候总要当心啊,敌人常常是趁这时候来袭击,不会错的。”

“嗯,那么他到底怎样死去的?你说。”

“就是这样,还放哨的呢!但王嘉音走出屋子来小便,妈的,发现敌人了。他就逃。——那是汉奸报告的。然而敌人也看见老王在逃了,就放枪,砰砰砰砰。约莫有二十多个东洋兵罢,就追击

着他,……然而老王受伤了。但不要紧的。你想,大腿上中了有什么关系呢?”

“是呀!”我兴奋了,“但后来呢?”

“后来老王躲在坎坷里,包着伤口。东洋兵寻不到他了。妈的,他们就不再寻,进行了搜索,烧去了茧行,三个队员同志来不及逃,被带走了。老王看见敌人不追来,就从坎坷里蹩到老百姓的家里去,然而他口渴得要死——”

“啊!糟了!”我截断他的话。因为我知道,受了伤是万万不能喝水的。所以又立即问:

“他喝水没有呢?”

“咳,我讲给你听呢:他又一个人蹩到了河边,捧了水就喝!”

“啊啊!!”

“还不要紧呢。但中国人是喜欢叫‘来了’的,其实没有敌人呢,但老百姓也似乎吓昏了,大叫道:东洋兵‘来了’啊!老王也来不及探个究竟,他就简直决心如其被敌人杀死,还不如自杀的好,他向河里一跳,沉没了。”

一片静默笼罩了平原,哀怆而肃穆,但我的眼前却飞舞着一团毁灭的火花。

“过了半天,老百姓这才把他的尸首捞起,埋掉了的。”他就这样简单的结束了他的话。

“……”我不免嘘了一口气。但眼前的飞舞着的火花已经消熄,我们已经坦然了:人只有在感到真的毁灭的时候,这才能够感到真的生存的欢喜,——我是弄得反而庆幸着自己们这可怜的生存了。静听我们三个人的“悉索”的步声,一瞥那横在月光下面的丰饶的稻穗的海,结实而沉默,“这约给面包与和平的大地”,我们要在这上面永远的耕种的啊。

渐近部队时,能够听到队员们的操练的声音,从中夹杂了队长的亢奋的呼叫,同稻穗和泥土的芬芳一道,发散在这秋季的月夜里

面了。我突然记起了今夜的口令来，便问爱耳君，爱耳细声的说——“是‘继续前进’呐。”

十，五——十。一九三八。于三家村。

（选自《七月》十九期，一九三九年七月出版。）

访江南义勇军第×路

由于命运的差遣，使我能够看到长江南岸和太湖东面的那一带的游击队。这些游击队大抵是在大场退却南京沦陷之后的民众武装的崛起；而且非常的多，宛如晴夜的星星，密密的散布在江南的肥沃的平原上。

但那“头目”，新式的说，就是这些星星的“领袖”们，有的是拍拍胸脯“白刀子进，红刀子出”的好汉，有的是在战前办办商团的教练，有的是退伍的军人，有的是义愤的地主，有的是先前在公安局里的脚色……一句话，他们都是在江南沦陷之后这才组织了抗日的武装的。他们在刚刚发动的时候大概很费了一番心血的罢？然而待得有了地盘和枪支，却有着一个共同的缺点，就是自己虽则崛起于民间，但对于真正的“民间”委实很“不行”，只管自己去“陶醉”了，一看这些“头目”们，令人立刻想起明朝的开国皇帝朱元璋，他们和他委实很相像。

然而我想，只要坚决，是一定会在时光的流逝里和战斗的路上，逐渐的从“不行”中猛省和磨炼，变成“行”的。如其你不信，那末，亲爱的读者，我趁此刻，要告诉你一点关于“江南抗日义勇军第×路”里的消息。

我的拜访“江南抗日义勇军第三路”，一共有两次。第一次在去年阴历的腊月，住了两夜天；第二次在今年阴历的新年，也住了

两夜天。但呜呼，在那里住夜是极不适意的，这部队里充满了疥疮和白虱。部队的衣服，也大抵很褴褛，薄而硬，破而脏，因为大家几乎只有仅仅的一套，你又怎么叫它不破不脏呢？他们已经穿着薄而破的衣服熬过了寒冬，以后也就好，天帮他们的忙，春天已在开始了。

这里使我高兴的就是从前和我一道瘟在难民收容所里的老李，出于两边意外的又相见了。当瞥见的瞬间，我们互相含着热烈和悲哀同时说：

"啊啊，你在这里！"

"啊啊，你又来了！"

不知道这话语是嘲笑，还是兴奋，在我的眼前只是浮出一种梦样的东西。对的，老李的肺病是更深的了；一部生在青年的脸上的络腮胡子也格外的长而乱，令我突然记起在画片上见过的俄国哥萨克。他就这样的不管自己脸色的苍白，拥着第二期的很深的肺结核，处理着政治部的全部繁剧的工作。他在工作里的静默是格外的沉重了。

据老李说，这部队原先也是糟糕的。而部队的四围便更糟。其时战区的疆界还没有划定，新×军恰巧"游"到了那里，他们商量了一下，还是去加入新×军去罢。然而新×军说，你们应该自己去生发去，给你们以友谊的帮助是可以的。这样，他们便成了这一支"江南抗日义勇军第×路"。

我要赶快的说，这"江南抗日义勇军第×路"的司令是梅××，副司令是叫何××的一个含着两湖口音的客帮人，脸上有着稀微的麻点。至于梅××，身体魁梧，四方的肩膀，"里八字"的脚，走起路来叽呀叽的，活像鸭一样，此公在北伐时代参加了革命，然而后来"清党"了，便被捉进官府里去。但南京一陷，他就奔到故乡的江阴，组织了游击。

梅司令参加北伐的时候，其时我还是小学生，但他那时的年纪

也只不过二十多罢了。联军的兵丁被革命军打得落花流水，真像溃决的水一样的退下来；而且占据了我们的学校，把课桌撕成碎块，嘘咤嘿咤，烤着火。我在恐怖之中丢弃了被铺，在学校里鬼迷似的转几圈，就似乎迷迷糊糊的记得遇到挟一大束标语的这位梅司令。所以我一到那里，就提起这件事。

"噢噢，你们那时是——"梅司令笑着说，"还是小孩子哩！"

"对呵！我还只是一个五年级。"

"那么你一定是和我的弟弟同学的？你还记得么？"

我便竭力的往回想。但我的童年只剩了一片的模糊，梦啊——我竟一点也想不起来了。

"是谁呢？"我便问。

"诺，就是鹤焕哩！"

真的，我记起来了，五年级里是的确有一个叫梅鹤焕的，长颈根，坏功课，瘦子，像鹭鸶。因为他常常侧着头，我们将一个"歪北瓜"的绰号，送给了他了。但既然说到他，使我一瞥自己眼前的生活，问道：

"那末鹤焕现在怎样了？"

"不要提起他——"梅司令摇着头说，"毫不长进，他竟抽了鸦片，吸了白面了——你还有什么话说呢！"

第二次我去谈得比较的多。这次知道他们从离开了生出这部队的××和×××，到了常州，丹阳，镇江，南京——再回转来，经过句容，溧水，丹阳，常州，直到我去拜访他们的×××。这之间，他们和新×军配合了作战过二十多次，单独的战斗，也已经有了许多回。他们夺获了马匹，大衣，呢服，枪械，刺刀，帽子，太阳旗，以及活的俘虏——但因为部队里没有一个人会日语的，只得送到新×军的军部里去给这俘虏教育了。自然，自己也有死伤的。既是战争，便必有牺牲。天下没有无牺牲的战争，也没有战争中的无牺牲，根本的问题是在如何踏着牺牲的血和肉，衔了痛苦，而获得用

战士的血和肉去换来的无价的经验和教训,再向前进。

然而他们非常的穷,又不会苛捐。过年了,而部队里的钱很少,个个队员同志都希望在辛苦的战斗之后,能够快快乐乐的过一下子年,然而怎么可能呢?而且日军又来进攻了,“江南抗日义勇军第×路”里的新年是在战斗之中过了的。但也就由他去了。最可怜的是衣服的缺少,由此而来的必然的收获:疮疥和白虱。“江南抗日义勇军第×路”的新年,是在战斗和疮疥与白虱的交嚼之中过了的。

然而这些,并不能减却他们的战斗的心绪。住在×××,常常受着日军几路的包抄,但在包抄的每一回,或者荫蔽,或者一一的给以击破了。“有一次,”梅司令说,“在镇江曾受日军的十路的包围。但队部没有失掉一只筷,余了一个受伤的之外——我们是安全的布置,安全的撤退的。现在这个受伤的已经治好,又回队来了。”梅司令得意的笑,敲去了香烟的灰。

“敬礼!司令!”一个沉浊的湖北口音。

回头一看,有个队员同志在朝着司令行着未必合适的敬礼。袋里装着发锈的机关枪的子弹夹。

梅司令歪着头,看着他,笑着。

“给敬礼!司令!我要向你讨一支烟!”

“烟有的,”梅司令郑重其事的说,一只左手插在日本的大衣里,“你的敬礼的姿势是不是对呢?”

“对的!”

“脚的角度?”

“对的——九十度!”

“脚膝拼不拼拢呢!”

“拼不拢——我的爹生下我来就如此!”他敬礼的右手仍然指住额骨,用左手伸向空中,表示实在拼不拢的无可奈何的模样,而且笑了。

"拼不拢么？——烟就没得啦！"

"嗳嗳，给敬礼，司令，向你讨一支烟！老实说，我的机关枪是不怕日本兵的。打退了日本兵的时候，我请客！一听美丽牌，一听白金龙，好不好呢？嗳嗳，给敬礼，司令，请我一支烟！"他一面说，一面笑，一面鼓着脸，嘴边喷满了白沫。

"唠叨什么呢，拿去。"梅司令给了他一支。他赶紧在装着锈了的机关枪的子弹夹的衣袋里挖出火柴来，燃着，深深的吸着，仿佛想把烟雾完全吸到肠里去，如其吐出，是极其可惜的。

"嗳嗳，他妈妈的，我的机关枪多准啊！"他用手指指定徐参谋，跳向他去，又去和他捣乱了。这是一个三十多岁的枪机手，据说，他一支机关枪是打退了六十多个日本兵的。

这是无怪乎的，他们每人每月只有两块钱的饷。因为没有衣服，大家冻得都伤风，说起话来鼻子嗡嗡嗡！

白天，打麦场是他们的课堂，从中摇动着老李的拥有二期肺结核的苍白的影子。"……捉到了俘虏我们是不是像别人一样的枪毙他呢？""……不……不……""为什么不呢？""……要毙他的……要毙他的……""为什么要毙他呢？""……嘻嘻……嘻嘻……""不是好笑的！这是一个问题！"全场静默了。

老李在人圈子里笨重的踱着。每个队员同志的眼光都盯着他。静默继续了三秒钟。

"我赞成不枪毙他。他的枪枝被我们夺来了，还有什么卵用？"

"……嘻！"

"但他是不是日本的老百姓呢？"

"是的！"大家叫。

"是的！"大家又叫。

"但中国的老百姓和日本的老百姓有什么分别呢？"

"有的！"一个队员同志立刻站起，抢着说，"他们都是矮脚

狗！”

“哈哈……！”

笑声静默。

“不，老百姓是应该站在一条线上的。反而倒要教育他，毙他做甚呢？”

“是啊！对的！我们要拚命的去——”他想了一想，“要拚命的去——瓦解！”说这话是一个小同志，年纪还只有十四岁，涨红了一付紫酱色的脸。

白天，坟堆是他们的操场。但他们不是操的“步兵操典”，而倒是主要的瞄准，射击和掷手榴弹。这手榴弹是用树做的，手工笨拙得要命。但他们总热心的练习，不倦的掷；掷得浑身是汗了，就卸下了他的褴楼的棉衣。但你千万不要走近去，他们是汗臭冲天的，而且一定可以看到正在做着好梦的白虱们。

但是一到傍晚，四个连队连司令和参谋便一齐动员了：都在广场上面做游戏。有的“摸死蟹”，有的“丢草巴”，有的“猫捉老鼠”……花样繁多，不及细记，于是把全村的老百姓都吸到自己的周围来。老百姓望着，鉴赏着，批评着；然而他们和在做游戏的一同紧张，一同可惜，一同叫喊，一同轰笑了。是这样贫穷的部队；然而是这样欢乐的夜晚。

真的战士，我想，他不但能够感受苦痛，而且是需要快乐的。

因为坚强和健全，这部队之遭受日人的忌，是当然的了。因为“当然”，便只能常常的移动。我虽去两回，但跟着他们却移动了三次；一次是在拂晓之前，两次是在日落之后的。

拂晓之前的一次，起来得自然非常的早，可是又要吃难以下咽的饭了。江南游击队里的一醒过来就吃干巴巴的饭，据我知道，恐怕仅仅是这里的“第三路”的了。起先我很不懂，部队既然穷，为什么这样奢侈，早晨一跳起来就要吃呢？去问老李。老李说，“是敌人叫我们这样的。有一次在丹阳，在早晨我们吃过了粥，敌人进

攻了。我们就打。但糟糕得很，白粥稀稀，难为肚皮，一动就饿了：它熬不住饥，肚里叽哩咕噜的叫。最不幸的就是在战斗的时候时时要小便，这是最最要命的，从这次之后，得到了教训，我们在早晨一跳起来就吃饭。”我惊异之余，也就即刻省悟。一个战斗的部队。即使是吃饭和小便，也与敌人息息相关的。

然而拂晓之前的空气是那样的好，它简直要沁透我的神经了。东方挂着一颗晶晶的晓星，向天心移，报告着黎明的即刻的到来。远方近处，都有着厌睡的雄鸡们的幽哑的呼叫。

部队成了单行，在沉静里行进。我们闻着泥土的气息，看着东方乳白的天空，一边听到踏着梿树的尖端不倦的歌唱的乌鹡，宛如善歌的百灵，婉啭得很。但有时又蹿出了枭鸟的钢硬的声音。而沿着太湖的不断的连山的影子，那一个一个的柔顺的峰巅的青尖，也终于出现在这初春的熹微的晨光里。

而那两次的日落之后的移动，如其穿过村落，狗就发疯似的叫起来。

起先一匹，后来两匹，三匹，……再后来是大群的村狗，对部队狂吠。这回是老百姓们拾着石子，或者拿着竹条，向妨害部队行动的群狗去进攻了；目的是叫狗们不要狂吠，让部队在安静的行动。然而狗是固执的，仍狂吠。然而老百姓也是固执的，只是追着打；一面还发怒的骂道：“你疯了吗？……你这婊子的儿子！你瘟了吗？……你这狗肏的！你穷叫什么呢？”

因为受了打击，狗便躲到竹园或密林里面去，抚着主人给它的创痛，悲哀的呜咽了。

然而这边的每个同志的心里，洋溢着安慰和欢喜。

真的战士，我想，他不但自己在战斗中呼吸，而且使人们都来呼吸战斗。

我又要离开这里了：这褴褛的，充满了白虱和疥疮的小小的兵团，这煎熬着苦痛的行列。磨练罢，这江南的战斗心脏呵——我要

离开你们了。

朝着太湖的边沿走，群山是依然的起伏，连绵不断，拥抱了平原。阳光是那样的闪曜，孤独的癞痢头阳山是变成一团翠紫了。回过头去看，“第三路”所掳获到的四只栗色的马匹，隐藏在浓浓的竹林里嘶鸣着。于是立刻又在我的眼前展开一片铁和火，贫穷和困苦……

然而待将踏上船只时，突然知道自己已是一只离群的孤立的马了。船在把我载向前面去。我小心的站在船窗的前面向着白虱们和疥疮们引颈长望，而他们又在哪里呢？就是能够隐藏马匹的竹林的浓影，也不再能够看得见，听不到马匹的嘶鸣了。有的只是寂寞的荒村，固执的伏在蔚蓝的天底下；其次就是那活动的农人的黑点，迂缓的游移在这广漠的平原上。——富饶的平原原是将“和平”和“幸福”约给他们，约给祖国，约给人类的；但现在所留下的却只是一片铁和火，贫穷和困苦，……如此而已。然而既已如此，我们一定要在这平原上呼吸，将战斗约给永远，直到胜利的明天。

（选自《七月》二十三期，一九四〇年一月出版。）

我　的　路

严冬来到苦雾乡里了，兼之每朝都是一场浓密的繁霜，冷得很呐。

原先住过的那一间破厢房，格外显得衰老了，门缝窗隙，比平素更加张开了嘴巴，仿佛欢迎西北风来咬嚼我似的，我穿着夹衫，眼看着别人早已拥了厚棉袍，对于这严寒的冬天，除了缩紧身子之外，简直没有别的方法，墙外的那伙大榆树，不知在什么时候落尽

了叶子,但那密密的细集的桠枝,却在天空弯成一个极大的弧形,这冬天,在它倒又好像毫不在乎的。

人连榆树都不如,真蠢啊!我为甚要这样的惧怕冬天呢?

而蹲在墙角里的几株年青的天竹,可就格外利害了。在这严酷的季节里,它不但保存了自己的绿叶,而那枝梢还挂着一绺一绺的果实,累累坠坠,伸向墙外,垂着,俯瞰着从我墙边经过的行人。任凭西北风是怎样的冰冻,这累坠的果实却随着每朝的繁霜而越发浑圆和鲜红,红得涂朱似的,粒粒都像灿烂夺目的珊瑚珠,每当寂寞的时刻,我常常对着这些珊瑚们,呆呆地发怔,它们是怎样地迷惑着我啊!——但是,无论如何,我明天决计要走了。

况且晚上爱而来,谈起这里不是久住之地,日军此后对异教的我们会格外的残酷和猛烈,“××”又以疆界所限,不能在此久久的停留,为了息事宁人起见,非得跑回去不行。我们也只得搬到别处去,而且还得快些走,苦雾乡将要开始一个长期的寂寞。人们真是“愚不可及”的,我们相互默笑,——我明天决计要走了。

但是,何处是我的住所呢?想来想去,想不到。但后来却又忽而想到了,不如到S城去做我暂时的“寓公”罢,那边还有一个朋友在,相信他是可以把我安插起来的,何况在那里还可以喝到上好的绿茶呢。

第二天一早,我就匆匆地坐在一条小火轮里了,让它把我载到S城里去。

窗外的天空很阴沉,云层低压,北风尖利,很有下雪的意思。我知道在走我自己的路。船边是潺潺的水声,远方是荒凉的村庄,四野是寂寞的枯树,两岸是萎黄的衰草。船前是马达的腾同,后梢是雀牌的壁拍,整个船舱,照例是旱烟和香烟的雾,照例是静木的叶色的脸,平原原是饥饿的,这些一切,都是照例仍旧的古国的颜色和声音,不过现在显得更浓更浊罢了。每当此际,我的唯一要求便是默默地抽烟,把心绪放纵开去,漫不经心的在走我自己的路,

一面又杂七搭八的胡里胡涂的乱想了。比如说:S城人的说话自然最柔软,尤其是女人,因此而成为婊子语言的典范,但又听说她们的嚎丧比说话更好听,那才有趣呢……进城自然要鞠躬,但不知鞠几度,九十,还是六十度呢,六十度也许可以了,既是"省会"对老百姓总应该客气一些的。但压迫者却无所谓"面情",这我很知道考究"面情",那是奴隶的德行。五色旗的黑色是真黑,还是假的,还是像别处一样的用靛青色来替的呢,可见它们都是一路货……。但S城里的马车现在不知怎样了,没有完全毁坏罢,马瘦不瘦,能拖不能拖,总能拖的,不过更瘦更弱罢了……。

从中自然也曾想到上好的绿茶的。十年之前,曾经便道经过S城而喝到它,当时它确是使我十分依恋的。偶一想起,舌尖上的茶味便又复活起来了,微苦而清香,醇厚而光滑,透明而薄凝……。坐在这浓浊的船舱里,一想到它,便使我格外的感激,如其立刻能够喝一口,心里的沉闷将会全部消释了。

然而你却慢一点咒骂我,以为我在雅起来了。这可并不是我的雅了起来的证据呢。人被压抑了,就想到要反抗,哀痛之后这才记起那快乐,但被苦恼缠住了的时候又怎么办呢?在我也有法子的,就是暂时忘却别人,将那百无聊赖来装饰自己,算是作为那种苦恼的抵补,由此而增添一点生活的勇气。我总觉得"苦中作乐"主义是十分正确的。其时,我的眼前好像有些明亮起来了,便一瞥对面一个村姑的唇边的那朵黄橙橙的小绒花。

但在这小绒花的右边却又坐的一位小绅士,尖顶瓜皮帽,鲜红的珊瑚帽结子,我疑心先前曾经迷惑着我的天竹的果实,有一粒竟飞到他的帽顶上去了,好像突然遇见了故人,因此心里分外的高兴。但我又讨厌那顶西瓜皮,但我的顶上又正是戴着它。是的,我知道自己是如何换了衣着而离开苦雾乡,而离开榆树和天竹,而匆匆地跨上这轮船的。我又走着这的路了,一想到这,又令我感到一种淡淡的哀愁的袭来。

没有多少时候,S 城的城墙已经横在我的眼前了。但船头上却起了一片嚷:

"检查啊——"

沦陷的城池我虽然走过了好几个,但到沦陷的 S 城来却是我的第一次,我因为走的匆匆,去的突然,事前竟毫没有准备,这里的情况一点不熟悉。于是便惴惴地问船主道,"这检的是什么查呢?"船主向我烦厌的一瞥,白着眼珠子说:

"防疫证哩!"

啊哟,那真糟,我没有这个呢!这真怎么办?叫停船,逃过这里的检查罢,白着眼珠子的船主又那里会答应我。并且也已经来不及,已经看见太阳旗下的雪亮刺刀了。船下随即就停住。

我此刻的害怕和懊悔是不小的,害怕刺刀的锋利,懊悔自己的粗鲁,恨不得像土行孙似的钻进地底里,或像齐天大圣似的跳到天上去,但上天入地,都不能够,我还仍然只能这样的活在铁蹄下,真是一无办法。在这一无办法之际,也就捏紧两把汗,紧随着全体的客人,一同上岸去听候那检查。大家双手捧着"防疫证",肃然站着,形成一条受检的列队,彼此寂然无声,只在迫促的呼吸。这"防疫证"虽则只在表明自己已经注射过盐水或证实血里并无霍乱菌,但在刺刀底下捧着这薄薄的小纸片就宛如是"生命的斤两"。而此刻的我正少着这"生命的斤两"呢。——可是,刺刀已经晃到我的眼前了。

"?"——刺刀不会说中国话,双眼充满疑问,是血丝的眼睛,罩住了我。

"……"——我也不会说日本话,两手只得摊开,是汗液的手掌,表示没有。

但刺刀的手里捏着那枝新折的桑条,向我的头上猛烈的击了三下子……

我屹然站着!不动,但薄弱的脑壳似乎就要开裂了,火辣辣

地……

全体都默然！笼罩了全体，检者和被检者，击者和被击者。只有旁边的一片太阳旗在北风里歌吟，嘶嘶嘶，似乎在鉴赏着，批评着，满意着这沉默的画景。

"唔。"刺刀又向我狠毒的一瞥。

我突然微笑了，讪讪地，向着那刺刀的冷光，但我又不知道自己笑的是什么。自己虽然被鞭得剧烈的痛楚，但也到底忍住了眼泪，古埃及不许奴隶哭泣的定律我是知道的。

最后怎么样呢？最后是刺刀把我猛烈的一推，还把那枝新折的桑条在我的眼前晃几晃，叮嘱我记住这鞭子。

是的，我是必须牢牢地记住的。

重又走进船舱了，我显得非常的狼狈。客人们个个代我吁了一口气，有的还说总算还好，没有罚跪哩，那意思，仿佛这惩膺还算是轻的。我呢，虽然狼狈，但事情已经过去，觉得天大的幸福的是没有把我当作霍乱菌的渊薮，加以毁灭，或者迫回苦雾乡，重上刀俎。仍然可以进城去，那就算是"皇恩浩荡"了。然而在这庆幸之中，我的心突然悲哀，虽有许多人瞧着我，但我到底禁不住我的眼泪了。嚎啕大哭，总在痛定思痛之际。

中国人的血液是极不干净的，单是注射盐水也还是救不了什么。一想到这，觉得横在这古国的面前的是一条怎样艰苦的路啊……。

被检查过后的船舱又是那样的寂静。寂静得连呼吸也艰难，压迫充塞在各人的心里，似乎有许多话要说，但又谁都说不出，让蹂躏和侮辱交流在这寂静中，单是互相熟视，算是倾诉各自的隐情，相互地慰藉。我的泪是流不完的，但也到底制住了。我要走我的路呢。

船在绕着S城的城墙走。

灰色的城墙在我的眼里越发显得衰老了，它是那样的颓败和

屈辱,简直没有一些生息的活气,是严寒的冬天虽是市廛,但也禁不住那种古国的寂寞和苍黄,是暮年的景象。我的心又悲凉起来了,脑袋上的鞭痕便越发火辣地作痛。远处有辆伶仃的马车,那马确是显得更瘦更弱了,但或者是一匹疲骡也说不定的,因为远,看不真切。现在,人是"被驱不异犬与鸡"了,就会想到骡马比鸡狗的价格究竟来得大,我又不免羡慕远处的那匹弱马或疲骡了。坏脾气还仍然不能改,仍然只知道,较量,比较,实是奴隶的大忌,活该要吃鞭子的。岸上的日本的工兵正在忙碌着,中间夹杂着中国的苦力,在兴工建筑着成堆的屋子,也许,那是造的营房或仓库罢?总之,无论如何,他们是在这里作着久远之计了。而那城墙上也分明漆着触目惊心的标语:

"中日亲善和平救国!"

和平救国?救谁的国呢?救的中国,还是日本呢?

负着"亲善"给我的鞭痕,我踏上了岸,鞠躬,又检查,进城,又鞠躬,又又检查,总之,阿弥陀佛,都被我安然通过的,没有在旧的鞭痕上增添新的鞭痕,那也只能谢谢老天爷。S城的五色旗也还是不能黑得透,但也并非是靛青,而是紫油油的,它常和日本旗交叉的站着,形成一个X……。

但其时我已无心于这些,也不想去推敲这S城人的柔软的说话了,我急急地去和我的朋友见了面。朋友知道我是在干什么买卖的,对于我的突然的光临,简直骇住了。但我衔着一切,告诉他我不得不离开苦雾乡,否则,是要送命的原因,要他暂时安插我。他的惊骇的面孔和缓下来了,紧握着我的手只是说:

"那是可以的!那是可以的!"

但我却没有把被鞭子的故事告诉他,"谈虎色变",何必再把这怨苦的丝缕去缠绕别的人,那有什么意味呢?还是让自己在默默之中舔干这猛然袭来的伤痛,借此驱除像毒蛇一样困恼着我的寂寞,而来鼓励我自己。

朋友把我安插在一个房间里面了，虽有纸窗，然而满屋是黑漆漆的，比苦雾乡的来得更衰老，家具什物，都被灰尘所封闭。这很合适，我对这房间是极为满意的。惯于长夜的生活，自然与黑暗为伍，有点怕见阳光了。但我一坐下，就看见老鼠们在墙根边驰骋，肆无忌惮，显出了他们的习惯和大胆，这委实是又讨厌而又可恶的小动物。

头上火辣辣的鞭子伤痛退下去，暮色也在纸窗的外边笼罩下来了，我的心绪也随之而逐渐的宁静。石油灯的火焰比黄豆还要小，偶一动作，这微弱的火焰便会左右的摇摆，在一只竹榻上，我躺下去了，冷得很呐。

我瑟缩着，但在这灯火的灰黄和夜色的黑暗之中，又一次强烈的感到自己的存在了。世界并不是狭小的，我的前面仍有道路在。是的，我知道在走我自己的路。失去了苦雾乡我有S城呢！失去了榆树和天竹我有尘封的房间呢！至于鞭子和刺刀，那是各处都有，免不了，也避不脱的，还是暂时忘却一切，不如在这里做我暂时的“寓公”，并且决定明天一早就要上茶馆，姑且负着鞭子给我的创痕，去泡壶上好的绿茶喝，但不知每壶的价钱已经涨了多少，茶味该同先前的没有什么两样的罢？

一九四〇年二月二〇日。追述于岑村。

（选自《七月》二十五期，一九四〇年五月出版。）

冬　夜

我们的命运大抵是如此：在晚上走我们的路。

薄暮一到，四野昏暗起来了，树和树，屋和屋，岸和岸，村子和村子，便渐渐的不能够分明，但却是我们行动的时辰。小鬼们忙着

整理我们的行装，将一切收拾，在村子里，这里那里的飞奔。老百姓对着这些激烈的小影子常常闪着惊奇的赞叹的颜色，直把我们从村子里送出。

在岸上走，脚边有枯草的叹息，坐船吧，船底有潺潺的声音。我们的头上，是冬夜的惨白的缺月，浮在黑蓝色的遥远的天空里，秘密的在偷看地上活动的一切……。

但无论是我们的走或船，总必须要穿过繁密的河道。这繁密的河道在我是很少遇见的，那冻得沉默的河水，是这样的奇怪和明亮，它将一切照见：枯树，芦草，行人，破烂的桥，墨黑的影子，缺月和星星，浮荡的一点……夜的河水仿佛要想摄取全人间。

于是我们便睁大了自己的眼睛。

有一只船在这奇怪的水面上划过去了，急速地。

于是一切都动乱；枯树在跑，芦草在响，行人在曲，破烂的桥在断，墨黑的影子在摇晃，缺月和星星在飞进，……但来不及等他们回复到平静，我们只顾着自己的沉默的行进，来划破这严寒的和我们一样沉默的冬夜。

而扑过来的，是冬和夜的尖利的冷风。

但我们的眼睛却在夜色中，格外的睁大，能够看见浮在U城之上的一片炭红的云，这是U城电灯的光影，在那一片红云的底下，我们望见，黄呢制服和黑马褂已经吃完了烤鸡，太阳旗中的红和指挥刀上的血已经凝固，可是沉沉入梦了。

“汪！”——村子里蹿出了恶狗的吠叫。

但我们想靠着那一块红云来确定要去的方向，冬夜的冷气也确实冻醒人的心，夜是暗的，水是亮的，星是稀的，船棚上已经凝结了浓密的繁霜，但摇橹人的汗，却已流到了耳边，我们便用睁大的眼睛，观察着远处和近边，岸上和河里，无论恶狗在怎样的吠叫，但目的地是终于摇到了。

门是很容易叫开的。

在油灯的寒冷的光里，出现了的往往是农民的粗糙的笑脸。走进屋子，农家的气息总是一样的，杂乱的堆物和祖上遗下的农具、低矮的食桌和道士的鬼画符、阴湿的地基、鸡和鸭的臭的棚。这里的房子，也还是保持着“元朝”的格式，但他们的主人却往往富有奋斗力呢。

但据说这祖上的肮脏的日子罢，黄呢制服和黑马褂是什么东西呢？我们渴求着新的生活，在这深和长的寒冷的冬夜里。

香的稻草已经铺满在阴湿的地上，便点起石油灯来，斟了半碗热热的开水。人一坐下，就能够清晰的听到远处的惨厉的狗叫，但我们就在这里宿夜了。石油灯的火焰和开水的热气混成晕黄的一片，我便吸起烟来，开始研究那些可恶的狗们的呜咽……

一九四一年一月三日夜

（选自《七月》三十期，一九四一年六月出版。）

端木蕻良

记一二·九

在一二·九的当儿,我早已离开学校了。那时我已写完《科尔沁旗草原》快一年了,不能出版。我那时左腿正闹着轻微的Athorthesis(一直到送鲁迅先生的殡都还未好),没有写什么,也没想什么,只盼脚快好,我可以到南方来。那个宅子,是个古老的府第,我住在东跨院,和主宅完全隔离,在过去应该是属于一位待字的小姐的起卧处。我每天除了"烤电"以外,便坐在葡萄架下的摇椅上,看见叶子繁密了,变黄了,脱落了,一直坐到深夜很晚很晚才睡。

朋友自西郊来,说施乐建议,或者抬一口棺材到街里游行,棺材里装满传单,在游行时散放出来! 或者……后来北平学生并没有采取那种可悲的示威办法,而雄壮的在街头出现了。第一次的游行,固然像胡适之博士所说,人不算多,秩序还很整齐,言外之意就是游行一次也好,没有什么,算了吧! 当时主其事者也没有想到会动员到两千至三千人之多,从这取获了更大的信心。于是就发动了第二次的扩大行动。第一次是猝不及防的,军警都已失去约束能力。而这次(十二月十六日)在布置上便相当艰苦了,必须守绝对秘密,使他们无从知晓,所以决定的日期,集合方法,都是秘密的。

我参加的是燕京大学的队伍。先一天晚上我便到校里去住了。母亲问我几时回来,我说,"不回来了!"母亲笑一下,没说什

么,只说,“烤电不要耽误了,你出门坐车,不要步行!”

当天晚上,开会的时候,主席说——

“当心身畔有没有陌生的人,免得奸细混进来!”大家互相回看着;严肃而又有趣的猜疑一下,一个真正的同学被三个热心家包围住了,一直盘问到他拿出借书证来为止。我安详的坐在那里,没有人疑惑我,也没人以为我面孔陌生。

“我们现在开会连灯光都不敢开亮,怕被外面监视我们的军警看见亮光扑进来! 同学们,我们此时的感情是悲愤的,我们惟有用行动来克服这种耻辱。我们决定再来一次扩大游行,明天六时集合,出发!”

那天夜里,已有一部先遣部队派到城里去,因为上次燕京清华两校都被关在西直门外,结果城里看不见两校的旗帜。有一位同学临行时,大哭一通,说决定不回来了(后来他果然被捉了去)。总之,这次出发是很危险的,因为大家都晓得一定开枪,段祺瑞的血手又要在宋哲元的胳膀上运用一次了。

第二天早起有女同学到各楼房去催唤,大家在一楼前面集合。有的带了“围巾”出来连忙又送回去,因为上次有许多位同学被迫在后面的警察扯住围巾捉去了。每人发一个布条作标志,每人在册子上签了名字。

不知怎样我成了第二队队长,我想我并非本校同学,不大好,便作了个小队长。不过那位第二队队长很沉默,动作也很迟缓,所以后来第二队的事,都是由我来号召的。攻入西直门之后,我一直便没见着他。大队共分三队,第一队队长是个女的,号召能力很坚强。出校门时四个人挽起,向前冲,军警用扇面形式包围我们,一则他们人少,二则以为我们无论如何进不去城,所以也没十分阻挡。一个面部带点稍稍困惑的表情的女同学,当时晕倒了。有两位女同学,跑过来,踌躇了一下,便决定留下来看护她。沿途居民都还没醒来,有的披衣起来观望,同学把传单散给他们。到了西直

门,门关的紧紧的,有人想爬城,爬是可以爬上去的,但不能大家都进去。留下来讨论,一面对警察散传单,讲演。清华同学也来了,这时已有一千四百人的光景,于是大家决定到阜城门,因为据说××学校三百人已经爬城进去了。到了阜城门也不成,于是转到西便门,这时已走三十里路了。西便门上边的守兵,便向下边丢石子,砖头,瓦块。大家喊:“欢迎抗日的廿九军参加我们的队伍,中国人不打中国人。”他们果然就不打了。西便门上有铁片包围着,中间是一个大铁栓,用铁锁锁牢,下边一个二尺高的石挡石。大家便来推门。

推不开,有几个同学力气也使光了。我想,这样不大好,便让大家分拨来推,一批四十人,喊“一二三四!”推,一二三都是一小推,到四算是一大推!这些人力尽声嘶了,再由另外一批来接着推!里边不晓得有带刀的兵没有,大家只想推最前一排,有几个人向我身上推,我是在两扇门的夹缝那里,眼睛看见那铁栓在屹然不动,不过嘴上却喊,“就要开了,就要开了,铁栓快断了!”人的力量越来越猛,身子便被一推一送地撞在门板上。有人喊我,他们认出了是我。是从前的同学,有一个眼里充满了泪,喘着气,对我说:“前边这排都是东北人,我们都加入冲锋队来的!我……”后边的力量把我们重新掷在门上。他是清华的。门的波动加大了,“就要开了,铁栓快断了!”忽然嘎然一声,铁栓就断了,于是人们便蜂拥过去。把队伍整理一下,向彰仪门去进发。这时口号就叫得更响了。宋哲元此时已接到报告,不晓得那时他脉搏的次数跳得如何。以前清华的同学到喜峰口去,给他们修公路,抬伤兵,慰劳。现在是面对面的站在两个极端了。

在彰仪门大街那里,前边有大队警察堵截我们,街上满是打折了的棍棒石块,砖头,密如星罗,显然先前已经混战过了。这次他们带了皮鞭,铁掀(举起打头部),大刀,棍棒,竹杆子,枪把子,水龙,赶来,如在对付一群疯狗,或是逸笼的野兽,没有人向后跑,一

声冲,大家冲上前去了。棍棒竹杆皮鞭齐下,大家就在地上拾起砖头回掷他们。有两个不相识的女同学苍白着脸,把手挽在我的胳膊上,我便丢了手中的石块,拉着她们向前跑。冲过三道防线,警察完全失了效用,有一个警察被大家打在地上,一个同学拿起石块便向他头上砍。我说:“不要打死他,让他去吧!”他便把他的帽子提起来,丢在一家砖墙里去,用脚在他身上乱踢。到了师大附中,他们因为被软禁在里面不能出来,便从铁门里拿棍棒给我们,我们如虎添翼。前边有一队警察一露头,我们喊一声:“追!”他们便跑走了。有一个从前和我同班的女同学,头戴着小红帽子也跑来跑去,脚下的半高跟鞋很妨碍了她。这时听说北大的同学在城里被打伤的很多,他们把水管夺过来,对警察身上射。中学的小女同学尤其奋勇,亲手夺水龙。

大家到了前门我们已经会合了辅仁,平大,北大一部……各校都全了。城门已闭,在东交民巷那边有半边开着,半个门洞里提枪的很多。先是双方商议着和平的进城去。只一刻钟,和平便绝望了。他们大队开来堵住那里。里边还有军队在演操示威。

一位大个子队长,出面交涉,这时外国记者云集了来拍照。大家不散去,要求和里面的取得联络,那位队长,非常老练,态度很沉着。忽然站在“派出所”石阶上的保安队,两三个壮汉,好像午觉刚睡醒,上身只穿白小褂,脖领也没结,拿出枪来,“你们退不退”,没有人理他,只有一个燕京同学,质问他为什么不穿军服,“你看你那像军人样吗?脖领也不结上?”“你们退不退?不退开枪了!”燕京的队伍站在最前面,第一枪便开了。大家很有秩序的向后一退,并没逃。四边铺子便连忙关门,有的人向里边跑,有的开了门放进去,有的便拒纳。我蹲在一个二尺半高的四寸宽的水门汀的石柱那儿向前看,听见枪不响了,大家又集合起来,有人说谁受伤了,谁不见了,人数减少了三分之一。

在这之前,大家召开市民大会,决定八个议决案,反对领土分

割，政治分割。由一个穿青衣服的同学主席，他态度很从容，处理得有条不紊，声音很清楚。当时的北平的时报的记载，我还保有，可惜不在手边，我希望炮火不会寻找到他。

这时那穿披风的保安大队长，便说，为避免摩擦起见，顶好在宣武门进城。于是大队便向宣武门移动。这是个骗局。前边燕京清华走到西河沿，便发觉后方被他们切断，于是便掉转头来重新衔接一起。而到达宣武门时，门里北大的同学的喊声我们都可以听见。只是比前门还难得打人，这时骗局才完全被证实。听见城内悲壮的声音，心灵仿佛受了一种磁石的吸引，两颗硕大无朋的心脏在凶狂的鼓动的时候，中间只隔一道铁板——宣武门！何况门上还有同学向下面报告："只要你们进来就成了！""他把我们同学打伤了六七十，捉去了三十！""你们必得把城门打开！"于是便有清华的那位女英雄，爬过城门去，从城门下爬过去的，到里边好把门栓拉开，那天她穿一个皮短衣，工人裤，像个不大健康的男孩子似的爬了过去。那边正好有警察等待了她，捉住了她。

天渐渐黑下来了，有人去吃一点东西喝一点茶，因为从早起出来，连一滴水也未入口。我的腿明天必须"烤电"了。有一位东北同学，个子不大，急躁的跳过来，对每个吃东西的人，大闹起来："你们还想吃东西喝茶，你们还有心肠吗？"有的便不吃了，退回队伍来。我觉得那杯茶并不妨碍我们的示威。我仍坐下来喝完它。他便对我咆哮起来。我说："你喝口茶再来嚷，你声音可以提高些！"他一气就跑走了。

这位唐·吉诃德的悲愤是完全失败了。有许多救亡团体或慈善团体或者同情中国的外人，都送面包来了，也有人去吃面去了。不过还有人不想吃，我因为肚子被悲哀装满，也没吃。

天已黑下来，清华燕京同学决定回校去。但是有一部分过于热情的同学，尤其是东北大学的同学，他们不走，一定等到非把宣武门冲破了不可。他们决定露宿在那里。有些女同学，临时在前

门外开旅馆去住。街上更黑压压坐了满街人。他们准备在这里度过这漫漫长夜。

在十时左右，在夜的寒风里有计划的军警便伺伏在四边了，他们把铁栅栏拉住，先断绝逃走的路。于是将街灯熄灭，木棍、大刀、皮带从各方面纷逼而来，有的逃到角落里蹲伏了一宿，皮带大刀赶着打，有人失去了鼻子，皮带大刀追赶着打。在夜里二时，附近的居民还听见惨烈的呼声！宋哲元想将人类的憎恨种到痉挛的血肉里去，这一点他是成功了，他将憎恨和认识栽种在青年的心中。……

从此便继续着游击战术和乡镇宣传，将燎原的火种推广到乡区里去，交给它真正的主人。

一二·九运动是反对中国领土分割的运动，是号召全民族对日抗战的很好的开端。一二·九的行动者比"五·四"时代要更富于政治性和行动性，将一二·九运动和"西安事变"的因果关联起来，再来认识由芦沟桥到八·一三的抗战，则这一运动在中华民族对于自己命运的认识上有着决定的意义。

我没有烤完电便蹩着脚到南方来了，那不是我母亲所希望的，但她也并不愿我静待什么可耻的黑手的擒拿！

（选自《七月》上海版三期，一九三七年九月二十五日出版。）

冉 洮 曲

临 死 之 前

“同志,我还会好吗?”他突然张开那双垂着的眼皮用着低沉的声音向我问。

“会的,会的,你一定会好的。”我连忙答着,我知道自己这话是撒谎的成分多,在这个医院里,像他这么重伤是很少的,他已经躺在隔离室里,看样子是不会好的了。

然而我要这么撒谎地对他说着,对着面前这个忠勇的负伤战士说着。为了安慰他,我做了一件不忠实的事,我的心跳着。

他的创口在右腹的上部,三星期前就到这个后方医院里来了。是在上海攻日本海军司令部时中的弹,据医官说:这该是一个达姆弹,因为伤口的出口要比进口大得多,而伤口内部的窟窿也大得可怕。现在的病势是一天天沉重起来。

我用钳子慢慢地钳着那条昨天替他塞进伤口里的纱布。在我动作的时候,他皱着眉毛缩起肩膀来,用力地吸着气,他的腹部也就瘪下去,使我的工作也不得不停止下来。

我知道他在极度的痛楚中煎熬着。

“痛吗,痛吗?”我多余地问着。

他却连连地摇头。

终于,我把纱布钳了出来,那上面是满缀着黄的脓水和鲜红的血丝在那伤口的边沿,更有许多白色的烂肉淋贴着。从那个窟窿里,有阵阵的臭气透出来。照着医生的嘱咐,我用硝酸银涂到那些

烂肉上，想把它们烧掉；于是，烂肉就发着嗤嗤的响声。

“唵——唵——”他痛得几乎要蜷起身子来，可是他不大声叫，他把声音咬紧在牙齿缝里不透出来。他不愿意别人知道他在痛。

“痛吗？”

他还是摇摇头。

经过了半点钟的光景，我替他换好了药。他放出了一种从极度的苦难里解放出来而得到的轻松，安详地闭了眼睛。我看着他的脸，蜡黄颜色，深陷下去的眼窝上堆着两耸粗黑的眉毛，两个突得残酷的颧骨跟那个尖的下巴摆成一个等腰三角形的三点。

“同志，我还会好吗？真的还会好吗？”他又张开眼来问我了，神情是那么恳切。

“会的，会的，你就会好的。”

“你不要骗我，我不是已经被搁在隔离室里了吗？我不会好了。”他转着眼睛看看屋子的四周。这是一间孔庙的廊屋，四周是灰暗破旧的墙壁，在屋顶的角落里，挂着残缺的有着小生物囚在里的蜘蛛网。

“同志，你就会好的，你不用乱想；把你睡在隔离室里，不过是叫你清静点罢了。”

沉默着。我想起一个悲惨的结局。

“不久，你定会好起来的。那样你就可以回家去休养，到家里……”为了撕破这个痛苦的沉默，为了切断我不吉的遐思，我喃喃地说，像骗着一个孩子。

“不，不，同志，你错了，不是这么说！”他急切地阻止我，似乎我的话叫他受了委屈。“我不怕死——我怕死吗？我也不想家，我是——我不过……”

“我知道，我知道。不过你是真会好起来的。”我惶恐地说着。

接着他就告诉我，他不是怕死，他不过想知道究竟会不会好起

来,要死就快点,省得麻烦别人和自己;要好也快点,他还想到上海去跟日本鬼拚一拚,他还说在他带花的时候他们全营只剩了三个兄弟,他们曾经约好了的,待好了再去打。顺着他就说到那天攻日本海军司令部的作战,他描摹得情形那么逼真,他太兴奋了,他开始喘息起来,我马上就遏止他,叫他不要再说。可是他似乎没有听到我的话,反而激越地说下去,一道光像闪电那样在他眼睛里转,他那两耸粗黑的眉毛也似乎倔强得要站起来。可是——

"可是,我知道,"他重重地叹了一口气,"我不会好了,我哪能再去打呢?我……唉!"

一粒蛮大蛮大的泪珠滚出来,沿着那深陷下去的眼梢爬到颊边,再摊在那块肮脏的枕布上。

一直,我站在他的床边,静静地看着,我没有和他说一句话,我不能再激动他,他也不作声,只不时地张开又闭起那疲乏的眼睛。

平常,我去伤兵医院服务,总是每天上午七点钟,等换完了药就回来吃饭,来得及还跟他们谈谈或者代他们写封信。下午也有另外的工作,可是不在伤兵医院。

夜晚的时间是我的。在夜晚我常常写点东西,这天夜晚我也跟平常一样地对着煤油灯想写点什么,可是总不能;因为我的眼前晃着一张蜡黄色的脸,突得残酷的颧骨……还有那被硝酸银烧得嗤嗤响的烂肉。……

我觉得一个受难的巨人躺在我面前,我要哭,我觉得自己卑微、自私……

我像对自己发着怒,愤然把一叠稿纸塞进口袋拿起一个手电,就跑向他那里去。

"欧,你来了,同志,怎么会来的?"带着点惊奇他亲切地仰着头拍拍床边说:

"不脏!"意思是叫我坐。

我坐下去,默默地。

"我想写封信家去，凑巧你来了，你就给我写好吗？——唉，又麻烦你了。"他微微笑着，在一盏惨淡的电灯光之下，他的面颊上似乎泛着些红光。我忽然想到一句话"回光返照"。

我到窗口下面去拾起一块相当大的破玻璃搁在膝上，再从口袋里拿出钢笔和稿纸来，预备给他写信。

"你说写给什么人，只要轻轻地说，我听得见的。"我把腰弯下去，叫自己的耳朵接近他的嘴巴。

"写给我妈，是妈，就说我这次——"

"就说你这次在上海受伤，现在在第×××后方医院休养……"为了要他少说些话，我就根据我替他们写信的经验，代他说下去。

"欧匕，是哇，叫他老人家不要伤心，就说我没有巴望了，我知道了——哼，我没有巴望了！就说我已经拚了三个——呵，不止，至少总有七八个日本鬼子，就是死了也值得的。问她今年菜园好不好——我家里是种菜的，叫他们好好种菜，菜种好了就不愁没饭吃的。还有，还有我的家里，——我老婆，随她自己，她要跟人也好，只是叫她把孩子丢下来，我姓陈的总要留个后代的——欧，不，这些也不用说了，随她，随她自己吧，叫她不要伤心——"说到这里他停住了，想起什么似地叹口气接下去说：

"唉！我又没个相片，有相片多好啊——没有就没有吧，就说——叫他们不要伤心，就说接到我这封信的日子，就算我的忌日吧……"

他的每一句话像一支针，一针一针刺着我的毛孔，我的皮肤起了疙疸。我的心感动得有些近乎受了委屈，我觉得他的话是一个大的威胁，它把我压得透不过气来，我的手在痉挛着写不下去了。

我不敢正视他，我怕看他，因为我想他现在是一定有着一张极苦难的脸子的，我怕看这种脸子。然而，当我偷偷地用眼珠斜睨着他的时候，他却正在安详地微笑着，睁着眼睛，仿佛他在幻想着，捉

摸着另一个世界的乐趣。

我怕消失在他的那双眼里，我立起来向他告别。

我又告诉他这时的邮局已经关了门，这封信只能待明天我替他挂号寄出去了。

“走吗？走了吗？”他依恋地说着，像是要我多留一会。可是他马上又挥了挥手说：

“好，走吧，你辛苦了一天了。明天，明天——就是不知道明天——”

他吞吐说不出来，停一停才说：

“明天恐怕不能再见了。”

我不会说一句话，我不敢再看他一面，就仓惶地冲出了屋子。

黑夜里的孔庙的甬道两边，立着阴森的古柏，我独自走着，谛听着自己的单调沉重的步声。

忽然遥远地传来了悠郁的古庙钟声，我的心一冷——难道这是为他敲的丧钟吗？

明天早晨，我照例地到伤兵医院去。

刚跨进伤兵医院的门，那个隔离室的看护兵迎上来告诉我，昨天还躺在隔离室的那个伤兵死了。

我木木地呆了一刻，才想起了在我的口袋里还有一封未寄的信呢。于是，我猛地跑向邮局去。

九月在京沪车中

（选自《七月》四期，一九三七年十二月一日出版。）

陈 舒 风

步 行 传 信 记

我们两个人已经脱离了流弹横飞的阵地，直起了腰，依着授命长官指定的路线，小心地走着，因为身上正带着重要的文件。

“呜——拍！”一粒子弹从融君的眼前掠过，落到了右面田里了。我们连忙卧下，向左看下去，有两个人在田里用着海狗式向我们蠕动着。离我们二百米左右。

融推推我：同时取下了枪，开了保险。我连忙爬到右面田里，把文件从身上取出掩到庄稼里，压上一块小石子。

“呜——拍！”又一粒子弹打了过来。

“拍——”一声，是融放的。

“山任！”融轻声地喊我：“藏好了快来！快快！呀！一个死了，那一个在逃呢！快！”

我们都爬起来追了上去，对方已逃到没有掩蔽物的地方，我和融各开了一枪，他应声倒下了。本来我们两人身上，一共不过有十五发子弹，现在用了五分之一。幸亏是我们枪发得早，没有损失。既冒了这个险，不敢再逗留，拿了田里的文件放在身上，又赶起路来。

在路上走了一会，才发现融的左肩被子弹擦伤了，鲜血涔涔地，透出了衣裳。

“痛么？”我指着血迹问他。

“不——痛！”他满不在乎地笑着说：“一块皮换了两条生命还

不值么?"

经过一个岗位,和哨兵相互行过礼。他看见我们不十分黄黑粗糙的脸时,露出怀疑的脸色,后来看见我们的符号才向我们笑笑。

好容易到了××长的地方,是一所小小的砖屋。到时已是十一点半,我们是八点一刻出发的,因为路上有耽搁,比标准速度慢了一小时另一刻钟。好在我们还不是特别限定时间的。

我到门前用第二指敲了×下门,喊了一声:"传令!"

"进来!"

我们推门进去,脱帽对长官行了一个礼,他正坐在小窗前桌子旁:慈祥而庄严的脸,因我们走进而调转过来,点了点头。

桌子旁边还坐着两位便衣男子和一位女子,桌子除文件和笔墨外,还堆了许多包裹。

我把东西呈上后又退下立正了。

"请稍息,随便坐坐。"

我们实在疲倦了,便在门旁地上靠壁坐下,在我们旁边已有两位学生低着头坐着。他们几乎睡着了,觉得我们坐下,张开眼向我们点点头,又合上了眼,这算是代替了敬礼。

这时我们才注意地向那几位客人看看。看到那女子,她的目光也正惊奇地对住我。

"咦!你们也在服务么?"她轻轻地问,好像怕减少了军队里的庄严沉重的空气。

"哦!你是李小姐!你胆子真这样大,到此地来,不怕流弹么,一个人来的?"

"不,这两位朋友和我一起来的,其实流弹也不会这样巧!你们很苦吧!"

"你看看,神气吧,我挂彩了!"融笑着把左肩给她看,她伸了伸舌头。

“你是从会里来的么？慧工作努力么？”我问。……

“是的，慧一天忙到晚，热心极了，我真愧不及她……”

“拍！”一粒子弹从门板上穿了进来，大概因为力量小了，就落在门内不到一尺的地方。

三位客人惊得站了起来，我们俩却向前一扑，还有两位也在睡梦朦胧中学着我们一扑。

“起来！”长官从容地说，“你们真是孩子，受过训的人还是这样胆子小。请你出去看一下。”他指着坐在紧靠门的一位。我们又坐下了。

长官还在批阅着文件。

那位去了一会回来说，没有什么，我们这门向着东北，大概是流弹。

“你们三个人，”×长站起来拿着一个信封，我们也连忙站了起来，他说：“把这个继续送到×部去。要当心点。”

“是！”融接下了，同时三个人行了一个礼，又对客人点点头说声“再见！”他们脸上还是惊慌未定的神气。我们刚一开门，又进来了两个弟兄，是刚才从前线和我们一起奉命传同样的信件，并且同时出发的，因为路线不同，竟比我们还迟到许久。

最快意的是今天没有敌机，我们只尝了陆战的滋味，现在我们三个比齐了脚步，大胆地向阵地最后方×部走去。

覆命时竟比来时还平顺，毫无障碍地回到了前方，除掉偶然飞过来一两粒枪弹。

（选自《七月》一期，一九三七年十月十六日出版。）

西　圣

关于八路军的种种

一

我去山西是和一二九师(八路军)同走的,沿途老百姓对我们很好,他们听到八路军胜利的消息,就夸大起来说,八路军已经打下大同,南口,接近北平了,从这夸大中可以看出群众对八路军的信仰。

在八路军所经过的路上,群众成千成万地担着慰劳品到八路军的队伍里面去,而八路军的政治宣传和演戏都大大地感动了群众,当八路军渡河时,一个汉奸县长延迟八路军的渡河,八路军渡河以后,便捉住这个县长,开群众大会来宣布他的罪状,群众热烈地鼓掌欢迎,就在这个会上,一个乡下老头子出来讲话,揭发了这个县长过去的一切恶行,许多的年轻人加入了八路军,到了另一个地方,一个从山东派来的侦探,也给八路军捉到了,也公开在群众大会中审判。这侦探说,他的任务是在侦探八路军的情形,是不是很能打仗。

八路军部队里的抗战情绪是非常高的,一二九师的战士们,听到了前方胜利的消息,急得什么似的,他们都说“要赶快到前方去同他们进行‘作战竞赛!’”群众见到一二九师总是说,前边过去的八路军部队“同”他们如何如何好,他们也“同”八路军怎样怎样好,总是表现了非常亲热的,“一家人”的纯情。不仅这样,就是最

顽固的外国传教士，这时也来称赞八路军，他问我关于八路军的事，我的回答是："八路军就在你的眼前，你自己看好啦！"我觉得这时用不着和他作另外的解释或说明。

在部队坐上火车，经过每个火车站的时候，有很多人来送开水，而且拥挤不堪。在一个小县的车站上，一个老头子挑着开水担子，边走边喊："喝开水，打日本！""喝开水，打日本！"……表现得非常的快乐和兴奋。有些村庄的群众，简直自己跑来找八路军教他们"打游击战争"。他们说，给他们学好了，他们一定会打败日本，丁玲女士的战地服务团，每到一个地方演戏，也总是给群众追问："丁玲同志，教我们打游击战争吧！"弄得丁玲同志无法答复。

我到太原，天已经黑了，想起在这样的时候，进城一定有很大的麻烦，可是因为我戴了顶红军帽子，卫兵连问也不问就放我进城了，后来我才晓得在太原群众也好军队也好，都以为只要是"八路军"，什么都没有问题的，"八路军"并不是"客"而是太原的"自己人"，在一次大会上，周恩来讲演后，群众的鼓掌足足有十分钟。对于战地服务团，他们也不放走，要求他们至少要在太原停留一礼拜。

在太原，捉到逃兵总是马上执行枪决的，一次，一个八路军的战士不戴符号出去，被认为是逃兵，也要拿去枪决，幸好他们在那战士的衣领上发现了过去时候红军用的红布领号，他们于是转而深信他决不是逃兵，马上又把那位战士放了。他们有一条天经地义的真理，八路军是不会有"逃兵"的。

二

当我找到八路军司令部门口，我吓了一大跳！因为这明明是一个"日本军"司令部而不像八路军司令部，正在迟疑不决的时候，恰好看见个熟人，我才敢放心走进去。到里面一看，到处堆满

了缴来的胜利品，吃的，用的，穿的，一切都是抢来日本的。我这才明白，为什么八路军的司令部倒像日本的司令部，八路军的战士看去倒和日本兵相差不远了。

“大战平型关”，是大家知道的事。参加这次作战的日本军队正是他们国内著名的板垣第五师团，但这回给八路军完全打坍了他的一个旅，不过那些士兵所受的法西斯教育的确很深，当八路军的战士们很和气地捉俘虏的时候，他们兵士仍不屈服，仍拿起刺刀来跟我们拚，许多战斗员不防备，就这时受伤了，但在这次战斗中，我们也有些小小的趣事。

在他们打死的随军记者身边，搜出了许多未洗的照片，战士们不知道，都拿在太阳光下看，想知道这是些什么，结果倒什么都没有了，当把日本部队完全打坍了的时候，许多红军战士照旧兴奋的和蔼地招乎日本士兵，“老乡，缴枪呀！”“老乡，缴枪呀！”……他们竟忘记了虽然外国的士兵也是我们的兄弟，然而究竟不是“老乡”，而且就认他们作老乡，他们也不懂，还有，战斗员们夺得了无数的红皮鞋，他们都不喜欢，说穿起来一点也不方便，所以一穿就抛了。

阳明堡的袭击那天晚上，是由我们最善于夜袭的两个连担任的。那时停在那里的日本有二十五架飞机，他们保卫飞机的兵力是一个营，我们的两个连则从两面去袭，一从正面，一从侧面，结果是飞机全部着火，而我们全部安全退去，“第二天去看，只有五架还像飞机，其余二十架已经变成一堆不能认识的东西了。”——这是一个连长亲口告诉我的。他是一个青年同志。

太原北面的战线，日军的三条交通线都给八路军截断了。到我离开那里的时候，日本军已经没有了汽车的运输，而只好用骡车了，但骡车也还是一样的要截获，后来使他们就用飞机运输。但是飞机抛东西是并不怎样准确的，所以常常抛来我军的部队里。

现在来说说我们捡到的日记。一个高级长官的日记上写着：

"我们作战的地区正是红军出没的地区,提到红军我就头痛。"另外一个下级官兵的日记,第一天记他出发后在路上的痛苦跋涉情形;第二天记他想念他的家庭;第三天记他的苦恼;第四天记他偷吃老百姓鸡子的那顿晚餐的丰富;而在第五天……给我们打死了。

我们前方的部队,总说打日本比打反内仗好,收获的东西也多。一次我们的一个班和敌人的一个连遭遇,把他们全部消灭。结果每人穿上两件黄呢大衣,肩上还背两件。但因为太多,后来又抛掉了。自然,在另一方面,前方也是非常艰苦的,但是因为他们情绪很高,不拿这些当一回事,都不觉得似的。

因为是对日作战,所以八路军在前方组织了一个"对日作战工作部",这里边工作的同志,都是从日本回来的同志和朝鲜同志。他们不断地发出许许多多日本宣传品,这些宣传品引起了"华北驻屯军"的恐慌,就像八路军的战士们给他们的恐慌一样。

八路军每经过一个地方,无论县城或村庄,总要留几个老于游击战术的同志在那里。到处的游击战,到处有碰到袭击,敌人跑到那里都不平安。……

八路军一次收到了一个电报,是"华北驻屯军司令部"给他的部队的,内中说以后对付红军非用毒瓦斯不可!

三

我要离开山西的时候,给八路军要得一张护照,由于这张护照,我就非常顺利的离开了山西。在归途上,旅店里,马路上,火车中。……到处都听得"八路军""八路军"的热心的传说,但这些热心的传说,正确的说来,都是些表示广大民众的心愿、"神话"。……

中央和山西的士兵们都了解八路军作战的情形,知道八路军为什么会打胜仗,而且知道"要八路军怎样才能打胜仗"。太原国

民党伤兵医院医好了的伤兵，总是跑到八路军司令部来要求加入红军。

一路上的华北难民，也了解八路军的情形，在他们中间，也同样流行着“八路军”“八路军”……的故事。

十一月二十日

（选自《七月》五期，一九三七年十二月十六日出版。）

黄　明

雨雪中行进

一　是一条好汉子

到了贵阳以后，滇军宿营在次南门外讲武堂。

我们走进里面，便会着了团长。

团长个子很高，面目黧黑，有一个典型军人的气概，他站在阶沿上问我：

"是你愿意参加我们队伍到前线去作战吗？"

"是的，"我再加以解释道："本来，在现在这种立体战争，是无所谓前方与后方的，不过，无前方就根本无后方，所以，我以为能有机会参加到前方作战，是比较实际点。"

"好的，那么你回去收拾简单行李跟我们走好了。"他笑。"可是，很苦呢，你受得了吗？"

事情就是这样简单解决了。

回到家后，年青的妹妹不但不感到分离的怨哀，反而鼓励我道："好的，哥哥，你真有勇气。"

她格外高兴的帮助我收拾了最简单的行李，——一条灰毡和一套换洗衣服，和老苏王君再送我们到营房里来。

夜色逐渐浓厚，我们很少言语的又走到了南明河畔。老苏朝着左面的卫兵行了一个军礼。

"这位同志，"他指着我说："是参加贵军到前线作战的，已经

得到一〇七八团团长的许可,我们三人送他到这里来,可以一同进去吗?”

得到卫兵的许可后,我们一同走了进去,遥远的听到左面的卫兵朝另一个说道:“……真是一条好汉子。”

听到这话,老苏笑,王笑,妹妹也笑,我也笑。

二 从几千里外家乡带出来的伞

天未亮,便被起床号催了起来。第一个工作是把昨日新买的布草鞋穿起,一面结着草鞋上的带子,心里还一面想:

“穿草鞋这是第一次,走长路这也是第一次。”

队伍出发,天已是大亮,我和新认识的,董涂二君在一起走,公路被昨晚的雨淋湿还没有全干,草鞋踏在柔软的沙土上,感觉异常的舒适。可是,真不幸,还走不到十里路,天便下起雨来。我因昨天过于匆忙的原故,竟把携带雨具这一件重要的事情都忘怀了。

我一面懊悔一面便羡慕的望着董的背上所背着的雨伞了。

董似乎已窥测到我的意思,一面解下他的雨伞一面说:

“这把伞还是从我的家乡——云南云县带出来的,自从从昆明出发以来,还没有使用过,很多人都笑我傻,但我因为它跟了我这好几千里路,总感觉舍不得丢掉它,想不到今天竟有用处了。”

他说着便把伞撑开,但是,想不到伞还是一把撑不开的坏伞,我极力忍住了笑,找了一小节树枝塞着,才算能勉强撑开。

我和他就在这把半开的伞下遮着雨。

三 等打败了日本鬼子回来再下雨吧

到镇远的途程中,一连七天没有停过雨。我的草鞋在第三天便被磨破了。

那天路途较长，我到达宿营地时已经天黑了。我一个人慢慢摸到厨房里去洗脚，坐在一张被煤熏黑的小靠椅上去解绑在布鞋上的草鞋时，才发现左脚的草鞋底已被磨破了。

我异常的惊讶，像这样一双用布和麻打成的草鞋，怎么只穿了三天工夫便破了呢？

洗脚后，脚反而感到更其的疼痛，于是又一个人摸到军医处，这时，军医处的工作人员正在忙碌地替病兵们医治，而病兵中又以脚病的为最多。

我一面帮他们倒着碘酒，一面问着。

"怎么都是脚病呢？"

"唉，"作军医的轻轻叹了口气："他们没有草鞋穿呢！"

"没有草鞋穿？"我更其惊讶了，孩子气地问："沿途不是都有卖草鞋的吗？"

军医叶哧笑了："有是有，可是他们那里有钱买呢？在贵州，草鞋要卖一两角钱一双，像这样的下雨天气，草鞋又不经穿。唉！"

最后用感叹的声气了结他的话，同时，我想到我那双只穿了三天的布草鞋，也就不再继续追问下去了。

回来后，坐在灰毡上，正用碘酒擦着脚，恰巧团长进来了。

"黄明苦得了吗？"

"笑话，"我说："年青人还苦不了，中国要亡国了。"

"也难说：像这样的下雨天气，弟兄们负担又重，又没草鞋穿，……"他先笑，而后严肃，而后像祈祷似的："等打败了日本鬼子回来再下雨吧？"

四　不光荣的流血

第四天以后，我已渐渐能赶上队伍了。

大概是在从镇远到芷江的途中,天天还是飘落着霏霏的细雨,但郁结的心情却随着高峻的山势逐渐平坦而活跃了。

有一天,我撑着雨伞,唱着《义勇军进行曲》在铺沙的公路上大踏着步子向前行进,——和我同行的董也用着他那粗大的嗓子和着不相协的歌声。

蓦的,在公路旁发现两个新筑的土坟,上面各插着两条仄小的木片写着"逃兵×××"的字样。

我好奇而且有所感的站住了。

"走吧,"董没有停住步子,"有什么可瞧的?"

"不,我是感觉着为什么在这种对日抗战的情况下,还会有这类事情发生?"

随即我便赶上了他,他和我并走着说:

"说起来原因可就太多了,主要的固然是我们的政治工作作得不大彻底,一般士兵多缺乏国家观念的意识,另一方面也因为我们的负担太重,枪,子弹,灰毡等,足足的有四十华斤,同时,天气又这样坏,草鞋价值又贵,一些体力不胜的……唉,还不是就开小差吗。"

我默然的听着,走到前面又见到一个刚刚枪毙的逃兵,曲着脚,还没有完全失掉知觉的躺在地上,鲜红的血从他的后脑流出来。

我忍心的鄙夷的骂了:

"不光荣的流血!"

五　雪下苦行军

芷江至沅陵的途中晴了几天,沅陵以后又遇着了雨。

在沅陵休息一天,已经把人逗懒了,头一天出来就遇着了雨,使人真不高兴,大家在行进中都没有精神。

但是，雨却随着时间的逝去相反的更加狂暴起来；风也一阵一阵的更加凄切，沁人肌骨。

公路附近的树林已听不到鸟叫，换了一种树枝树叶抖索的声音，路途上偶然有一两个笼着袖的农人迎头走来，每每都侧过头来投下怜悯的一眼。

我和董在这群沉默的战士行列中，也以同样的静肃行进着。突然董“呀”的一声打破了这种静的局面：

“原来已经下雪了，”他指着前面山凹处零落的雪迹。“怪道我雨伞上的响声都不同呢！”

由于他的解释，才使我意识到果真是下雪了，逐渐的前进，就有很素净的雪景，更鲜艳的呈现在我们眼前。

董又叹息着：“雪景是美丽极了，可是，弟兄们却太苦了，他们还是穿着单衣呢！”

“可是，”我说：“这还算不了什么苦，还有更苦，更艰难的工作在后面呢！”

我挺起了胸脯，改用轻快的步子向前走去：

“努力前进吧，在寒风苦雨下的战士们，现在是一步一步更接近敌人了！”

十一月底，于常德军次。

（选自《七月》五期，一九三七年十二月十六日出版。）

王春江

河上别

在一个清爽的明朗的日子，我们离开巢县向无为进发了。

两艘货船上分乘了三十八位团员。听说到无为须在午夜，于是各人纷纷将行李打散，仓里顿时睡满了人，舱面也铺了被子。初秋的阳光，温煦的照耀着。我们静静的睡下。

河上是一片静。风在呼呼的吹过我们的脸颊。

有人在低微的哼着"松花江"，大家附和着。悲凄的旋调随着水波的回荡，流散开去。岸上的渔人和水畔的捋衣妇在倾听，孩子啦啦啦的，向我们招唤，幼小的手膀摇举着。

——流浪，流浪，整日在关内流浪……

——哪年哪月，才能回到我那可爱的故乡！

——爹娘啊，爹娘啊！……

"喂，不要尽唱这样的歌啊，我们的眼泪流够了！"

不知谁的声音突破了这铅一样的气氛。

结尾这一段果真有些散碎，紊乱，大家的神情松弛，声音低沉了；在教堂里唱完一首赞诗的瞬间，每每是这样寂静而神秘的。

船上的一切开始披上一层哑默的气氛。太阳在沉闷的俯视。天空是一块苍蓝色，一条苍灰的薄纱似的云带间，三两只燕子在回翔。下面是无尽地展开着的苍黄的大地，它沉着脸孔，闷闷的虎视着天空。

离开码头时的景象，又在我的心里再现了。

我在码头上，给广大的人群包围着。他们是农民店商，地方官吏，职员和多数的青年学生。他们走上来同我们握手谈着送别的话，好像离别多年的故友似的。女的却站在后面，不肯走拢，只不时把关怀的目光投在我们身上。我们的女团员跑过去紧紧握住她们的手。

车站站长走来了，几个团员围了上去，互相握手，但随即垂了头。这是一位东北同胞，平素长于讲话的，此刻却沉默了，眼里闪着晶莹的泪水。记得一次在他房里唱“松花江”给他听时，他曾这样哑默过的。

晓风飒飒的吹着，衣襟发出卜卜的响声，一种清新的，舒适的感觉，使我们心里发痒了。

“上船吧，开船！”

船夫用土白吆喝着。

我们一声不响的，开始向船上移动。

我们希望马上离开这里，马上到达无为，我们知道那里有无数同胞在焦急的想望着我们的到来。我们微微的笑了，当我们想到明天会在一个新地方开始工作的时候。

虽然如此，我们的脚步却不能放快一些，它们动作得相同一只锈毁了的钟表的摆链。

我们低垂了头，好像不是在上船，而是在登入载到墓地去的送葬车。

两条褐色的怪物因着突然增加了的重量，艾怨的，不平的晃着它那庞大的脊背。

我们微笑着向送别的人群摇起我们的手臂，表示感谢。

——宣传团永远健康！

他们在喊口号了，是接转着雷似的一声：

——宣传团永远健康！

我们举起了手臂一同喊：

——打倒日本帝国主义！

——拥护政府抗战到底！

——中华民族解放万岁！

接连发出的吼声震荡着码头，船身，晴空，河水，以及岸上上千的巢县的居民。

“解缆啦！”

船身开始左右的摇曳了，我们抓住船桅和帆篷。

岸上的一个角落里飘出了“松花江”的歌声。声音渐渐增大起来，但还是凄厉的。

船上的我们附和着。

——我们家在东北松花江上，

——那里有我的同胞，还有那衰老的爹娘。

——“九一八，”“九一八，”从那个悲惨的时候……

——脱离了我的家乡……

——流浪，流浪，整日价在关内流浪……

女同学在幽幽的呜咽了，她们最先取出了手帕。

离别的不快和到处流亡的惨疼，这两股热流交汇着，流过我们的心，流过码头，船身以及河岸。

仿佛在葬场上似的，我们让悲哀的铅块沉重的敲击着胸膛。

船夫和岸上的观众渐渐哑咽了。悲哀的情绪是最易感染的，我们的歌声竟变成呜咽了，他们起初只是惊讶的看着，随后也同情的垂下头了。

——哪年哪月才能回到我那可爱的故乡……

歌声渐次转入低哑了，结尾一句整个被呜咽的声音盖过，让泪水流过我们的脸颊。

码头上是坟场一般的空气。

天空以它那灰苍的悲脸默祝着。晓风带着烟臭和水雾吹过，留下飒飒的泣诉声。河水在清晨的阳光下翻滚，然而只是一声不

响的，在观看周围的一切。

船身在倾斜了，这是它在不快的摆着脊背。白色的帆篷缓缓的攀升着。

我们用泪眼望着岸上的朋友。

“再见罢！——”

船开始急速的向下游奔驰了，码头上的人群渐渐变得模糊起来，只剩灰白的一块了，我们最后一次向他们摇着手帕同帽子。

（选自《七月》四期，一九三七年十二月一日出版。）

孙　钿

污暴的行进

——十二月三日在上海

中午时分,太阳悲惨地射着浓水似的光。我的心上,重压着的是寂寞与紧张,一切都像是失去了力量,手里拿着的一张早刊,它似乎跟一支来福枪一样的沉重呢。街上的群众,今天特别使我感到异样,他们都很零乱,很不安又很喜欢。我曾听到一个手腕上挂了菜篮在买菜的中年伙子说:

"东洋兵败了! 今天有一大批败兵,从小南翔来要经过租界……"

当时我很诧异,我想租界当局是不会放他们走过的;也许消息不确实吧? ……从阳的屋子里出来,想走到霞飞路去时,在同学路给木栅拦住了,许多人都站在木栅旁边等着,木栅外,巡警一个个直立着,有三四个人站在红绿灯的底下;本来很热闹的十字街口,现在却坟墓一样的死寂,恐怖。

我悄悄地问一个巡警:

"什么事?"

"有日本军队走过!"

"败兵?"

"那里! 是他们行军呀。"

"很快吗?"

"那可不晓得。"他说着,走开了。

于是我只能和其余的人们那么厌烦地站着，我的肚子饿极了，我想："大概很快就可以走完的，管他妈的，等着吧。"

约摸有十分钟了，十多辆淡绿色的一九三八年式的汽车扯起了白绸的红膏药旗子，驶过了。有两辆在转角口停了下来，从汽车里走出四五个穿黄呢军服的日本人，他们抽出照相机来向我们摄照。

中国人和异国人都喊：

"喂，大家回转头去！"

"大家回转了头，不要给他们照呀！"

"小赤佬，你不要发呆呀！"

"不要给他们照！"

中国人和异国人都一齐回转了头，不给日本人摄照，无耻的几个日本浪人，手里拿了许多日本旗子挤在群众间乱摇，照相就如此地摄好了。

大家都很小心地回过头去，一辆装满了日本兵的卡车掠过了我们的眼睛；接着，马蹄声近来了，那些短身子的兵士也出现了，吹着啼啼达达的行军号，每个兵士都一点也没有精神，他们完全像拙劣的工人手中制造出来的木偶，我望着他们每一张罩满着忧愁与苦痛的脸孔，我心里不禁为他们而难过极了。我似乎瞧见了他们的哭红了眼珠急坏了心脏的母亲，妻女……我似乎瞧见了他们的伙伴在觉悟地喊着："我们死错在战线上了"而悲痛地死去的情况……我的血在奔流，我的血在狂沸，我欲痛哭了，我欲为这些不幸的生命而痛哭了！那些坐在漂亮的汽车里的士官们，翘起了那短短的一撮胡髭，在狞笑着，他们一方面在向我们狞笑，一方面也在向那些走酸了腿的可怜的日本兵士们狞笑；我知道这狞笑是用了多少生命多少肉血多少眼泪去暂时换来的。然而，在这种混蛋面前，同情和我们分离了。

有几个浪人，拿了旗呜拉呜拉地喊着，冷清清地喊着。

是炮车了,一匹匹棕黑的马绷紧了肌肉沉重地拖着它们,辘辘的声音像昨夜打沪西传来的机关枪声。这几天每天晚上几乎都可以听到机关枪声和炮声,“那是我们的游击队在突击呀!”一听到那声音,我们很轻松地会这样说的——每一架炮车后有四个兵跟着走,他们瘦弱得可怕,他们的眼睛圆圆地睁得很大地注视着那对着他们胸口的炮口;他们也许在想着:“坐在汽车里的军官还第一次见到这一尊大炮吧?”——当然,要他们的军官抚摸到大炮,是决没有像他们抚摸女人的大腿那样地容易的呵。

日本浪人又举起旗子呜拉呜拉地喊了起来,因为一辆漂亮的汽车驶过了。

一个青年挟了几本动物与数学的教科书,他推推我握着拳头说:“我们一起唱《义勇军进行曲》好吗?”

我苦笑。

他悄然打我旁边走开了。这时,我发见在我后面已挤满了人与车。几个邮差在谈话:

“谁愿意特地来瞧这种鬼把戏的呢?”

“倒楣,刚刚碰到这种丧礼!”

一个骑脚踏车的劳动人说:“我绕了许多路想不看见这些气事,操娘的屄;偏偏碰来碰去总是碰到。……”

炮队之后又来了步兵,骑兵,一排排地走不完,我们都站得腿酸了。太阳给一片乌云盖上,一切都陷于阴沉中。可是,每一个不愿做奴隶的人们的心,却更光明了,为着,每一个人都在这阴暗的侵略的行列前,默默地在同一的或不同的时间里下了誓:“我们死也不做奴隶,死也不与敌人妥协。”有一个妇女挂了泪说:“我的家都给这些小鬼烧光了呀!……”她要大喊了,给一个巡警的手掩住了她的嘴,把她撵走了。那些异国的碧眼珠的男人和女人都对那行列摇着头,有一个异国人用两只手指捏住了鼻子,其余三只手指便滑稽地拨动着。

一个钟头过去了,继着又是一个钟头过去了,行列也完了,最后是两卡车的日本人民拿了旗子呜拉呜拉地叫着而过。

街口的木栅一拿走,便潮水一样地涌过了许多人,交通恢复了。

晚上,读报见到两段记载:

“日军六千人,游行至南京路广西路时突有一青年抛掷手榴弹一枚,伤日本三人日警一人……凶手当场为华捕开枪击毙。”

“日军行经大世界附近时,有青年工人,见日本武装经过,气愤填膺,精神失常,狂呼‘中华民国万岁’旋即自高处坠地,伤重毙命。”

一九三七年十二月四日晚上海。

(选自《七月》六期,一九三八年一月一日出版。)

东　平

第　七　连

——记第七连连长丘俊谈话

我们是……第七连。我是本连的连长。

我们原是中央军校广州分校的学生，此次被派出一百五十人，这一百五十人要算是八·一三战事爆发前被派出的第一批。我便是其中的一个。

在罗店担任作战的××军因为有三分之二的干部遭了伤亡，陈诚将军拍电报到我们广州分校要求拨给他一百五十个干部。我们就是这样被派出的。

我了解这次战争的严重性。我这一去是并不预备回来的。

我的侄儿在广州华夏中学读书，临行的时候他送给我一个黑皮的图囊。他说：

——这图囊去的时候是装地图，文件。回来的时候装什么呢？我要你装三件东西：敌人的骨头，敌人的旗子，敌人的机关枪的零件。

他要把这个规约写在图囊上面，但嫌字太多，只得简单地说着：

——请你记住我送给你这个图囊的用意吧！

我觉得好笑。我想，到了什么时候，这个图囊就要见到一个意想不到的场面，它也许给抛在小河边或田野上……

一种不必要的情感牵累着我，我除了明白自己这时候必须战

斗之外,对于战斗的恐怖有着非常复杂的想象。这使我觉得惊异,我渐渐怀疑自己,是不是所有的同学中最胆怯的一个。我是否能够在火线上作起战来呢?我时时对自己这样考验着。

我们第七连全是老兵,但并不是本连原来的老兵。原来的老兵大概都没有了,他们都是从别的被击溃了的队伍收容过来的。我们所用的枪械几乎全是从死去的同伴的手里接收过来的。我们全连只配备了两架重机关枪,其余都是步枪,而支援我们的炮兵一个也没有。

我们的团长是法国留学生,在法国学陆军回来的。瘦长的个子,活泼而又精警,态度和蔼,说话很有道理,不像普通的以暴戾,愁苦的臭面孔统帅下属的草莽军人,但他并没有留存半点不必要的书生气概。如果有,我也不怎么觉得。我自己是一个学生,我要求人与人之间的较高的理性生活,我们的团长无疑的这一点是切合我的理想的。我对他很信仰。

有一次他对我们全营的官兵训话。当他的话说完了的时候,突然叫我出来向大家说话。我知道他有意要试验我,心里有点着慌,但不能逃避这个试验。——这一次我的话说得特别好。普通话我用得很流畅。团长临走的时候和我热烈地握手。他低声地对我说:

——我决定提升你做第七连的连长。

这之前,我还是负责整顿队伍的一个普通教练官。

从昆山出发之后,我开始走上了一条严肃,奇异的路程。在钱门塘附近的小河流的岸边,我们的队伍的前头出现了一个年轻,貌美,穿绿袍子的女人。我对所有的弟兄们说:

——停止。我们在这里歇一歇吧!

排长陈伟英偷偷地问我:

——为什么要歇一歇呢?追上去,我们和她并肩的走,为什么

不好？

——这是我自己的哲学，我说：我现在一碰到漂亮的女人都要避开，因为她要引动我想起了许多不必要而且有害的想头，……

我们的特务长从太仓带来了一个留声机，我叫他把这留声机交给我，我把所有的胶片完全毁坏。因为我连音乐也怕听。

我非常小心地在修筑我自己的道路，正如斩荆棘铺石块似的，——为了要使自己能够成功为一个像样的战斗员，能够在这严重的阵地上站得牢，我处处防备着感情的毒害。

有一礼拜的时间，我们的驻地在罗店西面徐家行一带的小村庄里。整天到晚没有停止的炮声使我的耳朵陷入了半聋的状态，我仿佛觉得自己是处在一个非常热闹，非常嘈杂的街市里面。——我参加过一·二八的战争，一·二八的炮火在我心中已经远了，淡了，现在又和它重见于这离去了很久的吴越平原上，我仿佛记不起它，不认识它，它用那种震天动地的音响开辟了一个世界，一个神秘的，可怕的世界，使我深深地沉入了忧愁，这世界，对于我几乎完全的不可理解，……

十月十八日的晚上，下着微雨，天很快就黑下来，我们沿着小河流的岸畔走，像在蛇的背脊上行走似的，很滑，有些人已经跌在泥沟里。我们有了新的任务，经过嘉定，趁小火轮拖的木艇向南翔方面推进。……二十日下午，我们在南翔东面相距约三十里的洛阳桥地方构筑阵地。

密集不断的炮声，沉重的飞机声和炸弹声使我重新熟悉了这过去很久的战斗生活。繁重的职务使我驱除了惧怕的心理。

排长陈伟英，那久经战阵的广东人告诉我：

——恐怖是在想象中才有的，在深夜中想象的恐怖和在白天里想象的完全两样。一旦身历其境，所谓恐怖者都不是原来的想象中所有，恐怖变成没有恐怖。

二十日以后，我们开始没有饭吃了。火伕虽然照旧在每晚十点钟左右送饭，但已无饭可送。我们吃的是一些又黑又硬的炒米，弟兄们在吃田里的黄菲子和葵瓜子。

老百姓都走光了。他们是预备回来的，把粮食和贵重些的用物都埋在地下。为了要消灭不利于战斗的阵地前面的死角，我们拆了不少的房子。有一次我们在地里掘出了三个火腿。

吃饭，这时候几乎成为和生活完全无关的一回事。我在一个礼拜的时间中完全断绝了大便，小便少到只有两滴，颜色和酱油无二样。我不会觉得肚饿，我只反问自己，到底成不成为一个战斗员，当不当得起一个排长，能不能达成战斗的任务？

任务占据了我生命的全部，我不懂得怎样是勇敢，怎样是懦怯，我只记得任务，除了任务，一切都与我无关。

我们的工事还没有完成，我们的队伍已开始有了伤亡。传令兵告诉我：

——连长，又有一个弟兄死了。

我本已知道死亡毫无足怕，但传令兵这一类的报告却很有扰乱军心的作用。我屡次告诫那传令兵：

——不要多说。为了战斗，等一等我们大家都要和他一样。

两个班长都死了。剩下来的一个班长又在左臂上受了伤。

我下条子叫一等兵翁泉担任代理班长，带这条子去的传令兵刚刚回来，就有第二个传令兵随着他的背后走到我的面前说：

——代理班长也打死了。

三天之后，我们全连长约八百米哒的阵地大体已算完成，但还太浅，缺少交通壕，又不够宽，只有七十生的左右，两个人来往，当挨身的时候必须一个跳出壕外。

这已经是十月二十三的晚上了。

雨继续在下着，还未完成的壕沟装满了水，兵士们疲劳的身体再也不能支持，铲子和铁锹都变得钝而无力。有一半的工事是依

附着竹林构筑起来的，横行地下的竹根常常绊落了兵士们手中的铲子。中夜十二点左右，我在前线的壕沟里作一回总检阅，发现所有的排长和兵士都在壕沟里睡着了。

我一点也不慌乱。我决定给他们熟睡三十分钟的时间。

三十分钟过后，我一个一个的摇醒他们，搀起他们。他们一个个都混得满身的泥土，而且一个个都变成了死的泥人，我能够把他们摇醒，搀起的只有一半。

二十四日正午，我们的第一线宣告全灭，炮火继续着掩没了第二线。——我们是第三线，眼看着六百米突外的第二线（现在正是第一线）在敌人的猛烈的炮火下崩陷下来。失去了战斗的散兵在我们的前后左右结集着。敌人的炮兵的射击是惊人的准确，炮弹像一群附有性灵的，活动的魔鬼，紧紧地，毫不放松地在我们的溃兵的背后尾随着，追逐着。丢开了武器，带着满身的鲜血和污泥的兵士像疯狂的狼似的在浓黑的火烟中流窜着。敌人的炮火是威猛的，当它造成了阵地的恐怖，迫使我们第一线的军士不能不可悲地，狼狈地溃败下来，而构成我们从未见过的非常惊人的画面的时候，就显得尤其威猛。它不但扰乱我们的军心，简直要把我们的军心完全攫夺，我想，不必等敌人的炮火来歼灭我们，单是这惊人的情景就可以瓦解我们的战斗力。

恐怖就在这时候到临了我的身上，这之后，我再也见不到恐怖。我命令弟兄们把所有结集在我们阵地上的溃兵全都赶走，把我们的阵地弄得整肃，干净，以等待战斗的到临。

大约过了三个钟头的样子，我们的阵地已经从这纷乱可怖的情景中救出了。我们阵地前后左右的溃兵都撤退完了，而正式的战斗竟使我的灵魂由惶急而渐趋安静。

我计算着这难以挨熬的时间，我预想着当猛烈的炮火停止之后，敌人的步兵将依据怎样的姿态出现。

炮火终于停止了。

一架敌人的侦察机在我们的头上作着低飞,不时把机身倾侧,骄纵成性的飞行士也不用望远镜,他在机上探出头来,对于我们的射击毫不介意。

飞机侦察过之后,我们发见先前放弃了的第二线的阵地上出现了五个敌人的斥候兵。一面日本旗子插在麦田上,十一年式的手提机关枪立即发出了颤动的叫鸣。

由第三排负责的营的前进阵地突然发出违反命令的举动,——对于敌人的斥候,如果不能一举手把他们活捉或消灭,就必须切诫自己的暴露,要把自己掩藏得无影无踪。我曾经吩咐第三排要特别注意这一点,但他们竟完全忽略了。第三排的排长的反乎理性的疯狂行动使我除了气得暴跳之外,简直无计可施。这个中年的四川人太勇敢了,但他的勇敢对于我们战斗的任务毫无裨补,他在敌人的监视之下把重机关枪的阵地一再移动,自己的机关枪没有发过半颗子弹,就叫他率领下的十个战斗兵一个个的倒仆下去。第一排的排长想率领他的一排跃出壕沟,给第三排以援助,但我严厉地制止了。我宁愿让第三排排长所率领的十个人全数牺牲,却不能使我们全连的阵地在敌人的监视之下完全暴露。但我的计算完全地被否定了,在我们右边的友军,他们非分地完全跃出了战斗的轨道,他们毫不在意地去接受诡谲如蛇的敌人的试探,他们犯了比我们的第三排更严重的错误。为了要对付五个敌人的斥候兵,他们动员了全线的火力,把自己全线的阵地完全暴露了。

敌人的猛烈的炮攻又开始了。

敌人的准确的炮弹和我们中国军的阵地开了非常利害的玩笑。炮弹的落着点所构成的曲线和我们的散兵沟所构成的曲线完全一致。密集的炮火使阵地的颤动改变了方式,它再不像弹簧一样的颤动了,它完全变成了溶液,像渊深的海似的泛起了汹涌的

波涛。

我们的团长给了我一个电话机。他直接用电话对我发问：

——你能不能支持得住呢?

——支持得住的,团长。我答。

——我希望你深切的了解,这是你立功成名的时候,你必须深明大义,抱定与阵地共存亡的决心!

我仿佛觉得,我的团长是在和我的灵魂说话,他的话(依据我们中国人和鬼的通讯法)应该写在纸上,焚化,——而我对于他的话也是从灵魂上去发生感动,我感动得几乎掉下泪来。我不明白那儿句僵尸一样的死的辞句为什么会这样的感动我。

——团长,你放心吧!我自从穿起了军服,就决定了一生必走的途径,我是一个军人,我已经以身许给战斗。

于是我报告他第三排长如何违反命令的情形,他叫我立即把他枪毙。但第三排的排长已经受伤回来了,我请求团长饶恕了他。那中年的四川人挂着满脸的鲜血躺在我的近边,团长和我的电话中谈话他完全听见的。他以为我就要枪毙他,像一只癫狂的野兽似的逃走了,我以后再也没有碰见他。

夜是人类天然的休息时间,到了夜里,敌我两方的枪炮声都自然的停止了。弟兄们除了一半在阵地外放哨之外,其余的都在壕沟里熟睡起来。我的身体原来比别人好,我能够支持五天五夜的时间在清醒中。我围着一条军毡,独自个在阵地上来往,看着别的人在熟睡而我自己醒着,我感受到很大的安慰,我这时候才对自己有了深切的了解,我很可以做这些战士们的朋友。

我的鼻管塞满着炮烟,浑身烂泥,鞋子丢了,不晓得胶住在那处的泥浆里,只把袜子当鞋。我的袋子还有少许的炒米,但我的嘴脏得像一个屎缸,这张嘴老早就失却了吃东西的本能,而我也不晓得这时候是否应该向嘴里送一点食品。

第二天拂晓，我们的第二排，由何博排长率领向敌人的阵地出击。微雨停止了。晓色朦胧中我看见二十四个黑色的影子迅速地跳出了战壕。约莫过了二十分钟的样子，前面发出了激烈的机关枪声，敌人的和我们的都可以清楚地判别出来。这枪声一连继续了半个钟头之久，我派了三次的支援兵去接应。一个传令兵报告我排长已经被俘虏了。我觉得有些愕然，只得叫他们全退回来。

原来何博太勇敢了，到了半路，他吩咐弟兄们暂在后头等着，自己一个人前进到相距两百米突的地方去作试探，恰巧这时候有一小队的敌人从右角斜向左角的友军的阵地实行暗袭，给第二排的弟兄碰见了，立即开起火来。但排长却还是留在敌人的阵地的背面。天亮了，排长何博不愿意把自己的地位暴露，在我们的阵地前面独战了一天，直到晚上我们全线退却的时候方才回来。他已经伤了左手的手掌，我和他重见的地点是在南昌陆像山路六眼井的一个临时医院里。因为我也是在这天受了伤的。

这天的战况是这样的：

从上午八点起，敌人对我们开始了正面的总攻。这次总攻的炮火的猛烈是空前的，我们伏在壕沟里，咬紧着牙关，忍熬这不能抵御的炮火的重压。对于自己的生命，起初是用一个月，一个礼拜来计算，慢慢的用一天，用一个钟头，用一秒，现在是用秒的千分之一的时间。

“与阵地共存亡”。我很冷静，我刻刻的防备着，恐怕会上这句话的当。我觉得这句话非常错误，中国军的将官最喜欢说这句话，我本来很了解这句话的神圣意义，但我还是恐怕自己会受这句话的愚弄，人的“存”和“亡”，在这里都不成问题，而对于阵地的据守，却是超越了人的“存”“亡”的又一回事。

我这时候的心境是悲苦的，我哀切地盼望在敌人的无敌的炮火之下，我们的弟兄还能留存了五分之一的人数，而我自己，第七

连的灵魂，必须还是活的，我必须亲眼看到一幅比一切都鲜丽的画景：我们中华民国的勇士，如何从毁坏不堪的壕沟里跃出，如何在阵地的前面去迎接敌人的鲜丽的画景。

但敌人的猛烈的炮火已击溃了右侧方的友军的阵地。

我们出击了，我们，零丁地剩下了的能够动员的二十五个，像发疯了似的晕懞地，懵懂地在炮火的浓黑的烟幕中寻觅着，我清楚地瞧见，隔着一条小河，和我们相距约二十米突的地方，有一大队的敌人像潮水似的向着我们右侧被冲破了的缺口涌进，他们有一大半是北方人，大叫着“杀呀！——杀呀！”用了非常笨重，愚蠢的声音。挺着刺刀，弯着两股。

我立刻一个人冲到我们阵地的右端，这里有一架重机关枪，叫这重机关枪立即快放。

这重机关枪吝啬地响了五发左右就不再继续——坏了。

那射击手简单地说着，随即拿起了一枝步枪，对着那密集的目标作个别的瞄准射击。

我们一齐地对那密集的目标放牌楼火。但敌人的强大的压迫使我们又退回了原来的壕沟。

右侧方的阵地是无望了，我决定把我们的阵地当作一个据点扼守下去，因此我在万分的危殆中开始整顿我们的残破的阵容。而我们左侧方的友军，却误会我们的阵地已经被敌人占领，用密集的火力对我们的背后射击。为了要联络左侧方的友军，我自己不能不从阵地的右端向左端移动。

这时候，我们的营长从地洞里爬出来了。他只是从电话听取我的报告，还不曾看到这阵地成了个什么样子。他的黧黑的面孔显得非常愁苦。他好像从睡梦里初醒似的爬出来了，对我用力地挥手。一颗子弹射中了他的左脚，他呛咳了两声就倒下了。

敌人的炮口已经对我们直接瞄准了，从炮口冲出的火焰可以清楚地瞧见着。

我开始在破烂不堪的阵地上向左跃进，第二次刚刚抬起头来，一颗炮弹就落在我的身边。我只听见头上的钢帽嘴的响了一声，接着晕沉了约莫十五分钟之久。

我是决定在重伤的时候自杀的，但后来竟没有自杀。我叫两个弟兄把我拖走，他们拖了好久，还不曾使我移动一步。这时候我突然发觉自己还有一副健全的腿，自己还可以走的。我伤在左颈，左手和左眼皮，鲜红的血把半边的军服淋得透湿。

当我离开那险恶的阵地的时候，我猛然记起了两件事。

第一，我曾经叫我的勤务兵在阵地上拾枪，我看他已拾了一大堆枪，他退下来没有呢？那一大堆的枪呢？

第二，我的黑皮图囊，我在壕沟里曾经用它来垫坐，后来丢在壕沟里。记得特务长问我：

——连长，这皮袋要不要呢？

我看他似乎有“如果不要，我就拿走”的意思，觉得那图囊可爱起来，重新把它背在身上。

不错，现在这图囊还在我的身边。

一九三七年，十二月，二十一日，汉口。

（选自《七月》六期，一九三八年一月一日出版。）

我们在那里打了败战

——江阴炮台的一员守将方叔洪上校的战斗遭遇

我们在那里打了败战。这是一个沉痛，羞辱的纪念。

在这次战役中，我的部下，我的朋友，我认识他们的，和他们共同甘苦的，在一个阵地上共同作战的，他们，可以说有百分之九十五都战死了。我不能看见他们的壮烈的牺牲而一无所动。而可恨

的是我们并不曾从这牺牲中去取得更高的代价。——请作个计算吧,我们得到了什么呢?我们能够在江阴炮台守了多少日子呢?我们对于东战场整个危殆的战局尽了挽救的责任没有呢?并且,我们在对敌人的反攻中曾经把战斗力发挥到最高度没有呢?

惭愧,悲愤,不是一个真能战斗的战士的态度。胜利或失败,全是力与力的对比。——一切且由历史去判决吧!我们的战斗不断的继续着,而我们的历史也正在不断的书写着。我们,中华民族,如果在和日本帝国主义的对比下完全失败了,那么,历史的判决是公平的,我只能对着这判决俯首,缄默。……

一九三七年十一月中旬,当苏州,无锡相继失陷之后,我们从隔江的靖江开到江阴来了。我们以三天的工夫渡江完毕,在江阴的西南至东南,沿夏港镇,五里亭,青山,南闸镇,花山,板桥镇至起山断山之线,构筑环形阵地。这个环形的起点是在江边,终点也在江边。我们的退路是在大江。即是说,如果一旦支持不住,我们只好一个个沉进大江里去。我们对着那长驱直进,势如破竹的劲敌作这个背水阵,——看吧,我们准备已久的唯一的江阴炮台,是有资格作这个背水阵的,……我们很英豪么?老实说吧,我们除了不死的灵魂之外,其他可以说一无所有。

向着南闸镇以南的上空望去,相距约二十公里远,敌人放上了一个灰色的系留气球。我们的敌人是何等强暴,何等精密,他们小心地侦察我们,试探我们,虽然已猜中我们是瓮中之鳖,而他们还是一分一寸的前进,进一个村子,烧杀一个村子,计算一个村子。

不过这其间,敌人的两千磅的飞机炸弹却已使我们频频地陷入于苦境。

花山前线的我军在十一月二十六日就开始和敌人接触了。

二十七日晨六时三十分,我奉命派一营向花山的阵地出动,驱

逐一部分由花山左翼绕向南花山嘴进袭的敌人。

营长孟广昌临行的时候对我说,

——只有这一次了,这一次无论战胜战败,恐怕都不能生还。……

我们的战斗员对于战斗毫无过分的奢望,一种强大的洋溢的雄心也只能限于一次的使用。

我紧握着孟营长的手这样对他说,

——同志,早些出动吧!那么,就是这个时候了。……

所有的兵士们都听见了。我的发言力求沉着而坚定,决不使我们的伙伴在颜色之间现出任何激动。他们一个个都挂着铁的脸孔。我一伸手可以触摸着他们旺盛如火的抗战热情。但我们之间已经神会意达了。我们凛然地,然而微笑地接受这严重,神圣的任务的降临。

在花山的阵地上据守的原是友军许团的队伍,在二十六日最初的然而很猛烈的战斗中他们失去了花山两个山头,敌人几乎占领了花山阵地的全部。孟广昌真能遂行他们的任务,他们驱逐了南花山嘴的敌人,自动把花山的阵地完全克服。而与花山相毗邻的南闸镇的友军在敌人的压迫之下却已经把南闸镇的阵地抛掉了。沿着从无锡至江阴的公路向南闸镇进袭的敌人是敌人的强大的主力。

十一月二十八日的夜是一个深沉的,漆黑的夜。夜的黑暗包围着我们,使我们深深地意识着处境的严重而陷于寂寞和孤独。炮弹在空中掠过,仿佛有无数鬼魂追随着他的背后,激发而紧张的声音久久不歇地震击着宁静的四远。

我们,是两个营,由我亲自带领,向南闸镇的东边进行夜袭。——下半夜四点了。敌人对于我们的进袭毫无戒备,在一座

新建的平房的门前,我们奇迹地发见了一簇黯弱的火光,它在那新的白色的墙上作着反射;像一道污浊的河水使我们的目光陷于迷乱。五分钟之后,我们从一条田塍越过了又一条田塍,痴情地,恋恋不舍地接受那火光的诱惑。这样一切都了然了,原来有六个敌人的哨兵,正围在那平房的门前烤火。

由韩营长所率领的第四连的兄弟一齐地对那浮动在火光中的黑影发射了猛烈的排枪。我们把一营的阵线特别的缩小,像一枝枪刺似的直入敌人的腹部,以消毁敌人固有的强暴和威猛。第四连的兄弟迅急地向那平房的前面跃进,他们把握住一个时机,一点余裕,在倏忽的一瞬中把自己所发射的火力一再提高,使从那平房的侧门涌出的敌人一个个倒仆下去,一个个沉入了忧愁的梦境。

于是激烈的战斗开始了……

从左侧边高起的河岸上发出的机关枪几乎把我们的胜利的第四连完全吞没,——这一阵猛烈的机关枪发射之后,我们的阵地短暂地沉默下来,清楚地听见全南闸镇四周的敌人像突发的山洪似的涌动着。从敌人的阵线里发出的喊声长绵地,可怕地把我们环围着,淹盖着。坦克车故意把我们兜弄着似的从远远的地方沉重地吼叫起来,又从远远的地方消失了去。

我们动摇下来了。

在南闸镇北面和敌人对垒的友军和我们失了联络,自动向北撤退,敌人因而得以从南闸镇的北边开出,爆破东北边的一条桥梁,使我们除了在他们正面的压迫下宣告溃败之外再无进取的路径。当我们第九连的一部分正向着这桥梁突进的时候,敌人把这条桥梁爆破了,这桥梁就是这样的埋葬了他们。

排长贾凤麟,由一个上等兵作着随伴,在追袭一个夺路而走的敌人。而他们的背后,是敌人的机关枪的子弹在紧紧的追蹑着。那个上等兵走在他底前头,挺着雪亮的刺刀,把夺路而走的敌人控制在自己的威力内,以施行最直截的劈刺。当他的刺刀的端末正和敌

人开始接近的当儿,敌人的机关枪射中了他的胸脯,他倒下了。排长贾凤麟仿佛对于那猎取物的偶然的幸运发出微笑,他追上了他,一下刺刀把他结果了,而敌人的机关枪又继着击倒了他,……

排长蒋秀,当敌人的坦克车冲来的时候,他迅速地和坦克车接近起来。他攀附着坦克车的蚕轮,用驳克枪对着车上的展望孔射击,而卒至给蚕轮带进了车底,辗成肉酱,……

我们一连冲锋了两次,两次的冲锋都遭了失败。天亮了,敌人开始了炮击,密集的炮弹把我们的右翼的战士完全驱进了死亡的墓门,我们却不能不在这艰苦危境展开第三次的激烈的战斗。——由中校团副所带领的五十多人的残余队伍,迅急地参入了敌人的队伍里面,和敌人作直截的白刃战。连长冯德宣还带领着他的完整的一排,在突进中过一条小河,不幸在河里淹死了。而中校团副宋永庆也正在这时候负了重伤。

战斗一直继续了六个钟头。到了正午,我们两营的官兵死伤了五分之三,再不能支持了,只好退回了五里亭本阵地。

从这次战斗中,我们夺得了许多战利品:旗子,机关枪。有一件从敌人的死尸上剥下来的中将的绒外套,这外套的肩章上有两粒金星,金星因为旧了,显得黯淡无光,我们断定它的资格已经老了。一把柄上刻着富士山的军刀,一枝写着“河田原”字样的旗子。我们推测这“河田原”就是那打死了的师团长的名字。下午,有一架敌人的红色的小飞机在南闸镇南边的公路上下降,一下子又飞去了,也许这飞机是载新师团长来的,去的时候还可以载回那战死了的师团长的尸首。

南闸镇失去了。和南闸镇失去的同一天,花山也失去了。敌人这一天的总攻是把花山也划在里面。孟广昌营长战死了,他的一营几乎全都遭了伤亡。

从二十八至三十,这三日中敌人的进攻继续不断。

十二月一日拂晓，敌人沿着从南闸镇至江阴的公路，对江阴作最猛烈的进攻。由小笠山至青山之线，也开始了激烈的战斗。小笠山和青山都失去了，战斗又迫临到我们这一团的身边，我们这败残下来的零星的队伍又给卷入了炮火的漩涡。

下午六时，敌人冲入了江阴的南关，西郊和东郊一带都相继沦陷了，而君山的要塞炮台也落于敌手。

当我听到君山炮台失去的时候，我猛然地记起了那摆在炮台上的要塞炮。

这要塞炮到底开过了没有呢？曾不曾击沉了敌人的一条炮舰？

就在十二月二日的夜里，我们突围了。我们沿着江滨冲出，还不曾到镇江，镇江已经失守。

到达南京的时候，我们一共只存了四十六人。

一九三八，一，六，汉口。

（选自《七月》七期，一九三八年一月十六日出版。）

一个连长的战斗遭遇

我们构筑的阵地，我们自己守着！

营长，高华吉少校，狞恶的面孔显得衰落而毫无光彩，垂着头，目光隐隐地流射着忿怒和暴戾，仿佛心里正怀下了一种异样的巨重的痛苦，如果这时候只剩下他自己一个人，他也许要为了孤独而掉下眼泪。

但是他找到了林青史。

他鼓着那粗大的,起着脊棱的颈脖,雷一样的吼叫着。

——唐桥方面为什么忽然又发出了地雷声,那又是爆破桥梁的么?

林青史是第四连的连长,他穿一副新的黄色军服,挂着短剑,年轻而漂亮,太阳光照在他的身上,叫他的军帽的黑皮舌头的边和上衣的钮扣发出新鲜,洁净的闪光,垂下着两手,少女一样的胆怯而庄严,在高华吉的面前静穆地直站着。

从这里刚才所听见的什么爆破桥梁的地雷声起,以至关于别的琐碎,纷杂,难以归类的突然事件的询问,高华吉的愤愤不平的气势似乎始终不可遏止。——他又问了林青史家里的一些情形。

——这里有四十块钱,都拿去吧!我接到你的家里从嘉定转来的电报,说你的父亲病重将死,叫你回去,……回去……我想……

他变得很和蔼的样子,情绪也似乎平静了些,擦一枝火柴吸起烟来了,嘴里发出的声音杂乱而濛糊。

林青史的直立不动的影子在鲜明的太阳光下整个地发射出令人眩目的光彩,直着鼻子,合着细小美丽的嘴唇,垂下着视线,长长的睫毛呈着金黄色,像一座石像一样的静穆。

——电报……电报……他用了庄重,良善的目光凝视着营长的凶恶而残暴的面孔,低声地这样说:那是假的。我了解我的父亲,他恐怕我要在火线上战死,所以叫我回去,他只有我这一个儿子。

——是的,我也这样想。——那么,都拿去吧!把四十块钱都拿去吧!你的家里这时候会得到一点钱用,是适当的。

说着,把四十元的钞票放在林青史的手里,非常舒适地摆动着两手,脊背变得有点驼,跨着阔步向左边的小河流的岸边去了。

他不断的回转头来,高举着的右手稍微弯曲着,上身向前面倾斜,伸长着脖子,背脊更驼些也不要紧,这样还了林青史的敬礼。

×××师第一线的阵地近在两公里外，猛烈的炮火疲乏的发出力竭声嘶的音波。炮弹掠过了高空，把天幕撕裂着，正如撕裂着一张绸子。

林青史的心里有点悲戚，他的洁净的面孔略呈绯红，黑色的灵活的眼珠在长长的睫毛下转动着，胆怯而稚弱，简直要对着那强暴的炮声羞辱自己的无能。他踏着葫芦草，在一条湿落落的田塍上走着，田边没有树林，让自己的身体在鲜丽的太阳光下完全显露，——前面，第四连的兄弟们，像忙碌的蚂蚁似的在浅褐色的土壤上工作着，田圃上的向日葵一排排以纯净，坦然的笑脸对太阳作着礼拜。

新的土壤喷着热的香气，还未完成的散兵壕在弟兄们迟钝而沉重的脚步下羞辱地发出烦腻的水影。散兵壕又狭又浅，铲子和铁锹都变得钝而无力，弟兄们疲困得像筐子里的赤虾。

一个沙哑的声音这样唱：

——我们这些蠢货，
要拚命地开掘呵，
今天我们把工作做好了，
明天我们开到他妈的什么包家宅，
后天日本兵占领我们的阵地。

歌声没有节拍，好些地方完全像说白一样的进行着。别的人沉默起来了，想要发出强大的呼叫，但是神经过敏地感到了绝望和空虚而归于静寂。

——有一天会到来的，我们构筑的阵地，我们自己守着，……

——不，话应该这样说，我们构筑的阵地，要让我们自己来守！

于是林青史和他们做了这么一个结论，

——有一天会到来的，……

林青史在松而带有湿气的泥土上坐下来，把军帽子推到脑后去，黄色的裹腿松脱了，一条蛇似的胡乱地缠着，也不去管它。他不但疲困，而且简直是毫无把握的样子，松懈得要命。从营长的面前保留下来的端庄的体态像一件沉重的外衣似的从他的身上卸下来了，他仿佛坠入了更深的疲困和忧愁。

他沉重地叹息着。

一颗炮弹飞来了，落在左侧很近的河滨里，高高地溅起了满空的烂泥。相隔不到五秒钟，又飞来了第二颗，落在阵地的右端，炸死了三个列兵。

这是一个时运不济，命运多蹇的莫名其妙的队伍，它常常接受了一个新的奇特的任务，这新的奇特的任务又常常中途从它的手里抛开，换上了更新，更奇特的。

……谁也不知道。

特务长说是联络友军。

连长在每一次的阵中讲话中也不曾提及。

营长是那样的暴躁而忙乱，像一只断头的油虫，东撞西碰，自己就有点捣搅不清。

十一月十八日从昆山到浏河，二十日从浏河到嘉定，二十二日从嘉定到大桥头，同日又从大桥头到广福。现在又从广福到包家宅来了。

早上，天下着微雨，白色的雾气一阵阵从土壤里喷射出来，压着低空，竹叶子簌簌地低泣着，挂着白光闪烁的泪水。

这里的阵地前面一座独立家屋，它构成了射界里的两百米突那么大的死角，——凡是阵地前面的死角都把它消灭了吧！

十五个列兵，由班长作着带领，携带着铁棍和斧子，唱着歌，排着行列，与其说是为了战斗的利益倒不如说是为了泄愤，在对那独立家屋施行威猛的袭击。

他们发挥了强大的威力，像一下子要把整个天地的容颜都加以改变似的，用了最大的决心和兴趣在处理这个微小得近乎开玩笑的任务。六个列兵像最利害的强盗似的爬到屋顶上去，强暴地挥动着沉重的铁棍，屋顶的瓦片像强大的恶兽在磨动着牙齿似的响亮地叫鸣着，屋顶一角一角的很快地洞穿了，破坏了，年长月累地给紧封在屋子里的沉淀了的气体，人的气息和烟火混合的沉淀了的气体直冲上来，发出一种刺鼻的令人喷嚏不止的奇臭。弟兄们的凶暴的兽性继续发展着，他们快活了，这是阵地上常有的快活的日子……

——酒呵，……火腿，……

屋子里叫出了濛糊的声音，屋顶上的人，阔达地大笑了，瓦片和碎裂的木片像暴风雨似的倒泻下来，在这样的场合，就是把屋子里的人压死了也是一种娱乐，——另外，有八个列兵排成了整齐的一列，一，二，三，把那江南式的，单薄的，弱不胜风的墙壁的一幅推倒下去了，暴戾而奇怪的声音高涨得简直是一齐地在喝彩。失去了支持的屋顶摇摇欲倒，互相间的凌辱和唾骂也继之而起了，屋顶上的人和下面的人很快地构成了对峙的壁垒，为了执行破坏的工作而发生的兴趣迅急地在起着奇特的变化和转移。

冒着碎片的暴风雨，从屋子里奔出来的是一个壮健，矫捷的上等兵，他仿佛在夜里独断独行似的充分地发挥他为了和人群相隔绝而更加盛炽起来的狭窄，私有，独占的根性，张开着强大的臂膊，低着腰，像凶狠的狼似的在劫夺他丰饶的猎取物。新制的柑黄色的衣橱的抽屉被搬出来了，这里有女人的裙子，孩子的玩具，真美善书局发行的黑皮银字的《克鲁泡特金全集》，席勒的《强盗》，小托尔斯泰的《丹东之死》，还有像牙制的又小又精致的人体的骷髅标本，而最重要的还是酒和火腿。

所有的人们都被吸引着来了，女人的袜子套在鼻尖上，书籍在空中飞舞，衣橱的抽屉成为向敌对者攻击的武器。

学生出身的班长远远地站立在旁边,发晕了似的坠入了复杂,烦琐的想象中去了。

他非常真挚地欢迎这一切新颖的景象的到临,对克鲁泡特金,席勒,小托尔斯泰和对女人的裙子,孩子的玩具一样的尊重和注意。他非常怜悯地对那被残暴地围攻下来的上等兵作着这样的慰问。

——还有别的么?你的酒呢?火腿呢?

在这样的场合,把酒喝,把火腿吃,不会比把它们放在脚底下踩踏,把瓶子敲碎,或者全都抛进河浜里去更有意义。……

雨逐渐地加大了,未完成的散兵壕装上了水,从消灭死角的事继续下来的兴趣早已失掉了。弟兄们废弛地把铁锹和铲子都抛开了,躲在近边的竹林里,放纵地,有意地空过这个时机,因为雨的逐渐加大而使日本飞机不能活动的这个时机,——严重的任务还是暂时地在另一处把它寄存着吧。……

——动工!动工!

学生出身的班长叫起来了,又吹着哨子。他的个子又矮又小,在阵地左端的未完成的掩蔽部的高高突起的顶上,木桩一样地直站着;他要作为一个真实的头目,一个标帜,让雨在头上淋着也不在乎,用他的毫不浮夸,毫不动怒的样子在对着所有的弟兄们施行吸引,又像作着怜惜似的这样说:

——慢些来吧!这儿的雨正下着呢……。

弟兄们仿佛非常抱歉地,非常和睦地回答他一个"不要紧",于是高举着脚跟,踮着脚尖,散乱地离开那竹林,沉重的铁铲和锹子像最难驱除的病魔似的侵蚀着他们每一个强健的体格和姿势,又像蛇似的死绊着他们,叫他们把铅一样沉重的头颅倒挂在胸口,像一条条奇异的毛虫似的死钉在那黯淡无光的土壤上面。

下午五时三十分,高华吉营长召集全营的官兵训话。

他垂着头，说话的声音没有抑扬，有时忧愁地望着远方，目光严峻地发出痛楚的火焰，每当他说出了一句话，就皱着眉头，像咽下了一口很苦的药一样。

——……一·二八的当日我们在杨行战胜了敌人，——和我共同作战的兄弟们，能忠心于我，忠心于军令的：无论已否战死，都成了我最亲爱的朋友。因为战斗需要勇猛，……我屡次要求你们拿出强盛的威力，——对于战斗军纪，须以殉道者的洁净，诚意，永不追悔的态度去遵守，我今日还是这样的要求你们。……

……雨停了，天空一团漆黑。队伍回避着公路，在一条湿落落的田径上走着，通过了×××师防线的侧面。猛烈的炮火把整个的阵地掩盖着。敌机在黑空里盘旋侦察不停，照明弹一颗颗由高空溜下，有如流星下坠，在那艳丽的亮光照耀之下，繁茂的灌木丛像碧绿的云彩，一阵阵在前面涌现着。为了防御空袭，队伍停止，掩蔽，竟至五六次之多。到达新阵地的时间在下半夜三时左右。

天还没有亮，营长命令到张家堰阵地前方侦察地形。林青史匆匆地叫何排长集合全连到村子背后的竹林下举行晨操，数周来忙于行军和构筑工事，一切应有的教练都无形中废弛了。

五时三十分到达营部，各连长都已经齐集。——高华吉营长站在门口吸烟。严峻，黯淡的样子不稍改变，大约是为了等待林青史一人而把时间耽误了吧。林青史的稚弱而漂亮的面孔略呈浅绿——事实上，营长并不为了林青史的迟到而有所介意，他看林青史来了，还递给林青史一根烟卷。

阵地侦察完毕，阵地编成也大致决定了。第四连担任营左翼一排阵地之构筑，真是意外的事，这次的工作那样微小，是出发到现在所不曾有的。营长恐怕耽误了时间，再三吩咐林青史应于明天晚上把工事完成，还要在散兵壕加筑强固的掩盖，右边和第五连所构筑的阵地相连接的交通壕也归于第四连开掘。虽然增加了这

个工作，而时间还是充裕得很。

第二天早上五点钟光景，敌机的强烈的马达声惊醒了弟兄们深浓的睡梦。从拂晓至天亮，落于×××师右翼阵地的重量炸弹不下两百多枚，炸弹的爆烈使整个的地壳沉重地发出颤抖。机关枪声也激烈地发作了，看来敌人的强大的攻击已经开始，在火线上的中国军究竟和敌人怎样战斗的情景，晕濛不明地被隔绝在一个神秘的炮火连天的世界里面。狂暴的战斗的惰性使炮火的音响停滞在一种坚凝不散的状态。而且逐渐的加重，至于使空气疲乏地发出气喘。

林青史下令各排推出警戒兵到驻地前方严密警戒，以防备第一线的溃退。但是直到午前十一时，前线的阵地还是屹然不动。

高华吉营长到连部来了。

营长，林青史，首连长郭杰，三连长周明，还有上尉营副等等，为了视察昨日构筑的工事，他们匆匆地又离开了连部。正午十二时视察完毕。临走的时候，营长吩咐林青史，限于今晚八时前把工事完成，因为恐怕又有了新的任务。

正午以后，前线似乎比较平静些了，但是炮火依然猛烈得很，间或有一二炮弹飞来，狂暴的爆炸声中，可以听得弹片落在水里，为了骤然遇冷而叫出的向人追索的可怖的嘶声。飞机还是在阵地上空盘旋着，弟兄们永远是那样的一种愚蠢的样子，一点也不懂得掩蔽，对那司空见惯的敌机保持着浓烈的兴趣，百看不厌。这样一来，阵地的目标完全暴露了。等到炸弹下降才知道危险，已经无济于事。对着这可恨的蠢笨，林青史曾经屡次地加以斥责，却还是没有效果，只好处罚十多人在树林里立正二十分钟。对弟兄们施行暴力教练这还是最初第一次。

一点钟光景。全连又出动了，为了继续那未完成的工事。

铁铲和锹子残害了整个的队伍的姿容，弟兄们铁青着面孔，瘦削的脖子在阔大的衣领上不由自主地动荡着，臃肿的军服使他们

变成了无灵魂的傀儡。

一个沙哑的声音开始这样唱：

——我们这些蠢货，……

——唱吧！第二个声音接着这样叫；兄弟们，唱吧，我们都懂得，……

沙哑声音又开始这样唱，——渐渐的得到了人们的附和。

——我们这些蠢货，
要拚命地开掘呵，
今天把工事做好了，
明天开到他妈的……。
喂，这又是一个什么去处？张家堰！
他的妈什么张家堰，
后天日本兵占领我们的阵地！……

刮了整整一夜的狂风，禾苗和树林都显出了枯干的样子，冷气骤然变冷了，前线的炮声稍为稀疏些，机关枪还是无时停止。……对于战斗的激发紧张的想象，为稳定下来而毫无变化的现状所击碎，离开了幻梦，归还了原来的自己，英勇，杰出的人物似乎也变成了平庸无奇。……

营长带领着各连长在新阵地视察了一周，把所有的工事都加以分配。第四连担任营第一线右翼，排及营的前进阵地的构筑，恐怕时短工多，特加派团担架排兵士十名协助搬运木料，阵地前面的障碍物和坦克车的陷阱，团部已另派工兵营前往开设去了。

回来后立即将队伍移来新阵地后头不远的陆家窑，这里距张家堰只一华里，张家堰阵地定于明日移交十一师据守，未交代之前还是由第四连负责，这样麻烦的事逐渐加多了，——九时三十分光景，林青史已经把属于本连的工作区分完妥，第一二排筑营之前进阵地，第三排第一线右翼一排阵地，各排除了土工之外还得采集木

料，担架兵十名协助一三排工作，各排长随即依着这分配各自动工，前进阵地则由林青史亲自开始。

……一如战士们所期待，凶恶的战斗场面终于在阵地前面展开了，——

从阵地望去，相距约六百米突远，中国军第一线左翼突然现出了一个缺口，溃败下来了，像决堤之水似的溃败下来了，——这里的炮火的猛烈是空前的，在那直冲天际的跟随炮弹的炸裂而喷射的泥土和烟火中，溃败的中国军似乎把方向迷失了，只管在愚蠢地寻觅着，他们的战斗力完全为日本的强大的炮火所攫夺，他们的服装，他们的手中的武器，甚至他们整个的身体仿佛对于他们残败下来的灵魂都成为可悲的赘累，——敌人的炮弹已经开始延伸射击了，密集的炮弹依据着综错复杂的线作着舞蹈，它们带来了一阵阵的威武的旋风，在迫临着地面的低空里像有无数的鸱鸟在头上飞过似的发出令人颤抖的叫鸣，然后一齐地猛袭下来，使整个的地壳发出惊愕，徐徐地把身受的痛苦向着别处传播，却默默地扼制了沉重的叹息和呻吟，……

第四连的阵地和第一线的距离突然缩短，敌人的炮火的延伸射击使第四连的兄弟们在互相间的愕然的目光对视之下，竟然神会意达地把握到一个必须立即进行的任务。——

班长，一个久经战阵的湖南人像尺蠖似的把铁般坚硬的背脊屈曲着，他握着枪杆，迅急地从一个散兵壕跳过又一个散兵壕，暗暗地在弟兄们的心里煽起了战斗的火焰，企图着在自己的一举手，一动脚之间给予弟兄们一个神圣的教范，全连的弟兄们最初就在壕沟里布成了一个完整的阵容，他们什么都预备好了，而所缺少的只是一声前进的命令。

湖南人的班长低声地呼叫着，

——冲呵！……

一个青年的列兵，坚定的目光透过了炮火连天的田野，高大壮

健的身躯比一个最成功的不动姿势还要静止，看来他的灵魂是早就已经和战斗合抱了，在战斗中沉醉了，落在后头的只不过是一个死的躯体而已。

——冲呵！……

年青的列兵发出短促的语句像回声似的应和着。

炮火更加猛烈了，溃败的中国军在纷乱中似乎已取得了正确的方向，取得了失去的自尊和活力，他们仿佛并不贪图获得友军的援助，虽然在极端危险的处境中还是以获得友军的援助为耻辱；他们反攻了。不错，从这里可以显明地看出，他们在溃败中还是把面孔对着仇敌，为子弹所击中的都是面对着仇敌倒仆下去。无疑地他们在毙命之前的千分之一秒的时间中还能够把握到非常充分的战斗的余裕。

这之间，第一线的战局正起了急激的转变，第一线的屹然不动的正中和右翼的中国军对于他们整个的阵线还是负责到底的，——右翼的中国军已经开始为挽回这危殆的战局而迅急地适时地反攻了：战斗的实况显然是这样说明着，第一线给冲破下来的缺口还是由第一线负责去填补。要知道，战斗的力量正如珠宝一样的珍贵，谁不爱惜自己的战斗力，谁就免不了要做出错误的徒然的举动！

由于热炽如火的战斗企图所激发，第四连的兄弟们毫无多余的偏情和私见，他们的态度是坦然的，无论在援助友军或打击仇敌的意义上，他们都以能痛快直截地执行战斗为至高无上的光荣。

他们于是一个个跃出了他们的壕沟；当然，这壕沟向来对于他们都是毫无用处的，为了那些层出不穷的新的奇特的任务，他们已经屡次把构筑完竣的漂亮的工事完全抛掉，……

现在，一切的责任都集中在林青史一人的身上了。

林青史的面孔在那黑色发亮的帽舌下严肃而缩小，颜色是青白的，在鲜明的太阳光照映之下，仿佛白蜡一样的透明，双眼发射

出洁净而勇猛的光焰,他在表情和动作上都似乎是隔绝了所有的部属而独自存在的一个,——他藏身的地点是在阵地左侧的营的前进阵地后方的最左端,对于这急激的场面他是一无所动地然而目不转睛地在察看着,他知道,如果在不必要的场合,特别是没有命令而使用兵力,在战斗军纪上是一种有害的不合的行为。

——哥儿们,你们想蠢动么?你们能够把战斗军纪完全抛弃不顾么?……林青史发出明亮的锐利的声音这样叫。

——不!我们要出击!

——出击吧!

——如果不出击,我们是不是还预备开走?我们再不开走了,我们构筑的阵地,我们自己守着!

——是呵,我们除了出击再没有更新的任务!

…………

——不,不!林青史厉声地作着怒吼;你们这样说是错误的。我要你们绝对遵守战斗军纪,谁想出乱子我就枪毙谁!

炮火太猛烈了,整个的阵地坠入于难以挽回的骚乱的危境。林青史的声音显得低微而无力。

弟兄们爬出了战壕,一个个像鸵鸟似的昂着头,他们的杀敌的雄心依据着蠢笨的姿态而出现,他们一个个都像抱着最单纯的意志而死去了的尸体,敌人的猛烈的炮火吸引着这尸体的行列,叫他们无灵魂地向着危险的阵地行进,什么都不能动摇他们。

他们的强大的决心使林青史怀疑了自己发出的命令,——这个出击是不对的么?沉迷于战斗的士兵们已经发出了他们难以制止的疯狂行为,在这个神圣的行列中,林青史,一个优秀,漂亮的少年军官,他是不是要做他所带领的部属的尾巴呢?他十二分地了解弟兄们这时候的心理,——他和所有的弟兄们的强固的灵魂是合一的,对于战斗所怀抱的热情,他要比所有的弟兄们都高些,……

他们行进了，——

第四连全连的兄弟们，成为一个小小的队伍，像一队来自旷野的鬼魂似的，在孤单和悲苦中跃动着他们黯淡无光的影子。他们是愚蠢的，但是他们带了无视一切的惊人的勇猛，在直冲天际的跟随炮弹的炸裂而起的泥土和黑烟的林丛中，他们毫不纷乱地保持着完整，活跃的队形，用第一排勇猛的影子领导着第二排勇猛的影子。

于是这里发现了一个奇迹：林青史，那漂亮的少年军官像蛇似的胆怯而精警地跃出了战壕，青白的脸孔变成了灰暗，仿佛直到这一秒钟止还不能解决他内心的痛苦和忧愁，他并没有放弃他的“不准出击”的命令，但是他只能发出一种濛糊不明的声音，他一面叫着“停止”，一面用锐利的目光注射着前头的劲敌，——他的坚决的行动完全否定了自己发出的命令的内容。

……舍弃了自己构筑的壕沟，越过了敌人的炮火延伸射击的界线，把握了战斗的时机，无视了敌火的威猛，——第四连的兄弟们，在第一线的残破不堪的阵地上，像夜行的野兽似的，单薄地，寂寞地踏上了他们的壮烈而可悲的行程。……

第一线的中国军对敌人的前进部队的袭击已经遂行了他们的任务，——战斗从午前十时起，一直继续了八个钟头之久，中国军在苦斗中提高了自己的战斗效能。第四连的参战从最初起就澄清了阵地的纷乱局面，澄清了敌火的强暴和污浊。……

但是新的任务像诡谲的恶魔似的神秘地和不幸的第四连互相追逐，——这其间，营长高华吉接到了把队伍移向小南翔方面去的命令，他要把全营的队伍集中，却找不到第四连的影子；第四连失踪了，对于第四连的行动，营部始终没有得到一字一纸的呈报。

太阳在西方的地平线落下，蓝灰色的天空显得松弛而疲乏，第一线的枪炮声还是继续不断，但是从这里听来已经逐渐的疏远了。

营长驼着背，伸长着颈脖，军帽子放在后脑上，拚命地在吸他的烟卷。有时候从嘴上把他的烟卷摘开，眯着双眼，疯狂地把烟卷注视了整半天，仿佛抓住了他的凶恶而珍贵的目的物，正预备着用全生的力气来对付他一样。

队伍集合了。

营副，那高大壮健的浙江人用一种沉重的声音报告已经到临了出发的时间，……

高华吉少校有着他的奇怪的性格，他在发怒的时候变得良善而和蔼，说话的声音很低，很珍重，俯着头，眼睛看着地上，一字，一句，非常清楚地这样说。

——如果第四连七时不归队，就宣布林青史的死刑。

在这一次的战斗中，第四连全连战死和失踪者二十七人，三个排长都战死了，剩下来的战斗兵和官长一起算，得八十七人，收容的地点是在刘家宅，在张家堰的南方，距他们的本阵地约二十公里。失去和营部的联络，又找不到半个伙伕，伙伕造饭的地点和他们的本阵地本来就有五公里的距离，伙伕大概已经做了友军的俘虏。

刘家宅这个村子是一个很小的，小到只有一家人家的村子。老百姓都跑光了，屋子里发了霉。地雷虫在墙角边大肆活动，——八十七人空着肚子，有钱也买不到食物，连剩下来的一点炒米也吃完了，受伤的弟兄得不到医药，……

连部三次派出传令兵去找寻他们的营部，都没有着落。

早上五点二十分光景，连长林青史开始对弟兄们作这样的讲话。

——……我希望你们了解我是怎样的一个人，我愿意在今日的艰苦的处境中做你们一个最好的长官；他坦然地，非常坚定地这样说，我们今日碰到这样的难题，第一，我们要不要继续战斗呢？

……第二,我们没有上官的指挥,没有可靠的给养,我们和原来的队伍完全断绝了关系,但是我们的战斗力没有失掉,至少我们的手里还存有着武器,——我们有没有继续参加战斗的可能呢?

为了避免敌机的侦察,八十七人的队伍全装在那三丈见方的屋子里,挤得很紧,——弟兄们很嘈什,似乎并不曾深切地了解林青史的意思,林青史的话只能够引起他们暗暗地互相发出疑问。一般的情绪陷于苦恼和疲乏,他们并不表明自己的意见,但是他们的意见却是确定了的,这确定的意见绝对地不能遭受任何违反。

林青史于是把他的话继续着,

——现在,我们真的到达了我们的目的地了,我们的目的地就是战场,我们再不受一些无谓的任务所牵累,我们的脚跟所站立的地方,我们自己守着,……我们今天饿肚,我们不相信明天也是饿肚,天一黑,敌机不来袭击,我们有充分活动的时间和机会,——我们唯一的任务是坚决保持我们的有生力量,不要把自己的队伍拆散,我们希望在最短的时间中恢复和营部的联络,但是我们不能在这个时间中躲在一边,我们必须和敌人继续作积极的,艰苦的战斗。

十一月二十五日的晚上,天空布满着浓云,四下里完全漆黑,队伍离开了刘家宅沿一条小河流的岸边向南翔方面开动,——战斗的中心似乎从大场转移到真茹来了,前线的炮火依然是那样威猛。八点三十分光景,他们经过了一个村子,遇见了二十五个从大场方面溃败下来的友军。

这二十五个在极度的疲劳和饥饿中遇到了丰饶的食物,——他们在这个村子里得到了一只猪,一缸藏在地底下的老酒,……这种情景实在令人难以想象,当第四连的兄弟们开进这村子来的时候,他们发见那二十五个像死尸似的在屋子里躺倒着,屋子里浮荡着一种沉重的奇怪的噪音,二十五个无灵魂地成为了腐烂而污浊的沉淀物,仿佛正在对着那战场上的恐怖的重压苦苦地发出令人

怜悯的哀求，——但是有一件事必须注意，在这样的风声鹤唳的情景中，一切的人与人的关系都埋藏着暴烈的炸药，残酷的战斗将如鼠疫似的传遍于全人类，可怕的杀戮行为普遍地发生于人与人之间，有时候也不问仇敌和友人。

——我们要不要缴他们的械呢？特务长低声地问。

兵士们也蠢动起来，作着跃跃欲试的样子，他们想拥进那屋子里去，好几支电筒在门口乱射着，但是林青史立即加以制止。

林青史独自个走进屋子里去，他轻轻把一个醉得像烂泥一样的“死尸”摇醒起来，——于是这里发生了很凑巧的事情，林青史遇见了他在广州燕塘军校的一位朋友，……

他名叫高峰，原是一个高大壮健的少年人，现在带了花，面孔黄得像一个香瓜。他的左手的掌心在战斗的时候给击穿了，用自己带来的纱布包扎着，包扎得并不妥当，有时候突然有多量的血从创口涌出来，叫他全身像患了疟疾似的冷得发抖，他用一种微弱的声音对林青史这样说：

——……我觉得所有的军人大抵都是悲苦的，一个人从军校中毕业出来，挂着短剑，穿着军服，看样子也和别的所有的同学一样，都是英勇的，壮健的，有时候在马路上走过，也引起了许多人的羡慕，……一上了战场，战死和受伤都不关重要，不能达到任务是一件最痛苦的事情，——我的理想是很高的，我有我自己的不能告人的简直可以说是虚妄的一种很大的抱负，从这一点我曾经长时间地尊重自己，同时也曾经对别的人骄傲过。我似乎无形中得到一种暗示，我觉得世界上不幸的人太多了，也许是到处皆是，但是这里面决不会有一个我，——这个幻梦薄得像一层薄纸，但是我决意用尽心力来保全它，我相信我有自己的聪明，我能够清楚地辨别我所走的路程，这路程既大又远，我几乎无时无刻不在这里保持着一个伟大的长征者的身份，……

这是第二天的晚上。通过了高峰和林青史的友谊的关系，二

十五个和八十七个从最初起就存立了和好，屋子里还剩下好些米，好些大头菜，勉强疗治了第四连的兄弟们的饥饿。——林青史坐在门槛上，把军帽子脱下来，垂着头，芜长的头发发出暗光，像一个怕羞的小孩子。高峰躺在林青史对面的一张竹椅上，说话的声音逐渐的变得壮健而宏亮，他仿佛非常满足于自己所能叙述的一切，特别是关于一个沉痛的悲剧的叙述。

——三月前，他接着说：我在广东×××的部队里当一个少尉副官，我的老婆和所有的朋友都写信来对我庆贺，我并不认为这就是我的荣耀，我觉得自己好像在浓雾中行进，踪迹是秘密的，没有人了解我的来路和去处，有时又觉得自己好像一个海岛，这潜伏在海里的是一个大山脉，但是露出海面的只是一个很小的黑点，正为了这缘故，所以无论怎样大的风浪都不能把它动摇分毫，……这个幻想确实是可笑得很，但是我需要这样的幻想，我甚至愿意接受这个幻想的欺骗。——不久我们的队伍开到前线来了，我做了一个排长，我知道我也许能够在战斗中培养成一个杰出的人材，……十一月十八日的夜里，我们一排人在刘行前方放军士哨，遭遇了一队强大的敌人的袭击，三十五人（除了我自己）在顷刻中全都死尽了。——这个现象十分地使我惊愕，我认不清战斗是怎么一回事，战斗像一个强盗，一个暴徒，当稍一松懈时候，它突然在前面出现了，而最使我痛苦的是当战斗一开始，我们就被限制在被袭击的地位，——我们的枪是在手里拿着的，但是我们始终找不到战斗的对手，……

林青史困惑地沉默着。他的睫毛很长，眼睛格外乌黑，青白的面孔显得有点憔悴。高峰的声音倦怠地濛糊下去了，他发出了轻微的叹息和呛咳。

——那天夜里我从阵地逃了出来，他的话继续着，我混在一队败兵的里面，……有三天的时间我几乎完全失去了知觉，失去了理智，我不知道那时候是否应该活着；我对不起我的职务，对不起我

的长官和朋友。

前线的炮声渐渐地又接近着来了。这屋子里的空气是黯淡而坚凝的，林青史用一种很低的声音非常郑重地这样说：

——战斗是严重的，我仿佛认识了它既庄严又残酷的面貌，这面貌每每使我胆寒，我真不敢对着它正视，我承认我直到今日还是弄不清楚，正好比我迷在梦中，……这些现在都且搁开不管吧，只要能够恢复我们的战斗的勇气，我们用不着处处用严厉的辞句来追问自己，我们有什么需要向自己追问的呢？我们说，我们已经站牢在火线上了，我们正在和敌人战斗着，是的，……战斗着——什么时候我们战死了，我们个人的任务也尽了，——兄弟，这是很简单的一件事，很简单的……一件事……

黄昏的时候，据村子南面的瞭望哨的报告，有一队日本兵从南面不远的一个村子里，沿着左边的一条公路开出了。——这个消息立刻使屋子里的人起了很大的骚动，堕失了战斗意志的败北鬼们，像鼠子似的，眼睛闪耀着火，在屋子里切切地私语着，狼狈地作着流窜，……高峰从地铺上爬起来，面孔痛苦而灰暗，鼻梁的中段显得过分的阔板，这过分阔板的鼻梁几乎要把他作为一个人的表情完全毁坏。他沉默着，像一个木偶似的站立在林青史的面前。

——我们是不是要避免这个战斗？

——我们逃吧！……

——我们还能够作战么？

许多人都急急惶惶的暗暗的在这样考验着自己，追问着自己，仿佛各人都有不同的意见和主张，但是都没有响出半声，提心吊胆的骚乱的情绪完全为一种可怕的沉默所掩盖，而所有的眼睛都集中在林青史一人的身上。

林青史站在他们八十七个的队伍的中间，——这八十七个虽然也是残败的一群，却还能够保持他们的严紧的阵容，至少他们还存有着坚定的信心，到了日暮途穷的绝境还能够不辞一战……

林青史坚定地,非常简短地这样说了:

——同志们,跟着来吧!能够走得动的都跟着来吧!不能够走得动的我们也并不抛弃你们,……因为现在战斗的地点就在这村子的圈子里,一个钟头之内一切都清楚了,如果我们能够战胜敌人,我们总有一个新的转机,不然我们失败了,我们也只好同归于尽!

于是这里发生了神奇的事迹,少数的伤兵静静地躺在屋子里,大多数的战斗员,不分来历的不同,不管所属的部队的各异,他们默默地排列起来,默默地跟随在林青史的背后,虽然有些人的心理还是疑惑不定,不能很快地立下战斗的决心,……

整个的队伍都沉静下来,听不见一点声息,忧郁的原野显得空洞而辽阔,一百多个在村子前后左右的树林里,罅隙地,小河边,田径下,像田鼠似的把自己掩藏得没影没踪。

从南面来的敌人是一个颇为强大的队伍,黄色的,默默地闪动着的影子溶化在黄昏的暗灰色的气体里面,在阵地上,像这样漂亮而整齐的敌人的队伍是不常见的,这个队伍像一条出穴的凶恶而美丽的蟒蛇,使所有惧怕它的和不惧怕它的人们都十分地被它所吸引。——这一队敌人大概是从江桥方面来的。看来江桥是毫无声息的陷落了,而且谁也不能断定南翔是否还在中国军的手里。

苏州河北岸的战斗也许全都结束了,失去了战斗力的中国军看来已经撤退完了,不然日本军不会这样骄傲,他们挺着胸,排着整齐的行列,战斗斥候也不放出半个,枪杆,刺刀,以及身上的军服看来都是簇新的,他们的体格看来都十分壮健,肩膀长的很阔,虽然有些矮得不成样子。他们这样舒舒服服的在阔路上走着,仿佛来的时候既然和战斗没有关系,如今走向那里去也绝对地不会遇到战斗,……

黄色的行列在公路上行进,雪亮的刺刀在暮景中发射出暗白色的光焰,——掩藏在小河边的十五个挺着枪尖,面对着近在二十

米达外的公路桥梁,——这是预定了的,他们一定是从公路上过桥的日本兵最初发现的第一批敌手,骄纵的日本兵在这里最初发现的第一批敌手便是他们。

十五个战斗兵依托着小河边的潮湿而发松的泥土,沉毅地发出了猛烈的排枪,枪声震撼了四周的原野,仿佛有一阵暴烈的狂风在这里吹过,空间里久久不歇地起着剧烈的骚动,——这里相隔约有千分之一秒钟的静默,这是一个痛苦的令人颤抖的时间,在这千分之一秒的时间中,十五个,这最初把身躯投入战斗的勇士们,必须写完这个惨淡的课题:他们必须把自己从胆怯与柔弱中救出,一再的使自己的惶惑的灵魂得到坚定,从而站牢着脚跟,在胸腔里燃烧起炎热的战斗的烈火,用狮子一样的狞恶可怖的面目去注视当前的敌人,……

水门汀的灰白色的桥梁像一只发怒的野兽似的抖动那庞大的身躯,仿佛在那上面发出了一层浓雾,那抖动的桥梁在倏忽之间完全濛糊了自己的影子。排列在公路上的日本兵的整齐的队伍像一列美丽,奢侈的玩偶,他们在那神秘的千分之一秒的时间中,丝毫不能使自己的队形有所变动,只听见一声声的狂叫的粗犷的声音,从那怪异的队伍中发出,而埋伏的中国军正也在这里把握到非常充分的战斗的余裕。

有二十七个中国军用猛烈的火力作着前导,从一个稀疏的树林里闪出了他们的蓝灰色的姿影,他们在战斗中完全舍绝了所有一切的掩蔽,一个个走过那青绿色的田圃,把自己的蓝灰色的影子完全显露。在那灰暗的晚色中可以清楚地瞧见。二十七个的跃进的姿影说明了这急不容缓的战斗时间,他们跃进了,他们交出了一切,把一切都给与了战斗,——猛烈的枪声震荡着耳鼓,震荡着四周的静默的原野,沉重地紧压着低空。地面上突然升起了一阵阵的厚厚的尘土,这尘土几乎要把低空里的一切全都掩蔽。

有三个年少的中国军从村子的背面走上了村子与公路之间的

高高的土墩，他们急激地放射了排枪，这暴烈的战斗场面叫他们如梦初醒似的发出了惊愕，他们用全生的力量去凝视当前的劲敌，却似乎还不能够把射击的目标把握得更准些。

二十七个的跃进的姿影说明了这急不容缓的战斗的时机……他们跟随着夜阴的来临而濛糊了光辉焕发的面目，他们对敌人的攻击有如雷电的迅急，而他们这时候所战取的却仅仅是从田圃到公路间的三十米达的行程，……

在村子西侧的一间小屋子的门口，林青史碰见了高峰和八个带匣子枪的战斗兵，……

——上屋顶！……上屋顶！……林青史厉声地这样叫，严峻的目光在高峰的惨淡的面孔上碰出了火焰。

由两个兵士的肩膀作为扶梯，第一个兵士攀登上去了。

于是第二个。

第三个。

高峰的受伤的左手剧烈地发出颤抖，他频频地向着林青史点头，一如恍然地有所领悟，对于自己身受的巨重的任务毫无异言，——他是攀登上去的第四个，他的矫捷和机警使林青史暗暗地发出惊愕，……在狂噪的枪声中可以清楚地听见，高峰，那恢复了战斗力的勇敢的战士，用非常洪亮的声音这样叫：

——上！——上！还要高些，要爬上屋顶的脊梁！望得见么？敌人在那里望得见么？放！猛烈的放！……

敌人的猛烈的火力集注在这屋顶的上面，机关枪的子弹依据着纵横交错的线在屋顶上往来驟驰，破碎的飞舞的瓦片发出巨兽一样的凶恶的叫鸣。

于是有三个战斗兵在同一个时候中从屋顶上滚下了，残破的屋顶在敌火的攻击之下簸颠地仿佛要从地面上升起，敌人的机关枪的子弹有时候集中倾注在屋角上，屋角崩陷了，石灰的浓烈的气味和血腥混合，构成了一种沉重难闻的气体。

当战斗结束下来的时候，林青史像一匹疲累的马似的垂下头来，高耸着肩膀，脚胫变得有点跛，上身在空间里剧烈地作着抖动，他默默地走出了村子的东边，和他的部下相见的时候，把高举着的手轻轻的稍为摆动了一摆动，仿佛有意地要对他的部下实行躲闪，至少他这时候不高兴和他的部下交谈，一和他的部下碰头的时候总是匆匆地从这边跑到那边去。

从这公路上开过的日本兵至少有一个营以上的兵力，这里有七个步兵的野战排，一个附属的通讯分队，七个野战排除了一小部分给逃脱了之外，其余的和那附属的通讯分队在中国军的袭击之下完全歼灭了。桥以南一里多的公路上以及公路的两边堆满了尸体，被击倒下来的马匹，枪械，弹药，通讯器材，——中国军冷落地从激烈的战斗中突然走进了这个悲惨，可怕的地区，像行动在旷野上的狼群似的，显得寂寞，疏散而松懈，然而野蛮地作着贪婪的追寻。

细雨好像浓雾，天上的云层染着淡黑色，——炮声在人们的晕懞的耳朵里成为沉重而暗哑，……靠着一条小河流的岸边，有着一个很小的古旧的，破落的市镇，小河流从南到北，黑的烂泥，黑的污水，像一条骨腐肉落的死蛇似的静静地躺着，无限止地发散着令人窒息的奇臭。巨重的炸弹落在一层桥梁的上面，桥梁翻倒下去了，不知从那里来的一堆新的泥土，像山丘似的填满了小河流，靠近着桥梁的碎石筑成的街道——这小市镇唯一的街道裂开了很宽的缝隙，而令人触目惊心的是，用这道缝隙作界线，靠近着小河流的这一边的地面和房子全部落陷下去了，这里一连有八座房子在炸弹的可怖的威力之下变成了断壁碎瓦，——从这里向东走不到十五米达，有一匹马和五个兵士的腐烂的尸体在横陈着，……

——……饿得很呵！一个黑面孔的兵士这样叫，他坐在一个很大的木制的车轮上，一只手用力地挖着深深地凹陷着的肚皮。

在他的左边站立着的是一个瘦小的湖南人,他的军帽子低低地压着额头,一副沉郁的面孔总是过分的向上仰,他把身上背着的一枝日本的十一年式的手提机关枪搁在脚边,默默地对那黑面孔的兵士点了点头。

队伍暂时地在这死的市镇里歇息下来,他们带来了胜利,带来了疲困和饥饿。他们散乱地在街上躺下了,疲困和饥饿给予了他们不能忍耐的严重的折磨,……

细雨逐渐的加大了,兵士们有一半躺倒在烂泥上面,许多人失去了草鞋,失去了袜子。

——饿得很呵!

——这里一点水也没有!

——同志们,我们得转回嘉定去,我们在这里兜圈子有什么用呢?

——不,嘉定太远了,到南翔去吧,到南翔去要近得多!

——喂,你们在日本兵的身上捡到酒么?

一提到这个,人们哈哈地笑起来了。

——是呵,我捡到了一瓶威士忌。

——不要互相瞒骗吧!还有面包和火腿,……

于是有人在“面包”和“火腿”这香喷喷的名词下本能地伸出了乞讨的手。

——分点来吧!分点来吧!

——都吃下了……

——那么再不准叫饿了!

——同志们,一样的,吃了也是一样的,……

这时候,有两个兵士抬过了高峰的尸体,——他在这次的战斗中受了重伤,在路上死去了,——在他们的后面,有林青史,特务长,还有八个战斗兵,那光荣的牺牲者的同志和友人们,在背后跟随着。林青史挥着臂膊,他低声地这样叫:

——同志们,都起来吧! 立正吧! ……要的,要立正的。……

兵士们踉跄地从地上爬起来,新的漂亮的武器抛掷在地上,松懈了的弹药带像蛇似的胡乱地在腰背上悬挂着,有的一只手拉着解脱了的绷腿。仿佛在峻险的山岭上爬行似的佝偻着身子。血的气味重重地压迫着他们,使他们不敢对那英勇的战士的尸体作仰视。

于是人类进入了一个庄严而宁静的世界,他们的灵魂和肉体都静默下来,赤裸裸地浸浴在一种凛肃的气氛里面,摒除了平日的偏私,邪欲,不可告人的意念,好像说:

——同志,在你的身边,我们把自己交出了,看呵,就这样,赤裸裸地!

两个兵士稳定地,慢慢地走着,屏着气息,仿佛注意着已死的斗士的灵魂和他的遗骸的结合点,不要使他受了惊动,要和后来一样的保存他的一个意念,一个动作,一个姿势,……

残酷的战神夺去了英勇的斗士的身躯。他是这么年轻,他默默地躺在那用竹椅做成的担架床上,血的头发,血的耳朵,血的鼻子,未死的战士们会永远熟悉他的相貌,永远熟悉他存于胸臆间的灵魂和意志。

两边的兵士都低下头来,——两个兵士越发变得迟钝起来,沉重的尸体在自造的担架床上剧烈地抖动着。然而一切都更加静默了,凛然地站立着的弟兄们仿佛一致的对他们的斗士的灵魂作着最亲挚的问讯。

——同志,安息吧! 安息在我们的心中,只要你能够获得一点安慰,凡是你所需要的我们都无条件的交给你! 在这残酷的战斗中我们要锻炼出钢般坚硬的肩背,用这肩背来荷载你以及所有的战死者们的骷髅! ……

猛烈的炮声震击着上空,苏州河以北的地区始终不曾停止过

战斗。可怕的变动又开始了，——三十七架的日本飞机，带着震撼一切的威武掠过了上空，在北面相距约两公里外的地区，施行了疯狂的暴炸，在溟濛的天色中可以清楚地望见，三十七架的日本飞机在北面相距约两公里外的地区的上空，像春天的燕子，非常活跃地在舞动那黑灰色的影子，巨量的炸弹的爆炸声和炮声混在一道，构成了一种巨大的惊人的音响，四周的田野间有无数的老百姓像打破了巢穴的蚂蚁似的在奔窜，……

二十分钟之后，一切的情况都清楚地判明了。

林青史非常静穆地喃喃的说，

——如果奋勇地再干一次……怎么样呢？

弟兄们非常吃力地在听取着，一个个像神经麻木的老头子似的十分地不容易领悟，但是他们的态度是忠诚的，恳切的，对于林青史的话他们几乎用了整个的灵魂去接受。

林青史于是下了急行进的命令，他告诉所有的弟兄们，现在唯一的目的是如何迅速地去接近正在和友军战斗中的敌人。

如果中途遇到了空袭呢？

如果中途遇到了敌人的截击呢？

是的，这些都是可虑的，——但是，还是迅速地行进吧！迅速地行进，……迅速地……因为在这里，队伍可以忍受任何巨重的意外的损害，却绝对地不能空过这战斗的时机！

队伍成为散乱而不完整的连纵队，严重的疲困和饥饿继续折磨着每一个的灵魂和体力，他们迟钝地踏着沉重的步子，这行列有一个特征，就是，坚定，沉重，一点也不暴躁，然而这是危险的，要是再进一步，那就近乎松懈了，甚至要堕失了战斗的热炽的意图。

意外地，队伍刚刚通过了一个村子，很快地就加入了战斗，——他们是不会把自己隐藏起来的，停止和掩蔽在这里都绝对地成为不可能，敌人的广大的散兵群在两边藏着疯狂地袭击这个队伍，从四面发出的可怕的呐喊声企图着动摇他们的意志，但是他

们只是来一个彻底的不理会，他们的路线是要像一把刀似的直入敌人的阵地的脏腑，这个路线决不为了其它的突发事件而改变分毫，……他们于是造成了一个战斗的险境，并且把自己驱入于这个战斗的险境里面，敌人的四方八面的攻击使他们陷进了绝望的重围。从最初起，战斗就走上了肉搏的阶段，——他们一个个挨近着身子，清楚地目击着彼此所遭受的运命，……

在一幅长满着扁柏的坟地上，五个中国军占据了一个优良的据点，他们步枪发射了非常单薄的火力，却非常准确地使每一颗子弹都能够击倒一个敌人。有三架机关枪在一座高拱的桥梁上以十五米达的短距离对准那坟地射击，扁柏的扁叶子纷纷地断成了碎片，像蝗虫似的在空中作着飞舞，但是一瞬的时间过后，那三架机关枪立即暗然地停止了呼吸，——这里有三个中国军在对那桥梁施行威猛的逆袭，他们所用的是手榴弹，三架机关枪唱出的颤动的调子在手榴弹的爆炸声中突然中断，桥梁上的八个日本兵有五个倒下了，继着是用白刃战来完结了其余三个的可悲的运命。从这里向南望，近在二十米达外，从西到东，流着一条很小的小河流，灯心草和水莲的焦红色的残躯掩盖了流水，小河流的彼岸是一列新建的白墙壁的小屋子，有一排左右的中国军沿着那白墙壁的脚下作着跃进，另外，在那一列小屋子的背面。又有一排的中国军，用一幅棉田作着掩护；向着同一的方向在寻觅他们的对手。他们的样子看来大概都差不多，弯着腰，曲着两股，上身过分地突向前面，没有绷得很紧的弹药带和干粮袋，在凹陷着的肚皮下剧烈地作着抖动，疲困和饥饿又阻挠着他们的行进，有的身上带了两杆枪，还有别的战利品，那么在这样的行程中他们只好显得更加没有把握，简直随时随地都有被击倒下来，或者像一块大石块似的晕濛地撞进河浜里去的可能，……

于是战士们底眼前映出了一幅巨大的，美丽而庄严的画景，在一个沿着水池的岸边长起来的竹林下，散乱地摆列着七尊敌人的

被炸毁了的重炮,这是一个惊人的耀眼的发现,跃进的中国军不能不呆住了,——这里只有一堆堆横陈着的敌军的死尸,能够留存了性命的敌军都逃去了,能够坚定地继续作战的炮兵一个也没有,中国军非常惊愕地否认这个突发的意外的情景,他们几乎要停歇下来,向来所有败走的敌军退还这个偶然的胜利。

这次和敌人正面作战的是×××师三十六团,——当战斗结束之后,林青史带回了他们残存的队伍,下午七点钟光景,在陆家池找到了三十六团的团部。

三十六团的团长,一个高大,壮健的云南人,他对林青史这样说,

——你们这一次打得好极了,——但是你知道么,这一次的胜利对于我们整个阵线可以说毫无意义,我们要撤退了,我们是一个掩护撤退的队伍,任务是无论在胜利或失败的局面下都必须把它完成的,……

林青史请求他帮助他们三日的粮食,但一点也没有得到答应。

林青史从三十六团的团部回来后不到十分钟,三十六团开始撤退了。但是在撤退之前,他们还有附带必须要干的一件事,就是迫使林青史的队伍立即缴械。

一个营长这样转达了他们的团长的意见,林青史质问他为什么要缴械的理由,他说是“你们的来历不明”。

就这样,三十六团的弟兄们开枪了。他们用了五个连的雄厚的兵力来参与这个富于娱乐性的战斗。

林青史决定给他们来一个猛烈的逆袭,但是不好,他们的队伍太疲劳了,他们在这次战斗中剩下来的只有五十多人,他们再也不能担任这个最后一击的任务。

于是像一簇灿烂辉煌的篝火的熄灭,英勇的第四连就在这个阴黧的晚上宣告完全解体了,而可惜的是,他们不失败于日本军猛

烈的炮火下，却消灭于自己的友军的手里。

一如以上所述的情形，林青史，那漂亮而稚弱的少年军官，在这一次伟大的战斗中是这样的完成了自己的任务。

但是他并没有完结了他底性命，他竟能够从那险恶的处境中安然逃出，他像一只骆驼，必须负载着这巨重的担子走尽了他的壮烈而痛楚的路程。

他独自一个人在黑夜中摸索，好几次猛扑在积满着污泥的罅地里，身上的衣服全湿了。

是饥饿，疲困和寒冷。天色微明的时候，——他发现自己像一只被击伤的狗似的躺倒在一条潮湿的泥泞的公路边，——他听见有一队中国军在公路边开过，而在这个中国军的队伍中，他发现了一个熟人所发出的声音。他是第三营——和林青史同一团的第三营营部的特务长，他知道林青史的直属营部的所在地。

细雨还在下着，炮声疏落而遥远。过度的喜悦使林青史恢复了体力，他非常激动地对他底朋友述说了数日来在火线上苦斗的情形，——特务长，那和蔼的中年人深深地被感动了。

——中国的新军人果然在旧的队伍中产生了！他这样赞叹着。

但是他又告诉林青史，营长高华吉已经对上峰呈报了林青史底罪状，林青史如果回到他们的营部，恐怕要被处决，为了保持林青史底宝贵的战斗历史，为了保持抗日的有生力量，他劝林青史对那严峻的军法实行逃遁。

林青史在数日来的战斗中有着慷慨激昂的精神生活，以至忘记了自己行动上的错误，听了他底朋友的报告之后，知道自己犯了极大的罪过，——他完全转变了一个人，数日来的英勇的战绩完全地被否定了，除了谴责自己之外，他再没有新的认识可以叫他从一个死的囚徒的地位获救。他虽然知道自己的运命的危险，但是为

了成全自己底人格，他决不逃遁，——他坚决地回到营部去，在营长的面前告了罪。

自然，营长是不会饶恕他的。一见面就立即把他枪决了，而林青史对这严峻的刑罚却一点也不为自己辩护。

一九三八，四，十二，于建德。

（选自《七月》十三期，一九三八年五月一日出版；
十四期，一九三八年五月十六日出版。）

艾青

忆杭州

(中央社杭州廿四日电)钱塘江已实行封锁,义渡亦已停航,船只集中南岸江干,备调他处,义渡码头及杭州电厂水厂,均经我军自动破坏,浙赣路江边站最后一次客车,系于廿四日晨零时开出,杭州城内万户阒然,行人绝迹,街巷通衢,满布防御品物,西子湖上画舫尽沉水底,盖已入于战时状态矣,两日来阴霾四合,黯云欲雪,虽则六桥三竺,烟水依然,但湖上无一叶扁舟,有三潭寂影,细雨濛迷,寒风萧索,独南山朱梅,西泠松柏,与湖滨陈英士像遥相瞻对,景物凄凉,已非昔比。

九年前的这些日子——

每天,在吃稀饭以前,不论是晴天还是细雨罩住湖面的早晨,我常是一个人背了画具,彳亍在西湖的边上,或是孤山的树林间,或是附近西湖的田野里,用自己喜爱的灰暗的调子,诚挚的心,去描画自己所喜爱的景色。那时的我,当是一个勤苦的画学生,对于自然,有农人的固执的爱心;对于社会,取着羞涩的嫌避的态度,而对于贫苦的人群,则是人道主义的,怀着深切的同情——那些小贩,那些划子,那些车夫,以及那些乡间的茅屋与它们的贫穷的主人和污秽的儿女们,成了我作画的最惯用的对象。

因为自己处境的孤独,那种飘忽而迷濛,清晨与黄昏的,浮动着水蒸气的野景,和那种为近海地带所常有的,随气候在幻变的天

色，也常为我所爱。

除了绘画，少年时代的我，从人间得到的温热是什么呢？

我曾凝视过一个少女的侧影，但那侧影却不曾在我的画册上留下真实的笔触之前就消隐了。

我曾徘徊于桥头，曾在黑夜看过遥远的窗户上的灯光。

就在那时，我开始读了屠格涅夫，而且也爱上了屠格涅夫。

西湖是我的艺术的摇篮，但它对于我是暧昧的，痛苦的。它所给我的，是最初我能意识到的人生的寂寞与悲凉——我如今依然很清楚的记忆到，在一个细雨的冬天的早晨，寒风从那些残败了的荷叶丛中溜过，我在一个墙角，曾落下了冰冷的眼泪。

杭州是可咒诅的了。

第二年的春天，我离开了杭州。想起它时，只是充满了懊丧与埋怨。

大海的浪，冲去了我心中的那种结郁，旅行给我以对于世俗的忘怀。

我所在的不再是那中世纪式的城，机械与人群的永不休止的呼嚷，使我忘去了孤独，生活影响了我的思想，也改变了我的审美的观念，我开始使自己了解人类文明的成果，我能用鲜明的对照的彩色来涂抹我的画册了。

几年后，我曾几度在旅行中经过杭州，每次经过时，也不知由于畏惧呢还是由于憎厌，心底里像有一种隐微的声音催促着我："不要停留呵，不要停留呵……"就像我是从它那里逃亡了似的。

今年九月，我又在杭州住下了。

它仍是使我感到沉闷，窒息，难于呼吸。

我仍是用逃避的脚步，在街上走着，在湖边走着。

西湖没有什么变化——迷濛,飘忽,柔软。人们依然保持着中世纪的情感在过着日子。一种近似伪饰的安闲浮泛在各处。

战争并不曾惊动他们,他们——杭州的市民,有多少曾为民族的命运顾虑过呢?

我的画学生时代的教师们,多数仍在西湖,他们都买了地皮造了洋房,成了当地的名流,有的简直不再画画了。

十一月,敌人已从金山卫登陆,杭州在军事上已极重要,但除了单纯的军事的调防之外,负责当局仍不曾在民众运动上开放过——个人的地位与荣禄使他们忘却了整个民族的厄运。

最后,我教书的学校,没有学生来上课了,我也就借了盘费离开了杭州。

不久,听说杭州的居民已逃走,省政府与省党部都早已迁至金华,而那在临走前两天还劝人们"高枕而卧"的《东南日报》,也改在金华出版了。

有一天,我在一个村上遇见了一个背了包袱的警察,他说是从杭州逃出来的——他走时城里已三四里路看不见一个人影了。

那时敌军还不曾攻嘉兴。

今天,我在想念着杭州……

我不能违心地说我爱杭州,它像中国的许多城市一样,挤满了偏窄的,自私的市民,与自满的卑俗的小职员,以及惯于谄媚的小官僚,和专事奉迎的文化人,他们常以为自己生活在无比的幸福里,就像母亲似的安谧。在他们,从不曾想到会有如此大的祸患,真实的落在自己的头上。他们恐怖着灾难,但他们不会反抗,而且也不想反抗。最后,他们逃跑了——却仍旧不曾放弃掉偏窄,自私,自满,谄媚与奉迎;所放弃的是农人们给他们耕植的土地和工人们给他们建筑在土地上的房屋。

今天,敌人已迫近了杭州,明天或后来,我们的英勇士兵,将以

温热的血与肉，作着保卫杭州的防御战了。

杭州，从来迷漫着和平烟雾的西湖，将要迷漫着战争的烟火了。

或者，敌人的残暴的脚步，很快就踏遍了整个杭州，或许，敌人的兽性会把西湖的一切摧毁，或许，西湖的血会染成紫红的颜色……

但是，我们却应该为杭州欣喜，因它愈为怯懦的，无耻的人们所弃，却愈为英勇的，坚强的战士们所爱，它将在敌人与我们间的争夺战中惊醒过来……

今天，我想念着杭州，我想念着，眼前就浮起了它少时的凄凉，我是极度地悲痛着，但我却不再流泪了。

我以安慰自己的心情，默诵着这为我最近所爱的话："让没有能力的，腐败的一切在炮火中消灭吧；让坚强的，无畏的，新的，在炮火中生长而且存在下去。"

一九三七年十二月二十五日

（选自《七月》六期，一九三八年一月一日出版。）

史　萍

田梨先生

一颗颗亮晶晶的陌生的眼珠子，钉住了我，不放松地，似乎要一下子就看透来者是什么人。我敏捷地感到了自己的平庸。既没有“高中以上的文化水平”又没有“相当的救亡意识和经验”，到训练所里来，仿佛不配身份，虽然正取里面有着我的名字，于是，我垂下了头，不敢和那欲刺伤人心的视线相接触。突地，有人在满含着友爱地招呼了：

“密斯史，怎么你也不来这里？我几乎不认识你了，你比从前年青得多啦！”

（嘿，年青，开玩笑吧？给生活折磨得连自己的岁数也忘却了。）

“谁呀？”无声地问着，随即记忆告诉我，那个刚才招呼我的，是绍芳里的何先生，面容比从前瘦得多了，年青的额上，疏疏的有着几条皱纹。生活的烙痕吧？

“原来是何先生，绍芳的后来情形怎样啊？”

我一开头，就追问着惦念中的绍芳，绍芳，是我们产生的！

“绍芳吗？结束的情形够惨，教员逃的逃，被捕的被捕。结果，学校被封，还说什么有党派，有背景，其实我们都是热心救国的人，主张‘生活即教育，社会即学校’者，参加参加示威游行，办办工人夜校，……就像田先生，他是非常努力的一个。你认识不？也是绍芳的教员。今年早春被捕，直到最近才出来。他从前是山海

工学团里……”

“是怎么样的一个人?”

“福建人,黑黑的,瘦瘦的,牙齿很白,喜欢吃花生米,很会说笑。现在是下面华华中学的音乐教员,我们买花生米去庆贺他的出来吧?”

“我记不清楚,去望望他好了。”

求见的迫切,花生米始终没有买。

在教职员的寝室里,见到了曾经见过而忘却了的田先生。人,瘦得有点叫人不相信他是健康着的,但他却笑得那么生动,有力,黑黑的脸颊上的一排又白又齐的牙齿,在人们心上抹了深深的印象,头发长长的,像荒野一丛蓬乱的草,好多时没有修理过吧?

他请我们坐下来,随便的问些训练所的情况,然后,热诚的谈着他认为得意的史迹:

“沪战发生以后,日本飞机天天来苏州侦察投弹。我们的监狱,当然也是它投弹的目标之一。有一次,在我们监狱门前,投下了几个炸弹,我们谁都不愿作白白的牺牲,所有的政治犯,狱卒,伙伕……都一致的要求上面移往他处。当夜,我们一行人就动身到太湖东山乡村,那一夜,偏偏没有月亮,也没有星星,四野是无边的黑暗,路又高高低低,土丘、池沼,一会有人掉下了水,一会有人给障碍物绊了跤,……路真是难行,但又不好点灯,恐怕给日本飞机瞧见丢炸弹。我们整整地走了一夜,一点都不感到疲倦。很久没有呼吸到自由的空气了,一旦破除奴隶的链锁,在旷阔的大地上自由呼吸,快活是难以言说的。我们歌着,歌着,歌唱那自由的歌。到了山,少了一个人,后来还是他自己跑回来了。他是迷失掉了路。我们一百多个同志,吃饭是自己用一口大锅子烧的,我们分成几队,宣传、侦缉汉奸、帮助农民工作,因为我们和农民生活打成一片,所以很得到农民的信任,供给我们物质上的需要。我们每天开

着小组会议,分配工作,宛若一支有纪律的军队。这样一星期的生活,连院长都感动了,说我们确是中华民族的优秀分子,……每人分五块钱路费解散。我们就分做两批到了上海,第一批五十六个,第二批五十多个,三十多个北上去参加抗战,其余的,留在苏州干救亡工作,……"

他浸沉在甜蜜的回忆里,又问到过去:

"我那夜没有回来,你们以为我在大场过夜吗?"

"我们知道你不会在大场过夜的,一定是被捕了!"

"但是,我自己是再也不会料到从工学团里出来,在公共汽车站里候车,就被两个不相识的挟上了汽车,……"

第二次的会见,是在某公寓里,那是朋友L的住所。

他穿着一套不打领结的蹩脚西装。见我进门去,只笑了笑,管自读他的《抗日的第八路军》。模样儿,读得满有劲呢。

L不在,他的一个朋友来访,我知道他是在肇和中学读书的,但不满于"读死书""死读书"的现象,很想找一点组织关系,而"苦于救国无门",我就把田先生介绍给他:

"这位是田先生,文化界救亡协会的联络员,对于各团体,都非常熟悉,你要工作,找他得了。"

田先生,对这位来访者,本来不曾注意到,一听了我的介绍,即刻扔下了书本和他谈起学校的现状和目前政治的分析,并且还指示他怎样开展学生运动和别的什么来。

他们两个儿谈得怪亲密。田先生真把工作看得比生命还珍惜呢。

在一个静穆的深夜,我和叶君从怡和丝厂的工人夜校回到公寓。孔、陈、谢……诸先生都来送我们的行,为了开展救乡工作,明天我们必然的要离开上海。

没有一句"依依惜别"的话。有的只是讨论回乡的工作大纲,

和今后的联系，最后是大家尽情地歌唱。

在我们一群的歌声里，显示了他特有的喉咙，那么清脆，那么洪亮，拍节又是十分的准确，哦，富有音乐天材的田先生！

“我们祖国多么辽阔广大，它有无数田野和森林，……”

歌唱，任情地歌唱。

每个人的心头是愉悦、轻快、亮爽、……

谁能再体味到“不知何日相重逢”的别离是苦辣的呢？

田先生很忙，因此很少有见面的机会，但我能够理解他是一个冷静而又热情的，迫切地追求着光明的人。

田先生，连一分精力都舍不得化费在“生财有道上”，所以他的生活很困苦。常常为了一餐饭从沪西跑到南市，从法租界跑到徐家汇。也常常为了工作，跑了许许多多的路。没有地方住，只好住在交通不便，又是日本特务所注目的抗日大本营——华华中学（伤兵医院，救亡工作人员训练所，战时服务团的所在地），而终于形成了这样不幸的遭遇，——十二月二十一日厦门某报上的新闻：

“上海日军随意逮捕华人

沪愚园路华华中学教员福建人，田梨，十八日下午突被便衣日人四名逮捕而去。并有日军十余名到校搜查，……”

田先生，是重入囚牢了。这一次在暴敌的魔手里，一定会受到种种不堪设想的恶毒刑罚，到生命消失了为止罢。田先生，你就这样无声无息的死去了吗？不，你将永远的活在我们的心头！

一九三七，十二，二十五，厦门。

（选自《七月》七期，一九三八年一月十六日出版。）

力　群

“他们全开到前线去了！”

每次王教官带我们全队出城，在北门外的广阔的沙河上，演习了散兵线，攻击，冲锋……以后，大家摸出手帕，拭着冷汗，轻松地“稍息”下来的时候，我凝视着横亘在我们眼前的高峻而重褶的山峦，以及那站立在山丘上瞭望着各方的灰白的“碉堡”，一幅内战时代的动人魂魄的图画，就立刻浮现在我底眼前了。在那绿色的山松的身旁，褐色的巨石的背后，似乎出现了英勇的在钻动着的神出鬼没的人影，也似乎在那张着方形毒眼的“碉堡”周围出现了鲜红的血迹……。一直在王教官的“立正！”的巨声电袭了我底耳际，这才使我从历史的罪恶的旧时代跳回到这全国统一下的卷烧起伟大的民族革命战争的烽火的现实里来。

是的，现在站在我们面前的，佩着闪光的领章和闪光的小宝剑的，就正是从前钻在“碉堡”里执行过内战的人。

但王教官实在是一位令人喜于接谈的军人。虽然他时常骂着队员们“妈的，大萝卜！”①但他却委实粗直的可爱，几乎是心里有什么就说什么的，不像我数月来所接触的那些什么“长”什么“员”似的，使你觉得他们虚伪得讨厌。比方王教官觉得这太湖的绅士太可恶了，他就会向我们说：“太湖人都是大萝卜！妈的，绅士们

---

① “大萝卜”在太湖是一种骂人的话，是“傻瓜”“愚蠢”的意思。但有时，也作“废料”解。

更可杀!”接着说:“我有一次去见张绅士,有十一点钟了吧,你猜,妈的,他还和太太抱着睡的不起床,我拿着公事在门外等……,这样紧张的时候,这些大萝卜不该杀头吗?”

但王教官对于自己的恶行也毫不掩饰,不像绅士们似的。

“我什么毛病都没有,就是喜欢赌博,两个月来,输他妈的三百多元!”

他是这样一个赤裸裸的家伙,因此我和同伴们都喜欢时常和他攀谈。本来大家也明白,和他谈是谈不出什么高深的理论来的,所以往往总是全当着消遣。

王教官最喜欢挂在嘴上的,是关于“赤匪”了,据他自己说,在江西曾经剿过好几回。可是他每次的结尾总是说:“妈的,他们真厉害!他们真厉害!”

“王教官,我们不是到处都有‘碉堡’吗?”我问。

“哪里有那么多的‘碉堡’和兵力呢!妈的,他们像鬼一样,来去都使你不知道。”

“他们是这样的能干吗?”

“妈的,他们真厉害!”他依然是那句老话。

是一个极冷的寒夜,太湖的山头在前两日就镶上了银色的白雪,冷风从门窗缝里袭来,像搜索似的,使你在房里停立不住。

“王教官房里有火,我们去谈天去吧!”老刘向大家提议了。

“好,走!”

“走!”

于是我们围着王教官的火盆坐下。红炭的碧蓝色的火苗颤动着,不时爆烈着流萤似的火星。在石油灯的照射下,墙上有一把小宝剑闪着明光,据说这是蒋委员长赠的,此外还挂着武装带……。房间是很简洁的,使你一进来就会感觉到这是一个军官的寝室。

“王教官,我们来讨论游击战术吧?”老刘第一个说。

“什么‘讨沦，’我们就请王教官给我们讲就是了。”

“对了，请王教官给我们讲吧。”小陈说。

“哈哈！”是一种军人底高朗的笑，“讲什么，你们都比我学问大；我们还是随便谈谈吧。”王教官叉开两手向着蓝色的火苗，一面对我们说了：“说起游击战，这是‘赤匪’们的战术，我们军队是不大用的，不过，现在我们和日本打仗，人家妈的枪械凶，我们就只好也用‘赤匪’们的游击战了，因为我们一用游击战，敌人的飞机大炮就全失去目标了。”

“王教官，游击战很容易吧？”老刘问罢，即向我打了一个眼线。我立刻明白，这是在探试王教官了，看他说什么。王教官把腰一伸，颈项上的领章就明晃晃地向我们一闪，说：

“这可不是一件容易的事：第一，你得和老百姓联络好；第二，还得每个弟兄有很好的政治训练，能吃苦耐劳，而且要聪明，灵活，就像太湖的常备队，那些大萝卜，怎么能够打游击战呢？笨得要死，人家‘赤匪’多么厉害，从前在江西围剿的时候，我们好几十万大军，和人家在大山里作战，山里森林多，到处都是大树，妈的，一上去给敌人包围啦。前面啪啪啪，后面啪啪啪，结果哪里也是枪声了，还没有好好的打，就败下来，死的真够多噢，六月天，大家用草纸、树叶塞住鼻孔大退却，死人臭得连水都喝不下去，到处都是。人一倒下去，苍蝇和蚂蚁就爬上了，真苦，真惨，妈的，他们也真厉害！你们知道‘赤匪’和老百姓怎样联络的，妈的，到处都是他们的人，你看见一个卖菜的老太婆，以为她是个好好的老百姓吧，不，她就是‘赤匪’的侦探。弄得后来，我们没有办法了……。我们现在要和日本打游击战，就得同他们‘赤匪’似的，和老百姓联络好。”王教官说到这里，略略一停，两手互相摩擦着。大家的视线，像数只长手似的一齐向他伸来，逼迫他继续讲下去。墙上的小宝剑发着明光，显着一副静静的听讲的姿态，一切都归于平静。

但在我却兴起了一种无名的悲愤——我们民族的不幸的创伤

的再现，使我的心的深处感到了痛楚。

“这太湖山的碉堡，”王教官用头向西北方一摆，“你们是看到的，你要知道这太湖城，就失守过三次。在这天柱山一带盘据的，是‘匪首’高敬亭的部队，他们把西北乡划为‘赤区’，把东南乡划成‘白区’，闹了个一塌糊涂。我们派十二个师包围，碉堡和碉堡间都通电话，围了几个月。结果怎么样？妈的，他们在一天黑夜里跑掉了。跑掉了，于是派大兵追、追，追的追的不见啦，倒弄得几个师长受了处分。妈的，原来他们就根本没有走，只是走出了几个‘匪’。你看这家伙们鬼不鬼！后来他们就抄了国军的后路，妈的，真厉害，所以要干游击队，也非要像他们这样聪明灵活不成。”火盆的红火已经灰暗下去，石油灯发着寒光，孤零的被遗忘在桌上。王教官看看大家，继续说：

“有一次我们捉住他们一个政治员的头目，穿的破烂的衣服，瘦得只有骨头了，那家伙真厉害，要他招口供，他就供出两个保甲长来，都是大富，说一个给他们买过子弹，一个给他们报过讯。要把这两个保甲长枪毙了，他就可以供出更重要的军事秘密来。于是军部也就真的照办，马上把两个家伙抓来，经过许多绅士来保，也没有保出，啪啪的两枪给结果啦。你们猜后来那个‘赤匪’的政治员的头目供出些什么来？”

“一定供出很重要的军事秘密了吧！”

“嘿，那家伙真厉害，妈的，他说，我没有什么话说了，你们枪毙我吧！结果倒中了他的计。后来给上了许多刑具，他连一个字都没有说出来，骨头真硬啊！你们要打日本人，也得要有‘赤匪’的骨头才行呀，不然，就要让人家全部消灭了你们的。”

“王教官，高敬亭现在还在山里吗？”小陈问。

“不，已经开到前线去了。后来高敬亭到岳西①，来‘投降’的

---

① 岳西前属太湖县管，最近才划为一县。

时候,我看到的,是一个高大的个子,他说:‘现在中国快要亡国啦,我们还能自己打自己吗!’怪使人感动的。不过要是他们不自己来‘投降’呀,你就是再剿二十年,也没有办法的。其实高敬亭的部队全也不过二十人,枪械还不多,但我们要用十二个师去剿。”

“王教官,我听说在别的地方的红军也开到前线去了?”小陈问。

“是的,他们全开到前线去了。”

王教官的有劲的话声刚一住足,在石油灯的照耀下,在每个人的朦胧的脸上,就浮起一种悲喜和挚情的支流,一闪间,那镶着银色白雪的太湖的寂寞的山峦,以及那寂寞地瞭望着各方的灰白色的“碉堡”,就又闪现在我底眼前了。但接着,在我底眼前也展开了晋北的平型关,雁门关一带的北国的山景,以及在这雪盖的山景上展开的更英勇更壮烈的战斗的图画。

“是的,他们全开到前线去了!”

一月十六日于安徽太湖县。

（选自《七月》八期,一九三八年二月一日出版。）

奚　如

夜底洪流

一九三七年十一月十一日，是太原失守后的第三天，我们正由文水县赶到了汾阳县。——这被雄伟的吕梁山所拥抱，被浩荡的汾河所环绕的可爱的秀丽的城市啊！

我们满以为在汾阳有一天半日的休息，不仅可以借这机会去凭吊一下古代民族英雄郭子仪底遗迹，或者还可以偷闲地去品尝一下那著名的杏花村底汾酒，而且最重要的是能够疏散一下过分的疲劳，恢复原有的精力。

一星期的强度行军，已经把我们底身体弄得滞钝而且笨重，活像裂口后的橡皮车轮，但神经系却因被敌机底经常轰炸声所震动，反而异常的紧张锐敏，像是一颗已经抽出引线，立刻就要爆炸的手榴弹了。

但刚一吃过晚饭，总政治部忽然给我们来了通知——

“务于今晚夜行军赶到下堡镇！”

下堡镇是属孝义县管，在汾阳西面七十里。

不管我们如何留恋着这可爱的城市，如何渴望着这秀丽的城市给予我们的睡眠与温暖，可是，敌人底腥臭的铁蹄，已经踏碎了交城、祁县、平遥等县底田野，有向汾阳奔突的趋势。我们不能不忍心地离开她，急速向下堡镇前进了。

这时，天已黑了。

天气很坏，夜色浑沌而低沉，星月隐藏在密云里面，似乎耻于

看见那些日本强盗底罪恶的脸孔。

吕梁山底群峰还隐约可见，它们仿佛是一些拱卫国土的哨兵，不倦地昂藏地耸立着，在黑暗里监视着一切。

汾河在洪隆地吼叫，带着一种鼓励人的杀伐的意味。

远近的村落都陷入了寂静的深渊，只有狗们在惊恐地狂吠。

到孝义去的汽车路上，有一条火龙在蠕动。那是些从娘子关，从忻口，从太原败退下来的无数的军队。他们纷乱地举着火把，射着手电，提着马灯，洪流似地流动着，流动着。看不见头，也看不见尾。

人在叫喊，马在嘶鸣。

当我们摸索完了五里小路，也投入到他们这一道洪流里了。

这无数的，至少有十万人的夜底洪流，已经泛滥在大地上有一星期之久，他们曾经盲目地毁坏了所遇到的人民底一切——房屋，仓库，牲畜，妻女……

然而，他们又确确实实是我们民族底战士，捍卫国土的英雄。在他们底手上，在他们底脸上，还凝结着殷红的杀敌的血滴。

汽车路算是宽的了，可是已被人马底脚蹄填得满满的，真是水泄不通啊！我们这一小的支流好容易插进里面，便立刻失去了自己管制的能力，变为一注弱水似的，顺着后浪，追着前浪。

火光照透飞起的尘土，一层云雾笼罩着我们底行列。

人马被尘土梗塞着鼻管，呛咳着。牙齿上都沾满了沙，发出咯吱咯吱的咀嚼的响声。

有些人在愤愤地叫骂，那声音是干燥的，昏沉的：

“小舅子们！……在火线上跟鬼子拚命的时候，他们老是躲在飞机洞里，像缩头乌龟似的！……可是这一退，就连他们底影子也看不见了！……我臊他八辈！……哼，他们如今啥也不管……未必叫人去啃自己的屌吗？……”

“走到哪儿……吃到哪儿！……”

“对呀，……人总不能叫肚子饿着！……老百姓家里有的是！……吓吓！……”

“喂，老乡！……你是哪一师的？……你们上哪儿去集合呀？……”

“我是××师的，师部在路上巴了条子，要我们自动赶到黄河边上集合哪！……”

“啊，……过河去呀！……是的，……不错，……那边是红军(八路军)底老根子，顶安全的！……”是一个快畅的高扬的声音。

“不过……不过……”另一个嘶哑而拖沓的声音，“听说那边的红军已经把守了渡口，……不让咱们过去。要……要咱们留在这边……抗……抗战到底哩！……”

“哈哈哈哈！……不错，那小舅子们想得真妙！……这一来……我看咱们的上司……再把咱们带到哪儿去呢？……哈哈哈哈！……”

许多人同时哄笑着，用着极其放肆的嘲弄的音调。

火光明灭着，脚步推移着，各种枪尖在凌乱地晃动。

虽是下霜的深夜，风也寒冽而刺骨，但拥挤的人们底体温互相交流，反而闷热得都在流着汗。

忽然间他们发现了我们这一群，尤其重要的，是他们发现了我们那几位女同志。

“嘘，……嘘，……女……女的呀！”

一个麻脸大汉连连眏着左眼，抽筋似的扭弹着下巴，用贪馋的语气嚷着。

“啊，……是女兵哩！……好家伙！……”

另外一个人奇异的说着，并用肘节骨碰着别人。

“呃，同志！……你们是哪一个部分的？……”他们问了。

“我们是第八路军底战地服务团。”

“唔，八路军吗？”那个麻脸大汉仿佛大吃一惊，立即从隔着两

个人的处所挤过来，用他粗大的手颇重地拍打在我底肩上，爽朗而亲昵地说，“吓吓，你们八路军……仗打得真好……呱呱叫！……”

他竖起了大拇指，摇动着。

从他那实在并不美观的麻脸上，我分明看见了有圣洁的光波在飞腾。

“可是，我们……”他的声音忽然变成了懊恼，“嘿嘿！……摆着挨打的阵，等着鬼子底炮弹飞过来，等着死！……瞧吧，我们这成千成万的人就是这样糊里糊涂地被打垮下来的！……”

他底手轻蔑地一撇，并且瞪起了白眼珠。

“抽烟吗？同志？”一个三角脸的人物匆忙地从干粮袋里掏出一包烟卷，塞在我底手里，说：“这烟很不坏，是大前门哪，同志！……当然……我是买不起这烟的，这是……这是在太谷……吓吓……”他忸怩地笑了。

我知道，这是他们抢来的东西。

这之间，有一个排长从前面挤回到我底面前，过分鲁莽地抓起了我底手。

那手是热烘烘的，给我全身导流着一种同志间的情感和愉快。

我们两个人的手紧握了足有两分钟，彼此都浸沉在庄严的沉默里。然后，他像宣誓一般的说：

“过去，……嘿嘿，有什么理由要把枪口对着你们呢？那……那真是傻事啊！……而现在……我们实在应该平心静气地跟着你们学呀！……不是吗，同志？……”

被这位排长过分的谦虚所惶恐，我诚挚地说：

“但愿我们像亲兄弟样，互相观摩，互相采法。过去的事，我们大家都要负责的，希望我们民族团结得像一个人似的，不但在抗日的过程中我们要共同奋斗，而且在建设新中国的长远的过程中也要共同奋斗到底！……”

夜是依然漆黑而沉寂，可是，我们这夜底洪流在继续地猛进着。

一九三八，一，二九，汉口。

（选自《七月》八期，一九三八年二月一日出版。）

运　输　员*

有一次，我们这支小小的队伍，在火车站上发生了一场不大不小的纠纷。起因是为了争坐三等车厢，而着实动火吵嚷的，是一个新从供给部队派来的运输员。

那时，我们从太原出发，准备到聚集着数千铁路工人的阳泉去工作，但正当出发前两点钟，一个出人意料的电报，从在阳泉那边作战，由刘伯承、徐向前二同志所领导的一二九师打了来，说：

"娘子关已被敌人突破，阳泉正开始了猛烈的战争，战地服务团似可暂缓前来。……"

我们已经在太原工作了两星期，实在不愿再待下去了，既然阳泉不能立即就去，但不妨先到榆次，一面工作，一面等候阳泉战况底发展，再决定我们行动的方向。

太原城当时正处于敌人猛烈的飞机轰炸之下，白天里所有的商店住宅都是关闭着，行人稀少，只有晚上才突然恢复一下都市的风光，电灯燃了，商店开门了，车马行人拥挤在明耀的街道上，显得十分的纷乱紧张，似乎都在暴躁地要把白天里恐怖荒凉底压迫，一举而向自由的夜市求得解救。我记得当我们通过东城门时，我们那七条从陕北带来的驴子，有一条就被几架横驰急叫的军用汽车

---

* 运输员即普通军队里的挑伕或伕子。

辗死了,而另外六条则被冲散了。

好容易我们才东碰西闯地到达了正太车站。

满是喧嚣的待车的士兵和马匹。炮车底铁轮在搭板上咕咚咕咚地鸣叫,呆重地滚进马车。沿车站底墙脚,胡乱地躺着新从前线运回来的呻吟的伤兵。

几点昏黄的路灯凝视着这动乱的场面,风悄悄地带来了雁北底寒凉。

铁路管理局给我们拨了两个车厢,一个是三等客车,一个是铁皮敞车。

根据人数的多少来分配车厢,当然应指定工作人员乘坐三等客车,事务人员乘坐铁皮敞车。另外还有一个原因,就是我们底大小行李和牲口,必须放在敞车上,而看管它的职责,又一定得属于事务人员。

但因此竟发生了一场纠纷。

事务人员拒绝这指定,也可以说反抗我们关于分配乘车的命令。

七个小鬼(勤务员)像受了什么盖天的冤屈,一个个嚎哭着,从铁皮敞车上跳下来,叫嚷道:

"这样不平等呀!……我们事务人员不是人吗?……为什么我们该坐这敞车呢?……"

那个专负约束事务人员的管理员,也在吵闹声中,格外张大他那浮肿翻红,活像一对灯笼似的沙眼,用鄂豫皖边的腔调,鼓舞着他底直属部下:

"是的,我们全体下车!……不去!……请上级把我们送到禁闭室里去好了!……"

其间吵嚷得顶凶的,还算是一个新来的运输员。

他已经是四十多岁的人了,个子很矮,有两抹很尖很黑的胡须竖立在嘴角,那使他底整个面相都格外显得顽强。

他像一只暴躁的狼，连连跳着脚，并用扁担捣击着地面，仗着他锐利刺耳的四川口音，愤愤地说：

“我们是无产阶级，他们上过大学，是资产阶级啥，……是哪嘛，我们还有资格坐好车子？……但只是，从前我们在四川江西闹土地革命，打游击，经过雪山草地，饿了啃皮鞋底的时候，他们是在啥子地方的呢？哼，现在……闹民族革命，讲统一战线了，他们就都来了，并且还要坐漂亮车子！……”

“同志，这没有什么大不了的哪！……三等车厢只有一个，我们不能把它分成两半啊！……再说，敞车总归要分配人去坐的，如果分配工作人员去坐，让你们坐三等车厢，那末，他们也跟你们一样，争起平等来，那怎办呢？……”

不待我给他解释清楚，他还是哇喇哇喇嚷着：

“我们要的就是平等！……过去，莫说旁的，就是总司令朱德，我们也曾经在一个稻草堆上，平头齐脚地睡过！……”

我知道这农民底平等观念，是一下子说不清的。而他那把农民以外，凡是带有一点城市气质的人，都一律喊作资产阶级的朴素而错误的逻辑，也不是三言两语所能纠正的。但我知道有一个东西，深深地主宰着他底灵魂，他是无条件地服从着它，作为对于事物判断的准则。

于是，我从这里对他发问了：

“你是什么时候加入红军的？”

“一九三三年。”

“哪一部分？”

“四方面军。”

“你是党员吗？……”

“是的，我是党员！”

“入党多久了？”

“四年了！”

“那么,是老党员啊!”

“吓吓! ……是的,同志! ……”他自负地挺了挺胸膛。

“既然是老党员,……”我针对着他这自尊心,说,“为什么不起模范作用,说服别人,却反而格外在这乘车的小问题上闹意见呢?……他们是新加入八路军工作的青年学生,不比党员,在某些物质上,我们应该特别优待他们才好啊! ……何况他们——尤其那些女学生——现在都能吃苦耐劳,为了抗日,他们抛弃了美满的家庭,到我们部队里来服务,同样吃小米饭,穿粗布军衣,走路,爬山,……这即使像你所说的是资产阶级,那我们也得欢迎他们,同我们一道工作啊! ……呃,同志,这不就是我们底民族统一战线的成功吗?……”

他稍微忸怩了一下子,随即坦然地说:

“是的,我们错了! ……同志,你说的对! ……我们是老红军,是党员,应当做模范,应当多吃苦的! ……”

说着,他以一个英雄气概去担当一切艰难的姿态,动手将那些行李挑上敞车去,并同时督促着其他的人:

“喂,刘大海! ……你这小鬼,还噘着嘴巴干啥子呀! ……只要能把我们运到前方,管他啥子车子都行啊! ……”

他敏捷地劳动着,那条松木扁担在他底肩上发出悦耳的吱呀吱呀的响声。

一九三八,三,六,风雨之夜。

(选自《七月》十一期,一九三八年三月十六日出版。)

绀 弩

母 亲 们

在中国,抗战的火焰是鲜艳的,雄壮的,奇瑰的,像刚升起的太阳,照耀着四方,照耀着世界。

中国,睡熟了的狮子醒了!黄河,扬子江底咆哮醒了!秦始皇,岳武穆,朱洪武底血,诛灭侵略者的血,醒了!

用我们底手,扭开脖子上的枷锁吧!用我们底手,改换地图底颜色吧!用我们底手,除掉一切所要除掉的,取得一切所要取得的吧!

然而,今天,此刻现在的一瞬间,强盗们在笑,在唱着忘形的歌,跳着淫猥的舞!而我们,四万万五千万,在受到不曾有过的灾难!未来中国底母亲,我们,为了伟大的孩子底诞生,在受到临盆的灾难!

都市喧嚣着。强盗从天上来了。

"嗡……"死神凶恶地吼着。

乌鸦们,麻雀们惊起了,成群地在半空里盘旋,连独来独往的苍蝇们也结成小的队伍,它们向远方探望,它们要逃难了,它们遮没着阳光,像一片乌云。

都市哑默了,颜色是苍白的。

女人们,孩子们把自己藏在地球底怀里,母亲用手或者用奶头堵着孩子底嘴,不许哭,不许叫,不许放出一点点声音,好像只要一有声音,从天上来的强盗就听见了,找来了。

碰同！——炸弹。

碰同！碰同！——炸弹。

倒塌，飞扬，起火！

在烟雾里，都市颤栗着。

然而从天来的强盗们笑了。

在路上，战士底母亲们走着。

那路是：幽僻的，荒野的，窄狭，崎岖，陡峭！没有草木，山和谷，像剥了皮的野兽底尸体。

母亲们勾着背，跛着细小的脚，驮着锅，驮着米，牵着牛，羊和驴子，守夜的狗，如今，猎狗似地在前面探路。

母亲们走着，在风底下，在雨底下，在太阳底下。

她们是褴褛的，黧黑的，枯槁的，衰弱的。

丢了家，丢了温暖的被窝，丢了没有纺完的棉花，丢了晒在河边的渔网。半夜里，一声吆喝：

"强盗来了！东洋鬼子来了！"

"走哇！"一千个一万个声音，同时同样地喊："让孩子们打仗去吧，我们，老家伙们应该离开，莫绊着孩子们底脚啊！"

来不及整理要带走的东西，来不及和亲近的人说一句话，来不及在家神祖宗面前磕一个头，母亲们迅速地，果然地走了。

走哇！到山林里去！到石砦里去！到土洞里去，到苗人底家，黎人们底家里去！

母亲们走着。在路上，留着漏落下来的粮食：黑的炒米，黄的包谷，还有，凌乱的细小的人底脚印和畜牲们底粪便。

在前线，战士们苦斗着。

千万个人，千万个战士，唱着愉快的歌，迈着英雄的脚步，像山在移动，像万里长城在移动，向强盗们底阵地移动。

可是强盗们笑了。从东京来的大炮笑了，从罗马来的飞机

笑了。

魔鬼似的伸出鲜红的舌头，舐向我们底山，舐向我们底万里长城，我们底山崩了，长城缺了！

战士们底血泛滥着，战士们底头颅，战士们底肢体，又堆成了山，堆成了万里长城！

可是新的战士又起来了！唱着愉快的歌，迈着英雄的脚步向强盗们底阵地移动！

可是强盗们又笑了，大炮，飞机，坦克车，伸出魔鬼的舌头！

战士们底血，头颅、肢体！……

可是，新的战士又起来了！

战士们苦斗着，在饥饿里，寒冷里，困乏里；在冰雪地里，枪林弹雨里。

在逃亡的队伍里，一个母亲叹息："听说强盗们飞到过县城，听说强盗底队伍到了乌龙镇？"

"可不是么？"第二个母亲叹息："城里的阎王庙都毁了！乌龙镇的街都洗了！百子堂烧成光光的玻璃府了！"

"啊啊！"第三个母亲叹息："菩萨保佑我底孩子吧！"孩子上火线去了。

三十年前，这母亲，一个少妇，避着一切的人，连对自己也害着羞，在百子堂从第一个婴儿的塑像选到第一百个，又从第一百个选到第一个。"哦，这个多么胖啊！"——她想。"哦，那个底样子长得多好看啦！"——她又想。"哦，这个还在望着我笑咧！"——她三想。

"儿啊，跟妈妈回去吧！乖儿啊，跟妈妈回去吧！妈妈晓得疼你的。"

从怀里取出带着体温的红绳，拴在那选中了的"儿"底脖子上，据说，第二年，"儿"就抱在妈妈怀里了。

不许到百子堂去！孩子一生里被告诫着。

他一去就会找到了自己底家。找到了自己底坐位，而且回到那家那坐位上去（死）的吧！母亲一生里担心着。

如今，孩子底家给强盗毁了！孩子底坐位，孩子底塑像也给强盗毁了，可是我底孩子呢？

这母亲还不知道强盗底凶恶：在东北，在华北，在山东，山西，在浙江，江苏，在一切失去了的地方和未失去的地方，毁了千万个百子堂，毁了千万个年青的母亲们寻求儿子底儿子的地方！同时也毁了更多的母亲底儿子和儿子底母亲！

谁敢告诉这母亲：她底儿子在前线正和那塑像在后方所遭遇的一样呢？

在失去了的土地上，在战士们底坟场上，在被残杀了的婴儿底尸体上，战士底姊妹们，妻子们，婴儿底母亲们，被强盗凌辱着！

她们被脱光了衣服，被捆住了脚手，被夺走了一切自卫和自由动作的能力！村田，武藤，上条，中川，……一个，两个，九个，十个，在她们那还活着的尸体上上下！

她们愤怒挣扎，唾骂；她们痛楚，疲乏，麻木！强盗们底邪恶的眼睛，比刀，比斧头，比枪炮炸弹，还要残酷地粉碎着那些还活着的尸体。

“死啊！啊啊！”这时候，死是唯一的救主，可是一千回一万回呼唤不来。一千回一万回的寻觅无用。只有她们声嘶了，力竭了，气微了，血冷了万不能再活下去了，强盗底刀尖，或者会仁慈地插进她们底咽喉。

在强盗面前，在野兽面前，女人，永远是无助的弱者！

在逃亡的队伍里，一个母亲咕噜着：

“二十五年前的今天，是我出嫁的日子。我底爸爸，那戴着玳瑁框的水墨眼镜，走着八字步的老人对我说：‘你要是有了什么丑事，就再不要见我了，因为那是犯罪的；不孝敬公婆，不和丈夫和睦，就再不要见我了，因为那是犯罪的；贪嘴贪食，贪懒贪睡，不能

与家立业，也再不要见我了，因为那是犯罪的。好吧，孩子，愿天保佑你，愿菩萨保佑你！'

"那说话的人早已偎了黄土，可是话还在我底心里活着，二十五年了，我不正经么？我怠慢过老人么？对于男人底打骂，还过一句嘴么？我没有挑水，没有砍柴么？我让我底公牛，我底母猪挨过一次饿么？我没有生男育女么？我私自吃过东西么？我说过别人底是非么？

"我犯了什么罪，我底孩子，孩子底爸爸，我们又都犯了什么罪？为什么要给强盗们杀，为什么要给强盗们炸，为什么要给强盗们赶？

"天在哪里？菩萨在哪里？为什么，为什么让强盗们来磨难我们？"

"告诉我呀，姑妈！告诉我呀，婶娘！告诉我呀，大嫂子！"

回答是一片静寂。

天是昏沉的，地是哑默的，从远处吹来的风，呼哨着听不懂的什么。

在失去了的都市里，木人戏开演着。

那舞台上有着各种各样的角色：红脸、白脸、黑脸；穿龙袍的，穿补套的，穿铠甲的。他们的身体活动着，脚手活动着，口也活动着；他们杀，打，唱，跟真的人一样，跟真的戏一样。

可是那戏却谁也看不懂，听不懂。因为在舞台背后，在高处，用丝线牵动着木人们而且口里唱着的是一个强盗，那戏文只是强盗底创作，又用的强盗国的语言。

舞台底下站着各种各样的看客：抽大烟的，吃白面的，赌番摊，推牌九的，在窑子里当差的，在茶馆里扇炉子的，他们本来和强盗们一气，现在又以捧强盗底木人戏为职业。

强盗说："噫噫，王道哇！""好"他们鼓掌。强盗说："噫噫，亲善哪！""好！好！"他们又鼓掌。强盗说："当汉奸的跟我来，不当

汉奸的滚开去!”他们更不敢不鼓掌。

然而,在戏场里,中国人,真正的中国人是绝迹的。

在逃亡的队伍里,母亲们沉默着。

一个母亲想起老头子来了。那是被几十年的劳苦吸去了血,吸去了健康的矮小的老人,是弓着腰,驼着背,一咳一口绿茵茵的痰,咳得整夜整夜,睡不着的老人,他应该跟起走的,可是偏不走,说要当游击队,他还举得起一根拨灯棒么?那老家伙,没有别人,弄不到吃的上嘴的;他会不晓得什么时候把鸡子赶上笼去;他会拿着自己底旱烟袋而又到处去寻它。那可怜的老家伙现在在做什么呢?

一个母亲,想起儿媳妇来了。那会说话的沙牛,成天推磨、砍柴、烧茶、煮稀饭,煮好了挑到游击队那里去,在那里,给他们洗衣服,补鞋子袜子,一天到晚,不晓得什么叫做累,那两岁的孙儿不会太吵她的吧,应该把他抱走的,要是别的人有奶子。

一个母亲想起女儿来了。她看见那快要成人的小姑娘,冻着通红的脸,肿着馒头样的手背,背着口袋,和别的姑娘们一齐,在这里那里给受了伤的人们洗伤口,敷药;一路做事,一路口里唱着:“起来,不愿做奴隶的人们!”她们是对的,要是自己转去四十年或者三十年哟!

一个母亲想起自己底房子来了。那是一栋早已东倒西歪了的房子,祖孙父子在那里头住了三四代。

他们说,如果打败了,就把整个村子都烧光,不留半点什么给强盗们,那房子现在还在不在呢?她回头望,想着有没有烟火从来的那边起来。可是她们底村庄已经和她们隔得太远了。

一个母亲……

母亲沉默着,各各想着自己底心事。

在中国，在战争的时候，人民是苦痛的，战士底母亲们是苦痛的，她们献出了自己底儿女，献出了自己底家，而自己却走上了逃亡的路，因为她们老了，无用了，再没有可以献给战争，帮助战争的了。

她们勾着背，跛着细小的脚，磨着一千层一万层厚的鞋底，向山林，向石砦，向土洞，向苗人底家，黎人们底家！

母亲们啊！愿你们健康！愿你们长寿！愿你们能够看见那些英雄的战士们回来！他们会带给你一些奇怪的礼物：强盗们底钢盔，宝剑，头盖骨，和强盗底飞机底翅膀！

一九三八，一，七。

（选自《七月》七期，一九三八年一月十六日出版。署名耳耶。）

巨　像

朝晖透过清晨的薄露，斜射在我的头上，脸上和周身。我站在一个悬崖的边沿，面前的大地像被一刀削去了似地没有了。百尺以下，是咆哮着的流泉，从那峭壁上横斜地伸出野草，杂树和丛竹，它们带着晶莹的露珠在晨风里徜徉。从野草，杂树和丛竹的掩映中，流泉送来破碎的银色的水光；和朝晖的黄金的光，和草树的碧玉的光，错杂，交错，像狡黠的少女用诚言和谎语织成的情话扰乱你的心曲一样地眩耀着眼睛。

一百种小鸟在树丛里歌唱，密语，那是司音的女神在愉快地拨弄灵巧的琴弦。它单纯可又繁复，扰攘同时清幽，庄严而诡谲，平凡亦新奇，低诉里突起一声高歌，短曲中拖出无尽的长调。我想象着一群能言的稚子和学语的婴儿睡醒后的那一片天机的饶舌！

抬头远望，那天边是迤逦的群山。缭绕的白云，疏薄的宿雾，本来混淆了山影和长空的颜色，抹去了天和地的限界；多谢朝霞的衬映，那限界又重新清晰。从山脚一直到眼前，是一片广阔的田野，菜花和豆麦的颜色装饰着多彩的大地。高低起伏的田垅把地面画成一面不规则的棋盘，蜿蜒的村路和溪流又粗率地把它划破了。

三三五五的村落，隐蔽在葱茏的树荫里：低矮的屋顶冒出缕缕的炊烟。村落上，农夫们挑着箩筐或粪桶走着；牧童赶着牛犊；一匹黄狗正在尾追一匹白狗；女人们蹲伏在水边洗菜，捣衣服，几个还离不开妈妈的孩子在她们背后玩耍；近一点的村子里送来几声断续的鸡啼……

这一切是多么平凡啰！恐怕几十年，几百年，甚至更多的年辰以前，这地方就是这样吧；以后多少年，恐怕也仍将这样吧！广大的祖国，多少土地上都有如此美好的春光；三十几年的时间的洪流里，登山涉水，更不知欣赏过多少日出的奇景。可是今天，这远山，这田野，这村落，这从村落走出的人和牲畜，都使我感到分外新鲜，也分外亲切。

我不是留连风景的人，我不喜欢游山玩水，我所出生，成长和生活过的城市和都会，也没有什么山水好游玩。我不知道自然景色怎样会有迷人的力量，走过许多地方，看见过许多名胜，常常发出一个稚气的疑问：所谓风景也者，就是这么一回事么？如今，我在乡村里度过了差不多一年的时间，是我在乡下住得最久的一个时期。从夏到冬，从秋到春，每天每天都有青山红树，板桥流水，送到我的眼前。我曾经看见过疏林的落日，踏过良夜的月光；玩赏过春初的山花，秋后的枫色。绿杨妩媚，如青春少女；孤松傲岸，似百战英雄。高峰奇诡，平岭蕴藉，各各给人一种无言的启示。如果一个朋友，要交往越久，才相知越深，生死患难中，才有真实的情谊；自然的奥秘也应该不是浮慕浅尝，所可领会，那末，我对它们的低

徊赞叹，岂不是为了我和它们有了较长期的往还么？

要这样说也未尝不可；可是朋友哦，我也到过遥远的北荒，而且正是隆冬的时候。那里没有一根草，也几乎没有一根有叶子的树，没有花，没有鸟，没有江水，没有碧绿的气味；一望无垠，是黄色的尘土，是尘土的烟雾；不然就是白得耀眼的雪的山，雪的海，雪的一切。你能够想象那里也有人烟么？能够想象那里的人也需要空气么？能够想象那里的青春少女也像被扔弃了的尘芥，或者被拾荒的孩子们从垃圾箱拣选出来的宝物么？就是这样的一个北荒，当我第一眼看见它的时候，我就爱上它了。我的血为它而沸腾，我的心为它而跳跃，我的眼泪在眼眶外变成了黑色的泥土！它是我们祖国的土地呀！是真正的古老的祖国的土地呀！那末，春日的江南，怎会使我淡漠呢！

今天，倭族的海盗踏进了祖国的田园。祖国的禾苗被他们的战马啮食了，车轮碾倒了，炮火烧焦了！祖国的森林房舍被焚烧了，牛羊鸡犬被宰杀了，没有成年的姑娘，也变成了妇人死或活在他们的淫虐之下了，祖国的大地整块整块地在魔手底下，铁蹄底下，喘息，呻吟，颤抖，挣扎，愤怨！强盗所到的地方，纵然也是春天吧，我不相信太阳仍旧是温暖的，夜晚仍旧有星星和月亮；也不相信地上有绿的草，红的花，树林里仍旧有黄莺，麻雀，蚱蜢或毛毛虫，更不相信屋顶能冒出炊烟，村路上还有顽皮的孩子和孩子们的伙伴：公牛，母牛，黄狗，白狗，老鸡或小鸡！

然而那些地方是我们的呀！昨天还是和我看见的这些地方一样的呀！一草一木，一石一水，都和这里的一样自由，一样无忧无虑，一样任意地发露自己的生的机能，赌赛着各各的美艳的呀！一想起那些受难的土地，自己的家乡，脚印到过和没有到过的地方，一面为它们担忧，为他们痛苦，后悔平常没有留心它们，没有和它们周旋缱绻，给与应该给与的热爱；一面也就对这自由的天地，增加了无限的情感；正像懊悔冷漠了凋零了的故旧，就觉得残存的眷

属都是可亲的一样。虽然明知失去的土地终会回来!

太阳渐渐升高了,长空显得更为明净,村路上的行人也更多了。农妇们从什么地方抬来几个担架,那上面大概是伤病的战士,向那水边的一个村子里走去;那村里有一个大祠堂,是我们的战地医院的所在。她们一面走,一面唱着什么歌;歌声传到我的耳边,已经很微弱,但是还仿佛听见了这样的词句:“抬伤兵,作茶饭,我们有的是血和汗……”两个女兵从那村子里出来,手挽着手,脚步和着脚步,大踏步地从那桥上走过。她们和那些农妇们打招呼,询问担架上的病人,接着也唱着什么歌走开了。她们也许是去治疗了被虱子或者别的什么小生物损伤了的皮肤,或者是去拿了金鸡纳霜片——疥疮和摆子是她们永久的友伴;不过也许是去慰问过什么病人,现在又要出席民运会议去了。

另外的村子里走出一队学兵。他们背着枪弹背包和杂囊,每个人都提着一个蒲团,一望而知,是到山上上课去的。同时,战士们也全副武装,整队地在路上走,不知是去上操还是去打野外。

突然,远远地传来一阵锣鼓声,炮仗声,一大群老百姓在那几乎看不清楚的远处显现出来:走在头上的似乎还高举着旗帜之类的东西。他们也许是到队部里献旗去的。但今天并不是什么特殊的日子,也没有什么大的集会;那末,一定是送壮丁入伍了。这里的壮丁,没有什么花名册,用不着抽签,更不须要绳子捆绑和军警的押解;仅仅因为我们的部队没有征发他们的财物,不少给做生意的人们的钱,没有调戏他们家里的媳妇和姑娘,而女兵们到他们家里去的时候,说话又那么和蔼。“我们不扩充部队呀,我们的名额都满了哇!”可是总是三个五个,十个,八个,今天从这个村子,明天从那个村子,继续不断地送来,每回送来,又都像办什么喜事似地热闹。

三十几年,我都过的一种个人生活,不知是什么东西把我和别人隔绝着了,我不知道世界是什么,人类是什么,它们和我有什么

关系:它们也从来不会感觉到我的存在。虽然每天在人海里浮沉,虽然也学会了把“社会”,“集体”这些字样挂在口边;其实只是一个荒岛上的鲁滨孙:并且似乎一生下来就是这样,并且连半个礼拜五也没有。

可是今天,我多么高兴呵,从那些农妇们,女兵们,学兵,战士,壮丁们那里,突然发现了我自己!我和他们在一块儿工作,我是他们中间的一个;从他们身上,可以找到我的心和手的直接或间接的痕迹。我再不是一个孤独的个体,我和世界,和人类是一起的;尤其是和这些为祖国争生存争自由的人们,抢救着祖国的每一块失去的土地的人们,创造新中国,新人类的人们是一起的!我多幸福哇,和他们一样,我也有肉,有血,有汗,有体力,有智慧;我把我献出来,而他们并不拒绝我,并不把我当着一个陌生人看待!我第一次感到自己生活在世界上,生活在人们中间,虽然我是这么藐小,我的力量又这么微弱!

我站在悬崖边上,耸着头,挺着胸,手插在腰里,眼望着远方:朝日从遥天用黄金的光箭装潢着我,用母亲似的手掌摸抚着我的头,我的脸,我的周身;白云在我头上飘过,苍鹰在我头上盘旋,草,木,流泉和小鸟在我的脚下。晨风拂着崖边的小树的柔枝,却吹不动我的军装和披在身上的棉大衣。我一时觉得我是如此地伟大,崇高,幻想我是一尊人类英雄的巨像,昂然地耸立云端,为万众所瞻仰。过去的我,却匍匐在我的面前,用口唇吻我的脚趾,感激的热泪滴在我的脚背上!

(选自《七月》二十一期,一九三九年十月出版。)

王天基

流亡之前

十一月十三，这一个日子，将永远的刊在我的心上！

这是我的眼泪的日子，是我丢弃了自幼从贫苦中一直相依着的可怜的父亲，可怜的弟弟，丢弃了滋长我的土地，抱着了实现某一种的理想和志愿的企图，从敌人的炮火威胁下，走上了我逃亡之路的日子……。

从金山卫，杭州湾相继被敌人登陆以后，接着青浦松江的失守，苏嘉铁路被敌机疯狂的轰炸，我的故乡——同里，就由升平的气象一下跌入了混乱的状态，好像是在宁静的夜半中骤然发生了意外的大火灾一样。满镇，匆忙慌乱，乱钻一气的，都是忙着搬场。所有镇上的河道里，闹挤挤的是大大小小的各种各样的逃难船只；在街道上陆陆续续是掮铺盖背箱笼的逃难者，和匆匆忙忙奔走找寻船只的人。

这时候，所有人们的心变成了铁屑，"逃"这个字就成了磁石，把人们的心强烈的吸引着。不到三四天，逃得在街路上几乎很难看到人影了。

这时候，我们几个朋友正在出着一个救亡性质的小刊物，第五期的稿子正在很起劲的预备着，但这意外突变，使我们都无可奈何的罢起工来。在我家里一间算是我们的编辑室同时是我们的寝室的小屋子里，七八个人呆坐着，或者无头绪的反复讨论着"逃""不逃"的难题。

敌人的飞机整日在天空盘旋，发着嗡嗡的声音，时时传来隆！——隆！——隆！——炸弹的爆裂声。每一个炸弹，房屋窗户都起了震动，每一个炸弹声，大家的心都紧缩一下，可是，“逃！”“不逃！”到底如何，大家还是拿不出一个决定。

忽然，顾从A地逃了回来，他说他接到了延安的一个朋友的来信，说那边抗大招生，他预备到那边去，决定明天就走。最后他问着我们：

“你们怎样？预备走，我们一同去！”

何先快乐得跳了起来说：“去！……去！去！跟你一同去！”

可是我心里却起着决斗起来：“去”我实在不忍把自幼一直在贫苦中相依着的我的父亲，我的弟弟一下丢弃，“不去，”却没有更合我理想和志愿的路可走。最后我征求着父亲的意思。

父亲是开明的，他说：“这要你自己决定了！我不能叫你去，也不能叫你不去！”

“去！”最后我下了绝大的决心喊出了这个字。

就在这时候，在B地受壮丁特训的郑也回来了，他听到我们要走的消息，非常兴奋。他说：

“你们到那边去很好，我已经准备扛枪杆了！这里假使不行的话，我跟军队走，必要的时候就跟鬼子拚一下！一个拚掉一个是拉本，一个拚掉两个是赚钿！”

“好！”我们大家说。

“我跟你取一致行动！”我的弟弟跟五六个朋友立起来说。

“那么，你们马上就武装起来！”郑说，“现在壮丁都逃走了，队部里有着的是枪。”

“好！马上武装！”弟弟跟五六个朋友都举起手来喊了。

第二天早上五点钟的时候，我就起了床，父亲也跟着起来了。他把仅有的四十五元钱拿出来，颤抖着数了四张五元的钞票给我。“够吗？”他问。

我说:“够了!”我把钱放在衣袋里的时候,我看着他手里余剩的钱,我的泪要落了!我真想把钱还他。

我们吃了一碗四姐给我们弄的麦粉,几个朋友就同我们一同分头去找船只。可是连一只小网船也找不到,同时听到一个消息,昨夜本地的保安队也已逃了,于是我们决定步行到吴江再想法。

用了异样的感情,我吻了我可爱的父亲的手,我握了我可爱的弟弟的手,我握了我可爱的朋友们的手,于是扛起行李:

“我们在民族解放的战场上再见!”

我们挥着手叫了,就迈开脚步走上了征途。

这一天是十一月十三日!

(选自《七月》八期,一九三八年二月一日出版。)

萧 英

船 上

——民族战争中的一段插话

一九三七年，十二月二十七日，在女埠，学校解散的第二天。

笼罩在江上的白露，渐渐稀散，而迟迟不前的朝阳，已经在遥遥的山顶上张开肿胀的红脸了。我们昨夜租定的船，早已开到学校门前的江边停放着，等候我们。在八点前一定要动身。自从杭州、富阳相继陷落后，桐庐便吃紧，看光景，敌人的军事计划，也许是从衢州截断浙赣路，直驱南昌，要是再不马上走，万一敌军先我们打到衢州，一方面又从水路打金华，兰溪，我们夹在中间，倒成了坛子里的乌龟了。“老人家”冯先生急得满头是汗。天不见亮，便把昨夜打点好的行李搬到船上，一直等候着同行的人们来到。但是，众人都到齐了，只有约定同行的八个学生还没有影子。太阳已经爬得很高，穿过白露，窥视着我们。他立在船头上，眯着眼睛张望。焦急地唠叨着：

“这八个家伙还不来呀！真急死人！……年青人就是靠不住……！”

“老人家，你慌什么呀?”我说，一半是安慰他，一半是看不惯他那过分焦急的神情，“敌人不会这样快；难道中国军队都在睡觉吗?”

“嗨七！”他急得蹬着脚，“你也在做梦吧？为什么上海一失守，两天就打到南京了？……快点走吧！不是一走就拉倒了吗?

女埠还有什么留恋头？谁家的大姑娘在留你？——好了，好了，来了，阿弥陀佛！”

白露茫茫中现出八个青年的隐约的影子，渐渐逼近，清楚。他们穿着一色的黑呢制服，用竹扁担挑着自己的简单的行李，一闪一闪地，好像在肩膀上游戏。在遥远处就传来他们的乐观的谈话声；青春在他们那儿蓬勃地滋生着。

“你们来的真早呀！”冯先生带着轻松的口吻说，把他们上下打了几眼，似乎想责备他们几句，但是，八位青年的一阵响亮的笑声，缓和了他的忿怒。于是他朝河里擤一泡鼻子，叫他们快点上来。

他们挨次由跳板上走上船，从肩膀上轻轻地放下行李，把八根扁担有秩序地放在船边上，铿锵地响着有力的声音。于是他们伸直腰背立着，两手叉在腰杆上。

船老板放下旱烟管，慢条斯理地站起来，吐泡口水在手心里，搓了几搓，这才撑住舵把子。几个船夫跑到船头上，拖出篙竿。于是船底起了一阵豁朗豁朗的声响，摇摇摆摆地离开江岸了。

冯先生嘻开嘴巴，轻快地笑着。

八个同学开始布置了。船上最好的地方，是中间的舱底里。他们把箱子和不是随身要带的包裹放在底下，弄成一块平坦的局面，然后铺上被褥，让先生们困在这里。船尾那头的舱面上本是船家休息的地盘，现在分配给几个女同学和女先生。随后，他们这才动手布置他们的部分。那是船头的舱面上，白天敞开，夜晚才拉下篷子的地方。

“那里不行呀！”冯先生关心地叫着，“你们进来挤挤吧；看弄起毛病来的。”

“不要紧，不要紧！”八张嘴巴同声回答着，好像只有他们才能吃这苦头。

他们首先揭开舱板，把他们暂时不用的东西放进去，那是些雨

伞,磁铁碗,洋铁壶,画笔,和调色板一类的东西,据他们说,他们每到一处都要准备画壁画的。他们笑着,说着,有些唱着“打回老家去”的歌,快活而洪亮的歌声,压抑住“老人家”的忧郁,而升腾到空中,余音在江上颤抖,久久不散。

“你们倒还快活呀!”冯先生叹一口气,带着讽刺的口吻说。

回答他的,是一阵充满着青春之火的笑声,混合在船夫们的宏大的呼声里,合奏成一种有力的,雄壮的交响曲,于是好像波涛特别汹涌起来,船动荡得更厉害了。

“先生们坐下呀!滩头到了!”船老板忽然高声地号叫着,额头上的青筋暴露着,耸立起浓密的,斑白的眉毛,目不转瞬地瞪着前面,长满络腮胡子的嘴角上飞舞着白沫。“是怎样呀?……吃饭的吗?……靠右边,我说靠右边呀!……我操你妈妈的!……”

“你不要吵呀!”我们看见他那凶猛的神情和粗暴的言语,我们心想他在跟我们吵闹。“你吵什么呀?你这东西!”

他并不理睬我们。他凝神注视着船头的水脉。船已经走近滩头了。这是一个弯曲的斜面,洪流汹涌地奔泻下来,哗哗的咆哮声,使得我们的心都紧张起来,准备着随着船一个劲儿挣上去。同着一道上滩的船有十来只,首尾用小酒杯光景粗的棕绳连系起来,互相紧紧地挨靠着。我们的船老板用腰杆管制着舵把子,腾出两只手来抓起粗大的松木篙竿,一个劲儿插到河底里,咬紧牙巴哎呀哎呀地撑着,粗壮的胳膊和粗壮的篙竿同时起着颤抖。在船头上,四个船夫每边排了两个,把篙竿抵着他们的肩头,拚命地往前撑,身子随着船的前进而倾下,终于仆倒在船边上,“哄”的叫一声收梢,于是又爬起来,作第二次的演奏。他们八条筋肉蹦起的大腿,不息地晃动着,好像游戏场中大力士在空中抛弄八根木棒。他们的赤露着脚板又粗又大,砖头似的在船板上沉重地踏着。

“真够劲儿,他们!”冯先生艳羡似的说。

船终于顺利地翻过滩头了。

船老板放下篙竿,坐在船边上,重新拿起旱烟管,幽闲地吸着。他吸了一口,抽出烟管,向我们微微一笑,打着生硬的普通话,解释着说:

“我们是粗人,我们吵,骂,是跟我们自家人的,不是跟你们,你们听不明白我们的话。你们是我的客人,我们是很客气的。你们明不明白?嘻嘻嘻!”

“好的,好的,我们明白了!”八个同学响亮地回答。

冯先生却没有理会这一层。他深长地舒着气,过滩时骇成的灰白的面孔渐渐转正。他取下眼镜,用袖头揩一揩,然后准备戴上,但半途又忽然停止,眯着眼睛,向他们八个问道:

“你们骇坏了吧?”

他们微微笑着,摇着头,脸上焕发着红晕。接着,他们站起来,伸一伸腰,胳膊在空中使劲地打着。是力的发泄。

“喂,你们坐下吧!”冯先生吩咐着。于是从小网篮里取出一包橘子,每人发散两个,好像老祖父分发孙子们的东西。

他们坐在舱底里,背靠着舱壁,一面吃橘子,一面从眼镜框外望着他们,问道:

“你们八位打算到哪里去的呢?”

他们立刻停止吃的动作,恭谨地听着他的话。

“我们可没有一定呢,走到哪里算哪里。”答话的是姓金的同学,一个红的面孔,白的牙齿,常常带着乐观的笑容的青年。

冯先生立刻摇着头,含着橘子的嘴巴咕噜几声,等到橘子吞咽下去以后,他才严肃地说:

“这怎么行呢,一点没有着落就出门?外面不好处呀!‘在家千日好,出门一日难’,你们要晓得呀!把这几个钱花完怎么办?去找人吗?谁理你!况且是在现在,这大家自顾不暇的时候。外面是靠不住呀!我在外头跑了十多年,难道还不晓得吗?我初到上海的时候,年纪比你们大,还要当阿木林呢。”

于是他便把他当阿木林的事情详详细细地叙述一番，接着，说教似的下了结论：

“真事儿，我骗你们吗？我给你们说的是老实话呢。我看你们几位还老诚，又是初出门，离乡背井，流落他乡，一旦没有办法，那时候才是杨令公碰碑：盼兵兵不至，盼子子不归。你们现在就应该想一想呀！不要平时不烧香，急时抱佛脚。我是灶王爷上天，有一句说一句。不信，请看！”

他的话是从心底里发出来的，语气又很诚恳，八个同学和我们都静心地听着。他们一再点着头，表示冯先生的话是经验之谈。但是他们那过分的恭顺，似乎是说明他们的世故：并不是绝对听信冯先生的话，而是为了对待师长的表面上的礼节。

冯先生快活地笑一笑，白牙和眼镜亮晶晶地闪着光辉。他又从网篮里掏出两包米花糖，一包分给他们八位，一包分给我们这边的几位。在静静吃米花糖的时候，船也渐渐缓慢起来，几乎没有前进了。只听得篙竿拨水的声音和船夫们口里粗暴的喘气。

“先生们，”船老板又叫起来，“船撑不动了；没有风，船又重。先生们请上去几个走路吧。船好走快点。”

“好的，好的，我们上去走，”八位同学兴奋地抢着答允。于是他们加快地吃着米花糖，等候船靠岸的时候，一涌地跳下去了。船又撑开江岸的时候，冯先生霍地跳起来，也要上岸同他们一块步行。他那衰老的身躯跳下去的时候，摔了一跤。很快地爬起来，赶上他们。

“冯先生太真实了，”我对留在船上的几个人说，“只是对于青年太不了解了，究竟是两个时代的人。这八个同学一定是到陕北去的。他们年青，勇敢，能够看清时代的主潮，跟着时代跑。这决不是他老人家能够想得到，做得到的。”

大家没有注意我的话：他们都在各想各的心事，沉闷罩住每个人的心。

留在船上的，是男女教职员和两个女同学，吃着零食，谈笑着，不知走了好久，风起来了。船夫们把风帆升起，船登时快起来，江水在船两边哗哗地响着。岸上拉纤的船夫也把纤绳收拾好，涉水爬上船。

“那八位同学呢？叫他们上来吧！”女生指导员陶小姐关心地说。

但是哪里去叫他们呢？岸上又没有他们的影子，无疑地，他们已经跑到前面去了。据说，今晚宿在游龙。我们都关心他们：从午后一点钟就上岸走，接连要走六七个钟头；为什么他们这么辛苦，而我们却安安逸逸地坐在船里吹牛谈天，吃东西，睡觉呢？这实在没有理由拿来向自己解释。我转过头向钟先生说。“是的，”钟先生幽幽地说，“他们能够吃苦头，能够扛着一根扁担，能够跑陕北；时代是他们的了！”

太阳烧着红红的余辉，把西北一半天烧红了。岸上，横列着起伏的浅山。山旁立着乌桕树，树上的秋后残余的红叶，随风飘动着，但却不见落下来一片，好像风霜已经锻炼了他们的筋肉。江上，随时现出一块块的灰白的沙洲，上面歇着乌老鸦，水鸭子，和各种水鸟，它们跳着，叫着，有的互相追赶着。它们随时都在动，陪伴着永不停息的江涛，作它们生命上的进取。

“船老板，什么时候才到游龙呀？”我问。

“说不定，晚上八九点钟该可到了。”

“那么还有多少路呢？”我追问着。

“不到十五里了。”

“那十五里就要走五六个钟头吗？”我惊异了。

“上面是大滩头呀！说是说十五里，要当三十里走还不止呢。”船老板唠叨着，又把滩头的险恶讲了一番。他说，光滩头就有八九里长，危险得很，一不小心，船就会翻身。前两天曾经翻过两只船呢。“只要翻过滩头，就是游龙了。”他用安慰我们的口吻，

结束了他的话。

“先把饭烧好吧，”身体结实的高材生，女同学谢站起来提议。她又解释，八位同学太辛苦，应该烧点好吃的东西慰劳他们。她临风立着，风吹乱了她的头发。她搓着冻得红红的两手。于是把袖子挽几挽，跨步到船尾去了。

帆吃满了风，带着船迅速地往前走，快得像一只小火轮。

渐渐地，从荡漾着银色波涛的河的上流，传来了怒气腾腾的响声——是遥远处的滩头像饿虎似的在咆哮了。

船老板立在尾船上，伸直腰杆，从篷顶上望着罩着黄昏的江面，好像寻找食物的狗熊。船夫们动手穿草鞋，挽裤脚，把纤绳拿在手里，准备过滩头的工作。

两岸没有山。广阔的江面中间夹着许多绿洲，把江水分成东也是河，西也是河，叫人辨不出方向。我们的船浮在一条大的流里上航。发怒似的吼声越来越近。

滩头来到了。在这里，从东岸上平空伸出一个山嘴子，矗立在江心中，好像特意拿来点缀似的。这以上江水又合在一起，汇成一条汹猛的洪流，好像瀑布，直对着山嘴子冲过来，喷起一丈多高的银白色的水花。在昏暗中也显得白滑滑的。

我们的船暂时停在滩底下。船夫们正准备上岸拉纤的时候，岸上忽然涌起一片“西班牙革命军赴玛德里前线”的歌声，压住了江水的怒号。

“是我们的八位同学呀！是我们的八位同学呀！”谢欢欣地叫着，好像发现什么新奇的东西，于是放下正在拨火的火筷子，野猫似的跳起来，举起袖子挽得高高的胳膊，喘出粗豪的气息。

我和钟先生走到船头上去看。他们正从高岸上一摇三摆地走下沙滩上来，夜色强调了他们的精神。只是没有看见冯先生。

“冯先生呢？”

“在后头，赶不上了！”

“你们为什么不等他呢？”

他们没有回答，只是快活地笑着。

他们本想在这里上船的，但看一看险恶的滩头，忽然又停止了，于是把船夫手里的纤绳分些过来，背在背上，他们前后排列着，疏落地成一个长排，黑的线条很分明，好像纸上的八个侧面剪影。他们一致地向前弯曲着身子，纤绳在他们的背上牵直，慢慢地移动着步子，从昏暗中望去。好像轮船码头上八根拴缆绳的铁桩一样，叫人想起《伏尔加船夫》影片上的船夫们了。

“伟大呀！真伟大呀！”钟先生赞叹着。

江风伴着江涛，在夜色朦胧中怒吼、哀号。船，从两边洪流的奔驰中，不曾移动似的移动着，终于翻过了第一个滩头。

“力呀！这是力呀！”钟先生一叠连声地说，眼睛在昏黑中闪闪放光。

忽然间，歌声又从岸上吼起了，是唱的《伏尔加船夫曲》，雄壮，严肃，音波凝结在江上，好像水面上凝结着的猪油。沙洲上的水鸟戛然长啸一声，立刻从我们的船上飞过，接着又飞回来，绕几个圈子，消失在黑暗中了，而我们的船也似乎走得更快了。

“力呀！……这是力呀！……伟大！……真伟大！……”钟先生用吟诗似的调子，断断续续地说着，声音发抖。

我感动得说不出一句话，只好转头望一望船尾上烧饭的。

“谢，饭烧好了没有？”

“这就烧好了，到游龙准有吃的。”她响亮地回答一声，转过头来，脸庞给火烤得红红的，映在熊熊的火焰前面，好像早晨初出来的灿烂的太阳。

把目光转向岸上，那里有八个粗豪的黑影子。

一九三八年二月三日武昌

（选自《七月》十期，一九三八年三月一日出版。）

言　武

一 个 转 变

一

早晨，大家已经聚集在礼堂里开始祈祷了，陈八姑才慌张的从外面进来；跪到她自己的位子上去的时候，弄出了很大的声响，她没有容自己的呼吸舒缓一下，就马上垂下头随大家诵起祷词来。她的勇气甚至不曾允许她偷看着四周是不是有人向这面注意。

她一点都不曾顾及自己的祈祷，她在纷乱的想自己的事：“又迟到了，已经接连着两次！这简直是罪过！上帝还能原恕么？即使上帝可以原恕，院长的斥责也逃不过。奇怪！那个微笑的脸怎么总是在这里纠缠不清？昨晚入睡时已经敲过一点；早晨阮大姑为什么不来喊我一声？她是好意让自己多睡一会么？还是存心害自己犯规？若不是被早课钟吵醒，早餐都会误了！院长森严的面孔那么可怕，恐怕又……”仍是一阵钟声把她从思索里拉了回来。她抬起头，大家已经都站起来了，鱼贯的走出礼堂。仿佛每一个人的脸上都带着一种冷笑。院长呢，更不必说，铁一样沉重的脸，即使冷笑的影子都从那上面找不出来了。

吃过早餐，陈八姑照例抱着一大抱衣服到西院的洋井前去洗。洗衣服是陈八姑的“本分”。是的，她们每个人都有自己的“本分”。譬如汤五姑办理伙食，阮七姑洗涤餐具，周三姑管理着各人的衣服，严二姑专办对外交涉；其余的人也管着生活上所必须的其

他工作。总之，她们各人是有各人的“本分”的。虽然陈八姑的“本分”比旁人来得劳累，但这不能怨谁，谁叫她进院才五年呢！圣经没有旁人念得多，自然也就不能得到旁人应得的待遇。譬如赵九姑和冯十姑吧，进院还在陈八姑之后，她们只能替全院的人打扫屋子了。除开这各人的“本分”外，她们只是念经祈祷，这么大一个文化城，什么都不和她们相干。年青时进了这若瑟院的门，如果不为了特殊事故，便不许再走出这个圈界，一直到老，到死；一生只伴着圣经，只伴着上帝，隔开了世界和人群。——最近几天自然是特殊时期的特殊情形了。因为外面近来正发生了什么事故，震耳的炮声把许多人都轰进了教堂。这庄严的神的府第，现在居然变成了旅馆，箱笼铺盖陆续的掮进门来；随着这些行李，还不绝的走进许多扶老携幼的男女。院里所有的房子都住满了，附设的女子中学校也破格的租出去：讲堂，休息室，游艺室，都变成了临时卧房。凡是租出的房间都编排了号数，譬如：“第四号杨宅。”“第五号李宅。”——这也和旅馆相同，每一家门口放一只小煤炉子，一把水壶在上面响着。

陈八姑走进西院，一眼就看见那个高个的微笑着的面孔，正立在十二号屋前和一个女孩子讲话。第二瞬间，对方也看见了自己，正在谈着的话停了一下。陈八姑拿出一种旁若无人的样子走去提了水桶，同样的态度走到井边，也是同样的态度汲起一桶水来，还预备用同样的态度把水提到盆前去；但她提着桶只走了几步，这种高贵的态度只继续维持了半分钟，不知怎么不小心，忽然一只脚踏到泥泞里，脚下一滑，身子一倾，一桶水洒去了一半！啊！她的蓝袍子黑绒鞋都一齐湿透，同时，大概是用力过分了吧，脸上也被一层色彩染红了。她不禁心里抱怨起来：今天这桶水怎么这样重？为什么打得这么满？脚下也这么滑？都是这般女人淋淋漓漓的把水洒了一地！

陈八姑正预备鼓起余勇，重新提起这桶只剩一半的水，蓦然她

吃了一惊,一只粗壮的手伸过来,握着了桶梁,提起了水桶;在同一瞬间,耳旁响着一个洪亮的声音:

"这太重了,让我来提,放在那里?"

"不,——哦!谢谢!请放在那边。"

这个高个青年把水提过那边去。而且替她倒在盆里了。

"够了么?还要一桶?"

"不要了,谢谢!"

他放下桶走开以后,陈八姑继续着一种兴奋和懊恼,像沉在悠悠荡荡的海里,直到一个清脆的声音把她惊觉。——

"林,你站在这里作什么?"

两个学生装束的漂亮女人,一个穿白衬衫西装裤的青年男子,同时走进院来,手里都抱着一叠印刷品。

"你们从那里来,我刚要回学校。哦!印好了么?屋里谈。"

进屋以后,便听见一片混乱的谈话声,有时起一阵哄笑,有时冒出一个尖利的喉咙,有时语声又这么低微。随着这曲折的声音,陈八姑起了一点联想:这是两个未婚夫妇吧?一定在商量着怎样举行婚礼,怎样在报上发结婚启事。……她匆匆晒上衣服就离开西院。但半小时后,陈八姑又来了,她是看看衣服干了不曾;经过那面窗前时,放轻了脚步,那个清脆的声音侵到她的耳鼓:

"我不敢去么?我会女扮男装!把头发这样,戴上你的帽子,你看!——哈哈!"

陈八姑听到这么几句,更令她莫明其妙了。

晚饭以后,太阳刚刚沉下去,在宽阔的操场上,望见西天的一片红彩,旖旎的,缥缈的,陈八姑也觉得这么飘然了。许多乘凉的客人都聚积在这片旷场里:有躺在靠椅上高谈阔论的男子,有坐在台阶上抱着孩子喂奶的妇人,有又唱又笑的中学女生,有跑跳着,追赶着的小孩子——是一个纷纭而快乐的世界。……于是一种过去岁月的影子,一种自然生活的痕迹,在她眼前显现出来:自己也

是从这种快乐生活里过来的,自己也曾是一个活泼天真的孩子,也曾是一个无忧无虑的女学生,也曾被父母宝贝一样的珍爱过。她脑子里还依稀的留着父亲慈蔼的面影;母亲呢,啊!那真是所有的母亲里最善良的一个,在父亲去世的七年上也抛弃了人间,抛弃了自己宝贝的伶仃女儿!姑母是一个虔诚的女教徒,宁愿以处女终老而皈依了上帝,并且本着自己虔诚的信心,把自己的侄女送给上帝作了礼物。

"你皈依了上帝,既可为死去的人赎罪,又可替自己造福,你知道,那才真是幸福的所在呢!不愁吃,不愁穿,现在是住在乐园里,将来还要升入天堂,和上帝在一块。"

记得姑母是这样说的。

当时她已在师范读过一年书,于是脱离了学校,走进上帝的乐园。到现在已经有这么长远的时候了!不然,师范不是已经毕业了么?不是也可以作事了么?不是……

应当去收起晒干的衣服了,那是她第五次去看时就已经干透了的。刚一进西院就听见了滔滔不绝的语声,这不用细分辨就知道是严三姑又在那里宣教了。她向十二号的窗子张望了一下:暗淡的灯光照着一个半老的妇人和一个女孩子坐在床上,严三姑坐在桌前,那个青年和三位客人都已经不在那里。收着衣服时,陈八姑听到了严三姑的宣讲:

"圣母是一个童贞女,她永远不曾失掉她的童贞;耶稣是上帝的儿子,上帝借着圣母纯洁的身体使耶稣降世,救护众生,上帝造出人类并没有想到后来会产生那么多罪恶。——你知道人怎么来的么?是上帝造出来的!上帝用泥捏了一个亚当,就是我们的祖先,我们的身体为什么洗过还总是会脏呢?就是这个道理。后来上帝看见亚当一个人太寂寞,又从亚当身上取下一条肋骨,造成一个夏娃,就是人类的母亲,您看女人不都是服从男人的么?……"

陈八姑心里无声的笑了。她想:今天那两个女人也会服从男

人么？

晚祷时，陈八姑在上帝面前说了这样的话：

“求天父赐我力量，赐我勇敢！不要抛弃你的女儿，帮助她，保护她，让她安贴，让她胜过一切纷扰，让她静静的睡在你的神翼之下！”

二

有几张传单在院里发现了，很大的标题，很密的行列，很多的惊叹号。陈八姑曾看过两三张，题目是：“救国宣言”，“鬼子们的梦想”，“我们眼前的急务”……

这两天陈八姑不常看见那个高个的青年了。他偶然来一次，总是匆匆的来，匆匆的又走了。每次遇到陈八姑依然是微笑的和她点头。她想：这个人忙些什么，结婚么？听说后天北堂有一个结婚典礼，还要举行大弥撒，也许他忙的是这件事？……

陈八姑吃过午饭到厨房提水，一种齐声的壮烈的呐喊把她吓了一跳，细听一下，那声音是来自街上，并且渐渐由远而近了。抱着孩子的女佣，无事在吵打的孩子都一轰的找了这声音去。陈八姑，提着水壶经过大门口时，那里正挤满了一堆人，精神贯注的望着外面；同时一阵悲壮激烈的歌声也正响彻了这条街。陈八姑迟疑了一下，悄悄的把水壶放在墙边，挨身也挤进门口的人堆里。——是的，她为什么不能去看看？

许多男女青年组成的一个双行的队伍，长到看不见尾巴，在一种齐整的步伐下，从西向东走去。第一个瞬间她就看见最前面执着大旗的那个人：

“什么？是他！”她心里喊了一声。

这个高大的青年，带着一副那么庄严的神色，迈着沉重的步子，挺胸昂首，仿佛火山都不能阻着他的前进。雪白的纸张像蝴蝶

一样从队伍里散出来，大大小小的旗帜在人群里挥荡，上面闪动着许多“打倒”，“驱除”，“速起”，“联合”一类的字样——像腾滚的巨流，像怒吼的猛兽，吞没了一条街，吞没了这整个的城市，每个人的脸上都这么紧张，红红的淌着汗珠。而且这些女生竟也这么勇敢，在男生面前丝毫都不示弱，和汗一块，脸上还流出一种至高的激昂慷慨的情绪。忽然陈八姑发现了什么似的心里动了一下——呀！这不是两个女人么？曾经在那间屋里逗留了一整天的那两个女人？那个高些的就是要女扮男装的那个。陈八姑更挤出去一点注意的打量着她。她正用一种自然的美妙的姿式挥动着一面三角旗，而且这么有声色的随着大家高唱着：

“不远，不远，光明就在前面……”

陈八姑的心胸随着这歌声震荡着，一股鲜红的热流在她的躯体里翻腾起来，她觉得心酸，几乎要落泪了；泪光里她还看见那个女人的面庞对她微笑着，像是骄矜，像怜悯，像是讥笑。——不知怎么，陈八姑也竟不自禁的对自己起了轻视的感觉：多么渺小，多么怯弱，自己的世界多么狭窄啊！

她转身挤出人堆去，走进院门，劈头就遇见汤五姑！

“你好！跑到大街看热闹去了？竟忘记自己是谁！”

陈八姑对她笑了笑，三脚两步的跑了开去。

“幸好只遇见她！”她想。

回到自己屋里，陈八姑又跑出来，因为她想起了热的开水壶。

那股热流继续在她的身体里澎涨着。她觉着有什么东西敲她的心，有什么声音喊着她。不管是吃饭，睡觉，诵经，这声音都在她的耳旁。她可以断定这绝不是上帝的声音，上帝恐怕已经不顾她了。

院里的房子供不应求，连她们的饭厅都租出去了，她们只好端了饭到自己房里去吃。实际上这若瑟院也不是很安全的所在。附

近有两处兵营，××师的团部也在里面，敌人来掷弹时，营盘也是一个目标，稍微掷得不准确，这若瑟院就要遭池鱼之殃；然而好像准都不曾想到这层，在神的庇佑之下，或者真的和铜墙铁壁一般。讲堂里已经摆满了几十只床铺，楼前过道上也有人住了；因无处收容以致懊丧而去的每天都有数起，毕竟是上帝的权威啊！

战争渐渐的扩大了，号外一天要求五次，涨到二十个铜板一张，随手就卖空了。卖报童子散满了街巷，用更大更清脆的声音叫卖着。同时若瑟院里也到处传扬着大刀队壮烈的战绩，将士们义勇忠贞的胸怀，敌人闻风丧胆的丑态，——就在一个小孩子的口中也形容得淋漓尽致。看那边，几个小学生不是又在手舞足蹈的谈着么？

"他们日本鬼子啊，不但头上戴着铁盔，脖子上还套着铁套呢！"

"那也不相干。大刀不会望身上砍么？"

"不，不必！铁套大刀也砍得动。"

"咱们这边都穿着白衬衫，黄短裤，胶皮鞋。到晚上就该出来了，摸着一个穿制服的就一刀砍去！"这个小学生用手比着砍的姿式。

"真的么？你怎么知道？"

"我当然知道，谁骗你？"

"你看见过吗？"

"我怎么没有——不过，我告诉你吧，是我爸爸说的。"

爸爸说的话总是靠得住的，于是大家都满意了，他们皱着眉出神的向前望着。仿佛已经看见了大刀队的神威。

三

广安门的炮声响过一天一夜以后，城里发现了许多垢面血襟

的兵士:有的自己步行,有的被人抬着;有的出广安门来,有的来自城外的战壕。一些青年学生执着大旗,前呼后拥的围随左右。看着他们的跛足,他们淋漓的鲜血,他们这满头满脸的征尘,觉得这群壮士是怎样的可敬,怎样的可爱啊!

这一天,炮声响得更激烈了,连续不断的震动着人们的耳鼓,震动着玻璃窗;敌人的飞机在上空匆忙的绕着城飞旋,散下许多内容荒唐,措辞可笑的传单。街上戒严的时间延长了,甚至白天都不准通行;同时,若瑟院也提早了锁大门的钟点,到下午六时就再不许人们出入,钥匙是放在院长手里。全院的人都张慌的静默的预测着一个巨变的到来。

大约是下午三四点钟,陈八姑偶然走过操场,远远的望见讲堂前的廊檐下围集着一群人;人群中,台阶上一个更高的头露出来,由那里发出响亮的声音。她转身走进东边的夹道去,又从讲堂后面绕出来,这样她便立在他的背后了。

"……在这危急的时候,凡是中国的一份子就应为国尽一份力量……现在有一部将士受伤回来了,他们穿的衣服都被血浸透,他们的鞋袜都在战壕里踏满了泥泞,而且他们需要一些更好的饮食充足的药品,我们怎能袖手旁观?我们既是中国人……请诸位在自己的可能的范围之内捐助一点,好在附近的这两个兵营里就住着一部伤兵,我们大家都可以去慰问,办好了东西,大家可以一齐送去。"

乘着大家纷纷解囊的时候陈八姑悄悄的回屋去了。

同屋的阮七姑,张四姑,汤五姑,都在那里。

"喂!你来得正好,告诉你一件事。"张四姑说。"方才院长来过了,说今天夜里日本要放毒气,要你和我到各家去报告一下,好叫他们防备。"

"你和谢六姑查夜时顺便说一声好了。"

"院长叫你去,没有说谢六姑,不信你可以问阮七姑。"

“我还有事呢!”

“谢六姑病了,早晨就不曾吃饭,你替了她,叫她休息休息吧。”阮七姑这样调停了,陈八姑就没有再说话。安睡以前,张四姑手里提了一个油灯,和陈八姑一同穿过操场、礼堂、课室、饭厅,一面巡查,一面传出了这样的话:

“×先生!今晚上你们要关上窗户睡,日本要放毒气了!预备一条手巾,擦上盐或是肥皂,听飞机来了,就把手巾堵着口鼻。”

于是响着一片关窗的声音,顷刻,院中已看不见一个乘凉的客人。

走到西院了,前面就是十二号,陈八姑敲一下门走进屋。

“林太太!今晚要……”

怎么?这个人今晚不曾走么?——

“哦!是陈八姑。”那个高个青年说。

奇怪!他何从知道自己是陈八姑呢?

“这位是家母,请这边坐一下。”他继续说。

“不坐了。今天晚上日本要放毒气,请你们小心一点:预备一条手巾和一块肥皂,并且要关上窗户睡。”

“好的,谢谢!”

“飞机来时,就把肥皂擦在手巾上堵着口鼻。”是张四姑替她补充了一句。

“这是那里的消息?”

“×国公使馆给教堂送来的信。”陈八姑根据自己知道的说了。

“这一定靠得住。今天的炮声太厉害了。”

“林先生今天住在这里吗?”陈八姑问。

“是啊,今天的炮声真怕人!”那位立在一旁的林太太答话了。“有他在这里还仗些胆子,今晚我没有放他走。”

“我们的敌人真伤天害理!竟用这种狠毒的手段!上帝怎么

也不显示他的灵验呢？你们也曾为我们可怜的同胞们祝福过么？”那个青年说。

“我们替全人类祝福！”

“我们的敌人也在内么？——伟大的祝福！”他微笑的点点头。

陈八姑几乎生气了，她自然听得出那讥讽，看得出那个讥讽的微笑。

“我们走吧，”张四姑说。“我们还要去通知旁人，今夜你们警醒些好了。”

“一定，谢谢你们！”

“谢谢你们费心！”

夜里，陈八姑朦胧的睡着了。

“中国人应替中国人尽一份力……大炮……伤天害理……手巾……伤兵……鲜血……毒气……伟大的祝福……”

许多这样的声音像蛇一样在陈八姑的睡梦里紧紧的绞绕着她。

天还不曾亮，她忽然惊醒，一种嗡嗡的声响就在近旁震荡着。她霍然坐了起来，分辨一下，原来是对面兵营里在开动载重汽车。她鼻子里笑了一声，重又躺下了；接着她便想起方才那些紊乱的梦，那些紧紧绞绕着她的东西。……大约是半小时过去了，外面的声响伴着她的思潮，一刻不曾停歇，她心里说：“半夜里还运兵到前线去，战事这么紧迫啊！”

四

第二天起来，人们并不因了没有受毒气的伤害而表示高兴，反觉着这么不安，一种另外的什么气息侵到空气里来了。真的，情形有些不同！怎么一夜之间就发生了这么大变化？全院的人都白着

脸互相纷纷议论着:我们的军队怎么会这么快就退出城去?昨天早上不是还有捷报么?二十枚一张的手掌大小的号外上明明大书特书着前方胜利的消息,大家正在高兴得了不得,怎么有这么突如其来的事!突然得令人不敢相信,突然得令人承受不住!但事实上,若瑟院附近的两个兵营里的确一个士兵的影子都看不见了;而且一辆黄褐色花纹的铁甲车,像受伤的野兽一样,伏在道边,车轮陷入水沟里。据说这是前方得来的战利品,昨晚在街上吼了一夜,匆匆中不曾把它从陷沟里救出来,终于被弃在这里了。大炮声再也听不见,往日在街头鹄候前方消息的人群,也如鸟兽散;街上这么静悄,再不能听见一声无线电播送的新闻和歌曲。一种深切的忧伤,一种无名的寂寞之感,兜上每一个人的心头,真的么?事实真的就这样了么?

在操场里,陈八姑又遇见那位青年的林先生,他显得这么严肃,这么沉默了。手里执着一本捐册,不声不响的把一张张的纸币分送回各家;对方也是一言不发的接了回去,他们收回自己的钱,更增加了一分阴悒。

这个青年按捐册上的次序和数目发完各人的捐金,一径踏着阔步子去了,并不曾看见陈八姑正用同情的忧郁的眼望着他。

六点钟时,陈八姑无精打采的在自己屋里吃晚饭。晚饭后的一刻钟是她们被解放的一刹那。——

“又吃这么一点,你一定会成半仙!”张四姑指着陈八姑说。

“你觉得怎样?不舒服么?”还是陈大姑关心一些。

“没有!”

“想家了吧?”

“……”陈八姑微笑着,她家里还有谁呢?

“怎么不说话?到底为什么?你说说!”张四姑迫上脸来。

“什么都没有!”

“我可不信!”

“不信也由你，何必问呢？”

“今天一定要问问！七姑！我们来收拾她！”

“……”陈八姑依然微笑着不发一言，这种从容的沉默的态度倒把大家难住了。

过了这一刻钟解放的时间，陈八姑才真的被解放了。

“不说就不说吧，没有工夫和你麻烦了。”张四姑预备去查夜了。

几天以后，答应不在城里驻军的狡猾的敌人，不曾得任何人的允许，终于领着队伍偷偷摸摸的进城来了。若瑟院附近的两个兵营也被他们占据。兵营近旁的居民纷纷到院里来躲避；即使是走廊里，即使睡在地下，也胜如在自己家里等着鬼子强盗来敲门。乡下传说着的野蛮兽行，也在城里流行着了。院里的女仆们不敢再出去买菜，已经有人在路上被人借着检查为名而劫去了钱财和重要的东西。警察到全城各家住户去传出了警告：凡是有抗日思想或当局要人照片的书籍及其它文字，统统都要焚毁。听说后来在一家住户里搜出一个有总理纪念像的证章，这家的主人就被捉到官里去，经过拷问和数日的拘禁，此后的结果便没有人知道：也许是释放了，也许是永远失踪了。青年学生更是此时最被注意的人物，街巷上平添了许多大褂便鞋的青年商人。自然最危险的是穿白衬衫，黄短裤，胶皮鞋，凡穿这类装束的人，是他自己不愿活了。

西院十二号里时常有些神秘的客人光临，而且总是继续着两三个钟头的长谈。有时一齐出去了，有时几天不露面。

同时在城外也继续不断的正产生着许多永世不灭的动人的事迹。敌人从不敢孤身在城外行走，常常有三五个或七八个日本强盗无声无臭的丢掉了。如果有人敢走进高粱地去寻一下，便可以发现他们的尸身。那无边无际的青纱帐里不知伏藏着多少无名英雄，他们出没无常，行踪谲秘，使敌人无从防备，无从抵御，束手无策，一天有四个全副武装的敌人在城角下巡行，瞭望之际，忽然一

个绿色的衣衫在眼底闪过,原来是一个漂亮的姑娘正慌张的向一堵颓墙下躲藏。四个人相视而笑了,不约而同的向着颓墙迈着大步了。那个漂亮的姑娘随着沉重的皮鞋声发现了四个雄赳赳的强盗,跳了起来,不容一秒钟的迟缓就朝着旷野里跑去,跑得这么快,四个武夫几乎都追不上;不过男人终归是男人,五分钟后,看看就要猎到眼前这一只野鸿,前面忽然出现了一片青纱帐,那姑娘不迟疑的一头钻了进去。四个人站着了。现在他们想不进去已经不可能,——几个只穿短衣裤的矫捷的壮士,像一阵疾风,从高粱地里窜出来,不容敌人举起自己的枪,扑上去,老鹰捉小鸡一般把四个人捉进高粱地去了。在那里,四个呆子看见他们追逐的那个可爱的姑娘,头上的假发揭下了,绿衫脱下来,赤着背,擦着脊梁上的汗——一个这么年青俊秀的小伙子!四个人目瞪口张,从此他们就永不曾走出高粱地!

在无可奈何时,敌人只得强迫着难民们回乡下去砍掉那些高粱;说是庄稼已熟,乡下又已平安无事,应当回去秋收了。但这个强迫并不曾收回它的效力,不必说回去的人很少,即令全部难民都勒令回去,也莫奈何那些高粱,只要有人走进高粱地里来就发出枪声来!

五

天渐渐短了,陈八姑去收衣服时,外面已经展开了一片苍茫的暮色。西院里静悄悄的没有人声。她远远的觉到晾着的衣服行列里,有一个人影轻轻的晃动。走到跟前,这个影子正背着手垂着头在衣阵里慢步着,沉在这么深的思索里。

晾衣服的铁绳响了一下,他抬起头来。

“哦!陈八姑!”

“今天林先生又住在这儿吗?”

陈八姑预感着有一种什么事情就要来临了。

“是的,这两天我都在这里住。”

“陪着老太太?”

“嗯……方便些。……”

“对救国工作方便些吧?”

“……”他只笑了笑。

“有很多同志吧?”

“不少。——不过我们还觉得不够。”

“唔!……”

“我们需要更多的同志,多多益善!”

“男的么?”

“女同志也一样被欢迎。”

“……”陈八姑沉吟着不说话。

“这若瑟院里一共有多少教友?”

“四五十几位。”

“也有叫四十几姑的么?”

陈八姑笑了。

“都是从一排到十,次序是循环的;只有十姑,没有十一姑。”

“原来是这样。——陈八姑已经进院几年?”

“大约是五年了!”

“这里的生活习惯么?”

陈八姑沉默了一下:

“还好,……没有什么。——时常来的两位女士也是贵同志么?”

“是的。”

“女同志必须是女学生吧?”

“不一定,就是不曾读过书也有适当的工作给她们。”

“那一种人都可以么?譬如奉教的呢?”

"一些都不相干!"

"那么我们这里面的人也够资格了。"

他恍惚的望着她,停了几秒钟:

"自然!这里的教友听说都受过教育,尤其像陈八姑是进过师范的,自然更合格!"

进过师范?是谁告诉他的?

"怎么?陈八姑为什么——是……是什么意思?"他被一种热烈的情绪激动了,心里大声叫喊着:"我们的祖国啊!你绝不是没有希望的!"

"没有什么,随便问问。——那两位女士在那个大学读书?"

"不!她们也是中学生,和你的程度差不多。"

"她们现在还和你——还和林先生一块工作么?"

"没有,她们到乡下去了,这里用不着她们。"

"他们都作些什么?"

"总是'宣传'、'救护',一类的事。"

"女同志也很多?"

"很多。如果有人愿意参加我们的工作,我可以帮助介绍。"

"唔!……"

陈八姑抱了一抱衣服预备走了。

"有功夫希望常谈谈。"

"好!再见!"

"再见!"

他目送她走出了西院。兴奋的嘘了一口气。

"在这个禁地里将要产生一个奇迹啊!"他心里欢呼着。

晚上,屋里已经起了鼾声,阮七姑悄悄的拍着陈八姑说:

"我有些担心,我仿佛——也许是我神经过敏,我觉得你的心已经离开了上帝。——喂!"

"……"

“睡着了吗?”

“谁离开了上帝,我不怕罪过吗?”

“那么你怎么变了呢?”

“谁变了?”

“又不承认!”

“我是——我不过偶然想到了将来。”

阮七姑莫明其妙的怔了一下:

“将来?将来不是在上帝那里吗?什么将来?哦!你想到那里去了?”

两人都沉默了。

“将来的岁月谁都不能预料,你何必顾虑那么远呢?”

“所以啊,是杞人忧天了!让我慢慢的忏悔。”

“不过,你打算怎样呢?不能公开给我吗?”

“我那里有什么打算?睡觉吧!——以后也许告诉你。”

阮七姑用一声长叹结束了谈话。

在十二号出入的客人,越来越多,越来越复杂了。有十几岁的孩子,有三四十岁的壮夫,有男子,有女子,有南方人,有北方人,然而他们都那么相熟,溶合得像水和乳一样,溶合得像整个一个人一样。你来我往,十二号总是门庭若市。最奇怪的是有一次别人看见陈八姑也从那屋里出来。

敌人的装甲车列成长蛇阵,每天都在大街上驰骋,户口又调查得这么紧严,外城门又有武装的敌人守卫,出入都要经过严密的搜查,即令这样,城里也一样的散满了便衣队,散满了这些来去无踪的英雄。若瑟院里也不绝的传布着这些类似小说中人物的生动的故事。譬如那一天,西便门进来一个青年,已被敌军收卖而且早经缴了械的警察照例上前去搜查了,那青年不慌不忙的说:

“你不必搜查,我就是便衣队!”

警察怔着了。

在同一时刻,那青年掏出手枪向空放了一响,扬长的走掉了。

这故事深深的感动了全院的人,陈八姑经过很久的思索。她深信不疑的认定那个青年便衣队就是十二号的林方德。——自然我们现在可以不必奇怪她怎么知道他的名字的这件事了。——至少也是他们那一群人里的一个。

五六天没看见林方德,这一天又匆匆的来了一次,匆匆和陈八姑说了几句话,又匆匆的走了。这件事并不曾被谁看见。

这些日子,陈八姑每天祈祷时显得十分恳切,十分虔诚了,她没有再晚到过一次,总是这么规行矩步的,真像上帝就在她面前。作起事也特别殷勤起来,甚至永远沉着面孔的院长都夸赞她了。对同院的姊妹更加了几分亲切,肯帮助人,肯自己吃苦,大家都觉得陈八姑越来越可爱了。只有阮七姑嗅出了几分不同的气息。

陈八姑正躲在屋里偷偷的看一本书时,阮七姑走进房来,陈八姑慌忙把书塞在枕下了。

"你看什么书?"

"是圣经呀。"

"给我看看!"

"你不是也有一本吗?"

"我要看看你的。"

"不,不用看!"

"为什么?"

"因为和你的一样啊!"

"唉!"阮七姑叹气了。"八姑!你愈和我们亲近,你却离我们愈远啊!"

"不要这么说,我很难过!"

"不必难过,你有你自己的理想,对于你自己的生活,自然也有你自己的认识,只盼望你不会错误。"

"我以为并不错误。"

"我相信你,也同情你,或许……"

"或许什么?"

"我现在反觉得很羡慕你,或许将来我会跟在你的后面。"

陈八姑跳了起来:

"你说什么?这真是你说的吗?你早就有这种意思吗?为什么必须'将来?'为什么不'现在?'"

"这你不知道,我还有自己的事。"

"也好,让我先去试试,以后来叫你,你真叫我兴奋!"

"你这条路是正确的,这里是一个牢笼,是不生不死的尼姑庵!"

"好姐姐!只有你明白我,只有你鼓励我,你给我这么多力量,我现在心里这么豁朗,好像看见了前面的光明,好像又增加了十倍的勇气!"陈八姑抱着阮七姑说。

"不要忘了我吧!你这叛徒!"她挨着陈八姑的头流泪了。

又是一星期过去了,若瑟院再没有看见林方德的影子,那一群神秘的客人也绝了迹。

刚好这个时候,在汉奸的告发之下,许多青年失踪了。陈八姑听到了这个消息,她心里忐忑着,那里面难道有他们么?有几个?都是谁?恐怕又是……

这天陈八姑正在狭窄的甬道上徘徊,一个小姑娘悄悄的来了,悄悄的递给她一封信,陈八姑慌忙的塞在口袋里。这晚上,阮七姑和陈八姑两人悄悄的谈了一夜,早晨也起得特别早,但吃过早饭,就不曾看见陈八姑了,她自然是在洗衣服;然而午饭她也不曾吃,晚祷也没有她的影子,——这一天谁都不曾看见她!全院都沸腾起来,院长奇怪得发怒了,——就是上帝也得发怒!——派人各处去找,但一直到现在还没有找到。

(选自《七月》九期,一九三八年二月十六日出版。)

张　藤

写给古城里的姐姐

亲爱的姐姐：

北平的晚夏还是那样酷热，在几个清冷的早晨，东车站虽然充满了上着刺刀的威武的皇军，铁轨上卧着坦克车，但人还是这样拥挤。在火车的烟雾里，朋友的影子消失了。最后拖着孤独的身子，踱出东车站，心里是怅惘，凄凉而孤寂。

这种心绪，恐怕和两天后你们在车站送我是一样的。

姐姐，我记得，在开车铃响时的一霎那，你落泪了，你的声音是抖颤的，在你的眼前，一个年轻的孩子，将要渡过漫长的旅途。旅途上是荆莽，是汹涌的波涛，是峻山。在这漫漫的旅途中有的是莽草里的毒蛇，鸱鸟的冷笑，那年青的孩子将在崎岖的路上，挣扎着……

在北平时，我并不爱恋这古老阴森的城市。西山的红叶与香山的夏夜，也没有使我留恋，那里太冷酷了——除了牢狱的皮鞭，就是古老，腐臭，阴郁。人们像笼罩在一面黑暗的网下，无声的消磨这一生。

我厌恶它，甚至诅咒它。一年，两年，我要离开那沉沦的地方，自由地走上原野，自由地歌唱。

然而还有使人依恋的，那就是友情与青春。我们那一群孩子是不愿分离的。我们愿意在黑暗中歌唱光明，我们的声音充满了青春，是何等的响亮啊！古城的一星火花已经燎起了原野的烽火。

姐姐,我记得在那一个寒冷的冬天,窗外的雪飘着,炉火已经熄了,我们那十几个孩子,热情的,低沉的谈着明天怎样整列我们的队伍;萍与林吵着要站在队伍的前面举旗子,他们是这样的天真,热情,吵得脸红红的。

那时母亲正病在床上,从我们每天急促的行动,紧张的面孔,她看出将有什么要发生了……

姐姐,我又在回忆了记忆,对于坚强的人是一个何等锐利的武器,它使你记起那斑斑的血痕,使你记起那沉闷下堕的生涯,慢性的自杀和投降,更使你回忆到那刚强不屈的斗争。在这暴风雨的大时代,会像海燕一样,在暴风雨的海上自由而勇敢地飞翔。在暴风雨里,它捉着了命运,使潜水鸟在茫茫无边的前路中畏缩。

我需要记忆,更不会忘了前面的路途。

在短短的岁月里,我感到那样才是青春,那样才是生命;我们这一代的青年,身上担着历史的巨担,在中国的原野,已经有人在走了。他们的足迹——给我们后一代开拓了光明的路,我将毫不迟疑的走上去。固然我知道我还很弱,然而广大的中国已经有了无数坚强的人,也蕴藏着更广大更勇敢的人群,力量。这种粗野的,原始的忿怒一定能战胜一切,随我们跟大众一块儿学习,跟大家伙儿一块儿走吧。

姐姐,在那短短的期间,我们互相了解了,你有爱人类的心。二姐虽然冷酷,但心里依然是很热烈的。唯一使人依恋的是家——爸和娘都老了,兄妹们年纪还小,连我自己也还很年青,我们怎么能够分离?生活——这个担子不久就要负在我们身上。但我终于要走,远方的友人仿佛在唤我,还像有一股水流冲击着我,很短的期间,我们又分离了,我不为离开家叹息,但我怕我们的了解会逐渐的消逝,只留下了一片浮淡的烟霭……

古老的北平,遥念中好像很近,但又像多么遥远,我不爱北平,但我更不愿它落在敌人手里。我生长在故都十九年了,灰色而阴

郁的街道,声音和气息,现在还是很熟习的,现在他堕落在一个无底的深洞里,无声的悲哀,隐痛,会抓住每个人的心灵,你们怎么能活下去?

姐姐,夜已深了,窗外的寒风怒吼、身子抖颤起来。冬天是这样的残酷。

我接到你们从北平辗转寄来的信,我抓住信皮,不敢拆开。古城里充满忧愁与不幸,对于一个流浪的孩子,你们能告诉我点什么?二姐的信里说:

"我们都还在一起……只有藤弟……孤独了……"

是的,一个流浪的孩子,对于孤独的滋味是尝够了,每当午夜,夜寒常把我冻醒,在冰冷的小屋子里,寂静的窗外,是灰色的,淡白的,直到晨霞升起的时候。天空布满红色的彩云,一霎就逝去,留下的是无声的沉寂,无声的沉寂……

孤独像个毒蛇缠绕着我。

我更怕间壁的女孩子们唱《松花江上》,声音总是那样尖锐,单纯,朴实,刺着我的心。一到天明,声音就在院中飘浮——

那年,那月,

才能够回到我那可爱的故乡……

在凄凉的早晨,人正沉在回忆里,这声音对于流浪者太冷酷了。

姐姐,我走了,终于走了,在茫茫的旅途上,我看够了人的冷落面孔,莽草里毒蛇,到处尖叫着,夜游的鸱鸟抓着一个弱小的生命在冷笑,那路途上的荆棘……

然而我终于走了,我愿意欢笑着在荆莽上走,命运不能玩弄我,我自己选定了命运。我自己踏上了路。生命给了我一张洁白的纸,我就单纯的涂上自己喜爱的色彩……

姐姐,勇敢点吧,我将会医好我的孤独症,在广大的人群里取得温暖,取得爱。在古城里的一群孩子,现在都分散到天涯地角的

各个角落，麟奔走了几千里的长途，萍与林流着眼泪分手，梅不知到那里去了，也许是死亡了，然而我们都是高兴的，我们自己抓住了生命。

暴风雨生产了我们，斗争养育了我们……

在不久，这群孩子就会在暴风雨里习惯，他们的青春会逐渐的消逝了，就像海洋里的群鸥一样，风雨把他们银色的羽翼变成灰色的了，然而他们将飞翔得更美，更稳健，暴风雨冲击不到他们，而他们在暴风雨的海上自由飞翔，自由歌唱……

亲爱的姐姐，为这群孩子祝福，保重你自己吧！

巨潮将我们冲散了，不久，我们还要汇合在一起，向前泛流，我企望，终会有这一天的……

附记：从北平流亡出来，辗转到了豫北，怀念着家里的人，北平的友人，偶然接到两封信，里面充满了无声的沉痛，悲哀，并且说："来信不要加上'娘''姐'等称呼，这是很危险的……"我终于不知道怎么写给他们。

（选自《七月》九期，一九三八年二月十六日出版。）

阿　垅

在雨中走着

在雨中走着：

长沙市底街道是如此狭小的，不，天空是如此狭小。并且，在这狭小里，还哭泣的顽童　样不断下雨，每一条路都泥泞了，每一个人都濡湿了，使人忧愁，使人愤怒。

因此更使人想起失去的土地来：三月的苏堤，枫叶的栖霞山，菜花的原野，大风的海滨……那里有那样好的晴朗：自由的，和平的，香甜的，无穷大的。在长沙市，抬起头来不过是狭小的天空，低下头去又是狭小的土地或者道路，并且，这天空、土地或者道路又给扯在可厌的雨中！

失去的土地啊！……

就是下雨，失去的土地上的雨，那也是使果实更多含些甜蜜的水分与使田禾更深一层青翠的雨，那也是带一阵凉风来的轻松的雨，那也是把景色洗濯得十分明朗或者配合得更觉柔和的雨，这里是这样的雨呢！这样的雨，只是泥泞，只是濡湿，只是使花朵样的人忧愁而毛石头样的人愤怒而已。

在雨中走着，失去的土地的憧憬啊！

南汇县底雨是近于雾的，每天我走在城墙上，享受着欲湿不湿的那一种凉意，什么地方的金银花在吐早香呢？什么地方的乌鸦在咳嗽呢？金黄的菜花与翠绿的麦浪罩着一层新娘纱呢。

那时候我年纪还过于青，还不懂什么，只是思想如茧中的蛾一

样还没有咬出来，没有太阳光，没有新鲜空气，厌烦，痛苦，因此我就把我自己与我底心情一齐暴露在海滨的雨中，负着两手，一个水牛的样子在城墙上踱着，如老人在夕阳中的悠闲。这也是逃避于大自然么。

但是，隔着这样的雨，这比烟雨或者毛毛雨更小得多的雨，一面是一个苦闷着的青年的我，一面却是那么浑圆而掩盖不尽光辉的蔷薇黄的太阳，我隔着一层朦胧仰望着太阳，太阳又隔着一层朦胧照着我！

在西湖，雨底故事是说不尽的……

我特别清楚地记住那一次：

我看着黑云是怎样结合与发展的，怎样跨过一带山峰的障碍；怎样使天变了脸色；怎样使湖水吓得血都变青了那样每一滴水都抖着；怎样使木头的老树破了沉默，大声欢呼起来，一万只手高举在空中挥舞着；怎样使永远给踏在人类脚下的尘土与不幸的花叶驰骤在自由的空间……

我为天地底壮美所醉，对同行的俞说定了。

"我们来和它赛跑，看谁跑得更快！"

我们与暴风雨一起向前狂奔！

八·一三底前夜我们在江阴到无锡的公路上行军，也是与这样的雷雨平行的。那时候我已经真正拿起来了枪来，我还是个下级干部呢！平原上全是活跃的电光，那天地间的火花，从沉闷中杀出来的矫健的光明；也只有雷霆底说话，如末日的审判大声辩护着正义，又大声斥叱着黑暗与腐烂，一切都没有声息了，你听不到胡琴、青蝇、念经、讲演、捞衣……刺刀刃与我，走着，一身全湿了，我受了洗礼了。

那里还有那样的大声势呢！

在句容县的演习里，我也冒了雨了，在陶吴镇也一样。

雨滋润着田里的紫红色的苜蓿花，雨滋润着山坡上的青麦苗，

当我经过的时候。

当我经过的时候,我想,这紫红小花是如此可爱的,弄来吃倒不很有意思么。

但是当我放下了枪,提着饭盒,一脚走进农家时,我立刻嗅到了一种酸味,同时也立刻看见了真有吃紫红小花的人,紫红小花真作了食物,可是却不是为了"可爱"的"有意思"之类,而是为的饥饿的"有意思"。我鼓勇访问了几家,我怕看雨中的紫红小花了,虽然它不但是食物,还是唯一支持某一群人生命的东西。

我怕了么?不!我是懂了,我更懂了!

在雨中走着,一切像就是昨天。

但是,在这长沙市上,除掉经济的繁荣与政治的平静外,我能够在雨里得到点什么?……

我看见了沾泥的口红,我看见了溅人一身泥水的半流线型汽车,我看见了雨、风无阻的汉宫歌舞团,滴水檐前的红绸裤子女招待,也看见了在泥泞中奔跑着叫喊着的难民卖报童与以木拐蹀躞的伤兵在这狭小的天空与狭小的土地或者道路上……

我只有愤怒!

由于泥泞,由于濡湿,我想起了失去的土地。

一九三八,三,二六。长沙。

(选自《七月》十八期,一九三八年七月十六日出版。署名 S. M.)

闸北打了起来

从东亭到安镇是十公里。因为爱惜皮鞋,我脚上穿了一双破旧的;不时有沙子之类从鞋底磨穿处钻进来,瓜络的鞋垫也碎成一

片一片刺脚的东西,不怕走路的人到了这里也只有一肚子的咕噜了。课目是静肃行进、连络法、受敌探照时之处置。……远处有乳白色的手灯光缓慢地移动着,反复探照着马路底弯曲处,一下给马路左侧高大的屋影挡住了,一下又从浓黑的树林中透出来。满天的星,满田的萤火,满耳的蛙声,反衬着这无光无声的人流。停一下,又走一下,一个个蹒跚的背影。偶然,也有人咳嗽一声、两声的。人全疲劳了,疲劳得不愿意再说一个抱怨的字,只是半意识地惰性地走着路了。忽然,有人从后面那样紧急地赶了上来,脚踏车差不多是从队伍中冲过去的,这里,人一下清醒起来,连忙回过头来看,可是脚踏车早已飞了过去,星与萤火以外看不到别的东西。队伍如夏天黄昏的蚊群,由低声底集结变做咆哮的夜潮,开始彼此探问,虽然有军官们叱骂着,压制着,声音仍旧是浩荡的;并且,就是军官们,也一样在说着话,甚至有反向士兵探问什么的。

"什么事?"

"来了么?——"

前面起了一阵急促的马蹄声,队伍刚开始避在路边,营长底跳跃着的连人带马的影子立刻飞到背后去了。脚踏车也在这个瞬间过去,那是团部底一个传令兵,认出来的人连忙大声问他:

"他妈底小舅子——有什么事?……"

"你他妈底小舅子!"远远地掷回来一句给风把尾巴吹得不怎么完整的话。"团长才……一个人知道!"——

一营人立刻往回带,课目:急行军。

人又不说话了,低着头走,蛙声以外,只有一片沉重、急促、混乱的脚步声,有节拍的刺刀在鞘中的转侧声,不容易听出来的皮带磨擦的"吱咕"声。可是,这次人却是在沉思,全不是睡眠状态,我也一样,喜悦的兴奋与不可知的惶惑把我底思想引得很远。但是我的小腿是在那里粗大起来笨重起来,沙子与石子更多地钻进鞋子来,我痛苦得出了热汗,变做小步子落在后面,还打算一到家里

就洗脚呢。心比脚走得更快，路却在急行军中反更修长，到我们这一营人回到东亭，有几连人已经在那里搬运东西了。满街是兵，几个挑了子弹过去，几个又抬了蚊帐过来，团部门前堆满了东西挤满了人，河边的几只船上装卸着什么，还有牵着驴、马的。那时候是刚十点以后。

营长穿着汗还没有干的衬衣立在营部门口，看见了我，立刻止住我。

"陈排长，陈排长！……"

到我走到了他底面前，他低低地告诉我：

"今晚我们就要出发到上海去，十一点钟登车完毕。你回去要他们赶快准备好——东西用不着的全不带，只带枪枝、子弹、背包。——上海今天情形很紧张，我们已经下了决心的，不过这个这个，可以不要对士兵说什么，呒呒，只说动员演习就是。呒，还有：你们人到齐了没有？有落伍的没有？"

"全回来了，没有落伍的。"

"那好。"

在淡黄色的电灯光下，他薄薄的嘴唇变做了一个微笑。我一面把右手举起来行礼，一面也答以微笑。因为我太喜欢了，虽然我仍旧不相信这一次真会发动什么战争，听了这样的话，如梦里看见了什么渴望的东西，也就当作真看见了这个东西一样。我立刻跑着回去。才休息了一下的脚，一走起来特别艰难，路上来来往往的人又阻挡着我。两个兵抬着一捆军衣对面跑过来，前面的一个，那样通红的脸色，张着口，大步大步地，把我底右肩猛撞一下，可是他头也没有回过来。对长官微笑，一个兵撞了长官，敢不立正，这在平时都是不合"纪律"的，可是到了抗战底前夜都成了没有意义的小玩意儿。我不由自主地后退了几步，揉了一揉右肩，又跑了起来。

从东亭到无锡车站有六公里，一切事又都得开始做，短短的半

个至一个小时怎么对付？我还洗脚？

一回到华家坟我就去找连长，连长也正在找我呢。我还没有开口报告他营长底话，第九班班长中士应得标来找我。

“报告排长！这个，我班里有两个病的，这个，唵，多一棵枪，唵，只能挑一担子弹，……”

不等应得标说下去，连长拍了一下桌子把茶杯都震得跳了一下，咆哮着，一下跳了起来。

“多一棵枪也要你带，少一棵枪也要你带！——挑一担子弹？我连长、排长给你挑一担好吗？——有病？放屁！这个时候来有病！有病也要去，就是死，也要去，报告你妈啦个臭屄！这个报告，那个报告！……”

应得标，面向连长，给骂得脸色发青，发黑，嘴唇动着动着说不出一句话。我给连长这一骂也弄得没有办法，只得把营长底话来支吾。我不好过。可是连长还是“混蛋”、“混蛋”、“妈拉个臭屄”地骂个不止。应得标迟疑了一下，白着眼转过身子去就走，并不鞠躬，一面走一面喃喃地在说什么。

准备的事连长已经知道，他还给我看了命令。他告诉我规定携带的东西、集合的时间。照规定，排长每人只能够带三十斤的行李，这是没问题的，不能够带的东西我存放在什么地方就是，或者简直送人也可以，但是我想到了应得标底报告心就发愁，一班人里有一枝捷克式的轻机关枪与八支中正式的步枪，每人携带二百发子弹以外还有那么两担，弹药手还有特别的五、六百发，预备枪管与零件也需要一个人，这样，一班里得有十三名兵才够对付，可是我这一排里每班总只有这么十一、二个人，还有害病的，如第九班，十二个大兵，高得胜昨天吐了血，关士邦有几天没吃饭了。

“报告连长！东西带不完却是个事实问题呢。”我抑止着愤怒，小心地用商讨的声调说。

“唉！陈排长你真是！”连长不以为然的样子，挥一下手，恶毒

地望了我一眼。“像你这样带兵是没办法的。兵依得的么？兵是狗，猪，非压迫不可！你看，他们会带完的。你一依他，他就爬上头来拉屎。你老依他。”

“照编制每班是有十六个人的。”我还是抑止着愤怒。自从到了军队里，青年的愤怒在我是无从发泄的。但是我现在却绕一个圈子向连长进攻了。“可是师部在我们这一连上的‘记名’就有十个之多。这对于国家说，战斗力上是有不小的损失的。带不完东西还是小事。”

连长底脸红了一下，头低下去，手掌拍了一下左膝。我的话刺伤了他了，因为他也有‘吃空名子’的事。可是他却装做不胜感慨的样子，大声叫了起来：

“中国军队真黑暗！我说，非杀不可，我说！——陈排长！你回去看一看，第三班准备好了没有？——那末，那末，每班最多可以缴一枝枪到连部来，假使人真不够的话。好，你看吧。……”

一个营部底传令兵走进门来，鞠躬，立正。

“报告连长！去领手榴弹，一连六箱。”

“哦，那么，陈排长；你排上派两个勤务来。”

大殿、二殿里全是蜡烛光，电线有人在拆收，巨大的人影在墙壁上、神像上移动，震动，彼此重叠，扩大与缩小，结合与分离，侧面变做正面。有几个兵狗一样爬在地上摸索他底什么东西，有几个在那里捆背包拍打着军毯，还有一个翘着的屁股在看不清楚的黑影里几乎绊倒了人。地上乱七八糟地全是东西：稻草、“叮咚”发响的圆锹、“不要踏哪”的手榴弹、“我的铁帽子贪妈哪一个拿了”却一脚给人踢了出来的钢盔、背包、散开的子弹带、衣服、扁挑，……人来往奔跑着，进进出出，口里叫着什么，也有彼此高声大骂的。各种东西相触的杂乱的声音，拖过子弹箱来的磨擦的声音，水壶落在地上的空洞的声音。

我走进了自己的寝室，传令兵胡春樵已经把我底行李弄好了，

桌上有一些废纸。第一排排长底行李也整齐地放好在门边了。

“排长！九班班长来过，段排副也来过。”

“呒。”我从袋子里掏出表来一看，刚好，十点半。“传各班，快一点把东西都弄好。七、八班，每班派一个勤务，到连部集合。”

胡春樵走了以后，我用手一推把床板上的稻草推开了一部分，懒懒地坐了下去。但是我立刻又立了起来，脱下帽子换了钢盔，解开了皮带，把“快慢机”挂在身上，又挂了图囊，又扣上了子弹带——想，还洗脚么？

第七班班长上士段其祥走进门来，鞠躬，含笑地。后面跟着胡春樵。

“排长！是开差么？”

“营长对我说是动员演习。”我忸怩地说了一句暧昧的话。

“排长！”段其祥笑出声来。“这瞒什么呢。打日本，谁不喜欢？谁不巴望这一天？我保险打日本当兵的没有一个开小差的。哪一个当兵的不乐意不喜欢呢？”

“段排副早已知道了。”胡春樵也笑起来了。那笑，像操作中赞许他底动作好的时候的一样，那样发着光辉。

我完全窘了，我说了真话。营长底嘱咐给我抛弃了。

这个时候，应得标摇摇摆摆地走了进来，脸色是灰黑的，涂过油一样闪亮，钢盔歪戴着，腰上笨重地缠着三条子弹带如弥勒佛底肚子尽往下沉。在他后面的是第八班班长中士何胜荣，也着好了装，并且自己背着预备枪管。再后面是第八班底副班长下士姚荣安，全副武装的一等兵陈中元。

“排长！这次要打日本帝国主义了。我们中国人也要出一口气了。”

不让陈中元试探的话说下去，应得标沉着脸叫起苦来。

“排长！我又去报告了连长。我自己出钱，雇一部车，这许多东西，唵，高得胜又走不得——连长又不答应，这个……”

“你多多少东西?”

“十二个人,两个实在有唵,病,又不是喜欢害病!又不是我教他害病!——我一个人背两棵枪,一个斧头,一个十字镐,两袋子子弹,唵,这个,唵,这个,还少一个人背枪。轻机关枪零件,这个,唵,我已经分开,唵,唵,……”

“排长!我班里东西也带不掉。”

“我也多很多东西。排长!你可以报告一下连长。”

做排长的苦笑起来。“好,每班送一枝枪到连部去,别的,想法带吧,为了抗日,就吃这一次苦算了吧。”

“排长!”应得标抢着叫了起来:“这样就好。又不是吃的东西,可以,这个吃到肚子里去的。又不可以丢掉,国家底东西。不过,排长!高得胜,唵,这个高得胜、关士邦两个人这个这个我可没有办法,我又不能够替他害病。”

“我这一班人最少,多一枝枪。”何胜荣说。

“我东西能带。这样一来一去,脚都磨起泡,我怕走不了路。”段其祥说。

“好在路近。”又转过脸去对何胜荣说道:“我已经跟连长说好,把枪缴一支到连部去就是。”

“缴一枝枪以后还多一枝。”

“那么,……”我沉吟了一下。“好!你去拿一枝枪来,我来背一枝!”

“怎么好叫排长……”

“排长也不过是一个人。——你们还有别的问题么?”

“排长!”应得标说了半句话就停住了。“高得胜……”

“要副班长陪了他先慢慢地走。”

“这个,这个他底东西?”

“把背包交给胡春樵挑。”

何胜荣、段其祥都笑了起来,弄得应得标也不好意思地在阴郁

的脸上有了笑容。陈中元底笑声最高。胡春樵把行李用扁挑试了一试。

"大家快一点去准备好,时候已经超过了。"

大家退了出去。我望着"薛大元帅"底塑像,想着一·二八,想着一片瓦砾的闸北,不自觉地轻轻地叹了一口气。自己并没有"征东"的野心,只是不愿意做奴隶罢了。自己入伍是一·二八以后的事,第一次作战就是对日本的叛逆,假使战争果然发动了,这真是自己底幸福。但是又担忧着军队底纪律与自己的经验和指挥能力,这要从血里去试验,这要从血里去学习。胜利一样是可以有的,只要能够坚持这个战争,不再像一·二八。可是战争真会这样起来么?

走出去一看,人仍旧叫嚷着、奔跑着、忙乱着。但是多数人已经着好了装了。看一看表,十点四十五分,还没有集合。还有人在地上摸索。一地的乱草,没有人扫地。

"各班把地扫干净!"

回到寝室里,自己拿起扫帚来扫地。尹树民送了一枝枪来。

到十一点另三分,外面才吹起哨子来。可是事情还没有全部做了,仍旧有人来往奔跑,这里那里叫嚷。

远处飘过来使人紧张的集合号声。

连长的叫骂像一串鞭炮一样,在手灯光里跳来跳去没有完结的时候。"领子弹怎么还没有回来?他妈啦个臭屄!——你跑什么!跑什么!你看我揍你个龟孙!——谁嘀咕?谁嘀咕?嘀咕的就是他妈啦个臭屄的龟孙汉奸!——集合!集合!集合!不来不等!老子要枪毙几个狗鸡毬肏的!"……

好容易队伍才带走。一路上的散兵。团部门前仍旧忙乱着,一个绰号驴子的副官也在那里跳脚骂人。队伍才走到大桥边,就给别的队伍挤住了。

从东亭到火车站这短短几里路却是如此难走的:人都没有洗

过脚呢。每一个步枪兵有一枝枪、二百发子弹、四个手榴弹、刺刀、钢盔、工作器具、一个水壶、一个装满了杂物的干粮袋、一个背包、饭碗与洗脸用具,有的还带着防毒面具,这些东西在极度疲劳以后的人是并不轻松的。走不到一公里,距离、间隔就没法保持了,有人开始呻吟了,有人开始落伍了。我底脚像两根木头,只有一半的知觉并且是异样不痛快的知觉。沙子越来越多。

一个黑影落到我后面去,我一看,原来是有脚气病的何凯。

"怎样?"

"报告排长!实在走不得。"

"努力一点赶上来。"

"是,排长!"

一等兵熊建华也落在后面来,离开前面一个人大约有七、八公尺的样子,他那样歪了头,一下枪上肩,一下托枪,一下又把枪挂在颈子上像一根扁挑,一下又是一个特别的花样,把枪倒背着了。关士邦底步子像"改组派"的脚,又穿了紧鞋子,应得标跟在他底背后,一面走一面威吓着他:"我看你是想死,你要我打你么!"陈中元因为医院解散才归队的,病还没有十分好,也剩在后面了。梅小龙不声不响,忍耐地走他底,看起来像一个独行者,那样与人无关的样子。这样又走了一段路,我看见了高得胜与任有泉。我招呼任有泉:

"你看有车就给他叫一部车,怕火车马上要开。"

"哪里有钱呢!"

"钱我有,……啊唷排长,嗯,我真走不了啊!"

"慢慢地跟上来:——后面还有一个何凯。"

渐渐地有人偷偷地到路边去休息了,继续走来的人可以看见有人坐着或者躺着,有的把枪横在路上,人一不小心就会给绊痛脚和挨骂,因此大家都走到路中去。还有点起纸烟来吃的,一点红火突然从深黑中发光,随即又黯淡了下去。一连人底的长径没法计

算,行列也失了形象,一定像一个扩大的散兵行了。有军官们与班长们叱骂什么的声音。我自己,走在一连人底后面,无形中有一种责任,我得注意落伍的人,尤其是带着枪的。可是夜是这样黑暗,人又疲劳与缓慢得像一支耕种了一天走回家来的水牛,并且,自己也很想这样坐一坐,或者立一立也好。附近有贪婪地吃水的声音,黑,看不见。

终于走到城市附近。疏疏的电灯照着人影,马路这边有三个,那边有五个,但是多数人仍旧集结着,不过已经不是什么行军纵队底整齐的三路,而是那样彗星尾巴一样的东西。有立下来小便的,弧形的尿给电灯光照得发出白铜色的光辉来,有把背包解下来做枕头,死了一样躺在路边的,有一面走一面仰着颈子灌水吃的。军官们走过,看一眼,因为不是本连的,就像不看见地一样过去了。第一连一直向前走,第二连、第三连、第二营、第三营落在后面落得很远。有骂着人一直赶到前面来的。有背两、三枝枪的,有用枪托挑背包的,有完全徒手了还是那样一跷一摆的。街道完全静寂,只有一只狗吃惊地大叫了几声,叫过以后又倒着尾巴在喉头低声咆哮着闪入黑影中去。以外全是脚步声:那样沉重,那样杂乱,把整个街道都震动了。

到火车站是十二点二十七分。

机关车吼叫着,匆匆地开过来,又匆匆地倒回去,这一节车厢拉了过去,那几个车厢又推了回来,这几个车厢刚结合好,那几个又分解开了。强烈的灯光,发红的烟,轨道上还落下来一些红热的煤屑来,那样暗淡下去。月台上这里那里不是高高地堆着东西,就是把东西摊个满地,有行军锅灶,有子弹箱,有山炮,有机关枪。又是来往奔跑的人,叫嚷着的人,有的已经登车,脱下了衣服闲看人,也有咬吃什么东西,把皮、核之类向车窗外面乱吐的。有一辆敞车上全是红马。机关车又沉重地喘息着疾驰过去,电灯光中留下了一卷白色的表里通明的水蒸气。

队伍还没有立住脚，就带到别的地方去了，但是又莫名其妙地停止在一个地方。没有登车的时间，车还没有预备好呢。刚刚连长集合过，又是官长集合，营长又有话说了。

第一列车开出去了，火车上吹着前进号，有一个兵追着开走的火车跳了上去。时间是一点以后了。

本来我们这一团是第一列车的，可是结果却变做第二列车了。始终没有登车的时间，机关车始终奔跑着，大吼着。说，天明以前得到闸北，那怎么成？

弟兄们有的去买了东西来吃，有的坐下了默默地吸烟，也有彼此谈话的。军官们全忙乱着。我给连长请去三次。最后一次要我跟了营部副官周克雄去分配车厢，一列车已经编成了。一根横在地上的木头绊倒了我，我底左膝上出了血，裤子在膝头上裂开了，伤处嵌入黑色的煤屑去，我只得用嘴去吮，吮了好久弄不清洁，一面走一面发痛。结果，别的连上都分配到了车厢，我这一连却还等着。营长发怒了，不说话，两眼威胁着人。原来那一个车厢，团部副官一面分给了第一营，一面又弄错了分给别的单位，上面已经塞满了人。到吹起预备号来的时候，这问题还没有解决。我走了回来，弟兄们都在等我底讯，有咕噜的，队伍早已整理好了。我把情形报告过连长以后，又跑去跟在营长与书记官邱麻子底后面，总算弄到了一辆漂亮的三等客车。于是我去引了人来，人像蜂一样，抢着向蜂房里钻，枪托撞在车厢上发出大声，也有踏痛了人底脚使后面的人叫骂起来的。

一到车厢里，第一我就卸下身上那些讨厌的东西来，但是我只在门边找到了一个位置，人坐满了，不，人挤满了。末后我走到平时车上的小贩们在那里煮牛肉、烧开水、安放香蕉面包之类的小室里去，传令兵胡春樵要把我底行李打开来，说我还是躺一躺好。那里已经有了两个人，二等兵彭辉与尹树民。我不愿意一个人享福，制止了胡春樵。我轻松了，事情已经弄好了。我点了名。

车厢里嘈杂地讲起话来,还有高声大笑的。

“日本压迫我们,今个儿我们可要压迫日本嘞。”

说话的是第一班的中士班长白洪有,声音虽然不是最大的,却是最清楚的。我想想笑了起来。那时候,我还是不相信抗战真会起来的。可是我听了白洪有底话,心很痛快。我挤着走了过去,问道:

“怎样,这一次打仗,你们心里想?——”

“排长!你看这一次打仗哪一个最勇敢!”一个兵连忙抢着这样说,声音是特别刚强的,也是骄傲的,暗示着他所说的正是他自己。

“哪一个还怕死吗!”另一个不以为然的神情。

一个兵把位置让给我坐。

“排长!”白洪有问道:“你看中国胜呢还是日本胜呢?”

大家附和着。

“这要看你们,你们要胜还是要败。”

段清生大笑起来,笑得像驴鸣。另一个最会笑的上等兵郭少玉也那样大笑着,笑得像一只母鸭子。

前进号起来,车身渐渐移动起来,电灯光一明一暗地。人点起蜡烛来。不久火车就奔驰在深黑的原野中了。天上星已经变过位置,又听见了蛙声。

谈话继续着。

“我一定要多杀几个,杀他老子一个痛快。”

“我只要够本。”

“不,我还要利息哩。”

火车速度增加了,声音庞大而嘈杂,从车窗外飞进冷而新鲜的空气来。震动均匀,有人打着呵欠,有人歪着颈子张开着口睡熟了。火车走过一座铁桥,发出空洞的大声。

“抗过日我就不当兵了,我就回家种田了。”

“抗了日我死也就甘心了,也乐意。总算当兵也当出了这样一个好结果来。”

“假使不是打日本,又是自己打自己,老子不开他妈底小差真不是个人!”

“真的,在江阴营房,我倒真想过开小差的。哈!”

火车底煤烟吹进窗来,有嗅了不好受的煤气,窗外不时有几点火星很快地一直线地飞到后面去。蜡烛焰一下歪了过去,光收敛得很小,要灭的样子。“砰!”几个人不约而同地关上了车窗,蜡烛重明了。一个人用两只手擦着眼皮,擦得那么发红,一粒煤屑吹入了眼里,哭一样流了泪,口中痛骂着。后来对面的人那样捧住他底头又用手指拨开他底眼皮吹一口气又吹一口气,火车连续驰过了一座小铁桥。

“排长! 你怕不怕? 第一次上火线是有点怕的。”

白洪有忽然这样问我,几个人都笑了起来。我到这部队来连六个月见习期间在内正好才一年。他们知道我没有上过火线。他们常常有这样的表示:如我们这样的人,“一张嘴”是最行,就是上讲堂是没法和我们相比的,野外与操场也不得不输给我们;可是他们有他们底最后一着,行伍的有的是丰富的经验,作战的时候能够“沉住气”,“不怕死”,反之,如我们这样的人,听到第一声炮声就没有脑子了,事实上也往往有临阵脱逃的。对我,他们倒不是恶意的,我和他们相处得很好,彼此互相了解到如看一潭清水一样,不但建立了亲切的感情,虽然有一次他们在火伕房里也议论过我,给倒热水去的胡春樵听见了,但是白洪有说这话却是开玩笑的成分多,因为我正和他们一起在向我们的大上海前进,他们是不必再怀疑我的。自然他们有一个很深的观念,“××的”总难免如此这般,我是一个军校学生,因此我虽然有许多地方很与众不同,在炮火之前,这样严重的问题之前,我终于也会像一个“××的”底样子的,正像狗总是狗,即使颜色有黄有白,形状有大有小,性格有狼

种的与有讨人喜欢的哈叭之分，这一只狗决不能够完全像那一群狗，而像狮子或者兔子。在他们底哄笑中，我倒有些窘了。我没有想过这个问题，也没有想到过。真的，我只忧虑着我底指挥能力，以及他们底“发洋财”的习惯，别的，我什么也没有想到。现在这个问题突然提出在我底面前，并且正好是必须解答的时候，我真有点茫然了。我只是如平常一样，我并没有什么感觉，这不过我自己知道，但是我将怎样答复白洪有和那些含着善意的微笑那样迫切地期待着我底回答的盯住我的眼睛呢？我不知道。我不爱“吹”，也不敢“吹”，虽然这是最容易的也是最讨好的。我这样的意识，使我们这样一群把死看成自然的结束与战斗的必然，怕么？不知道。不怕么？也不知道。我没有感觉到怕，也没有感觉到不怕，我只是如吃饭、穿衣一样，不觉得有什么新鲜气味在里面。我又不能够卖预约，在火车中我是平平常常的样子，炮声响了以后会怎样，心理上会有怎样的反应与改变，我完全不知道，也没有把握。

“我说老实话，”我想了一想，这样缓慢地回答他们道：“或者我最怕死，一听见炮声就抖得像一个落水鬼。但是谁知道呢。我们大家看吧：谁最怕，谁最勇敢。不过我想呢，到了那个时候，怕也是要死的，不怕倒未必会死，那怕跟不怕还会有什么问题呢。连最‘窝囊’的，恐怕也会变成最勇敢的吧？我们，大家都是平常人，血肉做的人；黄天霸戏里才有。我们总勉强自己向勇敢的路走吧。怕么，怕就是灭亡。譬如中国怕了日本，现在是多么危险呢，丢了东北、平津，假使再怕下去，就整个完了，是不是呢。”我停了一停。大家都在听着我呢。“最后一句话：我们要彼此监督，彼此帮助。不要因为我是个排长，不勇敢，怕死，把事情弄坏了，你们也不好意思说话；也不要笑一个怕死的人，要帮助他。真的，我们这个时代，正是要不勇敢的人也勇敢起来，怕死的人也要咬着牙齿向死路大步大步走过去的时代，活或者活不成的时代。”

“排长！”二等兵关士邦说起话来。他是那样可怜的样子，面

色白而微青。他原来是在南京拉人力车过日子的。因为车租欠得太多才当了兵,他底绰号就是洋车。他的胆是最小的,排长声音一大他就像一只老鼠躲到黑暗的屋角中去了,因为这样,这次行军,虽然他正害着疟疾,他还勉强带着不少子弹走了来,那么狼狈。从江阴到无锡来的时候,他听说就要对日本作战,开始这几天连饭也不吃,只是呆坐着想他底心事,夜里别的人醒来总听到他翻来覆去的使军毯下面的稻草发出不断的窸窣声来。他一说话,薄嘴唇那样抖着,眼那样不安地活动着。"排长！我就是怕,我老是怕呢！排长！我要不怕也没有用,排长！我要不怕,我总要不怕！我恨日本人,可是我又怕。怎么,排长！我怎么才能够不怕呢?"

我与关士邦底话,引起了大家的争论。我的开始的几句话使大家失笑。关士邦底话引起的反应却是复杂的,有的白了他一眼,有的骂他不应该当兵,有的红着脸望着他不作声。

"初上火线是有一点怕的,怕过就好了。"

"可是,"另一个兵提出了反对的论调。"新兵才勇敢呐！他什么都不晓得,他不晓得利用地形,不晓得敌人在哪里,不晓得危险不晓得死,只是拚命放枪,哪里有枪声过来,他就只晓得向哪里放枪。"

结论是:第一次上火线不免有一点怕,枪声响了以后,就没事了。

关于我,以后在闸北的七十日中使他们信任了我,开始的时候还使他们用一双新鲜的眼来看我。关士邦,在接触一开始的时候就病得走路都脚软,但是一个轻易的命令他还照样做成,渐渐地,在铁与火中,他终于也变得坚强了。

"排长!"关士邦因为被几个人骂了,更不好意思,那样心虚地望着这个望着那个。"我就是怕,我就是要打日本,我就是不开小差——他妈底心要怕！这样怕,现在还怕,我真不知道怎样才好。我不开小差,我要打日本鬼子,他妈底他坐我底洋车我就不舒服,

一面拉一面想干他,可是我又怕他底棍子。我只是怕,并不是不愿意死。"他那唠叨着,却兴奋了,也特别显得痛苦。

我陷入了沉思里。到这里我又说道:

"谁不要活?谁不要活而且要活的享福,住在花园里,天天吃鱼翅、海参、穿绸穿罗?"我望着大家,我忽然想起,这是一个最好做政治工作的时候,自然我没有党派关系,我只是根据了事实来说话。"可是日本帝国主义者它却不许我们享福,甚至不许我们活在世界上,活在我们中国这块土地上,我们自己底土地上!……"

"呕!真他妈底气人!——"一个兵在旁边低低地却是那么用力地说了这么一句话。

"说,这是他们底'生命线'呢。他妈啦屄!"我到了军队里不久,就会随口骂人了。"是什么'生命线'呢?是他们底军阀要想升官,有功,他们底资本家更能够多刮中国底钱,要中国底煤矿、铁矿,就是抢我们底饭碗!他妈啦屄!"我又骂了。"他们本来已经享福的,连我们这可怜一碗黄米饭,也要夺过去,为了他们可以更享福!——"

"排长!这一次我一定做奋勇队,排长,你挑奋勇队有我一个。"

一个兵不等我说完,也不给我说完,就情急地要求我。

"我也算一个,排长,……"另一个兵远远地叫着,把旁边一个睡熟的人叫醒了,愤怒地用发红的眼望着他。

"老子肏你姊!老子到上海不杀他个'鸡犬不留!'"

"我们这一次一定要打倒小日本!"

"我要捉活的,捉了来挖心炒韭菜吃!怪香的呢!哈哈哈哈!"

我底结论没法做了,问题转到俘虏上去了。我本来打算说下去,我们假使要活就得先去死,至少不回避死,与我们有抗日必要的理论,以及说明抗日底结果将是什么与必须是什么。可是一牵

涉到俘虏问题,大家的心就更紧张了,更激动了。那样的话我没法再在一片叫嚣中说下去;并且过分的情感也得纠正,这也是必要的。

“你为什么要吃日本人底心呢?”我问那一个有一张红而扁的脸的人。

“为了他妈底太心狠!”

“你吃人底心不也太心狠么?”

“不,排长!我不吃好人底心的。我心不狠。”

“日本人个个都狠么?”

“都狠,当兵的,到中国来的不狠也狠!”

“你知道这一次有一个日本议员,叫什么名字的,要逃到中国来,反给他们底宪兵捉了去,为了中国,现在不知道是死是活,报纸上登过,你知道这样的事么?”

他完全惊异了,出乎意外。他那样瞪眼张口的。但是立刻又摇摇头,做了一个不相信的神气,抚摩着他手中的枪,说道:

“那是假的。”

火车又走在一座颇长的铁桥上,“空隆”的声音使说话费力。

“那末,我又问你,中国人个个都是要打日本的么?”

“当然是!”他毅然回答。

“哪一个不想打日本!”另一个声音。

“你知道有汉奸么?”

“汉奸!杀他全家!——”

“问题是在这里:中国人个个要打日本,但是也有这么几个汉奸,日本军阀、资本家要灭中国,也有很多想同中国做兄弟的人。”

“排长!不是你说这话,我就当你是汉奸!”

“陈排长!日本有好人,为什么个个当兵到中国来打中国呢?”

“譬如内战的时候,你们愿意自己人打自己人么?”

“不愿意!”

“不愿不愿!”

“那么,为什么会有内战呢?这就是说,你们在压迫下,在欺骗下,或者为了生活问题,你们也只得到火线上去,去送死,去做炮灰,也去杀人了。他们也一样。所以,你们假使杀俘虏,吃心,不但不应该,正好中了日本军阀底计,他们可以向外宣传说中国野蛮,使他们不同情我们;尤其,日本兵左右都是死,缴枪给我们也是死,他们就要打硬仗了,我们底抗战就要多一年、两年了,日本军阀又可以向他们底兵,他们底老百姓宣传了,——这样,他们捉了我们底人去也会一刀杀掉的。——”

“假使我们倒霉给他们捉了去,我们倒愿意给他杀了好!”

几个人在慨叹着。说到了这里,问题又改样了。火车一下驶入了灯光辉煌的月台,“嗤!——”放了一下气就停住了。卖荸荠的小贩们走近车窗来,口中兜售着。有下车到月台上去活动活动的,有去大便的,有去问小贩们买物或者和他们开玩笑的,有问到上海还有多少路的,有跑过自来水那里去接了流出来的水来洗脸的。在车站上停了有二十分钟,一列客车到了。

开车以后谈话又回到怕不怕上去,我这次没有参加,我只听到了一句话:“老兵怕机关枪,新兵怕大炮。”“死了算雄!去屌!”

我靠在车窗上。火车完全在黑暗中前进。夜是如此黑的,可是也更接近明朝了。从黑色中我辨认出灰白色的小路来,也看出来更浓的一团一团的树影向左肩后面飞。又是落在地上的火星。微冷的空气与不小的风带去了我底梦,我更清醒了。回头看看车厢里的人,有一半入睡了:有抱着枪的,有把头靠在别人肩上的,有伏在自己膝上的,有半个屁股滑下了坐位那样歪在别人腿上的,有口角拖着十多公分长的口涎的,有给人压得在梦里叫了起来的。谈话不知道是什么时候终止的。他们需要休息。蜡烛熄了几支,剩下来的也已经不多,那样堆积着烛泪,烛焰摇摆着,车厢里光与

影也不断摇摆着。火车不停地驶过了一个无光的小站。

天渐渐地朦胧起来。这是渐渐地明亮起来的朦胧。火车前进又前进,不停止,也不疲劳。乌鸦飞起来了,喜鹊也叫起来了。原野里流动着冷风与白雾。水塘与小河特别反射明亮的光彩。火车底煤烟像郁积的怒气,拂着天,拂着房屋,又低低地拂着田野,末后却扩散在空中。这样驶过了黄渡,驶过了南翔。人都醒来,不再疲劳了,洋溢着一身精力,伸一伸腰,伸一下手臂,"呱!"一声脆响。天全亮了,是八月十二日了。经过的村落里的农人们睁了好奇的询问的眼向这一列车立着看。这样,火车不久就到了真茹车站,停止了,机关车脱离了,"呜,呜,呜,——"地叫着到别的什么地方去了。

下车。

我们一团人在大夏大学前架枪卸装休息,停止待命。

在车上,我已经看见过了命令与要图。我们第一营底行进目标是闸北底宋公园路、"正园路",正面右翼从青云路起左翼到"洛阳桥"止。因为我在上海住过,连长就要我做向导的样子,可是闸北对于我是十分生疏的,这样也就算了。但是我一下车就问当地的人,什么地方是宋公园路、"正园路"与青云路、"洛阳桥"?怎样走法?虽然上海市底保安队里已经有向导派来,我们还找了一个"老百姓"来。"正园路"与"洛阳桥"是弄错的,那是止园路与济阳桥,真要命!

上海底姿态在我是这样熟悉的,大夏大学前的商店与饭馆子更使我想起被毁的中国公学与吴淞镇来,我在里面曾经住过一些时候。我们望着那些人,店伙、学生、车夫,觉得他们也正在那里望着我们。事实上他们也真在谈论着我们。几个大胆的,还跑近来要看我们底捷克式轻机关枪,问东问西,我们底弟兄也问他们,譬如上海的最近的情形之类。我从来没有看见过,从十六年国民革命军北伐克复杭州以后,人民与军队有这样亲切,我真感动与喜

欢。有人提了一桶热开水来，弟兄们一下就一人一碗舀完了，他们马上又弄了更多的来。弟兄们也有说这样的话的："我们得对得住上海底老百姓。"小贩们卖东西也随便，不像做买卖，而是半送半卖的请客的样子。可是弟兄们都太穷，连长有三个火食尾、一个草鞋费没有发，能够有钱买东西吃的是很少的，即使有钱，他们也早已吃完了，士兵们是有钱就吃，一吃就光的，因此没钱的弟兄只有向小贩们看看或者微笑。那时候我想，要士兵与人民融合在一起是容易的事，第一他们只要发动抗日的战争或者参加到抗日的战争中去，第二只要使他们有与人民接触的机会就是了，并不是什么艰难的事，过去我是陷在错误的大雾里了。我又看见第五连底一个兵，吃了两根油条，从身边摸着摸着摸出来的却只是那么一分多钱，他要去找别的兵借，卖油条的老头子却笑着躲了开去，不要他底余价，口中嚷着"你别别——你班长真是！……"

那时候是十点钟左右，太阳有点烧人。我们底命令才来，我们向闸北进军。

这又是一个艰难的路程：旧的疲劳并没有全除去，没有吃什么东西，天气热，水又没有喝够，道路上裹着尘土的日光直晒着人。终于，害病的人与脚上起了水泡的走路显得为难起来。陈中元、高得胜都落伍了，别的排上也有落伍的。我不管连长底禁令，给他们雇人力车，可是好久找不到一辆车。我要强壮的人带走了他们底东西，我和他们慢慢地跟在后面。他们都是一头的汗，叹着气，责骂着自己和病。

"嗳，倒霉，到这个抗日的时候来害病！"

"人家不要说我怕死，嗯，嗯，自己也觉得对不住人。嗯，……"

陈中元是从军医院里回来的。高得胜在这个时候害病真太糟，军队里有好多不合理的事，阶级小的更不许说理由，有病就是活该，我虽然给他向连长说了几次，要他住院去，连长却拒绝了，理

由是抗日底战斗力要紧，他把害病到要人服侍的人都算做战斗力了，其实那也有一部分真情，因为连上名额是如此不足，为了战斗力与好看，他是不能够让一个人下去的，这样，他只有跟在队伍后面，像一只牛跟着一群马。我很痛苦与愤怒。但是我底颜色与声音都变了，我像一只兽，无处发泄，因为他们累我我就十分怀恨他们。我假使有权，我真会把他们放走的，即使他们也要抗日，即使他们不肯离开队伍。他们常常停止下来，换一口气，或者喝一点水。他们一停住，我就不得不停住。看他们那种狼狈样子，像泄了气的车轮，心真焦灼。望望队伍，已经去得更远，尾巴上只是一片朦胧的尘土，只看见一些影子，和几个半落伍的人，我认出来一个是熊建华，一个是第一排的。不看见关士邦，大概他又给应得标赶猪一样的赶走了。

有一辆人力车过来，却是有人的。

又是一辆，不愿意拉，胆小，我又发怒，但是我又放他走了。

又是一辆。

结果有一辆愿意拉，十分愿意，差不多到自动的程度，于是，高得胜坐车走了。后来，陈中元也得到了一辆，他没有钱，我给他付了。

这样，我就竭力赶上队伍去。我始终没有洗脚，也没有换过鞋，袜，甚至皮鞋里的沙子、小石子都没有脱下来倒去过，一开始走路就十分受罪，到现在新沙子、新小石子又钻到脚底来了。天热，我解开了风纪扣。汗打湿了一身，裤管给汗粘住了，很牵制两腿底运动。我又如此口渴啊，哪里有水?

我赶上了队伍。看见了陈中元与高得胜底人力车，上面高高地堆着东西，这个那个底背包、几枝枪、面盆、预备枪管，堆得车夫走不动路，一面弯着腰走一面不断揩汗。

渐渐地走到了有人家的地方。人停止做事，都到门口来看我们。我发现了一件奇事，差不多每家人家门口都摆着茶水：有碗，

有壶，有桶，有缸。弟兄们一面走，一面停下来擦汗吃水。有一个额上发亮的汗真有黄豆大，那么拿起一碗水来，仰着下巴很快地灌了下去，接着是第二碗、第三碗……弟兄们都这样，喝了就走，不给钱，也不道谢。自然他们多数连一个铜子也没有。可是我又发怒了，并且大怒了，我走到一个刚把湿淋淋的碗摔在桌上的兵面前，责问他：

"这样，就走了吗？"

那个兵立正了。

"为什么不给钱？"

"我，我没钱。"

几个兵看了样子，给了钱，要走，可是人却拦住了他们，把钱从桌上捡起来塞到他们手中去，他们不肯收回，人也一定不要，结果"哗啦"，钱摔在地上。几个兵走掉了，可是人还追了几步，口中叫着：

"这不要，这不要，……"

"没钱喝什么水！"我喝着。我轻轻地在那个兵肩上打了一拳。我从来不要打兵的，曾经发生过连长要我打兵而我终于没有打，给连长申斥的事，我仅仅打过两次兵，但是我看了这样的情形，我却第三次用了我的拳头。

一个人走来了，拦开了我说道：

"你排长，排长，你不要生气。你们吃一碗水算什么。这是应该的。不要打弟兄，是我们送给你们吃的。"

"唉！你们底纪律真严。"另一个人插上来。

"你们要打东洋人了，我们没什么可以表示，一点水……"

"不要生气。"

那个兵还立正在那里。听了人的话，心更不好过，我异常感动，像触电的瞬间一样。我把下巴一歪，那个兵才走。

一个人递了一大碗凉茶给我，又给我绞了一把热手巾来。我

谢着，揩了汗，也喝了水。但是当我从身边拿出几分钱来的时候，他们却机警地按住了我底手。

“你官长！你真正！……”

“那个弟兄底钱和我自己底，我都得付，我们不能白吃你们一杯水，白拿你们一根草。”

“你真正！你排长！喃唷！——”

“那个弟兄我们送他吃。”

“那么，我也得付自己的钱。”

一个中年妇人去拿了一把大芭蕉扇出来，就立在我旁边给我扇了起来。我连忙止住她。她底半大的脚退了几步，避开以后又立在较远的地方用大力气向我这面扇她底扇子。

“不要！不要！一定不要！”

可是我留下了钱，跑了。

以后我又给几个弟兄付了茶水钱。

以后我又给一个弟兄付了烧饼钱，他拿着一个烧饼走了，可是并没有付钱，卖烧饼的也不肯收我底钱，他的样子一点没有被抢劫或者受损失的憎恶或者不愉快的地方，反是那样天真地张着嘴巴笑，用爱情的眼送着那个兵底背影。

在下午两点多钟的时候，我们到达了宋公园路、止园路那里，休息下来，人全疲劳不堪，饥饿。连长到营长那里去了。有人送了开水与烧饼来，一下全完了。人把队伍密密地围住，和弟兄们谈着。据说，搬走的人已经太多，差不多只留了个余数来，可是店都开着，我们经过的地方，都还有市面，就是在附近，一家老虎灶还冒着一团一团的水蒸汽，热开水就是从那里来的，此外，还有铁店、剃头店、烟纸店。……

第一排附属在第二连到民生路去，第二排到天通庵路与青云路去，我这一排位置在中山路与宋公园路交点底附近一个小庙里，作为预备队。后来才知道，在中央的中山路上的是第三连。

一休息下来，人不是睡觉，就是想弄吃的。肚子也真饿，没有什么东西填进去，所吃的东西又太少，还有完全没有吃过东西的人。我也没有吃什么。到想到买吃的东西的时候，才发现附近的人真全搬走了，买不出可以吃的东西，上午还在的一家烧饼店也去了，虽然附近看来还像有许多人。怎么办！我身边还有一块钱，我找到了一个人，请他给我们去买一点米来烧粥吃，可是没有等到粥烧成我就走掉了。

我跑到前面去。

在青云路那里，有几道简单工事：一堆木材，木材后面三十公尺的地方有有刺铁丝疏疏地牵在两边的电杆上，再后面是两个拒马。有两个黄衣的保安队底兵和几个黑衣白裤的警察警戒着，不许人通过，但是仍旧有人挑着扛着箱子、行李、锅子之类来往走。还有一个巡官。

我想到前面去，到西宝兴路上去，可是巡官却阻止了我，说日本兵正在那里挑衅，常常到河这边来，假使遇到了他们，那就有问题了，有人给日本兵捉了去，捉去以后就不再有消息。有日本兵来缴去过保安队底枪，因为有命令不许抵抗，枪夺去也就完了，人给侮辱了也就算了。可是这里却有一个小故事，一天一个日本军官骑了马跑过来，看见了我们底保安队，下马来，来夺他底枪。这个保安队底兵既要服从命令，又止不住愤怒，因此他只得扭开了他底手榴弹底护线盖，预备拉拉火线。那个日本军官看了，马上放下了枪，吓黄了脸，跳上马，逃了回去。以后就没人敢来夺枪。

从这里，我知道了敌人全是海军陆战队，有一小部的在乡军人、商人，总数在八千左右。

我很失望，我不能够到前面去，我懒懒地走了回来。

人已经吃过粥，差不多吃完了。胡春樵给我留了一碗，有红腐乳，我拿起筷子来吃了几口，就放下了。人有在那里洗脚的，换衣服的，还有一个洗衣服的。屋子里全是睡觉的人，背包全打开了，

我也不管。

我也洗了脚,换了皮鞋。

忽然我想,我为什么不找一些便衣来穿呢。

我去报告了连长,说,我要到前面去,队伍段其祥指挥,连长答应了。

我换起衣服来,一件黑短衣,一条带一点紫色的灰色裤子,穿起来衣袖太长,裤子太紧。弟兄们都望着我笑,指指点点。我自己也觉得好笑。不知道是兴奋呢,还是觉得好玩,我当时的情绪是很难写的。我并不把纽扣扣得整齐,喉头的两个我让它那样散着;我把衣袖卷起一点来,但是也弄不整齐,那样随便地;因为我竭力摹拟上海作风,使自己像个"白相人"。

"哈哈哈哈!你看排长底样子。"

"倒怪好看呢!"

可是我弄不到一双适合的鞋子,因为这一双脚有一点小,因此还是仍旧穿着皮鞋吧。这皮鞋是军队中用的,有两个特征:带松紧的,鞋跟上有一个插马刺用的弹簧小孔。弟兄们跑来跑去给我找鞋子,要我换一双,尤其是胡春樵,他坚持着我非换过鞋子不能够去。我看看自己,这裤管是如此长,脚背全给盖住,那还有什么问题呢?皮鞋又如此污秽了,鞋跟上甚至鞋面上都结着泥与厚厚的灰尘。我不相信日本人如此精细。

我走了。

但是我又回来一次。因为,由我一开始,以后弟兄们更将大胆地到前面去,那就容易闹事。最使我忧虑的,倒不是由此可以引起冲突,我倒是喜欢由我底弟兄首先开枪的;只是我怕这将暴露我们底企图与位置,而给他们捉了人去也十分不值。他们又和我不同,没有细心,不会说上海话,更不会换上便衣的。我走回来,他们正在那里和邻近的人闲谈。有的悠闲地吸着烟,好像战争是不值得大惊小怪的。多数人的声音是愉快而活泼的。

他们看见我这样快就走了回来都惊异了,有几个立起身来,有几个迎了上来,热烈地问前面的情形怎样。

“你们也想去吗?”我问他们。

“排长!我跟你一阵走。”

“排长!我,我也——”

“哼,”我笑了起来。“我知道我走以后你们会有人跟了我走的。你们不会说上海话呀。你看,我为什么换了这样的衣服?弄得这个样子?”

他们又笑起来,新奇地望着我。有的有点失望,或者那样不以为然的神气。人民也望着我笑,围住了我。

我把他们不能够去的理由说明了,接着下了命令:弟兄们一律不许到前面去。

我又到庙里去,去拿了钢笔与笔记本。出来的时候,我看见有二十多人搬东西走过。我立下了,听弟兄们和人民在那里说话。

“你们不走?吓!你们还舍不得这个家吗?”

一个一脸灰黑把一张麻袋做围裙捆在腰上的青年人,那样把一只全黑的手举起来,做着各种手式,反复地说着话,牙齿在黑脸里特别白的可爱。

“不是,不是,——不过不打起来的时候我们是不走的,不走的。”

“打起来你们就走不了啦。”一个兵劝说他们。

“打死也不要紧,”那个铁匠坚决地说道:“你们不怕死我们怕死吗!——不走的!”

“我们是兵!——”上等兵巩克有向他解释。

“我们是中国底老百姓!——”那个铁匠始终坚持。

“怎么办哪!怎么好哪!……”一个老太婆摊着一双手,发急得很,仿佛要求了我们战争就不会起来了的样子。“我只有这个屋子呀!我只有……我搬,我搬不了呀!……”

"老太太!"说话的是陈中元,旁边立着的是上等兵杨锡云。"不要紧。你搬了好,这屋子我们给你看住,有我们一天就有你底屋子一天。我们在这里东洋人是不敢来的。仗打完了我们把它再还你,好好的,一块瓦,一块泥巴也不缺。"

另外,一个中年人吼叫着,他赤着的大脚,走着小步子,走来又走去,演说的样子。

"哪一个走得了?有哪一个?我们也不愿意走。我们怎么走?东西全在这里!全在这个地方!我们走到哪里去?走了也做不了人,还是,还是死好!还是拚好!我是不走的!东洋人来中国人就走,这是什么道理?中国人统统走,你走,我走,他走,东洋人就再好没有地走过来了!——"

"你们还是走,有我们在这里。"

"你们一定打么?"一个十二三岁的女孩子问。

"不打!不打我们来'白相'!"说话的兵憎恶地看了那女孩子一眼。

女孩子笑了起来,捧着嘴躲到大人底背后去。

"你们还是走!"姚荣安口中吐出短短底烟管的铜嘴子来,挥着一只手。"你们底房屋什么的,一打起来就全完了,一定完的。你们在这里干什么呢!"

"我们没有钱走呀。"一个女人小声地不好意思地说了这一句话,也就躲到别人背后去了。

"有钱我也不到租界去。给外国人笑。"

"逃到法兰西、大英地界也一样靠不住,逃不过的。"

"逃的是亡国奴。"

"对了!我们一打起来,租界也没用,一定。"

人民与士兵都使我喜欢,他们在抗战之前多数都有进步,一直赶上时代前面去的飞跃的进步,慢慢的恐怕落后的人也要给抗战底枪声惊醒的。我不再多听下去,陶醉在旁观的地位,我要第一个

到前面去看看，看敌人到底怎样。虽然我还不敢相信这样就真会打起来，这不过是一个美丽的梦，可是我不管梦不梦，我要抓住现实，我要做一步近一步，假戏也得真做。我这样又到前面去了，怀着最大的热情。

一个警察拦住了我，那个时候我已经走过几道障碍物了。他们有命令，只许人过来，不许人过去。

“我是八十八师底一个排长，我要到前面去看看敌人。”因为被阻，我的声调是烦恼的。

那个警察十分吃惊的样子，吃惊到要擦一擦干净眼再看个明白的样子。我底压低声音的几句话简直是突然驶来的红色救火车底铜钟。他上下打量着，迟疑地问道：

“你是……”

“我是八十八师底一个排长。”我重说一遍。

他畏缩地眨着眼！

“你排长！有什么证……”

我把夹在笔记本里的符号拿出来给他看。他相信了。说话也流利了，样子特别恭敬，近于谄媚了。他把我听见过的情形又告诉了我一遍，末后说，最好我能够去找他们底警官，那可以有许多方便。我依从了他，跟着他到一个公安局去，那是在西宝兴路上的。当我们走到西宝兴路口的时候，那里有两个保安队底兵，警察跑过去和右面的一个耳语几句，那个兵望着我，点了一下头。我看见他身上挂着两个木柄手榴弹，手中的枪是粗大的套筒毛瑟，但是擦拭得很干净，枪机在日光中特别光辉刺眼。他们还没有交代，我们还没有接防。西宝兴路上全是人，全是搬东西的，但是全关了门的商店却没有超过三分之一，一家钟表店里还开着唱机。

我跟着那个警察走进了公安局，屋子里的人全骚动起了，彼此低声询问。那个警察请我坐一坐，一只手一掀白色的门帘钻进另一间屋子去。另一个警察给我倒了一杯茶来，几个警察并立着看

我，低声说着话。有电话铃声，说话的是一个广东人。

门帘一动，走出一个人来，也是黑衣、白裤，衣袖上有几条白色条子，裤管烫得很挺，不打绑腿。头上是黑而有光的长发，有点凌乱，大概有过什么为难的事；眼是红的，大概有几夜没有好好睡过了。后面跟着带我来的警察。

从这个警官口里，我知道得更多。敌人常常到横浜河这边来搜索，示威。刚才的电话，就是报告有四个日本兵到青云桥上来瞭望的事的。他告诉我敌人底兵力，位置：哪里是司令部，哪里是日本坟山，距离这里有多少路，什么方向。他又告诉我横浜河在哪里；河上有几座桥，哪一座桥大，哪一座桥小，哪桥是什么材料建筑的，强度怎样，载重力多大；他们与保安队底警戒情形经验。他和我又定好了连络办法。他告诉我他们底任务。这个时候电话铃忽然响起来，这样，他一下接到了三个电话，又打了两个电话出去。到第一次放下听筒，他又匆忙地和我说话，告诉我哪一个地方，哪一条道路是重要的……

我告诉他，我要到横浜河对岸去，到敌人底司令部附近去看看。他稍稍沉吟了一下，点一下头，说他陪我去。

我扮了一个警察。

横浜河对岸底情形就大不相同，十家九家底门全严关着，人也看不到。

横浜河幅并不大，不过十公尺左右。浑浊的河水缓慢地流着，水深虽然看不出，却可以判断这是潮汐河，有相当障碍的深度，泥沙也很能够发生障碍作用的。

我们立在伦敦桥上，这是狭窄的木桥，最大限度只能够通过二列纵队的步兵，强度不到六吨，是没法通过战车的。这样的桥在这条河上很不少，左面的坟山桥也是一样的。坟山桥那里有一道短短的红墙，里面树木绿得可爱，密密地，把一片土地笼罩着，他告诉我，这里面有工事，情势一紧张，就有日本兵来驻守，据他底判断，

那大概是一排人的排哨。可是我们一点看不出征候来,静静地,最多有一群鸟的样子。战事开始以后,我们才知道,那是日本底一个炮兵阵地,向柳营路、八字桥、西八字桥等地方射击的炮就在这里。我们又向右面看。他指点着,再过去是青云桥与天通庵桥,那是强度六吨的大桥,我们特别注意的。我们踱过桥去,所有的街道都已经死去。我们走到了一个空隙的地方,看见了敌人底司令部,骄傲的太阳旗高高地飘在天上。那司令部简直是陆上的无畏舰,庞大的侵略大本营。

我沉吟起来。

"——建筑得太坚固,你看！这全是水泥的。……上面还有很厚很厚的钢板,钢板上面还有很厚很厚的橡皮,瞭望台上还有六门高射炮。飞机要炸这个东西,是很困难的。"

真的,八月十四日、十五日我是看着我们底空军怎样英勇地向这个怪物进攻的:在由云团一样的高射炮烟画成的圆周里,在如锣、鼓声一样喧哗的高射机关枪底吼叫里,我在中山路上一家玻璃公司底楼上用望远镜细看,我们底空军并没有把这个怪物毁灭,相反,它还是那么平静地睡着,仿佛皮毛也没有一点损伤;而我们空军底队形,却终于分散了,我还看见一架飞机突然发火,拖着黑烟的尾巴向敌人底阵地沉下。

他底话使我注意了周围的情形,全是静寂的街道与关闭的门窗。敌人并没有构筑什么工事。我假使高兴散步,我可以一直走到那司令部底门口去的,路上不会有一个小指大的阻挡。

我又想起师长底话来。一次,我们这一师在无锡底教育学院里举行了总理纪念周以后,师长又把我们集合在一个篮球场上,对我们训话:"我们要不依赖飞机,大炮,用我们步兵自己底兵器,就是轻机关枪、步枪,用我们血肉的身体,把敌人底司令部占领起来!"

师长底话,使军官们都呆住了。一回到东亭,连长默默地在一

张竹椅上坐着,有点忧愁的样子,我是看得出来的。第一排排长孙广山一解开皮带用只有自己听得到的声音一连骂了七、八句"妈得屄"!我呢,我很愤怒。我恨着那些好大喜功的高级军官,为了他底一个莫名其妙的小冲动与小动作,将断送多少战斗力呢。有些人是以人死得多为成功、为尽责、为有能力的。我一进门就大骂:"我是死定了!不客气,可是高级指挥官也得有胆量到第一线来走走,打打!"我写信给几个朋友,告诉他们,我们将有什么任务,战术若何,结尾说:"我自然不惜一死。可是我却死得有点冤枉,假使我是死了。看起来我是死定了的,任务如此,而我又夹在上下之间:在上者是'既不能令',在下者是'又不受命'。"……第二排排长颜景爱红着担忧的脸,用俏皮话劝解我。

可是看了这样的情形,敌人一点工事也没有,以为这司令部够坚固了,一点不把中国兵放在眼里,若无其事,在这样的条件下,我们假使给他一个奇袭或者强袭,那司令部是可以唾手而得的。

并且,看样子,他们底兵力恐怕也没有十分展开呢。

这使我好笑,敌人三个、五个常常来挑衅,与这样没有戒备,真有些小孩子样子,好玩。

我沉吟着。

我们又踱过去,沿河而走,到了青云桥,又到了天通庵路附近。

"我们得回去了。日本人对于警察虽然没有什么,给他们看见了也不很好。并且,我还有些事要做呢。"

我同意了他底话,我们走了回来。我底步子这样快,他有点费力地赶着我。我忽然想起,我应该走得更快些,去报告连长,要他转报告上去,我们最好能够马上开始攻击。

我见了连长,报告了他敌情与地形,并且用铅笔画了一张要图。连长很高兴,不等我说完我底话就打电话报告营长,带着得意的调子,第一连做了一件漂亮的事。

在电话里,营长要我马上到营部去。

我说完了话才走，说，最好我们马上能够开始攻击。连长得意地但是含胡地“嗯，嗯”，地答应着，点着头，一味要我直接去报告营长。

见了营长，我说了我底意见。营长，温和地微笑着。这样的大事，他底权力决定不了；并且司令部里是早已有了决定的。我失望了。但是我还希望师长能够照他说过的话来做。我忧虑着，时间是不等人的，我没有办法，向营长提出第二个计划来：我们现在就去占领横浜河一线，马上构筑工事，控制横浜河。并且把天通庵桥与青云桥先破坏了。那样，就只有我们攻击的时候，敌人没有攻击我们的余地。

营长又用温和的微笑拒绝了。

我走了回来，一脚跨进门就一声长叹，倒在胡春樵给我铺好的卧具上。弟兄们吃了一惊，不敢问我，走路轻得像猫。远远地有人私议着我。

我们底人已经接了防了。

天黑下来。

忽然我想起，从青云桥回来的时候，我看见有几个兵在桥上，看见我们就跑掉了。我问道：

“今天谁到青云桥去过？”

“没有，没有，排长！我们没有。”段其祥回答。

“哪一个去。”中士副班长蒋光锡说。

“我看见有几个人的。”

“那不是我们。大概是别连底。”

“别连底？怎么到我们底正面上来？”

“那不知道。”

“排长！大概你看错了。吓吓吓哈！”应得标敲去了吸残的红烟灰，扁阔地干笑着。

我实在看见过有人在青云桥上的。

有人在角落里发出酣畅的鼾声。

是浓黑的夜，星也看不到一点。人全睡得好好地，有在梦里含胡地说话的。忽然连长有命令来，把几个人惊醒了。那命令上说：把第七班调到严家阁路上去，向敌人警戒，接着又补充了一条，把第九班也控制在严家阁路上。我擦了擦眼，还想睡。但是我下了命令：七、九两班集合。

黑夜中的电灯特别明亮，如中秋底皓月，把柏油马路也照得发白。人分在道路两边，谨慎地提着枪，选择了黑影里走。前面两个预备做哨兵去，枪上上了刺刀，走过电灯下面，有的时候有一阵刺刀底锐光。段其祥率领两个哨兵到前面去，我把第九班底人安置在一家纸店里。第七班底人全在道路边，坐着，或者抱着枪立着。人并不想睡觉，期待着枪声与敌人，紧张，但是平静，愉快，但是焦灼。段其祥不久走了回来。

我走到步哨线上去。

闸北是平静的。道路横在刺眼的电灯光里，没有一个人，没有一辆车；只有一只狗悠闲地走了过去，远处偶然有一声、两声的狗吠。

步哨躲在电杆的影子里，两眼向缀着电灯的幽黑的无尽的前面看，偶然不耐烦地跺一下脚，地上勃发出一声闷响。

"注意一点。"

"是！"

我走到严家阁路口西宝兴路上去，一样是灯光耀眼与无人的街道。

我走回来。

第七班底弟兄们今天没有时间睡觉了。我走到第九班去，一看，应得标在昏黑里吸烟，由他底多痰的半哑的一声低咳我知道了那坐着的黑影是他。一个人铺一张白纸睡在檐前，我望进去，看不出是谁来。

“谁!”一声短而有力的询问,从门边闪出一个哨兵来,迎着我,挺着他底刺刀。

“排长。”

听见是我,应得标立起来,走到我面前来,口中仍旧含着烟管,一明一暗地吸着。

“排长!”低而仍旧多痰的声音。“怎么样?”

接着又从昏黑里钻出几个人来,包围了我,睡在地上的人也窸窣响着爬起来,缓慢地走过来。他们向我提出了一些问题,迫切而碎琐。

“没有什么,一点什么也没有。睡你们底去吧。”

有的又走回去坐下了,有的又躺下来,窸窣了一会。应得标把烟管交给熊建华,熊建华立在门槛上把烟灰在墙上敲去了,装上新烟,擦燃一支火柴,把脸照得黄亮了,那样吸起来。

“为什么我们还不打呢?”

突然,彭辉提出了这不是一句话所能够答复的问题。他底声音是还没有清醒的。

“不知道。”我心中空虚。

“排长!这个时候不打什么时候打啊?”

“我也不知道。”我真无味。我不高兴说话。“哼!或者,还是他们来打我们吧。”

“自然,你不打人,人不打你吗?”

我在一块大石头上坐下来休息,闭了眼。

忽然,一种庞大的声音连续起来,像巨大的空汽油桶子在马路上滚着滚着,一个还没有过去,一个就跟着过来,滚着滚着滚着,……

夜惊醒了。士兵们都走到道路中央来,向前看。各处的狗大声叫起来,杂乱,惊吓,夜惊醒了。

三分钟,五分钟,十分钟,汽油桶子滚着滚着滚着,……

人都从梦里醒来,从黑影中钻出来集结到一处,惊疑不定,彼此探问。有人开了窗子在楼上说话,有一个人开了门拖着拖鞋“拍搭拍搭”地走到路上来,后面的人挤在大门口。

“什么事!”

“我正想问你这个小舅子呢。”

“排长!这是……”

我也听不懂。

这声音是从敌人方面来的。这一定是敌人在那里弄什么东西。自然这对于不懂的我们正是有绝大的关系的。

哨兵跑回来报告,喘着气。“排长!排长!排长!敌人那里不!那里不不知道……什么怪响的,——你听!——我们听了很久。……”

“知道了。原地监视去吧。”

回过头来,我派了彭辉与一等兵陈龙飞,要他们到前面去侦察一下,看到底是什么事。彭辉是一个最年青的兵,是广东人,有亚热带人特有的热情,机警。陈龙飞和一般四川人一样,会说话,他更特别爱“吹”,但是他结实勇敢,并且也有一手可爱的鬼聪明。他们向我扶枪敬礼,上了刺刀,装好子弹,和出笼的鸡一样快乐地拍拍翼子半飞半跳,一下就不见了。我踱着,跟在他们后面。到了西宝兴路上,那声音特别响亮,像就在面前;并且里面可以听出来夹着一些低低的“钉钉铛铛”的声音,我听了好久,那一定是工作器具尤其是十字镐底声音,后来,我又听到了一种锯木头的声音。显然的,那是敌人在那里做工事。侦察回来,报告说横浜河那边敌人开始做工事了。一点也没有错。我们回来。当我们走到步哨线上的时候,哨兵一等兵何凯对我说,他也听到了十字镐与锯子底声音,问我是不是敌人在那里做防御工事。

汽油桶子滚着!十分钟,二十分钟,三十分钟,……

我一点精神也没有,一坐下来就低了头。弟兄们问我我也不

答应,问得急了我就发怒。

“你问我干什么!”

我们没有机会再攻击敌人了,横浜河已经被敌人控制了。活的情况与死的战术,现实的形势与空想的军事计划,我们怎么不失败呢?以后横浜河底的争夺,我们要流多少血呢?横浜河底泥水将换置热血了。但是,假使我们能够在两小时以前开始攻击,是一定可以占领敌人底司令部的。假使那样,敌人失去了首脑部,失去了陆上最有价值的根据地,甚至是全部根据地,那黄浦江里的海军,因为要脱离陆上的威胁就得逃到吴淞口外去,那日本在上海就完了。可是现在他们却沿横浜河布防起来,而我们老是等。虽然我们底兵力在三师以上,敌人不过是总数一万名的陆战队与在乡军人。我们底将官们已经给我们决定了命运。

“决定!他妈啦屄!”

我本来默默地坐着的,弟兄们也都睡的睡、想心事的想心事,我突然骂了这样一句,有几个人睁大了眼来看我。我立了起来,拍拍屁股上的灰尘,走进屋子去,嘴巴里牢骚地咕噜着。

“关我小排长屁事,老子也睡一睡去。”

醒着的弟兄不懂地望着我。虽然看不见,从他们影子底姿态我看得出来。

八月十三日

天一亮,我就下命令开始做工。

人正忙碌着:有的在一家工厂里背出大木箱来,有的在什么地方搜索了铁锹之类出来,有几个人在挖土,有几个人拦住了过路的人要求他们帮助我们做工,有几个商人样子的真走来给我们装麻包。……忽然连长来了命令:第三排仍旧回到宋公园路去做连底预备队,把阵地交给第二排。第二排排长颜景爱已经带着他底一排人来了,黑着脸,脚给钉子刺伤了,拐着。

回到了小庙里,没有事,我走了出去。工兵们在中山路边的草

地上做工事，脱下了草绿色军衣，全穿着白衬衣，袖管高卷着，露着精壮的两臂，大圆锹一下去，抛出一大块黄黑的土来。附近的小土堆，都做成了掩蔽部。道路右边空地上，蹲着两门战车防御炮，伪装着，远看过来只是一些树枝。立在这里，向右前方看，敌人司令部上的瞭望台那样高踞在一群屋顶上，太阳旗底飘动也看得清楚。那末，我们在这里做工事，敌人是能够看个清清楚楚的。有人抬着有刺铁丝到前面去，大胆地走在道路中央。

还有很多人民留着。他们新鲜而又紧张地看过路的兵，看我们做工事，大胆地步近战车防御炮去，给哨兵一喝又慌忙地退了回来。人仍旧在那里搬东西，连板桌也装在小车上推了走。有一担东西，一头是锅灶、碗、碗橱、旧脚盆，一头是一张棕绷、一个半新的马桶、几把松柴。……后面跟着一个蓬头女人，左腋下夹着一大包衣服，右手提着一篮杂物，里面还有一些小菜。

说是战时状态呢，是。说不是战时状态呢，也是。

我又走回来睡觉。

"枪声！"一个睡在神龛边的人坐了起来，双手抱住膝头，看天的鹅一样侧了头谛听。

"枪声！枪声！——"

人一下全爬了起来，有几个连忙着装，子弹带"哗啦"地响，工作器具"钉铛"着，有几个丢下了屋子里的东西，一下冲到门外去。满屋子的混乱，混乱的人影，混乱的脚步声。

我戴了钢盔，扣好了子弹带，把"快慢机"从木盒中抽出来，装了子弹，我也冲出门去。

各处的人像一阵大风里灰沙一样奔跑着，一群跑过来，又一群跑过去，跑落了一只鞋子，慌忙地拾起了，一面跳着走一面穿上脚去。有一个小女孩子哭了起来。一个女人艰难地用一双穿着半高跟鞋的脚跳跃着走路。又有一个女人歇斯特里地高叫着向严家阁路奔跑而去。

"拍！——"

"拍！拍！——"

"嗒,咚！——"

"嗒,咚！嗒咚！嗒咚！——"

"拍！——"

"嗒,咚！——"

枪声从左前方来,密密地,像一阵鞭爆在祭神酒前。

"排长！排长！怎么啦？……"

"真打起来了啊!"我兴奋得心跳得发出大声,喜悦得像过年的样子。

"排长！我们冲上去!"

"傻子！——我也想呢。可是我们得等连长底命令。"

人不是疯狂地奔跑着,就是半傻地立着,向枪声来处伸着颈子,睁大了眼;各处的人都从屋子里出来,挤在道路上或者屋檐下。

"拍！——"我们底中正式枪声。

"嗒,嗒！——"敌人底三八式枪声。

"咕咕咕咕咕咕咕咕……"这声音从更远的地方传来,我们底重机关枪终于也向日本法西斯蒂射击了。

"噶噶！噶噶！——"敌人底机关枪吼叫着,声音特别尖锐,听起来十分切近,像就在头上一样,"的！的的的！……"后来我们知道了,这是惨无人道的"炸子"！就是国际上所咒诅的达姆达姆弹！自然,第一次听见这声音是不免有些惶惑的,但是就是再毒辣的兵器,也动摇不了我们抗战的意志。

"打了打了!"

"好了,我们有干的了。"

"干！干他奶奶底雄!"

"排长！怎么？连长底命令还……"

"总有我们打的。"

“我没有第一个开枪，唉！”

“我也想由我这一排第一个开枪呢。”

“排长！何忠祥找你。”

“铛！苏呜〰〰轰啦！”

敌人底炮也开始了射击，一个炮弹嘶叫着从我们底头上飞过，落到后面什么地方地去了，大声爆炸了。

“铛！苏铛〰〰苏呜〰〰”

又飞过了几个炮弹。可是我们并没有听到爆炸声，不知道由于来了连部底传令兵分散了我们底注意力，还是由于别的原因。

“报告排长！”何忠祥一面说话一面举起只有三个手指的右手来触在遮阳角上向我行礼，“连长命令，第三排赶快准备好。”

“是！”

和我同时，一个兵叫道：“还等这个时候来准备吗！我们第三排命令没来就准备好了。”

何忠祥匆匆地跑步回去。

“怎样？不是也有我们底么？”

“是我，我一下就把日本人冲‘垮！’”

“吹什么，吓，我才——”

“怎样！咱们等一会看！”

上等兵俞仁义和陈龙飞各自逞能。

“铛苏〰〰呜呜呜〰〰轰唧！”

右后方大约二百公尺的一座红色楼屋中了一炮，空中冒起一阵红烟。

我看看我底兵，一个个都紧紧地握住了他底枪，有的一脸的光辉，含着笑，有的咬嚼嘴唇沉默地望着远方。我又看见了害病的高得胜，他底脸色黄得像一种泥土，可是他底腰也那样挺着，手里也那样紧握着枪，口中还悠闲地叼着一支纸烟，这是枪声起来以前我没有看见过的。我本来看了他们就发愁，抱歉，有的时候还憎恨，

现在看了，却喜悦。我再看陈中元、梅小龙、关士邦，他们也喜悦与兴奋，一下全没有了什么病容。最奇怪的是关士邦，他平时那样害怕，在火车上还十分忧愁，到了这个时候也不过如此，不过脸色有点发青就是。

在枪声没有起来以前，我还不敢相信这次真会发动什么抗战的。过去的屈辱与他们底政治态度使我怀恨这些人，更谈不到信赖。可是，现在，这已经由从我们这边发射出去的子弹给我证明，中国真正抗战了！虽然第一发子弹并不是由我发射的，其实，只要有人发射第一发子弹，只要有人发动抗战，这在我是同样值得喜欢的，我都有最大的喜悦。

"拍！拍！——"

"嗒，咚！——"

双方不断地互相射击着。

一个兵口中兴奋地叫着："干起来啊！干起来了啊！好啊！"跑进门去，把一个舞着两手的兵撞了一下，把那快乐地喧笑着的唇角撞出血来。但是他们并没有起冲突，和好地，只和平地骂了一句："你妈底高兴得眼也肏瞎了。"

几个兵拉着手在门边跳跃着，像一群天真的游戏着的孩子。

一个兵走着台步用"打严嵩"的调子唱着："忽听得枪炮响一声，在闸北来了我这革命军！——"

总之，如郁闷的云层里逼出了暴风雨，闸北打了起来！

一九三八，四，二九。衡山，师古桥。

（选自《七月》十五期，一九三八年六月一日出版；
十六期，一九三八年六月十六日出版。署名
S. M.）

倪受乾

我怎样退出南京的?

——记排长武××的谈话

我与我的弟兄们都有一个坚确的信念:死守南京!

两年前,当我们担任南京防务的时候,这新兴首都给了我们不少难得泯灭的回忆,现在那些温暖的回忆都一一变成失望和忏悔的酸果了,因为,那耻辱的日子来得太快,——一九三七年的十二月十二日!

我们辜负了一切已失和未失的土地上底人民底期望,一切为祖国牺牲了的灵魂都将感觉不安,而最可痛恨的是在这毫无计划的撤退中,损失了无数的财产(军火和给养),成万的未发一弹的弟兄们都成了瓮中物!

从中央路、中山东路、丁家桥……涌来的人群汇集成一条泛滥的洪流,随着暮色的渐深,这洪流是逐渐逐渐的在汹涌起来,督战队的枪声阻止着这条洪流的推进,硫磺味的火花,在凝固的骚乱的夜色中闪着光彩。庞大的军用卡车,流线型的私人汽车……涌集着,减少了道路的宽度,公文箱、军毯、自行车、枪枝……在人们的脚下阻碍着每一步的移动。

空际交织着一切人类所制造的器物发出的繁响;震动着人们刺耳的忘形的叫喊、叱喝,叹息和谩骂……

战争还在城外进行着。

一个大得出奇的脑袋，在我的眼前晃动，这个脑袋上没有帽子。他背负的小木箱，抵着我的胸口，同时我的颈项上正接受着另一个人的急促的呼吸。我每移动一步，必得把腿抬得高高的，否则便不能前进。有一次，当我把腿抬高而又放下去的时候，踩在一个圆圆的东西上，几乎滑跌下去，用脚仔细一探摸，竟是一个人头！要不是迅速的抓住大脑袋的小木箱，不久，别人也许会踩上我的头了。想着想着，我闭上了眼睛。

这时，我们是在挹江门的城楼下。

睁开眼睛已经在城外了。大脑袋在我的眼前消失了。抚拍着疼痛的胸部，我把一股淡淡的哀愁，吐向寒冷的空气。我不知道自己和一切旁的似乎着了魔的人们，正在进行着一件甚么事。如果说这就是退却，这退却未免太突兀，太离奇！

远天的炮声沉寂了，然而那缓慢的点射的机关枪的鸣响，这一忽，反而更为清晰。

我未曾注意到身旁杂踏的步声，或是慌急的招呼。一道红色的光芒迷惑了我的双眼，紫金山的半腰正蜿蜒着一条灿烂的火龙，敌人在开始破坏我们的障碍物。同时，在城垣里外的各处，腾起了可怕的火焰与浓烟，那些用血和汗凝成的我们人民底财产，都在贪婪的火舌的吞噬中毁灭了，消失了。

在码头上，在宽阔的江边马路上，人流像沸腾的水一样激荡着。天上满布云翳，淡淡的月色透过云层抚拂着呜咽长流的江水。平时熙来攘往的江面，这会儿变得如此的冷寂了，该有千万只贪婪的求生的眼，在这冷寂的江面上搜索着吧。

偶然的一瞥里，看见了我们的团长。特务排剩下二十人左右跟在他的后面。特务排的后面，就是我的那些纯朴的，憨态可掬的

弟兄们。他们热烈而高兴的招呼我,似乎当前的情况并不足以使他们踌躇或惊骇,大约是只要不离开团长,每个人都有一份燃烧着的希望。

团长派出一部分人去分头搜寻民船,和本师专备的小汽船,剩下的人便焦急的期待着。当然,很快的大家便失望了,民船没有了,小汽船因为江水低落的原故,在江边搁住浅。虽然是搁住浅的船,竟也挤满了人,恰似一群蚂蚁聚附着一只死蝇一样,因而船也就越发难以入水了。这是一个严重的场面,团长沉默的听取了各人的报告,扬起了忧郁的眼,向江边眺望了一下。忽然大声的吼着:“每个人都去找船,不然,我们只有向回冲!”而他自己呢?就在群众扰攘纷纭中,悄悄的带着两个卫士走了,我看得很清楚,然而我没有转告任何别的人。

从城里涌出的人流,继续不断的增涨着,码头上有承受不了的样子。各种声调的方言啊,各种情绪的呼喊啊,而枪声又到处毫无忌惮的响着,粘附着这痉挛的大城市的一切,喧杂而综合的响声,散布得辽远而广阔,好像某些野兽群的可怕的怒吼。人们都丢弃了一切其它的意念和良心,——只挣扎着力求把自己的生命带向扬子的彼岸去!

当弟兄们发见团长已经独自离去,便像断线之珠似的爆开了。他们狂喊,叫嚣,埋怨,甚至我还听到低声的呜泣。羞愧和悲愤咬啮着我的心,使我禁不住吼叫起来。

“跟我来,要活命的跟我来!”

海军码头左二百公尺的地方,我们散乱的行列停止下来。一些广东弟兄们正从别的地方肩来些木板,整齐而崭新的,破碎而发霉的。解除了身上的负载,抱起他们唯一的生命的寄托,从沙岸上缓慢的滑向辽阔的江流里去。

一座燃烧起来的汽油库底烛天的火光,映照着江面上起伏的

人头,哀惋的呼救声,刺心的飘送到岸上人们的耳边来,而湍急的江流贪婪的将那些起伏的人头和呼声一个个的吞灭了。

“现在船只是没有的了,一定要过江的话,我们得赶快找木板!”

环绕着我的弟兄们沉寂着。为眼前的情景所慑,没有一个人敢于回答,更没有一个人移动。

“既然不愿这样干,那我们只有冲,冲出去!”

手臂如林似的竖立起来。

于是开始点验人数和枪枝:人四十八个,步枪三十二枝,驳壳三十二枝,轻机枪一挺。整齐了行列,沿着江岸,穿过人丛,一直向西去。我们的企图是突破敌人最弱的一环,把芜湖作为我们的目的地(我们不知道芜湖先南京失陷)。

当嘈杂的人声在我们的耳里变成了一片模糊的海啸的时候,这四十八个的行列便停止下来,我镇静而严厉的发出最后的命令:

“把刺刀上起来,子弹压上膛!”

出乎我的意料之外,回答我的是一片沉默。四十八双可耻而懦怯的膝头零零落落的屈向地面。

他们中的一个颤抖着嗓子:

“报告排长,为什么我们要冲出去呢,多少万人并不……!”

好像一个响雷震破了我的耳膜,全身的血液无节制的奔腾起来。

退后几步,我颤抖的手卸下肩上的轻机枪,将它架放在地面上,瞄向那屈膝的四十八个:

“解决了你们这四十八个不要脸的狗肏的!”

像触了电似的,那四十八个歇斯迭里的齐声嗥叫起来:

“呀,啊,排长,请……请……”

…………

一个意念倏地刺到我的脑海里,“啊,训练不够,中国人!”

我的按着扳机的手松落下来了！

现在，我置身于一个半圮的搁楼上。破碎的窗门面对着一条宽阔的马路。远处的火光和沸腾的人声从窗口扑起来，不时的把我从半睡的状态带回到一种极度不安的情绪中。

疲乏了，可是我不能静静的睡一下。

坐在窗下的地板上，将头埋在双膝中，完全成了一个临命待决的人。

“呵，我的寄托给兄弟，姊妹，友朋，伴侣与祖国的热情什么地方去了？”

回答我的是这死去了的楼房底空洞的回声。

在微光中，看到手表上的短针正指着三点三分。

一九三七年的十二月十二日的夜快要完结了。

一阵连续的手榴弹的爆烈声，把我从朦胧中惊醒过来。

杀戮和流血正迎接着十三日黎明的到来！

人群如水似的从街道的南端向北倾泻下去，又从北端冲激回来。敌人的轻骑兵昂然的跃过障碍物，把子弹毫无标的的从短短的马枪中放射出去。七五的榴霰弹在空中炸裂，铅片如雨似的散落下来。从各个角落里，子弹飞跃出来，在人们的头上呼啸着，织成一道繁密的火网……。

敌人的弹丸穿过敌人的胸膛！

我们的弹丸穿过我们的胸膛！

一个永世未有的混乱的巷战！

这一切没有给我以丝毫恐怖。我希望一颗无情的子弹来了结我的生命，或是让火焰把我的躯体整个吞卷去！

当我正将驳壳向一个佩着指挥刀的野兽瞄射着的时候，街道对面的楼房下涌出一群我们的弟兄，三个人迎接着弹雨倒了下去，其余的便与南来的敌人肉搏相遇了。

不知从什么地方，手榴弹抛掷出来，扰乱着敌人的尾端，刺刀上的血滴向四下里飞溅开去，我的注意力全盘给一个年青而红黑的脸庞吸收了去。在极短暂的时间里，这年青的脸庞解决了八个。八个！

但是最后显然的他受伤了，痛苦的蹒跚着没入小巷里去。

为一股同情和兴奋所激动，我从狭窄的扶梯上冲跌下去，在那小巷中的垃圾桶旁，我发见了他。手抚着创口，大而明敏的眼，向远天凝望着。

"同志，让我扶着你走吧，这儿可不能久留！"

"不，我自己能走，只要休息一会，你还可以去拚一下，拚一下啊！"

他的坚决的拒绝，使我感到悲愤和自惭，泪水沿着两颊流下来了。

我回到江边。

江边依旧是惨淡而扰攘的，仍然有些贪求着生命的人抱着木板滑向江流中去，好像他们情愿将生命埋藏在波涛里面。

从脚边拾起一枝配有刺刀的中正式步枪，加入到一股向前冲击的散乱的行列里去。现在，付出我的生命的时机已经来到了。

敌机在低低的暗空中怪声的上下翻飞，可是始终没有一只炸弹伤害及我们。轻机枪子弹底尖声的鸣叫，迫得每一个人屈着腰前进。

这不是一场战争，而是仇雠相遇的恶斗。

只要发见敌人，我们就不顾一切的把他们扑灭，同时，敌人对于我们也是一样。

我们散乱的行列，忽而急疾的跃进，忽而又停止下来。

在市轮渡码头的近边，我和另外一个人爬进一辆小型的坦克车里，企图利用它冲向城里去，而让它成为我们的坟墓。

但是即刻我们便失望了。机关枪的子弹没有了,同时我们又不知道怎样才能使这怪物前进一步,原来我的陌生的同伴也只是一个步兵上士啊!

步兵上士徐金奎同我默默的坐在一间宽敞而暗黑的店堂里,两人拚命的抽着烟卷,时而用指头在满布灰尘的矮桌上划一个数目字——计算结局在我们刀尖上的敌人时而倾听着屋外底战斗的音响。

数目字一个个的增加起来,八小时的格斗,完全在我们的记忆中重现了一次,最后,我们相互来一个总结:37——41,两人相对会心的笑了。

这时疲乏和饥饿开始紧紧的纠缠着我们。可是谁也没有起意去找一点食物。在什么地方可以找到我们的食物呢,世界是整个的陷在恐怖和死亡之中!

徐金奎现在显然为某种情绪苦恼着,他坐一会又站起来走几步,然后又重新坐下。在垂暮的微光中,我看到他的眼中闪着一种光芒,那光芒透示了无尽的仇恨和愤怒。

“现在我们只有两件事:吃饭和杀人!”

抓起涂血的枪枝,一阵卷风样的他窜出去了。

于是,我沉入了更深的孤独。

一小时以后,徐金奎带着新的血迹回来了。

当我迎过去的时候,他递给我一包米和一罐已经打开的凤尾鱼。

他独个儿守在门边,我在黑暗中摸索着走进店堂后身的湫隘的厨房,开始做我们的晚飧。

就着余烬的微光,我们两人贪饕的将半熟的米饭一碗一碗的填进辘辘的肚肠里,当我说:“这恐怕是我们最后一次的晚飧了,”

徐金奎苦笑着。

将筷子放下的时候，他抬起右脚给我看，腥血浸透了他底鞋底。

“生平第一次看到成渠的血，嘿嘿，血的南京，南京的血！”

十四日的早晨，我同徐金奎坐在栖霞山的一棵树下。现在我们已经换上便衣了。

山后一千呎的高空中，升起敌人的观测气球，敌舰在江中来回逡巡着，机关枪如沸水似的向岸边扫射。

某些地方飘展着血色的太阳旗！血的色彩给予我们不可忍受的刺激，我们站起身来。

朝南的山腰里三个敌人纵情的谈笑着，循山径向我们走来。我们两人迅速的掩蔽起来，同时从身后拔出我们的驳壳枪。

“左边的一个你干，其余的让我来！”

我的话声未落，徐金奎的枪声响了，同时我的十颗子弹也迅速的喷射出去。敌人应声翻下山去。五分钟内我们越过了三个山头！

收容着一万余难民的栖霞寺(？)，显得异常喧杂而纷乱。难民们听到敌人已经入城的消息，急得如热锅上的蚂蚁，各处飞来的关于日军暴行的传言，使得寺僧们的安慰和饰词，不复能解除他们的焦急和恐惧了。

我和徐金奎现在也同其他难民一样，接受每天三餐稀饭的施与。晚上我们便宿在山顶上一个小小的破庙里。

日子在期待和焦急中一天天飞了过去。

十七日的夜晚，寒冷而凄凉，天上朦胧的月色，从破碎的瓦片中筛落在满布灰尘的神龛上。小庙底破碎的墙，透进来尖利的风，并且断续的吹进栖霞寺底夜深的钟声。这凄凉的景象使得偎依在

干草中的我和徐金奎,久久不能入睡。

一个黑影,倏地从门外闯进来,他手上执着一柄闪光的刀:

“喂,拿出你们的钞票来,奉大日本皇军司令的命令,中国的钞票现在一概不准通用,要调换大日本的!”

对面墙角里的几个难民,都被这个夜半的不速之客底威胁吓呆了,相率从草丛中坐起来。

“快,不拿出来的,看家伙!”

这威胁的吼声,激起了另外几个扮作难民的伤兵底不平,而低声的窃骂着。徐金奎悄悄的从我的身边爬向前去,把驳壳猛的举起,瞄对着那不速客的胸膛:

“把刀放下来!”

那家伙受了这意外的反击,疯狂似的大声号叫求救起来,但是一次、二次、三次他总不愿丢开他的刀,这制不止我的同伴的恼怒,而将扳机扣动了,震耳的枪声,惊哭了母亲怀里的孩子们,这古怪而顽强的家伙应着枪声,尖嚎着蹲下地去,终于在地上痛苦的扭动着而不声不响了。

所有的人们似乎都为这痛苦的膺惩感激着。

“打死个把趁火打劫的汉奸,不算什么!”

“干得好,干得好!”

第二天早晨,我和徐金奎把那个汉奸的尸体拖出去掩埋了,一个老者犹豫的走近我们的身边,向四下里了看了一周,低声的说:

“要过江吗,五只洋一个人?”

“过江,在什么地方?”

“过去两里路。”他指着偏东的方向。

于是我们走回夜宿的破庙里,将两支手枪埋入盛米的锅中,系在老者的扁担上,跟着他走下山去。

敌舰傲岸的在江面上来来去去,显得很匆忙。远处有几只小

小的木船摇荡着，大约也是装载着与我们同样命运的人。有时，敌舰上的机关枪会对这些木船来一阵突然的扫射，甚至迫令停止检查，或不准通过。当我们的船渡过二分之一的航程的时候，正有一只小型巡洋舰从西向东去，舰上的敌人用望远镜向我们了望，急得摇船的老人直跺脚叫我们把身子缩到船舷的下面去，好让敌人以为这是一只空船。焦急和恐惧就这样压抑着每个人的心……。

终于，小船一步步的挨近北岸了，全船人的脸色也开始变得明朗起来。

愈近北岸，血的国都，被蹂躏的国都也就离我们愈远了。我们胸中蓄着一腔急待发泄的羞辱，愤怒，和仇恨……。

踏上北岸的土地，回首遥望，早晨的南京笼在一片茫茫的薄雾里面。

二七，四，九日重抄。

（选自《七月》十七期，一九三八年七月一日出版。）

陶　雄

0404 号 机

八个油漆工人各捧着一只油漆碗，分站在一架精卓的驱逐机的两侧，全神贯注地工作着。抓在他们手中的那八支排笔拖带着饱和的灰绿油漆，毫不顾惜地把那上面闪着乌光的八个数字一段一段地浸没了。

只五分钟，0404 号机就变成为一个历史上的名词了。

半个月前，当它——0404 号机被空军少尉王心仁驾驶着，协同许多别的驱逐机，赶走了大批的敌机，获了惊人的胜利之后，它的驾驶人连飞行衣也没有脱，就走到奚队长面前去报告：

"报告队长，我要求您给我调换一架飞机。"

"这架机有什么地方不合你的手？"

"不。这架机我驾着很得手的。"

"那么你为什么要这样要求？"

"队长会明白我的意思的，我想。"王心仁说。

奚队长咬着嘴唇沉吟一会，点头答应了王队员的要求。

于是三天后，当二十七架敌机又来空袭，××的警报传到队部时，这陷入问题中的铁鹰就被拨归新由别队调来的李分队长的驾驶之下了。

"吓，二十七架都是驱逐机，这分明是要消灭我们警卫空军的实力呵。我得给他一个严厉的教训。"他一壁奔赴机场，一壁喘息

着说。

迨到攀上座舱，螺旋桨已经剧烈地震响起来时，他忽然把上身又从舱位里倾伸出来，煞费周折地打开飞行衣，掏出一个五寸见方的小包裹，递给了机旁的机械士们。他说：

“请按照这地名替我把这带回去，万一我——那个了的话。”

他这决心杀身成仁的表示把全场的空气登时濡染得肃穆起来了。一卷强劲悠长的疾风把这勇士和他的铁鹰送上了云际。机械士们鹄立在为疾风扰动了的激荡空气里，低首看着那被遗留下来的小包裹，心里惴惴地想：“以六架来和二十七架厮拚，这叫什么战争呢。”

可是只二十分钟，这小包裹就又回到了李分队长的怀里。原来敌人的雁阵飞到东乡××圩刚被我们勇猛的铁鹰阻住了去路，还没有交绥的时候，那领队的笨雁不知为什么就突然作了一个“迭速转弯”，猛可地把他的航向改变了。可是他的动作是那样慌张，他的技术是那样拙劣，以至他左后方的另一只雁的上翼为他下翼所扑擦，轰然一声巨响，紧接着一团烈焰，两只怀着恶意出来掠食的拙鸟同时在空中化成了灰烬。另一只和他们合组成一个 Formation 的雁，一见这惨象，登时慌了手脚，在失去均衡的情形下，头部向下一垂，身体就迅疾地笔直坠落下去。其余的一群立刻仓皇无措地鸟兽散了。

李分队长和五个队员下了飞机，也顾不得填写记录簿，马上快步直向队部休息室跑去。他们知道，如像每次毫无损失地胜利归来一样，那里正有着一个热烈的庆祝会等着他们呢。

跑到休息室里，狼吞虎咽地把牛奶蛋糕，饱餐了一顿，大家又两两相抱，和着那旋律常为片面的坎坷所破坏的留声机乐曲，狂跳了一阵狐步舞，兴尽意足之后，这六个凯旋者才和他们的庆祝者们高谈起他们的战绩来。

“可是照你们这样说来，日本飞行员岂不太幼稚得可怜了

么？”同样是新由别队调过来的一个队员说。

“不罢？——战争不是儿戏。侵略者的武器如果是这样不堪一击，那这世界早就太平无事了。我看这里边一定有什么蹊跷。”

在尽忠职守时，李分队长往往勇敢得如一头猛虎，但在思考或分析一件人事时，他却又深沉得如一个哲学家。这时他感情的波涛已经平伏，心房却为那对于“不堪一击”的缘由的思索所缠扰住了。

“这完全是我们空军的威力所致，”奚队长说，“没有什么蹊跷的，我希望你不要常用思索来苦恼自己。一个空中战士是不应该常常消耗他的脑力的。”

李分队长不说话，一个外号戏迷的队员却搭起腔来了：

“队长的话真有理。提起咱们空军来呵——（这里他唱了起来：）

……令人可敬！
保国土卫黎民协助陆军。
内有个四〇四尤有钦佩
连击落十一机大显英名。
遭不幸……”

可是唱到这里，他突然为李分队长打断了：

“戏迷，你唱些什么？好像你在说四〇四……”

那戏迷嘻嘻笑道：

“我在数咱们空军的光荣史呢。四〇四是咱们的飞机我自然要说它。”

“哦……”

李分队长狐疑地对那游戏人间者看了一眼，感觉无法追问，就不再说什么。过了一会，趁人不看见，他独自溜出休息室，返回宿舍去了。

傍晚，当他听到那自行坠落的敌机的驾驶员被解到了军法机关的时候，他一个人也不告诉，悄悄奔往看守所去会晤他。关于那使他苦闷的“蹊跷”，俘虏对他这样解释着：

如果九一八对于贵国可算一个重大的国耻，对于敝国便是一个海军的军辱。回忆去年——二十六年的那天夜晚，一个晶莹玉洁的月夜，我们全体海军官佐正在出云旗舰上举行庆祝狂欢会的时候，贵国一大队的飞机突然在我们头顶上出现了。这时我们的航空司令已经烂醉如泥，我们飞行军官军曹也大都东歪西倒，不能起飞作战。（那时我们根本不曾把贵国的空军放在眼中呵！）所幸留守各舰的炮手们都还小心地守着他们的职务，于是数分钟内，足有上万发的高射炮和高射机关枪弹混在照明弹内被发射了出去。然而实不相瞒，这些子弹完全虚耗了。因为事后调查，贵国飞机仅只编成三队，分沿敝国三只巨型舰的周遭盘旋一匝之后就都隐没了，可是我们的炮手却尽了他们最大的力量轰射了十分钟，直到天空完全成了烟火的世界时才停止。

狂欢会很扫兴地收束了。大家为过度快乐和紧张后的疲困所擒捉，都不待命令地跑回各自的舱中去就寝。不想就在这时，贵国的飞机又去而复返了。那天贵国究竟派来了多少架飞机，仓皇中我们完全不能辨别。可是我们知道在高射炮弹还未来得及发出的时候，贵国的炸弹已经雨点般地降落下来；等我们高射炮集中火力毫无节制地射击起来时，贵国的飞机又早已高飞远飏了。

就这样像蜻蜓戏水似的，贵国的飞机往返上下，和我们周旋了一小时，敝国的炮舰被轰沉了两只，巡洋舰被炸伤了一艘，而我们炮手们的精力也几乎全被耗尽了。这时我们看见贵国的飞机得意洋洋地整队返防了。只有其中最后的一架，像是还有些恋恋不舍似的，又独自折转回来。不顾我们还能充分发挥功能的高射炮火力，它对着敝国一艘炮舰的烟囱俯冲下去。一只二百公斤的炸弹

不偏不倚地恰恰落进了烟囱里，炮舰又完结了一艘！那胜利者立刻钻升上去，在炮火交织成的网罟中安详地游弋一会，掠过出云舰时，又顺带把那高耸入云的旗杆用机枪射断，然后才飘然走了。

这时航空司令已经清醒过来。他亲自把着探照灯，用光亮去追逐那可钦敬的仇敌：0404 四个大字清晰地闪入了我们的眼帘。从此这一个伟大的号码便登录上敝国全体海军官佐的手册，同时也铭刻到全体的心版上了。

随后时隔不久，便是九月重阳。这天，也许您还记得，正是久雨初晴，秋高气爽，一个最宜乎我们空军活动的日子。午后两点多钟，一个十八架轰炸机十二架驱逐机编成的梯队便被派由上海出发向南京进袭来了。那时贵国空军的实力也许太薄弱了罢，在燕子矶附近被我们遇到的只有那么寥寥的八九架。在遭遇战开始时，我们看得很清楚，贵国的飞机是在领队机的指挥之下，一齐向着敝国的轰炸机搏击的。当然敝国也不肯吃亏，领队的坂本中佐把机翼摇摆数次，发出一个信号，十二架敝国的驱逐机立刻就一齐冲上前来，捉对儿把贵国的驱逐机抵住，以便让敝国的轰炸机完成任务。

这时，我和川崎三郎随着中佐三面围住了你们（这里他说顺了口完全免除贵国敝国的字样了）的领队机，一丝不放松地向他不断攻击着。真使人敬佩呵！他没有一点慌乱，却那么稳练地屡次利用“闪飞”使他自己逃出危境。搏斗了足有二十分钟之久，有一次他可真的陷入绝境了：那时他的左右后方都已被我们钉住，看着绝无逃脱的可能；可是他竟那么出人意外地在极劣势的危境中作了一个“翻筋斗”，陡地向上钻去，翻到“顶点”时，他改用“半侧滚”，倏然把航行倒转过来。他这特技的运用不但救了他的困厄，而且供给了他一个优势的高度，使他能够从容对我们反攻过来。

川崎三郎就这样牺牲在你们领队机的枪弹之下了。我在慌乱中一时不及把航向调转，只有中佐一人仍旧盘住他苦追不舍。等

我有机会把自己的航向调转过来时,他们离我已经很远。我只得遥遥地在后面监视着。

这时,你们那领队机的操纵系显然受了损伤。因为它的速度愈来愈慢,高度也逐渐强迫地降低下来。不一会它就被我们那架最精锐的"九六式"所追及,两机相距只有四五百米达了。

"马鹿、川崎的仇恨得到伸张了!"我心里面说。

可是想念末了,一个惊人的景象又在我眼前显现出来,虽然机件已经损坏,你们那领队机竟还有胆魄敢以九十度的小转弯,突然掉转机身对我们那紧追在后面的"九六式"加以迎击。也许是为过甚的意外所震惊的缘故罢,中佐显然有点慌乱了。他虽努力向上钻升,恢复了后方的控制权,可是他的攻击力却大大地削减了。吓,我告诉你,你恐怕都不会相信罢:这时你们那伤兵似的领队机又向上翻起觔斗来了!对于这样一位天神,成田山的菩萨再没有法力可施。中佐的油箱突地爆炸起来,他和我们长别了!

这时我惊骇得几乎忘记操纵我的驾驶杆,哪里还敢向前追逐呢?可是我的好奇心鼓舞我,我深望知道一下这神机的番号,我就冒险仍然向前飞了一程,你知道它是什么号数么?零四零四!又是那使我们感到过奇耻大辱的神机呵!

从此他的英名传遍了我们海陆军的航空部队。虽不是命令,然而每个人心版上都刻下了一个严厉的训条:遇到这神机时,立刻掉头就跑!

第二天大早,李分队长向奚队长提出了一个要求。

听完那要求的报告,奚队长莞尔笑了。他说:

"你这要求和王队员向我作过的要求正是一般无二呢。在你来这里以前,这架机本来是由他驾驶着的。"

于是他就召集全体队员训话:

"刘队长遗留给我们的这架逞过雄威的飞机已经第二次被同

志们拒绝驾驶了。这种以借别人的威名使自己获得功绩为耻辱的观念,我是很能体谅的。我现在不愿再以军令指派某人驾驶,希望诸位自动出来应承。军人的职志是尽忠国家。无论他采用怎样的手段,只要他的行为确与国家有利,便是做到尽忠的两个字了。"

没有一个人应声走出。

两分钟后,奚队长又继续说:

"同志们,我更清晰一点地向你们解释:派遣这架飞机出马,虽然不是每次都能不战而退敌兵,但至少借了刘队长的英威,我们可以在敌人的弱点中讨得许多便宜,以报效国家,却是铁一般的事实。我要求诸位为了国家的利益,有人肯出来答应驾驶它。"

"队长,您错了。"李分队长说话了。"虽然处在这严重的军事时期,我们应当极力为国家的实力打算;但为了抗战久远计,我们也不能忽略我们这才在萌芽时期的空军的精神训练。……"

"是的。"王心仁接过话头,抢上来说。"我们决不能以有一个确可佩服的刘队长和他的0404号机就认为满足。我们要使我们所有的飞机都成为0404号机才成。"

奚队长还没有找到适当的措辞来反驳他们,戏迷却想出一句俏皮话来把队长的语路从根阻断了:

"这架飞机,我看最好是请队长自己驾驶罢。"

"既然这样——"考虑许久之后奚队长说,"我们另谋一个方法来解决这问题罢。"

一周后,奚队长接到最高当局一通回电,立时召来八个油漆工人开始把那神机的号码改变过。

十二个飞行员站成一行向那神机和它主人的不朽英灵致了一次最后的敬礼之后,0404号机就变成一个历史上的名词了。

二十七年四月十二日,成都。

(选自《七月》十三期,一九三八年五月一日出版。)

羽 田

血战宣店子

从三月二十八号起，几天来，蚌埠怀远间大概很吃紧，要不然，怎么敌人从浦口天天运兵北上呢？

因为铁路的地形不好下手，而且不易破坏，收效一定较小，所以我很迅速地决定先袭击津浦线的侧卫——浦定公路，完成牵制的任务。

浦定公路像条刚出洞的蛟蛇，凶狠狠地盘旋在群山间，转折向定远爬去。

宣店子，它焦头烂额的把在磨盘山脚的公路边。冷清清的表现着浩劫后的凄凉。

我们静悄悄的隔条公路躺在山腰间。新南风不住地把那焦臭的味儿送进鼻子来。

“报告指导员，收队了。”一个弟兄来报告，我不信——太阳还半天高，昨天太阳落到山顶那边才收队。拿表来看：两点二十分。

“看，磨盘山的指挥部队不是移动了么？……”

真的，磨盘山的部队移动了，但不是撤收，而是散开。

“注意！不要暴露目标，机关枪拿到山顶来。”

我恐怕左侧的李班长那几枝步枪不知道，等机关枪安好阵地后，又亲自过去看。这时，前面岭上的部队也蠕动了。

像是气压加重呀什么的，大家的呼吸都有些屏促，什么春虫春蛙春鸟的声音全听不到，开在下巴尖的野花啦，引人注意的野鸡

啦，穿插青天的白肚黑燕啦，也全看不见。世界上好像就只有自己的心在蹦跳。眼睁睁的望着姜黄色的公路。

我想久候三天三夜的敌人，总不辜负我们一场的辛苦罢！

敌人来了，是装甲汽车，从大柳方面驶来的。快到宣店子的地方，车停下了，几个人从车上跳下，拿着些什么东西。好久，我才想起他是架帆布桥。

“噼啪——噼啪——”

子弹在我的头顶飞过。可是我们不动，因为我们早懂得敌人的味道：每经过复杂地形时，先用威力搜索前进，这是所谓做贼心虚。

第一辆车通过了帆布桥，进行得很慢，第二辆也过了，第三、第四……廿三、廿四刚过了，轰隆——第一辆车给地雷炸个正着，贴贴服服的躺在公路边。后边的像成了化石——不动，没过桥的四辆掉转头就跑。

跟着地雷的尾声，是机关枪，自动手枪和步枪的密集射击声。枪声密得像旧历新年的鞭炮声。叫你兴奋得跳起来。

车厢里的人像掉出瓶口的鸡蛋———跳出就跌下去，手一抽，脚一挺，完了。

“杀呀——丢那妈，杀呀——”

我们一百人从两面山冲下，集中火力夹攻正面。

四个敌人从第四辆车跳下，一排手枪跟着他们的影子扫去，两个躺下不动了；一个跑了两步，倒竖着插进山沟去；一个脚还没着地，头也往下冲，脚朝天一抖，没了动静。

“丢那妈，杀呀——”

黄分队长带着五个弟兄往前冲，“嗒嗒嗒……”一轮火从烂车里射出，六个人全倒了下去。

我急得暴躁起来，干吗他们不先掷手榴弹才冲上去呢？一味死勇只有上当，这在战斗上是最忌的。

“传令兵！”我恐怕战得发狂的弟兄，不免再上当的。“赶快请翁分队长到烂车前二十米达处抢救黄分队长，同时命令不得命令不准冲上。”

这时敌人正面已没火力，在烂车那里也不过是个把伤兵，其余的部队全躲到宣店子去侧射我们。

我刚忙了那边，回头看，敌人已登上了宣店子斜对出来的高岭。这个岭，关系着我们这百余人的生死，要是给敌人占领了去，他可侧射我们主力的左侧背，给我们以极大的威胁，同时他可直射我们唯一的退却路线——一条五百米达长的山冲，教我们没一个能从这火力下生还。

“干吗，你这还不射，那岭上不是敌人么？”我催促着那机枪射手。

“我看不清楚。”他的声音分明在颤动。恐怕是枪坏了，扳不动机，打得有一声没一声的。我问他：

“枪发生故障吗？瞄准点，射呀！我们的任务就是射这岭和下边的缺口，不是指给你看过了吗？”

“是，不过草长，找不着目标。”他始终在打抖。

我判断是人发生毛病，而不是枪有故障，决定换掉他，叫班长来射。

果然，数发点射，两个敌人就滚到山脚下去了。

“报告指导员：我们五枝枪只有十五颗弹药了。”

这报告可把我吓了一大跳，刚打两个钟头，弹药就消耗这么大，还有三个钟头天才黑，我原定黄昏后的总攻计划，马上起了动摇。

“好，你在机关枪弹药箱拿五十颗去，留心瞄准！”

这里刚吩咐下李班长，跨麻子——北方土匪带着五个弟兄上来，气喘喘的：

“报告指导员，我的傅班长完了。”

“你在什么地方打的?”我记得十二点钟的时候,他们回全家庄去过午的。

“在最前线,跟翁分队长在一起的。……”

“翁分队长怎样了?”

“嘀——”一颗子弹飞得很低,刚平头上擦过,跨麻子坐低了一点:

“翁分队长的机枪打不叫了,黄分队长挂了彩……”

“什么地方?”

“右臂,不要紧,壮丁队抬了回去。”

传令兵跑步回来报告:黄分队长确是右臂中弹,翁分队长的机枪撤到岭后,没了子弹。

又是没了弹药!

“报告指导员,我们的弹药也没得了啦!”跨麻子张着一个独眼盯住我,解下弹药带来搜——空的;扳开枪机,就是一颗子弹跳出。

“就是这一颗。”

“传令兵,在机枪弹药箱给六排子弹鲁队长。”

经过这两个多钟头的激战后,双方都已相当的疲乏,弟兄们仅在那里高呼“カケンシセ!”企图延岩时间到夜间总攻。敌人坚持着不肯降,对准叫喊的地方射击。

姜黄色的公路已点缀上些草黄色的死尸,和艳红的血泊,着了弹的公路,斑斑剥剥的扬着灰尘。

口正渴得要命的时候,一个壮丁冒着枪火送来了一担茶,大家挺起肚皮就喝。

是六点钟的左右,敌人的增援部队赶到了。约略四五百人光景,还配有山炮十来门。一部向我们的左翼包抄——啊,打了一天,现在才看见敌人惯用的包抄。一部沿公路前进,想牵制我们的正面。

在这严重的情况下，我下令总攻，弟兄们久候着的命令一下，马上喊着杀冲上去，可是我马上下了一道退却的命令，在敌人极度恐怖之下，我们退出了火力圈外。

静悄悄地退出火力区后，弟兄们就唧哝起来：二十四辆车的洋财发不到啦，我们不当退却这么早啦，管他的援军到不到。……我没神气去对他们解释这些，更严重的问题已盘据了我的脑筋：什么时候去掩埋阵亡的五个弟兄呢？受伤的三个官兵没药敷治，得马上运过公路南面。各种弹药非补充不能再打。怎样计划第二次的袭击呢……

回到宿营地后，大家都围着黄分队长慰问，因为他是个重情感的人，所以特别叫人伤心。

"吴队长，我们要分别了，怪难过的，大家同生死，共患难这许久，今天……"他像给什么东西卡着喉咙，一咽，眼泪水就掉了出来。

"老弟，别伤心！回去好好的休养，伤好再出来，同事的日子还长着。为了我们的国家民族，这别离是光荣的。"

吴队长终是一个老于世故的人，他自己镇定而且还能鼓励别人。

"老弟，当哥子的也穷，这里有五块钱，拿去用罢！"

翁分队长是个粗粗卤卤的人，边说话，把票子往黄分队长的衣袋里一塞，就转脸一边去揩眼泪。

往日凭理智说什么生离死别是平常事，然而想着今日以后就少了一位英勇的青年战士在身边，说不定再也看不到他那顽皮的孩子像，心却酸了起来。

这时房子外的两株柳树已是深暗色，蜜蜂嗡嗡嗡的在树梢冲上又落下，乌鸦哑的一声射过了屋背。我挤出人丛到门外换口气，好镇压自己冲动的情感。

"报告指导员：敌人已进到距离我们八里路的金家庄，密集炮

火向我方射击。”

我晓得敌人此举不过想用武力威胁我们，得以安全清理战场罢了。在这深夜中，他绝不会深入进攻我们，而且他决无进攻的余力。我耽心为我们这战役而贡献了物力人力的同胞们，会遭受敌人的屠杀蹂躏。我问他：

“金家庄的老百姓呢?”

“他们都退到石桥涧来了，壮丁还留有一点在那边放哨。”

我像拾回我失去了的生命宝贝，轻轻地透过了一口气。

（选自《七月》十七期，一九三八年七月一日出版。）

黄　既

到安塞去看病

“××党委”派来一个老马夫，牵着一匹高大灰白色的雄马，送我到安塞县去看病。说那里住了几个休养员，都是农民的干部，可是一直没有医生。他们曾经几次打电话给总卫生部，要求去一个医生看一看，但是大部分的医生都到前线去了，八路军又是缺少医生的，所以老没有人去。我适逢要到鄜县去教书，在延安城里等车，因此有这个机缘。

安塞在延安西北约七十里，完全是山路。骑马走在山崖，往下面看，是一片荒凉，和永远不息的潺潺流着的河水，往上面看，是秃秃的山巅，偶而有一两棵独立树。走了四十里地，一直没有碰到村落人家，马家口虽有人放哨，但也仅是一间茅草屋在路旁。有时候要过河，没桥，马是见了水便自然而然地趟过去的。有时候要钻山，回头一看，好像完全没有来路一样。离安塞二十五里，有一个小村叫做曹家庵，我们在那里歇了脚。紧靠山脚有两间茅房，两个妇人在里面卖吃食。我和马夫在窗前两张板凳上坐下，就窗台上吃了四碗挂面，五个馒头。屋前的狗见了人来是不叫的，想必是常有客人在这里歇脚打尖。

医院在安塞县城以西。一大片庄田后面，庄严地转出一所高大的砖房，虽然是房顶上已经长满了尺长的乱草，但依然不减大户门第的风味。大门两旁一副对联“诗书门第，耕读人家”和门上一披横楣“九世明经”都是石刻的很不坏的字体。医院的负责人郭

子英同志领我走进院正面一间砖窑洞，这原本是一排壮大的高台阶的正房，如今做了厨房了，一进屋就是触鼻的炊烟气，但这气味很好，我想像中的一所医院，到这里却感到是一个温暖的人家。出来进去招待我的，除了郭同志之外，其余都是干部休养员。他们仅有一个做饭的大师傅，没有“小鬼”。他们让我走进左首一间内室去。那有两个炕：对门的一个炕上铺了两份被褥，靠窗的一个炕上放了一张高八仙桌，几把凳子，这就是办公室了。他们很快地给我腾出一间窑洞，那原来是一个女休养员住的，我看他们把床上的小方桌和骆驼毛，羊毛，毛线，鞋底子通通搬到外间去了。一个蓝服装的同志帮我铺好了被褥。

第一个找我看病的是一位七十一岁的老汉，穿了一件不合身的旧羊毛衫，拖一对露趾头尖的破鞋，说话不很清楚，要我替他评脉，一面诉说病状，一面叙述他晚年的革命工作，好像是说曾经坐过牢的。

这里一共住了八个休养员，都是农民出身的农民首脑，有几个是从一九三一年便加入了党的，曾经经过一个痛苦的秘密工作时期。他们虽都是些干部，但一点没有一些干部常有的“豪气”。他们和大师傅老杨连郭同志十个人，共同组织了一个“家庭”。这家庭没有吵闹，没有相互的攻击，却很和气很平稳。我尤其是喜欢他们那个厨房，每到做饭，男女大家一起动手。他们原是吃了小米饭的，却特意为我做了面条。他们原是吸陕北特有的羊腿骨制烟袋的，却特意为我预备了三晋牌的纸烟。

当天晚上，我给他们八个同志看了病，而且很快地熟识起来了。和我最先接近的是李生圃同志和李向海同志。李生圃同志便是帮我铺床的那位，富农出身，曾经做过安塞县的县委书记，整洁的头发，整洁的衣服，不很说话，但做事很多，欢喜用两只短短的手臂做式，表示客气。他闲着的时候纺驼毛线，已经纺了一满轴。他把他的三本书拿出来给我看：《抗日统一战线教程》，《什么是列宁

主义》和又小又薄的一本《英勇奋斗的十五年》。

李向海同志身材不高，穿着灰色的旧军装，喜欢问，喜欢谈。他到我屋里来，讲他过去的革命经过，问我常参加政治讨论会不，都是讨论些什么，并且很快地用树枝在墙壁画了一个“党”字，指了一下，模糊地不知说了一句什么。他说话，老是用眼睛不断地注射我。

“你加入过国民党吗？”

“没有。”

“共产党呢？”

“也没有。”

“将来要加入吧？”

我笑了笑。

“我们几个人在这里住了两个月了，每天都是发愁。你一来，大家喜欢了。你不要回去了吧！”

“不。我预备到鄜县去。”

“我们大家给边区党委写信，要求你在这里。这里就是生活受罪，我们大家一定跟你合得来，一定的。最好再找一个帮手来。你做院长。”

我问他这所宅院的来历。他说这原是一个姓郭的安塞县长的宅子，前几年行土地革命，没收了，如今他的后代住在延安城里。我曾经在院里看到一幅石刻的对联“克勤复克俭，宜室且宜家”，上写“郭书麟书”，大概这郭书麟就是这所荒芜的宅院原来的主人吧？

李向海同志渐渐和我混得很熟，我们两个躺在炕上谈天。

“你能打枪吗？”我问。

“能，我有两支手枪，有病以后，不便带着，交给边区党委保存了。”

他拿出六粒子弹给我看，指着其中的两粒说：“这是俄国的。”

郭子英同志领我到外面走走。阴历八月初九的月亮照在高粱地上，堆着的打过的高粱束中间，巍然地耸出一棵庞大的桃树。郭同志领我到他家，也是一间窑洞，屋里陈设得很满。休养员韩增荣同志正坐在炕前就着油灯壶吃水烟。郭同志脱鞋上了炕，为我在炕上铺了一张毛毡，要我坐下。他的矮胖的女人在黑暗的角落站了一会，走到院里去了。

我们谈家乡话，韩同志问我是那里的人。

"那很好哇！"他快活地说，"天津，离上海很近吧？"

"都在海边上，可是不很近，很远呢。"

"出产一定比这儿好得多。"

"吃鱼吃虾很方便。"

"听说武汉比陕北还大，是吗？"

郭子英同志摇了摇头，表示他问的不好。

不久，有人喊郭子英，我们三个一路回去。天已经很晚了，几个人推我跳上炕去，坐在八仙桌前，敢情是预备了一壶酒，两样菜：一个炸羊肉，一个炒洋芋。

来的时候，听说医院里药品和注射器都有，所以什么都没有带，及至来到，才知道原来什么都没有。看了病，写好该用的药，郭同志要我多留一天，他到府（延安）里去取药。

第二天我没有起床，郭同志便骑马走了。因为他们招待得过于殷勤，整个的上午我都躲在自己屋里，翻看带去的一本《七月》，一直到李生圃同志进来，要我去吃米汤。

医院的周围都是些坟墓和倒塌了的墓碑和荒草，映着秃山，显得很凄凉。有好些母鸡在墓碑中间穿踏。露在土外面的奇形怪状的石头，很使人以为是墓中的骨殖。李向海同志看我在荒地中间闲游寂寞，邀我到安塞街上去走一走。

一到安塞街，使我想起在故乡的除夕过后新年正月初一那天街上的情形：僻静，人稀，街上的土好像从没有被人踏过一样；

从早到晚，永远是暮色；没有风砂，可是显得如在风沙中间一般的寒冷。

街头有一座古庙，房子已经坍塌没有人住了。全街一共十几户人家，一间小杂货店，一间铁铺。三五只肥壮的大狗在嗥吠打架。李向海到一个人家去看一个同乡，他们正在煮面片吃，屋里异常地暖。主人叫我坐到烧过了的炕上去，把一盏油灯壶递过来让我吃烟。李向海的同乡也坐在炕上，大病才好，他是延安的一个开汽车工人，从前做营长时，受过四次荣誉的伤，如今每月领着四十八块钱的津贴。陕北是优待工人的。

天黑时，我和李向海向这个人家告了别。河中间是用两条圆木棍搭的桥，临来时，勉强还能走过去，天一黑，我便未免两只脚陷在泥里，李向海牵着我的手，两个人横行过了河。

留在院里的同志们又为我预备了晚酒，喝过酒后，几个人围着桌子谈起来，连女同志王英也参加了。王同志是鄜县抗战军人家属学校毕业的，原先是个胖子，如今害肺病，显得瘦了，背也有些驼，但精神满好，每次做饭，都是她来切菜。——另外一位女同志李凤恩却很忧郁，很孤独，不是自己在那里缝衣服，便是面对墙一声不响地盘腿坐着，夜间我从隔壁听到她的呻吟，她在害着不轻的胃病，很少吃东西。

这一晚没有参加谈话的还有同志白玉成——很胖，足趾烂了，不便行路，除了诉说病情之外，我还没有听到他说过另外什么话。只看到他坐在炕上读书。——和七十一岁的老同志吕永福——他是一个回民，很早就参加了革命，做过回民委员会的委员，被捕之后，坐牢几年，西安事变之后，才被放出，因为老了，精神不很正常了。他来找毛主席，毛主席给他定了每月三块钱的津贴，叫他休养。他时常无缘无故地喊叫起来，好像别人错待了他一样。他托着饭菜，到自己屋里去吃，有时候要面吃，别的同志们便商量着给了他面。他第一个找我来看病，但问他时，他连说没有什么病，只

是肚里不大舒服,他是很刚直的一个人。据李向海说,他原先,政治理解很好,是一个最忠实不过的革命回民。

同志刘子明戴了一顶黑毛线织的浅瓜皮帽,头发剪得也正像一个帽子,人家说他什么都懂都能干。当晚他喝了两口酒,谈起回民和蒙民的生活。他说内蒙古人穿裤子,外蒙古人却不穿。正当讲得津津有味,院里马蹄响,是郭子英同志取药回来了。他默默无言地走进来,摘下挎包。他的衣扣全开着,不停地喘气,在黑暗中间,他的雄壮的身体,和斜着肩膀的样子,正像一匹疲惫了的战马。

转天我和他们都起了个大早。刘子明李生圃同志和王英女同志每人拿了一支扫把把院里扫得干干净净。我把行李捆好,开始准备给四个同志行静脉注射。韩增荣同志和马天同志帮我煮注射针,用洋铁碗做煮沸器,架了两块砖,中间燃柴,及至煮好,水里已经满满浮了一层黑烟子了。

临出发以前,又吃了一顿南瓜馅的水饺。我和他们一一地握手告别。遗憾的是女同志李凤恩和老同志吕永福当时没有在。他们送我走出村子,郭子英同志更送我进了街,牵着我的手走进小杂货店,买了两盒纸烟放在我的衣袋里,然后告别。

走出安塞城,我骑上马的时候,觉得有些恍惚,我记得郭同志临别时的一句话:“如果不走,下星期请再上来!”但是我要去鄜县了,什么时候再来安塞是不敢说的,即或有机会再来,是不是还能遇到他们呢?

我怀念这个无吵无闹的平稳的家庭。他们已经走过很长的艰苦路途了,现在他们依然在清苦寂寞中向他们坚信的理想迈进。——是的,他们并不寂寞啊!

谁想知道他们吗?在荒芜的安塞,有八个农民的头脑在养病,他们是:李生圃,李向海,韩增荣,刘子明,白玉成,王英,李凤恩,还有老回民吕永福。

还有,健壮而诚恳的朋友:郭子英。

十月五日。

(选自《七月》二十期,一九三九年八月出版。)

柏山

晚 会

我到三里店的第二天上午,吴同志便告诉我:晚上有一个农民的集会,由一位女同志领我去参加。对于会议生活,我实在是太习惯了。因为习惯,也就不会有什么新奇的感觉。然而在今天,吴同志的通知,却不知怎么的,使我感觉意外的沉重。我很兴奋的看了他一眼,便双手抱着膝头在那屋门口的稻草堆下坐着。面向那深灰的田野,想:是的,我是又回到农村里来了。大约在六年以前吧,也是这样的一个秋天,我也在这样一个农村,呼吸着田野的空气,至于那时候的心境,是不是像此刻一样,我就记不起了。不过那也是在战争的氛围中生活着。因此,那过去的许多朴素的面影,又在我的脑子里浮动起来。为了平定这种复杂的感情,我不由自主地盼望那位女同志早一点到来。

然而到来的,却和我所想象的完全两样:一个十七八岁的女孩子,满脸的大麻。她所给予我的印象,自然是很难说。其最使我疑虑的,是她究竟给予一般的农民又是怎样的一种感觉?我和她在路上走.她随便谈起她的离家,是在一个盛大的宴会的晚上,全家的人都忙着招待客人去了,她就卷了衣服,悄悄地从后门溜出她的家,溜开长沙城,跑到南昌,参加××军了。她这带有浪漫风味的"私奔",很深刻的激起了我对于她的好奇的心理。我于是问她爱看些什么书,她很自然的回答,说:

"我最爱的,是鲁迅。"

“不见得吧？”我否定的微笑。

“为什么？”她很严正的诘问。

“我想，你是爱郭沫若的……”

她也许是不懂得我说话的意思，她哈哈地笑开去了。我们就在笑声和谈话中，走近那满挂着红叶的枫树下面。那枫树是独立的，崇高的。在那树旁，两条小狗，好像来迎接我们似的，从那三角形的茅屋里钻出来，向着我们嗥叫。我们走上前去。那坐在茅屋里纺花的老太婆，一见到我的女同伴，就放下她手上的棉花，捧着一个瓦壶来招待我们，好像招待她们的什么亲戚一样：在她没有什么恐惧；而我们也没有什么拘束，很自然的在那小小的屋子里坐下来。由于言语的关系，我们很少谈话。静待着那苍茫的暮色，渐渐的由树上爬下来，落在那静寂的田塍上，一直到门廊下，到我们的脚跟前。于是我深深的体味着农村的静寂，和那静寂中的美丽。

但是灯光一亮，情景完全变换了：一张四方的炊黑的桌子周围，十几个粗野的脸，很紧张地出现在那一盏小小的油灯前面。那各不相同的嘴，和那各不相同的眼睛，看来，都是生疏的，但他们对着我那诚挚的表情，却使我感到非常的亲热。直到我那对面的一个戴瓜皮毡帽的老头子发话了，我才恍然意识到自己是来参加他们的会议的。可是他们一提出：加入农会，是不是可以免除兵役这一问题来，我的女同伴，立即起来制止说：

“这问题，不要讨论！”

显然的，她不懂得农民，是没有远见这一个缺点。我于是用脚尖踢踢她的脚干，意思是：叫她不要禁止他们发言。她用迟疑的眼光伺候我，目的是要我来回答这一难题。我向她笑了一笑，之后，用手指在茶碗里沾一点水，在桌上，很不在意地划了两个字：责任。她似乎领略我的意思，脸色豁然开朗起来。

“大家没有意见，”她更正着说，“那就讨论这个问题。”

会议就是这样进行着：有的说只要新四军要他们，都愿意参

加;有的又说,新四军偏要他们参加川军,使他们为难。但最后,兵役这东西,在他们是很怀疑的。然而这疑难的解答,便成了我的女同伴的疑难了。

很奇怪:我一方面耽心她的回答,不能使他们满意;同时我自己又本能地把头缩在那油灯后面,避开那些目光注射在我的脸上。然而她此刻,却是很沉着的,一到他们的话声停止,她又笑起来了。她的笑,却又使那许多的农民沉静了。

我就在这之中,领悟到生活的严肃。

立刻,我的女同伴,就成为一个小学教师似的了。她把一切的疑难,从他们内心的深处挖出来,一点一滴回答他们。那许多个苦蛮的脸孔,最初是愁苦,仿佛从他们腰包里挖了他们的心血钱一样;但她的话愈深入,他们的表情,愈现得轻快;到末了,他们每个人的心上,仿佛移去了一块大磐石,一齐微笑起来。而我就在那微笑中,从油灯后面抬起头来。

我的女同伴站起来了。

我们走出那茅屋的门,严重的空气向门外流散了。我仿佛从战场上取得胜利归来一样;轻松而又愉快。那时,天已经很黑,霜露透湿了地上的败草,寒静袭击着我的心胸。我把两手往大衣袋里一插,立刻想到我的女同伴身上,还是穿的一身单军衣。但她却笑嘻嘻地问着我:“你看我像不像一个小孩子?”

她这一天真的诘问,我无形中受到一种深刻的讥讽似的,沉默了。

我们沿着那弯弯曲曲的漆黑的田塍摸索,我的心分明听着她的牙齿在发抖,但她那悠扬的歌声,却在无边的夜色中,飘荡。一直走到那水田的缺口,她的脚向路边一滑,跌倒了。我赶忙拉住她的手,把她搀起来。我感觉她的手,是冰冷的,然而她有一颗热烈的心。

呵!战争!感谢你。毁灭了旧中国的一切,创造了新中国

的人。

我默默地沉思着。迎着黑暗，伴送着我的女同伴，向着那前面的灯光，向着那灯光的所在，一直前进……

一九三八，十一月，皖南。

（选自《七月》二十二期，一九三九年十二月出版。）

甘 棠

鳜鱼梗子

桃花水暖鳜鱼肥

正是春泛的时候。一夜的工夫，河里的水位就涨了一尺多。

住在三河口——河与长江的交会处——的渔夫们，等不及天明，就点起小篾篓的渔灯来，摇摇晃晃的撑开两头尖的小舴艋儿，在沿着江岸，来来回回的下网了。

虽然没有风，长江里的浪还是在奔腾，怒吼，所以小渔船上的灯光也就跟着一起一伏，一隐一现，像残留在天空中小星一样。

远远的有人唱起，江水澎湃也还掩不住那歌声的清澈，清澈中还杂着粗犷：

鳜鱼肥，
鳜鱼肥，
我，整天的——
驾着小舴艋儿
在浪花里打来回，
捕了鱼儿，
养了命，
那怕是风里来
浪里归！

“准是鳜鱼梗子唱的!”柳姐停止了舀去船底上的水的工作,静静的,远望着前面,好像是在想着什么。

“这孩子!”老拱叔站稳了八字脚,发牢骚似的,“老是这样别别致致的!”船在浪花里向前一伏,他把身体向后一挫,“左拐!……”

“爹爹!”柳姐忽然放低了声音,向四周一看,好像怕被鱼偷听去似的,“听说鳜鱼梗子当了义勇军才回来!”

“不要乱说! 管他是也好,不是也好,少管闲事!”

“爹爹,你看!”柳姐鼓着嘴在生气,又拾起破瓢来去舀水:“人家只不过说了这一句,你又嘟嘟噜噜的来上这么一大套!”

“女孩家! 我说的都是好话呀!”老拱叔在用力收网:“他们毛头小伙子,总是不要命的乱干,等到吃了苦,那就晚了!”

“哼,乱干!”柳姐用力摇起了橹来:“他们要不早逃出去,恐怕早就跟河贵一样见阎老五吃稀饭去了!”

渔网收到船上,里面的鱼还在跳着,喘着,柳姐放松了橹把,让船顺着浪流去,一面拣着鱼,一面说:“我们现在还不是跟这些鱼一样,只要他们一收绳,我们还有个跑的?”

把绳清理好,老拱叔一扭身,将网撒出去,网在天空画了一个圆,然后落到了水里。“你们年青的人,不晓得什么心思,管他是什么朝代,我们安安分分做个老百姓,完粮纳税就是了,他们还能把我们怎的?”

“把我们怎的?”柳姐抹去两鬓上被浪花溅的水珠,“河贵怎样死的? 他媳妇怎样死的? 那样老实人还得不着好报呢!”

一条小鲫鱼,突然的在船里用力一跳,越过船舷,落到水里,就看不见了。

“我们要像这条小鱼就好了! 逃出去,多么逍遥自在,像我们这样,整天的提心吊胆,偷偷摸摸的过的什么日子!”她忍不住的叹了一口气,自问着:“我真不懂鳜鱼梗子为什么又跑回来;清哥

……?”低得连自己都听不见了。船的航行又有些偏了,忙用橹去矫正。

柳姐刚用力掌橹把船倒过头来,另外一只小舴艋儿,离他们只有十几丈远,从上流直放下来,像一支箭似的,正对着他们的船头。老拱正要喊出:“偏左!”但那条船像水蛇似的,从他们的右舷霍的擦过去,只有几寸的距离。老拱叔同柳姐都捏了一把冷汗。

“冒失鬼!”柳姐刚骂了一句,那船又掉转头来,掉头时那样的轻快,真使他们佩服。

“老拱叔吗?”那船上的人在打招呼。

那船来的时候,他们只忙着让路,天又没有亮,并没有认清是谁,现在他们可听清他是谁了。

“鳜鱼梗子,是你这孩子!”老拱叔倚老卖老的责斥着。

“哈哈,老拱叔,今天利市吧!”鳜鱼梗子老是一人驾着船,一人下网,一人捕鱼。他的水性那样好,谁也比不了。

“还好。你呢?”

两只船在并排走着,柳姐望着他一手在摇橹,一手在放网。

“喂,鳜鱼梗子,我问你!”她像在探讨什么奇迹似的。

“哦,柳姐!什么事?是不是二尺花布,一盒粉。”他故意狡猾的笑着。

“屁!你老没正经的。”

他望着她一仰一俯的摇橹,虽然天没有亮,她那黑色丝绦摆动得非常动人。他忽然的想起:“柳姐,你是不是在想清哥?”

“你又在嚼舌头!”她在黑暗中向他一笑。

“老拱叔!”他忽然想起了这是机会,正经的说:“我听说你每天让柳姐,一个人躲在黑屋里,不让她出来,是不是有这样的事?”

船走进了江汉子,浪平了,船也快了,他们也趁势在收绳上网。

“这个年头,有什么办法,女孩儿,在屋里坐坐,免得出外招惹是非。”

“我说，老拱叔，何不看开些，”他一改以前顽皮的态度，完全是一个老于世故的口吻了：“清哥同她不是很好吗？不会就成全成全他们小俩口儿，也了了你这一辈子的心事！”

“啊，提起了清哥那孩子，你出外这一年多，看见了他没有？……右拐，慢用力！”

“怎么没有看见他呢？……嘿，这一网不坏！……柳姐，你想他不想？”他把鱼从网里倒出来，又去掉转船头。

“呸！”柳姐在拣着鱼。

老拱叔摇前橹，刚把船头转过来，正想问他在什么地方看见了清哥，那晓得他的船已经离开了他们一丈多远，顺着江浪，一起一伏向下流奔去。

“柳姐！你要是想他的话，今天晚边在大树湾见，我告诉你！”他回过头来一摆手，嘴里吹着哨子，船渐渐的离他们远了，远了，一直到消失在她的视线以外。

“鳜鱼梗子，永远是这样的别致！”老拱叔唠叨着，但柳姐却默默地感到有些激动了。

惯例，太阳刚从水平线上爬出，这些靠打渔生活的人们，都带着他们的收获忙忙的摇回去。

当老拱叔的船快要驶近大河口时，远远的看见一只一只的小舴艋儿在水面上荡漾着，似乎是发生了一件什么有趣的事。那些渔夫们都站在船头上，纵情的笑着，闹着。

在江与河的吞吐口里，浪花急漩的奔腾，船从这里逆流上去，是相当的费力。老拱叔帮着柳姐划着橹，一步一步的向上冲，刚进了口，忽然的河水里翻起了一个浪花，船向左仄了一仄。

“鱼！”柳姐压住橹，刚喊出来——

“哈哈，人鱼！”从激动的浪花里钻出一个人来，一只手攀着他们的左舷，一只手在抹去脸上的水珠，昂着头，赤裸着上身，两只脚在踩着水。

“又是你这鳜鱼梗子!”柳姐红着脸,顺手拿起破瓢来,对准他的头敲了一下。

“哈哈! 哈!”四周的渔夫们大笑了。

“老拱叔!”他两只脚打着水,两只手推着船,使它很容易的靠了岸。“你今天去不去团鱼洲?”

“怎么不去?”老拱叔跳上岸,系好了稳船桩子。

“去,带我去! 我在河口等你!”他一松手,身子向下一坐,水起了一个漩花,沉到水底去了。

“好个水性!”柳姐想:“要是清哥在这里,今年五月端午的龙船,准又是他们第一了。”

真的! 鳜鱼梗子一个人在河口等他,把他的船在浪花里打旋漩儿玩。远远的望着老拱叔,吹着口哨打招呼。

“老拱叔! 你看我这条鳜鱼,怕不有他妈的十斤重,块儿八角还弄不到手吗?”鱼提在他的手中,还在颤动着尾巴,喘着气。

“哼!”老拱叔轻蔑的向鱼投了一眼。“要是拿到集上去,恐怕一块还要挂个零呢,就是怕……你为什么不拿到上头(指河上流各处)去卖,要跟我到团鱼洲去呢?”

“我有一年多,没有到洲上去,很想去看一看。”

“那有什么可看呢,”老拱叔忽然感慨起来了:“唉,房屋烧去了一半,人也少了。——我因为到洲上去近,一天就可以来回,要是拿到上头那就没准了。鳜鱼梗子!”他的话忽然低了下来,“洲嘴子上的兵划子,每天要捐去我几条大鱼去,给了他们鱼,还要看他们的颜色,真不是人干的。唉! 要不是这一带闹义勇军,那里会来兵划子呢!”

鳜鱼梗子用力一扳桨,船从浪堆里蹿了出去,船头一摇晃,就把老拱叔的船落在后面。

“不要急,他们今天就会开回老家去!”他现着狡猾的样子说了。

"你怎会知道呢?"

"玉皇大帝派人告诉我的。"

"放屁！你这孩子,老没正经的!"

"哈哈！……"他纵情的笑着。

激昂而又高亢的歌声又从他的喉咙放了出来:

"…………

那怕是风里来,浪里归!"

他重复的唱着。

团鱼洲的江面很狭,所以风浪也比较平静。

当他们远远的看见了那停在江心里一只挂有日章旗的浅水兵舰时,老拱叔连忙的喊着鳜鱼梗子:

"慢用力,你跟着我,看我眼色行事,准没错。"

两只渔船一前一后的在水面上荡漾着向前爬行。

"快要到了他们的警戒线,过了这一段就好了！慢！慢!"老拱叔很慎重的关照他。

惊破这沉寂空气的是兵舰上几声示威的枪声,随即附属在军舰旁的小汽艇慢慢的移动了。来的方向正对着他们。

"来了来了!"老拱叔嘴里说着手里高高的举着一块白布,来回的摆动,一面又掉转头来:

"把大的藏在舱底,不要给他们看见！快,快!"

好像鳜鱼梗子没有听见似的,他只远远的望着他们,慢慢的划着桨。

几分钟,那只汽艇从上游直冲下来,到了他们的船前,突的慢了下来,像几只笨猪似的水兵,顶着旭日徽,从舱坐里站起,端着枪对着他们。

照例是这样,老拱叔放下桨,从船底拿起几条大鱼:

"今天这几条都很大！老爷！"笑的有点谄媚，把鱼递了过去。

那几个水兵看了一眼，随即凝视着鳜鱼梗子。

"这条不坏！"鳜鱼梗子拿起那条大鳜鱼望着他们，也递到汽船上去。

还没有满足他们的欲望，另外又是几条鱼献了过去。

征服者这才手一挥，汽船开回去了。

"鳜鱼梗子，你这孩子怎么这样傻，大的为什么不留着，唉！真是聪明一世糊涂一时。"老拱叔望着汽艇走远了，低声的埋怨。

鳜鱼梗子望着他笑了一笑，随即吹着口哨，远望着团鱼洲上的绿苇林子。

风吹着芦苇，浪打着船，除了这些其余的都死在令人可怕的境界里。沿着洲岸，没有一个人，也没有一个船，停泊在江心里的浅水兵舰，像沙鱼似的飘在水面，江水滔滔往下流去。除了他们用桨打水的声音以外，沉静得令年青的人有些不耐烦了。

当他们的船离开军舰只有百十米的江面时，从芦苇的深处发射出一声金属物品冲破空气的嘶声。这吓人的枪声，竟使老拱叔把不住橹把，但那个年青的人却站了起来，隆起臂上的筋肉紧握着双桨，面孔严肃得怕人，船像流星似的向那吃人的大沙鱼飘去。

"鳜鱼梗子！"老拱叔的声音还停留在舌尖上，那青年人的船已经离开他十几米远，眼望着他一个猛子扎进了水里。他恍然的明白了，这事怕的这偷渡警戒线的阴谋啊！

反应得最利害的是那个沙鱼，它渐渐的移动起来，阵阵火舌向芦苇林射击过去。

只有几秒钟，宇宙整个的变了，巨雷的轰声，从江的深渊发了出来，江水被激起几十米高，浪花越过了沙鱼的脊背，掀翻了它的尸身。至于老拱叔，谁也不知道他被卷到什么地方去了。

当天三河口的渔民传出赶快搬家的消息。有人说：

"鳜鱼梗子当了义勇军，他这一次被派回来，用鱼雷炸兵划

子。”

“不是鱼雷,是一个铁管子可以通电的!”另外的人反对了。

鳜鱼梗子呢?谁也说不清。可是三河口那天晚上被从南京开来的军舰轰成了平地。第二天据逃难的人说,那天晚上看见鳜鱼梗子同柳姐在大树湾下面过江去了。

四月廿二日于古路坝。

(选自《七月》二十一期,一九三九年十月出版。)

萧　军

夹　谷

走啊，走啊，走啊，向前走……

走啊，走啊，走啊，向前走……

一队"山西妇女工作队"走在我们的前面。她们穿着军衣，手里拿着小旗，前面还有一面大一点的白地红字的旗，那是写着她们底名称。

她们一直是唱这只歌。大约是在借了这行路的时间来学歌，所以这样反复地唱了又唱……很快地我也就学会了。她们在前面唱，我就在小声地哼，借以免除孤行者的寂寞。

每次听到那孩子们——最小的不过十二三岁——的歌声，就感到一种酸楚，同时看着前面那森严地开张的山口，也为了要早一点爬进山口去，我便越过了她们。

她们是到黄河西岸宜川去的。

C 和 OO 他们甘心要慢一点走，我答应了到山口的"三官庙"去等他们。

又和 A 他们遇到了，他们比我更早一点到了这里。有的已经在谷口水边的乱石上睡过去了，使自己的嘴巴向着太阳；一些学生们也开始集结到这里。纷纷地嘈杂着买水煮丸子吃。

A 给了他的勤务两角钱。

"你给他一元'山西票'多干脆！"我看着他手里那些新鲜的

"山西票"笑着说。

"钱是不能滥用的!"A 不耐烦地看一看我。

"那票子……也许没什么用了。"我也就不管他耐烦不耐烦,依然贯彻着自己的理论:"他的脚已经破了……担这些东西还要爬山……"

在那个大眼睛的勤务兵吃饭回来,A 殷勤地问着:

"是你的脚破了吗?"

"早就破了。"

"那为什么不早说?"

那个兵,只把那大眼睛迟缓地转动了一下,看一看我,也看一看 A,什么也没说。

"看,我这全是重要的东西啊! 箱子里是参考书和原稿,这比我的生命还贵重,怎能扔一点呢? 那是我的行李,这是我的狐皮袍……我有胃病,遇不得凉的:忍耐一点罢,青年人总要锻炼……这是锻炼吃苦的好机会呀……。"

不会说理由的人总是要屈服在会说理由人的"理由"下面的。那个大眼睛的青年人,终于又担起他的担子来。A 教授又仔细地从那些新鲜的"山西票"里面,寻出了一张油污的两角票,手指颤颤地,酸楚地眼睛睁大着递向那个年青人:

"再给你两角……你们这些人……"

那个青年人这次却没有接取,他只是怯怯地把那无光的大眼睛眨了一下,向 A 的眼睛望了望,摇一摇头,就走了。他走起来是那样沉重和摇摆。A 又把他的钱票收起来。

我的脚跟也开始刺痛,脱下袜子来察看察看,两个隐隐的白色水泡已经可以从厚皮茧的外面看得见。我从另外的同行者那里要了一点棉花,把鞋跟垫起一点,也就开始前进。

路上,A 又同我提起了那个"两面派"的人:

"全在说他是'托派'啦,你看见吗? 他那前额,他就睡在那水

边的石滩上，晒在太阳下面的前额……很有点像‘托洛斯基’……”

“那么你的头发很重，一定也像‘史塔林’了……”A知道我是讥讽着他，不舒服了，我也就不管他舒服不舒服：“这不是你这‘卡尔主义’的学者应该说的话，这是不大科学的。断定一个人要从他的表现思想的语言和文字，而后再根据他的语言文字来参酌他实际的过去的和现在的行动……才能够决定一个人。道听途说是不对的，就凭他自身一段的思想，一般的行动……就来很快作终身的结论，也是不妥当。我对于B那样‘两面派’的行为，是憎恶的；而对于他那自己也不知道是什么东西的思想，胡乱地向学生们宣传，近乎‘丑表功’或是发自己的牢骚，以期得谁的垂怜和拥护的行为，更是憎恶的。在临汾的时候，听过学生向我讲，我几乎要同他作一次公开的论辩。而他对于托派那种暗昧的，不肯决定表明自己的‘是’‘否’，另种原因固然是有的，主要的还是说明了他的‘两面派’，也就是机会主义的哲学。也就是自己是一个劣等的近视者，看不清自己的路，也决不定自己是应该走那条路，如果再有四条路，他也许一同来走……实际呢，一个人是没有那样多的腿，除非像‘孙悟空’，他有分身法，不然他只能走一条路，不是向南就是向北；这条路不走了，就得走那条路。除非你死了，就是死，那也还是走的死底路……”

“那么，你说一说……B是走的那条路呢？兄弟对于这些‘路’底问题，还没有充分研究过……”似笑不笑地，轻蔑地拖下他的嘴角，神不守舍地截断我的话，问着，同时他却关心前面那个又把担子落下来休息的勤务兵：“看啊，仅仅是走了这样远的一点路……他又休息了。”

“记得我向你说过，B是一个连自己走路全决不定先迈那一条腿的人，他当然不会把人带到更高的山峰上，也决不会把人推到更深的泥塘里。他已经属于历史上的人物，他自己就正在消灭着他

自己，而我们底任务，却只在更精确一点指出他这临死的病菌的所在和效能，和有效的防范方法，而他的寿命却要他自己去送终……这不是姑息，也不是浅薄的人道主义……这是思想理论斗争上正当决胜的方法，也是原则。至于借了其他不正的方法，这是不该的。至于那些不走正路的没落的党派们，为了延续自己的生命，又不惜用了违背一个真正党派斗争所应遵守的原则，这已经丧掉了这'党派'的资格，那只能按照它们所制造的罪恶，而公正地获得它们应该领受的惩罚。B是不明白这些的，所以他对于已经失掉了'党派'资格的托派还寄着留恋和同情……这是可怜的愚蠢的人物。"

"你走的是那条'路'呢？"

"我走的就是这条路……"我指一指脚下那用大大小小圆活石头堆积着的谷底说。

"不要又开玩笑啊！"A郑重地提示着我。

"怎么是玩笑呢？"我指一指两面的那些墙壁似的山崖："……真的嘛，除掉这条路，还有那条路好走？虽然石头过于多些，还不致于阻碍住人……。我真佩服这河，它无论在怎样没有路的地方，只要它要出去，它就可以自己随便弄出一条路来……看那石崖！"我指着我们身边那个不知在若干年代被侵蚀过的石崖，是那样一层一层清明地用着栗色，青色，黄色描画着它们那些被侵蚀的遗迹，好像昨天才被造成一样。如今水流却是在它们底下面几丈深的地方，喧嚣地流走着了。而它们仅是成了一列不必要的遮檐，被闲却在那里，有时也轻轻有一些小块的屑末洒流下来。"

——人底寿命，并不比侵蚀成那一分厚的一层层薄岩片所费的时间更长久些！

虚无和幻灭的拳头轻轻给了我一下击打，摇晃了一下，可是很快就被脚下的石尖把我安定住了。那是痛激全身的，我踏在一个石尖上了，为了我的鞋的胶底过薄了，而脚跟上又有了伤痕。

“好得很！”我咬了一下牙齿，呻唤地叫了。

“怎么了啊？”A关心地问着。

“没什么……被石头刺了一下。”我摇一摇头，把脚提起来活动了一下。仍然继续前进。

“你自己不加小心嘛……”A推一推他的角边的大眼镜，抹一抹自己额上的汗，对我做着友谊的警告。“总得加小心……走这样障碍多的路……。比方，前夜走路你就不肯打开你的手电灯。”

“正因为障碍太多了，小的伤痕总得要留一些，不然你是过不去的。”

“你在文学上一定是个‘象征主义’者——”A决然地说出了他的结论。

“你这结论又根据什么？你读过我作的书吗？‘象征主义’的书你读过很多吗？”被人呼做“象征主义”者这还是第一次，使我却要根究根究这根源。

“我没读过你作的其它的书，只是那本什么？八月……的……村……但那不是象征主义的，——还是你刚才的言语。”

“我刚才的什么言语？”

“我问你的‘路’，你却含糊地指一些什么山呀，崖呀……兄弟是爱科学的，一切名词全喜欢有个确定范畴，明了的说明，我是不喜欢用感觉的。”

“呐！原来如此啊！”我不能禁止地大笑了。这笑声就从山壁上反回来，致使那前面担东西的勤务兵，以及前后行走的学生们，全扭过他们的脸。“危险得很！我几乎又被你这结论把我‘确定’了，这却得同你辩解一下。”

“象征主义……是以唯心主义哲学作基础的，它不敢从正面描写现实，全是空虚的，似是而非的……”A把每一个字全说得那样有力，那样严正。

“你理解得很不差，不过，兄弟还是感觉到您是在背书，除开

这书上说的以外，好像没有您自己的一角钱的意见在里面，这是太'客观'得过火了。"

"兄弟总是站在'卡尔主义'立场上来讲话的。"

"这……我很相信。兄弟却并不是总站在'卡尔主义'上来讲话与作小说的。因为我还没读过'卡尔'十分之一的作品。但却有一点是自信的，就是却也并不站在'完全象征主义'的圈子里打磨盘……。大概我这人什么主义的成分全有些，这很难，生在这什么主义全有的社会里，要想把自己弄成功一个纯粹的什么主义者，在我这样人是难的！"

"对于自己不正确的倾向总是该克服的啦！不然你产出的作品也一定要带着不正确的倾向啦，这会影响了青年人。"A 的言语越来越严正。我也就为了他这严正，越来越懈怠。很想把这谈话结束下去，让我自己走向前边去罢，把一些言语和力气，浪费在这样带着尘土味的争论里面，实在觉得不大上算。

"这不要紧，青年人并不会拿我做导师看的，他们只是把我当一个会做点小说和他们差不多的青年人。也许他们觉得还要比我高超和正确得很多，因为我也常是被教训着的……。人是很少有受比自己差不多或者不如自己的人底胡说白道的影响的。比如我，若是负着指导社会指导青年的大责任，那就不得了了，至少我一天总得把自己的倾向用指南针纠正它三次或四次；而思想呢，也应该每星期用 X 光照一下，再像检验梅毒似的把血抽出一管管来，而后再注射进一管'血清'……不然，那是危险的！"

"为什么你们这些作'文人'的总喜欢借题目骂人呀！"

"我骂的是这些尽排泄粪便的苍蝇。有功夫我还要用捕蝇机消灭它们咧！从那方面看来，除开对于自己而外苍蝇总是没有用的。消灭苍蝇也并不仅是'文人'的任务啊，只要不承认苍蝇在人世间有生活和传播病菌的绝对权利的人，那是全应该动手的，连你也在内……"

那个挑东西的勤务又停止下了，他拉下了他的袜子，正在用小刀刺着他脚上新起来的水泡。

前面的山口越来越狭了，也越来越弯曲，两面的崖石也越来越雄陡和削峭。尤其是那干河床就更不成话，好像故意安设下的障碍我们前进的工事：小石头们尖着脑袋；大石头横竖躺卧。也常可以看到那些英勇的原先走在前面的学生们，现在在山崖下的石坡上休息下来了，有的长长地拉着自己的身子。休息的人越来越增多，而路边那每块石头上用粉条写下的标语："×队……加油啊！距××只××里了""女同学加油啊！不要落在男同学的后面啊！"也有用一句歌词的：

"向前走……别退后，生死已到最后关头……"越来越多了。

一缕疲倦的歌声从前面飘扬过来。我辞别了A，单独地向前行走。

我这好像在巡礼着一个残败的战场，行走在这沉闷的狭谷里常常可以看到仰卧着的人，在路边的崖壁下悲凉地激怒地唱着。女同学们有的大步地同男子一样行走，身上还背着过大的行李，或是一枝步枪，有的就要把自己的东西交给男人们，空身在移动。我也曾看见一个缠过脚而后解放了的女人，她的年岁并不轻了，每行一步在她是很艰难的，但是她并不休歇，也不悲叹，她的脸色是红的，始终闪着光辉，而她的眼睛更是光辉的，一直是固执地看着前面，也勉励着别人：

"走啊，人是不能可怜自己的。这样空身行走还不成，还怎样和敌人去打仗啊？"

唱歌的不唱了，躺卧着的跳起来，慢慢地形成了一条小队，可是这小队一刻又脱了关节，零落了，而走着的又是她自己：

"萧先生……"

"唔……"当我要超过她，她却叫住了我，我也就使自己的脚步放缓慢些：

“只有你自己在走吗？”我不知道她的姓名，但却认识她。

“她们是些孩子们……”她老气横秋地大笑着，使手里的木棍在地上触了又触，努力要使自己的脚步更快些。

“你在第几队？”

“我是第×队。你是不记得了，我到你的宿舍去过，那次夜里的‘文学晚会’我也参加的，我是不懂新文学的，但我爱它。我不是向你提过关于作诗的问题吗？我学过旧东西……”

这记忆清明了，那次夜会上，她是发过浅薄得使别人全笑得不能够停止的问题。她到我住的宿舍里去，也是谈论的诗。

“你还在作诗吗？”我想起了这故事，不能克制使自己不笑起来。可是因了有些头痛，笑得又很不舒服，这使我感到了恐惧！怎么办呢？如果当真疼起来，那是不能再行走了，我是懂得自己头痛底来临，那不是轻微的，它会酥软了我的全身，一直要继续一天或两天。

“怎么不作呀！不过作得不好……”她腼腆地摇一摇头，稚气地笑着，把手里的木棍向地上捧了一下，坚决地说：“谁管它好不好，反正作了自己看，也不指仗传留后世……。你说，萧先生，为什么人要作诗呢？”

头痛的征兆又有点显明了，左眼开始旋起了星花，一种要呕吐的感觉催迫着我，我确定了这一场剧烈的疼痛马上就要到来。身上的力气一刻一刻地化成了蒸气似的飞散了，而鼻尖和额头上的汗却一刻比一刻增加。这时候只有一个愿望：就是赶快投到什么地方放下自己的身子吧，什么心情和意念全断绝了，一任那个学生在我的耳边接速地响着她的声音：“萧先生你说……我为什么还是对旧诗更有趣味些？一个题材，我常是用两个形式写：先用新的；后用旧的。用新形式写起来的总不像样，没有诗味，可是要说的话全可以说出来；用旧诗的形式就不同呢，它念起来又可口又有味，可是里面所说的常常不是自己所要说的，那好像在替别人作

诗，而这诗好像无论指什么，在无论什么时候都可以，而字眼也必须用旧诗所规定的那些，可是那些东西，像我们这年龄，很少是看过的。说实话罢，我从来是没有看见过‘杜鹃’的，可是我作起诗来，也‘杜鹃’长，‘杜鹃’短地放在里面，我也没看见过竹子和梅花，但我也歌咏它们……比方现在我们这‘行军’，我就想不出怎样可以把它写成诗——旧的——，第一，飞机这名词就很不像样……萧先生你说一说，可以不可以把新的旧的加起来……另成一种诗式？”

我眼前的星花越来越扩大，也转动得越灵活，实在没有力量来回答她，但我心里是清明的：

——你要把诗也造成像你的脚吗？这是不可能的。

“你怎样了？”大约她查看出了我的脸色白的难堪。

“不怎样。我的头疼病犯了……”

眼前是一阵昏黑，一阵恶心，要跌倒下去；模糊中一只很有力的手臂擒住了我：

“快到崖下边去躺一躺……”我也就随着这条手臂，走到了山崖下，我开始失了脊骨的蛇似的委落下去了。

她到河水里沾湿了一条手巾，安放在我的额头上，这是没有用的，每条血管像是要开始爆破，同时我的心也空虚到不自信了，我想着我就会死在这里了。我看了看那头顶上的崖壁，也看一看脚下边那喧噪的小河流，沿着河流这边，那边……经过着的那些伛偻的，疲乏的人影，静静的太阳光，一只只盘旋在天空的鹰鸟，溜溜地叫着……我觉得如果真的就死在这里也不算坏，那是用不着棺木了，乌鸦，老鹰，狼……他们会照顾我的，那会把我的骨头舐剔得干干净净……。这时候，我没有恐惧，也不贪恋，更不想念谁……，我知道，当我死的消息传过去，熟识我的人他们会叹叹气，惋惜两声，偶然也许流几滴眼泪，至于曾经爱过我的人，我曾经爱过的人，她们会在流过泪后表示她或他们的先见：

“这人太固执了呀，逞英雄……这是他的自找……”

起始我还要轻轻地哼咳，当我一想到这里，连这哼咳我全吞咽了它。闭了我的眼睛，横定心肠，我这时却只盼“死亡”快一些降临。我决定了要把自己用“固执”，“逞英雄”，“自找”这些毒物酿造起来的美酒，由我自己饮干了它，一滴不留。

那只手又送到我的额头和鼻尖上来，我推开了它，渐渐的一种梦一般的昏茫浸淬了我。

“他怎样了啊？”

“头疼……”这是那个女学生带颤音的回答。

“谁有头疼药？”

“谁有？”

“谁有？”

为了这错乱的人声，微微地我又张开眼睛——他们围成了一个半人环——接着又阖闭了它们，我不愿意他们来麻烦我。

终于有人把我的嘴掀开了，一些酸味的药末同一些冷水冲下了咽喉。对于自己，这时是稀有的冷淡，那吞药的不是自己，头疼也不是自己了，自己恍惚是和这个躯壳已经断了关联，同别人一样，站在旁边，鉴赏着这个陌生者的尸体。

又醒来了。

那干瘪的河床，这崖壁，太阳，老鹰，零星的流过的人群……对于我又开始存在着了，也开始对我又有了新的关联。也更亲切和鲜明。

“吁……”我长长地叹息了一声。经过这震荡，头也又开始振荡了一下，我知道这是药的力量控制着它。待这控制的力量衰弱下去，它也许更猖狂起来，我不管，我企图要坐起来，但是那只有力的手却按抚住我，简单地限制着：

“不许动……要停几分钟……完全好了吗？”她用手把我额头

上的毛巾翻转了过来，使那凉一点的一面挨近我的前额。

“像是完全好了……我要坐起来，这下面的石头太锋利，也潮湿……”

她察看了我身下的石头和那潮湿的地面，允许了：

“你可以坐起来……让我扶着你，不能起得过猛了啊！”

我不能推辞她的帮助。在我凭着她的臂膊坐起来时，我的眼睛遇到了她的眼睛——那射出来的光是坚贞的，正直的，炽热的……不是为了自尊，我会一直伏向她的怀中——但我终于无声地哭了。

“你睡了有一个钟头啊！”

“呐……”我不能抬起我的头来。

“你能走吗？”

“能……让我自己坐一坐。”我推开了她拦在我身后的手臂，但我的头还是不能就抬起来，我诳骗着她：“你走远些，我要小便……”

“这有什么关系哪……”她虽然这样平淡地说着，但她仍然依从了我，走开去了。我抬起头来送着这个挺直的背影——眼睛又开始了模糊……。

…………

我的家在东北松花江上，
那里有，森林，煤矿；
…………
那里有……我的同胞，
还有那……衰老的爹……娘……

“萧先生，你是‘东北’那一省啊？”这个女同学，她把她那条棍子给了我了。因为我不乐意她来搀扶我，也只好接受了她的棍子。

“出生在辽宁，长大在吉林……”我没有更多的力气回答她的

问话。——歌声落下去了,代着起来的都是一片笑声。这笑声虽然听起来很接近,但为了崖脚过于伸前了,我看不到这唱歌的人们,也看不到这笑的人。

“你爱唱歌吗?”行了一段路,觉得自己的力气有点恢复了,忽然又记念起这个人底关于“诗”的问题,但我却先问了她唱歌。

“谁不爱唱歌呢?我唱得不好……一唱她们就笑我!”

提到唱歌,她似乎感到了一点羞惭,头不再那样昂仰得像一只马鹿似的了,眼睛也不再那样直直地看着我,竟像一个怕羞的女孩子似的头侧向了一边。

“女孩子们总是爱笑话人的……”我说。

“是啊,男同学们倒不……”

“我们来一同唱个歌罢!”我忽然像一个穷到了底的人,反倒开起心来,征求着她。

“我不……你头疼刚好一点,不能唱歌。”

我确是还不能唱歌,软弱,流汗……胃里似乎又开始了空虚。

“你是那里人?”

“山东。”

“靠近海吗?”

“我家住在一个海岛子上。我父亲是渔夫……萧先生到过山东吗?对啦,我知道你是到过山东的。”

“我经过几个城市。”我开始要研究她为什么要到这里来的原因了。她已经不像个学生,无论她的身体或年龄。

“你在山东读的书吗?”

“我没上过正式中学……我做过小学教员,也做过助产医生;我结过两次婚,生过两次孩子……”她似乎在谈论着别人的故事,无论结婚,孩子……对于她毫无关联。我开始注意到她那充满着突起的脉管的过大的手,那高突的胸膛,肥满的臀部……她确是结过婚了,也确像是生过三个孩儿……而她那脸额上过于粗鲁的沟

纹，夸张的骨角，也确是应该生在山和海的地方，一个渔夫的女儿。

“你的孩子们呢？”

她严正地看了我一眼，把头上的军帽更向后挪了一挪，那宽突的前额，和一管男人似的直鼻子就更清晰一些。她的牙齿是人工雕刻了似的整齐饱满和洁白。

“我的第一个丈夫是渔夫……他很年青，我们生了一个孩子，他就死了。”

“怎样死的？”

转过了崖角，我们看到了刚才那群唱歌的人们和轰笑的人。

“萧大姐同志……你怎么和萧先生在一起啦？”

“停下来……同我们唱个歌……”

“你的粮食包里有吃的吗？我饿得再不能走了……”

我们都是神枪手，
　　喂不饱肚子……消灭不了仇敌……
我们都是飞行军……
　　拿着两腿当车轮……
呜——哈哈哈………………

好容易我们才从这个饥饿的倦怠的城，费了一些可笑的唇舌挣脱出来。更是萧，他们和她玩笑，几乎近于侮辱。

“他们的感情在反常。”我说。揩着脸上的汗。

“为了什么会这样啊？”她朦胧地看了我一眼。

“疲乏和饥饿，天气也热起来了。”

“他们平常也是这样的啊，看见吗？那个尖脸的像个小狐狸似的女孩子，她平常全喊我作妈妈，她们不把我做她们一样看待，像一颗孤独的贝壳似的，总要把我挤到沙滩上去，这使我很……那个……我觉得我的心情，还像比她们更年青些咧！”

她，不好意思的大笑了。

"你的第一个丈夫怎么死的?"我的身体和精神似乎更好了些,一种看不见的生命的暖流,在我的血液里时刻在加添着了。

"当然,渔夫总是要死在海里啦。他喝酒,春天出去捕鱼,睡了娼家的女人,生了花柳病……他自己跳海完了。"她大约恐怕我误解了她的丈夫为什么喝酒,为什么生花柳病,继续解释着:

"……渔夫们总是要喝酒啦,也要睡女人……不然他们就抵抗不了那海上春天的寒冷。渔夫们自己的女人,留在家里,他们一去总要几个月才回来,他们受不了那海味的刺激,也不知道什么时候就遇到死亡……。卖了钱他们总是要喝酒,喝了酒也就要睡女人。那里有干净的女人给他们睡呀……结果呢,钱是很少有带回家来,青年渔夫们带回来的却是一身花柳病……他不愿意把花柳病带给我,就自己跳了海……"

"你第二个丈夫是做什么的?"

"一个我们村子里的小学教员。"

"他是怎样死的?"

"据说是肺病。亏得他,我才懂了一点新的知识,可是又死得太早了……"

这样追求对于一个人是残酷的,我已经懂得了这是一个从什么样的泥沼里拔出自己的脚的人。

"还有时怀念自己的孩子吗?"记起了,那夜在临汾车站上,我也曾把这话问过D女士,她给了的却是"一切属于党"的回答,如今我又要知道知道这个不属于"党"的人底回答。

"孩子们吗?他们自己总是有路的。到没路的时候,就是我在他们身边,又有什么用呢?趁着我自己还能找路的时候,还是先走我自己的罢。"

"你到这学校来,就是你所要走的路吗?"

"就是的。"她回答得简短得毫无表情。

"你觉得这学校怎样呢?失望吗?"

"我并不像他们那样失望。我也并没对这个学校存过什么希望,我只是要寻到一个工作的机会……我看山西并不比山东更好一些……"

"你常读文学作品吗?"

"外国翻译我读起来很吃力,我喜欢诗……"

一流弯弯曲曲的水似,话又转到诗上来。我看着这个不大像诗人样子的人,却时时刻刻欢迎着诗。粗糙的人,他们却更爱把自己的"粗糙"表达出来,但他们却很难寻到一个表达的工具,即使寻到了,那也常常是古旧的,不是他们所需要的。

"对了。诗在文学里面是表达感情最直接的东西,像音乐里的歌一样。"

"对了。我也喜欢唱歌……人家全说男人愁了唱,女人愁了哭,我却是相反哪,我爱唱,不爱哭……唱总要比哭漂亮些,但是我唱得不好……一唱她们就笑我……"

她不能够禁止自己,开阔的河似的大笑了。而且一时还不能制止。笑得是那样充实,那样饱满。

"常常练习会好的。"我虽然被这笑声感染得也不能不笑一笑,但是在这笑的里面,自己始终是被一只空漠的手爪抓擒着似的,竟不能够自由行走行走。所有的人物,山川,太阳,以及脚底下的石头,如果它不是常常在使我受痛,或许觉得连这些也不存在了。存在可以,不存在也可以;活下去可以,不活下去也可以。——这就是我当时的感情。

"你跟谁学的诗?"

"我第二个丈夫教我认的字……起始我拒绝他……后来我也就当了教员,和他在一道……"

三个跛着脚的学生:两女一男,其中一个女的背上除开一个大被包以外,还有一枝步枪。起始他们是走在我们前边,现在却被我们赶上了。

“啊呀呀，还是你们哪，一齐走吧。”我的同伴萧女士她向他们大叫着，彼此诉说着哀怨：

“他简直不能走了啊，从临汾走出来他就是病，走到三官庙，他几乎不能再走。”我随着这个走在前边的女同学说着和指示着的那个男同学。他确乎像不能再走的样子了，两只长睫毛深陷的大眼睛，询问似的不转动地盯视着我，我把头轻轻转向了一边。

我被冷落着了。我那同伴，东一句西一句匆忙地和那跛着脚的三个人搅作一团。我只好把自己的脚步放缓慢一点，好使自己与他们有个距离。同时，我还是梦幻似的，看着这三个跛脚的，和一个人工跛脚的不调协地动着的背影，忽然想到了中国的命运——软弱和摧残——虽然那前面有着无数的，强壮和英勇的先行者过去了，而大部分还是软弱的，他们不能不和这削壁，土原，充满着怪石的干河床，饥渴，寒冷……以及每日在身上繁殖的虱子斗争着。不然只有等待在路边去喂狼。虽然第一个所要到的到达站的路程并不还远，可是第二第三……个到达站，也还在前面等待着去经过。没有经过训练，突然行走这样艰难的乱山的途程，是一种刑罚！也许有人会说：这是锻炼呀！不对的，这仅是要逃避掩饰他们可耻的无计划性，或是坐在大都市的厅堂里叫的高调的，狗屁似的山歌。锻炼是有渐进性的，到了相当于突进的时候，他才使用于突进，不然，那除开要担负着过大的损伤，也许会获得灭亡。从这“突然”性的锻炼中，那也会收到一些益处的，不过，那付偿的利息是过多一些。假如在平时有了准备，那所获得的“锻炼”的果子，一定要比这样获得的多到不可知的数目。

——这是愚蠢和自尊，腐朽的软体性，封建主的行为！自己无能，而又不忍退开，自己不拉屎，而又要占据着“茅房”的“肉头式”自私的行为。

这成分存在于中国民族性中是浓黑得阴沟里的肮水似的不容易澄清！更是一些握着权柄的封建主们。

——把自己的缺点也认为是长处,这比夸耀自己的粪便如何香甜,如何美丽……还要使人不能忍受的丑行!

我是要中国夸耀这样喜欢歌颂自己粪便的人,全灭绝了或是到改变了他们这行为之后,中国才能算真正踏上了得救的道路,而亚洲的阴惨的雾障,才有灭根的可能,不然,那是凄凉的,所有的人将要无绵尽地在没有太阳的下面呼吸着,屠杀着……

"萧先生,一同来走呀。"

我的同伴单纯得一个孩子似的向我招扬着她的手。我也扬一扬手,算做回答。把自己的脚步也放快了些,因了重一点的震荡,头又有了要痛的征候。我恐怕药力过了,再复发起来,那就不高妙,想要超过他们,自己先赶到清风崖。

"这是萧军先生……"我的同伴把我介绍给那三位跛脚的同学。

"你们的脚全坏了吗?"我无固定地随便问了一声。

"全有泡,破了一个又一个……它们竟像针刺那样疼!你走路看样子也有点不得力哪?"走在前头的那个年龄较大的女同学开敞地反问着我。

"唉……也破了。待破过以后,生出新茧来就好了……"

其余的两个人并不言语。而那个大眼睛,窄条脸幅,病得皮肤下面的脂肪和肌肉像被刀子从里面剔除净尽的青年人,他还是询问似的盯着我的脸,我也就仍把自己的脸侧过一边去。人底眼睛在这样无感情无表示的对撞底形式下,是不舒服的。

走在他身后,那却是个短胖胖,年纪看起来很轻的姑娘。她一直是垂着头。偶尔看一下人,眼睛也就很急速地逃开。

"萧先生,他是我的弟弟呀,看他那样高的大个子,却才只有十八岁啊!刚从高中毕了业。他也是爱文学的……"这是那个走在前面的女同学说的。

"那很好。"我这简直是应酬,因为一遇到这样说"爱文学"的

话，我实在寻找不出一句恰当得体的答话，他确是很高的，甚至高过了所有寻常的人。一条不安宁的桅竿似的在空中摇摆。

"他也能作诗啦！"我的同伴补充着说，我把手里的棍子递向了她。

"为什么呀？你拿着，我并不需要它。"

"你很需要它，我要先走了。"

"为什么呀？你不能行走得太快，我要一直护送你到清风崖。"

"不——让我自己走……"

"我们在路上要开文学走谈会咧！我才同他们商量过了……我们要知道点关于诗的知识。"

我迟疑地把递出的棍子又收回来，思量似的缓缓地走着。偶而自己的视线又和那个十八岁桅竿似的青年的视线碰到了，这一次他的眼光不再那样询问似的逼迫着我，而却用了一种饥渴和乞求似的半喑哑的声音说：

"是的，我们要知道诗！"后面那个年轻的姑娘也抬起了她的头，红着整个的圆脸，望了望我，也望了望那个十八岁的桅竿似的青年。

登上了一带高岗，前面一带墨绿的松林可以看到了——清风崖。

我也是爱诗的，但却不爱那些撒谎的诗；我也爱歌，却不爱那从留声机榨出来的歌，一些只是一杯不需要的白水似的东西。与其这样，我倒还不如去喝烈性的酒精，虽然它会毒害我的生命，使我头疼，但总比一无所有强。

"为什么呀？我竟不能作出一行我所要作的诗来？当它们写出来，几乎是与我的意思相反的，恶劣得简直要气死我，我就撕了它……接着再作……也就再撕了它。"那桅竿似的青年梦似的，但

看起来又这激动地诉说着他底失败！为了要和我行走一平，他竭力地跛着他的脚，汗珠就鲜明地从他的前额排流下来，他的姐姐警告着他：

“你应该慢一点啊！你总是这样渴死鬼似的追求着每件东西……如果你不是渴死鬼似的跑到山西来，你不会病得这样的。叫你去西安你也不去，拐带得我们也得跟你来吃这苦头……”

显然的，这青年并不重视她的话，也不注意她的叹怨，还是企图和我走得一样快。眼睛盯紧着我的脸。

这几乎是一种怜悯，我把自己的脚步放慢些，我的那位同伴她是走在我的前面，这样，五个人却并头地成了两个小行。我的同伴，开始和那青年的姐姐不断地扯起了话底连环。

“一个射击手，起始他总是瞄不准他的靶心，或者击落他所要击落的。即使偶然打中了，而第二次他又会‘飞了’的。”

“今天又要睡什么地方呀？走在我们前面的人，他们会把近的地方好的地方……全占光了！能吃的东西也一定吃完了……”

“越是跛脚的人越是多走路……越渴的人却要多流汗的……他奶奶的！哪哈哈！”

“我们在这里谈论诗啦！你们这是……”青年行走着跺了一下脚，暴燥地申斥着他的姐姐：“请求你们……向前面快一点走罢……”

“我们也要参加这走谈会……我也要听一听萧先生关于诗的指示咧！为什么你要赶开我们？”

我的同伴像一个妈妈似的耐性地笑着引逗着这个发怒的青年，而他却一只竖起来的蛇似的站立住不向前走了。

“走罢，我们不再谈论。我们是说今天晚上的住宿和吃的问题，还不是为了你这病人吗？你……”我看着她那温和的，毫无牵强的爱，忽然觉得这青年是幸福了！而他后面那双关注着的眼睛，那是更非寻常的。忽然感到自己是一颗不必要的果核似的，被人

吐留在路边了。不过,这样的爱对于自己,却又是不需要也不能承担的,也只适于那青年。

人们又如初地静静地走着。那山坡下面干河床也又横在了脚前,清风崖的松林,却好像又遥远了一点。

我终于还是辞别了这所有的旅伴,自己走向了前边。

"萧先生,我们到乡宁还会再见吗?"我那第一个旅伴——就是借给我棍子的——她直直地向我看着。我是侧着身子,准备告别举起着一只手臂,也向着她。忽然一种说不出的酸楚溶解了我的心,我急忙把手臂摇动了一下:

"总是能再见的……"又把手臂向其余的三个人也挥摆了一次。

清风崖并不是很大的村庄。人家是零落地散出在河床两面一些石壁和土崖的下面。每一处全是出没着灰色的人。这是先来者。路旁每块石头全用粉笔画留着各式的路标,我开始寻找我们的先遣者的路标了,但那是没有的。

人家越来越稀少零落了,我的灰色同伴们也越来越稀少零落,最终只剩了我自己。偶而遇到一个百姓,他们全是那样生疏而隔离地向你望了又望,而后再阴沉迟钝地迈着他的脚步走过去。前面山坡上我发现了一所人家的孤独的院墙,院墙的黑影长长地延长着。——太阳已经搁在了对面的山梁上。

一个瘦小的人影,站在那院墙的墙边,有一条小路,盘曲的溪流似的,引下山坡。

"老萧……"这声音是狭窄的,渗和着山谷的回应,使我停止了一切胡思。

"啊 ho……"使一只手放在自己的前额上,我认清了这叫喊我的是 OO。一种幸福的明亮轻轻地笼罩着我了,觉得今晚至少可以睡到一间洞窑里面,即使睡在地上,那也总比暗夜摸索在这山谷里,或者睡在随便的岩石缝里要舒服要安全些。我充满着元气地

向他的方向大叫，并且摇摆着自己的帽子——那时候，在胡思乱想里面，我也正在为了夜晚的吃饭睡觉而忧愁。

“全在这里吗？”当我准备要爬上这山坡时，我先停止下，要喘息喘息，好积存一点力气，同时仰头问着OO。

“C老头不在……其余的全在这里啦！你看见C老头吗？我是在这里等待着你们啦！啊！这里住处真难啊！”

当我爬上了这山坡，额头和身上已经全透出了汗，我吃惊，我竟变得这样虚弱了吗？在最后一步，OO握住了我的手。

“你不是走在我们前头的吗？”

“我半路犯了头疼——C老头呢？”

“他碰到了A，A要和他一同走，这老家伙就同他一同走了，不知道走到那个山窟窿里去了。你吃过什么吗？”

我摇一摇头，气弱得使我不乐意多说一句话。

“他们在里面正在和这家的主人交涉着买面咧！”

“我们先给你钱，这不是钱吗？我们又不是兵……”

院里面正有着一群人，围着一个高身材狭肩头深眼睛狭脸幅的农民，叫着。叫得最凶的是那个会搭舞台布景和画画的人。他的脸完全红着，一只手舞动着一张钞票。红尖鼻子的画师也在他的身边，奇迹似的那个肥鼻子的庶务竟也出现在这里了。

那个农民，两只手无主张地在面前挥挥摆摆，要来接取那钱票，但又把手缩回去，摇一摇头，嘴里呜噜了两句什么。

我和OO一同走进了这土窑。

黄昏的时候，我独自从土窑里走出来，站在门前，我看见了我那四个同伴的背影，转过了前面的崖角，不见了。

（选自《七月》十九期，一九三九年七月出版。）

青　苗

马　泊　头

一

天气已到三伏的时候了。中午,太阳的光芒简直毒得和火焰一样,整个的大地在淫威的阳光下喘息着。

小巷里是异样的寂寞,荒凉,许多屋宇在烈火下焚毁了,只留下它的尸骸——一些乌黑的墙壁和一些断壁残垣兀立在那里。到处都是破碎的瓦砾堆。虽然还有些房子没有焚毁,但这些房子都和坟墓似的立在瓦砾之中,宛如荒山里的古寺一样。但在打麦场上,那受了烈火洗劫的秸堆已变成一堆黑黑的秸灰了,整个打麦场的平坦光洁的地皮也变得黝黑了。风一吹来,黑色的秸灰便飞扬了起来。

巷里是污秽的,充满了火灾后的焦臭气味。雨后的泥泞还潴在低洼的地方,在炎热的阳光下发着毒臭的气息。腐烂的菜叶和西瓜皮满巷都是,苍蝇多得和一阵潮水似的,嗡嗡嗡的轰鸣声简直在村外都可听见。青蛙在草丛里舞蹈,狗子们在废墟和瓦砾间踱来踱去。一阵风来,尘埃和秸灰便弥漫起来,几片白色和黄色的纸钱在地上旋舞。

寂寞。静谧。巷里是静悄悄的,所有的人——男女老幼,全都汇集在街道上。说是街,实在是太可怜了,不过是一条通过渡口的大道罢了。

显然的，村里发生了重大的事件了。纷乱的人群扰扰不安，女人们则更其显得活跃，指手划脚，嘁嘁喳喳地跟黄昏里的群鹊一样。

一片黑鸦鸦的人群都围集在土地庙旁的井边上，那里躺着刚由井里打捞出来的葵三爷。葵三爷的脸是铁青的，已经浮肿成一个烂西瓜了，一群绿色的苍绳围绕着他，他的眼珠还是呆呆地瞪着，獠牙裂齿。

一大堆的纸钱灰堆在他的身旁，他的头边摆着几道黄表，燃着几束香火。

三爷的大太太，和气的妈，那绰号叫做母老虎的女人，披头散发，捶胸嚎哭，她的眼睛已经红肿，声音已经沙哑，汗水已将她的衣衫湿透了。

"……冤家……冤家……不睁眼的老天呵……"她边哭边叫。

女人们围着她没命的劝解，也有人在擦着眼泪。

"唉，和气的妈，歇歇吧，这么热的天气……"

她还是疯狂地哭叫着："不睁眼的老天呵，我做梦也没有梦到这一着。……"

二

土地庙前终于寂静下来了。死者的尸体已移到庙里去了，葵家的两个长工坐在死者的旁边用蝇拂赶着苍蝇。

人们有的回家作饭去了，但大都麇集在街西头的古槐下和祠堂门前。

黄色的槐花落满了一地，几只蜜蜂在嗡嗡地飞舞，槐蚕挂在树叶上，不时地落在人们身上。

"我说嘛，这几天半夜巷里狗哭得真凶……好像追着谁在跑，我知道一定要出事了，我活了这么大的年纪，经都不耐经了……"

蚊子嬷嬷说。

“不信问我们的火闪！”火闪妈也抢着说。“唁猴(猫头鹰)每天黑夜都在葵家的皂桷树上叫，分明是勾魂的。……前天和气妈还跟我要了硃砂，说她的心前不知怎么整天老是乱跳。……”

“呀，那才怪呢！”蚊子嬷嬷惊叹了。

披着满是补钉的夏布衫子的省油灯，裸着两只干瘪的奶头，摇着一个破蒲扇，摆动着粗大的耳环。

“劫数！全是劫数。……下界呢，还不是一样……人嘞，怕死，但鬼却怕托生……我说嘛，他现在不在‘枉死城’就在‘恶犬庄’哩……”她翕动着没有牙齿的嘴，嘴巴子颤抖着。

迎面来了女巫跑烂鞋，她一手端着贴满着金箔的烧纸盆，一手拿着纸币。她是和气的干妈，常在葵家出入。今天她的风头十足，像一只火鸡似的跑来跑去。

“灶前无端的滚出了两颗鸡蛋，”她站在槐树凉荫下的人丛里说。“小点(小老婆)刚才给捉上来了，又是哭又是笑，要不是我念了四十回的咒语，还不得过来呢……”

她意气扬扬地向土地庙走去。

后边母老虎和小点也随着来了。小点抱着黄缎子绣花的船枕和皂靴，母老虎抱着寿衣。

“小卖屄的，你是扫帚星呀，你克得我们一家好苦呵！”母老虎咬着牙，毒狠狠地咒骂，她用眼睛斜盯着小点好像要用眼睛把小点吞没似的。

小点像幽灵一般的失魂地走着，脸色灰白，眼角里挂着泪珠。

“我们买下一匹驴子还要拉拉磨的，买下你这个臭屄为给我们生男育女……”

“我难道没有生嘛……”小点不能忍耐了。

“好，你生的儿子到那儿去了，到那儿去了……”

“这怨得我嘛！”

“你还硬！硬呀，看我不揭下你的皮……”

她恐吓，咒骂，什么毒狠的话都从她嘴里骂出来了。

“看吧。小卖屄的，过几天不活填你，也要揭下你的皮的……”

“揭吧，活填吧，我活够了……”小点不能忍耐了，她坐在庙前的台阶上嚎啕大哭：“难道是我叫他跳井嘛！难道……”

人劝解着，所有槐树下的人全挤到庙里来了。

“……人常说，宰相肚里湾得过船，你们男人家这么心窄，我们女人家却该怎么呵……”母老虎一边给她男人穿衣，一边叹息着。

“你这泰山一倒，我依靠什么呀……你闪了我这一跤……”她又嚎哭起来。

小点也跟着她呜呜呜的哭起来。

跑烂鞋高声地叫了：“不要哭吧，人家现在正在下界里办事情，可繁忙哩！干吗老是哭！哭！把人家哭得心乱得什么事都不能办了。……”

三

夜来了。白天里的嘈杂，骚乱，现在全都静止了，整个的马泊头沉寂得像一座坟墓一样。

黑黝黝的夜，满天的星斗，巷里静悄悄地没有一个人影，只有几声惨厉的犬吠咬碎了这夜的寂静。

对面，中条山麓的森林里，狼在嚎着。

就在这样的黑夜里，葵三爷每天晚上不能安睡，他在巷中蹀躞，徘徊，手中提着水烟袋，从这里踱到那里，从那里踱到这里。

已经有一个多月了，他每天晚上都是这样，连那母老虎也禁他不得。

“你……你管得着我嘛，我心烦哩!”当她禁止他半夜出门时，他便向她咆哮了。

起初，是和气遇难的那一天，那是一个黑漆漆的暴风雨的晚上，当他随着一群逃难的本村人回到村里时，已经淋成一只水鸡了。

他冒着倾盆的大雨冲向自己家里，一进门，那母老虎便连哭带叫的向他扑来。

“千刀万剐的，你只顾你自己逃……你睁眼看呀，看你的女儿成了甚样子呵……”

她疯狂的骂他，抓他，在他的脚边翻滚着。

一盏暗澹的太谷纹银烟灯放在窗槛上，和气僵直直地躺在炕上，头发乱得和一堆乱丝一样，脸是灰白的，嘴唇和面颊全给啃破了，小腹胀得和小鼓一样。

“天爷！这……这……怎么回事呀……”他叫道，颓然地倒在椅子上。

母老虎不理他，像一只野兽般的滚在地下嚎哭着。

…………

这晚上他没睡觉，也没有脱去身上湿淋漓的衣裳，便在泥泞的巷道里徘徊着。

第二天，雨一停止的时候，母老虎给和气穿好了衣裳，他把一条白色的绸带紧系在女儿的颈间，上边用剪子剪去，把剪断的绸带仍放在女儿的头边。

“丑名呵，我可当不起……”他向母老虎痛苦地喃喃着。

他的女儿已经许配给李举人的孙儿了，他打发人到李家去报丧！说女儿在荒乱中自尽了。

“唉，看我们的和气死得多硬气呵，真够得上烈女传呢……”他向人们夸耀着。

没有几天工夫，村外的大道旁已立了一座崭新的烈女碑，碑上

是李举人做的文章。

他的心是稍稍平静些了。然而，一天，城里皇军司令派来两个黄协军的队长骑马来请他了。

“葵三爷先生，大大的好，名高德望的绅士，请费心维持县里的事情，担任维持会长吧……”

“我已上了年纪了，又有病，什么事都糊涂……”他头上冒着汗水，竭力的推辞，尽力设法脱出虎口，逃出这令他颤栗的网罗。

皇军的司令和皇协军的司令商量了一下，没有难为他，便放他回去了。

他说不出的欣喜，愉快，走出城门大大的吐了几口气，大踏步的向家里走来，宛如肩上卸下了万担的重负一样，路上全忘了疲倦。

两天以后的下午。

当他坐在庭前的葡萄架下摇着扇子乘凉的时候，皇协军的队长又光临了，而且还带了十几个荷枪的弟兄，都骑着马，冲进门不由分说，抱上他的独子祥林就走。

“要愿当会长呢，来城里取孩子吧。……”

于是，一阵尘土的飞扬，马向城里飞奔去了，孩子骇得在马上哭叫着。

孩子是他的命根，为了孩子，他费了千辛万苦，求神拜佛，娶小老婆。第一个小老婆，死了；第二个，又死了，到第三个，五年前才给他生了这样一个宝贝。这是葵家的香烟呀。……

然而马上他便想起赵四爷来。赵四爷是初任的维持会长。当他想起三月间游击队把赵四爷的头颅挂在城门上的时候，全身都不由的打起冷战来了。

刹那间，和气的灰白色的面容和鼓一般的肚子便显现在他的面前了。……

这天夜里他整整的在巷徘徊了一夜，拖着鞋，手里提着水

烟袋。

他忧愁得吃不下饭,几天之内便消瘦下来了。母老虎天天劝着:

"去试试看呀,再说,咱们的孩子要紧呀……"

他有时便生气起来,向她咆哮道:"孩子要紧,我的二斤半不要紧呀……你……你忘了咱们的和气是怎么死的吗,狼心狗肺的东西……"

"天爷爷!我是为你打算呀,你们葵家的香火……"母老虎哭起来。

"门上粘泥粑,缺门绝户,命里注定呀……"他气愤地叫着。

但他日夜仍想着孩子,可是总想不出解救的法子。

"用钱赎吧……"母老虎想着各种各样的方法。

"呸,这些千刀万剐的强盗,他缺钱吗……"

"有什么法子,有什么法子呵……"母老虎也竟然的叹息了。

但她总是时时的怂恿着丈夫:"去试试看呀……悄悄地,不要让人知道……"

"傻瓜,雪地里能埋人么!"

他完全消瘦了,眼睛也深陷下去,眼珠上满是血丝。他整日的不吃饭,但却拚命的喝着酒,整天是醉沉沉的。

"唉,逼得我没办法呵,那儿黄土不埋人呵!"他颓丧,而且完全绝望了。

白天里沉睡,晚上酒一醒,便拖着鞋,在巷里蹀躞着了。

四

热。闷热。人流着汗,大地好像一个蒸笼一样。

祠堂门前的树荫下,纸扎匠黄鼠狼在作"棺罩"。这是一个能翻八次灰的鸦片鬼,瘦得和一只螳螂一样,倒拖着两只鞋,虽然年

纪还很青，但背却佝偻起来了。他裤带上挂着一束麻缕，手里拿着芦竿。

祠堂门口被人屁股磨光了的石阶上又坐满了人，那披着已经变成土色的夏布衫子的省油灯，依旧是露着干瘪的奶头，摇着蒲扇，宛如一尊泥菩萨似的。

"……前几年是天收人，虎疫一来，人比鸡死得还快。……如今是人收人，兵荒马乱的，杀人跟切萝卜一样，人命不如鸡命呢，不到半年咱村死了多少呵，鸡娃的妈，屎蛋爸，二秃子……"

她曲着手指数着，但没有人听她，大家的注意力都集中在母老虎身上。

母老虎囚首垢面，头发乱得和一堆蓬草一样，眼睛红肿，嗓子破锣般的沙哑了。

"……有一天晚上我刚睡下，便听见谁在敲门，我以是他爸，我说：'门掩着，没有关呀！'没有人答应，但后来又听见敲……"她有气无力地用衰弱的声调说。

"现在我什么都不愁，只愁谁给他顶盆（过继）。唉，葵家的香火断了呀，葵家的香火……"她又嗄声地哭起来。

"要是我的祥林在着的话……我的祥林……我的祥林呀……"她哭着回家去了，声音是嘶哑的，像一个受了伤的野兽在哀嚎着一样。

屠户孙三，绰号叫做猪总统的大胖子，闪着亮光光的头皮，挺着大肚子，从祠堂对面剃头铺出来。剃头匠老毛也拿着一件牛尾巴的蝇拂子跟来。

"好热……热……"猪总统摇着蒲扇，气吁吁地喃喃着。

"谁喝酒赶快喝呀！总统今天上好的猪头上市啦……"

黄鼠狼嬉皮笑脸地说，用芦竿指着猪总统圆圆光光的头皮。

"称称看呀，足够九斤半的……"跑烂鞋马上接着说。

"看总统的头，"火闪妈比着手势："要是西瓜，察！"

女人们全笑了。

猪总统不知该提防那一方，他见蚊子嬷嬷笑得厉害，便向她打趣了。

"人家十几岁的妞儿都立了烈女碑，你呢，从十九岁守寡到现在，几十年没有动过荤，怎么连个贞节牌匾都没有……难道偷吃过……"

"你这千刀杀的强盗！你怎么欺侮我，我难道是品毯的磨石嘛……"蚊子嬷嬷生气了。

猪总统什么都不在乎，天生成的乐观派，他猥淫地笑着说："东洋鬼子，是一群骚货；我呢，要是女人的话，裤裆里带上一把剪子，来一个剪一个……来一个剪一个……"

"剪下干什么？给你的竹叶赔嫁妆嘛……"

总统像一匹狗熊般的向火闪妈扑过来，把她按在石阶上。

"溜西瓜皮（亲嘴）呀……溜……"剃头匠老毛笑得弯着腰，向总统怂恿着。

"兔儿蹬蹬……登呀……给他一个锅贴（把掌）呀！"黄鼠狼向火闪妈喊。

人群里爆发了可怕的轰笑。……

五

马泊头是在可怜的，悲惨的，无耻的愚蠢中挣扎着。……

中条山的游方野僧下来了，带来了大批的符条咒语，用红笔写在黄表上，用硃砂写在白布条上，人家的门上，女人们的身上，都戴着各式各样防御灾祸的法宝。

各种各样的流言传来了，大劫难，四十八天的黑暗……。跑烂鞋也乘机活跃起来了。

恐怖！阴森！浓雾一样的弥漫了马泊头。

母老虎狂乱了。她变得那样暴躁，易怒，时常的殴打小点，用火红的熨斗烧她；而在街巷里，她逢人便骂，弄得简直没有人敢接近她。

一次，她穿着她出嫁时的红衣裳，披头散发，怀里揣满着各种文契，在巷里乱跑。

"救救我呀！谁能救出我的祥林，我把葵家的家产全送给他……看呀，不说假话，当面交货……"

她跪在地上，把怀里的各种债务和地产的契约全掏出来，堆满在地上。

"赶快来呀！这不是一笔发洋财的买卖嘛……"她疯狂地大笑。

跑烂鞋整天地在葵家大显法术，使尽了一切手段，捉妖，招魂，安吉……。门口里是香表的灰尘，院里整日的设着祭坛，整个的葵家变成了一座冷森森的鬼蜮了。

七月初，母老虎身带大批的布施和祭物，跟着一群吃斋行善的男女到中条山的五老峰朝峰去了。

"我要到玉皇爷和吕祖爷面前去告状，告那些千刀万剐的狗啃的强盗！……"

她去了。跑烂鞋也跟着她去了。

几天以后，跑烂鞋回来了，她一进村便指手划脚地叫起来，仿佛有了天大的事变一样。

"和气的妈，她……她跳下舍身崖去了……"

她向围着她的人比着手势：

"舍身崖，吕纯阳成仙的地方……万丈深沟的舍身崖呀……"

盂兰节到了，黄鼠狼特别的忙碌起来。

跑烂鞋也帮着他糊纸灯。她和他同住在祠堂里，共同的在一

起生活,完全是自然的结合,一点手续也没有,这正是马泊头所说的“搭伙计”。

除了做活而外,他俩便躺在烟灯下,在吞云吐雾中过着生活。

她呢,年纪已将尽五十了,比黄鼠狼要大二十多岁,足可以做他的妈妈的,然而他一点也不嫌弃,他只要有一个女人陪伴着生活就行,何况他并不花一文钱,却倒时常沾她的光。她呢,无家无业,无儿无女,当然是需要个汉子来安慰她的寂寞的。

祠堂里的堂屋是他们作活的房子,那里挂满了花花绿绿的纸灯。

“东洋鬼子来收人了,看呀,今年的冤鬼有多少呵……”她数着糊成的灯,一边计算着:“屎蛋爸,二秃子,鸡娃妈……喔,三个,五个,再加上葵家的老少三口……十一个了,光马泊头就十一个了,旁的村还不知有多少哩!”

“嗯,黄鼠狼,加工呀,灯还不够呢。”她向着睡在烟灯下的黄鼠狼喊道。

六

秋天,落雨了。

雨时大时小,许多天不能停止。阴暗的天,迷濛的秋雨,马泊头被包围在浓雾般的烟雨里了。

蒙蒙的细雨夹着凄凄的秋风,天气骤然的阴冷起来,马泊头像是睡在死神的怀抱里一样的忧郁,寂寞,巷里潴满着泥泞,流着混浊的泥色的水流,废墟间的荒草简直郁苍得和一片森林一样了。

雨好像是为着马泊头的劫难而泣啼着。……

葵家的小点,失踪了,起初人家在井里和池塘里打捞,各处寻找,但全无踪迹,后来却发现她跟剃头匠老毛跑掉了。把葵家的银钱和许多珍贵的什物全带走了。

葵家已成了一座有名的鬼宅,谣传纷纭,人简直不敢到那院子里去,就是白天从门口经过的时候,也觉着毛发森然的。

门是被粗大的龙头铁锁锁着,上边贴着葵氏族人的封条,门口里堆满了灰埃,兔子屎洒满在墙上和地上。

马泊头的人口日渐减少了,男人们除过老朽的跑不动的以外,大都钻进中条山的游击队里了。

只有那干瘪的黄鼠狼,他依旧和跑烂鞋睡在烟灯旁,在腐烂的生活里消磨着岁月。……

稍稍年青的妇女们都藏躲着,不敢露出头面,只有蚊子嬷嬷和省油灯一些老婆子们,依然还是摇摇摆摆的来往在街巷里,吃过饭便抱着孩子或缠着线缕,坐在祠堂门前那磨光了的石阶上。……她们悄悄地来到这世界里,终生蒙蔽在愚昧和灰暗的生活里,养育了一批儿女,磨光了几根手杖和纺线拐,于是又悄悄地消逝了。……

重阳刚过,省油灯便穿起了臃肿的棉衣,整日的坐在祠堂门口和土地庙前,呆呆地,宛如一尊泥菩萨一样。

"日丙(本)人,孽星下凡嘛,我要瞧瞧这妖精到底能把马泊头吞下去不能……吞下去不能……"

她愤怒地喃喃着。

一天,总统从中条山驰马下来了,他穿着灰布军衣,背着枪。省油灯简直不认得他了,直到他经过她面前,她才认出来。

"呀,总统,你也吃粮子嘛……你杀日丙人能和杀过的猪一般多多,才是雍(英)雄好汉呢……"

猪总统笑着。飞驰着的马蹄拨泼着泥泞,刹那间便消逝了。

一九三九年,八月,河西,郭下村。

(选自《七月》二十二期,一九三九年十二月出版。)

林　果

三个鸡蛋

初夏的季节，没有落雨，天气是干燥的。中午，太阳升到正当顶，风带着热意扫起了地面的灰尘，广阔的空间，完全被一种混浊的气氛笼罩着，林木间，浓密茂盛的叶片倦怠地垂下；山茶肥白的花朵在阳光照射的角落里，勉强地伸展开它的花瓣。山峦像瞌睡的老年人似的蹲伏着。秋田里是嫩绿的一片，然而却也不能给人一点清新的感觉。整个的田野陷入在沉寂无力的软绵绵的状态里。

我独个儿在田边的小路上走，也是疲惫无力地。廿里的路程，使我病后的两腿开始酸痛起来，头有点昏，臂上的行军袋也变重了。到××店却还有整整十里的路程。

田野里没有第二个人，静静的前面的村落里雄鸡在午唱。黄土小道无尽长地向前伸展着，最后终被那无际的正待插秧的赤裸着的田地所掩没。

村落就在前面了。望着村口的大树和茅屋，支持着疲倦的身躯，加劲地向前走着，口干得要裂开来，眼睛也发花了。

“女兵！女兵！新×军的！……”

村口的一条小河边，孩子们停止了他们弄水的游戏，指指点点地向我叫着。

茅屋的门槛上一个老婆婆坐着摘蚕豆，一伙雏鸡在啄食着蚕豆壳。

“老婆婆！摘豆子呀！”

我走过去打着招呼。

“摘豆子啊！啊！同志辛苦了！那里来呀？”

老太婆很慈和，很容易使人亲近的样子。蓝粗布褂子是有补绽的，然而却相当清洁，头上有几根白发，但神气是很健朗的。一双红绣花鞋穿在瘦小的脚上，真像两只所谓红菱角。

“我哥哥也在你们那里头的！我哥哥李天福，他叫李天福！”

孩子们也围上来了。一个小癞痢头有点不自然但又怀满自骄似地，摇摆着他那秃脑袋，眉毛抬得高高地对我讲。其余的孩子们瞪大了羡慕的眼睛望着他，小癞痢耳根子都红了。

“他哥哥是旧年冬天到你们队伍里去的，是他自己一定要去！你们队伍真好，这——菩萨兵！”

老太婆补充着小癞痢的话，一面扯扯我的臂章。臂章上是一个兵士擎着一根枪，老百姓说那上面是画的菩萨，都叫我们菩萨兵。

老太婆请我到屋里去休息，一面给我倒上满满的一杯茶，屋子里还有一位客人，是从××店来的，那儿有我们的同志们在做地方工作。

“你们的同志会做工作啊！道理讲得真好，××店那里农抗会办了合作社，借钱也好借了，这青黄不接的时候……”

客人是××店的农抗会理事。把那儿的工作讲得很起劲。

“不要叫那个女同志走呀！面下锅了！”

老太婆在灶间叫着，不知什么时候老太婆走进去煮面了。

“老奶奶！这怎么行呢？我吃了来的，还要赶路呢……”

我推却着感到很不安。站起身来就想走，然而客人拉着了我。

“乡下没有什么可吃的，随便下点面，到××店还有十里路呢！……”

我知道老百姓的习惯，是推却不掉的，否则还要弄得他们不高

兴。于是只有怀满不安地坐下来。

面端上来了,那是白水煮的。上面浮着几点油腥和几片青菜叶子。

“这真是不好意思!真不应该!……”

“什么不好意思!你们自己讲的老百姓和军队是一家呀!——旧年你们同志到我们这里来的可不少,还搭台演戏哪!不要看我老了不中用,你们同志讲的话我都懂……吃吧!到外面来吃,有风,凉快点!走路饿肚子那怎么行?……”

老太婆把一大碗面送给客人,小碗的递给我,面冒着热气,滚烫的。我用筷子翻着绞着,面条被全部挑起来,突然,我发觉了,面条下面还藏着三个鸡蛋!我立刻敏感地猜着是怎么回事了,于是我抬头看着对面客人的碗,他也正把面挑起来绞着,然而碗底是什么也没有。

“真是热得很;还是吹吹风吧!”

我不自然地说着,端着碗坐在门槛上去。外面,风依然带着热意地吹,广阔无际的田野开展着。孩子们跳到水里去捉鱼,裤管卷到大腿根,鸡雏们还在啄食着蚕豆壳。一只老黄狗卧倒在榆树的浓荫下。一切都是柔和而宁静。我再低头看,碗里的三个鸡蛋,一个闪电似的感觉投过我的脑子:一个真正站在群众方面的工作者,将在任何地方都不会感到陌生的……

心里,兴奋和愉快激动得跳起来,难于掩饰的笑纹浮现在我的嘴角。回过头来,正碰着老太婆慈祥的静静地投射过来诚挚的目光,一阵灼热的感觉爬上了我的面颊,我知道自己的脸一定通红了。

(选自《七月》二十一期,一九三九年十月出版。)

王 元

苦 孩 子

出了安居坝的西头街口，走一段约三四丈长的石板古道，就是从村子外面绕过来的凸凹不平的沙尘飞扬的成渝马路。当我从黄菜花丛的夹道里显露出来，踏在这旧道新路的交叉口上，马路口上排着鸡公车的横列。那些车夫，有的是中年以上的男人，有的是十五六岁的小孩子，最多的是中年的青年的妇女。她们用粗嗄的声音向我招呼：

“坐车哟，东禅寺？”

我接连着走了六个日子，身子本来很乏。但我并不想坐车，坐鸡公车是要屈膝的。上午，为要横断通过遂宁的马路，曾经坐了滑竿穿了几十里的山僻小径。

于是这些瘦骨嶙嶙的女车夫便给我一阵没有恶意的嘲笑。她们是善良的劳动妇女，困倦的时候，嘲笑在她们仿佛是一种娱乐。对我，我也疲顿了，所以倒也感到了一点快意。

细风拂过，一片荡漾着的黄菜花，轻绵绵的，软茸茸的，给人一些舒适的慰藉。

忽然从后面伸来一只小手握着我藤包的提手，一个儿童的声音同时也飘起来了：

“先生，藤包拿我给你提？”

当他粗糙的手触着我的手时，我奇怪的以为谁敢在这里抢我的东西；我把藤包向怀面前一顺，急忙转过头来一看：是一个苦

孩子。

我苦笑了。

“我自己拿。”

他也惊异的笑。我的回答使他失望,他缩回手,落后了几步。可是他又赶了上来,又伸出手,又向我说:

“喂,拿我给你提?”

我依然苦笑着。这一次,我看见他左手提的几块豆腐干。

“我自己提好了。你就提你那个吧!”

他骄傲的摇一下头,也依然笑。这次是含着诱惑的微笑。

他不理解我是苦笑,反给了他一些鼓励,他纠缠起我来了。

“给我提吧,我们脏躐人!”

亲爱而哀痛的语句呵,我同样是一个不幸的人。我收敛了笑容,昂头走了几步:我要透吐一口沉重的气。天上浮着静静的铅灰的云雾。对面一个年青的女车夫推过来一部乘客的鸡公车,矶矶咿咿的大叫着。沙尘蒙在她脸上,额部挂下的汗流,在她眼皮上,鼻梁上,颊面上淌着一条条的黑水。她时常交换的耸起肩来,把头缩下去,向左舞一下,向右舞一下,在肩上擦着淌汗的脸。她的脸大概就是这样子擦红了的。这是最吃力的时候,所以,单薄的宽大的衣服里突起的两个乳峰,和因工作而翘起的臀部,就格外簸荡的厉害。

“我也没有钱呀!”

“我给你提到双柏树,只要八百钱。”

双柏树离安居坝是二十三里,到东禅寺是七里。他的家就在双柏树的附近。因为快要完了,而且今天是旧历的正月十五日,他要赶快拿豆腐干回去和居孀的妈妈——还有一个寸匐行的弟弟——安顿打发元宵。我不料会这样的便宜,再也不能吝啬四个铜子了。

他解下一双裹腿布,很迅速的把藤包拴起来背在背上。

他走在前面，一双脚只管快快的挪动，一两分钟之后又跑一下，一两分钟之后又跑一下。他告诉过我，他今年才十二岁。他戴着高耸的“狗钻洞”帽，也刚刚只有我的臂肘高，是一个不肯长的孩子。我看他跑，沙尘在他脚下踹起来，他简直是在用幼稚的力量和生活拚命。

“喂，慢点走吧。”

“唔？”

他显然很怀疑我的话，反而更加快了，我匆忙的走也几乎赶他不上。

我再招呼他放慢些，并给他解释，他才稍为改变了。

“哼，”他早就和我谈天了。“背不起的东西我不得背……比方昨天，一个娃儿和我一样高，给一个人背两床棉絮。背三十里讲成三角钱……背在半路上背不起了，上坡爬不上去，只是哭……你哭，哼，别人喊你背东西……该挨骂……后来好，空给别人背一趟，身子还吃了亏……”他一边讲，一边眯着眼看着我笑，骄傲着自己的力量。

他的妈妈四十多岁了，她一天在家中编三双草鞋，一双卖六百钱。格外还种一点菜园，格外就是他一天背东西的收入了，一角，二角。他的爸爸前年死了。以前就靠他种一点田，空闲的时候抬几天滑杆。

小孩子究竟是天真的，他并没有什么深邃的悲哀，虽然他生活在十分苦难的环境里。他像一株小小的野生的树，未经修剪，一任自然发展，无拘无束，健康，活泼。这里那里，他没有休息，总找我纵横扯谈。

我看他渐渐对兵有兴趣了，所以我问：

“你长大了是不是当兵去？”

“我年纪还小，长你这样大就好了。”

这孩子怀想着环境以外的东西，他每天看着那些来来去去的

流浪人。

“十四五岁的时候就很可以了,去当勤务兵。”

他的笑脸立刻消失了。也许是他不愿当勤务兵。我侮辱了他的自尊心。

“你勤快些,”但是我继续说了。“乖些,逗太太们欢喜了,就什么都好了。”

“呵,先当勤务兵,长大些了,就当兵,仗打的好,就当官?”

他可笑开了。他跨了几快步,像要离开我。

“呀,对了,你去吧?”

“妈说我学手艺好些。”他迟延一下才正经的说。“手艺学好了,随便走到那里都不怕饿饭。当兵,兵打了败仗就不好。”

“打了败仗也可以打赢仗的哪。”

马路又是绕山过去,于是我们在一处又向上爬着石板古道了。

“当兵要当××军好些。”他又说。“他们有钱,也穿得好些,看起来比这些兵要吓人。”

“你看见过××军的?”

“怎么没有?”他惊疑的望我一下。“去年他们从这里过,我们给他们背东西,一个背四五吊。那几天妈草鞋也不编了,就来给他们背东西。我们一天背两回,一天背稳要背个十四五吊钱。”

“那几天那你们不错呀?”

“那不?”他又惊疑似的望我一下。“我这件衣服就是那回缝的。”

他拉一下穿的蓝大布的短衫子。他说过,这是他仅有的一件好衣服。

“他们说话很亲热,很好听。你背不起了,你说歇一歇再走吧,他们就帮你背一下。他们是不歇气的。”

上坡他也不肯慢慢的爬,又不肯不说话,所以他弄得气喘吁吁的。

“哼，这些兵惹不得，看样子灰布龙钟的，阴着狠。头天他们来过路，我给他背了东西，钱也不拿，说是背完了来。××军就不像这个样子，背拢就拿了。我说我不背了，我不要钱，那个兵就说：‘你不背了，’把眼睛一横起，‘你怎么不去我们师长太太的肚里投胎？’”

风好像要夜晚吹才有意思似的，看着要晚了，它便慢慢的涨大起来，拿松叶做着哨子，呼呼的吹啸着。我们已经爬完了上坡，现在是在走下坡了。

“第二天都不背了。”苦孩子说。“他们说这些小狗肏的才可恶，××军来了抢呀，抢的背，老子们来了就躲起来，影子也找不到一个。”

他笑了。胜利的笑了。

从天边，夜色慢慢的浓厚起来了，把远处的景物掩护着，从铅灰的云层里透出来的晚霞，淡淡的，抹在前面的平原的边际。

到了双柏树，我们在一家大路边上的屋门前停了下来。苦孩子很随便的把那家的板凳搬一条在我面前，他解下藤包交给我，招呼我坐一会。我没有坐，掏了衣袋里的十二个铜板全数给了他。他气喘喘的翻起眼睛，同时又抬起左臂去擦额颅，拿右手接了过去。

他从一条土路上走去了。走不多远，他忽然向我大声的讲起来，并且喊我慢点走，他说离东禅寺已经不远了。

逐渐的，近处的景物也模糊了。风夹着夜雾的潮湿袭来，一会儿一双手冰冷了。黄菜花却是纷乱的点着，像一群黄蝴蝶搅在一团上下的穿插着。

（选自《七月》二十二期，一九三九年十二月出版。）

平 羽

第 一 枪

旧历二十号以后,微弱可怜的下弦月,迷迷糊糊地在沉重而昏黑的云里穿行着。午夜的寒冷,愈来愈尖锐浓重了。

环绕着的群山,将在昏糊月光所映照的烟雾后面,像一些满嘴灰白胡须的老人,抽着烟,闭起眼,在幻想什么,或者根本想睡觉似地,显出难堪的静肃和模糊。忘记了它们那连绵不断的线条,原先是如何的温柔与聪明。

河水,不再是碧油油地像一河玻璃,而且异常深重异常深重的墨绿色,一种令人心悸的面临着无底深渊的感觉。

灰暗的船夫,腰微弯着,毫不费力似地,把船由这边悬岩坡脚下平稳地支离开,向对面的河滩滑过去。

水里有些影子,那是些烟雾所不曾遮尽的山的影子,不,连烟雾的影子一道,轻轻游动着,似乎这便是这里唯一的生物。

船舱里塞满着大约三十个拿着枪的人,破破烂烂的军装,虽则原先有灰色的,黑色的,蓝色的各种不同,可是在这苍茫的黑夜里,混合成了一种灰暗的混然色调。几只青天白日的帽徽以及刺刀和枪,在浮动着许多青黑色和白色的光芒。这些微弱的光芒,几乎同样使人看不见,不过所有的人,映在这微弱的寒冷的光芒里,却感到快要爆炸的热力,手指是那样用力的握着,呼吸尽可能的怦息起来,眼睛里充满了血,只有心脏在猛烈地跳跃。

从昏暗的水的反光里,窥视着渐渐靠近的一片乳白色的沙滩,

以及沙滩后面矗立着的黑黝黝恶魔样的森林。

难堪的静肃,把所有的人都压扁了似地,惟有那撑篙在穿向水里时,发出一两声短短的但又悠长的嘶嘶声。

每个人都忘记了自己的存在,又都感到任何时候所没有的力量。

沙滩上响起轻微而零乱的声音:

“沙,沙,沙,……”

心脏收缩得更紧了,仿佛背上驮着什么东西,都弯下了腰。枪,手端起来,手指要嵌到枪身里去那样着力,眼珠子定了光,直射着已不很远的森林。是一些狡猾的狐狸,竖起了耳朵,又是一些凶恶的猛犬,准备一口咬断对手的咽喉。

先头的一个,不知什么时候,拿出一面小小的白旗子,上下左右摇了几下。人们吃力地看着这黑暗中唯一跳动的白点子,是那么细心和贪婪。好像这便是他们的一切,无论肉体和灵魂都附托在上面。

迅速的大家都伏下来了。沙,温滚滚,冷冰冰,贴在脸上身上手臂上。无论谁都听到自己的心脏在发出轰隆轰隆的大声。

月亮完全给乌云深深埋葬了吧,四围更加黑暗起来,原先还能看到的山的影子,也全部给黑暗吞噬了下去。

虽只有一息息时光,白旗子便第二次摇了,可是人们都像挨过了几年,同时这第二次所昭示的,使他们预感着一个大声的复杂的乐曲,就要开始演奏。生和死的搏斗,血和火的交流,闪灼在他们面前。

手指钩到枪机上,对准着森林,血都凝滞着似地,胸口好像有一种重压的东西,要狠狠透口气才舒服,可是谁也不敢把这口气爽快的呼出来,很费劲地,分成几节,一节一节望外送。

一个人,狗似地爬动起来了,步枪斜贴在背上,尾巴般翘着,慢慢的滚向森林去。

"快点吧！快点吧！"

人们默祷着并且颤抖了，心，跳得要从嘴里穿出来，眼睛，飞迸火花。脑子，有如飞转着的风车轮轴。

多么难煎熬的时间哪！

是又度过了几年吧！不，最多是五分钟，或者七分钟，一声撕毁了天地，撕毁了静寂和黑暗，撕毁了思索和心灵的爆炸，伴着锋芒锐利的火舌，从森林边的黑暗里壮丽地发了出来！响得那么清越而洪亮：

"剥——嘣——"

"哟——"

森林里，短促地响和着。接着便是一个皇军武士跌倒的声音——非常笨重，有如一根木头倒下来的声音。

藏在黑暗里的群山，同样为这等人魂魄的大声所惊扰而愤怒起来，掷回更加悠长的回响：

"嘣——"

人们都怔住了吧？无论自己或者敌人，像欣赏这寂静黑夜里的第一个音符，留恋这第一个音符，而忘记了一切。多难堪的时间啊！三秒钟或者五秒钟以后，人们才惊醒似地意识到此刻是在作战，而且是攻战的时候了。

于是，一下子完全变过来，从极度沉默变成极度嘈杂，从极度死寂变成极度飞跃，更仿佛从极度黑暗走向极度光明，血液沸腾了！呼吸急促起来，疯了般大声喊叫，汹涌渐渐地扑向森林里去！

自然，伴着的便是疯狂地杂乱地震破耳鼓的，步枪声，机枪声，手榴弹爆炸声，凡是能响的都响起来了！火舌四处都是，乱穿，在大块的黑幕上交织成无数美丽的花朵。

猛然的夜袭，便在这战争交响曲的母音领导下展开了。

一九三九，皖南军次。

（选自《七月》五卷二期。）

晋 驼

蒸 馏

一

我正在起草××决议连队教材，突然，院子里吵嚷起来了。坐在我对面的教育科长，有些惊慌的掩起他在读着的文件。可是接着他就笑了，说是“王发同志来了！”——这位王发同志是他常常比做《水浒传》上的鲁智深的。我好奇的跟着他跑出去看。

在嚷着的原来只是一个人——站在院心，背对着我们。他高高的个子，宽宽的肩膀，正在跺着脚：

“……这，咹，我是干这个活落的人吗？我！我倒要问问汪政委……”

“是王发同志吗？”汪政委在屋里悠闲的说：“进来。”

他把水壶背包……从身上用力的扯下来，几乎撞在门旁的一棵小石榴树上，进去了。窗台上挤满了人头。

“敬礼！！——我向上级提过几次意见，我说‘我硬是要干排长，老子呀！我干不成指导员！’他们硬是不接受——一天罗哩罗嗦，这个那个……”

我拨开眼前的一块破窗纸，把他看清楚了：他那满长着短胡髭的脸，是扁平而黄瘦的，比不上鲁智深那样黑胖。

“他们说我一贯的是‘军阀残余’——我从前是有些‘国焘路线’，现在并没有‘打骂现象’啊！四班的那个家伙，又不是新战

士,老是吊而郎当,我说‘老子呀……’喊他立正站着,他硬是不!我在他的肩头上捏了一下。他又不是婆娘,哭!好!——又不许打骂,我有啥子办法?我就摸起一把砍刀,在他的脖子上比量了一下,我就是比量,并没有真杀呀!他们斗争我——我不接受;他们关我七天——七天呀……”

“你停一停,我问你——你停一停嘛!”汪政委推开书本,站起来大声的问:“你说用脚‘踢’算不算打人!?”

“那,当然是——可是我并没有……”

汪政委对谁都没有发过脾气;而王发,还是那么一股劲儿的抢着嚷。我们满院子的人,都像害怕一个顽强的小弟弟气坏了母亲似的对他气愤着。

“脚踢算打人,你把战士的肩膀都捏肿起来了!”汪政委和他抢着说,“把打人换了个新花样就不算打人了吗!?团上关你七天是根据我们的指示——你不能当指导员?我看你将来还能当政治委员哩。”

“我,我不认得字,不能上课呀!这样分配工作,哼……”

“你不肯下水一辈子也不会泅水的——同志!这是决定!”

王发把话和气同时吃力的抽回去。他那隆起的胸部隐隐的起落着,他那低宽的鼻子里像吹着一个破了的哨子,他那一对凶恶的大眼珠子似乎要瞪向眉毛的上边去:显然的,不怕任何压力——那怕是山从他的上空倒下来——他是被他内部自发的一种巨大的力量钳制住了。

汪政委重新坐下来,那虚胖的脸上,渐渐的又恢复了慈母一般的颜色;近于絮叨的,一条一款的数落着王发——中心意思是:不爱学习,不求进步,不肯做政治工作,是违反党的利益。汪政委解决别人的问题,向来是简单干脆的,我们满院子的人都替王发感动了。

王发倒也一声不哼的低倒了头。大概也因为他站的离火炉太

近吧，他的脸上，流出麦粒大的汗珠子。终于，他把他那好像突然就加重了几倍的身体拖了出去。

回来，教育科长说王发的态度要不得。

“我不懂?！为什么偏偏让他当指导员?！”我问。

“是的，如果在我们的别的师，再不会！”教育科长点点头之后又摇摇头。“可是怎么办呢？在张国焘时代，认识五百个字的都是知识分子，被认为不可靠。谁都不能学习，也不敢学习——大家都是这么落后；部队又天天扩大着。总之，一切不良倾向的发生，都是由于文化、政治水平的低下。所以，这次对加强干部学习的决定，是非常正确的。——不过，王发同志基本上是好的，是经过考验的……”

谈到王发的过去，教育科长又发出长篇的议论了。但是，不管他的语调是怎样兴奋，我所听到的，却只是王发参军以来一贯的作战勇敢；在甘肃被俘的时候，曾经领导着一百二十多人，用一根铁门闩暴动出来。因为我一面忙着起草，一面对王发怀着一种质朴的憎恶。

二

王发拍桌子、摔板凳的休息过几天，又帮助民运科做过两个多月的民运工作，就正式在旅政治部担负了工作。这工作不歪不斜：又是政治指导员。他一时气愤得停止了嚷。可是，他要干下去。他知道，这是决定。

我和他在一个工作单位里了。可是，谈话的机会并不多。他扛柴、喂猪、量米、行军做收容队。有时候锅刷不净，他也要叮叮当当的去搞它一通。他整天忙得很呢。加以他好像又最害怕遇见教育科的人。

“指导员！你督促一下呀！勤务班、通讯班、饲养班、炊事班

的学习,比赛着往下松,这怎么得了呢!"我常常跟在他的身后嚷。他的答复,就几乎永远是:

"同志!今天的政治课我上了呀!你又!——我现在忙的要死哩。"

据检查,要克服这种不良倾向,一定要从他搞起。可是批评他呀,就要有充分而又充分的根据。教育科长叫我去听他讲课。

在一个四面不通风的小院子里,他站在一个破鸡笼附近,面向着东南方初春的太阳,正在讲着:

"……第二是相'吃'阶段:你'吃'不住我,我也'吃'不住你——要改善人民生活。这是……"他发现我站在他的身旁了,把那丢在窗台上的教材抓过去,夹进胳肢窝里去。"这是非常必要的。我在汉中府老家,一夜杀过八个,为了啥子?——我十八岁那年,老子送我去学刽子手。我看不惯,开小差跑回来,挨了老子的一顿胖揍。后来,我老子把最后一块地输光,喝大烟,死球了。"他的语调突然就悲愤起来:"可是,我给地主家当长工,工钱还不够他家的利钱哩!我娘的病,一天比一天凶,没有钱买药——我一辈子哭过一回,就是这时候——我说,'娘呀!你死吧!爹又不在了,我再没有牵挂,我一定给你们报仇!'我娘是世界上最好的人,她真是——她最疼爱我。她听话,死过去了。入的!入的!……好!!"他咬紧了他那整齐而洁白的牙齿,像要打架似的挽着袖子。在他弯下腰去捡掉在地上教材的时候,勤务班的小鬼们悄悄的笑了。

"那天夜里,风打着哨子,月亮像一条儿红瓤的西瓜。我撬开内宅的门,摸起一把菜刀——狗要叫,先把它砍掉了。进去——进去我一气切掉了八个!"他把一只手比做切菜刀,抓过一把空气来,切着。"后来摸着一个小崽子,和他没有仇,没有切。本来那三个卵婆娘也用不着切,可是我怕他们嚷。——天还没有亮,我就上了山……"

"报告指导员!"那个外号叫"小耗子"的勤务班长站起来了,"文化课上讲的是相持阶段——那个持是提手旁加一个寺;你讲的好像是吃饭的'吃',到底是'持'呢?还是'吃'呢?"

"我不是对你讲过吗?我认不得字。这些问题你去问文化教员好了,这不是政治课的范围。听着……"

那位"小耗子"像没听见他的话似的,笑眯起他那两颗小星似的眼睛,把他那尖尖的小嘴,向我撅过来了:

"教育干事,你说,这是不是政治课的范围呢?"

"小耗子"原来就有初小二年级的文化程度,在我们的学校——部队——里又有了一年多的历史,瞒哄不住;加以我认为就算是维持指导员的威信,也不应当歪曲真理;何况我又故意要把这位教员憋一憋。我就干脆的答:

"这是政治课的范围。"我看见他的大嘴向我张开了,赶快补充着:"认字当然属于文化课。可是,这不单单是认字的问题——字弄不清,政治内容也会搞错的。"

他闭住嘴,流起汗来了。

他是在上课以前,喊文化教员念过一遍教材的。他只是记住一些比较深刻的,凌乱的印象。他讲的怕是既不是"持",更不是"吃"。这个意外的"袭击",叫他怎么对付呢?我只好替他解了围。

在总支委员会扩大会议上,大家和他展开了激烈的争论。他的论据只是一些不成道理的歪道理:"从前老子不学习一样过雪山草地,""三十多岁的人再学认字是卵弹琴,""大家都学习成知识分子,八路军就该垮台了……"自然,最后他被驳倒了。据大家揣测,他屈服了的原因有两个:第一:这个会是党的会议——他有一个想法,党总是对的;第二:他缺乏诡辩的天才。

不知道怎么一来,我对他发生了很大的兴趣。我想,麻雀倒是又小巧,又驯顺,但是把它喂养到老,也不会变成一只猎鹰的;而且

羽毛一丰,有时候还会跟随着别的麻雀们,飞向不可知的地方去。

这以后,我常常上赶着教他认字,他不再拒绝了。可是,教不到五个字,他就谈起"挎表""电笔",把我的话岔开去。我常常去偷看,发现他有时候也拿起书本了。可是,看不到两分钟,他就憋红了脸,把书本远远的丢开去。至于他真的拿出克服敌人的精神去克服开始学习的困难,半夜半夜的不睡觉,搞到几乎可以把那一本《六全决议连队教材》默写下来,那还经过下面小小的一段事呢。

一天晚上,他讲完点名的话,又蹲在炕头上去摸他那把醉前保守秘密的小酒壶了。

外边喊过一声"报告!"门吱吱的开了。出现在他面前的正是"小耗子"。

"指导员!我有一个意见,向你'回'报:今天你的讲话不大好,你老是说'老子呀!我一次杀过八个'那一套,想压迫着大家学习,那不行呢!谁都知道,你在这里杀谁?再说,那个屋子里不是住着三个'新闻记'吗?你那么一嚷啊!好像咱们八路军没有纪律……"

"入的,入的,你这个小耗子!你们不好好学习,上级批评我,你喊我说啥子?"

"那些书本上,文件上,有的是道理,你为嘛不讲呢?"

"书本上……"王发惊醒而迟缓的翻白着大眼珠子,脖子渐渐的红起来了。他一句话都说不出,又出了满身的大汗。他这才自觉的下了最大的决心,以至于捏扁了那把锡酒壶……

三

半年以后,我们刚刚从冀南平原赶过来,敌人对晋东南一九三九年的秋天大扫荡就开始了。附近各县的公安局,自卫队,要求我

们派遣军事干部去临时帮忙指挥,王发就被派到一个县里去。我们就分开了。一直到我回后方来的途中,才又碰见了他。那是在我的一个同乡——一位县牺盟特派员的家里。

我们正在准备吃饭,他进来了。他的眼睛像一对红色的铃铛,他又吃醉了酒。

“特派员!苏联和德国定的那个‘五’不侵犯条约是……”他抖掉身上的树叶和尘土,抬起头,看见我了。“教育干事,你不是要回延安学习吗?我们啥子时候才能住住学!——特派员!那个卵婆娘啊!昨天晚上又来了。她真想吊我王发的膀子哩!要是我还是从前的性子呀!哼!……”

我害怕他说错了话,抢着说了几句。他还在炕下那小小的空地上蹒跚着,还要嚷下去,我趁着他醉,吓唬他了:

“同志!你为什么在婆娘面前乱说?”我指着炕上特派员的太太说,“你看,这不是个婆娘吗?听说你在这里打过人,现在又喝醉了酒:这都是‘组织原则’所不允许的哩!”

他低下头,踱出去了。幸而我还没有笑,他又踉跄着走回来了。

“你说我打人?这要搞清楚哩!你知道我是怎么打的?”他吃力的放低了声音,指手划脚的说:

“县政府有一个科长,老是来和我套交情。那一天,他又跑进我的屋子喊‘老王’!

“我们自己的科长,还要喊王发同志呢,他算了个么卵吗?摆臭架子。我想骂;可是我忍住了——这为了统一战线。

“‘老王!哥儿俩说实话:你到底是不是共产党员?’他又问。

“‘共产党员一定要军事、政治——就像我?哼……’我还是这样的答复他。

“‘共产党既然口头要实行三民主义为什么不放弃共产主义呢?怪!’

“他把共产主义和‘放弃’说在一起，我真想揍他；可是——为了统一战线。我说：

“‘三民主义和共产主义的前半截差不多；共产主义还有——你们！啥子？’

“‘对呀！既然前半截一个样，那么大家先信仰三民主义，以后再——民生主义就是共产主义，也叫大同主义。现在既然要抗战，就要统一：一个党，一个政府，一个领袖……’

“他这些卵屁道理，我知道不对——《抗日民族统一战线教程》上，《六全决议》上，都说的有。可是，我一生气，一发急，说不出了。我出汗了。他想我是服了呢。

“‘你既然不是共产党员——像你，到那儿还不干他一份军官。在他们那儿干到师长、旅长，还不是五元钱的津贴费？再说，你不是党员也爬不上去。如果你愿意，我可以介绍你……’

“他这些话，在我参军以后两个月，就不会相信了。——那一年我真背时，杀了地主，当了两个月的土匪，又杀了一个撕过三个七八岁的票到处搞婆娘的土匪头子：闹的官也捉，私也捉。我跑到四川，参加了红军。本来，我就是要活下去，倒不管啥子红军，绿军的。可是两个月以后，我就看出红军里头没有两张嘴，两颗心的人。那真是——就在这时候，我打掉排长的两颗门牙，开除了军籍。可是我死都不走，情愿在长征时代当挑夫。后来我被俘，我看见了‘他们’。我知道了：人要是离开革命啊，不当奴隶就当狗。我暴动出来，加入了——我现在彩都带过五次，我是一个布——我听了他那些话，还能忍得住吗？我就一反一正揍他两个耳光子——那白脸好得很，像打在棉被上——他蹲下去，吐着血，我提起他的耳朵，要去见他们县长讲道理。很多人劝，劝！入的，便宜了他。

“我的性子呀，现在变成面条儿了。组织上斗争我，怪我打得不对。好，我就去找他赔罪。他后悔，他承认八路军是不能破坏的

队伍。这回敌人一到,他更加和我要好了……

“今天是那个科长‘当主席’,我怎么好不喝呢?”最后他大笑着补充着醉酒的理由。喷着强烈的酒臭。

“你不要过于相信咱们部队以外的笑脸,那……”我担心的警告他。他抢着说:

“这个,我懂的过来。他说,他那些话,是他们的一个文件上讲的。他啥子都讲出来了。他的眼睛像一只羊——不是个很坏的家伙。”他再不停留,踉跄着去了。

是的,在他没有走上正确的斗争道路以前,他杀过人;但是,我要问,那究竟是谁的罪恶?是的,他自己说他当过两个月的土匪;但是,我要问,如果天下的土匪都像他,土匪这种东西的本身还存在吗?他是一位地道的、中国式的农民英雄。几年来在党的哺育下,他那灵魂的深处,已经生长出这样一种东西——那就恰像海船抛在岸上的大铁锚。在它的碇泊任务完成以前,或者说是在船的本身毁灭以前:任凭它柔滑的水流也好,凶恶的风涛也好,是不能够动摇它的——它是不会动摇的了。我爱他,我深深的留恋着他。

“那时候,我们听说他打人,”我下意识的说,“打算把他调回去,后来你们……”

“什么!那可不成!”特派员站在炕前,像一个庙里的泥关平似的——还没有从沉思里完全清醒过来,向我认真的抗议着。“这回敌人占领县城,公安局长跑了。不是有王发同志在,我们会一个都不剩。他说那个科长和他要好,当然!再说,他在我们这里,一有空就读书,写字——现在正读《中国革命运动史》;我们看见他喝酒,今天还是第一次。”

特派员的太太也向我问罪:她怪我称她是“婆娘”;说我不该不让王发在这里嚷——她听得正有味儿。这,我可不能不委曲的抗辩了:

“这奇怪了!刚才王发不是也称你们女人是婆娘吗?你倒愿

意听他嚷!”

“他,他说什么都不要紧——他天真,他不知道那是对我们女人有些轻视;你,你能叫你自己是‘小子’吗?”

乡村合作社的小跑堂送来菜饭了。太阳从嵌在纸窗中间的玻璃上直照进来——时候已经是正午。我还要赶路,顾不得吵嘴,吃起小炕桌上那碗肥美的炖猪肉来了,突然,特派员问我:

“你们八路军真是——刚才你说出一句什么,能让你们的醉汉驯驯的走开?……”

四

在我们离别快够两年的当中,只要遇到从我们那个部队回来的人,我一定会问到王发同志。

“他住过一期党校,已经毕业了。——现在他当了教导员。顶呱呱的……”

得到的没有一次不是好消息;可是我总以为还不够。有一回,我把一个同志问笑了,说是“好像王发是你的爱人似的”。

如果照这么说,现在我接到的这封信,就应该是“情书”了。

××同志:

…………

这封信是我自己写的,也许你不会相信哩。

…………

我记得,我们过黄河到山西来第一次坐火车的时候,我们几个土包子,心想:“人不齐,他敢开车吗?”我们就离开车站去耍了。回来,车开走了……

我想革命好比是火车——不,那应当是道路中间没有车站的火车——,是不会停止一下等待落后分子的,不管他的资格老,不老……

张国焘把我们坑害苦了，党把我们从落后救出来了。

我真心的感谢你从前对我的帮助……那时候，我真是卵弹琴；自己讲不出个道理来，就打骂；找不到有意义的“文化娱乐”，就喝酒。那时候，党为什么一定要我们这些人干政治工作呢？后来我想通了：那是因为大家都落后没办法。现在我们的部队——你听见一定很高兴，——像那时候的我呀，连伙夫班长都干不上了。汪政委说，“你不肯下水一辈子也学不会泅水的！”这句话我要把它记到死。

作政治工作，不学习不进步不成——现在我们的小鬼都有一套理论，将来我们的伙夫说不定都能写文章的；做军事工作也不成——只会冲锋是不能指挥机械化的八路军的；甚至于做供给工作都不成——现在都换成新式簿记了。什么都是往前发展的……

不努力学习，前途太可怕了！学习并不太难，只要肯迈过开始的第一步——那就像女同志们第一次生娃，有点害怕，其实是瞎担心，——只要肯不断的学习下去，就成了。就说我吧，几年来顽固的像一块石头，现在也马马虎虎的会写信，会看书了。

现在我们这里的教育口号是“发扬我们勇敢善战的光荣传统”，“在政治、文化各方面向我们的兄弟师看齐”。听说上级还有更高的口号，现在还保守秘密哩。

……就是这两个小时的学习制度，在前方真不容易争取。你们在后方一定连一分钟都不会牺牲的……当前，学习必须和实际工作配合起来，特别是你们那些知识分子同志……

不能再写了，棉油灯太暗。这几天我的眼又有些花——在马上看书要不得！——这里离敌人只有八里路，机关枪又响了，怕是又要进入战斗了……

王发　四月四日于冀南

这封信，字体还有些歪斜；上面这个样子，是我替它分段、删节、标点过的——并不十分漂亮。但是，如果有人问我统共读过多少遍，那我却答不出。

一九四〇年九月二五日

（选自《结合》集，上海海燕书店一九四七年六月初版。）

结　合

一

严肃、热情、爽直、耐心、有学问、有经验……团上的老干部们简直就想把所有的漂亮字眼儿都搜集起来去称赞他；常常有人瞪着眼，翘起大拇指，说他是“嘿！大知识分子”！

他们当着我这么说，一定是把我看做“小知识分子”了。有人谈到他，我就悄悄的蹓开去。关于他，我只是听到一些：他是一个地方上的老党员，是一个吃过十年粉笔末儿的小学教师，参加部队以来，像一个飞升着的氢气球似的，从教育干事而教育股长，一年以后，就担负起全旅教育工作的领导责任。总之，他是全旅威信最高的一个新干部，应该是一位不平凡的漂亮人物。所以，一听到他，我就记起我的一位先生——对谁都不会笑一笑，可是谁都喜欢他的一位中学教员。

后来团部和旅部会合了。我和他们生活在一起了。天哪！整天唠唠叨叨的像个老太婆，连一个“现象”“本质”等等的名辞都说不出，他算是一个什么“大知识分子”呢？

他的个儿太高了，又瘦，背又有点驼，正像一根微弯的干木头；

胳膊、腿也太细了，太长了，可以叫人联想起一只螳螂的；那灰色的长脸是枣核形的；那浓黑的眉毛下一对深下去的眼睛是猩猩式的；那稀落的黑胡髭；那鼻孔里经常露出两绺脏毛的高鼻子……但是，他并没有害着肺结核病，也不是一个鸦片烟鬼。

他那个大型的木烟斗从前漂亮过，可惜现在有斗没有把儿了。当他那么甜蜜的和它的下口接着吻，吸一口烟吐一口唾沫的时候，它总是“吱……吱……”的叫着——里边到底有多少烟油？天晓得！

在相处半年的期间里，我看见他总像吃下一块臭了的肉。而他——不但别人替他吹——也真是自以为高明得了不起。最好去找他商量一件事情——那怕是沙粒大的小事情，那么，你就瞧吧：他眯缝起眼睛，让他右手上那些又长又黑的指甲互相剔着，两条腿抖颤得像抽着风；想一会儿，喷出一口烟来，点一点头。这不是正像农村里边的一位“明白二大爷”吗？

他的度量本来不大——那明明是他说着说着气就顶到嗓门儿了；可是，他故意的压制着自己，摆出一副“循循善诱”的脸像，把对方看做小学生。从第一次见面起，我就憎恶他这一手儿。

那一天，我一进门就有点生气。他爬伏在桌子上改着什么本子，仿佛没有听见竹帘子响，仿佛我是一只蚊子悄悄的飞进来了。

“谁是这儿的负责同志？”我问。

他的下巴尖儿慢慢的离开桌面了，冲我翻瞪着血红的眼睛；撕开介绍信看了一眼——他早就知道我——眼一眯缝，嘴一撇：算是他在笑了；说：

“嘻嘻……刚才你那么一问，我以为你是上级派来检查工作的呢。”他又低下头去改了，一面不经心的说着：“这个战斗可把敌人气肿了。听说他们集中起一百多辆大汽车，三千多人，跟着我们的屁股瞎摸索。这几天团上也在夜行军吧？你一定很疲劳。睡吧，说不定一会又要走。”

他连一句慰问我的话都不说。我是刚刚被团政治处开会斗争了一顿送来这儿的。在这个会上,我的脑袋像被几十个铁拳头敲肿了似的,一路上耳朵里打着锣:我能睡得着吗?我就赌气坐在他对面的椅子上了。

炕上睡着两个人。一个是小鬼;身上背着挎包、水壶,胸口压一个打好了的背包上,脑袋垂在炕沿外,像是一不小心就睡过去了的。另一个矮胖子——文化干事——打着拉风匣似的呼噜;胳膊、腿伸直着,正像一个仰卧着的大乌龟;他的头脸上,赤露着一部分(他的皮带和他那军服下半截的三个扣子都没有解开的胸脯上),冒着豆粒大的汗珠子,却不妨碍苍蝇们在那上边开大会。

竹帘子筛进来的太阳光已经变成淡红色,还是那么火热的烘烤着人,而且它好像带着一种粘性,我一看到它,眼皮就被粘得睁不开了。

"嘻嘻……早操——军事课——政治课——这简直是生活时间表——天天如此,豆腐账!"

我以为他在和我讲话,不得不随口问他一句:"你在改干部们的日记本吧?"好半天,他才又咕噜着:

"从前连这个都不肯写——这不是一个很大的进步吗?……是的。"

他这种像一个得意的小孩子似的自问自答的神气,仿佛屋里没有我,我也就不再理他了。我睡着了。

他双手捧着我们的脑袋,把我们三个人叫醒了;一面收拾着桌子上的日记本,一面告诉我们太阳落了,准备行军。他为什么不疲倦呢?这倒有点儿奇怪。

"组织科一定是怕你调皮,才把你交给我的。"他吸着一斗烟,在逐渐昏黑起来的屋子里踱着说:"这不要紧,调皮的马一定跑得快,不过是你的工作能力还没有发挥出来——一定的。……"

我是一个物件吗?"把你交给我"——这是什么话?!不是我

在团上碰了很多钉子，不是党已经给我两次警告，不是他估计我的工作能力强——这一点，他倒很有眼力，——我真想一句话不说，站起来就走！

"你对团上同志提出那些意见，我猜是找借口。——就算是他们有些不对，你也应该从各方面去看人。就说这次的战斗吧，在平原上，歼灭敌人的机械化兵团四五百人，简直是等于我们那些同志空手去夺大炮。你想想看。——你一定是遇到工作的困难了。如果有人给你半斤米，问你'同志，你能背动吗？'那倒是看不起你。害怕工作的繁难，是可耻的怯懦——可耻的！——当然，人，谁能不犯错误呢！安心吧，同志，在这儿不会让你为难，也不会让你有力使不出——一定的……"

我刚才在组织科听说他才是一个代行科长职务的副科长啊，和我这个教育干事比一比，能大多么一点点儿呢，就敢这么数落我！他的话，我也不敢否认——那是组织原则所不允许的呀！我摸着我这小襟儿上边的"抗大"证章——这是警告他，我可不是没有学历的人，——擦着脸上突然出多了的汗水，问他：

"姜副科长！你这估计有什么客观事实上的根据，你？……"

文化干事把喝进去的一口水喷出来，喷湿了墙上的破年画；小鬼面向着竹帘子，笑得直不起腰，他那灰色的嘴唇里边也笑出一排放在那儿有些不配的，那么洁白的牙齿：这是怎么一回事呢？

据他笑着向我解释：他叫李民，并不姓姜；刚才组织科长对我说的"你到'老姜'同志那儿去吧，"是说的他的外号。

姓李为什么被人叫做"老姜"呢？真怪！我也就趁势下台，不再质问他。我的毛病已经被他猜中了，我有点心跳呢；外边又已经吹了集合哨子。

二

别人送给他的外号一点都不错;他真是一块“老姜”啊!

他对别人“辣”,就不行。我是“人若犯我,我必犯人”的。我暗暗的留心着他的言语,行动,像一个初恋者留心他的对手似的那么细密。三个月以后,他的毛病就被我抓在手心里了。

别人已经看不起他了,他自己还不觉得,他是最愚蠢的人。(那时候我这么想。其实是我太“聪明”,太可笑了啊!)

编教材,写教育计划,潦草一个字都不许;他上干部科的提纲每一句都要拉我和文化干事去讨论;干部们写信求他解答问题——有人问过他旧金山在中国的那一省,他也不觉得那是可笑,——他答复不完了,也拉我们的伕;这就够麻烦的了。最怪的是,洗脸他也要干涉——他批评我洗脸的时间太长,不适于战斗环境。我就偏偏把头发左右分开,对着手心的小镜子,一个一个的挤着脸上的小红疙瘩,任凭他在旁边咕噜着。

有一次,我像准备向一个骄傲的少女去求爱似的下了最大的决心:打算豁出来碰钉子去批评他,让他知道我的不平凡。可是,整整的一天,我的计划到底还是一个计划。

开头是行军。

我们爬上一个山头,太阳在我们的背后爬上一个更高的山头。人们开始高兴的谈论着,唱着。太阳光是温暖的,山风是凉爽的,我浑身舒服得像在洗着海水澡。

我紧跑了一节路,赶上他了。他正像一只抚养小鸡儿的老母鸡,被一大群小鬼围绕着。

“李科长,门字里边加一个犬字念什么?——又是没有用的怪字?——告诉你吧,念‘汪’。门里一条狗,穷人来了,‘汪’‘汪’‘汪’——哈哈哈哈……”

小鬼们笑,他也笑。脚下是一层乱石头,是一个半里长的小山坡。他们踉跄着——几乎是滚爬着——下去了。如果把小鬼们比做一堆乱滚着的马铃薯,他就应该是夹杂在里边的一个地瓜了。他们就这么着一直闹到一个村庄。在午饭以前,我才得到和他谈话的机会。

我和他坐在一个黑油大门外的石台阶上。一个穿大红裤褂的小脚姑娘,把门洞里那条狂吠着的小叭儿狗拖回去了。我说:

"副科长,我觉得你很能吃苦耐劳。"

他系着他那一条跑断了的草鞋绳,抬起头,严肃而怀疑的盯我一眼,好像有些愤怒似的。说他的好话为什么不高兴呢?难道说他已经晓得我要向他"开火"吗?我心跳着。

这时候我的脑袋里无故的生出这么一个念头:对他这样一个又老实又能吃苦的同志,不应该再去乱挑毛病。我摘掉帽子,擦着满头满脸的汗水。好在这种念头只是一闪,就过去了。

"一进太行山,人们的心情都变了。"不知道为什么,我说出这么一句话。

"是的,在山里驻军的时候比较多,"他接过小鬼送来的水壶,给我倒出一杯水,给他自己也倒出一杯,仿佛也是随话答话的说:"我们的教育工作更容易进行些了。"

"勇敢些呀!是时候了!"仿佛有谁在鼓动着我;可是,我说出来的却是:

"这儿的太阳光都温和些,这些树,这些乱石头砌成的墙,这些满山满谷的高粱、谷子——什么都是亲切的,像回到自己的家里一样。我想……"

"嘻嘻……一到秋天,太阳光当然会温和些,这里地形又高。——你是有些怕死吧?在平汉路东的时候,你一定是觉得死亡紧跟着你的屁股——一定的……"

文化干事抱来一抱老乡送给他的热包谷,嚷着,打乱了他的

话。我也只好再咽回去一口气。因为文化干事还没有入党，能懂得什么呢？谈起来一定不会跟着我说。

下午，他和民运科的一个干事走在一起。他低声的咕噜着，一直咕噜到宿营地。民运干事脸红脖子粗的不断的点点头——一定是被他数落着。我不好意思凑上去。晚上，他洗着脚，排解着两个小鬼的吵架。接着院子里就有人和他开玩笑：

"李科长，你怎么'教育'火夫的？今天饭不熟，菜里有苍蝇啊！"

他答应着，急忙的穿上草鞋，牵着两个还在争执着的小鬼，跑去厨房了。回来，带回一个从友军来的客人——政治部的客人向来是归他招待的。

什么教育科？简直是杂货铺！算了，我何苦去找麻烦？等着看他的热闹好了。他这种管家婆似的作风自己就会碰钉子的。等我把生满了虱子的衣服脱光——这是半年来的第一次——睡在被窝里的时候，我谅解了我自己，觉得这一天的失败，给我一个经验教训，说不定倒是一个成功呢。

三

这一天文化干事下团去教唱歌，小鬼有病，也送到医院里去了。外边下着一个点的大雨，还要我自己打饭来吃。我正在生着气，他从团上检查工作回来了。他像一只从水里捞出来的鸡，坐下就开始吃，吃着吃着就咕噜起来了。他好像害怕一不说话他的嘴就会生锈似的。

"你写的教育计划我读过了。——你以为我没有教育宗旨吗？——我现在进行的是'前途教育'，着重在民族和阶级的连系。现在各别的落后分子，因为和从前不同了：从前今天参加革命，明天就打土豪；现在打汉奸都要费很大的周折——'这条路是

到那里去的呢?'他们迷惑了。新参加进来了农民们对我们抱着一个过高的欲望。我当营教育干事的时候,有一个通讯员问过我:'八路军不是共产党吗?什么时候才共产呢?'不管他是多么聪明的小孩子,他最喜欢的,常常只是一件新衣服或者几角钱的糖果费。'到哪儿去?''为什么要走这一条路?'这是首先要弄清楚的。

"在方法上,应该把文化、政治看做半斤、八两——像你的计划那样只看到政治,是一只眼的瞎子。文化水平不提高去学政治,等于近视眼看山:只会看清楚碰到他的鼻梁子的那块石头。文化教育是一件蚂蚁运米似的工作,要一个字一个字的教下去,写几句漂亮话,定几个教育口号是没有用的——当然,这是你的一个很大的进步:你开始注意到工作了。你一定会更进一步的注意到你的脚下——一定的……"

我费掉七天的时间,想出一个教育计划,是打算让他重新认识我一下的。好吗?让他这么一说,连一个铜板都不值。我的内部像有一颗炸弹要爆炸似的。我吃力压抑着我自己,几乎是一个粒儿一个粒儿的吃着饭,让我的脑子整理着他的"材料"——今天我可再不能放过他去了。

"这些日子,你对科里这两位非党同志的态度太不好了!菜饭不好,你为什么鼓动他俩去提意见呢?你一定是认为'群众'们表现得落后一点不要紧;你呢,又害怕吃苦,又表示有修养——一定的。那一天你和文化干事谈中秋节和端阳节,你用压倒的姿势,说教的口吻,硬说在农民看起来中秋节比端阳节更重要些;逼着人家苦笑着点点头。这有什么必要呢?"

他停一下,几乎一筷子扒进嘴里去半碗饭。一个沉雷,像是从屋檐上打出来的。我的耳朵被震得叫起来了。我的思想像一团乱丝。我的内部,我的脸,像被火烧着。

"你一定以为我们高人一等。可是,我们共产党人是服从真理的呀。昨天在科务会议上,文化干事给我的'建议'事实上是对

我很正确的批评。你为什么红着脸替我辩护?你在替我维持威信?靠别人来'维持'威信的是可怜虫,是打算用纸糊一座楼房!当然,人,谁能不犯错误呢……"

当连队文化教员呢,我害怕罗嗦;当副排长呢,大炮一响我浑身发软;当民运干事吧,整天动员民伕,搞粮食,像个管理排长——实在是浪费了我的"材料";现在到了教育科,又偏偏遇到这么一块"老姜";我简直是钻进牛角尖里来了。我的脑袋胀得比笆斗还大,我只说出一句:"他妈的,你也太辣了!"吐出一块辣椒皮,放下手里那半碗臭包谷米饭,倒在铺上,悄悄的泣哭着。

"嘻嘻……你这个小家伙,我知道,你在骂我是'老姜'。对的,'辣',也许'辣'点吧;可是,你吃下去吧,保险对你没有害处……"

糟了!他笑着,咕噜着,过来扶我了。我害怕他那脏军衣上的汗臭气呀!好在他见我已经流出眼泪,也就把我往铺上一放,不再管我了。

"一个革命青年会哭!真是——岂有……!你不同意可以提到党会上去吗!"他的语调可真是愤怒起来了。他大概又吃下去两碗饭,"叮叮当当"的收拾起碗筷,到厨房里去洗了。

接连不断的雷声和电光,好像是夜间进入了战斗。

抗战爆发以后,同学们说:"看哪!这样伟大的暴风雨!……"我一股劲上来,就不顾妈妈的痛哭,跑到延安;抗大毕业以后,我说"在后方革命不够味,我要到火线上去杀敌!"——也是我自动要求来前方的呀。"老姜",你这块"老姜"!我为了国家,为了民族,为了阶级呀!你以为我为了吃饭,不革命活不成吗?!

我想到我的故乡:那儿有我钓过鱼的小河;那有我放过鸽子的旷野;那儿有我的爸爸——他教书,我读书,从小学到中学,直到我去延安才分开手的爸爸;那儿有我的妈妈——我长到七岁,她还蹲下来让我打嘴巴的妈妈。可是,我的故乡在沦陷区,我不能够回去

了——我回不去了啊!

好在屋里没有别人,我痛快的哭了一会儿。

哭有什么用?! 我推开被坐起来。我要和“老姜”大大的闹一场,要求调换工作。不允许我就用我的老办法——装病! 怠工!

想不到的是:他竟而一滑一擦的给我打来一份病号饭——一菜锅子面条儿。

四

不知道怎么一来,我觉得他并不坏。我曾经想到回家,那倒是可耻的。

他的“辣”实在是对同志的热;他的好咕噜,也是一种耐心的表现——就算是一块石头,也会被他磨穿的。我就这样屈服了吗? 不,决不! 我非把他治服不可。

他不但没有碰到钉子,前几天上级还发给他一匹马呢。等着看他的热闹的战略,是不会成功的了。我决定先把自己的工作搞好,让他挑不出毛病;更多的搜集他的弱点,指出来,让他分辩不得:胜利就是我的了。

这好像是“有鬼”的事。我当面把他教训了一通,我俩中间的矛盾,倒真的统一起来了。——就算是我屈服了吧,我甘心。

中秋节的晚上,房东请我们吃过酒。不知道是喝醉了呢,还是有点想家? 我总是瞪着眼睛不想睡。

南山头上哨兵的刺刀不断的闪着白光。其它,都是烟茫茫的。

是谁在门外打麦场上绕着圈子? 微弯着腰,步子匆忙得像在跑着。那,哪里是散步呢? 简直就像一匹正在拉磨的骡子。

啊,原来就是我们的“老姜”。他刚才一杯酒都没有喝,也不想睡吗?

“副科长,我早就要和你谈一谈,前些日子——行军——战

斗……”我跟着他几乎是跑着，一面说。不过我的话总有些含糊。我还没有准备的十分完善呢，不知道怎么一来，就说出来了。

“好吧。”他答应着，走的也慢些了。

抬得越高，摔得越重。这个，我懂得。我先把他的优点说了一遍，才入了正题：

“……不过，你要知道，你有着严重的弱点：你犯着事物主义的错误，你太主观——什么都是‘一定的’！你对人太不客气，你不讲卫生，你……”

我兴奋上来，讲话有一个毛病：气喘不匀；声音又像被一条绳往上提着——越说越高，直到喘不出气来为止。这时候，又有点儿心跳，又憋住了。

“对的。”他诚意的点点头，“这些不用你详细说，我都知道。我正在努力的克服着。”

在直属的下级人员的面前，这么坦白的承认错误的人，我还没有见过。我好像突然摘掉一副带色的眼镜似的，眼前的他变了颜色：不是被我轻视着，憎恶着的他；而是又老实又伟大，可以使我联想起我的父亲的他了。我有很多话要向他说，可是一句都说不出来；谈话就这样停止吗，也不妥当。一种非常沉重的空虚压在我的心头了。

谷底的寒蛙单调而尖厉的叫着。那种“葛……葛……葛……葛……”的声音，把我刺激的完全清醒过来。

“这些日子你工作很努力。”他说。

“哪里！我的弱点就太多了！”我本来打算接着说“我怯懦！我骄傲！我自私，……”但是，这种话哪能真的说出口呢？我只是说：

“我好像是留恋着过去，幻想着未来，忽略了现在。”

“是吗?！你觉得了吗？这是你的一个很大的进步啊！”他兴奋的嚷着，按着我的肩头，和我并坐在一个石碾盘上，“这是我们

这些人的‘尾巴’，比方说我吧……”

但是根据他的话去看，他和我是相同而又恰恰相反的——正像同是一种菌苗，注射在这个人的身上会害一场病；注射在那个人的身上，却会增加他的抵抗力一样。比如：

他的过去只剩下一些破碎的影子了，他的所谓留恋，其实是对敌人的痛恨；我却常想回到爸爸妈妈的怀抱里去。他为了他设想的未来，努力目前的点滴工作；我却是为幻想而幻想未来的。他所忽略的，是他现在的个人生活；我所忽略的，却是现在的工作。

“听说狼受了伤，在他的创口还没有凝固成创疤的时候，只有不停止的走，不停止的嚎叫，才能减轻它的痛苦。几年来的我也是这样。”他的腿又像抽风似的抖颤起来，他越说越兴奋了。

“是的，就算我们是牛吧，如果有人燃着它的尾巴，也会冲锋陷阵的；可是，只是摆一个‘火牛阵’，革命是不会成功的。我失掉了我的沉着和冷静。这是我一切错误的根源。我们俩基本上的不同也在这里。

“我常常这样想：要敌人死过去和要自己的同志好起来，其实是一件事情。也可以说，这就是革命事业的全部。对待同志像对待路人似的那末客气，那就是犯罪。在这样，我忘掉了我自己——特别是我的学习。一个细胞会影响到人的整体的。同时，对待同志又和对付敌人不同，不能拿出一棒子把人敲昏的态度。我记得，那一天我惹哭了你。”

他爬伏在石碾盘上，用磕出来的烟火去燃另一斗烟。

五

如果他是一块“老姜”的话，也是一块伟大的“老姜”。因为他的老“辣”，不只是对付别人，也同样的对付他自己。我凭什么要治服他呢？老实说，我是连自己都弄不清是怎么一回事的人啊！

我惭愧,我像一个做错了事的小孩子愧对妈妈似的,深深的低倒了头。

“躲开吧,再听他咕噜下去就该丧失了你的尊严了!”仿佛有谁在警告着我,但是,这有什么用呢?我被一种巨大的力量吸引着不能够挣脱了。我下意识的玩弄着他的一只手,听他继续的讲下去。

“在第一次大革命时代,我还不如现在的你,参加革命完全是为了凑热闹,出风头。当然纸糊的灯笼是禁不起一阵大风的。当我被国家、家庭和学校放逐出来的时候,就失掉了‘青年团’的组织关系。那时候的确经过一次组织的大破坏,可是,后来我也没有积极的去投奔光明,让自己的灵魂一天一天的桎梏下去。我这才认识了现社会——这个血腥的池子。人间最痛苦的事是被人装进棺材里去已经埋起来了。而自己又没有死。后来,她,——我的爱人又在这个‘池子’里,做了我的牺牲……”

让他这么一说,可糟了,我心跳着问:

“凡是为了凑热闹,出风头来参加革命的,都会落伍的吗?”

“嘻嘻……你有点害怕是不是?”他笑着问。

“是的。”这是我第一次在别人面前有意的坦白的暴露自己的弱点,脸上还有些热热的。

“这倒可以请你放心,时代是不同了,敌人又已经断绝了你们的归路。只是你肯让自己的‘尾巴’一天一天的缩短,你就可以感受到虽然自己没有尝过而别人已经尝过了的痛苦,会很自然的确定你们的人生观。那倒不必把你们送到南京、北平去受一受折磨,再回来革命的。”

他检起他那被一阵风吹落了的军帽,重新戴在他那新剃的,好像放着亮光的脑袋上,语调又缓慢下去,沉重下去了。

“今天是我检讨自己的日子。在今天,我必须检讨我自己。那是一九三四年——五年前的今天了。也许就是这个时候。我像

一般的小学教员一样,闭起自己灵魂的眼睛,好像忘记了所谓'团圆节'已经变成我的故乡——东北的'杀人节'。我们吃着月饼,向我们那就要出世的小宝宝表示着无限的欢迎。仅仅是那么一块小石头——突破玻璃窗飞进来的小石头,就把我们的好梦打成碎片了。小石头上裹着一个纸条儿。条儿上也不过是写着那么潦草的几行字'……日本宪兵三名到学校里找你……他们不知道你昨天搬出来……他们的汽车就在后边……'

"那时候,特别是夜里,如果谁家的门外突然停下了一辆汽车,或者有人在窗外大声的咳嗽一声,就会把整个的家庭变成地狱一样的恐怖。——她给我披上外套——好像还喊喳着一句什么话——打开房后的窗子。谁知道在她抖颤着手关起窗子的那一瞬间——我永远不会忘记的那一瞬间,就是我们的永别了。我们的小宝宝听说是在她——那从来没有参加过任何社会运动的女人——被拷问着的时候生下来的;后来,和她同时死在监狱里边的医院里。

"老实说,从那以后,我才变成现在的我。逃到北平,重新入伍。谢谢我们的敌人,他一把火烧着我的'尾巴',让我永远不会颓唐和疲倦。不过,今天我要问我自己:几年来我的心理状态,是不是一种歇斯特里?"

他突然的停止了他的话,默默的吸着他那早已熄灭了火的烟斗。

我仿佛看见了一个正被毒刑拷问着的产妇,一只巨大的血手扼死一个才离母体的婴儿。接着,出现在我想象里的,是无数的妇孺们正在血泊里挣扎着的一副吓人的图画。我开始意识到:不是人们为了使自己伟大起来才干革命,而是伟大的革命正在拯救着人类的子孙和他们自己。

他的眼里倒没有泪,只是瞪得圆圆的死盯着南山头上那轮惨白的月亮——月亮显得更惨白了些。

他是一个从陷阱里跳出来的狮子。他是一只中过箭的老鹰。我要从他那儿取得我所缺少的东西,来填补我这个空瓶似的躯壳。我忏悔一样的向他说穿过去我对他的隔膜,我俩第一次热诚的握了手。

大风起了,一片好像吹着哨子的声音突破了夜的寂静。

一九四一,三,七。

(选自《希望》八期,一九四六年十月八日出版。)

我爱骆驼

马是牲畜里边的贵族,太娇嫩了。骡子和大个的驴子呢?又多半有些怪毛病。牛是挨一鞭子快两步的,只有中国式的绅士们才配去爱它呢。小毛驴比较好些:那怕是没有路的荒山,它也可以通过;如果它发觉你从后边赶上来了,它就会自动的让路给你,决不害怕你越过它去横给你一个屁股。不过呢,它对那些迎面走过来——虽然在一条路上而是往相反的方向走去的人或是什么,也那么客气的躲闪着,那就有些讨厌了;再说,它又不能走太远的路。最好的,自然还是骆驼了。

它(骆驼)晓得,它的生活的全部,就是驮载和走路。那么,就驮,就走好了,用不着夸示或者鸣冤的,所以它不叫嚷;并且在脊梁上生就了一副鞍子——驼峰,只要它还没有死,永远不会往下卸。

它晓得,它这驮和走的任务,和别的什么的任务,是同样的庄严,同样的伟大。各走各的路吗,在路上是不必做出那虚伪的客气的;同时,它占据着的也不过是最低限度的空间,决不会横冲直撞的妨碍着谁。

它晓得,载,不是自己可以驮得完的,只要结起队来,它们的中

间，就有一条绳贯通着。大家不拖不拉，大踏步的走向前去，像有谁喊着"一——二——一"。领头的那一匹，听说受些优待的，可是也没有什么特殊的神气。

夜里它都可以走，白天当然没有问题。

给养吗？请不必特别费事，它会尽可能的携带在自己的肚子里。

休息的时间，就是它咀嚼的时间；咀嚼增加了新的力量，它就重新站起来。

在平原的乡村里，我看见过它。那是"卖野药的"一到，在我们——这些骑竹马的小家伙们，比来了要猴子的还高兴呢。男人们吸着早已熄灭了火的烟袋，死盯着那手腕子上戴着手镯子一样的铁铃铛的卖药人，看他有没有破坏风水的行动；女人们细数着手里的铜元，叹息着药价高；我们也比赛着挤过人们的大腿，我们是去看骆驼——看那"卖野药的"骑来的一匹或者两匹骆驼。

它们个儿真大呀！它爬伏着，我们还看不见圈子那边的人脑袋呢。才上来，我们心跳着。可是，只要你不侮辱它，靠近点儿，不要紧。那一张一闭的大嘴，那迟钝而和善的目光，让我们记起那慈爱的祖母们。真的，它没有一点儿看不起我们这些乡下孩子的神气。如果给它投进嘴里一块食物去，它就放心的接受了，还是那么一个劲咀嚼着。这说明它已经把我们看做一群可靠的小朋友，不像那狡猾的猫闻半天味道才敢相信我们。它也不像猴子那样，见大人就怕，见我们就抓——或是做出一个可怕的鬼脸。

在荒山上，在城市里，我看见过它。那是，我们在太行山上打过一个胜利的歼灭战之后，它们——敌人带来的一百多匹骆驼，满驮着弹药，黄呢大衣，天皇御赐的香烟——到我们这边来了。也许有人以为它们不会走快吧，其实呢，不对，它们那里像俘虏呢，简直就像一批反正的皇协军：敌人的飞机赶到战场上来轰炸敌人的尸体的时候，他们就自动的加快了脚步。虽然那乱石头使它们很吃

力，究竟是迅速的离开战场了。

往后方送它们的时候，经过了不少的城市。我以为它们是从沙漠里来的，没见过世面，一定会被城市的风光引动了的。其实呢，又不对。看吧，它们还是那么大大方方的从城门走进来，走出去了。道旁观众们庆祝的呼喊，商铺里，小摊子上各种各样的货色，都不能引起它们丝毫的注意。它们只知道一件事：向前走！

从念过"浩浩乎平沙无垠……"开头，在一个很长的阶段里，我总是把沙漠和古战场联想在一块，觉得人一到沙漠，可就完了！后来听说它们可以大踏步的在里边走过来，走过去，才治好了我的"恐沙漠病"。可惜，我现在还没有真的到过沙漠，想不出在那天沙一色的死一样的白茫茫里，刮起一阵风，连太阳都失了颜色的时候，铃声自远而近，那一道活动的灰色的线条——骆驼队——究竟给宇宙增添了多少生气。

人没有痛苦（那怕不是个人的痛苦）大概不会革命吧？我的痛苦呢，又多一些——"我们的"再加上"我的"，有时就闹失眠病。但是一听到那叮咚叮咚的骆驼声音，击破了那寂静的黑夜，就容易睡过去了。真的，比在摇篮里或者在病床上听母亲的或者爱人的催眠曲更有效些。因为在这时候，我的痛苦，常常变做一团火，被惭愧压在我的内部；这惭愧，就无限制的长大起来。

我爱骆驼，它能够给我力量和勇气。

我爱骆驼，它督促我反省，让我看见我自己还是这样的"差的远呢"！

我爱骆驼……

一九四一年七月二八日

（选自《结合》集，上海海燕书店一九四七年六月初版。）

孔 厥

郝 二 虎

——记七乡的优抗主任

郝二虎病了,我觉得很奇怪。

他原是那样强壮,我们都称他为"活金刚"的。一年四季,他大部分日子赤着膊,就那么裸露着红铜一般肌肤;从胸口到肚皮,非字形地长着黑毛;混身筋肉强固地凸出着——被风吹,被雨淋,被我玩笑地揍得连我自己的拳头都肿痛,他都不在乎。更不要说病了,我甚至没见他塞过一回鼻子。

可是,就那么个人,竟病了。我去看他,原来他得了这样的病——

据说,那夜开罢会,他摸黑回家。在路上,他突然感到右腿弯作痛,他惊觉转身,却并没狗或狼的动静;摸摸痛处,裤子和皮肉也仍旧完好。于是他骂了起来:"啐!作什么怪!"便狠命地在那腿弯上捶了几下。谁知他捶得多重呢?而痛却不减,反更厉害;待到跷回家里,从此便痛倒,起不来了。

"开会的好处呀!"他妈不看着我,只恶狠狠地把冷言冷语泼过来。"鸡叫三更,人家都睡得呼啰啰的,太平无事;偏我们的人开会,打双柳树下过,可不是给阴兵一炮崩了!"

她的意思,我明白。她是相信:那一九三五年被打死在双柳树下的白色民团,这回枪击了她的儿。复仇的子弹呀!我又想不起有效的解释,一时只好不答话。二虎呢,他咬牙皱脸,在勉强从炕

上撑起身来，解开包着的痛处给我看，正也没注意她的话；要不然，他妈虽是个出名凶悍的妇人，却也只要她儿子的眼光向她斜过去，她就只有闭嘴的份儿了。

"哪，这搭！"二虎说，侧起右股，扳开那腿弯给我看。我闻到一阵浓烈的气味；原来那毛毿毿的肌肤，谁给涂抹过蒜泥和烟灰——一团黑；但依旧看得清隆起来了的一大块，摸摸，绷硬的，像石蛋。二虎那粗鲁的食指，还用力地揿着它，终于扣进一个深窝去；而他忍痛的表情，也就使我不敢看了。

"唉，好老孔！"他说，"这是什么玩意？我可被它欺定了！这就把工作也误啦！你知道，一年里头，代耕工作就这一阵最紧忙；咱领导代耕，也现在这忽儿顶当紧呀！你想，一年的辛苦，收成见功效。我得赶快督促检查，调动人马！要不，让抗工属的粮食糟塌在地里？可是我，唉，这回却弄得革命也闹不成球了……怎么办！"

他从门框里望外边——远远的蓝天白云下面，金黄色的山头有些已经被收割的镰刀使它变了色，看得出他又着急，又懊恼；也不把痛处包好，就怅然地睡下去。他妈却涨红了脸，背地射他一眼，手里扎鞋底的粗麻线都拉断了。显然二虎的话使她动了肝火，然而她忍耐着；可终究忍耐不住了——

"好呀！"她叫。"抗工属抗工属！你倒急(积)极呀！自己的庄稼撩在山里，自己的庄稼不是庄稼！"

"什么！"二虎也被激怒了，霍地坐起来；那股蛮劲儿，正是他所常有的。可是，他还没说下去，他妈已经把鞋底子一丢，气冲冲地走了出去。

"你领导我！"二虎还吼着。而且他不听我劝，说："要依她，那就不如做顽固！她，你还不清楚吗！"

我等二虎平了气，看他睡下了，才又和他谈。关于工作，我以为，他倒可以不必担心：他虽病了，可还有优抗委员，三个人呢；并

且,还有乡政府其他干部,还有我们工作团,都可以帮忙的。然而二虎露出不以为然的神色,坚决地摇头说:

"不成的!这个工作,可难搞呢!"

"我们大伙儿有这许多人啊!"

"哼!你不相!"他不高兴地别转脸去,顺手拿起一本《抗日战士读本》翻着,不再理会我。我觉得很气闷。——窑洞原是窄小的,里面又肮脏,又杂乱;透过污旧的窗纸,阳光也黄蜡蜡地像害着病。——我叫二虎:"不要看了,谈谈玩吧。"他不睬。我又搭讪地问:"你在看什么?"

"看什么!"他生气般地回答我。"我也是干部,我也得学习呀。我向来就是受知识的气!知识:——"他没有说下去,却专心地读起来:"我,们,在,抗,日,的,战,场,上……"很自得。

"二虎,"我想转变一下空气,又故意引起话来说。"你自己的庄稼呢?也快收了吧?"他不答,还在读着:"鬼,子,兵,用,一,种,乌,(他不识那个龟字)乌,乌什么,一,样,的,车……"

"怎么啦!"我愤愤地说,抢掉他的书;他却抢回去,还力气很大地推开我,仍旧读。我不耐烦了,说:"二虎,讲正经话。你病了,你不能收庄稼,待我跟乡长指导员去商量,看能不能拨几个生产帮帮你忙,也算慰劳慰劳你吧!"

不料他忽然转脸来瞧住我,两眼张得大大的,露出十分诧异的神气,一会后说:"好老孔呢!你这什么话!我郝二虎自闹革命到现在,人是粗笨,可一贯革命性!我从没要占革命的便宜!我从没对不起革命过!我要像你说的那样,我就犯了右倾机会,让别人笑?"

"不!"他又说,不容我分辩地。"我又不是受伤将士!我可没有资格受优待!再一点:(他好像在演讲了)当根我们饭都吃不上,现在可升了贫农啦!张区长说过,现在的贫农,抵得上从前的中农呢!我明儿就雇个工收庄稼,化三几十块钱也化得起

呀!”

这时候,一个大的响声惊动了我。原来二虎的妈,在门外喂猪,偷听了二虎那样慷慨的话,突然发了大脾气,把猪食钵子一下砸烂在磨石上面了。还一叠连声地咒骂着,往邻家院子里走去了。

二虎也一呆。待到明白了,他觉得很好笑,对我扮了个鬼脸,又假做凶狠的神气大声地喊过去:“那你算有种!你不要再回来!”而且,似乎那钵子的砸碎,给了他极大的满足,他笑呵呵的;看样子,他已经忘了刚才的气,也忘了脚上的痛,反而恢复了平常那种嬉皮笑脸,一面用书本子挥开他赤膊上和聚在腿弯里的苍蝇,一面和我说笑话:

“同志,真的是不成的呀!优红工作(他不经意用了旧法说)可少不了优红主任呀!我明儿就得起身了!什么鬼病!我自己来把它治!”他爬起来一股劲地在那痛处捶了几拳,好多蒜泥和烟灰被打下来。我挡也挡不住,他却哈哈大笑着。还异想天开地,把头上那圈成半圆形的铜发箍儿取下来(让一头脏发散乱着,)把它紧紧地压在痛处上,又把它紧紧地用带子绑住,绞一般地用力把带子紧紧收起来——这回他可痛歪了嘴,却还滑稽相地装鬼脸。像这样稚气到傻气程度的行为,也正是这大人所常有的——他小名就叫“蠢驴儿”呢。

我发现他婆姨却坐在锅灶后面一边烧火,一边用含泪的眼睛白着他。二虎不意间看了我的眼睛,随着也就注意到她。他笑着呵斥她:“嗤!哭什么!今晚上老孔就把你带过去。”我知道他又在说起把婆姨借给我的笑话了,赶快逃出来。

第二天,他果然雇了月工:我看见有一个须发花白的驼背老头儿,提着镰刀,从他家里走出来,往山里去。但是,一会后那老头儿又回到村里来,仍旧空手握着镰刀,一边走一边叽咕着——意思是说:“像那样的庄稼,我可不会收!真是,什么样的庄稼呀,大一半是草!”有些坐在门前用绿色柳条荆条编架囤的人,又

有些挖深了地窖只露出头的人,听了他的话,都笑了。槐树荫下,一个穿红兜胸的小老太婆,是抗属,也笑眯了眼睛,又感激又抱歉地抬起双手说:“是呀!我们的优待主任,优待了我们,亏待了自身啦!”

二虎看见老头儿回去,问明了缘由,却便从炕上坐起来,发脾气,但也有些开玩笑的样子,大声说:“这老牛膝!皇帝不急,倒急了你太监啦!我的庄稼,哪怕尽是草呢,你就收草得啦!你拿你的钱,我收我的草,实地上,我的庄稼也满好呵!你也不瞧瞧我三口子人家,还怕打下粮食不够吃吗?你老混蛋啦!”

于是老头儿又喃喃地往山里走去。

我有事也想走,却被二虎叫住。“不要走,老孔!刚才我本来要人去叫你呢。”他说:“来!我给你个任务!”“什么任务?”他要我代他写几个通知(不过他声明要自己签名的),今夜召集优抗委员会在他家里开。他不等我反对,就抢口说:“不用说了,我知道啦!我们优红干部已经尽够了,又是熟人熟手,不用你们操心啦!你瞧吧,明后天命令下去,纪律实行,就有一队队人马打这里过,一个个掮着镬头——不,举起镰刀,就像咱们八路军的游击队一样!一到抗工属地里,就散开,大伙风一样卷过去……接着就打场!吓嗨,”他越说越起劲,简直忘了这天已经在作脓的疮痛。“你瞧吧!咱乡十六个庄子全部任务,我包你五天里面就完成,你信不——”突然他痉挛着灰白了的嘴唇,用一只手去握紧那腿弯,却用另一只手扳住我的肩头对我笑呵呵地说:“你要知道,我是优抗总司令呀!”

(选自《希望》一期,一九四五年一月出版。)

凤 仙 花

“凤仙花，
恶鬼抓了她！”

凤仙花就是凤儿，凤儿是个十足的土包子！

大清早，她妈引她来，她不进门，她妈和她低声说话，好一会，她们进来了，她胆怯的站在房门口，两手卷衣角，把眼皮抬起来看看我抱的小C，又看看我的脸。她妈和我招呼了，推她说：“走上呀！”又对我说：“就是这样的，怕生……”

我看凤儿，我心里惊异，想：“这孩子怎么啦？”她脸孔很难看，瘦的，白里带青的！一排额发，虽然用水涂湿，紧紧贴在额上，却仍旧是黄的！她不过十二三岁，却少女一样羞涩；被妈说了，不好意思的扭转脸。我看见她的小辫子，绕着一寸左右红绒绳，在污黑的衣衫上红得很鲜艳，看起来是这天新换的。

我问她：“高兴给我引娃吗？你看，就是这娃娃，才三个月，白白胖胖的！”我举起小C，恰巧小C笑了，还伸手。她妈说：“看这娃娃，多亲呀！”凤儿却没有看，只是卷衣角。她妈说：“唉！实在怕生得过于呢！”我说：“怕什么！给公家人引娃，旁的什么事也不要做，更不会打你骂你的！你高兴吧？”凤儿不答，她妈催她说：“高兴的，说呀！”我说：“她一定是不高兴呢！”凤儿似乎急了，瞟了我一眼，低头咕噜什么话。她妈有些不满意她，说：“大样些呀！”又笑着对我说：“你看，就是这样的！”

后来这中年农妇回去，凤儿就留下了。

男同志们见了凤儿，说：“哪里来的土包子！”女同志们见了，

却说:“这小鬼老实呢!”

凤儿也真老实!默默的抱小C玩,不偷懒,不调皮。过了几天,我已经完全信任她。我的工作是经建科会计,常常几千块钱放在抽屉里,一大堆零票放在桌面上,只要有她在家,我可以放心出门,半天半天不回来。

不过凤儿有些惹人厌!起初她怕我,很拘束;后来惯熟了,可也不露点孩子的天真!特别是,我看了她那额发,她那肮脏青白的脸,她那辫子,她那长到腿弯的破上衣,还有她那缠住的脚,我看了,我总不好过!她呵,我觉得,不像孩子,不像大人,像什么?像个鬼东西!

我要改变凤儿,我给她打算新衣服。我先买给她毛巾、胰子、牙刷、牙粉,可恨,给她她不受,生怕害了她似的!我又劝她剪辫,劝她放脚,她也不敢,又怕害了她似的!我真气!跟她说说,她总是不看我,不理我,被我问紧了,才自语般的回答我:“受苦人,不一样儿!”

好个不一样儿!天天肚子痛,照她自己说是:肚里有“枝节”,可是,她还喝冷水,生的,仰起瘦脸,把水罐儿倒转来,喝个饱。饭可只吃拳头大那么一点儿!我看不过,她却说:“饱劲儿了!再也吃不下了!”我说:“公家饭不好?”她说:“不!——”我说:“菜不好?”她说:“不!——在家里我不吃菜呢!”我说:“哦!家里可没菜吧?”又是:“不!——”不管怎么说,我看她总是饿肚子,别人干着急,她却似乎习惯了!

其实,凤儿何尝难看呢?是的,她脸是瘦的,脏的,白里带青的,可是,她的双线眼皮抬起来,大张开一对碧蓝眼睛,虽然有点呆相,眼珠子却是大的,黑的,通明透亮的;在大人们面前,那眼皮又垂下了,像闭着,睫毛很长的,画一样清晰;它们,会趁你不见,偷偷的撑起来。嗳,这怪东西呵,你厌她,你怜她,你却不由得会疼她呢!

可是，就让谁疼她吧，她却孤独的，默默的，甚至于是阴沉的，畏怯的，不像旁的小鬼。

旁的小鬼，青年队！

男的，司号员、通讯员、勤务员。女的，大多也是引娃的，也有的和男孩一样，已经正式参加八路军。他们闲了都来找凤儿玩，还请她加入青年队。青年队，有一面血红的旗子呢，怪美丽的！在晴天，把这血红的旗子插到青草地上，让它在太阳光里闪耀，在风里霍霍飘飘，而，在它左边，一条线的站着男孩和女孩的队伍，很有神采的，向右看齐，向前看，唱：

战斗的号声响亮！
　　战斗的旗帜飘扬！
战斗的火焰，燃烧在
　　大西北的原野上……

他们要凤儿也去，跑来对她说："凤儿，你也加入吧！就抱着小C，插进队伍里！"其实他们指导员叫不要着急，先一步一步对她宣传；但结果，他们总是忘了指导员的吩咐，恼怒的批评她："你这个落后分子！你脱离群众，你还不接受意见！"

他们走了，我劝凤儿说："你就加入吧！他们还上课学习呢！"凤儿坐在门槛上摇着小C，好像没听见。我又说："加入他们，好不好？"她默了一会，忽然说："不！——"我说："为什么？"她说："为什么？——谁知道！"我说："不加入么，你总得有个道理呀！"她似乎想了一想说："大要骂！"我说："喔！那好办！我去跟你大说！"她回头来奇怪的望我一眼，有些恐惶似的。我就给她讲学习的好处，我还想讲集体的锻炼，她却忽然顶住我说："受苦娃，不会学！"

我真恨呀！叫她住在青年队，她不肯！住在我这里吧，又不肯！夜夜要回去。我说："你还吃奶！"我抱着小C，不满意的看着她。她两手摆开，摸住背靠的门，屁股在门板上擦来擦去。总之，

不听话！我望望黑下来的天色，想她家在东山上面那崖边，高得很！这时候，路又看不见了，路边有刺树，路上有乱石块，一滑呢？一失呢？每天，我工作忙，可不能让她早回去呵。每夜，她终走进黑暗里去了，好像黑暗就是她的家！

过了几天，我实在看不惯，我再也耐不住，大声说："夜夜摸黑！这里又没老虎，怕吃了你？"我忽然从老虎想到狼，我就变了念头，挥手说："好好好！你去吧！快去，让狼吃了你！"她怔住了，我说："去呀！"她分辩说："狼遇不住的！"我说："哼！一群一群狼呢！来来去去，常常有的！你遇着，你就该死！"她可真被吓唬住了，全身都像紧张，呆呆的瞪视我！天色黑下来，她脸变了色，更加白晃晃的，我就后悔不该那么说，可是我又很快活，我看见她迟疑了！

趁这机会，我安顿她住在青年队，和许多女孩一炕睡。早起问她："睡得怎样？"她似乎有些笑影，说："可好呢！"我说："有老虎吗？"她不好意思起来，说："不！——虱子也没！"虽然这样，这天却还是要提早回去！第三天又住在青年队，以后才常住了。

这一住，她却变了。

初来的时候，她老是没有办法称呼我，只好不称呼，有时候，她要引起我注意便难了。我说："叫我名字呀！"她不敢，别人都叫我名字，后来她听惯了，也不好意思的叫着我。

这天，她叫我名字，对我诉说，青年队狠狠批评她了！这是她自动和我开谈的第一次，天天，她住在青年队，她和小鬼们混熟了，白天也常去在一起。他们，男孩子们，和女孩子们的大多数，都戴着小军帽，穿着小军衣，束了皮带，小腿上裹了绑腿布，可不知怎么裹法的，就和老八路一样，上下裹得一样粗，那么直筒筒的，走起路来怪有劲！就是几个不穿军装的女孩子也不像凤儿那样土包子。凤儿被他们看不惯，凤儿被他们批评！

这天，凤儿被批评太狠了，差点流下泪。我听她说了，就问她："批评了什么？"她翘着嘴唇说："我已经群众接近了，却又嫌我……"我说："嫌你什么？"她说："老是嫌我……"我说："嫌你什么呢？"她说："脏！"我放下工作，拍手说："哦！可不是！我叫你讲卫生，你不听！现在可怎样呢！"她惶惑的望着我，没有办法。我说："我给你买的毛巾袜子，牙刷牙粉呢？"可不巧，这时候有个同志来接洽一件事，小C正睡着，在小床里。我和那位同志谈话，声音便放得很低。我忽然听见克托一响，回头一看，凤儿红着脸，又羞又怕的正对我望。她僵了！胰子跌在地上，毛巾吊在手里，原来她在悄悄的拿东西！

从这天起，她干净了。颈根上蛇皮那样的老痕，我也帮她擦净。而且，一把剪刀在她颈根后面夹搭一声，辫子被我痛快剪下了。她急得直哭！"哭什么？""大要骂！"我说："你大不是到绥德去了吗？"她大是到绥德去做买卖的。她说："以后要回来的！"我说："你住在这里，怕什么！"我又说："就是回去，也有我呀！"我不管，我给她梳起来。梳好了，修齐了，很新式。我捧住她的头，近看，远看，左看，右看，我不禁快活得叫起来："可美的太呀！"

真的，她两边鬓发披下来，衬着白净脸蛋儿，瘦伶伶的，两只水波似的大眼睛，这就显得更加美！但是污脏的破衣，却便显得更丑了！索性给她脱下。新衣还没有办法，就把我最小的旧军衣给穿上，洗得干干净净，发了白的。束着腰，还卷一寸裤脚，然后给她镜子。她不肯照，但终于看见了镜子里的自己，眼泪还在眼眶里呢，却笑了！怎样的笑呵；抑不住的，那样满意，却又那样不好意思。

好像难关已经打开，什么也就容易。一次躲飞机害她摔跤的她那双缠住的脚，情情愿愿由我给她解放了，远远丢开，丢开那臭脚带儿。凤儿这就完全新样了！别人才发觉："唉！凤儿好漂亮的小姑娘！"青年队围着她跳，围着她唱："凤仙花！好一朵凤仙花！"不管她怎样羞得慌，逃又逃不掉。凤仙花就此出名了！真奇

怪，一次凤儿含有笑意的对我说："小C和我更亲了哩！"小C也爱新样吗？吃饭时候我说："多吃些吧！吃壮了，才好呢！"她真的一天天壮起来，看见她这样，人该多么喜欢呀！

可是，她总是恐怖地担心着："大快回来！"有一次，她妈来看她，见了她样子，更恐怖得额上几块疤儿都发青，也担心着："大回来见了，怎么办！"谁知，她们的担心却是不虚的！

一天……

凤儿已经加入青年队。别人都加入了，很好！她还能不加入吗？凤儿挺能起早，早操没有问题。凤儿不能迟睡，天黑了，却还要上文化课政治课呢！可是上课很有趣的，一有趣，就不瞌睡了。有时候，还开会检讨生活，有时候，还开会讨论问题。最有趣是政治课，什么政治课，简直讲故事！讲的人是指导员，一个长征老干部，女的，脸孔又红，又胖，头发从军帽里披下来，身体挺粗，挺结实，两只胳膊能一下子举起三个大孩子，一口湖南腔，讲课真会逗人笑！她常常问凤儿："解得开吗？"凤儿说："解不开。"后来凤儿解开大半了，有一次，凤儿听听就哭了！

那次，指导员讲的是一个女人，她一生下来就被链条缚住，她一生下来就成了奴隶！她的第一个主子是父亲，第二个主子是丈夫，第三个主子是儿子。父亲管束她，丈夫拷打她，儿子欺侮她，他们大家奴役她，她是这样不幸，做了比一般奴隶更要痛苦的奴隶！指导员讲那女人的种种具体遭遇，凤儿好像认识那女人的，很熟，可叫不出名字来。指导员说："她的脚是小的，跑不动路！她的身体是弱的，没有气力！她的脑筋是糊涂的，没有知识！她的心是软的，没有勇气！她不会反抗！她不敢反抗！那链条就永远缚住她，紧紧的缚住她，不让她有一点自由，不让她有一点幸福，一直到死！"

一天，我知道凤儿已经听了许多故事，我偶然高兴，我要她讲

个故事我听，就是指导员的长征故事也挺好。凤儿却忸怩起来，说："不会讲！"我解开衣服，给小C吃奶，凤儿就坐在小凳子上，拿着细木棒子在沙盘里写字。不戴帽，披下来的头发遮了她半个脸，已经胖起来的脸上，隐隐有这两团红了！那太阳光，透过白窗纸，照在她脸上，很光彩，好像她生来就是光彩一样！她的军衣，更使她很有小革命家的风度，我看了，我暗暗快活地笑了。

我笑，凤儿却觉察了，她飞过来眼光对我瞅着，没有声音的，也笑了。她笑什么呢？她那可爱的眼睛，已经变得很灵动，在大方里含着爱娇，在沉默里含蓄着深沉的感情！虽然她比初来时候已经活泼多，她可始终还是个不多讲话的人，在青年队里，她年纪不算大，却被称做大姊呢！

我说："凤儿，我问你，你将来要做怎样的人？"她笑着，说："谁知道！"我说："你想想看！"她真的想了一会，却对我笑着，不说出口。我说："说呀！"她不好意思的说："我要做，像你一样的人！"我尖起嘴巴，说："嘘！我有什么好！"她眼睛笑着，拿沙盘的左手搁在膝上，拿木棒的右手放在颈后，仰起头，靠在墙上扭动，不说话。我说："做个指导员吧！嘴巴子也来得，笔杆子也来得，枪杆子也来得！好不好？"她却说："不！——"我说："这小鬼，为什么？"她又不答，笑着斜过来的眼神好像说："我就是要做你一样的人！"

于是，我想起了自己的童年：我从过去想到未来，又从自己想到凤儿，我不禁充满了热望，对她说："凤儿吓！不要专爱念书，专爱写字，还要爱上操，爱开会，爱集体生活，你要希望自己以后能文能武，做一个最好的女革命家！"我以为她不会全懂的，可是，这小鬼，永远不能使我忘记，我严肃，她也自然的严肃了起来，而且，你想这是真的吗？她答应了我！

不料就在这天，可怕的出了岔儿！她到河边去洗毛巾，另一个女孩和她同去，不久那女孩急冲冲的跑回来告诉我，凤儿被人打烂了脑袋，拖死猪一般的被人拖去了！

立刻我明白了什么事！我来不及迟疑，赶忙把小C交到那女孩子手里，就飞奔了去。

凤儿的大是个凶狠的人，脸孔铁青，眼光冷酷无情的斜看我，阴险的，只一边颊上显出纹络，翘起一角髭须，对我假笑。后来我才知道，原来他是凤儿的“后老子”。他还是个旧时代的地主呢！此刻，他请我上炕，我却忙着寻人。这天，凤儿的妈可不理我，我只见她一对眼睛直直的，呆看我，样子她是吓坏了！凤儿呢？我不见凤儿！

实在，这窑洞也太暗啦！烟熏黑了墙，蝇子巴黑了炕，巴黑了灶，它们，轰的一声飞起来，我眼前就发花，肉也麻！我从大太阳里走进来，只觉窗口是亮；窑洞的深处可黯洞洞的，什么也看不清，只见角落里什么磁缸儿釉彩放光，另外什么上面贴着红纸儿，也发亮。一个低泣的细声音引我过去，我在灶门前的灰堆里摸着了凤儿！

呵！凤儿！她连头连脚缩成一团，坐在地上，两手捧起衣服，压住在头上，呵，我明白的，我明白的！我拉她起来，她不知道是我，忽的直叫起来，她挣扎着，哀哭更响了！我拉她到亮光里一看，她已经不像了！身上没有军服，撕破的衬衣，紧压在头上，血沿它流下来，流在白白的小肚皮上，鲜红的！我不敢拉开她手来，她头发也被血水湿满了！

我说：“凤儿！凤儿！是我呀！”她听见是我，忽的停了哭，她的手放开了，染血的衬衣落下来，呵，可怕，一个血脸！她看我，我看她，我全身都打寒战了！她，已经分不清伤在那里，大概是在脑壳上，一定打开了不小的洞，只见好几道血流爬过她那苍白脸儿，还在往下滴！肿了的眼皮却张大着，对我望，它们，泪水又潮涌了，她失声的又哭起来。

我抱住凤儿，我咽了自己的眼泪，说：“凤儿！凤儿！好孩子，你怎么啦！”她抽抽噎噎的说：“他，他要打死我！”她的话还没说

完,谁知那铁青脸儿的魔鬼神,就从鼻孔里冷笑起来,咬紧的牙缝里,透出恶毒的声音,对我说:"同志,不劳你管咱家务事,这是咱女儿,咱女儿由得咱管!"我倒被他说得不好意思起来,可是我说:"就是你亲生女儿,你也不能打呵!在新社会,谁都没有权利打人。"他也许以为我暗指了他是"后老子",他恨恨的对我瞪着三角眼,说:"你同志可也没有权利干涉老百姓,干涉老百姓的自由!"我说:"你可不能这样说!自由!自由打人可不能自由的!"他忽然恼怒起来,提高了声音,说:"可是你管不着!反正咱女儿不做'公家儿'!"他一点也不客气的挥着手。

我想好好跟他讲理,他却不耐烦了,回头对凤儿妈瞪了一眼,说:"死了吗!把衣服还给她,好让她走呀!"那凤儿妈,被他这样一瞪一喝,立刻吓慌了,赶忙捧出凤儿的军衣来说:"好同志,这你快快收回吧!"我说:"这你干吗!当初不是你自己叫凤儿引娃的吗?"可是,她的手在发抖,她那很多伤疤的脸上,那可怜委屈顺从的表情,好像在说:"就是这样的,没办法呀!"她硬把军衣塞在我手里,同时一滴老泪落在我手上。

那男人又说:"至于辫子呀什么的,也就不用你给还原了,老实说,你也不会有办法!你只把它几个月工钱交还我!往后她做别的活,她不再引娃,我家与你就不相干!"一边他把一根又粗又长的紫铜烟管在炕沿上敲,托,托!那么有力,那么狠!我想,他背地里打老婆孩子,一定就用的这家伙!

我真愤怒透顶了,可是我还忍耐着,说:"哦!天下倒有这样便宜事吗!不再引娃,做别的活,可是她要引,你也不能毫无道理的不许她引呵!"那男人气得叫喊起来:"哦!你要强迫她引吗?"我说:"你要强迫她不引吗!……看是你强迫还是我强迫她!"他说:"对!叫她自己说!叫她自己说!……引不引,福儿(凤儿的土音,)你说!"他用烟管儿指着凤儿,声调这样狠,眼光这样凶,真会叫孩子吓坏的!凤儿呢,我急忙看凤儿,我急忙想从凤儿那血泪

模糊的脸上,察出她心里的言语。这时候我忽然的紧张起来,我立刻提心吊胆了,我想,这里只要一句话就能使那男人抓住口柄,将她夺回去!凤儿却仇恨的指着那男人,扁起嘴唇,带哭的说:"你!你压迫我!我不由你!我不愿意在家里,我不愿在家里!"不过她的牙齿打战,使她发音不清楚,然而她是恨恨的,坚决的!这孩子呵!感动得我心一酸,再也留不住自己的眼泪!我紧握着她的手,她拉着我就向门外走。

那男人怔住了,一下不明白她的意思,可是他立刻明白了,大叫着追出来,冲得那么急,差点跌下了崖,他后面还有谁在哭喊。我便回过身去,对他说:"好老乡,你放明白些吧!你打得她这个样子!我回去还得给她医治呢!"趁他一迟疑,我便带着凤儿走远了,回来了。

指导员和全体青年队,在紧张地等消息……

就在这天,乡政府给调解了这件事情,那男人已经允许凤儿正式参加八路军。

青年队唱道:

凤仙花,凤仙花,
大家欢迎她!

(选自《希望》六期,一九四六年六月十六日出版。)

受苦人

同志,给你拉拉话我倒心宽了,我索性把底根子缘由尽对你说吧。交新年来我十六岁,你说年龄不够,可是我三岁起就是他的人啦!

我大[1]说的，是民国十八年上，山北地荒旱，种下去庄稼出不来苗，后来饿死人不少。我们这儿好一点，许多"寻吃的"来了，他娘儿两个也是要饭吃，上了我们的主家门儿，粗做粗吃，主家就把他留下了。过后可不晓怎的，主家又把那女人说给我大，说是我妈殁了，我大光棍汉儿还带娃，没家没室，没照应，怪可怜的。主家对咱租户这样好，我大说：当场直把他感激得跪下去了。主家就给立了个文书，说是我家只要净还他十年工，光做只吃，不分"颗子"[2]不使钱就行。那年头，娘儿俩自然"得吃便安身"，就住到我家来啦。许是主家怕以后麻烦吧，文书还写明是"将老换小"的。你解开吗？那女人做我大的婆姨，我就顶她儿的婆姨啦！

初来这冤家就十七岁了，今年三十，你看几个年头了？起先好几年我什也不解，只当他是我的哥。赶明到黑他跟大在地里受苦，回来总已经上灯了。我记得他早就是大人啦，黑黑的瘦脸儿，两边挂下两条挺粗的辫子。不大说话，不大笑，可也常抱我，常亲我，实在，他疼我呢；自家人末，我自然也跟他亲呵！

他可是个"半躄子"[3]，八岁上给人家拦牛从崖上跌到平地，又不小心喝过死沟水里的"油花子"，筋骨坏了！来我家的第四年上，身体又吃了大亏，是那年后妈殁了，大也病得不能动弹，主家的庄稼又不能误，家里山里就全凭这"半躄子"人，他可真是拚上命啦。主家却还天天来叫骂，一天他赶黑翻地，主家的牛儿瘤了腿，主家得讯冲来，一阵子"泡杆"好打呀，他就起不来了！人打坏，人也一股子气气坏了，大心里自然也是怪难过，口气却还劝他说："端他碗，服他管，我们吃了他家饭，打死也还不是打死了！气他什？"他可不服气。那回他一病就七个月，真是死去活来！病好起，人可好不起了！同志，你没见他吗？至今他双手还直打抖，腿

① "大"——即爸爸。

② "颗子"——粮食。

③ "半躄子"——跛子。

巴子不容易弯,走起路来直橛的,怪慢劲儿,死样子你在他背后唤他,他还得全身转过来。他颈根也不活啦！人真是怕呵,身体残废了,神也衰了;他的瘦脸儿就从此黑青了,他的颧骨一天比一天见得凸出了,他的黑眼睛也发黄发钝了,他的头发竟全秃光了——只长起一些稀毛！他简直不再说话,不再笑,他没老也像个老人了,他不憨也像是憨憨的了！好同志哩,他作过啥孽呀？却罚他这样子！

可是,这么个人,便是我的汉！我听人家说,我懂啦。记得我娃娃脑筋开始在九岁上,那年,穷人到底翻了身,我们已经种着自家的地,住着自家的窑了。牛羊我们也分了一份。这些年岁真是好日月！我大欢天喜地的,“丑相儿”也欢天喜地的,“丑相儿”是他名头。我呢,我,自然也好啰！咱们交了这号运,两三个年头儿一过,我看他黑脸上青光也褪了,眼睛也活了,口也常嘻开了,他手是还抖,脚是还直,可常常叫大闲在窑里,自己却不分明夜,拚命的下苦,我知道他心意的！他疼我,他疼大！他就不疼自己了！大可不肯闲的,他说:“给人家作活还不歇,自家作活的倒歇下了？再呢,往后你们俩……”两个人还是一齐下苦,光景就一天天好起来。“丑相儿”回窑也不再老是不笑不说了,有一回他还说:“大,”他的眼睛却是望着我,“往后日子可更美呢！”我十多岁的人了,我心里自然明亮的呵！我却越想越怕了,我不由得怕得厉害,我想我和他这样的人怎办。亏得我要求上了学,住了学,可是我一天回家看见,他竟抽空打下一眼新窑啦,我的同志！

后来情形,你也有个眉目了吧？去年腊月底“上”的“头”,到今儿十一朝。可是发生的事,背后却另有一本账呢？同志,你见的那位女客,那是我妈,第三个妈,前年才从榆林逃荒来的。你说啥“漂亮后生”,那是她儿,两个儿呢。这几口子说了住到一搭里来,两家并成一家子,倒也你快我活,大家好！要不是主人当年给造下的孽呵……

可是大却把我逼住啦！他倒说得好容易："两个自由，只要上起头就对了！"我们说"上起头"，就是把头发梳起，打成髻儿，就算婆姨了。不"上头"大还不许我上学。大这样逼我，自然是"丑相儿"在背地上求哇！你想我，怎么好！不过，同志，你也是个女人，你该明亮的：一个小姑娘家，却能说个么？我只好求求再过几年，可是大说："你好哩！'再过几年，再过几年'，他熬过十几个年头还不够？"我也说给他听过新社会法令，杨教员讲过的。大就叫起来："天皇爷来判吧，他三十年岁人儿，四十岁样子，等他死球下？"他将烟管指着我胸口说："贵女儿，不讲废话：是不是你嫌他，是不是你心里不愿意，你说！"我被问得气都透不过来，我说不出，我大说："不能的呀，好女子，不管说上天，说下地，总是当年红口白牙说定的，说出口了，不能翻悔，好人儿一言，好马儿一鞭！"还说："咱们不吃回头草，人仗面子，树仗皮，眉眼要紧，他又是这样好的人，不能欺老好……"他还说丑相儿十多年来怎样疼我，我本来受不住了，说说我就哭了，不过我左思右想，还是应不出口。我就急得直瞪眼，气得说不出话，那一回都是这样结局。后妈不好说什，只是劝，她两个儿更不好说什，因为那些烂舌根已经胡开我们的谣言了！可是后来，妈，对大实在不服气了，说："柱棍还得柱长的哩，伴伴也得伴个强的呀！小姑娘家……他这样人儿……"我大说，"要没旧根关系，自然好哇！""旧根儿，"妈说，"话说过，风吹过了！"大说："白纸黑字写下的！"妈说："村长说的那种屁文书，在新社会不作用了！"他说："不作用，你们看他吧！"真的，天哪，丑相儿知道我不愿，一天天下去，他竟失落人样子了！就是当年七个月病也没有这样凶，他不过是一付死骨殖了，他不过是包着一张又黑又青的皮了！他却没有病，他却还是阴出阴进的受苦！他还常常用两个眼睛，两个死眼睛，远远的，望着我，望着我，那样怕人的望着我！是我害了他的吗？是我心愿的吗？看着他我心头就像一根铁钉子越打越深了！去年开春我却因此病倒了！

同志，病里我就想不开，我想，旧社会卖女子的，童养媳的，小婆姨的，还有人在肚子就被“问下”的……女的一辈子罪受不住，一到新社会就“撩活汉，寻活汉，跳门踢户”，也不晓好多人，说是双方都出罪了，可是男的要不看开，女的要是已经糟蹋了，那怎样！丑相儿他十多年疼我了，他是死心要我了，不是我受罪，还不他完蛋，旧根作下多大孽呵！可是我……唉，我能由他送了命吗？我思前想后，总是没法，我只好“名誉上”先上起头了！我想先救住了他，我再慢慢劝转他，劝转他不要我这个小女子，另办个大婆姨；劝得转，我就好，劝不转，我就拚一世合他过光景就是，反正遭遇了，有什么办法！可是，同志，你想不到的呵，我应承了，我大也没甚快活！一满年下来，冤家也没全复元！直到做新女婿了，他戴上黑缎小帽，鲜红结儿，他可还是缩着面颊，凸着颧骨，一付猴相儿，瘦得成干，黑黑的，带青的！他穿上黑丝布袄裤，束上红腰带子，他也还是抖着手儿直着腿，慢来慢去，一付死样儿。不过，你没见他眼睛呵！不晓那来的光彩，唉！他就是不看我，我也知道他是怎样的感激了！他就是不看别人，我也知道他是怎样的乐了！别人呢，自然，大也像是很快乐，妈也像是很快乐，我也像是很快乐，连弟兄俩，连邻居们，连亲戚友人，也都像是很快乐；本来不够年龄不行的，可是村长竟也不敢说什，见了我们，他也像是很快乐。同志，快乐呵！

我把我合他过的十天从头到尾跟你说吧！腊月底上了头，赶明就新年。新年来，白天吃好的，穿好的，黑夜烧“旺火”，挂灯儿……大家总要乐个十几天。我们呢，初一来人待客，没说的。初二三四闲下了，我还新媳妇儿“坐炕角”，冤家却在门外蹲着，我知道他一定常想同窑，却又怕羞。回窑了，他要不背对着我，就肩对着我，我知道他常想看我，却又怕羞！一定的！他一定不晓得怎样才好了！我看见的，他口角几次发抖，好似笑着要跟我拉话，可终没有出口！初四他才全身对我转过来，他说了什么话呀，他说：“贵

儿——姊,大好人,真大好人!你……也……”他笑着,发抖的手儿向前抬起,更加发抖了,话没讲完。后来他掏出一个红布包儿,从里面又拿出一个红纸包儿交给我藏起,还看我藏好了在怀里才走开。这里呢,你道是什么宝贝呵,原来咱两个当年的文书,这烂纸子,他竟跟身带了十几年啦!同志,看看这样子,我想劝他的话,想了一千遍,也不敢劝了!我怎么能说得出呀!

可是,初五夜里他睡不安,我就害怕起来。我穿是穿着一条裤子,我束是束着四根带子,我还是怕!呵!要来的事到底来了!深更半夜,我听见他爬起来胆小的叫我,我吓得没敢应。过了一会,黑里来了一只手,按在我胸口里发抖,我气都透不过来了,我也不知我说了一句什么话,他的手越是抖得厉害了!我硬叫自己定了定神,才又对他说:“不要!”我不知道怎么说,我说:“我还是个小女子呢,我还不能!”他好像不明白,问我:“么?”我只好讲些什么,他约摸是呆了一会,后来他奇怪起来,说了一句话,我急了,我又跟他讲。过了一会,我才听见他说:“好,”声音里还像含着笑,他又睡下去了,一忽儿我又听见他已经打“鼾声”了。早起他还像是含着笑,抖抖的穿了旧衣服,抖抖的拿了个斧子,又慢慢儿直橛橛的出门去了。那天他砍了一天柴,晚上把钱通交给我,还叫我积多了钱分一半儿给大。以后两天照旧的。记得初九他还说过这样的话:他自己一定要穿烂些,吃坏些,让我过好些。唉,同志呀,听了他的话我真想哭!我要劝他的话我更加说不出口了,我心里反倒天天对自己说:“他这样,我还是拚一世合他过吧!”可是同志,我顶好是不见他,我一见他,我可不由得害怕起来,害怕得心直发抖!

那些闲人儿却天天黑地在我们门缝偷听,有的挑皮捣蛋,还从上面烟囱里撒下辣子末来,惹得我喷嚏。那几夜他倒睡得挺好的。后来我也安心睡过去了,其实我也乏得不由己了。可想不到昨儿黑夜鸡叫三更他却又来缠我!我梦里惊跳起来,只听见他说:“能!能!”我一时吓怕了!他还说一句明明白白的话,天哪!怎

么好呢？我一时实在吓慌了，我自己也不晓得怎的，我本来要说的话不由的一下子都脱出口了！

好同志呵！这真怕人呵！他一大会没有说话，黑里只听见他气得手儿索索发抖，我爬起来要点灯了，可是他开口了，他的上下齿子磕碰出声音，他说："哦，贵女儿！你……你真话？十三年了……你嫌我？"我这时候不晓怎的也发发抖了。我不接气的说："我，好丑相儿！你疼我，我知道，我知道是，我我自然也是想对你好的呀！我我可不成……"说说我就忍不住哭了！他又好一会不作声，好像是被我哭的声音吓呆了！我说："你还是另办一个大人吧！"他却说："不……我不！十三年来……你！好贵女儿，尔个你已经正式啦，你已经'过'过来啦！"我很怕这句话，我又发抖说："不顶事，不顶事的！"他又像是呆了一会说："怎么不顶事？"一会后，他好像突然想起什么紧要事了，他突然着急的问我要文书，就是旧社会害人的那张烂纸子！他们是怕我年龄不够，没去政府里割结婚证哪！我也不晓那文书有多重要，他着急的要，我也就着急的不给他，我可听得出他慌了手足，他一定是感到没证据了！他立刻揪住我要逼它出来，慌得拚命挣扎，我就触到他那死骨殖了！那死骨殖呵，不晓得是哪来眼光，哪来力气，黑地里竟把我怀里那红纸包抢到了，他抓住不放，我拚命夺，纸包碎了，文书也全烂了！他一急，我就听见他去拿斧子来，我吓得歪在炕上大叫。他一定气疯了，就一斧子砍了我这里！他们冲开门来捉住他……好同志呵，我被砍死倒好了，我这不死的苦人儿，你叫我以后跟他怎样办呀！可是我不怨他的！他也是够可怜的呵！够……可怜……怜呵……

（选自《受苦人》集，上海海燕书店一九四七年一月初版。）

贾 植 芳

人 生 赋

……光

——歌德临终时语。

春天了,残雪还未融化;清晨与晚间仍为寒冽的风所统治。在算是好天气的中午,穿着棉衣的脊背虽晒得暖烘烘的,坐在屋子里还得袖着手咳声叹息。——是这样奇特的北方天气。

——我从山西战区过来,和一个友军上尉副官坐在驴背上漫谈着天气的事。副官着一件甲种细呢皮大衣,深厚的狐皮领子,一直遮没到耳际。

"呀,这件大衣吗?——"副官拍着尘封的衣襟,不止一次向我夸耀与赞叹的说,"是战事初起,我在上海作战发的哩!现在,我的乖乖,起码也得八九百,了得!"

于是,又谈到头痛的物价了。

物价,天气,战场上的敌人,和个人所遭遇的各种战役,——在到达华阴庙火车站漫漫三百多里的山途中,是我们谈话的兴味与中心;它刺激着我们木然的神经,慰藉着我们飘泊寂寞,忘了彼此的各别的存在这一事实似的,很快的在我们中间燃烧起友谊——几乎是毫无间隙的彼此同情而谅解。……

"啊呀,火车!"副官正在嘶嘶的谈说着什么,忽然发现了出现于灰暗的远方的列车,喜悦得近乎叫喊的说。尘封的面孔上,闪出

一种孩子似的洁光。

“啊!”我近乎诘问的答着。

于是,拥塞于胸怀中的阴郁,一扫而空;我们停止了行进,从驴背上把身子抬得高高的,睁大迷惑于风沙中的眼睛,紧紧追逐着在荒野中奔驰过的列车和那绵延在苍空里的黑恶烟雾,显出婴儿发现生命的奥秘似的一种纯新的喜悦,和一种强烈的民族情绪的压迫。

在头等车厢里,出着满头大汗,在拥挤的人和行李堆里,我们找到两个位子。——行李还没安置好,我发现副官一双复活似的眼睛,早就穿出玻窗,盯着一个徘徊在月台上的艳装幼妓,一直到那瘦小的身子一扭一歪的消失在较远处的山一样的货堆群里。那里稠密而哄杂,像一些不规律的灰黄线条,在弱微的阳光里,抖动和闪烁;松散的尘灰激扬着,像一个烦躁梦境。副官吐了口口沫,吃重的摸脖颈,两眼燃烧着兽性般的光芒。

就是这顷刻,车厢里响起了一片哗笑。副官却像没注意到。这是两位体面的客人。靠左坐着的是一位年约廿八九的瘦长青年,憔悴的面庞上两只灼灼的眼睛被暗影围绕着,是扰乱的,疑问的;一只浓重的眉毛随着在打结。他着一身半旧的蓝哔叽西装,没有领带,衬衣的领口敞开的,身旁斜放着一个破旧的黑公事包,茶儿上那顶退色的却仍显出原来的浓红色的“航空帽”,大约也是他的。他时时用那细白的手捋着荒芜了般的尖下巴,像不久才从溺水里被救出来,那么疲惫和无聊;说得透彻一点,简直是一件穿旧了出诸头等裁缝手里的上好料子做的衣服。右边一位是个又宽又肥年在四十以上的机关军人,一张胖得像肿起的歪脸,闪着油亮的红光,着一身外国料子的马裤呢军衣,袖口和胸头有几处大小不等的油腻点子。一双闪烁无定充满肉欲和刻毒的小眼睛,嘴角向下爬着,时时爆发出一阵表示满足、贪婪、得意、幸灾乐祸的哗笑,阔嘴里挤满了金牙齿;笑声像夜鸦一样的深旷,像掷身于寒夜的荒原,使人战栗和厌恶。他盯着我们新进来的两个,摇荡着身子,“哈嚇”的哼着。左近那位

老在摸下巴的青年,专心的看着窗外的景色,嘴角偶然警惕的向旁猛伸一下,好像表示着无论如何还要活下去的一种挣扎的表示;有时也为对方的笑声引诱,转过头来,失神的微笑着。这笑,像百姓们纳税时的神气,是惨然的在尽一种义务。副官经着这样的哗笑,醒过来般的倒在位子上,低下头,两手摸着膝跟,盯着塞在行李夹缝中的自己两只罩满尘灰的破旧帆布军靴。

这正是一个乘车常识:在车子开行后,嘈杂的声音,拥挤的人与物,等等一切,都自然的沉淀下去,各人有环境与情绪,考虑和处置自己的事;纯然旅行者,不惟如鹤见佑辅所执着的在旅行中可以看见许多熟悉的和美丽的面孔,而奉为旅行之乐,而且在陌生的同车人间,可以自然的找到谈话的对手,甚至彼此连名姓都没有请教,就自天气、人事、时局、风尚、轶闻等等,谈到个人可喜的遭遇和可悲的身世。这是作为故事的消遣的谈论,兼而就博得人们趣味以外的同情与同感;尤其战时的非常旅行线上,常常是这样的机遇,在在都加深了我们的智慧和感喟,……

"你知道,我是个牙科医生,"车开过约半小时后,车内空气由清新显得沉闷的时候,坐在靠窗左侧的青年向歪身躺着的机关军人这样说。显然,他们又开始了停车以前谈论。这车厢内加上我和副官两个共四个人。我坐在自称牙科医生的青年下侧,副官坐在机关军人的下侧,和我是直对面。行李都安置得所了,车厢内显出宽阔充足,兼有一点堂皇的感觉,——这自然是久于荒乱的战地生活的我的感觉。牙科医生把长满黑髭的尖下巴向我们两个同情的转示了一下,像暗示着我们两个也入于这个谈话圈,成了一个组织内的自家人了。我们也就被吸引的微微斜过身子去,副官像是从一个梦想里转来,深深打着呵欠。

"我到洛阳去,就全为那事情,——这可说抗战来我得的一个大教训,挣扎了好几年,结果一切乌有,——世界事真想不透。"牙科医生继续说。他的瘦脸在起着挛痉,倦惑眼神换做一种绝望的

近乎尖利的光,薄的嘴唇好像更薄,他停了话语。这对我们两个陌生者只觉得茫然,像打寒噤以前的感觉。副官木然的舐舐他留着尘迹的厚嘴唇,两手在膝上下不安的摸着;像颇悉事情底蕴的机关军人,这里变得沉重,他伸开左脚,费力挪动着笨重的身子,感叹般的微喟着:“啊哈,……那里那里,……这个时代,……”

牙科医生全无意义的向窗外闪过一眼,枯灰的旷野上,暗晦的阳光惊惧般的在逃遁,退缩,夹着低弱的风啸,发着一种单纯可悲的响声,像一根琴弦的呜咽,一个惨然的春日又将过去了。车内越发暗淡,空气向着严肃凝结。

“但这事就怨我运气不好,眼睛瞎了,”他大声的像在报复的说;脑后微乱的黑发震惊般的抖动。

“那你到洛阳司令部,就为那回事?”机关军人重复般的讯问着,闭起眼睛,像在抑压一种袭来的不安,军人般的。

“就是,一点不错。一月前我腰里还有七千多块钱,现在是一个负债的穷光蛋了,”牙科医生像是重复的回答着;说着伸起细白的手在头上拚命的抓搔,长短不齐的细发和头屑纷纷坠下来,飘散着一阵稀薄的凡士林味。这个人身子亏狠了,我暗暗说,不是藉着搔痒显示后悔与自怨罢?

“其实,一句话,怪我傻;我们吃这口饭的,不懂什么玩手段,转脑筋,这是我们职业规定的个性。”他的因为感情的苦恼望着近乎发歪的颜面,一刹那间闪过一抹正常的亮光,是电光火石般的,一下就逝去了。一种变态的微笑浮在嘴角,像在轻蔑着一切,抑了抑身子,“比如我,”他用一种广告员的神气,镇静而大声的说,——“在西安吧,我是有名的牙科医生。这不是牛皮,也不是膏药,这咱们弄不来。你只要到西安一打听,就全知道,是不是?——什么参谋处长呀,主任呀,中少将呀,各色阔人们,我都到他府上看过病,你向他们提到我,只消一说,知不知道张大夫呀,牙科的?那他会满脸是笑的说认识认识。他们绝对认识的,绝对一

定。可是我们做大夫的架子也大喽！这些抗战年，真是医生年。妈的皮，我住在一个最讲究的什么别墅里，别的大夫看病订时间，我没有这个规矩，没得钱用时，是病人就给他看，正所谓昼夜不分，风雨无阻；只要腰里票子硬梆梆的，像在那里跳舞。他妈的，我五天不开张，朝床上怪舒服的一躺，抱着我那口子困觉！那怕就有熟病人来，或那个牙痛得要死喽，就打死我也不给他看，同时叫用人回他一句，说大夫出去了，咱们就卖这块牌子。——老子不高兴吗！”他很高兴的继续着溅着口沫，像把方才的悲怨忘得干干净净，脸上闪着一种复活般的亮光。“就是这种满不在乎吊儿郎当的作风，不满一年，虽然生活日日在高涨，今天一块钱的东西隔夜就是两块，除过开支，我还剩了七千多块，这下完蛋了。”说到这里，声音变轻了，前刻的悲苦，一下更形汹涌的折转了来，接着又伸手狠命的搔头，一堆发和头屑立刻又带着不耐烦的神气坠下来。“我从此才晓得骗子不是一种东西，并且这个家伙，据司令部调查，还是汉奸哩，你瞧！”他又有点轻松了。“可是这家伙也太不讲良心了哩！”他慨叹般的说了这句话，像一个沙漠间的长途跋涉者，这慨叹是抑痛而艰辛的。

“汉奸他妈的有良心，婊子还讲贞节哩！”副官补充了一句，机关军人没有考虑的，往后掷着肥胖的身子，夜鸦般的哈哈开了，满口的金牙闪闪的像要跳出来，他像要把心肝五脏都笑出来的狂笑着。副官也接着野兽般的哈哈开了，那张焦红的尖脸上纵露着青筋，像是更尖了，车内沉郁的空气变得泼辣而狂乱。

“不过我这个个性也得变变了，”医生双手抚了抚发，像换过一个声音似的平静的说，“我这人个性就是过分暴躁，过分不服人，也过分相信人，对一宗事不会考虑。”牙科医生肯定的说，眼里闪出哀然的光，像跑回到一个深远的时代。

“都是娇生惯养的个性。像我，妈的蛋，一小光屁股放牛，十五岁进军队吃粮，虽然越来越什么不怕，对什么人什么事都不信，

可是好不容易哩!”副官声调悲戚的说,又像是开玩笑的说,摇摇头,伸伸左脚,看着自己破旧的军靴,他没得话说了。

“是呀,我可以给你说一说我的过去,只要你愿意听就行。”牙科医生像受了深的感动,马上接下去说;像一个饿极了的人乍然见到食物就想一口吞下去。大家在这新的激动下沉默了,发生了一种新的紧张,在期待着一幕新的剧作一样。

“我生长在上海,”牙科医生像得了大家的默许似的舒过一口气的说:“确是和你同志说的一样,娇生惯养大的。家里替茄们人做洋行,有几个钱;我廿三岁时在德国人办的同济大学医科毕了业,弄了万把块本钱,——那时万把块钱真抵万把块钱用。——就在闸北一带开了个中等规模的医院,专门牙科,附设花柳病科。我算独立的生活起来了。上海是我的老地方,熟人多,生意很过得去,就一直平静舒适的生活着,我没有结婚,喜欢看点流行的书报,算是唯一嗜好。碰到什么公益事,有时我也捐几个钱,算是尽一种职业以外的义务。‘八·一三’以后,我可是真的醒过来了。战事越打越紧,谣言又很多,简直就生活在谣言里,谣言像夏天的苍蝇似的可怖。我可没有跟别人一同搬家,我拿鼻子笑这伙不识大体的家伙!我发疯似的捐这个捐那个,我把医院改成伤兵医院,连我的候诊室地板上都躺满了伤兵。我因为不替自己打算,就和家里闹了一点风波,家里人就丢下我回乡下老家去了。我反觉得痛快。我想在战争里尽点责任。钱是个什么东西呀!真的,那时候我看钱满不在乎,像日本人看不起中国人一样,……啊,笑话,胡说!听见是我们的炮,看见是我们的飞机,我兴奋得血管要破裂的样子,像谁请我吃了我喜欢的糖醋鲤鱼一样。……一直到上海完了,我的医院更早就完了,我还在军队上工作着,不觉得什么,后来别人在我肩上拍了一下,我才醒过来般的感到上海不是立脚地方,我非离开不可了!就胡乱凑足路费,跑向重庆,反正我们是手艺人。船上出色的拥挤和混乱,多半都是伤兵和难民,我心里激动的很,不

觉得就把自己的路费拿出来，和人公用着。一到重庆，我是毫无法子，我活到这么大，第一次受困，你瞧！一到地头，我腰里就只剩得一块二角钱，除过一个小皮箱里的几件衣服，——被盖在一次路上轰炸里失落了。——还有一架背在身上的照相机，——一块二角钱！”牙科医生滔滔的说着，像是沉在一种热病里，脸孔因为兴奋过度，显出不正常的红润，害怕别人听不见似的，上半身几乎全倾倒下来，他的玲珑的鼻尖几乎要触到机关军人像是敷着酱油的又厚又黑的下唇，机关军人一边歪着肥重的脑袋听着，“是，是，那是，是呀！”一边向副官避闪似的费力的挪着身子，像在逃避一种灾难。他说到这里，大家爆发了一阵轻轻的笑，——但其实是沉重的，苦闷的；随即很快的熄灭，像一堆小小的野火。医生平衡了身子，一双完全迷惑于过去的奇异的眼睛四下闪烁着，有一点狂乱；像一块泡在水里的海绵，他的精神渐渐膨胀，人像变得年青了。他继续说，“所以当天虽然下着小雨，我又是人地两生，才吃到半饱，钱就用光了。第二天一早我离开旅馆，——我住在一家小旅馆的地下室里没有窗子没有阳光，坐在发着酸臭的屋子里，只听到街车混和着一切都市的嚣叫，一阵明亮一阵模糊的在头上辘辘滚动；发着霉的壁角，老鼠们公开的在打架，它们毫不畏惧我这个人，像忘了我的存在一样——或许我在它们眼里并不存在；遭到老鼠们的蔑视，真是可哀可悲。换言之，我是被我生活过的生活忘掉了，遗弃了，旅馆老板还以为我是一个失业的汽车夫哩！这仿佛又很滑稽又好笑。但想到战争在残酷的改变一切，我又是贡献了自己所有于战争的人，倒是一种安慰和锻炼。但是这比老鼠还孤独的地下生活，总不是生活。第二第三天都是接连的雨天，因为那正是九月，重庆正进入了雾和雨的季节。空着肚子，在这个完全陌生的城市的弯曲的街道上巡行着，昏昏沉沉，老听到肚子呜呜的叫，坚强的膝跟也在抖动，意外的疲倦。忽而我觉得一切都完了，完了，转而又觉得这是生命上的转换期，好像有一条新光线在眼前闪烁不

定。然而的确是有那么一条光线在前头导引着，于是又是莫明的兴奋，一天有几个不同的思想和情绪。后来我什么也不觉得了，我的嘴唇皮要干裂开，我只有一个单纯强烈的思想，我想找一家当铺或拍卖行卖掉我的照像机，来换饭吃。吃饭，这是人生的基本原理。抱着这样目的，一直走到第二天黄昏，才在一条遭过敌机轰炸满是瓦砾堆和壁立的焦黑柱子的街中找到一家寄卖所，算是老天保佑！承那位洋服穿得笔挺的老板发慈悲，——他的胸上挂着一个蓝白色的证章，想是一位官员。在那间布置华美，铺着地毯的小客厅里，我像一个傻子似的坐在沙发上，裤子上满是泥污，头发垂到眼下，听着那位指夹着雪茄，一面用低下的眼光打量着我，一面踱着小步的老板的高声议论，间发着愉快的笑声。结果我拿了廿八元出了大门，给他留下照像机，他还笑嘻嘻的向我鞠了半躬，敬佩我在战争里的牺牲精神。……这像机是战前一百二十元买的，现在三千元也没货。（医生说到这里，副官惊醒似的拍拍自己细呢大衣，把衣襟往腿间夹紧，似怕人剥去似的。）真正德国货，带自动机。就以这样的价目送入所谓战时的新兴商业的玻璃窗去了，我自然没有话说。因为他们调剂战时物资，贯通后方金融，像招牌上所说，……总之，管他妈的罢！进了一家小酒馆，我饱吃了一顿，像复仇似的；但是经过了两天饥饿的肚子，在好几个菜的阵势前，倒不觉其饿了。颇像新兵上阵，又有点惶惑。所以我和尽一种义务一样的吃了一顿，分不出菜的味道，也不知道该吃多少，和先吃那一种菜，那一种菜好吃；像鸡子啄食样的胡乱吃着，汤汤水水弄了一桌子，我好像是一个没有味觉的动物，胃也失却了作用，单由手处理一切。这真是听都没听到的话！从酒馆里出来，歪歪斜斜的走着，疲惫而寂寞，像受过重刑的人，在这万家灯火的普照里，是有着各种和多量的欢乐存在的。我感到一种茫然，像浮在海上，……这样有时惊觉有时麻木的生活着，是一个都市的可怜儿了。……有时我也想到做一种所谓特别的长途旅行——自杀，但又本

能的觉得在这个时代,这是惹人笑话的行为,旋就又本能的忘掉这最后的思想了。这样一直生活了好几天,没有什么更改和变迁,想都想疲倦了。有时我真茫然不知我是否有过过去,我现在是个什么。我现在好像在一个完全陌生的世界上生活着,像婴孩一样。……正是一天早晨,我到邮局送封家信,——我并不向家族忏悔,我诉说着我的源源末末,甚至为安慰乡间生活的双亲,我造谣说我生活的很快乐,'一切平安,祈勿远念',就是物质上,希望有一些帮助,因为生活的高涨,……——这样,在街头上一头撞见一个同学,——他自然也是一个医生,他张大了嘴巴,眼珠像要冲过眼镜玻片走下来。……这样,我又回到我从前生活的生活里了。但这中间是一种怎样的经历和改变!

"慢慢我又买到做牙医应有的技术器械和药类,在一条窄街楼上,我有了一间布置精美的医室,一切算又沿成轨的进行。但不知为什么,我时常有一种奇异的冲动,一种不满足的渴望,——这或许是一种病态;有时对着病人工作到半途,会猝然放下工作,像有一种只有我才听得到的声音低低的喊我,我像塑在那里的呆站着,失了知觉一样。一直到像是苏醒过来,才又继续着工作,手脚都经过激烈的劳动似的发颤,对于工作的本性,我非常厌倦。这种失常情形,连我的好主顾们,都瞪圆了眼睛表示惊异,我的好同行和友人们,搔着头发发闷,我也觉得奇怪。有人说我变性了,这真得研究研究!……所以我的工作又是间歇性的,有时我会吩咐用人看家,有时更忘了照应他,我自己像一阵风似的刮了出去,一个人在马路上,——尤其曲僻阴暗的街巷中,——一直没目的荡到深夜,有时发疯一样的疾行,发里渗满汗湿;有时是失魂般的拖着曼长的步子,然后像吃醉酒的走回来,……我简直害怕着一切人,仿佛人可以吃人,我有一种潜伏的激昂,一切渴望,不能满足的东西,这不是属于职业和物质的,我自己说不明白……

"但这样的生活也为时不久,——不到一年的工夫,转瞬春天

一过,所谓雾季就过了,天然的防空帐幕撤消了,敌机又开始肆虐了。就在那有名的轰炸之夜,我的医室所在的那一条僻街,一瞬化为灰烬!当我痴痴的站立在困扰的街心,简直像在梦中;在这激烈的轰炸下,我就有时像空城计里攻城未遂的司马懿,怀疑自己是否还活在世上。……我亲眼看见,开得圆圆的我的医室的窗子,像一张吃惊张大的嘴,先是硝烟,后来是火头,——是的,是火,一层卷着一层,穷凶极恶争先恐后逃难似的从窗口奔出,卷向房檐,卷向四周的墙壁,有的更伸着长的下贱的火舌拖向近处歪斜的电杆,和闪亮的紊乱的电线,还有更远的被火光照耀得半透明的天空,……我听到木材毕毕剥剥的爆裂声,轰然的倒塌声,……我又似乎听到我的医室里药瓶的爆裂声,似乎那一个卷形的火头里边,飞跃着碎裂的玻璃瓶块,……药的浓烈气味,……不久,我经营了近年的医室,就在一阵硝烟和混乱中完结了。……我沿着嘉陵江向市外走着,我感到茫然,疲惫,愤怒,那么压人欲倒的感情,……身旁混乱的人群默默走着,像一群影子。市外月色很好,江面上笼罩着一层薄雾,月亮清丽的霞光映在灰色的江面上,显着一簇簇的金箭,静寂而美丽,……我想,离开这个都市吧!不久,我就搭了汽车,向西北驰来了,带着梦想和精神。车到广元停了好几天,我又走到狼狈不堪的境地,我在重庆花近三百元做的西装,——这时两千元也买不到,(副官又一次的看看他的呢大衣,警惕的。)我脱下来卖了,卖到廿五块;我在街上的石板上过过两夜,活活像一个丧家之犬。这个小县城里,深夜有一种拉着二胡沿街卖唱的瞎子,多半都是一男一女,互相搀扶的走过空荡的街心;辗转于店铺下冷冰的石板上的我,听到比猫头鹰叫还惨然的弦声,我自己哭了,那么大把的眼泪,合着北方人一句口语,像决了口的黄河,……好容易到得西安。到了西安,大概是疲劳和刺激过度吧,我就休息的生活着,生活成了另一副景色,——大家的共同景色,吃吃喝喝,玩玩乐乐,天塌下来压死大家,或者我多有几个铜板,逃难还来的及。……同乡同学

们帮了我一下忙，我又在一个在西北算是建筑满讲究的什么别墅里开了医室，渐渐我和大家的生活合了拍子，也不觉什么了，除过想钱应该更多更多一点，如法国人所说，这万王之王的钱，可以说一切问题的问题的钱，生存的灵魂，地上的盐，……在上海的激愤，和在重庆的忧郁，被称为孩子气的玩意，慢慢也都忘掉了，就连那一点看书看报的习惯，——战事后，这成了我的恩人，操纵着我的生活和感情，我前面提过；这时也早丢掉了。实在没有什么可看的，我就更远离它们。我开始健全的生活着。我想，人生的具体内容，第一是钱，第二是钱，第三是钱，钱的朋友是女人，——女人，世界上最快乐的地方，是女人的肚皮上，古人早就说过，——也顶顶要紧；我的努力向着这个目标，——钱和女人，其实是一个目标，因为女人是钱的一部分。——进行，进行的很顺利。你不要以为我说广告话，我这样手术的牙医，在上海是蹩脚的，但在西北是缺货——。”

“那你就遇见那个骗子和汉奸了，是不是?”牙科医生说到这里，听众中最出神的副官突然插进一句，随即兴味浓郁的把身子凑得更靠前，像要和牙科医生拥抱。兴奋过度的牙科医生在洋装口袋里摸出麻纱手巾，轻轻的拭着额上的汗粒。在回忆中洗一个澡，像在春光明媚的天气里做一次有意义的旅行，可以滋养精神。他笑着，瞥了窗外一眼，外面一片墨黑，看不见一点有轮廓的事物。黑暗放肆的吞噬了一切，像我们把馒头往嘴里吃一样的自然；风凄厉的吼过原野，没有阻挡，追逐，奔驰，自由得像一位皇朝的帝王，没有睿智的残暴，自私，过糊涂日子，……远远的地方，在风带过来的犬吠的地方，像有一点火光一样的小东西，旋生旋灭，旋灭旋生，这样不屈的奋斗壮志，给我们凄旷的胸怀以壮烈的安慰，……一阵沙子混和着雪粒横掷进窗里来，风头追吼着到别处去了。……车风疯狂的嗥叫，摇撼，仿佛代表着苦恼的人类之子，抓着地球母亲的白发，大声求救，悲壮而严厉，……车跑的更快。

"不是,还不到那个时候,"牙科医生说:一边半抬起身子关玻璃窗,"好他妈的大风!"的微嚅着。车内显得平和黯淡,他坐平身子,又用兴奋而高亢的声音继续着,"这时我还不认识他,——王永春,那个王八操的。我先弄了一个女人,一个姑娘。我觉得要追求人生的快乐,——却不是幸福;快乐和幸福虽是两个同义字,但在生活的实验中,又往往是相互反对的,不谅解的。人们却把它们误会了,真是遗憾!其实这两个字的不同正像两个面貌相同的人不一定是兄弟一样的简单。——还要找姑娘出身的女人,因为她入世深,懂人生三味,了解快乐,也明白痛苦,而且对快乐这回事还有深湛周到的研究。但她不是我的妻子,我声明在先;这只是人生暂时的结合,所谓伪组织……就像咱们今天无意碰到一块一样,只是人生暂时结合,而妻子则属于永久性那一范围,这需要弄清楚。再说钱,过了一年,虽然我这医生是吊儿郎当,像前面说过的,有时候心里不高兴,五天不开张,可是就是这一年工夫,除过开支,虽然物价日日在涨,我的开支又很大,我还剩了七千多块!——"

"那是好生意!比我们强,我们干一个月,还不如一个当姑娘的摇两下屁股弄得多,哈哈!"副官生硬的笑着,像是吞一种难吃的药物。

"是啊,这年头,只要有一门手艺就不愁钱用,钱他自己有腿,我说——"牙科医生做着手势,像要扑灭副官哭一样的笑声,谈话的对手,好像完全是副官一个人,机关军人不知什么时候起,已倒下他那有福气的臃肿身躯,在昏暗的角落里,响起呼呼的鼾声。牙科医生更高重的声音,在显得落漠的空气里响动着,植物油灯早点燃了。在昏浊的光亮里,他的眼里闪着一种解放的激光,好像也忘记了他的嗜好一样的搔头皮,"老实说,我真不愿意再干医生,一个原因,是我开罪了一个医界老前辈,这人颇有点政治势力与我们玩手艺的不同;我在一个地方打了他一个耳光,他当时跌跌撞撞的出了门,临出门气势汹汹的歪着头向我说,'好,你再能在西北混

到饭，算我不是人养的！’我怒跳着，‘你睁开你的瞎眼，你老子早就不想干这个了，老子腻了！’‘那就好说，’他说，走掉了。虽然这是酒后的事情，可是这对我损失不小，事后我心里也慌慌的，所以就贸然听别人劝说，请客道歉！可是我真不想再吃这个饭了，这里起我才认识那家伙。

“事情是这样：经过这回闹架的事情，几个朋友也劝我说，暂时避一下风头，休息一下罢！有人就提议叫我改行做生意。我自己想了想，先在西北很驰名的铁算盘那里卜了一卦，也很好。现在的后方，简直是姑娘和算卦看相的世界。我现在相信命运，正像过去不相信命运一样的信。我就决定了：反正咱们目的是钱，何况做生意是这年头顶昌明的事情？听说连教堂的牧师也在做生意。于是一个朋友介绍，我就和王永春认识了，而且在堂子里联络两次，就变成满熟的朋友了。真是活见鬼！这家伙会吹牛皮，人长的也有个样子，打扮又趋时，用钱更大方，满口京腔，很有那么个派头。他向我担保，一千元一星期起码有两百元以上好赚，办法是我把钱交给他，由他包办，他说他路子熟，各方面也有个联络，办事容易。我想有靠得住的人介绍，不会有什么差错，就全拿给他了。那时我心里着实有一番梦想，或许过个一年半载，我也是个什么小富翁，那时候，我要在荒落的西北，创造上海租界的生活，按现在抗战话说，要在西北造一个根据地！可是事实不然，所谓事与愿违。他去了一个多月，如泥牛入海，音讯毫无！我先是恨他，妈的，怪不得古代外国商人和强盗供一个神，因为他们是一样货色，正像狐狸和狼是一个祖宗一样的道理。我去找介绍人，介绍人不知什么时候离开西北，现在做生意，‘大资本用嘴，小资本用腿’，他资本不大，我不见怪；我反正没事干，那里都是一样的玩，我就到××去找王永春，给我一下就找着了。他还那个派头和那副神气，交游也更广，都是官界中人。可是晚上我和他一道吃饭，他喝醉了，咦，我才发觉到他腰里有一支手枪！商人玩手枪！我这个人胆子小，虽然在

上海也听惯了炮声和炸弹声，可是那时候情形不同，情绪更不同。现在我发着财，做着发财的梦。有了钱当然怕死，这是和人必须吃饭才能活命一样的一个常识。这么想着第二天一早我就偷跑了，同时这个案子不迟不早的就发了，我这回上洛阳就是这个意思。打了一场官司，又负了三千多块钱的债。在我国，法律这块坚固的士敏土，是面子和金钱做原料。现在，妈的，又是一个穷光蛋了。”牙科医生的声调渐渐悲怆，最后他张开两臂，失望的摇摇头，接着拚命的搔头发，事情就这样结束了。

一切是沉默的。点燃在车厢角落的植物油灯，像是听烦了这个无意的冗长故事，越来越黯淡，不可救药的疲惫了。车声长长的舒气似的吼叫着，厢外的走廊里，人声和步声频繁；茶房用低气调的声音哑然的哼着，“西安到了，西安到了。”车的机械吼声统治了车内的沉默。各人都拉拉衣服，感到浓重的凉意。

机关军人打着呵欠的醒来了，捏着脚。

“那你就到西安吗?”他用发沙的声音询问着牙科医生，同时挪动着身子，“太胖了真不方便!”的微嚅着。

“我不到西安到哪里去呢?”牙科医生微微歪着上身，声音平板而干枯，“现在我没有理想了，什么也没有了；回到西安，再次道一次歉，重开医室吧。不过，——”他的嗓子更黯哑下去，“我唯一的财产和我唯一的担心，就是家里那口子，她是姑娘出身，我说过；她现在知道我也是一个穷光蛋，这种人水性杨花，要不跟什么人卷起被盖跑他妈的了，那才晦气!”说着，他哈哈的笑开了。这是一种寒人心脾的笑，这笑又是有传染性的笑，机关军人与副官也无谓的哈哈开了，是疲然的笑。

我更深深的感到近乎麻醉的疲惫。

一九四二、三月、廿夜写成

（选自《抗战文艺》六十四、六十五号，一九四四年九月出版。署名杨力。）

我　乡

一切痛苦都带来多少好处

——悲多汶

是溽热的战争中的暑天，在战地生活得麻木了的我，在一次战役后部队整憩的机会，请了短假，返回我那整整别了四年的家乡去。

这四年里，世事虽然变得格外迅速和复杂，如万花筒般的使人目眩，但一件事我还记得清楚，就像昨天的事一样。我离故乡的那年，故乡也正陷在一种战乱里；当时以脑疾旅居青岛的我，因为又将有一次不平常的长途飘泊，遵了当地就商的长辈的命令，装做一个小买卖人，剃光了脑袋，扎着棉裤角，穿起马裤，除过吃饭，“不必用嘴”的回到家乡去。那一次留给我的混合着黑色恐怖的欢快和悲哀，我永世不会忘却。但是，四年以后，我又要回到我的陷在战争中的故乡了。

在贫乏的西北高原上迂回了十三天，天气是这样的干热，悬在半空的太阳，像一个敌人似的高高在上的监视着；我啃着干裂的唇皮，充军一样的前进。一身深灰军服差不多变成了淡白色，衬衣像胶布似的贴在背上。我充满了干燥的希望。从父亲的谨慎的来信中，我知道我不能一直到达我那躺在平原上的故乡，像过去一样；家早搬在离故乡不远的山村里。我总是快活的，无尽的快活。是的，这次还乡是不平常的，我竟真的穿了军衣，以一个军人的身份走回来了。还有，是和我结婚不久就离别了的妻死在战争第二年春天，我想看看她的大概已盖满了青草的坟墓。我心里悲戚的想，

这样低头回到故乡，真不知哪年哪月再能回去了，世事是无涯无际的，我们虽然早一脚踢倒了命运的谬说，但是欣逢着一种怎样的时代啊！

第十三天的黄昏，我终于到达住家的山村。和这村毗连的前一个村里，住着迁移来的县政府，和本县人民自己组织的抗敌自卫队队本部。匆忙的走在朦胧的村路上的人，吃惊的盯视着骑在驴背上的我，我也吃惊的盯视着他们。啊呀！不少是我所认识的村人和邻村的人，他们都穿了宽大的手缝的各色军衣；在一个坝场里，正挤满一堆人唱“我们再也不能忍受，我们再也不能忍受”，指挥人的两只手在空中有力的扬动，声音是我们的本地腔，虽然不合抑扬顿挫的音乐学理，感情的激越奋发，却深符歌词的意义。一大群乌鸦绕着树林旋噪着，翅膀厉害的抖动着空气。我怀着激动的走出村子。一线白光的路渐渐认不清了，只有下了驴子，摸索着行进。眼前山崖下伸张着一片混杂着晚烟的郁结的树丛，像一群抬头瞭望的兵士。脚夫说，大概就是那树林里的村子了，我的心腔起了剧烈的跳动。

走下一条直坡，算是在树林下面的村里了，紧接着一家门旁，坐着几个乘凉的人，一个老太太和几个年青的姑娘静静的像在期待着什么。哪里是我的家呢？哪里是我的家呢？——我迟疑着；上去问一下罢，我这样想，就一直迫近到那坐在门前石上的老太太面前，旁边站的几个姑娘，一瞬间惊鸿般的跑进门去了。老太太大吃一惊的抬起头，从那宽而高的额上，和那忧然的失神的眼睛，我认识这就是我的母亲！

“奶！”我用我们本地的称呼喊着母亲，眼睛觉得湿润了，面前像起了一层薄雾。

她紧紧的瞪视着，手扶着墙颤巍巍的站起来，发了失神的声音，“你是谁?”但一下她就觉醒似的喊出了，“你回来了，呀，是你！”我看见她的遗传于我的高而宽广的打着皱纹的额，和那深深

的泪，我木然了。……

于是，院里起了一阵激动，到处响着硬朗的发颤的笑声。母亲点燃了一大把香火，青色的火焰，照耀着母亲的笑得发颤的闪光的脸，母亲的脸添了更多的皱纹了。她跪在院里向漠空祷告，我坐在院子里的阶上，呆呆的看着悬在乌灰的天上的半个月亮，脑子里像一个战场。一个清脆的女孩子声音说：

"哥，你走时候买的鱼缸我们打了。"

"啊啊……"

"打了几年了。"

"呵呵……"

"是新打的。"

"新？"

我似乎从疲倦里惊醒了。新是我的弟弟，说话的是我的二妹，她的大而有神的眼睛看着我，微笑着。

"新吗？他不在，他在干部学校当兵，哈哈……"母亲抢着说。

我愣住了。

"他今年是十四岁，可是比他小的兵还有，东侯村几个，也在一块呢。"母亲补充着说。

玻璃鱼缸，嬉戏的金鱼，翠绿的水藻，围观的孩子们的笑脸，和我发着这样的声明：谁打了谁赔。于是孩子们都注意着自己，怕万一撞倒了鱼缸。……呵呵，蒙着厚重的尘埃的镜子一样的我的记忆啊！……但是，我想到新弟，我在战地接到过弟弟的一封信，那信曾引起正在围观地图的同事的哗笑，"二哥！现在是民族革命的时候了，所以我们青年都要民族革命了，做一个民族革命的战士。完了，此致，民族革命的敬礼。"瘦小的月亮下，我强烈的想到我那个黑瘦短小个性倔强的弟弟，现在他也在这暗晦的月光下，开着小组讨论会罢，旁边燃着一堆熊熊的野火，会照得孩子们的天真的脸，更勇敢，更美丽。或是和他一样是儿童就穿了军服的同志正

围在昏暗的菜油灯下，看土纸印成的写着斗争知识的书报罢。……

“金鱼，二小煮吃了。”一个男孩的结巴的声音，于是，起了一片哗笑。这是我的侄子，他歪了头，热心的告诉我说。可是，那时他还不是金鱼的保护者之一呢。

可是，我听见母亲叹息说，“对了，二小死了。”

“死了？”我非常惊异。

“死了，当汉奸，拿我们的炮打死了。”妹妹们大声说。

“胡说！”母亲叱着，于是，又是一片笑声，母亲却感动的说着二小的事。

所谓二小这个人，他不是本地人，是一次黄灾后逃出来的鲁籍难民。祖母在世的时候，他就来到我们家里做厨子，人老实沉默，一个头剃得和脸一样的发青，全身有点弯曲，像一条没长壮实的青头萝卜。深深的眼里布满一种迷惑于生活的哀光。可是，他是我的一个真实朋友，在野地或山涧，捉起兔子，或捕起雀子来，他是一个机智老练的好手。记得一个雪天，他捕到两只灰色的鸽子，他先砍掉一只的脑袋，把明晃晃的染着血的厨刀递给我，笑着说，“杀一个试试看。”我打了一个冷噤，但也在他的鼓励杀伐的情绪下下手了。他赞成着我的勇敢，所以他也是我的一个师傅。他竟是这样死的：被敌人捉去当夫子，在敌人溃退下逃了半里地，被我们追击的炮打碎了。这是一个战争中的平凡的死。

“听说，是无声炮打死的，那是英国炮呢。”二妹说。但没有笑声了，一片沉默，仿佛为我们的厨夫追行一个追悼。我又突然想起了一宗事，就在我前次还乡的时候，故乡正陷在“草木皆兵”的危乱里，家中为预防万一，衣服什物都交由二小隐藏，他居然没有逃难的死守着家园，事后有两个衣包不见了，问二小，他红着脸否认经手过这两件，不久他却穿了衣包内的衣服，可并不胆怯。

父亲回来了，灯光映着他的白发。人很瘦削了，他手里拿了一

包书报模样的东西。

“你回来了,我在自卫队队部坐着呢,”他说,“这是合作社新到的书报,来,拿去!”他说着把书递给妹妹们。院子里泛起一片孩子的歌声。父亲打量着我,呆滞的目光里散出一丝热意的柔和,而且这柔和在渐次增添着。……

不久,院子沉寂了,家人和孩子们都憩息去了。我和双亲坐在灯光下喝茶,母亲黯然的说述着妻病死的经过。我却想着妻在致我的一封信里的话,“幸福是偶然的”。妻是一个没有很高的教育程度的女子。据母亲说,妻在病危的时候,地方已然乱糟糟的了,家人都逃到山村里,妻却没有逃,她借住在一个本族的穷人家里,在死去的前一天,她拿我的照片和一束父亲交给她预备万一家族被冲散各人逃难用的钞票。这些都缝在她的衣袋里。她觉得自己不久于人世,所以交给母亲,“我没有力量再保存这些了。”她说,第二天的晚间就死去了。

“那时你跑到哪里去了呢,我们还以为你仍在南方。”一直沉默着的父亲说,声音是喑哑的。……

远远的炮声响了,不久是机关枪打石子一样的交鸣。这在我的感觉上是疲然的。父亲说,“恐怕又接触了。”随着叹过一口气。

外面起了夜风,枪炮一阵比一阵激烈:父亲皱着眉看窗外,院子里漆黑的,半个月亮隐下去了,槐树上栖息着的老鸦感觉不安般的飞了起来,哇哇的凄然鸣过,翅膀振着空气沉重的飞着,飞向不知之所了。

这样,我又是我们可爱的家庭的一员了。在炮声里,忘了恐怖和悲哀,浸在一种天性的欢娱和骄矜里。我感到生命在激烈的跳跃。心里像有一把刀子在乱搅,仿佛一睁眼,便看见使人战栗的裸体的将来,这时代的将来,人类的将来,我自己的将来,一切生物的将来。这里,陡的想起佩服过一时的 John Avebury 的话,觉得要反对起来。他论家庭说,是“躲避世途中难免要遭遇到的暴风雨的

安静的海港”。在这个血腥遍地时代，是不存在这样一个海港的；有的，却是人工的“沉醉的海港”，像纸做的花似的无生命性。沉醉不惟是一种没有出路的不幸，而且是痛苦，是痛苦的延长物，毁灭。于是，我想逃开爱我和我爱的家庭。但一想到走，母亲本是欢快的面孔就顿成灰白，嘴唇失色的抖动着，父亲是孤寂的沉默着，摸着尖瘦的下巴上的短髭，整个家庭是一片内里起伏激烈的沉默。只有两个妹妹是不觉得这种人生之悲哀的，她们都在妇女动员会工作着，每日一早，馍和书都塞在布袋里，面孔红红的出去了，晚时饿着肚腹走了回来。虽然都是初中或高小程度的学生，但在活的教育下，大妹已在看流行的《西行散记》一类书，她在作县妇女会的组织工作；二妹则在进行村妇女的认字工作，用粉笔在钉在墙上的油布上写“自卫队是老百姓的军队”一类的口号当做课本。晚间的家里充满她们欢快的笑声和歌声，她们不懂这是一个多难的时代，甚至把苦难看做一种昂扬的欢快。在灯下翻半天书就呼呼的睡去了。

这中间，我看过几个来看我的本乡人。年青的穿了军衣，做战士或工作员，红红的面上现着没有畏惧的笑，嘴里说着一些生硬的名词，人与人之间“同志”普遍的称呼起来，正如我作战的地区所见中年以上的人多半蓄了胡须，穿了比平日破十倍的衣服叹息说没有法子，或抬起一双畏怯无神的眼问你，“你看咱们到底有没有办法?”眼里电光般的闪过一抹希望的活光。而且，一向以权威的地位维存着人与人间的存在关系的“架子”和“面子”，这两件宝贝像给战争吓得开小差了，人还原成人。也正同我作战的地区所见。至于少数的村里老知识分子，像永远在用蓄得长长的手指甲挖鼻孔，一张灰白的面孔，除过神经质的颤动外，很少变动。我担心的想，他们拚命的挖鼻孔，仿佛是种不祥之兆，还不如说是在挖自己的六尺之穴罢。

一个夜间，我和家人谈话终了不久，山下突然泛起一片紧密的

枪声,远近的狗子接着在相互接应的狂吠,像和枪声做比赛,或想替枪声做掩饰。院子的房主,一个老农,和他的年青的儿媳先惊觉了,老农在诅咒般的走出走进的叽咕,儿媳在低泣,他的儿子,也是她的丈夫,是一个自卫队员,本晚在战地值夜。母亲说,不要紧,这是常事,安然的睡去罢。但在侧着的耳朵听来,枪声不仅愈趋绵密,而且接近,而且加入小钢炮的吼声,纸窗在发疟疾似的震动,构成一种战争存在的状态了。战争在向着我们的村庄前进。父亲说,"你现在休息着,跟我们尝一次逃难的滋味罢。"天还是紫黑色的时候,我们顺着山路前进,正像其他扶老携幼,带着粮食耕牛的村民。自卫队员,都匍伏在山野里,迎接战斗,同时,以笑脸和战士的骄傲迎接他们父母故乡的村人,有的不可忍耐般的一次又一次的拉着枪栓在队长的命令下,等着敌人接近的射击。我们背后,战争正在激烈的进行,远处的山头,在晨曦下剪影般的活动着各式短小的战斗者的姿态。我搀着母亲正走到山腰,一支机枪忽然向我们的方向猛烈的扑来,我发现我们是一大目标,流弹在近处匍匍的叫着,妹妹们恐惧的藏下身子,但我想在这里还未构成一个完全的火网前,不如快速前进的安全,母亲也这样急呼着,要在前边的妹妹嫂子和侄子们"快跑",同时她摆脱我的手,"你快跑,不要管我,"的边喘边嚷着;父亲大声说,"这孩子,怎么不听话! 你远走你们的,不用管我们。"母亲更着力的推着我,气喘的拚着生命之力喊着,"留着你们年青有用,你们快跑你们的,不用管我们。"愤怒的催促着。我没有眼泪,我懂得这是一次什么意义的战争,我单独的走出一段路,回头看见在阳光里蹒跚前进的双亲,默然的相互搀扶着的姿态,我忘了在战争中的走回去。他们大声的叫着我,"滚你的!"妹妹们也在远远的呆视着身后的双亲,停止了个人的行进,……

在回忆里写到这里,我觉得这管笔的沉重,我要用全部的生命力量支撑着它。我要大声的呼喊和赞叹,这和我在写着的稿纸一

样纯白圣洁的人性和爱！不久，我们全家欢聚在一个凹处的树下，妹妹吃着馍说笑，我顺着母亲伸出的手杖，眯着眼看在阳光下的山头上的战争，“那该是鬼子”，母亲说，“闪光的可是钢盔。”“你看奶的眼睛，那是刺刀的光。”二妹辩解着。“又要肉搏了！”父亲叹息说。这样的讲论着战争，和默祷着一次新的胜利。下午敌人退了，我们欢快的回到我们的家里。我搀扶着母亲，她满脸笑容，“又是一次胜仗，”她说。父亲则在大声嚷着，要送两只猪慰劳战士，母亲笑着说，“你看，又嚷起来了，回到家里你送你的猪去，不就完了，现在半路上，就嚷了。”父亲在儿女的笑声里沉默着，忽然微叹的说，“我们阵亡了两个战士，一个是很好的机关枪手。明天又要开追悼会了。”

但是，我一再觉得，我要离开这里了，我平和的向母亲说，要赶回部队上去，母亲低了头没响，突然说，“那走你的罢，我们不再耽误你了。”一刹那间，我看见母亲脸上闪过一种光，一种可称为圣洁的光，但马上，就布满了宽大的泪珠。使我悲然的想起一幅叫做《牺牲》的外国画。

父亲说，“那么下午下山回村一次罢，总是回来了，也好看看家乡的样子。”随着嘴角露出一丝凄然的苦笑。这正合我的意思，我要看看我的在痛苦里打滚的新的故乡，还有，新增在故乡的土地上的妻的坟。下午我穿了乡装，一个破草帽压到眉尖，跟着父亲下山，母亲黯然送我们到门口，只说，要小心，明天一早转来。小的侄子在我一旁跳着，说着“叔叔回家去吗？我一块去”。可是给父亲叱回去了。

我们低着头默然前进；在山口，父亲指着近处的映在夕阳里的灿烂的村子，说，“看，这就是村子。”是的，这是我记忆中的村子，丰盛，繁茂的村子，现在控制在敌人刺刀下的村子。

暮色中我们进了村，村民背着农具从田里回来，看见我，灰色的面上，露着一种寂寞亲切的神色，低着嗓子说，“你回来了。”于

是，在我们的园子里，跑过来大群的村民，他们好奇的围着我，听说我在军队上，眼里闪着新的感激的光，重新的估量着我。

“好的，好的，军队，军队，杀这伙驴日的！”一个近邻的老农双喜突然激动的说，大家吃惊的看着他。

园子里的繁茂的花木在黄昏里摆动着，我仍被人们围绕着，黯哑的声音，破旧的衣服，神色都是寂寞而胆怯，仿佛走路都害怕有声音，是一群幽灵似的生物；用人在田里搬来几个西瓜，大家黯然的吃着。园外池塘里蛙啯啯的凄苦的叫着，老者们抽烟丝丝的发响，火就在暗里一颤一颤的。

“你们的红马不见了罢，”双喜用他的干哑的声音问我，“你小时候心爱的那匹红马，给鬼子拉去了。”

“他拉了有什么用？”我的一个同族青年吉安吃吃的说，摸着他的光光的头。

“有什么用，他也许把它杀了，这伙驴日的！”双喜激昂的说，接着又是厚重的沉默，这沉默抑压着一种疲倦。

我们乡间的习俗，我是知道的：一个畜牲，待它老了的时候，除过吃草料，供儿童们嬉戏外，它是不再作什么工了。一旦老死了，主人就给他穿两只旧鞋，戴一顶旧草帽，送一个饭碗一双筷子，和一枝棍子，一齐的埋葬了，“它受苦一辈子，希望来世转成一个人罢”的赞叹着。这仿佛是真正的东方哲学和道德的徽记。我们的老红马，它是温良的，它的昂着首鸣叫的姿态，和老是有一匹小红马依在它身旁吃乳的景况，却在我的记忆里复现。它现在在自诩是文明人类而且自称是替文明来征服我们的俘虏下的生与死，我真不忍去想了。

父亲接着默默的打开各处的门，要我参观他这几年的建筑，有几处给炮打倒了，地上堆着厚厚的土料，从这里发出腐木的气息。于是我又把草帽拉到眉尖，走出村子，向邻村我睡觉的地方去，而就在一个长辈的屋里待了下来。

我的这位长辈,曾在外埠干过洋行经理,自从洋行关门,退回故乡后,成了一个迷信大家。他每天要烧成箱子的黄表,烧香也是整斗,而且不能间断一刻的;他用灰白的面孔迎接着我,吹过一口气似的说,“你回来了,你大概不信神的,可是现在是该信的时候了。”滔滔的谈论着烧饼歌一类的话,结末他说,“这战争,这灾难,这是神对人的一种惩罚,只有忍耐,只有忍耐,是唯一的办法。”于是说,“你脑里应该有一个神字。”两只毛玻璃似的眼珠骨碌骨碌的转动着,……

在黯然的灯下和继续不绝的炮声中,听着这种残破的声音和这声音所代表的意义,使我奇怪的想到苍白的寺钟之声。这是灭亡的代表。

第二天的黎明,我就离开这位神的弟子家里,他在苍白的沉默里送走我,一直走出村子,我的眼前仿佛还闪动着那一张惊惧而绝望的灰白的脸。这个意像太丑恶了。

在自己罩着晨雾的果园里,父亲摘取了几个沾着露珠的肥大的梨子,默默的递给我。我们一路向山走去,就在近山脚下,我看到妻的孤墓,正在朝阳里暴晒着,我脱了帽子,默立了两分钟。胆小的妻的墓旁,不知进行过多少次激烈的战争了,但她既然告别了人间的幸福,也就忘却了人间的悲苦罢。……

当日下午,我离家向黄河前进。房主的老农,一直送我走过两个山头,才辞别了。我走过很远,偶然转回头,还看见他那挺立在山岭上的高大的身躯,和他手里的闪光的镰刀。他是在伫视着我,怕我万一会走错路子的。我听到他的高大然而枯老的喊声:

“对了,对了,就是那条路,放心走你的罢。”

我在这万山丛中的崎岖路上转进着,重穿了我的军衣,想到我们东方人所悲观的梦的人生,和并不是梦的残酷的现实人生之绘,我的眼睛湿润了。但是,我们正如牧者站在四顾茫茫的荒原上对于生命的设想,是不应该茫然着或忧郁着的。应该挺身高歌,呼喊

生命的愉快和伟大;更不是纯然动物式的生活,而应努力增润生命,发扬生命的真价。

生命吗?就是生命。斗争、创造、征服。

故乡,战乱的故乡,是赋予我们以人生和战斗之勇气的。它是这样的一个新的人生之港湾。

一九四二年九月上旬写。

(选自《希望》第一集第一期,一九四五年一月重庆出版)

路　翎

感情教育

“你瞧，是这样的！理论教导我们认清现实，正视现实！在我底分析之下，你可以看清楚，这是怎样的重压！否则我一定不能原谅自己！……”宋子清说，激动地做着手势。

这时来了第二阵的急雨。宋子清带着严肃的神情张望了一下，就抓着张蒲英底手，领着她向附近的凉亭跑去。

这是夏天常有的情形，一阵急雨，然后又是一片阳光。花园里腾着干燥的、浓烈的气息，茂盛的绿叶滴着水，尘土底小球在青石路上滚动着。宋子清和张蒲英跑得喘息起来，然而在跑近凉亭的时候，虽然雨并未停止，他们都停了下来，互相地露出一种犹豫的、苦恼的神色，观望着。尖锐的、恼怒的神情立刻就出现在张蒲英底瘦小的脸上，这脸刚才还因淋雨而洋溢着喜悦的热情的。

在某些时候，妇女们发怒，因为他们底男子在行动中露出犹豫来，这犹豫暗示了他们底生活深处的苦恼的纠纷，毁坏了她们底突发的快乐和想象。在此刻，张蒲英底快乐是，园林底芳香中的夏天底急雨，以及那个建筑在花丛中的美丽的凉亭，此外的一切她就全不去想了。宋子清犹豫，因为凉亭里已经歇着几个乡下人，主要地，因为他底爱人底快乐的热情。他觉得，这种快乐的热情，对于他底那些严肃的话题是非常不利的。

“你为什么这样看着我呢？”宋子清严肃地问，表示他不能屈服。

张蒲英扭过头去,望着滴着水的、芜杂的、怒放的花丛。

“你想想,你所喜欢的是戏剧工作,但我认为现在的剧团是非常无聊的!”宋子清说,渴望压倒她——这是战斗的渴望,在他底心里,鼓动着热烈的自尊心。“你干了那么久,难道连一点经验都不曾得到么?就没有别的工作了么?这边学校里,不是更适宜学习么?你难道不曾想到现在的生活里的重大的一切么?”他说,带着强烈的仇恨情绪。“我并没有强迫过你……”他突然停止,看着她。“雨都止了,我们坡下去走走好么?”他温和地问。

沉默着。

“要去你一个人去!”张蒲英愤怒地说,张蒲英说,朝着凉亭外面流着泪。

“快乐?追求快乐吗?不!”宋子清想,“然而她的确需要快乐——需要感情的教育!”他兴奋地想。

“快乐是怎样的东西?”他问她。然而她忧伤地瞧着外面。这忧伤的小脸,对于宋子清,曾经是辉煌的存在,然而现在他觉得他在它里面看到了生命底渺小和疲乏。

“快乐是愚蠢的东西,当全世界都在迫害下呻吟流血的时候!”他被激怒了,骄傲地对自己说。“我们受过这种感情底教育!——但是,是的,我们不是出来玩的,为什么不学习伟大的人,为什么不乐观,不克制自己底感情呢?”他想。

“蒲英,安静些罢,我现在心里很快乐了眼圈发红了。

“就这样又吵起来了么?一点点严肃的话都不能谈了么?我说,今天发了钱,我们出来玩玩……那些人原是混蛋……唉,我早知道这是囚笼,锁住你!——这个县城是多么荒凉啊!”他停住了,呆呆地望着坡下的发闪的绿叶。这时有两个乡下人从凉亭里注意到他们了,宋子清有些局促,就假装着要去摘花。然而,张蒲英仍然那样地站着。

“你喜欢那朵红的么,我跟你去摘!……我看还是那边的一

朵好些……喂，不要老这样站着，别人注意我们啦！"他凑近她，触着她底细瘦的手臂，说，"不过太潮湿了，走不进去！"宋子清大声说，向凉亭来的乡下人看了一眼。"我真惭愧，人家乡下人过着怎样的生活，我们又过着怎样的生活！"他愤怒地说，抛下了手里的花叶。"你想想，为什么我们没有严肃的工作，只知道过着特殊的生活，而且倾慕虚荣！你要懂得，浪漫的精神，决不是虚荣，我们都在这个时代里生活得不浅，有一首诗说——不要老这样站着，有学生来了！"

两个女学生，一个穿着难看的黑布裙子，一个穿着打了补丁的蓝布衫，走了过来，看见了宋子清和张蒲英，就显得非常的窘迫，垂下了眼睛，红了脸。宋子清露出笑脸来，看着她们，然而张蒲英仍然那样地站着。

女学生慌乱地鞠了躬，喊了老师，走了过去。

"你看，在学生面前都这样子，"宋子清皱着眉头说。"下面去走走行么？正好这时候没有太阳，而且有风，我跟你摘花，回去插在瓶里……"

"不管你怎样说，我这个雾季要到重庆去！"张蒲英愤怒地说。

"吓，雾季！"宋子清轻蔑地说，"那些走江湖的，投机的……"

"什么走江湖的！——只有你不投机！"张蒲英说，决然地转身，走进了凉亭。

宋子清站着不动，带着强烈的、痛苦的脸色，向着参差不齐的林荫路。他看见了刚才的那两个女学生：她们并肩地在坡下的草地上走着，兴奋而亲密地谈着话。他忽然凄凉起来，觉得自己爱她们。他蹲在这个阴沉的小城里已经两年了，他想到过去的热情，他怀着更为猛烈的忌妒和仇恨，想到了噪杂的城市，舞台上的辉煌的灯光。

"蒲英！"他走进凉亭，当着乡下人底面，温和地笑着说，"下去走走好么？"

"等一下。"

他皱了皱眉靠着栏杆坐了下来,望着那几个歇脚的乡下人。他们坐着或睡着,在身边摆着扁担、箩篼,其中有一个年纪大的在抽着烟。大家都疲乏地沉默着,丝毫都不注意他们。宋子清略微安心了。

太阳照在潮湿的、芜杂的花园上,林荫深处,蝉叫起来了。

"你怎样想呢?在这样沉重的压迫下面,人应该走一条深刻而广大的路!"宋子清说,一面严肃地望着乡下人。

"我不听你说!你自己又做了什么没有?所以我不听你说!"张蒲英,在苦恼地沉思了很久之后,忽然严厉地说。"比方昨天,我和小胖子唱几句,"她兴奋地说,"我唱几句,你为什么要干涉?"

"我讨厌那种无聊的歌!"宋子清说,重新愤怒了起来。

"那么,什么才不无聊呢?"

"看见广大的生活——这一个月你看了一行书没有?"

张蒲英严肃地沉默着,渐渐地眼睛潮湿了,她觉得她自己是很可怜的。

"根本我们就……"她说,要哭起来了。

"理智一点!"宋子清冷淡地说,看了那几个乡下人一眼。

"我们就没有一点点……一点点快乐!我们原是出来玩的,而且……"

他注意地看着她,发现她靠在柱子上,就要睡着了,就沉默了下来。他继续地想着他底严肃的问题,仿佛重新看见了狂热的时代,但渐渐地他就疲乏了起来,觉得非常之烦闷。这时有两个乡下人已经走了,悄悄地来了一个糖贩子。这个卖糖的家伙年纪很轻,精力饱满,然而有着一付呆头呆脑的表情;他总在那里动作,好像手脚永不能安静似的,他不停地偷看着张蒲英。宋子清突然地觉得非常烦闷了,恨恨地推醒了他底爱人。

"告诉过你,我们是出来玩的!"他愤怒地说。

“玩什么?”张蒲英问,看见了糖贩子,觉得他很滑稽。

“你不应该睡觉!”

“我雾季要到重庆去。”她懒懒地说,注意着糖贩子。

“那就去好了!”宋子清说,决然地站起来,冲了出来。

张蒲英在靠板上支着头,沉思地看着糖贩子。糖贩子局促了起来,脸红了。

“我不该生气——是的,必须感情的教育!”宋子清想,重新走了进来。

“你这个糖卖不卖?”张蒲英问,走到糖担子旁边去。

“要卖!”糖贩子大声说,不安地看了宋子清一眼;然后低下头去,用一条脏手巾在担子上面挥着。

张蒲英蹲了下来,说:“脏得很。”检了一块扇子糖,同时拍了一下自己底荷包。

“I have no money!”(我没有钱!)她说,打开纸头,把糖塞到嘴里去。

宋子清取出钱来,温和地看着她;虽然她在乡下人面前说英文,使他有些不快。

“再吃一块吗?”他问。

“要得!”她说,伸手又拿了三块。

卖糖的,装出一种庄严的样子来,挥着苍蝇。

“你吃吗?”张蒲英温柔地问。

“我抽一根烟。”宋子清说,取了一根烟。

“你一定要吃一块!”张蒲英说,打开了一块糖。

“要不得!”他说,坐了下来,抽着烟。

“我不——我一定要你吃嘛!”她说,跳到他底膝上来,用手搬开了他底嘴。卖糖的,显得特别地庄严。

她坐了下来,把头靠在他底肩上,啜着糖,快乐地闭上了眼睛。她又拉他底手,要他替她垫着肩膀。卖糖的显得更庄严了,对于驱

赶苍蝇,则显得更专心。宋子清想到,感情底难关已经打破,他就可以从感情上着手,向她提示一切严肃的问题了——他觉得很幸福,不大在乎那几个乡下人了。

突然地又是一阵急雨打在凉亭上,和周围的芜杂的花木上,张蒲英迅速地抬起头来,脸上有稚气的、可爱的、狂喜的表情。严肃地望着外面,然后她生动地叫了一声,跳了起来,在凉亭里打了一个旋,跑了出去,显得红润、生动,站在雨中。

“出来! 我们到城墙上去!”她叫,然后她拍手。

她在雨里跳了一下,跑了几步,站了下来,又跳了一下,叫出了生动的、美丽的声音。庄严的糖贩子突然地抬起头来,看着她,然后就不觉地嘻嘻地笑起来了。不知为什么,卖糖的家伙底傻笑,比起爱人底美丽来,还要使宋子清快乐。

“走罢,城墙上去!”他说,坦白地笑着。

“不,慢点! 我再拿两块糖!”张蒲英叫,红着脸跑上了台阶。

“快点! 你看哪,那边露出了太阳!”宋子清热情地说,走到雨里去。

他们向坡上的茂盛而芜杂的花木里跑去,宋子清紧紧地随着张蒲英,好像卖糖的家伙底傻笑要求他如此,好像是,假如那个傻家伙反对他们,他们便会破灭。他们在温热的、沉重的雨点下向坡上跑去,发出热情的叫声来。

接着,从荒凉的、被急雨笼罩着的坡顶上,传出了兴奋的合唱声。

一九四四年九月十一日夜

(选自《希望》二期,一九四五年五月出版。)

王兴发夫妇

六月底清朗的早晨。黎明底金红色的神奇的光辉，最初是在山峰底右边伸展了出来，以后是在山峰底顶上铺张着；它好像是因什么一种力量而颤动着。一片白光在这金红的、沉醉的光辉里逐渐地加强了它底效果，它使它从什么样的一种梦境里苏醒了；最后它就完全地渗透了出来，几乎是突然地，太阳升起来了。山坡和田地里，各处出现了明亮的反照和暗蓝色的，鲜润的暗影：一切都好像是假的，它们好像是精致的玩具。可是，笼罩在大地上的那一片深沉的，温柔的寂静突然地消逝，各处都发露了新鲜的、活泼的、快乐的生命。

这里是一片荒凉的坟山，年青而有力的阳光在那些歪斜的墓碑和杂乱的野草上面照耀着。那边，下面，是一道细小的，峻急的溪流，它底两峰的小树和竹丛在阳光里苏醒，愉快地抖动着，发出声音来，仿佛轻微的叹息；它底急奔着的水流，蒙在那种可爱的光影里，美丽地闪耀着。在一大片丰饶的，绿色的稻田里，滚动着活泼的风浪。风浪首先是在这边的田地里开始——它突然地就跳过了弯曲的溪流，落在右峰的田地里，迅速而轻柔地拂过那些美丽的暗影和光明，一直滚到山边去了。活泼起来的稻田，好像那些顽皮的孩子们，接应了这一个爱抚，立刻就回过头来，顽劣而痴憨地斜视着，等待着那第二下。“看吧，你简直就追不上！”那第二下刚刚跳过溪流，它们就带着一种活泼的嬉笑，向前逃奔了。“嘻！嘻！追不上吗？”于是它们就一直追逐到山边。

各处的庄院和农家，隐藏在矮林里的，或者是暴露在山坡上的农家，开始冒出烟来了。那些和平的人们在烧他们底早饭，同时田

地里已经开始了劳作了。在这些晴朗的日子里,在这些忙碌的、迫近收获的日子里,在这片光明的大地上,每一个早晨的开始,都好像一个荣耀的节日底来临。远远的场上有锣鼓声,山坡上有女人们底叫声,田地里有歌声:温柔的梦幻消逝了,白昼,完全清醒过来了。

王兴发,怀着每个光明的早晨所有的新鲜的欢喜,在他底猪圈旁边洗着冷水澡,预备下田去工作。他刚刚动手穿衣服,场上的肥胖的杨队附和其余的几个穿短衫戴帽子的人就凶恶地走了进来,好像他是一个可怕的敌手似地,抓住了他一把把他拖了出去。王兴发来不及明白这是怎样的一回事,但因为衣服没有穿好,羞辱地和他们挣扎着。他底女人,恐怖地喊着追了出来,在她底后面跟着他们底那些小孩们。队附,和他底伙计们,愤怒地吼叫了起来。以致于好几个在田地里劳作着的人疾速地穿出稻田向对面的坡上逃去了。同时,在周围各处的空地上,以及对面的坡上,黑绿色的大树下面,站满了紧张的老人,妇女,和小孩们,向这边沉默地望着。

王兴发突然愤怒地摔开了那几个抓着他的人。

"要我跟你们走我就跟你们走!"他大声说,使那几个人退了一步;"要拿钱我就拿钱!你们未必是畜生,连衣服都不让我穿!"

于是他就大步地奔了进去。从那几个披着军服,或者穿着短衫的人们里面,发出了一种微弱的笑声,他们并且痛苦地笑着盼顾,希望讨好周围的沉默着的人们。

王兴发,愤怒地穿着衣服,不愿明了已经发生了什么,并且不可能明了这个,在穿着衣服的时候说着话。他希望安慰他底女人,并告诉她,没有什么可怕的事情发生,同时他决不会惧怕什么。但他底发抖的声音表示着,他已经不再年青,没有能力承担这么一件可怕的不幸了。

他底女人,抱着一个穿着夏布衣裳的小孩——这是他们东家底孩子——站在他的旁边,痛苦地,害怕地笑着,看着他。

“我们这些人就是不懂得公家上底事情,未必心里还亏这些畜生!”王兴发说,“说做活路就做活路,说挑鹅石块就挑鹅石块,说声缴捐,立马就拿跟你!”他说,好久不能束起衣带来,“前回子说声缴壮丁费,用不着说第二声,立马就卖掉包谷拿跟你五千!嗓子都不指望,……未必我还怕当壮丁,老都老了!”他说,突然地流下眼泪来。

他底女人,赶紧地丢了怀里的小孩,帮他束衣服,他是简直不行了。然而,女人也是病着的,在她底灰白的,衰弱的脸上,好久地保留着那个痛苦的,害怕的笑容,好像是忘记了它了,他流着眼泪。显然的,女人惧怕增加丈夫底痛苦。外面又叫起来了。王兴发突然地抓了一下胸口,看着站在他底前面的,他底小孩们。但接着他就困惑地,轻蔑地笑了一笑。

他,和他底女人,都假装着并未发生什么,同时他们也不十分清楚究竟发生了什么。因为,这件事情,是超出了他们底力量和生活底范围的。

“未必我还怕!……”他说,向门外走去,对着那种喊声,装出一种勇气来。但他突然地又站住了,回头看着他底女人和小孩们。

“没得关系,一下下就转来!”他说,发白而且流汗。他迟疑了一下,飘样地走出去了。

那个女人,大家叫她做王家么嫂的,异常的恐怖,因此什么都不明了,也不敢明了。她有了一种绝望的,可怕的神情,但即刻就又原先那样痛苦地,恐惧地笑着:她惧怕明了这件东西,惧怕弄错,并且惧怕加重她底丈夫底痛苦。她在门前的一张凳子上坐下来了,这样地安慰自己说:没有什么可怕的事情发生。她看着那几个人带着她底丈夫走下了土坡,忽然地她明白了什么,站了起来,向前跑去了。

她底小孩们追着她跑。

“回去看倒门!”她说,带着一种疯狂的神情。这种神情残酷

地要她底孩子们更可怕地明白她刚刚明白的:“一切都完了!”对于孩子们的这种不觉的、无辜的报复,使她心里突然有了残酷的快乐。

突然地她又想起了什么。她跑回来,抱起了那个放在床板上的,别人底小孩。这是人们中间常有的情形。她底丈夫将完结,因此她将完结,因此她底小孩们将完结。她可以对这一切做主,这完结将残酷而快乐,毫无可以顾惜的,但是对于别人的责任,别人底小孩,应该,必须顾惜。

“哪个叫你来的! 回去!”王兴发,因羞辱然而倔强,并且,实在说,害怕他底女人跟着他而使他软弱,愤怒地叫,同时跳着脚。

王家么嫂站下来了,害怕他会痛苦,先前那样恐惧地笑着。

“叫你回去,婆娘! 又不是去杀头!”肥胖的队附,回过头来,大声叫。

王家么嫂,显得是那样的没有主张,她觉得他们是对的。她宁愿相信他们,她宁愿相信:没有什么可怕的事情发生。于是她转过身去了。但即刻她就觉得,这是不行,无论如何不行的,于是又悄悄地追了上来。

“把别个底娃儿晒倒了!”王兴发冤屈地叫,使她寒战了一下,昏迷地笑着,赶紧用她底粗糙的巴掌遮住了小孩底面孔。

“唉,老是这副瘟脾气,冤家啊!”王家么嫂小声说,安慰自己心中的那个绝望。她底眼泪,在她底奔跑的震动里,落在小孩底身上。

王家么嫂,在镇公所底屋檐下蹲了整整的一天:任何希望都没有了。中午的时候,她还看见有一两个年轻的女人站在卫兵底前面哭着,从她们得到了些微的安慰,但现在她们也走开了。她饿得发昏,奶水上去了,小孩哭着,使她哭了起来。她觉得,街上的人们,都是幸福、快乐、有力量的,唯有她是被抛弃、可怜而渺小的。

但后来她便连这样的悲伤都没有了，在绝望中她只是挂念着她底小孩们，他们最大的才十岁。她不知他们找到了吃的没有，在床下的那个木箱子下面，是还有一点包谷的。

虽然她竭力地警醒着，黄昏的时候，她终于靠在墙上昏迷地睡去了。那个小孩，挣扎得疲倦了，在她底怀里咬着干瘪的奶头。酷烈的阳光，从对面的那一排房子上消失，在郁热的阴暗中，街上的人们增多了起来，各处都发出了嘈杂的、愉快的声音。那些很难断定他们底职业的人们，那些很难知道，在这个世界上，他们究竟是干着什么的人们，那些破烂的房屋底主人，恶劣的田地底东家，以及那些污臭的店铺底老板们，敞着衣服，拖着鞋子，摇着扇子，安闲地走。穿得鲜艳而呆板，或者放任而凌乱的妇女们，在各个巷口，各个店铺底前面，聚在一起。正街转角地方，响起锣鼓来，接着就有了尖利的歌唱声：傀儡戏开场了。王家么嫂，在她底痛苦的梦境里迷胡地听着这一切；并且仿佛是梦见了这一切。她梦见了傀儡戏：在儿时，对于这个，她是这样的熟悉。她突然向什么地方奔跑起来，她突然看见了一个散发的，穿着绿色的衣服的女傀儡，拿着一支蜡烛在台上打旋，奔跑。她是在寻找着什么。王家么嫂知道，她是在寻找着她和她底丈夫底凶手——她并且是在寻找着替身，因为她是一个幽魂。这个幽魂拿着烛光奔跑，歌唱而呼叫，忽然地她找到了。王家么嫂紧张着，甜蜜而痛苦。这个幽魂，在一阵绝对的寂静之后，举起她底手来发出了一个复仇的声音：同时从什么地方发出了一个更可怕的复仇的声音，从天上投下一条红布来，勒住了她底仇敌底咽喉。从天空，从极深的地下，发出了更多的叫声，喊声，可怕的声音，这个复仇的幽灵就战抖着，举起她底尖刀来。

王家么嫂突然地吓醒了，寒战了一下。强烈的快乐混合着恐怖，她觉得不明了，她觉得自己就是那一个复仇的幽灵。她迅速地站起来拖着小孩奔进了镇公所：卫兵已经不在了，并且昏暗的院落中没有一个人。她喊了一声，奔近了一扇窗户。她看见王兴发坐

在一张凳子上，扶着头，好像已经睡着了。

“出来！出来！”她说，“一个人都没得，出来走！”

王兴发看着她，好像不认识她。

“我不走，告诉你我不怕！”王兴发愤怒地说。

但随即他走到窗边来，伸出头来张望了一下。他看见了镇公所门前的昏暗的街道。于是他就跳出了窗户，好像一头逸脱的野兽一样的奔出去了。

王家么嫂急迫地追随着他。他奔进了一条黑黑的巷子，她跟着溜了进去。他们都回头看了一下：没有人发觉。他们底眼光短促地相遇，于是他们全身都弥漫着那种恐怖而幸福的感觉了。简单的人们底这种简单的行为，是招致了那个为他们所不曾知道的，痛苦而甜蜜的命运了。他们心里是突然地充满了新鲜的、强烈的爱情；他们底眼光互相地证明了这个。他们奔进了昏暗的田地，干枯的，稠密的包谷丛。

“么嫂，快点走，娃儿我抱！”王兴发用战抖的，温柔的声音说；这种声音，是那个可怜的么嫂久已遗忘的了。他涉过了一道水沟，转过身去，那样地仔细而亲切，牵着那个因新生的快乐而发着抖的么嫂走了过来。“么嫂，安生点儿，你是在生着病啊！”王兴发说。

这样地他们就走到了离他们家不远的，一片稠密的包谷地里。王兴发是那样地兴奋、快乐而迷胡，以致于他底女人不得不暗示给他说，他们是回不得家的了。同时她犹豫地提议说，他们可以到他们底老板家里去找人求求情。

“你说的是哪些啊！”王兴发，怀着那样强烈的爱情，动情地说，扳住了他底女人底肩膀；“你去求他们，他们又有啥子办法，顶多嘛就是把娃儿抱回去！有钱，还怕找不到奶妈！回不得家嘛就回不得家！你去把娃儿都牵出来，明天把东西都卖掉，要不就交在你婶婶那里，我们就不要这个家！”

王兴发，是这样的兴奋，迷胡，显然的他是亟于要说明他心里

的那个幸福的,强烈的东西:他并不曾考虑到这些话底实际意义。显然的,他阻拦他底女人去求他底老板,并非因为他是明白这些人的,——虽然他的确是明白他们——而是因为,他惧怕别人知道,羞于让别人知道,并且损害他心里的这个强烈的、幸福的东西。王兴发,原是痛苦地挣扎着,准备遗弃一切的,但他不能忘记的,只是这个女人,他是浪费了时间,在应该让快乐的时候给了她那么多的痛苦——意外地从那个可怕的命运逃脱,他是显得有点疯癫了。他底女人,愁惨地笑了一笑,像一切这样地爱着的人们一样,同样地遗忘了实际的一切,不觉得有什么可以反对的,钻出了包谷地。

王兴发,并不如表面上看来那样的苍老。他刚只四十五岁。他结婚很迟:在他底年青的时代,他是在这周围的乡村里各处流浪,靠着替别人做长工过活的。这样地劳苦了差不多有二十年,他才积蓄了很少的几个钱,又借了一些钱,这才接了亲了。他底那一间房子,是负着债盖起来的,这债,是一直到去年才算还清。而他所耕种的那一块小田,是积年地欠着东家底债,它们差不多是不可能还清的了。在现在的这种奇异的热情里,回顾了他三十年来的劳苦,他觉得这一切是没有什么可以留恋的了。

三十年来,是逐日加重的一长串的苦役。那些无辜的小孩们,一个跟着一个地来了,现在一共有五个。两个月前又生了一个,但生下来几天就死去了:他们不能知道这是幸运呢还是不幸。代替着这个不幸的小灵魂来吸着母亲的奶汁的,就是现在的这个男孩。王兴发夫妇,对这个小孩有如对自己底儿女,因为,那种艰苦的责任,那种因责任而有的荣誉的感觉,是只有他们才感觉到的,然而,他们仍然受着老板底苛责。报酬是这样的微小,每当他们想到,这样地被他们抚养着的孩子,在夜里这样地吵闹,使他们焦灼、不眠的孩子,被自己底儿女们这样天真地喜爱着,保护着的孩子,有一天会完全不认得他们,并且贱视他们和他们底儿女们的时候,他们就要感到一阵伤痛。而这种伤痛,又特别地刺激起他们底爱心和

对于自身的牺牲的荣誉的感觉来，这是他们对他们自己底儿女不曾有的。

可是现在，王兴发在他底强烈的感情里回顾这一切，他向自己说：这一切是为了什么，又有什么用呢？为别人受苦，希望得到美意的报偿，即使真的得到了这样的报偿，又能有什么用呢？

关在镇公所里整整的一天，王兴发是在挣扎着，希望能够倔强起来的。但是他不能挽救他底内心底颓唐。他想着他底女人、田地、草堆、猪圈、小孩们。他想到了几十年来，他是这样的劳苦，在田地、水车、磨房、谷场上，他底那个年轻而强壮的身体，就变成了现在的这一付丑陋的躯干了。他记得，在一个夏天底早晨，他曾经在草坡上看见过一匹强壮的马。这匹马底美丽的躯体和它底有力而安宁的姿态，是那样地惊动了他。一年以后，他经过一间磨坊，在磨坊底门前重新地看见了它，认出了它以后，就被它底削瘦、肮脏、血淋淋的创痕和瞎了的左眼打动了，走到田地里就难受地哭了起来。

关在镇公所里，他想到了他是要和他底女人离别了。她是这样的勤苦和善良，但这十几年来，他只是忙碌着，挣扎着，有时又病着或愤怒着，不曾爱过她一点点不曾顾念她一点点，并且毫不感激她底爱心和顾念。他现在已经记不起这十几年来他是为什么而忙碌、挣扎，并且这种忙碌、挣扎有什么必要；他痛心时日的荒废，他痛心他淡忘了那个重要的，重要的东西。他向他自己说：这一切，只有等待来生了。假如他再能和他底女人在一起生活的话，他将从头来过。他将抛弃另外的那一切，而紧紧地抓住那个曾经被他荒废了的、幸福的、重要的东西。

这样，当他意外地逃出来以后，这种强烈的心情就使他显得迷胡，并且有点疯癫了。他觉得别的一切都没有什么可以留恋的了。他撑着他底女人走过黑暗的水沟，从来不曾觉得有这样的幸福、温柔。恋爱和青春，就是这样地在不幸中复活了。重要的是人们明

白了时间是短促的，悠长的岁月底黯淡的梦境，是被打碎了。

“唉，她哪个还不来呀！”他说，站起来看着：坡上有昏暗的灯火。天气是异常的郁闷，蚊虫，麦虫，和其他的小虫们，围攻着他，使他跳着脚。“唉，人在世界上，要好好地过活呀！”他说，流下眼泪来。他想起了那一匹瞎眼的马。他底意思是：时间，是短促的，他底女人，应该和他一道好好地生活。

王家么嫂，同样也处在一种强烈的感情中，其中幸福和悲伤是同样的强。她是简单地从王兴发感染了这种梦境的。她是这样的慌乱，发冷而且战颤着；她是在冀求着从来不曾有过的，美满和幸福。坡上有灯火，各处有和平的声音，在坡上歇凉的人们有笑声，艰辛的白昼是过去了，好像不幸是从来不曾存在过的。

“么嫂，王兴发哪个了？”邻家的女人，问。

王家么嫂站了下来，发冷而战颤，她不知道应该怎样回答。

“我跟你说，么嫂！”她底邻人说，希望能够安慰她，“对门山上的吴二哥，还不是给拉去了！”

“你没有碰到吴二嫂！啊，那才凶！”

“都是有冤仇啊！”一个老人，在黑暗中，说，发出扇子搧扑的声音来，“我就不晓得王兴发跟这些有哪些冤仇！就是打国仗吧，也要公平嘛！”老人说，显然地，对这个，已经严肃地思索了很久。

“我不晓得！”王家么嫂，可怜地说，回答她底邻人们，希望他们能够原谅她。

忽然的，篱笆后面的黑暗中，发出了女人们底哈哈大笑的声音，王家么嫂，被这大笑声感动得流泪了；她什么都不明了，她不知为什么流泪。她走回去，走进门，黑暗而且寂寞。她底丰满的心忽然觉得异常的凄凉，她觉得她离开这个家已经有好几年那么久了。

她轻轻地喊着她底儿女们。她们都睡着了。大的一个，睡在门前的地上，两个小的，挤在一起，蜷缩在一张破席子上。她抱着

怀里的小孩，站着，孩子们底均匀的纯洁的呼吸声在她底四周，蚊虫们在黑暗中怒鸣着。

“娃儿，你们都睡了啊！”忽然她说，哭了起来。

大的一个，醒来了，跳了起来。

“爸爸哪个了！”

“泥娃儿啊！爸爸没得事情……你们都吃了没得啊！”

“我们吃了。”泥娃儿柔顺地说，惊异地看着母亲，并抱过她怀里的小孩来。

她是这样的惊慌、发颤、悲伤而幸福。她底整个的生命都是甜适的，为一件紧要的，从来不曾有过的事情而活着。可是，她刚刚弄好了饭，要泥娃儿送一碗到包谷地里去的时候，一群可怕的人堵住了她底门。小孩们都醒来，有两个大哭了。

她是好像在做梦；她底心，是已经不能适应这件粗厉的，可怕的东西了。

“请进来坐，杨队附。”她小声说，柔弱地笑着。

“出了纰漏了，坐个棰子！”肥胖的队附说，沉重地坐了下来，看了一周，“说老实话！王兴发到哪里去了？”

他所谓出了纰漏，是指十万块钱而言：王兴发，或者说，一个壮丁，是值得上十万块钱的。他站起来，走到房门口去张了一下，并用他底棍子在各处敲着，而后他又原先那样地坐了下来。

王家么嫂，一点都不知道应该怎样对付这个，毫未准备对付这个，仍然柔弱地笑着：她希望大家原谅她。

“王兴发，不是早上都拉去了！”邻家的女人，抱着小孩，站在门边，说。

“是啊，他早上就跟起走了！”王家么嫂说，她看着她底邻人们，他们是那样同情而忧愁地看着她，而这以前她是总在有些猜忌他们的，于是她就突然地从她底梦境里清醒了。她喘息着，她底眼里，射出凶恶的光芒来。她知道她所保卫的，是什么。

“你们这些人啊!”突然地她大声叫,带着一个疯狂的表情,“这么多人都看见的!拉了人还要来要人,我家里大小这么一大堆就是这么一条活路,要是有个差错啊!”她叫,充满着新鲜的悲伤和甜美的热情,大哭起来了。她悲伤她底理想的幸福和实在的不幸,她悲伤她十几年来的徒然的劳苦。她底叫号的声音,就使得那个队附和他底伙计们没有办法开口了。天气是这样的郁闷,那个肥胖的队附,托着下巴坐在凳子上,显得疲倦而颓唐,似乎什么都没有听见。“你们不晓得别个这些人是怎样的做牛做马,怎样的过活啊!你们底心就好比是铁打的,你还我底王兴发啊!”她觉得她可以因爱情和仇恨底力量而得救,她大叫一声,向那个队附冲过去了。

队附被她撞了一下,好像睡醒了似地,揉着肩膀站了起来。同时,她倒在地上,突然地觉得疲倦:那一阵疯狂的热情就消退了。她觉得疲倦,昏迷,然而甜畅;她底甜畅的,哀怜的心觉得,这些人,刚才的一切,都是遥远的;她想到了她底母亲,从她死去以后,她便一个人活在这个世界上了,王兴发给她带来了这么多的痛苦;这个世界底这种凶恶,她当时是以为她是决无能力与之抗争的。她需要一件温柔的东西。她需要依赖,顺从,怜惜的斥责,温和的眼色和呼唤。“亲娘啊!”她喊,悲伤地,温柔地哭起来了。

队附,叉着腰站在旁边,努力地做出一种嘲弄的脸色来,看着她。

“没得这么便宜!”他说,好像是回答他自己底思想,同时挤了一下左眼。“总归是!”他忽然大声说,指着王家么嫂,弯下腰去,“你这个女人么,狡猾不过我!我这些人嘛,你问问看,都是出名的痞子!只有我这些人痞别个,未必你还想痞我!”他说,沉默着,显然是在做着严肃的思索。“我这些人嘛,都是出名的痞子,嗳!”他向大家说,捋着衣袖。像一切头脑简单,僵硬的人一样,他重复地说着这个他以为是真实的,并且表现了他底聪明的思想,而致于

兴奋地笑了起来。

然而，王家么嫂在地上哭着，大家沉默着，似乎是在同样地想念着那个温柔的、轻轻的东西，于是队附被激怒了。

“起来，混帐东西！”他们，一下子就冲到女人底面前去，而后又同样迅速地退了回来。“跟你说嘛，拉壮丁，是国家上底事情，违反命令嘛，就要枪毙！未必你以为我这些人就不会让枪毙嘛！”他说，又想到了一个聪明的思想；显然的，他害怕他周围的这些眼光了。他冲到一个驼背的老头子底面前去，希望得到同情，“我这些人，做差了，还不是要让枪毙！我底颈子都是伸得哪个长——在等着！”他说，伸长了他底颈子。然而，大家不做声。“吴细娃，我就不信你底颈子不伸得哪个长！”他指着他底伙计滑稽地说。

那个叫做吴细娃的，细瘦的青年，快乐地缩了一下颈子，有几个人笑了。然而，他突然觉得痛苦，并且憎恶吴细娃。

“吓！有些惨！”他望着地上的王家么嫂，想。“这个事情还是怪不得我们啊！”他向大家说。

于是，他就理直气壮地，并且带着一种报复的感情，凶恶起来了。

“起来！”他吼。

“我不晓得啊！”被那件温柔的东西弄得软弱、迷胡的女人，在地上坐了起来，求饶地说，她使邻人们里面发出了一声惋惜的叹息。

“要是不说，我就派人在这里守起！”队附说，“明天早上就拆掉你底房子，卖掉你底青苗！”

有人在门外大声叹息。队附，正在沉醉着他自己，吓了一跳。

“哪个出气！”他仓惶地叫：“哼，听到点儿，我这些人嘛，就是痞子！你说！”他向女人说，愈发威风了。

“杨队附，可怜我们大大小小的，我不晓得啊！”

“哼，硬的不行软的来啦！”队附得意地说，“吴细娃，她不交出

来，进里面去搜！”

于是他们，拥到房里去了。王家么嫂，坐在凳子上，低着头。邻人们，有的看着里面，有的看着她，大家沉默着。突然地小孩们在里面叫起来了，他们叫：我们底猪儿呀！同时传出了母猪底叫声。但王家么嫂仍然低着头，她不感觉到这些，她在想着王兴发。她觉得这些都是可以丢弃的了。

“么嫂，拦倒他们！”一个女人，在门外紧张地说。

王家么嫂突然地站了起来，好像不明白，盼顾了一下。但是她看着那时被拖出门来，哼着，叫着的猪，站着不动。她是被什么一种沉重的东西压着了，不能移动。她是在秘密地冀求着那件幸福的东西，愿意丧失其余的一切了。

“你们这些人嘛真是！”那个驼背的老人，抓着烟杆，颤抖着，挤了进来，说。“人嘛，是拉去了！王兴发要是回来过，你砍我底头，别个，是女人家嘛……啊啊！”老人，哭起来了。

王家么嫂同样地哭起来了，但并不为猪，而是为了老人，她可怜老人和她自己，他们，活了一生，但不知道幸福。

“我们底猪呀！妈妈呀！”女孩，赤膊站在角落里，哭了起来。

“妹儿，不哭。”王家么嫂说，意外地露出了一个嘲讽的，快乐的微笑。她走过去，抱起了哭着的婴儿，撩起衣服来给他吃奶。那个笑容，长久地，有力地留在她底脸上，并在她底眼睛里闪灼着。

“么嫂，你追去呀！”矮小的女人，焦急地说。

么嫂就用这样的笑容向着她。好像说：“可怜啊，但是也值得快乐！为什么你不知道，在世界上，有比猪，或者别的什么，更重要，更重要的东西？”

散开了的邻人们，特别是那些凶恶的女人们，在黑暗中向拖着母猪下坡的队附们投着泥块和石子，引起了一阵凶恶的咆哮。最后队附重新冲上来了，但坡上没有一个人。天边升起了黑云，闪了一下强烈的电光。在电光底照耀里，王家么嫂，抱着婴儿静静地站

在门前。

王家么嫂走了回去,关起门来,甜蜜地安慰着她底哭泣着的孩子们,告诉他们说,爸爸已经回来了。接着她就疯狂般地奔到田地里去。王兴发正在吃着泥娃儿给他送来的饭,他已经知道了一切了。

"不要急!猪,不要了!我们不要这个家!"他说,激动喘息着。他底女人,来不及说什么,就伏倒在他底肩膀上,为了幸福和不幸,为了怨恨和感激,抑制不住地哭起来了。

"我们……去到荒山里!"王兴发用同样激动、沉重的声音说,"泥娃儿,你回去守倒门,叫妹儿们都睡!"

漆黑的天边,闪了一下强烈的电光。王兴发夫妇,走到田地底深处去,被周围的深沉的,鲜美的香气陶醉了,女的,伏在男的肩膀上,哭着;男的,显出一种倔强的、傲慢的、可怕的模样来,觉得全世界都不能压倒他,沉默地望着天边。一阵活泼而疾速的大风吹过了田野,黑云底大幕,升到半天里。威胁着那些闪灼着的、安静、又是调皮的星星了。风过去了,一切都静止,窒闷。但突然地有更强、更密的电光从山峰底正面照射了出来,照见了蓬松的、飘动着的、褴褛的黑云。电光使云隙间的星星消失,接着它们就闪耀得更纯洁和更明亮。但大风起来一卷起灰砂,狂暴地呼喊着,一切都消失了。

包谷底干燥的叶子,被大风吹得紧贴在王兴发夫妇底身上。他们站在原来的姿势里,都安静、屏息着了。沉重的雷声,在山峰上滚动着,金色的、凶恶的、细瘦而美丽的电火,在浓密地活动着的黑云里,疯狂地闪灼着。有一种轻微而神秘的声音在大地上运动,突然地一个大雷在田地底顶空爆炸,好像什么巨大的建筑突然地倾倒了。

"翠珠啊,不要伤心!"王兴发说,抚着她底女人。她底衣裳在

风里飘了开来，那个叫做翠珠的女人，就更紧地贴着他了。“那年子我们结婚，我们想不到有今天！这十几年都这样过去了，我们想不到有今天！翠珠啊，我尽管不怕，你想想这么多年我们是为了啥子！”

“我们转去吧，别个看不到的！”生病，颤抖着的女人——幸福的、做梦的翠珠，说。

“不要转去！我跟你说啊！”王兴发说；“我心里拿定了主意，这个世界就害不倒我！我本来不懂得，我跟我自己说，我说：‘王兴发，啊这回子你是到了最后了，不要再想别的，翠珠她自己会过活，你要做一个大丈夫！’我跟自己说：‘只要我对得起这个世界！当壮丁是去打国仗，打日本，你是中国人，你是男子，你要是有一点点儿害怕——我跟自己说，——你就对不起翠珠！’我说‘你想想吧，翠珠是看不上她底男子跟别个磕头求饶的！’我拿定主意了，不想，啥子都不——”一声巨雷，他神圣地沉默。“我跟那些强盗说：”他低声说，“好，我就去，不管跟你们到哪里，打死我也行，不过你们要让我底女人生活！翠珠啊，要是我这颗心能够丢得下你！我以前总是叫你吃苦啊！”

翠珠，甜蜜地哭着。

“天公地母啊！雷神电火啊！是你们叫我长了这么大的！你是看得清楚，啥子都知道的！”王兴发，全身都浸透了那种神圣的感觉，激动地大声说，“我是一个穷人，我是你们底儿子，要是我有错，你们马上就打死我吧！我站在这个地方，这是我几十年来过活的乡土，我底家，我底田地，我底心——你们神灵啊——”那些猛烈的雷电，连续地在空中奔突，击响着，“我是像刚生下来一样的没得罪过，你们带我去吧！这十几年来我是误了，但是今天我是对的啊！”

他突然地就伏在他底翠珠底肩上，沉默了。在一阵大风里，挟着有砂粒般的、强硬的、温热的东西打击着他们。一阵强大的啸声

在黑暗中以无比的威力奔过田地，奔驰过来，这就是暴雨了。他们来不及做一种防御，就无助地站在可怕的狂风暴雨之中了。然而这就是幸福，为他们从不曾知道的，它庄严地来临了。雷在高空震动，滚到低空，在低空爆炸，跌到地上，在地上爆炸，滚过他们底身边。在强烈的电光里，他们看见了神奇地波动着的田地，田间的美丽的道路，以及坡上的他们底那一间孤零的房屋。

他们突然听见了他们底儿子底尖利的、恐怖的喊声。不久之后，他们听见又加进了一个喊声，这是他们底八岁的女孩。他们喊着："妈妈呀！"时而一致，时而参差。暴风雨底啸声总是迅速地就消灭了他们底软弱的声音。

这声音告诉王兴发说：他底女人，以及他底孩子们，在这个天地间，是如何的孤单而可怜。这个感觉使他充满了勇气：他要扶助，并且拯救他们。

于是他就扶着他底女人走出了包谷地。可怕的热情使他丢开了那个生着病的，疲乏而衰弱的翠珠，拚命地在大雨中向他底孩子们奔去。一声巨雷，他后面发出了滑跌的、沉重的声音，在电光里面他看见，他底翠珠从一丈多高的坡上跌到田地里去了。

他跳下去把她抱了起来，喊了两声。她不回答，他失望地哭了。他抱着她爬上坡去，冲进了门。

"爸爸哟！你回来了啦！"小孩们叫，他们大哭了。

王家么嫂在昏迷的烧热中梦见，她底丈夫去了——再不回来了。已经过去了很多、很多的岁月。她没有田地，没有住房，没有家，没有孩子们——但有一个女孩，最小的女孩留在她底身边，女孩已经长大，扶着她在街上飘流。她们唱着歌，向人们乞讨。她看见房子倒塌，女孩被压死。接着她梦见，在大路边上，在一个美丽的桥畔，她和女孩坐在地上卖烧饼，桥下的水是那样的澄清，有水草飘浮着。忽然一个穿白汗衫的，肥胖的人走了过来，拿去了她们

底牌照，没有牌照，就不许卖烧饼的。女孩看着剩下来的烧饼大哭了。她抱着女孩，在大哭中醒来。没有女孩，王兴发坐在床前。她继续哭着，抓着王兴发底手。王兴发问她为什么，她不能说。

接着她又睡去了。但她在喊叫中醒来，她叫："你们不能卖青苗啊！"

"哪个说要卖青苗？"王兴发，跳了起来，问。

但是她不回答，她在烧热中昏迷过去。雷雨在外面猛烈地继续着，王兴发觉得好像是在做梦，他觉得从昨天早晨到现在好像已经过去了十年、几十年的时间。他走到外面来，坐在凳子上，就迷胡过去了。醒来的时候，他第一件注意到的事就是霉雨已经止歇：雷雨不能旦夕地继续，可怕的事情大约要来了。但他仍然不能懂得，这可怕，究竟是什么。已经黎明，亮瓦上照耀着柔和的光明；屋檐，在清晰地滴着水。

他走过去看看孩子们，并摸了一下王家么嫂底发烧的头。他听见她底呼吸异常地急促。

他无声地哭着走到门边，打开门，寒颤了一下，望着坡下的照耀在黎明的光耀下的、潮湿的、新鲜的田地。田地里有强大的流声。

"这多水！莫把田坝冲垮了！"他想。

于是他觉得并没有什么可怕的事情曾经发生，正在发生，将要发生。他拿起锄头来就下到田地里去了。田坝没有垮，稻子发着芳香，一切都安好。雷雨后的，黎明的空气，是这样的鲜美，他回来，看了看王家么嫂，在门边坐了下来，立刻就甜畅地睡熟了。特别因为稻田底芳香和黎明的鲜美，他觉得所有的变故都是不可能的。他睡去了，直到什么一个人喊醒了他。

"王兴发，你还不快些走掉！"驼背的老人，显然刚起来，脸上涂满了污秽，紧张地说。

王兴发盼顾了一下，冷淡地摇了一下头，立刻又靠在门上睡去

了。他迷胡地听见田地里嘹亮的歌声。老人,拾起地上的一件脏衣服来,覆在他底赤裸着的胸膛上,揉着头走开去了。

但不久他就被另一个人碰醒了,阳光直射着他,是那样的强烈,使他一时看不清什么。

他猛然抬头,看见了杨队附,于是他站了起来,用他底迟钝,燃烧,可怕的眼睛,看着他。

“这下该没得话说了吧!”队附,快乐地笑着,好像觉得非常的有趣,说。

王兴发突然地闪了一下,抓起了墙边的斧头,猛烈地击在队附底脑门上。队附,来不及叫一声,沉重地倒下去了。

王兴发奔进房去,拖住了他底昏迷的翠珠,和她,并和这一切生活告别。他奔出来奔下了山坡,好像他是要投奔到世界底尽头去似地,可是,走过他底田地的时候他就在田边坐下来了。半个钟点以后,人们找到了他,他底脚浸在水里,他底头伏在他底手臂上。听见了声音,他就突然地站了起来。

“我跟你们走。”他说,露出了一个昏迷的轻蔑的笑容。

四五年五月六号。

(选自《希望》五期,一九四六年五月出版。)

滩　　上

黎明的江岸上,纤夫们发出了一种甜美的、柔和而宏阔的声音,在这个声音底每一间歇里,有一个美丽的、嘹亮的男子底声音在歌唱着。纤夫们出现在急流左边的石滩上了,形成了一个向前倾斜的肉色的整体,紧张地静止着不动,因为江流是非常的湍急。在急流里挣扎着的沉重的大木船上,敲起了鼓来。鼓声停止了。

纤夫们,那肉色的、向前倾斜的紧张的整体里面,发出了年青的男子底嘹亮的歌唱声,而后就是那一声柔和而宏阔的应和,那个整体向前移动了一步。

礁石滩联接着宽阔的沙滩,再里面就是绿色的、树木丰茂的山坡了。是精力饱满的夏天。黎明的凉爽而活泼的风在江面上和沙滩上吹着,淡蓝的洁净的天上映着日出的红光。那个强壮的、赤膊的、浓眉大眼的美丽的男子,肩上披着一块破烂了的白布在微风里飘荡着,因了内心的痛苦和悲伤而尽情地歌唱着,虽然那歌词是异常的单调;从他底四周发出来的他底匍伏在地上的兄弟们底那一声宏大的应接,使他底整个的心都颤抖着。他结婚才只半年,因了穷苦和不幸,他的女人病倒了——已经非常的沉重。天没有亮的时候他就出门来了,没有人看顾她;而且他出门的时候是怀着对她的怨恨的心情,他好像故意地要折磨她。生活里面的相爱的人们底互相怨尤,冷淡的郁怒和自私的对于自己的怜恤,使他站在黎明的江边觉得异常伤心。然而他仍然反抗他底女人所带给他的一切,他觉得光荣,因为他底兄弟们需要他。在这个江上,再没有人比他歌唱得更好了。

因而这个早晨是显得和一切时间都不同:这个早晨是如此的痛苦和美丽,他预见着什么重大的不幸,他确信他已经摆好了架势,准备迎接命运底打击。他底思想时而飞翔在他底不幸的女人的身边,忏悔着他底罪孽,时而飞翔在山里面的那一块荒凉的田野上,去寻着他底父母底踪迹,时而又深深地飞进了他底辛苦的兄弟们底心里,激发着甜蜜的安慰。他站在他底兄弟们底中间,慢慢地移动着,沉醉地激情地歌唱着。

太阳升了起来。一个褴褛的老女人在沙滩上出现了,困难地奔跑了过来。她站下来用手罩着眼睛看了一下,又伸着头听了一下,喊叫起来了,一直跑到纤夫们底身边。

纤夫们,发出了宏大的声音,跨出了一步。激情的歌唱者,觉

得是在无比美丽而舒适的波涛上飘浮着。

“赵青云呀！这不得了呀！赵青云，你那个女人她过去了！”老女人大声叫着，跑了过来，看着他。

赵青云几乎是冷淡地看了她一眼。但他底脸忽然地发抖了，他底歌唱声音破碎了，他觉得有一阵眩晕。但他感觉到，他底兄弟们发出了呼声，抬着他前进了一步。

他突然有燃烧般的奇异的快乐，他一切都不明白了。他用可怕的眼睛望着江面的远处，于是他用轻柔的、美丽的、动情的声音唱：

江上的风波呀从古到如今哟！
人间底事情呀有多少问不得，
拉得牢呀依哟呀兄弟们啊底心咚

“海——哟！”纤夫们唱，于是他们沉重地前进了一步，好像使得地面都震动起来了。这样地，赵青云就在那种奇异的激情里继续地歌唱下去了。老女人，恐怖地看着他，跟着走了两步，突然地替他觉得悲痛，哭起来了。

“日头出来呀依哟日头又落呀，”赵青云唱，望着前面。他好像什么都不明了——整个的世界在他底脚下轰烈地震动着。他希望这个滩永不完结，而激情的歌唱继续着直到永远。他底兄弟们拥着他前进，直到永远。但江里的木船上敲起鼓来了。他感觉到恐怖。纤绳松弛了，纤夫们从地上散乱地爬了起来——那个坚强的沉重的整体破碎了。

纤夫们围绕着赵青云，赵青云呆呆地站在他们底中间。老太婆，哭着挤了进来。

“赵青云。”一个瘦弱的少年，同情地说。

赵青云摇了一下头。

“可怜她死得惨啊！”老太婆哭着，说。

“婶娘，”赵青云疲乏地、谴责地说，灰白而打战，“没得啥子好哭的！”

随后他剧烈地抽搐了一下而低下头去，沉默着，眼泪落在洁净的鹅卵石上。老太婆停止了她底哭声了，升起来了的辉煌的太阳，照耀着这沉默的、静肃的、褴褛的一群。

一九四五年八月九日。

（选自《求爱》集，上海海燕书店一九四六年十二月初版。）

乡镇散记

天是这样的寒冷了，这是一个严酷的冬天底开始。我底附近的一家煤矿底工人们，在十几天以前，因为好几个月没有得到工资，不能维持生活而开始罢工。同时我底周围是充满了各样的欢宴；新兴的权贵们底豪奢和破落户底子弟们底豪兴。我在这样的晚上坐在我底房间里，关于我自己，和一切中国底男女们底命运，心里充满了荒凉的思想。我不想用这样的思想来扰乱我们时代底满怀着豪兴的人们。但我突然想到，我期待这一切的结束已经很久了，我底这期待是错误的；到了今天，这一切才是刚刚开始。

我时常有机会走过我底附近的这家煤矿。以前我看见了它底轰闹的，凌乱的，拚命求生的景况，和坐在办公室里的老爷们底悠闲和漠不关心。这几天它是荒凉了，连最小的职员都跑掉了。

罢工开始的时候，各处的官员们，委员，主任，队长，以及绅粮里面的大爷们都来了。几百工人站在空场上，听着训话，解释，叫骂，威胁。这些先生们都说：没有问题，明天就会有钱来，复工吧。然后他们就被公司里面招待到街上去，大吃了一餐。我看见有两

张桌子排在一起，上面有十几个盘子，保长，委员们在大声划拳——我不能确实知道这一餐的价值究竟有多少。可是，在第二天，当这些先生们又去的时候，刚刚说了“国家”，“政府”之类的话，工人们里面就有的叫了起来：“吃油大去！油大摆好了！”

我记得我听了这个喊叫曾经了解地笑了一笑，我还记得我那时候的感情是颇善良的。

我知道工业家在现在的情形下面的痛苦。但是我也知道他们底生活，经验，思想。他们底家族，朋友，欲望和手段。这家煤矿听说有两个老板。两个老板之间有利益的冲突。抗战“胜利”，煤矿突然地临到危机，——这大家都知道。但是，这两个老板之间，有一个据说是拿出几千万来毫不成问题的，但他不拿出来，因为现在行政的责任是在另一个老板身上。负责的人向政府告贷，请求，但是毫无办法，于是一家大煤矿的大老板在宴会里说了：“我出六千万买你底矿——铁路我不要！”六千万？据说存煤也要值六千万的。而且铁路怎么办呢？但一直到现在政府对这件事情还没有作声。

我看见那位爱漂亮的，年青的负责人奔忙得异常沮丧。我看见他站在边，一句话都不说，望着那些在向工人们讲话的官们，我想他是很轻视这些官们的——这些官们，其实都是在说着连他们自己也不相信的话，而在心里暗暗地指望着晚上的油大，好的香烟，麻将，梭哈。

“你们晓得今天来跟你们讲话的是哪个？”一位大爷向工人们叫，“他是，××××的委员！——请！”他向“委员”说。

于是“委员”说话了，这是一个秃头的，严厉的人。

“听好！我是代表政府的！我负责你们三天以内就拿到钱！你们马上就替我复工！”他说了很多，但工人们不赞成了，他们要马上就拿到钱。他们说他们不能信任。委员生气了，要工人推出

负责的代表来,跟他一道去解决,但工人们说,他们怕推了代表去让关起来。

委员忽然非常感动了。

“哪里啊!”他叫,“假如我要关你们,我不会去叫一排兵来吗?我叫兵来,开他妈两枪,你们敢不复工?但是现在政府是讲民主啊!比不上从前军阀时代了啊!”

但仍然没有结果。官们威胁,叫骂了起来,走进去了。来了茶又来了烟,大家坐了下来。大家都非常感动,因为觉得自己做了什么大事了。大家都感动地谈论着,说工人里面有危险分子。一个斜眼睛的职员,快活地在椅子上扭着身子,说:工人是像畜生一样,愚蠢得很。

有的官们主张逮捕几个工人,有的不主张,他们说,这样一来,事情会不可收拾的;而且会被危险分子利用。几天之后,工人们得不到结果,发了代电了,贴满了一街,说是再没有人来负责给钱解决,他们就要挖铁路,卖存煤了。于是空气又紧张了一下:危险分子。但仍然没有人能负责解决,一直拖延到今天。

我看见那些工人们来了,起初是两三个,后来是一群,暴露在赫赫的官们底面前,一个个显得非常的忸怩,好像是非常的怕羞。老实说,我总私心以为这是一些在这种情绪下会变得很可怕的人们。但我看到的却是这样的一些简单,老实,笨拙的人们。官们要他们集合,工头也喊他们集合,但是他们忸忸怩怩笑着互相推挤,有的在远处的木头上坐下来了,有的站在更远的灰堆上——大家都不走近来。

这边就大声地吼着。有两三个人,走近来了。有两个年青的,好像为了掩藏他们底忸怩,互相地搂着肩膀走近来了。而官们没有说到一半,他们就疲乏,涣散,又慢慢地溜开去了。这好像不是一个集体,这是一些怕羞的,自觉卑微的人们。他们都是臃肿的乡

下人。但是他们却是那样执拗的，渐渐地情绪集中，表露出来了，渐渐地激动了，而在忽然的一阵宣告，一种肃静里，你可以感觉到一种不可侵犯的东西。

“你想想，”一个穿着破制服的，强壮的汉子说话了，他刚说话就脸红，以后就一直地望着地面，而激动地摆着手，“我们这些也还都是人，公司里面上个月不发钱，主任担保了，我们就去上工！但是到今天还是不见钱！我们工人还是深明大意，抗战期间，不能上前方杀敌，总算在后方流了点汗，这回子，胜利了，大家都有的，这不说；一家大小要吃的，又不说；草鞋钱你总要给我们吧！光着脚哪个好放车子呢？刚才各位主任，委员底话都是对的，不过我们工人，劳力，懂不得那么多，我们是要养家活口，还是要请原谅！”他鞠了一个躬就退到后面去了。

“我们不说这些年来的层层剥削，我们这回只要工钱！”后面有人大声说。

“不给钱，还是不得复工！哈！”

“不许乱说！”台阶上的官们叫。于是那个最后说话的工人，一个留着胡子的老人，在羞辱，恐惧和愤怒里红了脸。

官们刚一走进去，这些工人们，就好像是下了课的小学生似的，跳了起来，互相地搂着肩膀又互相地摸脸，起初有点怕羞，后来就恶作剧地大叫大唱着散开去了。

我想：平常在做着那种可怕的劳动的，就是这些人们。我又想，这些朴实而笨重的人们，即令是表示自己们底那么简单的意志，也是如此艰难，好像这是一种难受的重负似的。我想中国是因了这种重负而沉默得太久了。

第二天，落着雨，我又走过矿厂。办公室锁着，职员们都不见了。我走过工人们底棚子，听见有微弱的三弦琴声。一个强壮的工人坐在木头上，低着头，在弹琴，几个人躺在旁边，有一个在闭着

眼睛轻轻地唱着。棚子里面，站着两个都抱着小孩的苍白，褴褛的女人，在呆呆地看着他们。

因琴声我想到，现在那些丑恶的英雄们又在用血来掩没这个中国了。我觉得这琴声是寂寞而凄凉的——但现在的这深夜里，写了上面的这些，我倒也觉得生命底迫来的。

一九四五年十二月二十九日

（选自《希望》四期，一九四六年四月出版。）

饥渴的兵士

兵士沈德根在街上走着。已经是很暖的四月天了，他仍然穿着一件油污的棉军服。他底骨架很粗壮，但脸色死白，脚步蹒跚，眼是闪灼着不平常的饥渴的光芒。他全心都饥渴，然而又昏沉麻木而没有任何感觉。大街上充满了车辆。从那些仓皇地鸣叫着的汽车下面，灰尘飞腾着而弥漫了整个的街道，使得空气更为郁闷。没有阳光。兵士沈德根脚步不稳地在人群和车辆底洪流里走着。他觉得受不住了，就解开了他底棉军服底扣子。这棉军服里面没有衬衣，于是他底难看的、肮脏的胸膛就赤裸了出来。当他发觉走不过去，而抬起头来的时候，一个穿得毕挺的，顶有精神的，年青的宪兵站在他底面前了。

“怎么不扣好制服？哪一部分的？”这宪兵用着陶醉于权力的威严的声音问。

兵士沈德根不知道要怎样回答他，他好像什么也没有听见，预备绕过他继续向前走，可是这宪兵吼叫了。

“站住！扣好制服！再动就抓起来！”

沈德根站下了，害怕地对宪兵看着，一时显得很慌乱，红了脸，

嘴唇发着抖，想说什么而没有能说出来，把衣服扣上了。

“你是哪部分的？”

沈德根给了回答，于是这宪兵从头到脚地再把沈德根看了一眼，鼻子里哼了一下，走过街道去了。沈德根发觉路边上有人看着他，就更慌乱，更脸红。他往前走去，但已经失去了先前的对周围漠不关心的态度了，不时他回过头来看着，看那个宪兵是不是走远了，并且看人们是否仍然在看他。他们果然仍然在看他。终于有一次回过头来的时候，看见一个宪兵从一条巷子里走出来，似乎就是刚才的那一个，于是他站下了。

“他妈的老子揍你个小舅子！”他大叫着，挥了一下拳头，然后叉着腰。可是那宪兵离他太远了，跟本没有注意到他；他底叫喊却惊骇了周围的一些行人。人们底眼光使他昏迷。这时恰好有一辆马车跑近来，来不及停住，马匹底肚子把他碰着了。他于是就狂暴地扑上去打了那老头子马车夫一拳。老头子马车夫不作声，看着他。

“瞎眼睛啦！”他叫。

可是他底狂暴的神情改变了。当他接触到车里的几个穿得很鲜艳的男女对他投来的那种厌恶的目光的时候，他就不觉地静默，他底脸痛苦地颤抖着。那些眼光是在说：“看这种东西多讨厌啊！”

这时候马车已经驶去。他昏迷地站了一下，诅咒着。但是他觉得人们底眼光是对的；他也讨厌他自己。他讨厌自己底脏臭的躯体，混乱的，和痛苦的心，和这种绝望的横暴的感情。他讨厌自己底怯懦，对于宪兵的恐惧。他流着汗，脸色比先前更惨白，眼里的饥渴的光芒更可怕，脚步更不稳，向前走着。他是到这个城里来找他底队伍的。十几天之前，他们驻在一个小县里，他病倒了人家把他丢下了。县政府的卫兵可怜他，给他东西吃；后来，当他似乎好了起来的时候，又替他在店铺里募了几个钱。他来追他底队伍

了，因为，在这个世界上，他没有别的地方好去。他依恋他底队伍，虽然好些年来这个队伍所给他的只是排长班长底拳头，脚踢，和鞭挞。他是一个不中用的蠢人，无论干什么勤务都要出岔子，弟兄们称他为傻屌。他觉得这是他一生的耻辱。但是现在，他又多么渴望班长底拳头，和弟兄们喊着傻屌的声音啊！他到这城里来已经两天了，这城是这样大，他到处都找不到那些喊着傻屌的，他底亲爱的弟兄们。他们丢下他的时候，他哭了。他们有的也淌眼泪了。他要找到那些为了他而流过泪的人们。可是现在，他已经不敢有着这样的希望了，他只是毫无目的地在街上乱走着。

他忽然想到，当八年前他家里的人都死光了，他一个人跑出来当兵的时候，他是相信自己会发财来的。他们村上，刘富顺说是在外面当兵发了财的。对着这个思想，他呻吟了一声。他很淡漠地想到了他底死去了的父母，和他底一个妹妹被地主东家逼迫，跳河死去的事情。他确实很淡漠，他一点也不怀念他底亲人，他已经感觉不到他们了，似乎他们不曾存在过；而且他也没有了怀念的力气。可是他又觉得悲痛，想哭。他走到一条宽阔，笔直，车辆很少的街上来了；他不知道他怎样走到这里来的。他也没有想到这样走是否对。这是黄土铺成的街道，两边房屋很少：有的地方是被挖成了很多洞的黄土坡。一群空板车在路边轰轰地滚动着，车夫们吆喝着。这些车子赶上他了。他和它们中间的一辆并排走着。好久，他觉得有人看着他，于是他向身边看了过去。那个站在板车上的戴着破草帽，披着衣服的年青车夫，对着他底眼睛长久地看着。然后掉过头去了。但后来，好像被吸引着似的，又对他看着，脸上有着一种严肃的难过的神情。终于这年青人对他友爱地笑了一笑，露着一排整齐的牙齿来。

隔了好一会，他才也笑了一笑。然而这笑容是很难看的，嘴皮鼓动着，好像被什么东西刺痛了一般。

“往前走是出城吧？”他问。

“出城。”车夫愉快地肯定着。

“你们是拖货的?”他说,他非常需要谈话,饥渴于这种谈话,虽然他底声音是无力的。

“拖砖瓦的。”车夫说:“老乡,你是赶路的吧?”

兵士沈德根坚决地抬起头。他不知道他为什么要这样抬头。但是他害怕回答说他是赶路的,于是他们之间没有什么话谈了。那年青的车夫站在车上,手里拿着松弛的缰绳,随着车身底震动而摇晃着:他仍然不停地看着沈德根,带着那种隐瞒不住的严肃的难过神情。显然沈德根,身上的什么吸引了他和刺激了他。这时候前面的一辆车子上一个青年愉快地兴奋地喊叫了一声,唱了起来了。后面有人开始大骂着,开玩笑地喊叫着。板车底行列里面腾起了一阵热烈的空气。顶前面的一个穿着一件僵硬的油布衣的家伙,大声地叫着说了一长串话,好像是说到一个女人怎样,于是大半的车夫都笑起来了。

“我操你底祖宗,王二麻子!”沈德根身边的这个年青的车夫对他叫着,红了脸,但是后来自己也笑了。

沈德根也笑了。他对于这种笑声是多么的饥渴。可是他底那笑容仍然是难看的,像是一个被刺痛的人底神情。他爱那个披穿油布衣的家伙所提到的女人,他觉得她就站在他底面前,是一个好看,爽快,强壮,大手大脚的好角色。

“不好意思呀! 妈的个,有什么不好意思呀! 躲到老子裤裆里来吧!”那穿油布衣的角色,站在他底空车子里,高举着两手,拚命似地对着这边叫着。

“不好意思你妈的,”这戴草帽的青年着急的叫。

“乖乖儿,一对银手镯呢! 一双粉红的肉丝袜呢! 乖乖儿!”

“给你妈的!”

那穿油布衣的又要叫什么,高举着两手,但车子一震,使他扑倒在车子里面了。人们又笑了。然后奇特地寂静着,似乎大家都

在想着那个女人。忽然他后面的车子里一个尖细的声开始唱起来了。它慢吞吞地,用着一种走了腔的怪声唱着:“王大娘,就把缸来补。”兵士沈德根身边的那戴草帽的青年脸上又有了严肃的难过的神情。这次他看着前面。

后来他摸出两支纸烟来,给了沈德根一支。并且,站在车子上弯着腰,替他点着火。

“你们当兵的,一个月挣多少钱?”他问。

“没得钱。”沈德根说。

“那你们替哪个打仗呢?”车夫着急地说:“为国家为国家,国家是干什么的呢?”他惶惑地沉默了一下。“上个月来抽壮丁,我们家弟弟去了。”

沈德根贪婪地吸着烟,机械地听着这车夫底话,心里仍然在想着那个好看,爽快,强壮的女人,觉得很痛苦。有一个时间里,他简直失去知觉了,昏迷了,但仍然走着,他害怕车夫们丢开他,他害怕一个人走路。他迷胡地觉得,车夫们中间的热闹的空气,他从前曾经在那里遇到过,完全和这一样,甚至觉得,这几个人,这几辆车子,他从前都在那里见到过。……忽然地他想到家乡了!他不也会赶着车子,像这个青年一样地站在车子上,在黄土路上大叫着而奔跑吗?

“喂,我从前也赶车子的!”他用力地说,生怕没有力气发出声音来。

“你大地方是那里呀!”

“河南。”

“好地方啊!”青年车夫严肃地说。“我那个弟弟,听说开到徐州打共产党去了。共产多不多呀,老乡?”

“多!”沈德根说。“我从前赶车子呀,赶车子呀!吓!吓!我赶车子呀!……你这骡子老了!”

“老了。你打过共产的呀?”

"打过,我们团长叫打死了。"沈德根说,"我从前赶车呀!那才……上下几百斤,三匹牲口拉,我妹妹跟着我跑,跟着我跑呀!吓!"

"那才……共产怎样子的呀?"

"好!共产好!他们分田的!"

那年青车夫小心地沉默了,伏在车沿上,紧张地看着他。沈德根脸上的神情是昏迷可怕的。

"他们怎样子分田呢?"车夫小心地问。

"分就是了,你一亩,我一亩,他也一亩。"沈德根说,兴奋地张大着他底燃烧着饥渴的光芒的眼睛,但是忽然地,眼泪从这一对眼睛里涌出来而流下来了,流过他底肮脏的脸,颤抖着而挂在下颚上。"我赶车子呀……我妹妹跟着我跑……吓,我要回家去了!"

"你家里现在怎样呀?"车夫紧张地问。

"死光啦!"

车夫伏在车沿上,迷惑地看着他。忽然地叹息了一声。

"我叫金水子,我弟弟叫金二狗,老乡,你贵姓呀!将来我们怕遇得着的!"

"是啦!吓,我要回家啦!"兵士说。

"金二狗!不过当了兵他们不准叫这个名字了,又改成金夺标!老乡呀,你是病了吧?"金水子专注地,迷惑地看着他,说。

兵士沈德根摇摇头。他害怕提到这个。这时候他们已经离开了那宽阔的大路,走进了一条热闹的,砖石铺成的小街了。小街的两边都是低矮的瓦房和芦席棚,到处歇着骡马,拥挤着忙碌的乡下人。这地方是靠近城门的转运的市集。走进这小街,板车夫们就热烈地大声呼唤起来,招呼着熟人,并且和熟人们互相叫骂。那最前的一个穿油布衣的家伙忽然地撒起野来,狂叫着而抽打着他底骡子,它就飞奔起来了,冲翻了路边的一担稻草,冲得两旁的骡马们都焦躁地竖起了耳朵,冲得满街大叫,鸡鸭乱飞着。所有的板车

都跟着它奔跑起来了,所有的板车夫们都站在车板上,弓着腰,紧张地注视着他们底路。

“老乡呀,结个朋友呀!”金水子挥着手喊着,在车子上激烈地摇晃着;他底被绳子系着的破草帽脱落了下来,挂在他底背上,显出了他底剃得很光的,发亮的头。

后面的板车发着轰声经过沈德根身边。

“老乡呀!”金水子后面的一个年青人,也转过头来,对着他挥着手叫。然后车队就奔出小街,消失在一阵黄土里面了。

回答金水子底喊叫,兵士沈德根仅仅无力地招了一下手。他底脸上充满了痛苦的,饥渴的,良善的表情。后来,他呆站在那里,望着那飞扬着的黄土,眼睛里就充满了眼泪了。他觉得是做了一个甜蜜而痛楚的梦。什么时候才能驾着车子在故乡底原野里这样快,这样快地飞奔啊!

他不再往前走了。他只是随着板车底队伍不觉地走到了这里;他没有什么具体的目的,他不知道他究竟要到那里去,他就像被遗弃的孩子似的,可是,这个地点,这个充满着骡马,柴草,乡人们的地点,却是使他异常亲切的。他觉得他不要再走了,他觉得他要吃一点什么。他不知道自己底这饥渴是怎样一种性质的,他不知道,他病得有多么重。

他贪婪地吸着骡马、柴草底气息,觉得昏迷,往那些乡人们里面走去。他觉得了,有几个乡人看见他过来就不安地看着他,可是,他没有力气注意这些。他也糊涂地知道,是他底姿态,他底棉袄,他底流血的脚,和他底神色惊动了乡人们。他向一个看着他的老头子亲切地笑了一笑,可是那老头子假装没有看见他地转过脸去了。他又向一个中年人笑了一笑,那个中年的乡人却很快地走了开去。

“我是一个鬼吗?”他想。他仿佛又听见了金水子底喊声:“结个朋友呀!”他觉得要大哭出来。

但是那个老头子又在看他。他又走了一走，于是，老头子就向他窘迫地点了一下头，走开去了。

“他妈的！”兵士想，愤怒的环顾着，看见了一个歇在路边的下饺子的担子。顿时他想吃饺子。并不完全是由于肚子饿，也由于那种对于鲜美的滋味的渴望。可是他底样子已经比先前更可怕。他底脸更惨白，眼睛更红更闪灿，脚步更摇荡。在他走过来的时候，下饺子的那个缺嘴的老头子对他恐惧地看着了。这种恐惧的眼光把他激怒了。

“我下一万块钱的！”他说，拿出剩下的唯一的一张票子来。放在担子上。他尖锐地感觉到，他刚才还觉得亲切的这个街市是如何地不信任他，一个兵士。他狂怒地摔出这钱去，是为了表示，他是值得信任的。即使所有的兵都不值得信任，他也是值得信任的。他从来不曾做过一件对不起乡人们的事情，他自己就是一个乡下人。好多年来，兄弟们抢劫乡人的时候，他是站在一边，痛苦万分的。而就是因为这个，他牺牲了一切发财的机会了。

可是那缺嘴的老人说，饺子，是三万块钱一碗。

“我下一万块钱的！”他颤抖着说，忍不住他底痛苦的愤怒了，也想不出别的话来说。

“先生，三万呀！”

“再说我揍你，老子只有一万！又不是血钱！”他大叫着。周围的人们都在对他看着了。他们底眼光是怜恤而又隐藏不住地含着厌恶。这种眼光叫他觉得要疯狂了。他一时说不出话来，手脚冰冷，流了满脸的汗。

“你敢不下吗？”终于他叫着；“告诉你，这又不是血钱，他妈的，我们当兵的就不是人？不都一样是穷人？不都是乡下人？你们这就把我看成一个恶鬼了！”

他颤抖着，对着默默的乡人们看着。这时那缺嘴的老人已经拿了几个饺子放到锅里去了。

“我们都是种田人！”兵士沈德根带着一种哭咽的声音喊着，他觉得绝望，他渴望向着乡人们跑过去而大哭起来。他心里充满了激动的疯狂的感情，可是他觉得他一点都说不出来。但正在这时候，先前的那个老头子走出来了，对卖饺子的说，替这个老乡下四万块钱的，并且掏出钱来。

兵士沈德根更惨白了，他在抽搐着。他睁大了眼睛看着这个脸上有一大块创疤的，生着灰黄色的胡须的老人。

“你贵姓呀，老伯伯。”他用沙哑的声音说。

“吃吧，老乡。”老人说。

有十几个乡人静默地观看这个场景。兵士沈德根端着满满的一碗饺子，颤抖着，眼里闪着饥渴的光芒，走到路边的一堆茅草前面蹲下来了。他底病重的、狼狈的样子是骇人的，可是他自己不觉得。他饥渴于这美味的饺子，饥渴于那“结一个朋友呀”的呼声，饥渴于乡人们底亲切的感情，饥渴于乡土，奔驰的车，妹妹底呼叫，饥渴于爱。他吃着了。人们肃静地看着他。人们感觉到了他身上的这种饥渴，人们，乡人们，尊敬这种饥渴。

他吃完了，把碗放在一边，慢慢地解开了他底被宪兵逼迫着扣上的棉袄，坐在茅草上，闭着眼睛：他底干枯的，满是伤痕的手在轻微地颤抖着。

后来他底眼睛张开来了，贪婪地望着乡人们。乡人们寂静着。有一个人，对着一个跑过来而呼叫着的孩子，打了一巴掌。

“结个朋友吧！”兵士沈德根衰弱地，然而火热地说，脸上并且有着温柔的，天真的笑容。“我要回家啦！”

他靠到茅草上去，慢慢地垂下了他底沉重的眼睑，把他底一双手放在胸前。他两只手在无意识地抽搐着。茅草底浓厚的香气浸蚀着他。他死去了，在乡人们底沉重的寂静中。

一九四八，五，十五。

（选自《泥土》六期，一九四八年七月二十日出版。）

漠　青

悲　　歌

一

“蔡惠珍,你居然带男人的衣服到宿舍来洗,这是女工宿舍呀,传出去成何体统?……”

“那是严海文的。”

“我知道,你的名声够香,啥子狗男人都追着嗅,严海文,哼!”女工宿舍的管理员跳来跳去,拿着一件潮湿的男衬衫的两只袖子,像只奇形怪状的大白鸟,要扑吞幺妹似的,尖声叫着:“哼,严海文,严海文是你的啥子人?他自己不能说,要你说?难道,这就多情么?也不想想,幺妹,一个无父无母的女子,不学好,整日在外面交男朋友,骗男人家几个臭钱甜嘴,说句不好听的话……”

“不好听?好听不好听,管你个屁?管理员,”幺妹挺着胸脯,线条鲜明,绷紧了红红的脸。“你报告厂长,记过就记过,扣薪就扣薪,你莫朗个瞎骂人,大惊小怪的,碰到大头鬼哟!”

“啧啧——扣薪就扣薪?”

“对头!”幺妹一把抢过衬衫,抛向竹床。

“咦,不要后悔呵!”

“死相!”幺妹骂。从女工们叽叽咕咕的耳语和忌妒的眼光中,冲出了宿舍。她在台阶上站住,鼻头和额角沁出几粒冷汗。

“不上班,看你朗个凶,扣薪就扣薪!”幺妹屁股一扭一扭地摇

摆在公路上。

幺妹走上路旁的土坡，看见初冬的阳光，辉煌着蓝空，一只小鸟，在阳光下闪光飞过。她转进坡侧的柑树林，伏在一块石头上。石头给阳光晒热，热着幺妹的胸。幺妹觉得愉快，把胸部凑上去，用力凑上去。幺妹疯狂了，抱住石头，落下眼泪。眼泪滴到石头上，流到她的胸前，衣服湿了，乳房坚实地现出来。幺妹看着，居然想起过去的日子。可是，一切都像那遥远里的市镇上飘浮着的烟尘，渺茫地，辛酸地，模糊不清。幺妹的命运，不相信任何人，该相信自己的命运，是多么悲惨呵！幺妹放开手，坐到石头上，拔起脚下的草叶，在嘴里拚命啮着。

幺妹，这个奇怪的姑娘，记不清自己的父母是怎样死去的。她只隐约听人家提起，说父亲是镇上哥老会的头目，因为吃官司被屈打成招枪毙了的。后来，她寄居叔父家里。叔父，这个鸦片烟鬼和赌徒的袍哥，结交着流氓光棍和地痞，使幺妹受尽了一切的苦难。她记得，为了一块蓝布，叔父和婶母打架，叔父把蓝布抛进风炉里，婶母的脸青肿，涂满了血。幺妹同情婶母，婶母可怜呵。为表示这同情，她拣出一小片还未烧焦的蓝布，拿到婶母面前，痴笑着。

"小杂种！"婶母狠命地送给她一记耳光，使她晕倒了。——眼前晃着一片蓝布，火光和流血的脸。那时候，她才六岁。成长着，她永远被拷打和毒骂。她忍耐，认为世界上没有好人，一切，都是恶毒，残暴。她想走，走，走到什么地方呢？幺妹，已经是一朵含苞待放的野花，她早熟，健壮。有棕色的皮肤和黑晶晶的大眼睛。胸脯一天天高起来，她把手按在胸前，想，迷茫地想：需要一个年青小伙子。

一天早晨，她因赶场翻上土坡，站着。太阳光在她身上闪烁。像屹立高原上的女英雄的铜像。幺妹凝视着坡下的工厂，严肃地，凝视着劳动的大海，以及在这大海里游泳的男男女女，她，年青美丽的幺妹，决定离开叔父的家。虽然她不明白孤独和寂寞，以及抗

战给予这小镇所带来的新的气息，然而，照我们的说法，她是知道了报复，向叔父的社会报复。凭自己，会生活得愉快的。么妹深长地吸进一口空气，眼睛湿了。这感情，她很少经验，因为她忽然觉得忧郁。要割断毒辣残忍的生活，在她，也有留恋的。比如，每天夜里她伏着流泪的小床。那温暖的禾场，——她曾赌气从叔父家里跑出来，在那儿困过一夜的禾场，还有，阶前的蚂蚁穴；因为，她喜爱看蚂蚁打架。但最后，她从忧郁里毅然抬头，好像对这些都已得到最后的决定。她张开双臂，抡起双手，让晨风吹散头发。一只自由的小鸟，么妹，向坡下劳动的大海飞去。她飞得很快，扭着野蛮的腰肢，跳过水沟。就好像那大海里有人在等待她，会给她温暖。

么妹记不清自己饿了几天，曾经被厂警摸过胸部和淫笑着推开。总之，么妹跳进了劳动的大海，开始做工了。

野花开了。野花一开，就有蜜蜂来采；野花一开，香气到处飞。——么妹，开始被男工们追逐，她不害羞，反注意打扮。学镇上的女学生，在头顶结起蝴蝶带，涂起劣等的铅粉，搽着含有酸味的生发油，健壮的，结实的，婀娜矫健的，美丽又泼辣。么妹，用尖锐的喉音跟姊妹们学会一些流行的小调，一面唱，一面跳。有时，笑得弯腰，把头埋到手里，向男工们抛出毫无顾忌的，乡场上所说的，年轻女子想男人的妩媚的做作的眼风和微笑。于是，烘版房出色的男技工严海文，抱着么妹意想不到的毒辣和自私，奔向她的世界。而且，骄横地践踏起来。——严海文是啥子人？严海文太强硬，我是我，严海文是严海文，女子也是人呀。么妹跃进，抛去手中的草，病态地笑。而哭泣后的疲倦，使她想睡，想休息，么妹又伏到石头上。

正当么妹伏在石头上，头发披满脸，在梦中哭泣。阳光抚摸着她的背脊，这时候，姚启中，一个面部浮肿，穿西装戴近视眼镜的青年，从镇上回来。——他是厂长的外甥，今天一早到镇上银行里去

取款的。他爬上土坡，由于疲累，站住喘气，用白手帕揩汗。伸出右手看表。同时，望望四周。他看见了柑树林中的女子。由于诧异，由于所谓艳遇，可以向同事们夸口的得意，他惊喜交集，但又胆怯地，心跳着，小偷一样，鬼鬼祟祟走进柑树林。当他站在石头前面，看清楚眼前蹲伏着的女子就是蔡惠珍时，他的脸更红了，他失去理智，感觉喉咙干燥，吞着口水。因为，姚启中知道么妹的美丽，也打听过么妹的身世，他想引诱她，可一直没机会，又碍于职员的面子，怕人知道的——此刻，他不知道应该做些什么。

终于，他伸出右手，可是这只到了半途便停住了，原因是，么妹在一个大声的啜泣里醒来。么妹醒来，惊愕地望着姚启中。一会，么妹妩媚地笑，知道他是高级职员，么妹招呼姚启中坐下。

姚启中害羞地搓着手指，解释着，虽然在么妹这种女子是不注重这种解释的。但他红着脸，极力装的自然，说自己是从镇上领款回来，看见么妹睡在树林里晒太阳，"这样会生病的，所以，所以我喊醒你。"他说，摆开右手，显露出闪光的手表。然后，一个狐步舞，姚启中掏出白手帕，铺到石头上，坐下来。

么妹没有听姚启中的话。她看着姚启中插在西装袋上的钢笔。钢笔在阳光下闪得十分美丽，这诱惑，使么妹欢喜，她伸手拿过来，瞟一眼姚启中，玩弄着。

"这是派克牌，现在贵得很。"

于是，一种突如其来的欲望，使他站起，踱步，手抄在裤袋里，吹口哨。文雅地笑，弄领结，抖一下肩头。他从厂长开始，谈到自己，谈到大学堂，谈到吃饭，像江流一拐，转个弯，开始谈到恋爱，指手划脚，跑两步停下来，停下来又坐下，坐下又跑步。这个二十五岁的青年，说是热情，说是由于么妹的刺激，无宁说是由于压抑的，变态的畸形生活造成的，可怜的货色。姚启中，在自己的激情里，把么妹当做天仙，跪下来。在恋爱至上论之下，这种浮肿的青年，扑到么妹面前，跪下来。眼睛里溢着泪。

么妹受到这意外的崇拜,这崇拜,是她没有要求的。像都市姑娘等待爱人求情时跪下来的企望实现时的胜利和骄傲的满足,在么妹,是做梦也不会想到的。她红脸,局促,说不出话,渺视而又惊异这崇拜,颤声说:“起来!”

“我爱你!”姚启中说出最后一句话,站起身,眼泪滴到草地上。

么妹此刻没有感情,如果有,就是对于钢笔的喜爱。

“送给我?”么妹知道不会被拒绝,摇着钢笔,说出她想说的话。

“拿去吧。”姚启中奇怪着自己的慷慨,也满意自己的慷慨。因为慷慨,他渐渐恢复常态,变得庸俗和无耻。而刚才那种高贵的感情,也变了。他坐下来,拉么妹的手,他颤抖,大胆地握着。并且,睁着小眼珠,从近视眼镜里,看着么妹。么妹的脸,红红的脸,沾着几丝发丝。么妹的胸膛,在那被眼泪浸湿的衣服里,鼓出来,软软地,坚硬而颤动的乳头,起伏着,散发着一种少女的,使姚启中疯狂的气息。

“你们职员,一个月拿好多薪水?”

“一万多。”

“哎哟,我们才两千几。”

“你要钱吗?”

“当然,有钱什么地方都可以去。”

“我可以给你……”姚启中放肆地,突然搂住么妹,用苍白瘦小的手,摸向么妹饱满烫热的乳房。嘴唇——姚启中那苍白而薄弱的嘴唇,跳着,抖着,凑向么妹的下巴。

么妹颤抖一下,看着胸前苍白瘦小的手和手腕上的表,闻到那喷出热气的浮肿的嘴唇,她突然想起严海文有力的,粗壮的臂膀。这是侮辱。么妹用力挣扎,撑开姚启中的手,从他臂弯里跃出来,屹立在石头上。生着气,以严海文所给予她的那种愤怒和力量,么

妹，把钢笔掷向姚启中的脑袋，嘶叫起来：

“你这狗肏的杂种，职员就要起女工啦？你有钱……嘻嘻……”她抡起拳头，跳着，头发飞扬，扑向姚启中。

姚启中狼狈地逃跑，像条被主人赶打的狗。走出柑树林。走到土坡上。姚启中向么妹挥手，骂：“好，好，有你的，报告厂长开除你！”

么妹，失去了一切，飘浮在生活的大海上。她不知道生活。或者说，她没有生活的智识。任生活的浪涛，给她冲刷，任生活的风暴给她打击。人，是要学游泳才能泅到对岸的。么妹，祖先遗传给她的，是光棍，流氓，鸦片烟鬼，地痞的集团所产生的，那种集团里的女人们的性情。加上原始的，野蛮的，山国里的动物的愚蠢。么妹，单纯得可爱，单纯得美丽。这单纯，是一切都市文明所没有的，像都市姑娘的伤感和忧郁，么妹没有。因此，她单纯地爱，单纯地憎，要求着个性的解放。她要自由，虽然她不知道自由与解放的更大的意义。然而，她已经开始，而且执着地，向着这方面冲撞了。么妹拾起地上的钢笔，钢笔剩下半截，从金色的笔尖上，浮起来姚启中狼狈的形相：像条狗！

“这些狗！”么妹严厉地，扔掉钢笔，跟着这右手用力掷出去的动作，她斜俯了身体。当她退回来，重新坐到石头上，么妹看见：树叶的翠绿，以及密集的，重重交错的树身外面，远远的一片田野。一片绿。么妹看着，忽然想起：想起自己替叔父耕种过的那片包谷地。在那些日子里，除了在那片狭窄的土地上流汗和劳作，她的精神便没有寄托。所以，现在想起来，虽然不会欣赏田园的景色，但她却想起黄色白色的菜花，红色柔软的包谷须，蜜蜂和蝴蝶，和蚂蚁的打架。——阳光从叶隙落下来，一点点圆圆的光明，跳在么妹身上。

二

而这些，这些是严海文作为借口要抛弃么妹的理由——么妹和姚启中的关系，严海文是不很清楚的。他永远也不需要知道。在他向往伟大的世界的雄图里，严海文有自己的见解。他常常用一种英雄的姿势，摆开两腿，两手叉腰；或者，用右手捶在左手上；或者，抓紧拳头，做出种种粗暴的雄浑的动作，俯视脚下站着或蹲着的伙伴们。严海文，演讲起自己的见解。此刻，他抽着纸烟，狠命地抽着，歪着头，挺高胸脯。初冬的阳光，在他的鼻翼和额头闪烁。他，骄横的老公鸡一样，拍拍翅膀，啼出嘹亮的声音。

"……女子，女子的滋味，是甜。但有啥用场？你不能一辈子把她做裤头带，缠在腰上。因为，男子汉大丈夫，还要飞呵。——就是，所谓事业，给大家，幸福，——自从，我在泸县，格老子被保长瞎搅，舞弊兵役，抽了壮丁。好，我想，当了兵再说。龟儿子，当兵，不派你上前线，你哥子想想，那班龟儿子朗个搅法？哈，替长官做生意，运货，走私——他妈格屄，我开了小差，我操他个杂种保长。啥子兵役，一句话，贪污呵！"他抛掉纸烟。"报仇，是要剥他们的皮。诸位，话说回来，我们的厂，印钞厂，物价朗个涨，坐飞机也赶不上，我们票子越印就越涨，兄弟不晓得国家啥子金币政策，啥子生产建国，印票子也算生产吗？格老子！职员们做生意，贪污，从美国坐飞机，运来啥子油墨纸张，哥子们想想，舞弊啦，揩油啦，各位有目共睹，有耳共闻，不是我严海文拉言语，扯谎，我严海文一向为人坦白，"他拍一拍胸脯，慷慨激昂。"我严海文不作伪，说一是一，说二是二，我看不惯，我严海文有办法，会杀光他们，杀，杀，杀光这班龟儿子王八旦的脑壳！"

他结束了演讲，抛开伙伴们，气势十足地，阔步走出厂门。因为，他不愿意听伙伴们的批评，他不愿意自己的意见受到别人平凡

的议论,甚或和他完全对立的争执,所以,他走开。这半个月他做夜班。白天,他要坐茶馆,想着未来。他的思路展开着,飞过田野,飞过市镇,飞到自己也想不清楚的地方。飞向那壮阔辉煌的天下,遥远的土地,风雨飘摇的黄昏。那儿——他想,一个年青的汉子,屹立悬崖上,向天空咆哮。然而,他猛然摇头,站起,丢下幻想,走进公路旁边的小酒店,敲着八仙桌:

“喂,来碗干酒。”

他咽咽地吞着酒,不管喉头发烧和额角冒着汗。他饮,因为他高兴这样做。严海文,把酒碗往桌上一掷,踢开凳子,冲出店门。

“酒钱。”

“记帐!”严海文袋子里还有钱,但严海文要记帐。严海文在学坏,在堕落。严海文,要把自己造成一个流氓,这样做是好是坏,他不想,但他做了。他要做成一个与厂里那些穿西装戴手表的职员们相反的,以及在保长这类人眼中是流氓光棍的,恶毒地随处可以给人们吃拳头脚尖的流浪汉,为了将来要回来报仇,为了要打出自己的江山。所以,严海文学着那些年纪比他大的,走过码头的工人们和乡场上光棍们的种种行为。

严海文,这个年青毒辣的汉子。骄傲,不可一世地蔑视统治者,热爱人生——他自己不懂。他发展着自己的个性,豪爽鲁莽。对于这个劳动的世界,他看得很深,有爱也有恨。对于这个万花缤纷的社会,他就显得太幼稚,太无知了。他不能拔一根市镇的脚毛,市镇却可以一脚把他踩个稀烂。——像所有年青的幻想家,他梦想自己的未来,瞩望苍鹰翱翔于长空。他要飞,在遥远里或者深山野穴中,为自己,用自己的拳头,击倒一切。主要的,是创造一切,就算带了刀痕和创伤,他也会得意的。情愿像暴风雨里的树木,被雷电劈下一声疯狂的欢呼而飞向无名的惨死,却不愿静静地,静静地,无声无息地生活,因为这样,人会发臭的。严海文,以年青蓬勃的生命,看清楚自己的未来。于是,以祖先遗传下来的,

人民刚强的,好的原始的倾向,执着地,开始试验自己了。这试验的第一个对手,就是么妹,因为,照严海文的想法,在离开以前,是有权利尝尝女子的滋味,而在尝过之后,也有权利抛弃她。这才有自由,使自己什么滋味都知道。如同有钱的绅粮们,想尝过天下山珍海味一样。严海文,开始贪馋地,吞起第一盘奇异的珍品,咀嚼了。可是,想不到的,意外的挫折,摆起开玩笑的架子,在向他的试验招手了。这些日子里,工人们间谣传着么妹和职员姚启中的关系。——这为他所绝对漠视,而在别人眼中却绝对严重的,爱情的纠缠,使得他愤怒,暴躁起来。

这天黄昏。

么妹,穿过公路,走进茂密的柑树林。走过一片长满绿草的土坡。树叶子在星光下闪光。么妹走上土坡。她看见严海文坐在她坐过的那块石头上,极目望着叶隙外面的天空。严海文凝视着,不说话,也不动。么妹走到石头旁边,停下来,倚着树身,俯视严海文,俯视他粗黑的头发和健壮的阔肩膀。么妹觉得舒服。

这时,严海文的眼前,跳着红色的,灰色的,灰白的,灰白的月亮。那树林后面的山谷,山谷里有一条小河,河水日夜在流,河边有石块,就在那峥嵘的石头堆间。九月的风,吹乱他和么妹的头发,那头发,一样乌黑的头发,绞在一起。然后,么妹的脸,埋在他挺立的,强烈地跳动着的,厚阔胸膛里,呜咽。

"没有人当我是人,严海文呵,我自己,一个人,从小,到现在……好苦呀,十八年,哎,这河水流得真好听,我过去,那阴阳怪气的日子呵,像这河水,流啦,一转眼的工夫……好凄凉呵……"

"是凄凉,你的身好烫……"严海文,在急剧的感情里,迷失了路。他浑身战抖,发烧。这女子的肉体,比他更烧。他一把撕开衬衫,抱起么妹,把她烫热的脸,贴紧着胸脯。么妹喃喃地,说着听不清的话。

"单独是苦……有你,姊妹们笑我,欺负我……我怕……怕职

员知道了，报告厂长，我们，会开除的……”

“你怕开除？”

“我……如果有钱，我就不怕，我们，不等……不等开除，我们就走，严海文，走得远远……”

“对，走得远远，走到天边，海角，我想走，么妹，我天天想走呵！”严海文，举手指远方，远方夜雾模糊。“么妹，开除就开除，开除了，我们就走！”在强烈的感情与肉体的震撼里，严海文攫住么妹，站起来，站在峥嵘的岩石中间，看着对岸综错的灌木林，灌木林在灰白的月光下，放散着忧郁凄凉的光。么妹颤抖在严海文的胸里。么妹在做梦，这痴情的孩子，梦见镇上的女学生，梦见她们在灿烂的天空下，走着唱歌……

……严海文后悔，他骗了么妹，他害了女子。因为，他本来爱么妹呵……

此刻，么妹的眼睛，流出来宽阔的，海样汪洋的巨浪，顷刻间，淹没了严海文的世界。他竭力挣扎，要泅过这大海，但他抬头又低下头，他在等待着海潮的退去。——么妹坐下来，坚定地，打量着年青汉子。——这对年轻懵懂的恋人，没有开口，我看你，你看我，大家沉默。严海文极力隐藏心中那丝善良的，颤栗的感情，他要跨过么妹眼睛里泛出来的，带着白天打击姚启中时已想起他的感情，向他说话。

“你又喝了酒？”

严海文点头，嗤鼻子，短促地回答：“喝酒不是坏事。”

“人家说，酒伤身呢。”

“你相信人家的话？”他说。由于“人家”两个字所引起的冲动，喊起来：“么妹！”他觉得声调很不自然，便又大声而生气地吆喝：“么妹！”

“朗个……”

严海文粗暴地截住：“我不是姚启中啊，不要看我，滚！”

“啥子?”么妹,猛然从自己的世界里冲出来,挡住这个年青健壮的汉子。么妹,由于对方少有的忌妒,由于忌妒能够探测出爱情的深度。她觉得神圣,不,觉得快乐。她跪下来,把双手搭在年青汉子的膝盖上,斜着头,看进对方的眼睛。

她看着严海文。年青汉子的眼光充满着熠熠的火焰,教她恐怖,绝望。受了骗的小鸡雏!她滑倒地面。严海文看见,么妹的眼睛,海浪平静了。但那上面,有着严海文意想不到的,表达着内心的激动和爱情。

“职员么,有西装,有眼镜,有手表,有钢笔,有票子,哼,”严海文突地跳起,屹立在石头上,比么妹高出好几倍。拍胸脯,右手在空中一挥,抓成拳头,声势俱厉地,喊:“我严海文认识你!”

他一个箭步,跃下石头,噗冬噗冬地,沿着土坡飞奔。

“站住,”么妹,兔子一样地,跟着他的走去,跳起身,用不可思议的,使自己也惊异起来的力量喊:“严海文,站住!”

严海文在百步以外站住,转回头,阔肩膀迎着一阵旋风。看见么妹的头发,在风中抖。他想出一句话,但又突然停住。抬头望向天空,星星没有了,黑云密布,要下雨。在刚才剧烈的飞跑里,他感觉到愉快和兴奋,一种宝贵自己和渺视他人的得意,使他相信自己是有可能不被女子绊住脚的。于是,他停下来,等待着么妹。——他的敌人。

“你说,你啥子都没说啊,你!相信别人……姚启中,是他写信给我,我看不懂,叫别人看的。他约我去镇上耍,我没有去,你朗个啦,你不相信,你这人……二天你会看出我的心的……今天,我打了姚启中,我骂他……”么妹,唱出心头第一支恋歌:“我和他无情呵!好人!我会被开除的……我苦了十八年,严海文,你如果有良心,你带我,带我走吧……严海文!”

么妹,扑进严海文怀里。

风,扫过来,雨滴,撒落大地。青空,电光碎裂,一闪,像千百条

毒蛇。遥远里的削壁，鼓着风，呜呜的响，削壁上的树枝，击撞着，和着山岩的爆发，瀑布的奔泻，轰响起来。沉郁地，狂暴地，雨点带着雷电刺人的青光，迎头劈下来。一片水，风，扫过去。耳边，只有呜呜的风声，雨点和树木的狂欢的节奏，震撼树林。而一片片的电光，更加密，更加狂欢而凶猛。青色的电光下，严海文抱起么妹，向坡下狂奔。风，手一样拉着他的裤管，头发披下来，眼前跳满青光，在青光的闪射下，雨水一片片，流在天空与大地之间。疯狂呵！青光，闪吧，闪吧，年青的生命，在青光下飞奔，年青的生命，在宇宙的狂欢里飞奔，年青的生命，严海文和么妹，在伸手不见五指的暴风雨之下，飞奔……

"严海文，我肚子痛……哎……哎哟……"

三

姚启中这种人，是极端自私，虚伪和愚昧的。他想同事们怎样占有女工，自己却受侮辱，他捶桌子，写签呈。写出种种理由，可以开除严海文和蔡惠珍的理由。——撕着纸，写，掷开笔，一会，又写。他花去整个上午，写好签呈。疲倦地，大声呼气，靠紧椅背，伸腰，弄响指关节，看表。然后，摇晃着油光光的脑袋，细声而又抑扬地，朗诵起来：

"谨签呈者：窃查我厂成立迄今，蒸蒸日上，突飞猛进，此皆蒙钧座暨从事业务诸公之热心努力，有以致之。今者，我厂负国家经济之命脉，抗建生产之重任，诚可喜可贺者也。然职敢冒昧恳陈者，则为我厂技工之行为。查我厂为战时生产部门，技工之一举一动，在在影响生产效率，为提高我厂生产效率及整顿低劣工人起见，似应早日调查行为不轨之工人，加以警戒，以策来兹焉。"摇头，拍案。"现职汇多方报告，得悉烘版房甲级技工严海文，日常工作不力，行为不轨，对厂方待遇，时有怨言，甚且口出不逊，辱骂

高级职员，酗酒滋事，荒谬至极。该技工竟色胆包天，擅自引诱点查课初查组点查员蔡惠珍，而该女工竟信其狺言，双方如鱼得水，蔡惠珍甚至私自带严海文之衣服至女工宿舍为之洗涤，此有女工宿舍管理员之报告为证。似此败类，不但有损我厂信誉，且危害国家生产，应即开除，以昭厂规，幸钧座明鉴裁夺，则我厂幸甚！国家幸甚！——幸甚！好！要得！”

姚启中拍桌子，得意非凡。写好密封的信封，亲自送给厂长。于是，严海文的命运，这傻瓜的命运，将受到更严厉的，等待着的试验。

严海文站在厂长面前，露牙，咬唇，做出绝望的凶猛。这种凶猛，显然是装假的。在厂长冷若冰霜的言谈和脸孔下面，从厂长那对尖锐而疲倦的眼睛下面，人们充分可以看出，这个年青工人的怯懦。——首先，严海文不看姚启中，他极力不使自己想到还有一个浮肿的姚启中坐在厂长身边。他想到许多蒙冤的伙伴的离去，他握拳，想给统治者以颤栗的打击。——这，会招来滔天的大祸。严海文知道，他是深深地知道自己的怯懦的，他生气了。他周身颤抖，用力站住。——怪不得严海文只会残酷地向自己的心报复。比方他要抛弃么妹；比方他要学会种种流氓的举动。这些，这些历代演不完的悲剧，悲剧里的主角们，都是有着一颗悲壮的，创痕斑斑的心呵。

同时，厂长室的一切，那温暖的房子，充满纸烟和香水的气息。阳光落在白色的窗帘上，阳光温柔地，用金色的光线，使大办公桌灿烂辉煌。厂长慢慢的动作，慢慢的说话，昏沉地，使听者不会起刺激，而绝对不听对方的，所谓胸有成竹的说话，一顿一顿地。严海文终于忍不住瞥了一眼姚启中在挖鼻孔的动作。——姚启中有挖鼻孔的癖好。这一切，这周围深沉的环境，把严海文拖进深沉的，黑迷迷的袋子里。

“严海文，违犯厂规，是要开除的，你知道么？”

"厂长,严海文时有怨言,没错。酗酒,喝酒是有的,一个工人,喝酒不算坏,但我没滋事,试问,我喝酒闹过啥子事?我骂了哪一个?哪一个高级职员?我滋了啥子事?我引诱蔡惠珍,有证据么?"严海文,在自己有力的辩驳里,振作起来,跳出无底的黑袋子,回复他自己,用他全部的狠毒,跨过厂长室的昏暗与内心的怯懦,向统治者冲过去。他挥拳,大声说理:"没得证据,随便陷害么?姚启中,你拿出证据来,拿出证据来!"严海文,挥着拳,大声说理,而且咒骂:"姓姚的,你挖出心来,你自己引诱蔡惠珍。你,哼,你侮辱蔡惠珍,你猪狗不如,你,披人皮的畜生……"

"住口!"厂长拍案,气得发抖。

"这么说,"姚启中说,脸色苍白,冷笑,摇头,不以为然地,假装镇静,挖鼻孔。"你老人家别生气,你坐下来……"他转向严海文,"这么说,叫蔡惠珍来对证!"

厂长,想着年青工人的横蛮,烦恼地,批道:"查该员所呈属实,该两工应予开除,交人事股即办。"厂长,用他惯用的,先发制人的贤明,批完公事,躺进椅子里。

严海文转身,踱着阔步。在这动作里,严海文骄傲,他在厂长室踱阔步,旁若无人。他看见厂长的批示,他冷笑,他早就料到的。现在,在他骄傲的阔步里,在姚启中的冷眼里,在厂长的漠视里,他感到一种抑制不住的,杀人的念头。而在他年青的心中,就唱起悲壮的,遥远里的哀歌。严海文预料到,即将爆发的壮烈的行动。严海文周身发抖,发热,变成一块火。

"我晓得,我恨死这班狗肏的杂种,生活真难啊!我此去,也不知流浪到那年那月,流浪到那地方……一个男人,总是要顶天立地,做人,要不怕,对!不怕,走!"他仿佛又在向伙伴们演讲:"哥子们,严海文诸位的情,在此过了三个寒暑,现在,我走了,诸位,严海文走了,严海文走得不甘心呵!"

急剧地,不甘心的痛苦,使严海文看见许多熟悉的,蒙冤的面

孔,这些伙伴们,直立起来,以威临一切的雄姿直立起来。——要报复啊!——严海文,看见么妹,么妹脸色憔悴,站在门边,像伫立在黄昏岸畔的一株白杨,阳光照满她头上,头发放金光。么妹深情地凝视他。——这深情的眼光,在以后严海文悲壮的一生里,在严海文的生命里,永远闪烁着,永远放光,永远不熄灭。可是此刻,由于这眼光,由于奔泻的感情,严海文疯了,露出牙齿,像匹野兽,跃过去,掀翻办公桌,咆哮,击向姚启中的脑袋。姚启中,从椅子里翻出,躺在地上,他流血。

"严海文!"么妹喊。

"走!"

人们知道,同时代的青年男女,那些成长在被抑压与被污辱的暴力下面以及动乱的战争里的青年男女,在生活的荆棘上打滚的,山谷里健壮的青年男女,对于恋爱,大都有一种遗传性的害羞与无知,和执拗地,性急地,达到目的后便无法驾御的糊涂。这些,表现在严海文与么妹的关系中,更为明显和突出。

现在,严海文站在通往镇上的一条小径上。他抬头,初冬的夜风,吹过来,厂区里的路灯,在风中摇曳。厂区在潮湿的烟雾中激剧地呼吸。青空有稀疏的星座眨着眼睛。远处,厂长的洋房的大窗,垂着绿色的窗帘。严海文感觉到绿色窗帘里的温暖和安逸,狠狠地磨起牙齿。而遥远里——当他回转头,有一片微薄模糊的光明,那是镇上喧嚣的夜市的灯火。

严海文,迎风点燃纸烟。

"那一个?是不是老胡?"严海文,望定走过来的一条高大的黑影。

"是我。"

"哦,你来了。"

老胡拍着严海文的阔肩膀,平静地熟视年青伙伴。在他正直冷静的眼光下,严海文大大地烦躁,局促不安起来。他失去支持,

变得胡言乱语："……老胡，我告诉你……老胡，你进厂好久？"

"四年多。"

"你不想走？"

老胡摇头，看清楚了对方的心。冷静地微笑。

"老胡，我此去……"

"此去，第一，心要放宽，不要太暴，总之，万事小心！当心上别人的钩。严海文，我约你等我，为的要关照你，告诉你，么妹小产啦！"

"啥子？"

"小产！今天女厕所里，丢着一个血迹模糊，还没有变成人形的肉娃娃……老弟，我碰到么妹，她说，她也要走了！"

"她上哪儿？"

"不知道，她叫你不用记挂她，她今后会——变好的！"

"变好……"严海文，沉默了片刻，咬紧牙根，没头没脑地，变得散漫，忧郁，凄然说："今晚，我先到镇上，明天一早去重庆。"严海文，忧郁更深，噙紧欲滴的眼泪，酸楚地，从来没有过地，呜咽起来："老胡……那厕所里的娃娃，是……是蔡惠珍……是我的……老胡，我来不及再见她一面，厂警四处找我，我只有走，走是好的，就是那女子，那么妹，你哥子以后多照顾……"

"你放心！"老胡点头。握紧严海文的手，沉默。一会，他伸手到袋里掏出一包东西，塞到严海文手里。"大家患难一场，兄弟们知你身上没得钱，大家凑了三千块，吩咐我带来，你收下吧，将来通个讯……"

"我忘不了哥子们……"

夜，凄凉。

严海文走了。严海文的心中，唱着一支悲壮的遥远里的哀歌。老胡看着年青伙伴的阔肩膀。——头上是天空，脚下是土地，一个放逐的生命，一个年青的生命，这生命，唱着遥远的悲歌，和狠毒

的，对于年青情人的薄情，消失于苍茫里。因为明天，天一亮，他就要开始悲歌里所颂唱的生活……

一九四四，九，十二，重庆。

（选自《希望》三期，一九四六年三月出版。）

骆宾基

一个坦白人的自述

一九四三年夏天，我是在广西省一个Y县城过的；那真是一个魔鬼的地方。一个十七世纪的城市一样。白天你在街上走，就能够听见城外的汽车过路的声音，若是有只鸟路过这县城的领空，你也能够听得，听得清清楚楚它那一声暂短的啾鸣。实在说，那地方的确是幽静的，城郊的山水也是有名的优美，街道又整洁，而且也有不少很体面的受过高等教育人物。不过都是一些过时的了。四乡就更落后，你碰到他们简直不能不疑惑他们是鞑靼人，如托尔斯泰在《高加索的囚徒》那篇小说里所写的，真是野蛮呀。

而且这地方的警察，也是特别的出色。他们的穿戴就像一些退伍的军官一样，布鞋，散腿制裤，而且很有礼貌。

假若你指着向东走的巷子，问他："劳您驾！到公路上去，是从这走吗？"

"唔！"他会向你敬礼，惶恐地，站在你面前。

"这是一个不通的巷子吧；是不是走不出去呢？"若是你再向前指着说："是不是能走出去呢？"

"唔！"他就会回过头去，脸色苍白的这么应声。

"那么不是向那边走呀！公路不是在西边吧！"

"唔！你问路呀！"他虽然明白了，就会说："我不知道，对不住。"然后用诅咒你的眼光，悻悻然的丢掉你，尽自去了。走出去七八步，还要回头望望你，那眼睛的神气仿佛说："丢那妈的，倒

霉,见你的鬼。”自然你起初也会疑惑不解的站在那儿,等到他第二次回头,那么你也明白了,你同样会小声诅咒:“见你的鬼,混蛋!”你会开始疑惑,这个县城的警察是不是有神经病。然而你忘了,这是中国的进行伟大战争的时代呀!

原来这些警察有的是乡下有名的绅士保送来的,有的是贿赂警察所长才补上缺的;警察所长额外还有一笔他们的薪项的收入,他们只是为了逃避兵役。不管白天或是晚上,他们从来不站岗,整个夏季,唯一的工作,就是他们轮班坐在漓江下游那个城市居民打水的石级上,等候着来挑水的人,只要是和他们没有交情的居民,挑着水担子从他们跟前路过,就一定强硬的在他们的水桶子里倒下一小勺子防霍乱的石灰水。

我在那儿整整住了一个月,再住二十天,我想,回到桂林就一定给人关到疯人院去了。实际上,我回来的时候,已经憔悴的不像样子了;而且害着恶性的失眠病。你知道,大学刚读了一年,我就到那个魔鬼县城去作事了。说实话,我在大学里所受的那一年教育对我是有着深刻的意义的。那不是从书本子上可以得到的,那是从实际生活经验里得来的。那就是一个字:钱!中国历史上没有一个时代,这个钱字像我们这次战争中那样有价值了。那些穿戴褴褛的教授们,和他们那些营养不良的体质,给我的印象,是太深刻了。实在直到现在我还很尊敬他们,不过,确实,他们都是有点过时了,有点傻气,我是大澈大悟了,我的所以没有捞起家档,就是因为我的运气太坏,一出手就倒霉。

我在Y县那个直属食糖专卖局西南分局的营业所里,本来的名义是会计,而且是局长直接委派的。当我到职的那一天,已经很晚了,可是半夜十二点了,我们的主任还没有回来,我初到又不便问——你知道,我是以一种年轻的绅士气派出现的,虽然,我穿的确是有点不大体面——直到第二天,吃过午饭,我才见到他。后来我才知道那天晚上,他提着木棒子到碉堡上去等候私糖贩子,一直

大半夜，才一无所得的回来。

他的名字叫吕超人，一九三八年徐州大会战的时候，他还在某战区的政治部里当过科长。据说，那个时候，他确实是一个称职的官吏，然而我碰见他的那个时候，就完全不同了。从他身上一点战时气息都看不出来了。他是一个面色苍白的人，有两只深沉的黑眼睛，憔悴，枯瘦，然而穿的倒挺讲究，白西装裤，从那两条使人注目的裤摺上看，那是一条质料很贵重的裤子，吊着香港出品的背带，扣着闪光的钮扣，然而正因为他的衣装的完整，更显着他的体质的衰弱。一见面，他很热诚的表示他的欢迎，而且是使我那么吃惊，在上楼梯到他的寝室里去的时候，他抱着我的脖子。

首先他问局长好，问局长的女人还常玩牌吧！仿佛把我当作局长的亲信一样，我就说，我只和局长会了一面，而且也没有谈什么。

"那么你从前不认识他了?"

"是的，"我就如实地把我的来历说了：一个教育系的大学一年级生，又在桂林一个会计班里受过教。

"那很好，那很好。"我们的主任开始在沉思状态中，仿佛他根本就没有听我的陈述，自己在那里埋眼想什么；而且脸色严肃得可怕。突然他小声问我说："你和他们谈过什么没有？那些楼底下的人，都很坏，坏透了。不要和他们谈什么!"

我不明白"他们"是指谁？我们的主任吕超人又机密的说："你在我这里担任缉私好不好？这是有钱赚的差事。"躺一会子又站起来，站会子又躺下去，我沉醉在自己的种种诱人的幻想里了。我的好运气这次可来了……。我想着。那还未来的财富仿佛等候着我。又想：我永远再不靠着贷金过那些可怕的穷困日子了，我望着自身那套借来的粗布制服，又肥又大，裤子阔得能装两袋面粉，太不像话了。我以前过的是一些什么生活呀，多可怜呀！接着又说："缉获的私糖可以抽出三分之一的奖金。"他说，这里四乡的私

糖每月有上万斤的交易，而且使我非常吃惊的，把他收藏的专卖局颁布的缉私条例拿出来，像一个军队指挥拿出他的机密的地图一样，指出那条奖赏办法的条文。他的脸色是过度的紧张而且严肃，当时我对于他那两只阴沉的眼睛，有点恐怖，然而这只是一瞬间的感觉。我还没有看清楚，他又匆促的把那奖赏条例折起来，珍贵的揣到衬衣兜里去。仿佛怕我抢过来，或是被别人撞进来看见似的。当时我的神色或许也是半疯狂的吧！我的心完全动了，一个月只要我能缉获两宗私糖，那么按照最低估计，我可以有六百斤的提成。因为这里的私糖都是以坛子作单位，一坛子就有二三百斤，而且一宗就是十几担子。

当他决定了明天派我到白沙镇赶墟之后，我就提着帽子退出来。那时候他喃喃自语着什么，他那灰白的脸色，有些邪气，像鬼附着他似的。然而不管我的感觉怎样，那天从黄昏到夜里我是完完全全给他感染了，给鬼附着了。

最初我一个人关在房子里，大量吸着烟。一切都将要过去了。不久，我就要成为另一个人了，一个穿戴华丽的“兼他儿曼”了。从那一天晚上，我就开始失眠了。直到半夜两点钟，我还听见我那间房子的楼板上的脚步声，那天夜里我们的主任吕超人，同样关在自己的房间里没有外出，而且有种低不可辨的喃喃声。等到几次想睡，而睡不着的时候，我就烦躁了，觉得四肢疲乏，又酸又疼，脑子就要爆炸似的，由于我的不安的骚扰，和我同住的一个沉默的业务员也翻滚着身子，在床上叹气。白天，他是坐在对面的办公室里看书的，另外仿佛还有一个女公务员，这是我从办公室门口路过望见的，业务所本身的机构，那时我还不清楚。那个沉默的业务员，一见面，我们就不大谈得来，正如初见面的青年同事一样，我们的交谊只限于彼此进出点点头。就是那瞬间的脸色，也不大好看，仿佛两个毛针竖立起来的刺虫，彼此防御着对方的损害似的，自然现在我们也就各人怀着各人的痛苦在床上翻来覆去的受罪了……到

底我在极度疲劳中睡过去了。

第二天早晨，就听见我们的主任吕超人，在办公室里督促什么的声音，仿佛是赶办什么公文。等到我起身，我们业务所的工友，一个足有七十岁的忧郁老头子，很有礼貌的说，已经给我预备好早餐了。

我们的主任吕超人，那天的脸色是奇怪的严肃而且紧张，就像是送葬的老人一样，递给我一只皮包，又跑上楼去匆匆的拿来一枚徽章，递给我时候，也不注意我的脸，只望见我的手掌似的，他埋着眼睛全想些什么呢？仿佛这一些全是交给我带到坟穴里去的遗物似的。他又为什么那么冲动的跑到门口去一次二次的探望呢？我一边就餐，一边惊奇地望着他的异样的举止。不久我明白了，他所窥探的是两个赤手的警察。他们是接到县长的手令派来协助我的，原来一早晨，我们的主任赶办的就是请本县政府派警协助缉私的公文。那时候，我已经准备动身了，而我们的主任又第三次匆匆的惶恐的跑上楼去，这次他给我带下来一根粗木的手杖，同样递给我时埋着眼睛，只注意到我的手似的。那两个警察是用站在照像镜头前面的姿态站在我的眼前，两手垂直，嘴唇闪着一种礼貌的笑容。我就走到他们中间，而他们随着我的移动而旋转了，他们之间形成一个走道。我必需说，我路过办公室门口时，曾经望见了同事们的窥伺的那些眼睛，仿佛预感到我将遭受的灾难似的。我们的主任吕超人，一句话也不说，沉默的送葬似的，低着头，随在我们身后，这是作什么呢？为什么还送我呢？

“还有什么事吗？主任。”在门口，我就停下来问。

“没有，没有，我送送你。”我们的主任吕超人喃喃地说：“就送到你街口，就送到你街口。”

“那是为什么呢？主任太客气了。”然而我的心里确实有点不祥的感觉了。我开始怀疑我们的主任是不是有神经病，这从他那沉默而又严肃的脸色上就感觉到了，何况他又是送葬似的埋着眼

睛匆匆的跟在我身后呢!

可是我这想头,只是闪电似的,在脑子里亮了一下,就熄灭了。因为我第一次失眠,我的脑子有点晕沉,身上又酸又痛,而且所有早晨的阳光,街道两旁的墙壁,屋顶,瓦檐,树木,都给我一种混浊不清的感觉,映入我的视觉里的所有物像都没有系统而且不完整,零乱,恍惚。我的头非常沉重又仿佛已经膨胀开来。我没有注意到我们的主任在街口用怎样的姿态站在那里注视我们,不过我回过一次头,在五十步以外的距离,我确乎望见他还是站在道傍的土崖子上目送我们的。

那两个警察中的体质健壮得像匹公牛的那个,白脸色,有着两个机警的眼睛。当我问他白沙镇离县城有多远的时候,他就向我现着农民式的温驯的微笑,于是我知道了,他听不懂我的话;另外那一个呢?像文弱的小镇市的商人一样,从他那拘谨的眼神里,我知道他穿警察制服不久,而且依持那个壮健的老当差的眉眼行动的,那个警察离我多远,他也就采取同样的距离。他们是站在我的两边作护围似的。

老实说,当时我身上难受的很,骨头又痛。然而我们走的脚步却又那么健捷,急促,正像我们去捉赌一样,白沙镇有力的诱惑着我。

我们走到白沙镇的时候,刚好赶墟市的乡下人大部分上齐了。他们是从周围二三十里路来的农民,挑着谷子,马铃薯,山芋之类的农产物,到这里来卖,也有挑着棕树皮蓑衣,和围笠的。一到白沙镇村口,就面对面也听不清楚话声了,人是那么稠密,拥塞,在人们腿部之间,全是圆圆的篓筐,那是豆子市。我最先通过这一条拥塞的街道了,现在我面前的是一个宽畅的卖吃食的场子,这场子的建筑是许多走廊式的瓦棚顶连结作一块的,当地食客都是两脚蹲在板凳上。这是广西省农民的一种特殊姿态,你一看就知道他们是怎样犷粗而不如我们江浙人的温文知礼了。每个长条案子上,

都有装筷子的大竹筒子,成群的苍蝇,……盖着布的大木盘子,有的露着一半,那些露出里的米粉就完全给苍蝇占据了。总之,使人一见就吃惊他们身上那种潜在的抵抗霍乱菌的力量。我站在那场子和豆子市的交接的三岔口上,是等那两个警察,原来另外有一条摆着各种菜蔬的小巷子,在那小巷子口上,突然我发现糖果摊子旁边摆着的一坛子黄糖了。我就匆匆的从赶墟的乡人之间挤过去。

"这是谁的糖?"我用手杖敲着那个坛子口。

那个糖果摊主,是一个红脸的汉子,夏天还戴着破毡帽,长衫的腰间扎着一条黑围巾,前襟掀卷着。他正在和另外一个庄稼人打交道。当我问他时他望了望我,完全是无暇兼顾的说了一句什么,从他那眼色上看,就知道他是把我当作主顾的。

"这是谁的?你的吗?"

他突然注意到我的神色了,他的脸色立刻就严肃了。他凝视着我,仿佛凝视一个仇人似的。然而在他向我注目之间,还从容的递给那个庄稼人一盒纸烟,而且把纸币接到手上,那瞬间,他并没有向他手上的纸币望一下就拉开坐傍的抽屉;同时注视着我,不说话。

"有特许营业执照没有?"我停了一会子又说:"你老是望着我作什么?有特许证吗?我问你话呀!"

"没有。"他愤怒的只这么暂短两个字,就低下头去,开始注意他手里的纸币而计算找补的数目了。

"你说话是什么态度呀!"我说:"你知道没有特许委销证,这坛子糖就要没收的。我告诉你!"我望了望,那一个文弱的警察他是赶来了,就站在我旁边,我说:"把这坛子糖拿去,没收。"

然而那个警察,没有遵照我的话,开始和私糖主大声谈论什么了,仿佛他们是老朋友似的。回头,他向我解释:"他情愿拿糖税,不过这糖不是他自己的,他亲戚的。"许久,我才明白那警察的土话,就是说,让我坐在旁边等,等他卖出去多少糖就拿多少糖税。

并且给我拖过一柄凳子。

“这是什么话?”我说:“这简直是侮辱,我是要账的呀。我坐在旁边等?这像什么话。把这缸糖给他扛走,什么话也不必说了,真是太混蛋了。”

我们的周围已经有些赶墟的乡下人围聚着观望了。就在那时候,我注意到其中一个人的恐慌的背脸高呼的姿态,我只听懂了“收糖税的来了!”就机警的从他身背后跑过去,就在那会子,我望见斜对面的吃食市场的背后,有些人开始飞跑,而且很清楚的望见其间一个戴蓝布包头巾的老妇人,双手揽着两个坛子在人丛中闪逝的佝偻影子。当时我就丢下那个糖果摊主,头也不及回,大声招呼着我背后的那个警察,就向斜对面跑,穿过那零吃食市场的时候,我感觉到拥挤在过道间的那些庄稼人存心的阻塞了,我向西躲,就有人用身子向西挡,我向东插脚,就有人用身子向东遮阻,我是又匆忙,又气愤。最后我开始用手半推半拨的动了一下阻路人的身子,于是我被那个农民,同样的推了一下,若不是我急于赶那些私糖贩子,我那天也许会吃大亏。我当时只忿忿的望了他一下,就向前奔走过去了,实际上我也没有望清楚他的面目,我是从来未有的匆忙。

等我走出那走廊式的阴暗瓦棚,我发现沿顺吃食市场的那条甬道上是空虚的,相反和我站在一排的农民和壮妇非常的多。我在那瞬间所注意的,只是掉在走道的空地上的一块黑布包头巾,另外有一根麻绳,再远一些是一个坐凳,一只布鞋。原来这条甬道,就是糖市。

我完全陷入疯狂状态里了。我左右的环顾了一下,就顺着甬道向镇里跑去,我向背后的那个文弱警察大声招呼着:“跟我来,快一点儿!”于是我背后就响起轰轰然的声音了。我已经跑过第一条横的巷口,那瞬间,我瞥见巷口行人间的一个老村妇,在我跑过的时候,她还坐在坛子上仿佛喘息似的,等我跑回来,她已经在

人丛间消逝了。这只是两分钟的时间。那条巷子是鸡市,另外有笼子装的狗仔和小猫。农民是同样的稠密,不同的是他们脸上那种瞠惑的神色,他们不知道在他们周围发生了什么变故似的,我当时就顺利地擦过他们,向前奔跑着,自然那个贩私糖的老村妇,不会再向糖市或者吃食市场逃的,我只跑过这条巷口两三步,自然她是来不及向回逃的,那么她无疑的顺着巷口一直逃下去了,然而踪迹不见。

在那巷口外边,是一个牛市,临近着一条有高崖子的河流。我匆促的环顾了一周,实际上我没有发现什么,然而在一棵老松树底下聚集的一组农民里,有一个挑着两个煤油箱子的老头子,奔跑,穿过牛市场。我立刻疯狂地追着,一边呼喊着那个追随在我背后的警察。

当我抓住那个老头子担上的麻绳的时候,他回过头来是那么凶恶的从我手里把吊糖箱的麻绳夺过去,又开始跑出去三步,给我第二次抓住了。

"你再跑！混蛋,他妈的!"我就用手杖在他的腿上打了两下,凭良心说,我喘气也喘不过来,那会有力气打人呢？而且我只不过气愤他那愚蠢的奔跑,并没有存心欺侮他。

同样他也喘气,脸上过度恐怖而现着灰白色,两个眼睛像两团火焰似的,他还大声争辩着什么,我只望见他的手抖着,然而说的什么,一点也听不清楚。

"你还说什么？妈的……"我喘着说:"把糖担子放下!"

突然从环绕着我们的那些人丛间——走出一个粗壮的人来,嘴上沾着纸烟,满脸凶气。一上来就抓住我的领口,他的眼睛仇视地注射着我,他说的话中,我只听清楚,丢那妈的!

"这位先生是收糖税的!"那个文弱的警察懦怯地站在旁边说。

那个半庄稼人半流氓的汉子,蔑视地望了望他,就把我的一顶

草帽抓过去。

“你要作什么呀！你！”我说。我的两手扼住他那支抓住我领口的手，我说：“你这是作什么！”

那个汉子在那些庄稼人的纷纷议论中，拖着我向前面的高崖子走，我就用力向后挣扎，然而我身子向前倾斜，这就不得不向前挪步子。我说：“你要把我带到那去呀！”同时我向那个警察喊着：“你怎么不说话呀！你是干什么的呀！”当时那个警察很可怜的望着我，我心里是那么气愤。这是怎样的警察呀！那个汉子向后拦阻着他，仿佛不愿意，他也在身后追随似的。

“你不会说话呀！你，你！混蛋……”就在我向那个文弱的警察说出这个咒骂的字眼儿的时候，我被猛力的推下高崖子，还没有来得及明白是怎样一回事，就滚下斜坡，跌到河里去了。当时我就喝了一口水，我要呼喊而给这口水噎住了。当我坐起来的时候，我的头就露在水外了，我神经错乱的喊了一声：“呵……呀……”我算是喘出一口气，心里又有底了，我吐着口水，就在那时，我听见河口崖子上人群轰笑的声音了。而且有一个褴褛的小孩子向我头上丢土块。那些人群就围聚在五六尺高的崖子上，我是看得清清楚楚的。当我爬到河沿上的时候，又有两三块土块子向我抛来。我起初斜着身子躲避，还想爬上那个高崖子去，可是有一块土正击中了我的脸，我什么也看不清楚的那瞬间，我的心，突然没有底了，我就开始匆匆的顺着河沿走。土块和石子越来越多，我开始大步逃了……。一路上流着水滴儿。我大步逃着，毫无顾忌的逃着。直到听不见什么声音，我才开始注意我所跑的方向，我爬上崖子去四周巡视了一下，我没有跑错，我望见半里外的排列在田陌间的电线杆子，于是我穿过树丛间的坟墓，走到公路上了。

我们的主任吕超人在城外的路口上迎接我呢！我想他是巴望很久了。等到他一走近我跟前，我就挥着臂，怕他挡住我似的，我心里说：“滚你妈的去吧！”就又匆匆地又快步奔跑起来。

不用说，街上的人都惊奇的望着我，而且跟随着我停集在我们营业所的门口外了，不用说，我的同事们在我经过办公室门口就注意到我，而且我一进到寝室，他们就跟进来。

“你们看什么？滚开！去！”一个粗胖的中年事务员，向窗外吆喝，原来我的窗口也有些人围聚着向里窥望……

我那天一共有七处擦伤，自然衣服也都给裂破了。

当我脱掉湿透了的衣服的时候，我们的主任吕超人从我门口外低着头溜过去。一只畏怯的老鼠似的。当时我还以为他是完全为了躲避我，由于内心的某种羞愧，然而不是，他确是害着初期的神经病，后来那个青年业务员告诉我，他是财迷心窍了，若不离开这个机关，他不久就有进疯人院的资格了。

当天晚上我就浑身发热，我害着一种很厉害的湿热病，你可以想象到我那十天是怎么过的，半夜发烧，说胡话，后廿天，我好了一些，可是失眠，作恶梦……并不是因为我在白沙镇那场丢脸的遭遇而懊恼呀！奇怪的是我的脑子一清醒，立刻就想起那些逃跑的私糖贩子来，那些装私糖的坛子是那么有力的诱惑着我，这正像在赌场上一个作了丢脸事情的赌徒一样，事情一过，还是想赌赌运气，我是给鬼附着了，再住下去，你想，我怎不会发疯呢？鬼地方……那真是鬼地方，落后，野蛮，不遵从法令，你问我们那个主任吗？他到底是发着恶性的神经了，他的侄子代他辞职的，现在还把他关在他家后院子的一个仓屋里，一有人去探望他，他就从怀里掏出那张缉获私糖的奖赏条例，这是他死也不放手的珍宝。他还会小声怂恿去探病的人：“你把我带出去，我要赶墟的，我知道那里有几十担私糖！你只要向他们说一声，就把我带出去了……”，就是这样。

（选自《希望》一期，一九四五年一月出版。）

胡田

我的师傅

一

我是一个知识分子，一听到人说："知识分子就会说，……"心就烦了，我决心要改造去……

我去的地方，是个木工厂。住在一个大深山里，走出窑门口就是榆树、柏椛树。四面都是深沟，我们就住在沟岔上。站在院子里，无论往那边看，都是黑压压的，看不见沟底。这里，除了我们之外，从来就没有人来过。我们住在这里，就像和野物生活一样：野猪常跑到我们窑顶上来啃烂南瓜，野鸡总是大摇大摆的，到厨房门口来捡小米吃。烧饭的老陈，看得真太不像话了，从灶孔里，抽出一棍燃烧着的火柴头，向它们掷去，它们得意的，咯咯咯咯的叫着，拍着翅膀飞到对面山上去了，昂着头朝这边看着。老陈回到窑里，它们就又飞了回来。

我去的时候，正是春天，树子全在抽芽，山桃和野丁香正在开着花。山格梁上，山洼洼里，全是淡绿的，柳树和樱桃，像抿住嘴，皱着鼻子在呼吸。风从树梢上响着走过来，更特别使人清醒——人在美丽的大自然里，真感到满足了。我也抿着嘴，皱起鼻子来呼吸。……

"真好呵，全是新的！"我不禁这样赞赏的说。

我要到这里来学的是拉大锯。对这工作我是什么也不懂的。

无论什么，都得从最初的基本动作学起，连怎样搭架、捆绳、下木板、拿锯、站位置、垫榾榾……都必须师傅来教我。我的师傅是个矮胖的结实个子，二十来岁，似乎比我稍小一点。红黑脸，大眼睛，大鼻子，看起来有点躁性。他是陕北闹革命时，参加过刘志丹的少先队的。他父亲是个木匠，他小时候从父亲那里学会做木工的。货做得很好。厂里人，过去据说都对他有意见，说他固执，脾气大，发火了就不容易软下来。但大伙对他工作的热情和忠实，都翘起大指头，称赞不已。队长把我介绍给他的时候，他走过来紧紧抓住我的手，看着我笑。

"好好教我呵。"我也笑着盯住他。

"你可多多帮助我，咱火性大！"

他很坦然的，述说他自己的缺点，好像他早已准备好等着告诉我一样。

"没啥关系，咱们大家多原谅些。"我说。

"对着哩，你若对我有啥意见，你可随时讲。"他笑着，看着我，表示对我的欢迎。

这在他来说，似乎是很诚恳和温和了，但我从他的容貌上的感觉，以及从旁听来的关于他的个性的描述，使我感到仍旧是一副严肃的脸庞，心里禁不住有几分戒备。

"好的，"我说，戒备的看着他。心里感到配上了这师傅有些倒楣。但为了不流露我自己的感情，避免一种不愉快的印象，想随便拉谈几句，就结束我们的谈话。可是，他却从嘴里拖出旱烟袋来，也不擦一下烟袋嘴子就递给我。

"抽烟吧，"他说："这是托合作社到合水买来的，可好哩。"

我来不及谢绝（因为昨天我在他面前抽过烟的），他两眼热情的看着我，似乎在等着我回答他："这真是好合水黄。"我看了烟嘴子，没敢用手擦，——我怕这引起和他感情的隔离，忍耐着放在嘴里。

“好吧?”他又问。

我不知道怎样回答,因为,我心里想起了烟嘴上的口水味,实在已经忘了关于烟的味儿了。但我不能不点一点头。

“前次我买了一斤半,”他见我表示同意了,很满足的说:“咱们足够抽它半个月!”

我看他心地确是一个热情和诚恳为人,但这对我,仿佛和看照片时候的情绪一样,隔着一种东西,不能直接投进在他的热情里面去,和他一样的欢笑。我紧压着自己的情绪,我想:“劳动了几天,就会跟他一样的!”

我希望改造的成绩比生产的收获更大些。

二

到森林里去,我很兴奋。刚吃过早饭,我就扛着大锯要走。师傅从厨房里走过来,看着我的样子,诧异的盯住我。

他说:“你这样还行吗?”

我说:“怎样?”

他说:“非穿棉衣不行,你穿两三件单衣,走进沟里去,冷不坏你才怪哩!”

我为了准备今天的工作,夜里思虑了不止一个钟头。我想:森林刮不起风,树枝遮住头顶,定比外面暖和,拉锯一运动起来,浑身大汗,那还冷什么呢?我便把这些理由讲给他听。

“不行,”他反驳我道:“时候还没到哩。”

我正怀疑着他的话,他把旱烟袋又递给我。

“抽吧,不要慌,第一天咱们慢慢来。”他说:“熟练以后,多加点油就补上啦。”

我们沿着岔沟进去,沟里还结着冰,冰上盖着一层薄薄的雪,两旁全是密密的白杨和榆树,两旁的树枝错杂着,盖成了一个棚

顶;太阳从树枝的缝隙中透漏到冰冻的沟里已经失去了温热;许多枯朽了的古树,横躺在沟里,腐蚀了,发出一种闷气。我们直往里走,我已经觉得很远了。

我问师傅:"还不到么?"

他说:"就到啦。"

我新奇的四面看着。因为,直到这时,我还不知道今天我应该做些什么,怎么去做。又转过了几棵大树,看见沟旁边倒着一棵剥了皮的树子,被解成了几段,几块新解下的木板靠在旁边倒着的树杈上,一个树榾櫓,被解了半边,还没有下架;我这才知道,我所要来学的,大概就是这个活了。

师傅一进工场,就和我谈这工作上必须懂的一般理论和知识。他走在踏板上用力闪着,试着架子结不结实,然后,就去拨锯齿。我没有说话,我今天是决心要来听他的指挥的,一切都听他的话,我仔细的看他怎么做。他脸上表现得很严肃,眼睛的每一转动,在我看来,都显着他是主持这一个工场的,负责任的人。

我对他了解很少,加之听说他脾气不好,开头我一切都采取慎重态度,在心里头总提防住,害怕两个人中间发生不愉快的事。他把一切都准备好了,车转身,看着我,似乎也感到不像他们往日的生活那么协调。

"怎价,你不吸烟么?"他关照似的问。

"看你修理工具哩,"我说:"行了么?"

"行啦,你耐心的看几次,你很快也就能做啦,"他看了我一眼,指着工场里的家具说:"过去你没摸过这些东西吧?"

"没,一直念着书哩。"

"呵,那你可把书念饱啦,"他有点半开玩笑似的说:"咱过去识字不多.看见人念着大本头书,心里可逼得慌,日后你教我识字吧?"

好呀,"这也像拉锯一样,只要耐心,学起来可是快哩。"

他听着我的话，似乎很欢喜，两眼和善的看着我，但他没有笑。

一站上踏板，我感到茫然和新奇了。我完全不知道我应该怎么动。眼睛直盯住他，端起锯来，手就打颤，他鼓励我说："拉吧；不要怕。"但我盯拉过来，他就再也拉不回去了。我着了慌，拚命一推，用力过猛，一直推到锯环顶住了树椚橹。他是照往常的习惯站住的，这一下搞得他来不及退，推倒下了踏板。我脸红了。他笑着满不在乎的，又走上踏板来，轻轻的说："你用力小一点，不要太猛啦。"我很不好意思的答应着他，身上急得热出汗了。但幸运得很，总还算没有再出第二次。

工作一开始，我们就不停息，天天如是。

山上的事情一切都由他办理：拨镣、发锯、搭架、甚至连我自己站的踏板，他都必须来给我包办。——这不是我懒得不做，也不是他想做，实在是由于不得已。有几次，我实在不好意思再让他搞，便自己抽空搞起来。但每次都要不得，他又来拆了重新搞过。每次，他发锯，我就把棉衣垫在腐烂的树叶上睡觉了，他发完了锯，再叫我起来。我睁开眼睛，总看见他把棉衣给我盖住，自个穿一件单衣在树椚橹旁边，呼哧呼哧的工作，脸上流着汗。他每一件事，似乎都显得对我宽容，原谅和体贴。在工场里他把最适当的地方让给我，给我方便。我们拉的时间长了，他见我汗从头发尖上滚下来，他就放慢了速度，笑着对我说："慢一点吧，过去一满没干过，可不要一下子把你熬坏啦，咱少分点红没大要紧的，将来熟练啦，再赶着补。"

但他对料子却看得很重要，每踏上架，他都要很认真的向我讲，注意不要把一块木料拉坏了，两个人的劳动力白费不要紧，现在料子难找了。稍有一点不对，他就来给我纠正一顿，这仍旧说我对他很害怕，心里常记住他是个火性子。有一次，还是开始工作之后的第三天，我工作的技术仍旧和第一天差不太远，刚上架扯两

下，就把锯条搞偏了，锯齿开始往线外跑，我拉得就更胆怯了，手脚笨得比往天更厉害，扣得使他扯都扯不动。

“怎么搞的呢？你越拉越重啦！”他看着我说。

我一听他说话，更满心羞耻，怕他发火，也怕他宽容。因为我觉得在宽容的人面前，不注意对自己的尊重是可耻的；一个人被仇人痛骂，那是光荣；被朋友鄙视，那就要命了！我便十分提起了注意，想尽量使他感到，我对于他并不是个无法补救的累赘。我提心吊胆的，死死抓住锯拐，平平稳稳的，照住他告诉我的方法去拉。人急了总是干不出好事，刚拉两下，锯齿被木屑卡住了。我用力一推，天知道这是倒了什么运，锯拐竟碰在他的鼻子上，流出血来了。

“怎搞的？”他有些气恼了：“叫你用劲小一点……”他第一次用厌恶的眼睛看着我。

“糟糕！”我急了，想道：“这一下可闯下大祸来了！”我不敢看他，扯住锯拐，呆了。

我发抖了，走过去看他，急忙用手巾给他拭血。

“不要打脏手巾啦，抓把树叶给我吧！”他伸着头叫着，让血不要流在他的衣服上。

我给他些破纸擦干了血，在地上抓了把雪，叫他把手洗一洗。我很难为情的，我咕噜着，谴责我自己，意思是希望他原谅，不要火了，不要弄得不快活。他看着我，态度真变温和了。

“没啥关系，拉吧，开头，总会出些岔子的。”他安慰我似的说：“过两天熟练了就好啦，哪个人还不是一样。”

我呆立着，没有说话。……

晚上，我长久的安不下心。我想：“今天他是原谅我了，但谁知道日后会发生什么不快的事情呢？一个有脾气的人可忍耐总是有限度的，它不能支持他长久和善下去的！”

这使我很苦恼，但我又不能不天天提心吊胆的跟着他去工作。

三

时间长了,我仍旧改进不了我的技术。他渐渐说话多了;每天一上工他就给我说:“今天拉的时候多注意些,你学的时间不短啦。”我一听他的话,觉得他有些不耐烦,心里就有点打颤,怕他快要发火了。便仔细的警惕自己,不要触怒他。但另外,却感到很大的不舒服,觉得“你比我聪明多少呢? 一开口就教训人!”对他感到不满意。他说话,便故意装着不听,表示对他的反抗。有时,拉得他似乎不顺手,他便说:“你站远一点吧,怎价老凑在鼻子尖上来呢?”或者,叫我给他把大锯稍抬起一点,不要死扣住。

他的责备,在我常觉得有些冤枉,因为,我自己认为,他并不比我好多少。但为了我们日后继续工作得好些,不要互相抱怨,我常常忍住气,一点不哼,自己照着他的话做。

“再错可怪不到我了吧,”我想:“看你还有啥可说的。”

但他一不顺手,又叫开了:“还不对,再站远一点!”我忍住气,又退开树梢橹半步。但不一会他又说我站得太远了,叫着:“站近一点吧,怎么站这么远呢?”

“怎么搞的?”我实在忍耐不住了,冷声冷气的说道:“你自个站得不对吧?”

他听我这样说,就再不叫我了,只翻着那对大黑眼睛看着我,脸色都变了。……随着时间,我们就这样,彼此忍耐下去。

我实在怕,不知道甚么时候,互相忍耐不住了会演一场恶剧,因为我也并不是太怕人的!

一天,可怕的事情终于来了。

我们刚吃过早饭来工作不久,忽然下开雪了。我的师傅叫我把棉衣穿上。怕我没在山林里住惯的人,受不住风雪,但我拒绝了这样做。

“拉吧，没有关系。”我说。

可是，他却坚持着要我穿上。他自己穿着那件破袖子单衣，在雪地里站着，很严肃告诉我，他的话我一定得听从，他对我是要负责任的！

“管我这些干啥？这又不是拉锯，要你来技术指导！”他的话使我很不高兴：“二三十岁的人，还没你懂么？”

“怎价这么说呢？”他以为我的话是瞧不起他，说着，翻了我一眼，不再说第三句话，转过身去，抽开大锯就摆出要拉的姿势来。

雪下得越来越大了，从树梢上缕缕往下滚，掉在我的热脖子上，一下就化成水，流进了背心里；脊梁上的汗珠和雪水碌碌碌往下流；真难受极了。但很久的时间，我们都不说话。他埋着头，只顾自己拉；我埋着头，也自顾自己拉。山沟里，可听得锯齿抓住木渣。呼哧呼哧的，在雪地里扬起了响声，又被雪压了下去。他连一句关心的话都不问我了。我偷偷的翻了他一眼，只见他丧着脸，像被人打过耳光一样，嘴闭得紧紧的，眼睛发了红，我有些害怕了。但我又想：“这是什么意思？你不睬我，我还来给你磕头么？你会几锯又有甚么了不得呢。”

我的气也冒上头顶了，埋着头，只管两个胳膊一伸一缩，啥也不管。有时还故意昂起头，表示对他抗议，告诉他：“不要骄傲吧，拉锯没甚了不得！我也会教人的！”

但他突然叫我了。

“怎价，跑了线么？”他问。

我低头一看，糟糕！真跑线了。但是，这怎么能说呢？这不是叫我自己承认不行么？不能！一方面我急忙按着他告诉我的方法，想把线纠正过来，一方面支吾着说：“没，没跑——”

“那你为啥把锯压得死死的呢？”他又问。

“怎么？我还抬着给你送的哩。”我脸上发烧了。

"那就怪哩!"他不相信的,赌着气走了过来。他看到我的线跑开得太远了,竟惊讶得叫了起来:"天呀,你怎价还说没跑呢?"

责备人的眼光是可怕的!他鼻孔一涨一缩的乱动,脸通红,脖子也粗了。两只大黑眼睛死死盯住我,他要拿我怎么办呢?我头也抬不起来了。

"糟糕!"我想;"这会儿可该他说话了!"

衣上盖住了薄薄一层雪花,背心湿透了。我格跷在树梢橹旁,静静的等他发火了!不做活,身上有点冷得受不住,不时打起了寒战!我的眼泪忍不住了。但我咬住牙龈,狠命一逼,又把它吞回了肚子里去。我失悔来在这森林里作这号徒弟了。我想:"干那样工作不比这强呢?偏要来学这鬼木工!明天回去了!"

正在这时候,我的师傅走过去,把我棉衣拿过来,轻轻的把我背上的雪拭去,手按在我肩膀上,向我说话了。"穿上吧,"他叫道:"雪下大了,天气冷着哩!"

这突如其来的,深厚的同志的友爱,像火焰掠过我的全身,热得急了我一跳。我回头瞪住他,不知道应该说什么。他的火性子脾气,我以为这一定要大爆炸了,但他为什么软了下来呢?

"不,不冷,"我诧异的看着他,很不理解这是怎么回事,但心里却知道是被同志的友爱惶惑着了。

但他站了一会,看我不说话,又有点窘了,无可奈何的,走到我面前说:"算了吧,你去拉我那边,让我来把线纠正过来。"

我觉得太不好意思了,顺从的,像一个孩子似的走过去。

正午吃饭的时候,路上尽是泥浆,我在前面扛着大锯,抱住树,一步一步往外移。陈腐的树叶,被雪水透湿了,真滑!脚一踏上去,像冰刀走在冻结的河上一样,站都站不住。一层枯叶被括开,又现出一层沤烂了的叶子,路上仍旧是滑的。动不了步子,我没走惯这号路,脚简直怕沾得地;今天,加上和师傅闹着别扭,心里不舒服,走起来更感到特别困难。师傅看着我很狼狈,很快把工场上的

家具收拾妥善了,大踏步的走过来,抓住我的大锯说:“来,给我扛,路不好走,小心些。”

但他不说“你……”,也是正在气恼中。

四

真不行!白天憋气穿湿衣服,现在竟全身发烧,头晕晕的发开疟疾了。支持不住了,我想躺一躺,但我一想到师傅会嘲笑我充英雄吃了亏,就也不想躺了。我在院角里,大大的提来满筐子木炭,堆在火上,把窑里烘得人都不敢住,有人说我发疯,很不乐意的走了出去。我坐得近近的,但还是冷得发抖。

“怎价,你发冷么?”师傅似乎察觉了我,走来问。

“嗯……”我不好意思的低声说:“不打紧……”

“是午晌冷的吧?”他说着,伸手来摸我的额门盖。“哎呀,烧成这号样儿啦!先躺躺吧,不要听读报啦。”

我还想强辩,说是炭火烘热的,但他硬把我扶到炕上去了。

“看你,”他责备我说:“难活都不敢说,这有啥可害羞的!又不是小孩子!”

我没说的,服从他了。他把他的被子给我盖上,还怕我冷,又把毯子也给我搭在上面。他嫌我枕头太低,又把包袱里的衣服解了两件出来,给我垫高了些,然后,告诉我:“睡好,咱去找找队长去。”不多会,他和队长同来看我,粗壮的手摸着我的额门盖。

“你要吃点啥吗?”他轻声的俯身问我。我摇摇头。“那好,等会儿你要啥,你叫队长,咱到那边去一下。”

队长问我的时候,他已经走出去了。

晕晕迷迷的,我也不知道过了多少时候,忽然,我觉得有个东西,冰冷的压在我的额门盖上,我吓得心一跳,叫了起来。我以为是什么狼豹之类跑进窑来咬人了,猛的就跳了起来,几乎要大嚷大

叫,但当我看见是我师傅,拿着灯站在炕前,我羞坏了。

"怎价?"他问我,有点怕我着了邪似的说:"是我,是我,是和你一起的王德明……"

我躺下了,自己觉得很可笑。"迩刻感到舒展些么?"他问着,把灯放在炕头上。

"仍旧那样,"我看着他说:"你为啥还不睡觉呢?"

"就要睡去,"他坐在炕头上来,"你坐起来吃点药吧。"

"怎么?"我吃惊了,"你去找医生来了么?"

这里,到队伍上去找医生,来回有十来里路。在夜里他冒着虎豹的危险去替我奔走,我实在感到太麻烦他了,很对他不起。

"这算什么呢?"他阻住我的话说:"那个人吃五谷不生病,同志间,这有什么!"

他把灯拿过来,又端来一碗开水放在我旁边,一只手扶起我,一只手交给我几颗阿斯匹林,默默的静候在我旁边,眼睛怜悯的注视着我。我躺下了,他又摸我的额门盖,试试烧退没退。在静静的深夜里,他坐在炕边看守着我。我注视着他,想起白天的事,懊悔得直想哭。我憋那末口气,给他多大累赘呢!我口口声声说,我要改造,我远远的跑到这森林里,我想:"到实际工作中去,跟工农同志在一起,我一定进步很快!"但仍旧憋不住一口气,这是谁给我这号坏脾气呢?灯老在炕头上微微颤动,好像在嘲笑我,要叫我认错,要我告诉他日后我还准备怎样生活。

师傅在火堆旁打盹了,不谨慎的响起了鼾声。我轻声的叫他。他睡得真甜,竟喊不应。

"老王!"我提高嗓子。叫道:"把被子拿去睡觉吧,夜深啦。明天还要干活哩。"

他迷迷糊糊的看着我,很显然,他全没听懂我的话。他急忙走到我炕前来问我要什么,他似乎在这里等着专为我服务。

"不,我叫你睡觉咧,"我看着他说:"你把被子拿去吧。"

“你好好盖住,天气冷哩,”他又来摸我的额门盖:“咱和老陈讲过啦,有地方睡的。”

“那怎么行呢?这样冷的天气。”我对他的照护感到不能安静了。

“没有关系,你好好躺着对了,不要又像午晌一样。”说着,他把我的棉衣盖在被上,给我垫了垫枕头,叫我好好休息,就走出了。

我很难过的看着他,心里谴责着自己:“为什么不听他的话呢?他熬坏了,我还拖累他,黑天打洞的,他还得去为我跑,唉……”想着,一颗热泪从我的脸上滚下去,我悄悄的哭了。我想:“像这样,人家会把我看成什么人呢?我骨子里长得有美谛克的坏血液将天天被人嘲笑!美谛克,这是多么卑微的形象呀!滚开!我要健全的生活!”

我决心明天要干干净净的洗过澡,把一切都向他谈清楚,像他一样生活……

五

一个人,生活的自信和忍耐,是攀上希望的目的云梯。我生活,忍耐,我快活了。我和师傅,友爱的谈笑着,开着可怕的玩笑,再也不会红一下脸。过去,是作为嘲弄来回忆了。

但是,人们对于躁性的评论,我却抱着很大的不平。实在觉得这是一个诚恳的人,受了莫大的冤枉。

今天是该休息,大家吃了饭,都跑到森林里找木耳去了。洗完了衣服,我也跑去找他们。树林里,现被绿叶遮盖得不漏风了,冷森森的,恐怖的静默着。从沤烂的树叶中流出来的水,发着臭味。树梢上,各种鸟乱叫着,一个也看不见。我走着,吆吼了几声,找不到人,有点害怕再走了。忽听得里面的深沟里有唱歌的声音,仔细一听,正是我的师傅在里头。

天上有颗北斗星，
中国有个毛泽东，
他的办法好又多，
条条为咱老百姓。

这是他最喜欢唱的歌，我已经听得烂熟了。他的嗓子很不好，唱起来大家都叫做“打破锣”，有的却讽刺地叫他“音乐家”。我走过去时他正在一堆格针树中蹲着搬木耳，唱着。……他完全没想到我去。

“好，唱得好！”我突如其来的叫着，故意奚落他。他猛一抬头，“咚”的碰到格针树上，我更大笑起来。

“混蛋！”他摸着头，自己也忍不住笑了。

“你不是不来吗？”他看着我又说：“‘文化’嘛，坐着吃就对啦。”停了会他又补上一道：“怎么？来啦，还想站住偷懒么？”

“文化”是我每天晚上教他认字，他给我叫上的。在他一半是奚落之词，一半是当着教员的意思。我走下去，也钻进格针刺里去。那里长的木耳真多，我蹲在他旁边，足足掰了一帽子。

“火性子！”我想起替他抱不平，叫道：“为啥你倒像个阉牛呢？”

他没听懂我的意思。我把话重新说了一遍，于是他讲起了下面的事：

他十二岁上就成了孤儿——他大殁了，他和他娘过着苦日子。娘挖苦菜，他把他大的行李去和一个木匠合伙（因为人小了，没有人来请他干活），那木匠看他人小，就常常骂他，打他，他们是伙计，但也却像阎王那末凶的对待他。这样苦痛的过了两年半，就把他的脾气完全养坏了。好骂人，好赌气，有时还爱动手脚。这样惯了，参加了革命性子躁的尾巴总带着一点，到这里来，同志们批评得他又很严厉。

“一开口就是思想落后，旧社会的东西！”他说：“这真气破了我的肚子！把我直弄翻了！我想：咱曾参加过刘志丹队伍的，你们

才吃过几年八路军的小米？哼，倒教训起老子来了！”

他在这时，常骄傲的夸耀自己十四岁上就和革命在一起，十八岁上正式参加了革命，工作都很忠实和卖力，自问没有偷过懒。但是，当同志们问他：“那么你为什么要对同志发脾气呢？你参加了革命是来帮工么？”这使他闭了嘴，头也不肯抬起来。他想：“是的，没有革命，我帮一辈子工，也不会养大犍牛，耕种自己的地的。婆姨娃娃，那就不知道在哪里了。”但他想起说他思想落后，旧社会的东西！他的眼睛就又楞起来了。

有一次，老陈在会上批评他，竟和他大吵了一顿。老陈说：“你是怎搞的，好像谁请你来革命似的，总是和人搞不好！”

“怎么？”他气得暴跳起来叫道：“到水井里照你自己的样子！苍蝇也要咬人么？”

老陈听说“苍蝇”两个字，气得坐也坐不住了，站起来，指头指着他叫道：“你这就是落后！思想没有搞通！”

“我真忍不住了，”他说：“手里正拿着旱烟袋，啪的就朝他掷去。我想：‘落后就落后，打了你再说，你这样无礼的东西！’但烟袋没打着他，碰到门枋上撞碎了。会场上的人，看我这样全站了起来，瞪住我喝道：‘你要干什么？！’‘随便干什么！’我也叫起来：‘怕你们人多么？’队长看得没法，向我走来说：‘你怎么这个样呢？’‘思想没通呀！’我顶了他一句，冲出窑门就跑了，大家气凶凶的瞪住我。我出来以后，有的人很不平的嚷道：‘他简直称霸称王了！’我回到窑洞里，气透顶了，我想：‘看你们怎么办，咱姓王的还把人怕了么？’我躺下了，衣服也不解，等他们追过来和我打架了。好半天不见人过来，我以为他们定在讨论处治我了。我躺着胡盘算，猜他们定逃不了两个方法：不是明天开会斗争我，就是送我回总厂去叫上级处罚我。

“‘好的，’我想：‘送我回去正好，咱要求学习去！有了文化，咱就干别的工作去，再不回来了！’至于斗争会，咱是不大怕的，就

为了我这冲撞人，开会斗争也不止两三次啦。开了半天，我顶多说一句：'是的，我也有些不对！'事情不就算完了么？第二天谁要触着我的鼻子，我就又要得罪人。……

"一夜过去了，谁也没惊动我。第二天我还对老陈赌气哩，队长倒和和气气的走过来，把我拉到窑里去，好言好语的和我谈起。

"'夜里，大伙态度太不好，'他说：'同志们都自我批评啦，你还有甚意见？我们来谈一谈。'奇怪透了，这叫我谈什么呢？楞起眼睛成了哑巴，啥也说不出来。他见我不说话，以为我还在赌气哩。他说：'看你，大晚上气还没消完么？你无论什么都可以说呀，何必还这样使性子呢？'他的话逼得我实在受不住，眼泪滴下去，落到了他的手上。他惶惑的看着我，手扶住我。

"他说：'看你男子汉家也哭开了，同志，这是可羞的！心里有什么话就应该说出来。'

"我受不住他问，我怕他看我，在他温和的眼光和强烈的友爱底下，我浑身打着颤，……半辈子没说过的话，第一次我这样忠实和恳切的告诉他了。'是咱不对！'我颤动的嘴唇再压不住我的声音了：'队长！队长！'我叫道：'同志们是对的！咱以后改！改！……'

"队长抓住我的手。紧紧的，深怕我跑掉似的，镇静了一会才说：'不，同志们也有些地方不对，但大家都会改正的。你休息会去吧！不要过分激动了。'"

他讲着这段故事，激动得连木耳也忘记扳了，脸上淌着汗，像显得瘦了些。

这故事正发生在我来这里以前的不几天。

一九四五年五月二十六草完

六月十六第一次改完

（选自《希望》第二集第三期，1946年7月出版。）

生　长

一

吴黑大，是刚从旧军里开小差来的，两天以前才由县政府动员送到连上来。

几年来，当兵的生活，使他失掉了生活的趣味，谈起背枪打仗，他就厌恶透顶了。他觉得当兵就是被打、骂，最后碰上了灾难，被长官丢掉；死了，尸骸给狗扯去喂肚子，家中想望着他，连信息也不会知道。一想起这些，他就又失悔了：那天在县里的动员会上，实在不应该自己举起手来报名，不应该兴奋，不应该讲话。因为，这使得他又跑到军队里来了。"军队"、"当兵"，这些字眼他都反感了。虽然，这里的人们对待他不同，但是，他想：

"天下乌鸦一般黑，这里那里，当兵人的命还不是毬样，时间长了，还会这样有人照顾你么？"

这使他在生活上，对一切事情都提不起劲。开荒时，他的动作和同志们永远配不在一起；一个大个子，常常落在小张的后面。急得班长去帮忙他，也还是跟不上。彭铁钯子因为怕班的成绩太低，已经几次提议要开会，大家讨论一个帮助他的办法。

但是，事情发生得更严重了，第三天开荒回来，大家都去洗脸洗澡，他却闷闷的一进屋子就躺倒在炕上睡了。吃饭的时候，班长找着叫他，他躺着，瞪着眼，没有答应……。班长李富荣以为：在他班里发生了不名誉的事情了——这个刚来的人，因为他照顾得不适当，离开了他。他着了慌，走进屋子，放下饭碗，准备去找。屋子里很暗了，模模糊糊的看不清楚，他爬上炕去取他的枪，忽然碰到

吴黑大的腿上,他惊住了。

“谁呀?”他问。

“我——”吴黑大拖声懒气的,带着病人的腔调,说着,动了一下,又静默住了。

李富荣听着是吴黑大,一面定下了心,但另外的念头又浮上他的脑子里来了。他觉得不应把一位新同志估量得太低,随便猜疑他。

“怎么,你不好过么?”他关怀的问着他。

吴黑大用鼻子不便回答似的“嗯”了一下,翻了个身,就再没有动静了。班长——李富荣又问他什么地方不舒展,他没精打彩的,用手在头上轻轻的拍了一下,表示头上出了毛病,又咕噜着:肚子里也有点怪难受。这样,就算把一切问题都算答复过去了。他想让班长快些走,不要再啰啰嗦嗦打扰他,他好一个人静静的休息一下。

李富荣是绝对诚恳和老实的人。他对人的态度,常感动得使他班里的战士们,发着誓,不肯离开他到任何一个别的地方去。去年有几次编班,好多人都哭着和他分手,说他们舍不得他。弄得他必须用很长的时间去说服他们。在他班里的战士,总是有了病不肯说,深怕他知道了,又使他不安,忙来忙去,惹得心里难过。他自己却更注意这些事,深恐有什么不周到,被上级批评爱兵不够。他,听得吴黑大这样一说,站住问了问,饭也不吃,就跑到了连部里去。

连长是一个爱责备干部的,像他自己责备他自己一样,总是先检讨了自己,然后再去谈别人。特别是他喜欢的人,他对待他的严厉,常使有些人感到委曲,好好歹歹,开初几句话,总是说你不对,提起对自己的注意和检讨。李富荣,谁都知道,连长最疼他,他的话还没说完,连长就把话头接过去了。

“不管怎么说,你都要负责任!你不解释清楚,一上山就让他

们那股猛劲去冲，你必须强迫同志们多休息几次，人，他只是一个人，不能让他充作铁用。”

政治指导员是个老太婆嘴，而且常和连长说着同样的话。

“你当班长，”他说：“你就得全盘照顾，你们总是想闹第一，身体一点不顾，但是，你记住：健康，是每个同志革命的资本呀！”

“这怎么能怪我呢？”李富荣想着，默默的检查他自己所订的爱兵计划，但是，实在找不出：对于吴黑大的照顾，在什么地方犯了错误。因此，他不得不作一个辩白，他说：“早晨一上山我就说过啦，还要叫我怎么呢？”

“光说顶什么用？你得领导他们做才是！”连长紧接着就又解释起“尊爱公约”来，说对每个战士，都要认真的关心他们的生活，注意他们的身体，叫大家都像兄弟一样生活，这是团结我们革命力量的先决条件。

“你记住了么？”连长看着他问。

“记住啦。”李富荣有些碍口的说：“不过……”

“回去吃饭去罢，你还有什么事？”

“吴黑大，唔，他开的地并不多呀，班里面他是最少的。小张还比他多哩！”

连长怔了一下，看了他一眼：想想，说：“好的，等会我就过去看去，你先吃饭去罢。但是开始生产你必须记住：他是个新同志，在旧军队他是不懂得这些的，对他，不能和老同志们比！”他要走了，连长又说：“叫同志们多帮助他，不要叫他难过。”

“是。”李富荣答应着，举起手来：“敬礼！”

“慢一点，”指导员站起来，说：“这筐子里还有两把挂面，带回去，晚上煮给他吃。”

外面漆黑。冷风能使溶解的雪水又凝结成冰块。李富荣身上打着寒噤，在看不见的，熟识的村子路上摸着走。到班里，大家都吃过了饭，挤在屋子里来看吴黑大。吴黑大在炕上已经解下了衣

服,有些厌烦的,无可奈何的应付着来看他的同志们。看着李富荣走了进去,他更有意的叹了一口气。

"怎样,吴黑大?"李富荣走到他的炕头旁边,看着他问:"要吃点东西么?"

吴黑大没及回答,小张就插进嘴来了。

"咱给他端来啦饭他没吃,"他照例是天真的看着李富荣,扯他的衣服,"班长,咱们另给他煮点东西吃罢?他只喝了半碗开水哩!"李富荣很想再问问吴黑大的病状,小张竟等不得,又扯他的衣服,"去不去,班长?"

"去,去!"李富荣看着他说:"你真急,怕忘啦一样。

他们出去了。吴黑大不知应该如何处理。他怕这样下去,会闹出大乱子来,受到惩罚;但他又不能将这事情告诉他们。但是,装病的结局,又会成什么样子呢?不是比这更恶劣和悲惨么?

"是的,那不是在这里,"他想:"但是,天下乌鸦一般黑,当兵的人那里又不一样呢?"

一切过去军队里的情形,像"牛皮影子"般显现在他的眼前,心上仿佛扎进了铁锥子。他记起了在甘肃一次行军中,他们班里有两个兵病了,跟不上队伍,连长说他们想开小差,派人用手枪逼着叫他们跑步,两个兵跑不动,哭了,连长王金融就下命令:把他们枪毙在路上!

另一次,是他的老乡陈二皮匠的死。那是一个夏天,陈二皮匠病了,连长王金融到班里瞧见了,说妨碍"新生活"就把他扔到村外的破庙里,还不准人去管。天黑啦,他偷偷的去看他,陈二皮匠被丢在潮湿的路上,见了他就嚎啕大哭,抓住他,要求他救救命,但他有什么变法呢?第二天,王金融宣布,病号要隔离,不准人去看他,说一切都有军医官负责,等他黑夜里偷着去瞧他,破窑里鬼也没见一个,只见陈二皮匠从门板上滚到墙角呻吟,一件好的大衣,也被人用烂棉袄换走了。见了他就喊着:"兄弟,救救我,我记得

你。……”但点名号一响，他只得赶快又往回跑，把自己腰里的几块钱，掏给他，请一个老百姓可怜可怜给买一点东西吃。第三天他从岗上下来，又偷偷的去看他，夜里，看不见，他在窑门口叫了几声没人答应，他以为他睡着了，进破窑去一摸，他已经僵硬的躺在墙角里，死掉了。他吓得打着寒战转身就跑……第四天，连上的兄弟们把陈二皮匠抬到一棵大枫树下，连长王金融还用手巾掩着鼻子同嘴，假情假义的问："怎么，昨天军医官没来？咳，真没想到他会死……"

…………

"人心多狠！"他想到这些，几乎要叫起来。忽然，门扇乒的开了，连长和政治指导员走了进来，他战栗的看了他们一眼，急忙把眼睛闭住。

他想："不行啦，这只得说病得厉害啦。不然，他们会说什么呢？定会给骂一顿！"

他们走近他，他身上就怕得更厉害。……

"怎么病啦，吴黑大？"连长问着，摸着他的额门盖。

吴黑大实在没有经过这种场合——过去，他们的连长全是用眼角瞅人的，摸着，那可不得了，他会摸出个什么结果呢？他以为是不相信他，来试他的脉搏，他吓坏了。一股热血，轰的一下冲到了他脑顶，他简直发昏了。

"吃了饭么?"政治指导员也问，他没有回答，只是颤抖着，奇怪的等待着，一种从他心虚所发出来的畏惧。……

但他们，却以为他的确是病重了，指导员暗暗里就打消了他的怀疑。

二

李富荣在最后一班代小张放哨的时候，得到连长的命令：第二

天,叫从他们自己班里抽几个人,上午把吴黑大送到医院去。

天快明了,李富荣躺下去还没睡着,就起来给吴黑大准备到医院去的东西。他很轻巧,深怕吵响了什么,把战士们搞醒。吴黑大自夜里躺倒以后,心里有些奇奇怪怪的想的睡不熟;班长每次带哨起来,他总被惊醒。这一次也一样,李富荣起来、掌灯,他都听得很清楚。灯光照透了屋子,他装样睡着不敢动弹,眼睛眯起来看着李富荣:他把他的枪取去擦了,又取下了小张的,轻轻把枪栓卸下,擦了又把它挂上,排在原来的地方。村子里鸡叫第二次了,窗子渐渐有些发白。李富荣便在墙上取下他的挂包,把筐子里的几把挂面装进去,要想开门出去。吴黑大轻轻咳嗽一声——他实在忍耐不住他咳嗽的习惯——李富荣就回头站住,看着他。……

"老吴?"他试探他醒没醒,走过来问:"你怎价,好了些没?"

吴黑大做着刚醒来的,病人的腔调,说:"还有些痛。……"

"你要吃点东西么?"

"不……"他不得其当的说。

"少吃点罢,等会儿,火房里又不方便啦。"

李富荣走出去以后,吴黑大的思想里竟闪现了一种最危险的念头:官长都把他看成病人了,这可使他独个儿留在家里,换上件便衣逃走,回到家去!虽然,他早已不知道家里的人是死了还是活着。

一个恶毒的思想支持着他,李富荣端来两大碗挂面,他竟连面汤也喝光了。

"病不怕,只要能吃就行。"李富荣看他吃完以后,很高兴,"你吃够了没?"

吴黑大没有即时回答……

起床号吹了。连长和政治指导员又来看他。他们来得那么快——行动稍慢的战士还没穿好裤子。他们比他自己更没有忘记这一场"灾难"……

"哎呀,"连长看着战士们笑着叫道:"你们真该来个紧急集合,快把炕睡垮啦。"小张刚从被窝里坐起来,还没穿裤子哩,连长拧住他的耳朵,笑了起来:"让我帮帮你的忙罢,不然,你屁股会在炕上生根的。"

房子里全都笑了,小张红着脸,用手阻住他,俏皮的笑着跳起来。站在屋角里,慌乱的穿着裤子,瞪住连长。

"生产期间呀,"说着,他觉得不对,又找了个理由:"嗯,晚上又痛哩!"

大家知道他和连长在开玩笑,竟轰的大笑起来。指导员抓住他,笑着要拧他的嘴巴。

吃过了饭,吴黑大的神经紧张起来了。他等待着队伍一上山去,就要用自己的生命,去投进这险恶的,最后的时刻:他要逃走!在这里,他还没看见过,对逃兵,他们会用什么刑法;过去,旧军里,他可看得太多了。差不多每天一次,集合在河滩,看着逃兵,一个个变成死人。狗把那些死了的兵,扯得稀烂,咬住一只胳膊,或是一只大腿,在城里的大街上,在人们的面前,奔跑着,把孩子们吓得乱叫……他颤栗了。

"这多可怕呵!"他想;"咱怎么逃了出来呢?"

那些过去的生活,像一个漆黑的大洞一样,张着嘴,跟在他的背后,拚命追赶他。它把他包围在一种烟雾里了,他害怕得背上滚下了冷汗。他睁开眼睛,想借这白天的光来驱逐这包围着他的,一切过去的回忆。然而,那些用血画出来的事实,仍旧像毒蛇一样,紧紧的缠绕着他。李富荣和彭铁钯子扛了担架进来,惊异才把他从回忆里拖了出来。

"这干啥用的?"他奇怪的问。

"送你到医院去,"李富荣看着他,"你能坐起来么?"

事情是太突然了,彭铁钯子即刻就要给他收拾行李。这真叫他为难,去哩,还是不去呢?但是,班长又扶起他来;催着彭铁钯子

快动手。而且安慰着他。

“到医院好好休息几天去，”李富荣说：“班里人很忙，不能好好照护你，医院会比班里好些。”

事情真走到尽头了，吴黑大糊涂了，不敢来相信将来的结果。心虚和恐惧，使他的脸变得惨白，他像被人追撵在悬崖边上的人，前进不得，也回不了头。急得冷汗从死板的脸上淌了下来。……

“看你，”班长竟以为他病更重了，“脸这么怕人，在这凳子上坐一坐，等他收拾罢。”他又对着彭铁钯子：“你动作快一点，天不早啦。”

吴黑大伪装的疾病，被同志底深厚的友爱逼到绝路上了。在他无法回头的时候，他对班长说，他必须到厕所去。从这里，他希望着找到机会，逃脱摆在他眼前就要获得的惩罚，重新去追求他那过去的，平静的庄稼地里的生活。然而，班长怕他跌倒要扶着他去，一个冒险的企图，又跌落到失望里去了。

三

医院距胡庄二十五里，他们抬到的时候，天已经快上午十二点钟了。医生穿着件黄呢子军衣，耳朵上挂着听诊器，站在门口，叫把病人送到门诊室去。

屋子里有点冷，在办公桌上放上本病员登记册，桌旁放着一个火炉，火燃得不大。医生检查了一次之后，觉得这病人的病症的诊断，有些使他辣手，他皱着眉，沈思了一会，怕病人冷，给他盖上被子，手伸在火炉上烘着暖，然后，静静的，仔细的在考虑。吴黑大呻吟得更厉害了，几乎成了短促的嚎叫。医生没法辨识清楚，又走过去，把体温表放在他的嘴里，用听诊器重新在他身上，各个部分都仔细的检查一遍，默默的审视他的脸色，想一定要在他身上找出一个解答的理由来。但是体温表和以前一样，各部脉搏的跳动也和

以前一样。

“怪事!”他想着,不理解的看着他。

“把嘴张开看一看,”医生最后想要从这里意外的来获得解答了。可是,这呈现给他的,仍旧是一个谜。但他不敢大胆的妄下判断,他不得不去找院长亲自来诊断了。

院长是一个冷静严肃的人,做事情果断,干脆,只要他认为有了证据给他证明对的或者错的,他执行的时候,铁锤也不能打得翻他的意见。他一走进门诊室,人们都特别注意着他,各人都自己拘束了起来,仔细的看着他。医生刚才诊断过的地方,他重新地审断了一番之后,眼睛深深的瞪了病人一眼,作出决定了。

“还是叫他们抬回去罢,”他向医生说:“这也抬来送医院,我们那有这许多窑洞?”

李富荣相信他自己的眼睛和耳朵,比相信院长的诊断更坚定。对病人,他比对自己更关心。他为他,不睡觉,不吃饭,肩膀压得红红的,还怕对病人照顾不周到……忽然,医生说,吴黑大,医院里不收,他诧异得脖子粗了起来,眼睛恶意的看着院长。

“为啥道理?”他问。

院长脸红红的,似乎不好说出口,但他用没有床位来推托了,战士们提出了好几个办法,院长都摇头,他最后说:

“说没办法就没办法,有地方也还用你们说吗?”他说着就要走。

“咱们抬回去,”李富荣阻住了院长,生气的说:“如果有了一差二错? ……”

“我负责!”院长严谨的点点头! 再没有二句话,就走进隔院的办公室去了。

李富荣脸红了,几乎骂出声来,他感到院长是这样“官僚主义”!

四

吴黑大在担架上躺着，神经剧烈的搏斗，使他浑身颤栗。他现在，像被捆绑住的罪人，像看着黄头多脚的蜈蚣爬上他裤管里，他要被毒死，可又不能动弹。时间逼住他走上死路，竟越来越残忍。他是再没办法逃走了。

“他们会怎样处治我呢?”他想。

太阳快落山了。彭铁钯子、班长，他们抬着他，踏着整齐的步子，一边气愤的咒骂那个“官僚主义”的院长。胡庄越来越近了。他们的腿弹动得更上了劲，担架的闪动，有节奏的一起一落。吴黑大躺在很平稳的绳索的摇床上，感到一点轻微的浮沉，但是，他脑子里昏沉沉的只有一个思想：“他们到后来一定会杀了我!”

回到班里，李富荣用手巾擦了两把热汗，就去清理吴黑大的东西；他起来，用大衣给他披上，急忙就给他铺炕去。吴黑大只有一个毡子做垫的，他怕他躺得不舒展，便把自己的棉褥子给他垫上。

“你躺下罢，”李富荣铺好了炕，扶住吴黑大，脸上还不断的淌着热汗。班长越对他好，他就越害怕。……

李富荣到厨房里去了，屋子里躺着吴黑大一个人。他要逃跑了。他没有脸见人!

“这是时候了!”他翘起头来看了看院子里没有人，跳起来抓住裤子，就要想跑。但忽然什么地方乓的一下，把他全身都吓得软下没劲，慌张的扯上被子把头和脚都裹起来。他个子很长，被子没包住他，脚和裤腿竟露了一长截在外面。躺着，他尖起耳朵，像兔子一样听着。好长的时间过去了，然而什么也没有，等他伸出头来看，才证明完全是他自己的虚惊。他这才深深的透了一口气，重新再打主意。他静静的听了一阵，仍旧没有人，偷偷的又爬起来，找他原来穿的黑裤子，——他是知道当兵规矩的，带衣服和武器抓住

就得判大罪,他只单纯的避开这灾难,——不再当兵就得了。

他开了门,四面慌乱的偷看着,静静的什么也没有。他轻轻的走过拐角的门去。拐角的门外,出去是一个大篮球场,球场过去是一条沟。他怕球场里有人,蹲在门角里。球场是那么静,连一只敞猪也都回圈里去了。他开门就往外跑,连头也不回,直钻进沟里去了。

五

天暗下来,屋子里该掌灯了。

> 枪是我们的命根,
> 锄头是我们的朋友,
> 有了手榴弹和小米,
> 看,真理就要抬头;

村外一片杂乱的歌声,从四面响着向村里走。这是上山开荒的人回来了。李富荣,刚到老乡家里买了两个鸡蛋,在厨房里煮好,给吴黑大端来。另一只手还拿着个火柴头,准备回来点灯。一进门,没听见人呻吟,以为吴黑大睡着了。碗很烫手,他把碗放在桌上,想点着灯后,再叫醒他。灯灼了,李富荣发愣了!他开始怀疑医生不收的原因,吴黑大病的真假。……

"吴黑大!"他门里门外,狂乱的叫着。但没人答应,厕所里也没人。他知道班里不名誉的事情发生了。这像一条粗大的铁棍打在他的头上,他气得发昏了。他在连上班排干部会上,和四班长订的"爱兵比赛"中:"保证没有一个逃兵,爱护病员"的条件!他失败了。"龟孙子的!"他忍不住骂起来,跑到厨房里去叫抬担架的人急速去找。

"快!快!"他叫着,回去提着枪就走。拐角门开得大大的了,

他叫彭铁钯子从这里追去！

彭铁钯子听到这消息脸都气青了。

“这龟孙子的！”他骂着：“你要退伍就说明白走，何必装病，叫老子抬你！”骂着，拔步就追！他一定要找回来问问他！

连长在村口得到了报告，就叫小张去告诉排长，叫派几个人去帮着找。但他再三嘱告，见着人不要打骂或侮辱。小张，扛着镢头，没有听他说清楚什么，他以为也叫他去追，跟着拐角门里出来的人就跑。连长想再叫他，他已经跑进沟里去了。

吴黑大刚来两三天，地形不熟，不知道能从这沟里走到什么地方去。走着前面又听得老百姓赶着牛往这头走，他怕走不脱，急忙躲在路旁的狼牙刺旁边。他想让他先过去再走；可是，他听得后面有人追来了。他再不能躲在那儿了，伸着脖子，四面慌乱的看着。两面全是庄稼地，二月天白晹晹的，藏只麻雀也藏不住。

“完蛋啦！”他想着，全身抖颤得立不住脚。但他忽然看见，就在他旁边隔一条土格楞有一个洋芋窖，他不顾死活的跳过去了。

小张和彭铁钯子追过来，碰到一个中年农民赶着一条大犍牛走过来，就站住问。

彭铁钯子说：“喂！老乡，碰到有人走过去没？”那个农民看着他说：“没。干啥？”

小张是个自尊心很强的小伙子，他怕彭铁钯子嚷叫开了，这对于军队是不名誉的，急忙说道：“啥也不干，你走罢！”

但是他看着彭铁钯子拿着枪，跑得满头是汗；他已经明白了十分之九。他就更坚决的说：“咱保险，咱是参加自卫军的，还能不负责任？”

小张有些不高兴，心里还想掩饰，说：“快走罢天黑啦。”

他似乎还想说点什么。彭铁钯子看小张不高兴，就抢着截断了他的话：“你的牛跑得多远了呀，还不招呼去。”

那个农民过去了，小张看着彭铁钯子，想了一下说：“他一定

在这一段,他病着不会跑得多快的!"

"他病个毬哩!"彭铁钯子楞住他,说:"这龟孙子的,一定是装病,难怪人家院长不收!可惜,咱们错把医生怪了!"

"医生怎说的?"

"说没床位哩。哼,恐怕他检查出了的!"他愤愤的吐了一口,又说:"操他娘的,咱们把他当成好同志看待,送他进医院,把老子肩膀都压肿啦,他倒爬起来跑了!比死瘟猪还不如!"

"你只说哩,"小张怨恨的叫道:"夜里咱倒以为他真个病啦,端水端饭的,像服侍老祖宗一样!这真气坏了人!走!咱们就从这儿找去,碰上了他,可再不给他客气啦!"

吴黑大在窑洞里听得很清楚,每一句话都像针一样扎住他的心,他觉得同志们对他实在是好;特别是班长,他在旧军里碰到的班长不止五十打,但是,那一个像他那样爱过他呢?那个没有骂过他,打过他呢?他愈想愈懊悔,也就更觉得自已是不会再被饶恕了!他听着他们找来了,身上怕得淌着冷汗,牙齿格格的互相碰打,心跳得像打乱鼓……天呵,完了。是谁又点起火把来了。

"好,把沟里烂草点着!"小张叫道:"看他钻到哪里去!"

山沟里被火光照得透亮……

"那里有个窖!"彭铁钯子举起火把叫道:"过来,你拿火!"

赵贵成举起火把,小张拖着镢头,他们和彭铁钯子一齐跑了过去。彭铁钯子搬动枪栓,威吓的叫道:"出来!看见你啦!还缩住一团不动么?"

吴黑大全身像触了电一样,晕了一阵,但他没有哼声,他知道窖口小,看不见他。他死死的贴住窖底,恨不得能钻进去。

彭铁钯子见没有人答应,便把枪背起来。他以为大概不在这儿了。小张为了更仔细些,举起火把,要到窖门口去再查看一下。火烧到门口,照得窖底透亮。吴黑大一下子横了心。他想:

"拚罢,横竖完蛋啦!"

他在窖里摸着了一块石头，狠命向洞口扔去，只看见火光一闪，听见小张哎哟的叫了一声——他打伤了小张了。吴黑大蹲身就往洞外钻——，他还要逃走，他惹下人命了。但彭铁钯子，跳过去，照准他脊梁上就是一枪托，伸手结结实实的抓住了他，真像钯子那么紧，他还能往哪里跑呢？……

六

李富荣从村口上回来，脸都气青了，听彭铁钯子说：吴黑大已经找了回来，便叫道："他在哪里？"

"在连部里。"彭铁钯子看着他，也觉得怕了。他和他相处的三年半中，他这是第一次变了脸。

"这杂种！"李富荣只骂了一句，再也不问什么，就直往连部的院子跑去。

他从来没打过一个战士，可是，现在他也扎起袖子来了——他要去打这个混蛋，他再不能饶恕吴黑大了！吴黑大耽搁了像彭铁钯子这样开荒出名的劳动力，欺骗了同志，还打伤了小张！

但他走到门口，看见屋子里点着灯，他想要冲进去，但是，屋子里传出来的、非常安静而和善的、连长的声音，把他阻住了。

"这是为啥？"他顿了一下，轻轻的靠在窗口跟前听。

"你为什么要逃跑？"连长很和气问道："你说，无论什么都说出来，我保证不处罚你。你刚来，这里的情形你不懂得。我们忙，几天啦，也还没和你好好谈过话，这是我们在思想上关照不够，你现在可说一说……"

吴黑大没有回答。……

"你不要怕，咱们××军和你过去呆的旧军队不同，"连长说："你有什么不好说的？尽管说罢，咱们能帮助你解决的，我就给你帮忙办。怎么样？你说呀，唔？是班长对你不好，还是同志们对你

不好,还是有别的事情呢?"

"班长……"吴黑大刚开口,但又被什么阻住了,灰溜溜的垂着头。

"班长怎么样?"连长拖过凳子,靠近他问:"班长骂你过么?"

李富荣听得提起了他,止不住哈了一声。

连长连忙叫道:"谁?"

李富荣答道:"我……"

"你是什么我?"连长生气了,觉得他没有规矩:"衣裳、裤子,你没有个名字么?"

"李富荣——六班班长。"

"你在干什么?"连长说着,开门见是他话头倒软了下来:"回去罢,叫各班点名睡觉,去罢,我不叫你,你不准再来,听见没有?"

"听见啦,敬礼!"

"去。"连长把门关上了。

吴黑大从门缝里扫了班长一眼,看见那张没见过的生气的脸垂下头来……

"班长怎么样?"连长转过身来,又问:"你大胆讲,不要害怕,他骂了你,我会教育他的,你讲罢,他骂过你么?"

"没——"吴黑大越发难过了,哭丧着脸说:"他好。"

"那末,同志欺负了你?"

"没——同志们都好……"

吴黑大话还没说完,眼泪热喇喇的从眼眶里滚下来,呼噜噜,呼噜噜,伤心的哭开了。连长站起来,拍着他的肩膀,劝慰着他。

"吴黑大,吴黑大,不要再哭啦。"他抓住他的手:"有什么事就说出来。眼泪是女人们没有事情流的!我们革命的战士有什么说什么!"

吴黑大哽咽着,没有说话。连长扶起他的头来。

"哭够啦,抽支烟罢,"他递给他一支纸烟,接着说:"烟是提神

壮胆的，抽着咱们慢慢谈。”

吴黑大抽噎着，手拐撑在桌子上，手掌抚着前额。……

李富荣回到班里，排长和卫生员在给小张上药，包扎受伤的胳膊。许多战士围着看，议论着，这一定不准再宽大他了。他也许是顽固派，派来的坏人。他很凶的打伤了我们的同志。班长挤过去，抬起小张的胳膊，看见那擦掉的大块皮流着鲜红的血，心疼得几乎要哭起来。跳上炕，把吴黑大的被子，狠命的扔到炕下的屋角里去，把他给吴黑大垫的褥子取出来，扶起了小张，把它让给他垫在底下。

“你才是我们的同志，”他很难受的说：“他已经不配再用它啦！”

人们都走了以后，班长看到桌上放着的碗，他想起了那里刚才掏钱给吴黑大买来的鸡蛋，跳下炕去，端来递给小张。

“起来，咱扶住你，”他抓住他说：“这也是你的！吃罢，还没有冷。”

小张天真的看着他，亲热地靠在他的手臂上。

“班长，”他感激的说：“咱也来忙你啦。你自己也得休息一下。”他懂得：同志是互相关照……

七

吴黑大回班上来的时候，很多人拥来看。他的眼睛都红肿了。但战士们看着他，都气鼓鼓的，彭铁钯子竟站在门口，叉着腰，直挺挺的挡住门，怕他再逃跑似的，恶狠狠瞪住他，鼻子里故意哼着气。

吴黑大一进门就站在屋角的黑影里，垂着头，他不敢抬头看大家，只听见几个战士你一句我一句的说：“灯光太暗了，为啥有个人看不见啦？”有的说：“人大还是好，可以打小孩的！”又有的说：

"英雄是不站墙角的。"有的说:"打拳找靠山哩!"政治指导员赶紧叫道:"你们这是干什么?像个同志态度吗?都回去睡觉去!"把战士们都撵走以后,指导员看了看小张同志的伤,叫班长跟他出去会儿。在阶檐下,指导员站住了。李富荣看着他。

"你告诉班里的同志们,不要侮辱他,他不是坏人他是很可怜的!"指导员说:"明天,他要向大家讲,他已经变好啦!去罢,好好照顾他。和过去一样,多关心他些,叫老战士们多帮助他,他将来会同我们大家一样的,变成革命的好同志。去吧!"

说完,指导员又走进屋来,和善的看着吴黑大。

"你不要难受啦,"他说:"休息去吧,有什么事,多找班长谈谈,他会帮助你的。"说着又向李富荣道:"六班长,吴黑大同志你要多帮助他,等会你可和他谈一谈。"

指导员出去的时候,亲热的又和他握了一次手。

晚上,吴黑大想得太多了,整夜没有合眼。昨天很长的时间,他只穿了一件黑短袄,受寒很重,现在,他竟发起了高热,真的病了。头发涨,眼睛晕眩。身上像有人在拧一样,痛得浑身发麻。肌肉也绞紧了,他必须恨命的咬着牙才能忍耐住。但是,他再不请病假了,同志们不会再相信他的。他不得不随着吹起床号爬起来。

吃早饭的时候,李富荣看他的脸色不对,青灰色的,以为是他惭愧的表现,没有多问他。他要去厨房里打菜,就让他去了。但吴黑大走了不远,竟像被打了一闷棒一样,热烘烘的一股血冲到了头上来,眼睛顿时就黑了。菜盆从他手里掉了下去,一下就摔倒了。他清醒过来,发现自己躺在床上,满屋子里都挤着人。指导员、连长、彭铁钯子、小张,全都凝神的看着他,他们看他清醒了,都叫着他的名字,喊叫他。指导员甚至在给他试诊着脉搏。

他背后是谁扶住他呢?他费力的掉过脸去,盯着他发楞了。他不知道应该说什么。那是班长李富荣。

“老吴？”李富荣看他很难受，安慰的叫他。

好半天了，他才低声的，叫出了一声：“呵，班长……”青灰色的脸上，两颗透明的泪珠，顿时就滚下了惭愧的面颊。

他说：“咱怕见你……”

八

屋子里静下来了。吴黑大慢慢由疲乏而睡过去了。他听着了点名号，便忍痛从炕上爬起来，要去向同志们讲话。

班长看着他说：“你算了吧，刚好一点，得休息些，好了以后，你再去讲吧。”

他说：“不，咱一定要让同志们明白我！我要去向大家说：咱错啦！”

“等病好啦再说吧，同志们已原谅你啦。”

但是，吴黑大不能抑制住自己，他要求班长扶他到队前来了。大家看着他，热烈的鼓起掌来。

他开始叙述他的过去了。他是邠县的乡下庄稼佬。四一年冬，王保长派他送军粮到镇原县去，在那里他被扣住了当“壮丁”，作为新兵补充了。他当了二年半旧军，受够了当兵的罪，他想回家去看看家里人。

连长说：“你要回去。你可以走，没有路费，连上可帮助你些。”

指导员也说：“革命是要人自愿，不愿意，咱们不强迫你。”

但是，他想：“咱回家里干什么呢？这比那里都好。咱家里虽说有老婆，有娃娃，但谁知道他们那里逃生去了呢？她们饿，也早饿死啦；打，也早被打死了，咱回去顶啥用呢？要是再被他们抓去当‘壮丁’，那不又落了死绝么？”

“同志们！”他想到这些，他坚定的叫喊起来了。“请你们宽恕

我，死也不再逃啦！我回去也不会有好日子过，我要跟大家干革命，干到底！”

他又说起他的病，很懊悔，很惭愧，禁不住掉下了泪。他说在旧军队里，一辈子也遇不住这种事情，要是这样，他早就被枪崩了。他想起陈二皮匠死得可怜，就一阵心酸，抽噎起来，他想：“要是他找到这儿来，他还不活得很好么？”

彭铁钯子见他抽噎得站不稳，走在他身边来扶住他，劝慰说：“不要哭，老吴！往后咱们好好干！革命胜利了，咱都要回家瞧瞧去！”

连长和指导员也来劝勉他：“算了，休息去吧，同志们明白你啦。”

但人遇至亲泪更多，吴黑大几年来，满腔的苦水，竟一倾而出，索性放声哭了起来。

…………

李富荣在吴黑大睡着的时候，坐在他旁边擦枪。忽听得吴黑大一声哭，他赶快站起来，他见他脸上淌着汗，知道他做了恶梦，便伸手去摇他。

“怎样，老吴？老吴？”李富荣叫着他。

吴黑大还没完全醒，看着班长给他擦汗，很诧异，瞪起眼，打量着他……

“呵，班长！”他最后叫道：“热得很，衬衣湿透啦。”

李富荣递给他一条干毛巾。

“光擦擦汗吧，”他说：“等等再换衣服。”

吴黑大停了一会，又叫着要喝水。李富荣从小藤篮里取出了一个梨来，削了皮切成梨片递给他。

“这是连长刚买来的，”他说：“小是小，可是好糖梨。”

小张手臂疼得很厉害，一直就没睡着，看着李富荣削梨。李富荣，递给吴黑大一个，接着，又给小张削了一个递去，像哥哥照顾着

他的两个弟弟一样。虽然,他们两个躺在炕上的由来很不相同……

一九四五年九月于鲁艺东山

(选自《蚂蚁小集》之四《中国的肺脏》,一九四八年十一月出版。)

范　康

冒烟的人们

我底朋友们，多半是所谓“职业军人”。这意味，并不仅仅是流别人底血而喝自己底咖啡的；因为，凭良心说，这到底也是一种卖命的生涯。“职业军人”者，在中国，说得难听一点，雇佣兵之谓也。“国军”也好，“党军”也好，总不过是被雇佣，总得有个主子，总得表现一点“专门技能”，于是，开口就是杀，动手就是打了。曾经有人问我，这到底是一些怎样的人呢？我想了一想，说：

“这是满身火焰的人们；全身冒火的。”

但事情也并不这么简单。这冒火的饭碗也很苦恼的。我底一位朋友，当他几乎被调去以他底炮兵营去轰击红色的首都的时候，神经质地来信向我诉苦说：这简直是和良心在作战。而当在他的那一团里捉住了十几个反叛者的时候，又哭丧着脸说了：他是被迫如此的啊。

从政协时期到这个“戡乱”时期，从“蓝边边”到“红边边”，从副食费到特支费，从“打！三个月就消灭！……”到“希望得到光荣的和平”，这些满身火焰的人们就变成满身冒烟的人们了。我底一位养尊处优，酷爱享受的，身参机要的朋友最近就向我说：

“我们是无辜的。就是他一个人要打，他一个人呀！我们是无辜的呀！”

他显得非常的苦恼和激动。当听说要惩处战犯的时候，他底脸色变白了。但是又有什么办法呢？“他”者，那“一个人”者，雇

佣军队所少不得的头子也。

几个人坐在一起。肩上的星和梅花照样在灯光下面闪烁。

“我们底思想呢,中间偏‘左’,我们底行动呢,中间偏‘右’。”

这个说法我觉得很有意思。这就不是“冒火”而是“冒烟”了。也抚摩了美丽的“良心”。这个说法也表示了,“职业军人”者,到底是什么。

“有人说得不错!”另一个叫了,“这里有自由而没有平等,那里有平等而没有自由。确确实实的!”

“所以啰!他们来了,你还有咖啡吃吗?”

自由,就是喝咖啡——大家不约而同地看着那在电炉上嗤嗤地发响的咖啡壶。这房间布置得很精致,充满着雇佣兵底享乐气氛,温暖,舒适;外面,天在落雪。雇佣兵们,冒烟的人们,苦恼地沉默了,疲倦的头脑里奔波着颓唐的幻想,在和“平等”挣扎着。一个人在沙发上动了一下,幽幽地说了:

“去罢,去做白俄罢,卖毯子去。”

“这样的战争,汽油桶,炸弹,一齐丢下去,徐州一带的村庄全烧光了。死的都是老百姓。——为什么还要打呢?”突然地望着我,问。

“我又不是科长,问你自己呀!”我说。

他底眼光望着别处了。

“不过,”停了一下他说,“要我纺棉花,我是纺不来的。要我踏三轮车,我是踏不来的!”

“那么,还是卖毯子去罢。”别一个说,苦笑了。

战争、屠杀、大炮、火焰,使得人民沉寂无声,而奢华的房间里充满胜利的叫嚣——这样的日子,这样的雇佣兵们底英雄的日子已经过去了。现在是轮到这房间里幽幽地叹息了。

“我说呀,你劝劝我底儿子罢!”一位老太,我底朋友,高级雇佣兵底母亲,抓住了我,激动地说:“你劝他走罢!他要打呀,他替

哪个打呀!”

我底这位朋友是标准的全身火焰的角色。他对我说过:人生是空虚的,需要刺激,而战争就是刺激,所以他要打。前两天,把值钱的东西运走了,表示自己要留在南京,要打。他底母亲不断地哭。一道去看《国魂》那烂电影的时候,看见文天祥被杀,老太太扯着我底衣角在我耳朵边上说:“现在就是坏人当道,你劝劝他不要打了呀！不要做文天祥呀!”但是我底朋友仍然全身火焰,喝醉了酒,跑到我底房间里来说,人生有什么意思呢？所以要打!

他底母亲,在抗战时间曾经遇到过“他们”。他们曾经到她家里来和她谈过话,叫她不要怕,而且帮助过她,毫无骚扰地走了。所以她不断地劝她底儿子不要打。最近她底一个熟人,她所尊敬的一位官员“尸谏”了,她更激动,看了那文天祥的电影回来更是哭了一夜,悲泣着暴君无道,一再地劝说着她那全身冒火的儿子,但是他却野兽一般地咆哮说:

“你要去纺棉花!”

老太太怎样回答呢？她叫着说:

“棉花我是会纺的!”

是的,棉花她是会纺的。乡村出身,受苦一生的妇女,她比她底儿子看见过更多的生活。我底这全身冒火的朋友还有一位胆小的,神经质的太太,对着他底英雄姿态也是天天啼哭。这两天他把她们一齐送走了,但是我看见他变得颓丧了,他身上的那种火焰,好像已经被冷水浇熄了,——于是冒着烟,沉闷而辛涩地弥漫着,飘荡着,游魂似的。

“没有办法,全是让‘他’一个人害死了。”他凄苦地对我说。

我从这些冒烟的人们里面出来。天在落雪,偶尔有无家的狗底彳亍的身影和暴躁的吠声。忽然,我却想起曾经在什么地方看见过的那些磷火来:从死人底骨头里,居然也会变幻出来一种发光

的物质吗？

四八，十二，廿七。

（选自《蚂蚁小集》之五《迎着明天》，一九四八年十二月卅一日出版。）

野　萤

青　骡　子

青骡子是我底三姑姑的嫁礼，三姑姑嫁出去的前一天由三姑姑的未婚夫送来的。那时候青骡子只有一个大山羊高，毛色粗糙紊乱，身体瘦弱不堪，好像一阵大风就会把它吹倒似的。当青骡子长大能驮东西的时候，三姑姑底丈夫死了，三姑姑又嫁了人。这是一个只晓得吃喝嫖赌的浪子。后来三姑姑忽然死了，老实的父亲去送葬，以为人死了也就算了。然而三姑姑竟是因为受不住虐待吃鸦片死的……

我们全家都爱青骡子，它是我们家庭组成中的一分子——它是像一个亲人一样的被大家爱护着，父亲时常用着赞美的口气说："我们全家人的生命是像一只铃铛一样的挂在它底脖子上的呢。"实在，犁田、种地、服差役、拉车、上肥料、做一切笨重的事、驮一切笨重的东西……都是依靠着青骡子的。

青骡子是全村牲口中有名的"挣死鬼"。人们都愿意和我们搭对耕田或拉车。拉车的时候别的牲口常常好像在打盹，青骡子却卖力得全身是汗，好像水洗过了一样；犁地的时候单独斜起肩头来拉的，也是青骡子。因此有一次它因为疲劳过度而跌倒在田里，几乎爬不起来。

青骡子生性敏感，祖母叫它"精灵鬼"。在黑夜里行走时，前面若有人、兔子、狗，或其它的东西挡住路，它就立刻竖起两只钢柱

一样的毛茸茸的耳朵裹足不前。如果催逼它,它必定要绕一个大圈子才肯走过去。如果有陌生人要捉它,它就会抛掉身上所有的东西,疯狂地向着回家的路上飞奔,因此即使黑心的毛毛贼也奈何它不得。

父亲用一些零碎的布头,到外面去换取粮食,由青骡子驮着回来。

时常,青骡子一踏进门,祖母就抢下台阶来问着父亲:

"老大,骡子草吃得饱吧? 水吃得足吧? 青豆子多给了一碗吧? ……"

父亲总是低低地用鼻音回答着,一面走进房来坐下,一口连着一口地抽起水烟袋来。浓烟把他底忧郁的脸遮没了。

祖母于是就在青骡子的左右转动着,给它添草添料,又用刷子给它搔痒。偶尔地走进来和父亲说几句关于这次做买卖贴本或赚钱的话,又走出去操心青骡子了。

这样的情景在我面前出现过不止一次了。有一次父亲显然忍耐不住了,很悲凉地向祖母说:

"妈,你为什么老是先不问人吃饱了没有喝足了没有,一开口总是青骡子吃饱了没有喝足了没有呢? 其实有了人,畜牲是会买到的……"

父亲在乡间被称为有孝心的人。祖父死后,祖母生气的时候多,每次父亲都陪着笑脸安慰着她。这一次他忍耐不住了,祖母显得很难过,终于张开着缺牙的嘴抱歉地笑了:

"你看,这个老大……"

青骡子在十岁的时候,碾过一次最苦的差役。那是往一个极荒凉的地方去运粮食。那时候,在那里住着的藏民族,因为受不住这个政府的压迫,正在起来反抗。多少年来这个政府是用贪官污

吏和苛捐杂税来统治他们的。这些苛捐杂税有各样的名目，比方烟囱税、人口税、欢迎款、慰劳款——终于他们将他们底猎枪收拾起来对准收税的贪官污吏射击了。但不久他们便被地方保安团用新式兵器围剿，击败。地方保安团夺去了他们底牛羊和马匹，掳去了他们的年青的姑娘，最后将他们赶进森林，三面烧起火来，留着一面出口，出一个杀一个，并且割下头来挂在树枝上示威。这种残酷的手段使得民族间的仇恨更为深刻了，所以那时候一般人都不敢到那边去。

正是冬天，西北的冬天河水不流，平地裂口，落雪就是数尺。驮牛和骡马时常被雪掩埋或冻毙，吼啸着的狂风像刀子一样从人的耳边刮过去，出门的人时常会丢掉了耳朵……，许多人抛了牲口偷偷地跑回来了，有许多人死在那里，尤其是负重的牲口，死亡率更大。但这一次青骡子平安回来了。陪它去的是我底二叔父，二叔父人极老实柔和，有着一般乡下人爱牲口的性情，平时自己宁肯少吃一些，而留给自己的牲口。他极爱青骡子，他和青骡子简直成了要好的朋友。这一次路上极冷，许多一同赶路的牲口都吃不上东西饿死或冻死了，青骡子也同样变瘦了，但冻的时候，叔父脱下他自己底山羊皮皮袄盖在青骡子身上，自己用快步跑路，以增加骡子和他的体温。他俩相依为命，晚上睡在一块儿相互取暖，白天赶路的时候二叔父又总要对青骡子说许多鼓励和祝福的话。他总觉得青骡子是他的亲人，能听懂他的话的。

青骡子没精打采地用它的疲倦的脚踢着横在路上的冰冻的泥块和石子，慢吞吞地弹着干枯的尾巴走着……他们俩居然平安地回来了。叔父底鼻尖耳朵和手指头都冻枯了，脸上的肌肉冻僵了，身上也破烂得像一个乞丐；青骡子则简直瘦得不成形了，全身的毛倒竖着，两只耳朵下垂着，蹄腕子细到快要断的地步，毛色由灰色变成了白色，——但它毕竟回来了，我们全家仍然觉得多么温暖啊！

住在荒凉的山沟或者是河水冲积而成的平川上的居民们，是穷苦的。山沟里多半是寺院的佃农，终年在雪地里耕种和养猪，手上冻出一寸长的裂口，一年完了，辛苦的劳动果实，被寺院的管家们用皮鞭收去了；住在平川上的人们也并不生活的较好，养几只羊或者两匹驴子，再种上几亩田地，过着借债的生活。地主们是这里的主宰，他们和地方上的势力是一鼻孔出气的，逼迫得负债的乡人跳崖跳河是常有的事。他们私设法堂拷打负债的乡人，有烧排香、跪烙铁等等残酷的刑法。但也时常听到农民们起来反抗的消息：某地主被抢了，或者跪在烧红的铡刀上被复仇者烙死了。

我们家就是不断地负着债的。这一次债主来要债，扬言说，若再不还债，他们将要牵走青骡子。父亲听了这话非常气愤地说："你将我杀掉都可以，但要拔掉青骡子底一根毛都不行！"这是极坚决的话，债主说过三天后再见，便掉头走了。

父亲沉默了很久，就和叔父商量还债的方法。他愁苦之极地说，"我们只有这一头青骡子了，它就是我底命！"

住在我们隔壁的全神保因为欠债过多，被债主利息加利息地算了下来，将祖先遗留下的果园拿给债主还不够，便又将唯一的一只毛驴加上，还有红漆柜子和两只盛水的大桶……当那只红漆柜被债主用绳子绑着向外拖时，全神保哭着向他底妻子说："这简直是割我底心啊！那不是柜子，是我们底亲人呀……"他哭着倒在他妻子的脚边，嘴里流着白沫昏了过去，……但第二天债主又来了，说还有一点零碎账目没有算清，算盘一响，又亏空了许多。抵押的东西已找不出来了，剩下的只就是他俩口了，于是他们就替债主去放羊……。

这种放债大家叫做"黑驴打滚儿"。我底父亲也被这种高利贷压碎了。最近因为战争的关系，这个政府要老百姓"以马代

丁”。这烂政府以为西北是产马区，要马就有马的，其实实际的情形是，每遇到“以马代丁”的时候，有钱有马的人愈富了，没钱没马的人愈穷了，一而再，再而三，我底邻居张没牙领着他底十一岁的小孙女去讨饭了；年轻力壮的张大头晚上和几个要好的人叽哩咕噜几下，第二天不见了——过了几天就听说发生了抢案。

父亲就是因为这“以马代丁”而欠了债的。现在正是到了山穷水尽的时候，父亲一夜叹着气没有睡着。母亲在昏暗的油灯下给小弟弟补破棉袄，我看到她底手指被针刺破了在流着血，但她却毫无感觉地还在一针继续一针地缝着。

第二天早晨叔父跑进来说，昨夜他出去碰到了后山里的土富翁袁老二，公家的差役他们害怕去做，想要出钱雇别人和牲口去代替。叔父说，他愿意代替袁老二去运送军粮。父亲听说袁老二，脸上阴沉下来了，因为这些剥削人的家伙是“口蜜腹剑”的。但为了目前的紧迫的债务，父亲终于同意了叔父底意见。

果然，运军粮的差役回来了，叔父到山中去向袁老二要钱，前后三次都推托不给，还说了许多强硬无理的话。事情逼得实在没有办法了，父亲才决定自己骑着青骡子去讨要。袁老二勉强答应了给一半，那时天色已晚，父亲就歇在那里。

在吃晚饭的时候，忽然长工来报告，说是青骡子掉下高石崖去了。父亲听了这话，立刻连血带饭满满吐了一碗，抛开碗筷跟着长工去看，从山顶看到山沟里的平地上，隐隐约约有拳头大的青色的东西在蠕动，野鹰和乌鸦团团在上面打转。父亲腿子软了，手臂酸了，口中不住地喊着：“天呀！天呀！……”

父亲从斜坡上直穿下去，看见青骡子的肚子破了，肠子露在外面，头也摔破了，腿子也摔断了，全身都是血块……父亲跑下去抱着骡子的头大哭了起来。

原来青骡子是被袁老二家里人们放在凶恶的大毛牛群里开玩笑，被毛牛撞到崖下去的。……青骡子死后，我们全家就陷到饥饿

的阴沉的空气里去了。

我也就离开了家乡，出来寻求和我底父亲们不同的生路。现在，想到青骡子，和我底善良的父亲，我就更明白，人们应该怎样地生活。我们再不能替地主们，封建主们载重一生，然后摔死在崖下了；我们也再不能徒然地拖着牺牲者哀哭了。

（选自《蚂蚁小集》之五《迎着明天》，一九四八年十二月卅一日出版。）

梁　丰

我　底　路

正当各衙门的文武百官们以及大小阔人们惊弓之鸟似的疏散，车站秩序紊乱的时候，我到上海谋生去。带了自己的一个铺盖和朋友的几个皮箱，费了九牛二虎之力拥挤到了月台上。为了携带和上车时的困难，托同行的F兄照顾着一部分行李，我就提了二只皮箱去打行李票。已经到了办公的时间，行李房还是将铁门紧闭着，只见里面的办公人员和脚夫们在大大小小的包裹、皮箱之间忙碌着。外面的旅客在得知了他们在“营私”，正在代有钱的阔人打行李的时候，就齐声呼骂起来。这一呼骂，很有效，一个专司过磅的铁路职员便从里面走了出来。铁门就在脚夫们的手中拉开了。于是旅客一拥而入，秩序显得非常地混乱。我好容易将两个皮箱摆在磅秤上，请铁路职员过磅，却被一个杀气腾腾的军官硬拉了下来，他用着那种平日吓唬小百姓的喉咙，说应该让他先过磅，并且夹以“他妈的”的叫骂。我默默地把磅秤上安放行李的地位让给他，因为我想到他可能是那种用最后的力量来“逃生”的人们之一，而我，实在是一个去谋生的人，不妨从容一些。

回到月台上。逃生的，和谋生的人们，愈来愈多，月台上拥挤不堪。我惊奇的是：已经一批又一批地疏散了的文武百官们以及大小阔人们，还剩有着这么多的数量。但随即又明白过来了。中国是历来被日本人和美国人以及我们自己的“英雄好汉们”称为地大物博的，以前统计过人口，就有四万万五千万，没有报户口的

和正在诞生的还没有计算在内;虽然经过了八年抗战,三年内战,死伤了无数,但是据最近的一张什么报纸上发表的数字是:四万万七千万,增加了二千万。那么管理着四万万七千万人口的文武百官们以及大小阔人们,自然需要很多很多了;何况他们也在不断地繁殖。……想着想着不觉地在月台上等候了二三个钟头。车辆还没有来。逃生的和谋生的人们又增加了一大群,皮箱,包裹,网篮堆了一大堆,在离我们不远的地方,就堆积了足足有十方尺的地位,由几个披着海勃龙大衣的女人和戴眼镜的穿皮袍子的男子守卫着。……忽然听见一个人跑来告诉大家:站长室贴了布告,车辆停开七小时,下午三时以后再行公布行车班次和时间。旅客们都相顾失色了。甚至有几个穿皮大衣和海勃龙大衣的女人,轻轻地悲伤的饮泣了起来。我也去看了一下那布告,确实的。于是便安安静静地坐在行李上等候。后来肚子饿了,就和同行的 F 兄商议,由他看守着行李,一个铺盖和二个皮箱,我出去买食物。不料这一出去,进来就困难了。当我提着一斤饼干糖果和四个糯米团子进月台的时候,和许多人们一起,都被几个站在满布着有刺铁丝的进口处的宪兵阻住了。几个进出口,都被他们武装地把守起来,旅客们和军人们一律不得出入。什么事呢?宪兵回说不知。后面的旅客越来越多,像流水奔向着河口一样,一个一个一群一群的人们被武装着的宪兵们阻挡住而激起了湍急的漩涡。一个商人说:我们底行李在里面,女人孩子都在里面,我是有车票的,为什么不可以进去呢?一个武官说:我底队伍在里面,不给进去,跑散了怎么办?一个文官说:我们里面有疏散专车,怎么不给进去?一面争执,一面就有几个人爬上了铁丝架。宪兵们对于文武官员和商人的回答:“奉命不得出入”,对于爬上铁架的人,一个一个地推了下去。这时候,又有几个女人和孩子着急地大哭了起来。我也只得愤怒的在文武官员,商人,和悲伤的孩子,女太太的旁边,空空地朝着月台上望着。一排一排荷枪实弹的宪警们在里面逡巡着,一个

一个地检查着人们。里面静悄悄的,和被阻挡在外面而号叫着的人们,成了强烈的对照。后来有一个广东军官和一个广东宪兵,交头接耳地密谈了起来,我便凑了上去,听到了如下的话:“奉密令,里面有奸匪,正在肃清……”哦!他们底“代总统”还刚刚发表了释放政治犯的“命令”呢。

相持了三四个钟点,走进了月台。天色渐渐地黑暗了下来。后来是来了车辆,没有能挤进去,几辆都没有挤进去。有很多人都爬在车顶上,带着大大小小的包裹,皮箱和网篮。旁边有一个旅客,感慨地对我说:现在的情景和抗战期间桂林大撤退时,非常地相像。本来想对于现今的疏散和桂林大撤退的基本上不同的地方发表些意见的,想到了刚才月台上的一幕,热情立即锐退了下来。我就抱歉地回答说:我没有参加过那次的大撤退。世故一点了,这是好的。为了无法挤进车厢,F兄建议爬上车顶,说是还可以看看两边田野的景色,被我否决了。因为,在车顶上,行车的时候有被铁桥刮下来的危险,我们是去谋生的,不是去逃生,也不是去送死的!

结果是终于挤进了车厢,并且也终于到达了上海。平时只有七小时的路程,结果足足走了四十个钟点。但,我仍然高兴而愉快,因为我已经走出了可能饿死的境地,而面临着新的生活,就可以沿着我底谋生的路朝我所选定的方向重新前进了。

然而迎面就来了打击。

天色漆黑。出了北站,雇了二辆三轮车。我底一个铺盖和朋友的二个皮箱放在前面一辆,我们坐在后一辆,到了苏州河的新垃圾桥。这时候有几个褴褛的男子前来替我们“推一把”,为着省钱,拒绝了,F兄跳下来,走上装着行李的一辆往桥上推。上了桥F兄就坐了回来。二辆三轮车正要顺势下桥的时候,突然黑暗里闪出几个拿着手枪的人们,大喝一声:“抄靶子!”我们一辆立即煞车停住。然而载着行李的一辆却飞也似的直奔下去了。我着急

了。我底一个铺盖里面只有一条棉被几件旧衣服,不值几个钱,无所谓,可是上面二个皮箱都是朋友的血汗的积累。……闪电似的在脑中一想之后,便跳下车子,拔步追赶上去,但,同时,也就有一个"抄靶子"的人,手里捏着一支手枪,在我底后面追赶了上来。待我在桥下一把拖住了三轮车,那人也就一把拖住了我底衣领。我回过头去,只见来者底二颗眼珠凸了出来,不用分说,一下耳光就劈在我底脸上,使我火星直冒。"你想逃吗?"来者恶狠狠地说:"他妈的!你再要逃,老子就开枪打死你了!"他扬一扬手枪。

"走前面!手举起来!"

我举起了手。

"往桥上走!我一眼就知道你是个坏人,还要想逃!"

"我是追三轮车。我底行李都在上面……"

到了桥面上。几个"抄靶子"的人立即包围了我。他们都是三十上下的青年,二个穿着时式的西装,一个穿中装,押解我上桥的那人,穿的是黑色中山装,一律都捏着一支乌黑的手枪。我在服装不同的但都捏着手枪的人们的包围中站立着,回答他们底盘问。他们底气势,他们底姿态,就像是经过了一场险恶的搏斗而终于擒获了一名江洋大盗,然而,我不过是他们统治下的穿破大衣的一名小民而已,值不得他们这样出力地"立功"的。在这个陷阱似的包围里,我环顾着现在是主宰我底生命的统治者。仗着远处街灯的光亮和桥中央高悬着的一只电灯的光亮,他们不断凶狠地审视着我;我静静地站着。这时候,他们中的几个就走去检阅三轮车上的我底行李,但都还是警戒地握紧着手中的乌黑黑的手枪。

"把身份证拿出来!看来,今天非带你到警备部去揍一揍不可!"

我想起了曹白的因为防疫证被日本兵用鞭子在头顶上劈了一下子,就迅速地把身份证拿给他们观看。

他们不时地用目光扫视着我底面貌,核对着身份证上粘贴的

相片;那个穿黑色中山装,打我底耳光的人,上来搜查我底身上,我解开了破大衣的纽扣,让他搜身。胸部,背部,胁下,手臂,腿部他都仔细地抄过了,还努力地在我底破大衣的口袋、内衣的口袋里面,一个一个用眼睛探了一探:空空如也,一点什么都没有。

“这行李是那一个的?看你穿这种破衣裳不会有这种皮箱的,是你的吗?”

“朋友的。朋友托我带给他的亲戚的。”

“你这个家伙,行迹可疑,一定不是好人!是什么朋友?他是你底什么人?他为什么要托你带行李呢?他妈的!你这小子一定是坏人!”

“???”他的目光不断地闪烁着这个问号,眼珠凶狠地凸了出来。

我再把服务的证件拿给他看,并且希望着他减少几个疑问号。

这几张薄薄的纸张,居然证明了我这个破衣服的人,是一个好人。……

我从陷阱里跳了出来,深深地注视了一下他们。好的,再会吧。

也就是在这个我被侮辱的地方,上海,我曾经以自己底童年的劳力,在一个小工厂里生活了二年,直到日本帝国主义即将溃败的前一年,厂里借口不能继续,把我和十几个以童年的劳力生活的伙伴,一同遣散。对于这个城市,这个城市的市民们,我是认识的,尤其是那些专以剥削我和我底伙伴们底劳力来发财的人们,那些压迫我和我底伙伴们以妩媚主子的人们,我更是透底地认识的。为了饥饿,和我底伙伴们走进了这家小工厂,为了生存,企图学得一些手艺,但,那时候老板和工头却要我们做着每天十二小时的苦力,把成年男子的工作,给我们这些十几岁的孩子。我们吃着碎米和酸米,每天清除着厕所,身体上涂满了肮脏的机油和尘埃,钻进机器底下,拿着扳头,转动着螺丝,以我们底手臂推动着机器。二

年以后，机房里增添了许多架机器和材料，这都是我们底劳力换到的。但是因了厂里内部的纠葛和老板们底获利的心切，他们就借口时局紧张，不能继续，发给我们每人二个月的学徒工资，把我们遣散了。二年的劳力的生活，虽然暂时麻痹了我底对于生存权利的觉醒，却也永远摧毁了我底对于他们底社会的任何幻想。几年以后的今天在觉醒的人民进军，旧势力开始总崩溃的今天，我又踏上了这个摧残了我又教育了我的地方，意外地也是意想之中地领教了旧势力底垂死的挣扎。当几年前，我忍受着迫害，只得离开这个地方的时候，坐的是轮船，坐船的地点，就是今天被侮辱的这个苏州河上。当我挨打的时候，我记得，我是深深地在注视着暗黑中的苏州河的。闪着黑暗的沉重的波光的苏州河上，密集着劳苦的人们底船只，闪耀着他们底沉默的灯光的苏州河上，是吹着冷的清醒而有力的风，带来了我底弟兄们底鼾声和微语的。当我在奴才们底一击之下眼里喷着火星，而凝然站立的时候，它，苏州河，是用着沉重的波浪和沉默的灯光，并且用着一阵冷风使我抬起头来的。是啊，我走着我底路，我又回到你底身边来了。

一九四九年二月二十八日

（选自《蚂蚁小集》之六《歌颂中国》，一九四九年五月二十日出版。）

中国文库·文学类

（已出书目）

【第一辑】

鲁迅选集　鲁迅著 …………………………………… 人民出版社
郭沫若选集　郭沫若著 ………………………………… 人民出版社
茅盾选集　茅盾著 …………………………………… 人民出版社
巴金选集　巴金著 …………………………………… 人民出版社
老舍选集　老舍著 …………………………………… 人民出版社
曹禺选集　曹禺著 …………………………………… 人民出版社
冰心选集　冰心著 …………………………………… 人民出版社
朱自清选集　朱自清著 ………………………………… 人民出版社
徐志摩选集　徐志摩著 ………………………………… 人民出版社
萧红选集　萧红著 …………………………………… 人民出版社
赵树理选集　赵树理著 ………………………………… 人民出版社
郁达夫选集　郁达夫著 ………………………………… 人民出版社
沈从文小说选　沈从文著 ……………………………… 人民出版社
子夜　茅盾著 ………………………………………… 人民出版社
家　巴金著 …………………………………………… 人民出版社
倪焕之　叶圣陶著 …………………………………… 人民出版社
围城　钱锺书著 ……………………………………… 人民出版社
财主底儿女们（上下卷）　路翎著 ……………………… 人民出版社
太阳照在桑干河上　丁玲著 …………………………… 人民出版社
暴风骤雨　周立波著 ………………………………… 人民出版社
青春之歌　杨沫著 ………………………………… 中国青年出版社
林海雪原　曲波著 …………………………………… 人民出版社
红旗谱　梁斌著 …………………………………… 中国青年出版社
红日　吴强著 ……………………………………… 中国青年出版社
冬天里的春天（上下卷）　李国文著 …………………… 人民出版社
沉重的翅膀　张洁著 ………………………………… 人民出版社
活动变人形　王蒙著 ………………………………… 人民出版社
白鹿原　陈忠实著 …………………………………… 人民出版社
毛泽东诗词选　毛泽东著 ……………………………… 人民出版社
艾青诗选　艾青著 …………………………………… 人民出版社

贺敬之诗选　　贺敬之著 …………………………… 人民出版社
郭小川诗选　　郭小川著 …………………………… 人民出版社
余光中诗选　　余光中著 ………………………… 中国青年出版社
沈从文散文选　　沈从文著 ………………………… 人民出版社
白洋淀纪事　　孙犁著 ……………………………… 人民出版社
可爱的中国　　方志敏著 …………………………… 人民出版社
随想录　　巴金著 ………………… 生活·读书·新知三联书店
文化苦旅　　余秋雨著 …………………………… 东方出版中心
欧洲文论简史　　伍蠡甫　翁义钦著 ………………… 人民出版社
欧洲文学史(上下册)　　杨周翰著 …………………… 人民出版社
中国文学史(共四册)　　游国恩等主编 ……………… 人民出版社

【第二辑】

丁玲选集　　丁玲著 ………………………………… 人民出版社
戴望舒选集　　戴望舒著 …………………………… 人民出版社
沙汀选集　　沙汀著 ………………………………… 人民出版社
艾芜选集　　艾芜著 ………………………………… 人民出版社
林徽因选集　　林徽因著 …………………………… 人民出版社
骆驼祥子　　老舍著 ………………………………… 人民出版社
懒寻旧梦录(增补本)　　夏衍著 ……… 生活·读书·新知三联书店
胡风回忆录　　胡风著 ……………………………… 人民出版社
保卫延安　　杜鹏程著 ……………………………… 人民出版社
野火春风斗古城　　李英儒著 ……………………… 人民出版社
上海的早晨(共四部)　　周而复著 …………………… 人民出版社
烈火金刚　　刘流著 ……………………………… 中国青年出版社
一代风流(共四册)　　欧阳山著 …………………… 人民出版社
创业史　　柳青著 ………………………………… 中国青年出版社
李自成(第一卷:上下册)　　姚雪垠著 ………… 中国青年出版社
青春万岁　　王蒙著 ………………………………… 人民出版社
将军吟　　莫应丰著 ………………………………… 人民出版社
野葫芦引:南渡记　东藏记　　宗璞著 ……………… 人民出版社
钟鼓楼　　刘心武著 ………………………………… 人民出版社
尘埃落定　　阿来著 ………………………………… 人民出版社
白门柳(全三册)　　刘斯奋著 …………………… 中国青年出版社
梁遇春散文选　　梁遇春著 ………………………… 人民出版社
孙犁散文选　　孙犁著 ……………………………… 人民出版社
季羡林散文选　　季羡林著 ………………………… 人民出版社

周涛散文选　周涛著 ………………………………………… 人民出版社
史铁生散文选　史铁生著 …………………………………… 人民出版社
北京乎——现代作家笔下的北京(上下册)
　姜德明编 ……………………………… 生活·读书·新知三联书店
臧克家诗选　臧克家著 ……………………………………… 人民出版社
舒婷的诗　舒婷著 …………………………………………… 人民出版社
海子的诗　海子著 …………………………………………… 人民出版社
张天翼童话选　张天翼著 …………………………………… 人民出版社
高士其童话选　高士其著 …………………………………… 人民出版社
中国俗文学史　郑振铎著 …………………………………… 商务印书馆
中国鲁迅学通史(共六册)　张梦阳著 ……………… 广东教育出版社
论红楼梦思想　冯其庸著 ……………………… 黑龙江教育出版社
中国现代小说史(全三册)　杨义著 ……………………… 人民出版社

【第三辑】

废名选集　废名著 …………………………………………… 人民出版社
陈映真自选集　陈映真著 ……………… 生活·读书·新知三联书店
京华烟云(上下册)　林语堂著 …………………… 现代教育出版社
大波(共三部)　李劼人著 ………………………………… 人民出版社
六十年的变迁(共三部)　李六如著 ……………………… 人民出版社
小城春秋　高云览著 ………………………………………… 人民出版社
苦菜花　冯德英著 …………………………………………… 人民出版社
黄河东流去　李凖著 ………………………………………… 人民出版社
平凡的世界　路遥著 ………………………………………… 人民出版社
芙蓉镇　古华著 ……………………………………………… 人民出版社
浮躁　贾平凹著 ……………………………………………… 人民出版社
绿化树　张贤亮著 …………………………………………… 人民出版社
曾国藩　唐浩明著 …………………………………………… 人民出版社
古船　张炜著 ………………………………………………… 人民出版社
第二十幕(上中下册)　周大新著 ………………………… 人民出版社
刘以鬯小说自选集　刘以鬯著 ……………………… 百花文艺出版社
金牧场　张承志著 …………………………………………… 人民出版社
红高粱家族　莫言著 ………………………………………… 人民出版社
梦家诗集　陈梦家著 ………………………………………… 中华书局
穆旦诗文集(一、二)　穆旦著 …………………………… 人民出版社
周作人散文　周作人著 ……………………………………… 人民出版社
何其芳散文选集　何其芳著 ………………………… 百花文艺出版社

上海屋檐下法西斯细菌　　夏衍著 …………………… 人民出版社
风雪夜归人闯江湖　　吴祖光著 ……………………… 人民出版社
王国维文学论著三种　　王国维著 …………………… 商务印书馆
中国小说史略　　鲁迅著 ……………………………… 人民出版社
咀华集咀华二集　　李健吾著 ………………………… 人民出版社
现代中国文学史　　钱基博著 ………………… 中国人民大学出版社
中国文学批评　中国散文概论
　　方孝岳著 ………………………… 生活·读书·新知三联书店
鲁迅和中国文化　　林非著 ……………………… 南开大学出版社
唐代科举与文学　　傅璇琮著 …………………… 陕西人民出版社
中国诗学　叶维廉著 ………………………………… 人民出版社
迦陵论诗丛稿　　叶嘉莹著 …………………………… 中华书局
台湾文学史
　　刘登翰　庄明萱　黄重添　林承璜主编 ……… 现代教育出版社

【第四辑】

马烽小说选　　马烽著 ………………………………… 作家出版社
周立波小说选　　周立波著 ……………………… 湖南文艺出版社
玛拉沁夫小说选　　玛拉沁夫著 ……………………… 作家出版社
王愿坚小说选　　王愿坚著 ……………………… 中国青年出版社
李準小说选　　李準著 …………………………… 人民文学出版社
王蒙小说选　　王蒙著 …………………………… 人民文学出版社
汪曾祺小说选　　汪曾祺著 ……………………… 人民文学出版社
林斤澜小说选　　林斤澜著 ……………………… 人民文学出版社
李国文小说选　　李国文著 ……………………… 人民文学出版社
邓友梅小说选　　邓友梅著 ……………………… 人民文学出版社
陆文夫小说选　　陆文夫著 ……………………… 江苏文艺出版社
高晓声小说选　　高晓声著 ……………………… 江苏文艺出版社
茹志鹃小说选　　茹志鹃著 ……………………… 江苏文艺出版社
王安忆小说选　　王安忆著 ……………………… 人民文学出版社
铁凝小说选　　铁凝著 …………………………… 人民文学出版社
史铁生小说选　　史铁生著 ……………………… 人民文学出版社
闻捷诗选　　闻捷著 ……………………………… 人民文学出版社
昌耀诗选　　昌耀著 ……………………………… 人民文学出版社
食指诗选　　食指著 ……………………………… 人民文学出版社
天安门诗抄　　童怀周编选 ……………………… 人民文学出版社

朦胧诗选　　杨克　陈亮编选 ························ 中国青年出版社
杨朔散文选　　杨朔著 ························ 人民文学出版社
秦牧散文选　　秦牧著 ························ 人民文学出版社
刘白羽散文选　　刘白羽著 ························ 人民文学出版社
萧乾散文选　　萧乾著 ························ 人民文学出版社
柯灵散文选　　柯灵著 ························ 人民文学出版社
杨绛散文选　　杨绛著 ························ 人民文学出版社
贾平凹散文选　　贾平凹著 ························ 人民文学出版社
邵燕祥散文选　　邵燕祥著 ························ 人民文学出版社
1949～2009 剧作选　　老舍等著 ························ 人民文学出版社
1949～2009 报告文学选　　刘白羽等著 ························ 人民文学出版社
1949～2009 儿童文学选　　冰心等著 ························ 中国青年出版社
周扬文论选　　周扬著 ························ 人民文学出版社
陈涌文论选　　陈涌著 ························ 人民文学出版社
张光年文论选　　张光年著 ························ 人民文学出版社
唐弢文论选　　唐弢著　刘纳编选 ························ 人民文学出版社
王瑶文论选　　王瑶著　陈平原编选 ························ 人民文学出版社
钱谷融文论选　　钱谷融著 ························ 上海文艺出版社
王元化文论选　　王元化著 ························ 上海文艺出版社
蔡仪美学文选　　蔡仪著　杜书瀛编 ························ 河南文艺出版社
1949～2009 文论选
钱锺书等著　贺绍俊编选 ························ 人民文学出版社